PARC GORKI

Martin CRUZ SMITH

PARC GORKI

ROBERT LAFFONT

Titre original :

GORKI PARK

Traduit de l'américain par Jean Rosenthal

ISBN : 2-266-06286-7

Pour Em

MOSCOU

1

Toutes les nuits devaient être aussi sombres, tous les hivers aussi doux, tous les bars aussi éblouissants.

La camionnette monta sur le bas-côté, cala dans une congère et s'arrêta, l'équipe de la criminelle sauta à terre, des officiers de la milice tous taillés sur le même modèle : les bras courts et le front bas, tous enveloppés dans des capotes en peau de mouton. Le seul à ne pas être en uniforme était un homme pâle et maigre : c'était le commissaire chargé de l'enquête. Il prêta une oreille compatissante au récit de l'officier qui avait découvert les corps dans la neige : l'homme n'avait fait que quelques pas dans l'allée pour se soulager en pleine nuit puis il les avait aperçus juste au moment où il se déboutonnait et il était resté là à son tour… L'équipe suivit le faisceau du projecteur monté sur la camionnette.

Le commissaire se doutait que les pauvres diables étaient des buveurs montés dans une troïka et qui s'en étaient allés gaiement. La vodka était une forme d'impôt liquide qui ne cessait de monter. On estimait que trois était le chiffre idéal par bouteille aussi bien sur le point de la dépense que de l'effet désiré. C'était un parfait exemple de communisme primitif. Des lumières apparurent à l'autre extrémité de la clairière, les ombres des arbres balayant la neige jusqu'au moment où deux Volga noires arrivèrent. Des voitures sortit un groupe d'agents du KGB conduit par un major trapu et vigoureux du nom de Pribluda. Réunis, les hommes de la milice du KGB tapaient du pied pour se réchauffer, en exhalant des panaches de vapeur. Des cristaux de glace étincelaient sur les casquettes et les cols.

La milice — le bras policier du MVD — réglait la circulation, traquait les ivrognes et ramassait les cadavres égarés. La commission pour la Sécurité de l'État, le KGB, avait des responsabilités plus grandioses et plus subtiles, combattait les comploteurs étrangers et indigènes, les trafiquants, les mécontents et, alors que les miliciens étaient en uniforme, eux préféraient l'anonymat de la tenue civile.

Le major Pribluda débordait de bonne humeur matinale, il s'acharnait à atténuer l'animosité professionnelle qui tendait les relations cordiales existant entre la milice populaire et la commission pour la Sécurité de l'État, il était tout sourire jusqu'au moment où il reconnut le commissaire.

« Renko !

— Exactement. » Arkadi Renko se dirigea aussitôt vers les corps en laissant Pribluda le suivre.

Les traces du milicien qui avait découvert les cadavres traversaient la neige jusqu'aux bosses révélatrices au milieu de la clairière. Un commissaire principal aurait dû fumer des cigarettes de luxe, Arkadi alluma une vulgaire Prima et s'emplit la bouche de la fumée au goût puissant — selon son habitude chaque fois qu'il avait affaire à des morts. Comme l'avait dit le milicien, il y avait trois corps. Ils gisaient dans des attitudes paisibles, voire artistiques, sous leur carapace de glace en train de fondre, celui du milieu allongé sur le dos, les mains croisées comme pour un enterrement religieux, les deux autres sur le côté, les bras déployés sous la glace comme des symboles héraldiques sur du papier à lettre gravé. Ils portaient tous des patins à glace.

Pribluda écarta Arkadi. « Quand je me serai assuré que la Sécurité de l'État n'est pas en jeu, vous pourrez commencer.

— La Sécurité ? Voyons, major, nous avons là trois ivrognes dans un jardin public… »

Le major faisait déjà signe d'approcher à un homme muni d'un appareil photo. A chaque cliché, la neige renvoyait le reflet d'éclair bleuté et les corps semblaient se soulever par lévitation. C'était un appareil étranger qui développait les photos presque instantanément. Le photographe en montra une avec fierté à Arkadi. Les trois corps étaient perdus dans le reflet éblouissant du flash sur la neige.

« Qu'est-ce que vous en pensez ?

— Très rapide. » Arkadi lui rendit la photo. On piétinait avec acharnement la neige tout autour des cadavres. Exaspéré, il continuait à fumer. Il passa ses longs doigts à travers ses cheveux noirs et plats. Il remarqua que ni le major ni son photographe n'avaient pensé à chausser des bottes. Peut-être les pieds mouillés suffiraient-ils à faire rentrer chez eux les gens du KGB. Quant aux corps, il s'attendait à trouver près d'eux une bouteille vide sur la neige. Par-dessus son épaule, derrière le monastère de Doskoï, la nuit commençait à pâlir. Il aperçut Levine, le médecin légiste de la milice, qui observait la scène d'un œil méprisant depuis la lisière de la clairière.

« On dirait que les corps sont ici depuis longtemps, fit Arkadi. D'ici à une demi-heure, nos spécialistes pourront les dégager et les amener à la lumière.

— Un jour, ce sera votre tour », lança Pribluda en lui désignant le cadavre le plus proche. Arkadi n'était pas sûr d'avoir bien entendu. Des particules de glace étincelaient dans l'air. Ça n'était pas possible qu'il ait dit ça, décida-t-il. Le visage de Pribluda apparaissait sous les phares puis disparaissait, on sentait qu'il n'avait pas encore craché tout son venin, on voyait briller ses yeux petits et sombres comme des pépins. D'un geste brusque, il ôta ses gants.

« Nous ne sommes pas ici pour recevoir des leçons de vous. » Pribluda s'installa à califourchon sur un des corps et se mit à creuser comme un chien, projetant de la neige à gauche et à droite.

Un homme croit être aguerri au spectacle de la mort ; il est entré dans des cuisines surchauffées maculées de sang du plancher jusqu'au plafond, c'est un expert, il sait qu'en été les gens ont l'air prêts à exploser sous la pression du sang ; il préfère même les macchabées d'hiver. Puis voilà qu'un nouveau masque mortuaire jaillit de la neige. Le commissaire principal n'avait jamais vu une tête comme ça, il pensa que jamais il n'oublierait ce spectacle. Il ne savait pas encore que c'était le moment crucial de son existence.

« C'est un meurtre », déclara Arkadi.

Pribluda demeurait impassible. Il s'affairait à dégager la neige qui recouvrait les autres têtes. Elles étaient dans le même état que la première. Il s'installa ensuite sur le cadavre du milieu et se mit à marteler les manteaux gelés jusqu'au moment où la croûte cassa, il se mit alors à la retirer par lambeaux, puis il en fit autant avec la robe qui apparaissait dessous.

« Ça ne fait rien, dit-il en riant. On peut encore voir que c'était une femme.

— Elle a été tuée d'une balle », dit Arkadi. Entre les seins d'un blanc mat, bien ronds avec leur bouton sombre, on distinguait le trou noir par lequel une balle avait pénétré. « Vous êtes en train de détruire les indices, major. » Pribluda cassa la carapace gelée que formaient les manteaux des deux autres hommes. « Tués par balle tous les trois ! » Il exultait comme un pilleur de tombe.

Le photographe de Pribluda éclairait sa progression, l'éclair d'un flash révélant les mains de Pribluda soulevant des cheveux durcis par le gel, ou occupés à extraire un projectile d'une bouche. Arkadi observa que, outre la mutilation des têtes, il manquait aux trois victimes la dernière jointure des doigts, qui aurait permis de prendre leurs empreintes digitales.

« Les hommes ont aussi une balle dans le crâne. » Pribluda se lava les mains dans la neige. « Trois cadavres, c'est un chiffre porte-bonheur, commissaire. Maintenant que j'ai fait le sale boulot pour vous, nous sommes quittes. Ça suffit, ordonna-t-il au photographe. Nous partons.

— C'est toujours vous qui faites le sale boulot, major, fit Arkadi lorsque le photographe se fut éloigné.

— Qu'est-ce que vous voulez dire ?

— Trois personnes abattues et dépecées dans la

neige ? C'est votre genre de travail, major. Vous ne voulez pas que j'enquête là-dessus. Qui sait où ça pourrait mener ?

— Où ça pourrait-il mener ?

— Des choses peuvent vous échapper, major. Vous vous souvenez ? Pourquoi vous et vos hommes ne vous chargez-vous pas de l'enquête pendant que moi et les miens nous rentrons chez nous ?

— Il n'y a aucun indice qui m'indique un crime contre l'État. Vous avez donc une affaire un peu plus compliquée que d'habitude, voilà tout.

— Compliquée par quelqu'un qui met les indices en morceaux.

— Mon rapport sera adressé à votre bureau avec les photographies, dit Pribluda en enfilant ses gants avec des gestes délicats, ainsi vous bénéficierez de nos efforts. (Il éleva la voix de façon à se faire entendre de tous ceux qui se trouvaient dans la clairière.) Bien entendu, si vous découvrez par hasard quelque chose indiquant un délit possible concernant la commission pour la Sécurité de l'État, vous devrez m'en faire informer aussitôt par le procureur. Vous comprenez, commissaire Renko ? Que cela vous demande un an ou dix ans, dès l'instant où vous apprenez quelque chose, vous me prévenez.

— Je comprends parfaitement, répondit Arkadi d'une voix tout aussi claironnante. Vous avez notre totale coopération. »

Des hyènes, des corbeaux, des mouches à viande, des asticots, songea le commissaire tout en suivant des yeux les voitures de Pribluda qui reculaient vers la rue. Des créatures de la nuit. L'aube arrivait, il croyait presque sentir la terre accélérer son mouvement vers le soleil levant. Il alluma une autre cigarette pour chasser de sa bouche le goût de Pribluda. Sale habitude. Comme la boisson, c'était encore une industrie de l'État. Tout était une industrie de l'État, lui compris. Même les perce-neige commençaient à apparaître au moindre signe du matin. Au bord de la clairière, les miliciens étaient encore bouche bée. Ils avaient vu ces masques émerger de la neige.

« L'affaire est à nous, annonça Arkadi à ses hommes, Vous ne croyez pas que nous devrions nous y mettre ? »

Il les fit bouger pour au moins isoler le secteur et ordonna au sergent de réclamer par la radio de la camionnette un renfort d'hommes, de pelles et de détecteurs d'objets métalliques. Un petit simulacre d'organisation ne manquait jamais de raffermir le moral des troupes, estimait-il.

« Alors nous...

— Nous continuons le travail, sergent. Jusqu'à nouvel avis.

— Charmante matinée », ricana Levine.

Le médecin légiste était plus âgé que les autres, il avait l'air d'un juif de caricature déguisé en capitaine de la milice. Il n'aimait pas du tout Tania, la spécialiste sur place de l'équipe, qui n'arrivait pas à détacher ses yeux de ces visages. Arkadi la prit par le bras et lui conseilla de commencer un croquis de la clairière, puis d'essayer un croquis indiquant la position des corps.

« Avant ou après qu'ils aient été attaqués par le brave major ? demanda Levine.

— Avant, répondit Arkadi. Comme si le major n'était jamais venu ici. »

Le biologiste de l'équipe, un médecin, se mit à rechercher des traces de sang dans la neige autour des corps. Ça allait être une journée superbe, se dit Arkadi. Sur le quai d'en face, de l'autre côté de la Moskova, il vit les premiers rayons du soleil briller sur les bâtiments du ministère de la Défense, les seuls moments de la journée où ces murs sans fin et d'un brun grisâtre semblaient s'animer un peu. Tout autour de la clairière, les arbres émergeaient dans l'aube, aussi prudents que des daims. Les perce-neige commençaient à apparaître, clairs comme des rubans. Une journée où l'hiver semblait prêt à fondre.

« Merde », fit-il tandis que son regard revenait sur les corps.

Le photographe de l'équipe demanda si le KGB n'avait pas déjà pris des photos.

« Si, et je suis certain qu'elles seraient parfaites en tant que souvenir, dit Arkadi, mais pas pour un travail de policier.

Le photographe, flatté, éclata de rire.

Bon, se dit Arkadi, il faut rire encore plus fort.

Un inspecteur en civil, du nom de Pacha Pavlovitch, arriva dans la voiture de service du commissaire, une Moskvitch de cinq ans, et non pas une élégante Volga comme celle de Pribluda. Pacha était à moitié tartare, un romantique musclé dont les boucles brunes avançaient au-dessus de son front comme un beaupré.

« Trois corps, deux masculins, un féminin. (Arkadi monta dans la voiture.) Gelés. Ils sont peut-être là depuis une semaine, depuis un mois, cinq mois. Pas de papiers, pas d'affaires personnelles, rien. Tous avec une balle dans le cœur et deux avec une balle dans la tête en plus. Va voir leurs têtes. »

Arkadi attendit dans la voiture. On avait du mal à croire que l'hiver était terminé à la mi-avril, en général il se prolongeait jusqu'en juin. Il aurait pu se fixer sur ces horreurs un peu plus longtemps. Sans le dégel de la veille, la vessie pleine d'un milicien et la façon dont le clair de lune illuminait la neige, Arkadi aurait pu être au lit en train de dormir.

Pacha revint, bouillonnant de rage. « Quel genre de dément a pu faire ca ? »

Arkadi lui fit signe de remonter dans la voiture.

« Pribluda était ici », annonça-t-il quand Pacha fut à l'intérieur.

En prononçant ces mots, il observait le subtil changement chez l'inspecteur, le petit mouvement de recul qu'il provoquait, le coup d'œil vers la clairière, puis son regard qui revenait sur Arkadi. Les trois victimes n'étaient pas tant un crime épouvantable qu'un problème épineux. Ou bien les deux. Car Pacha était un des bons éléments, et il semblait déjà plus affecté qu'aucun autre ne pourrait l'être.

« Ce n'est pas notre genre d'affaire, ajouta Arkadi. Nous allons faire un peu de travail ici et puis ils nous retireront le dossier, ne vous en faites pas.

— Dans le parc Gorki, quand même… » Pacha était dans tous ses états.

« Très bizarre. Contente-toi de faire ce que je te dis et ça ira bien. Va dans le parc jusqu'au poste de la milice et procure-toi des cartes des allées réservées au patinage. Établis des listes de tous les musiciens et de tous les marchands ambulants qui ont circulé cet hiver dans cette partie du parc, ainsi que celle de tous les gardiens bénévoles qui auraient pu rôder dans les parages. L'essentiel est de mettre sur pied une grosse production. » Arkadi descendit de voiture et se pencha par la vitre ouverte : « Au fait, est-ce qu'on m'a affecté un autre inspecteur ?

— Fet.

— Je ne le connais pas. »

Pacha cracha sur la neige et dit : « Il était une fois un petit oiseau qui répétait ce qu'il entendait…

— Parfait. » Dans ce genre d'affaire, il ne pouvait manquer d'y avoir un indicateur, non seulement le commissaire s'inclinait devant cette réalité, mais il l'accueillait avec plaisir. « Avec la coopération de tout le monde, nous allons être tirés de ce pétrin d'autant plus vite. »

Quand Pacha fut reparti, deux camions arrivèrent, chargés de stagiaires de la milice et de pelles. Tania fit quadriller la clairière de façon que la neige pût être balayée mètre par mètre en même temps que l'on repérait chaque indice découvert, bien qu'Arkadi ne s'attendît guère à en découvrir aussi longtemps après les meurtres. Son but, c'était de sauver les apparences. Le spectacle était assez grandiose, Pribluda téléphonerait peut-être avant la fin de la journée. En tout cas, l'activité encourageait les miliciens. C'étaient surtout des agents de la circulation et ils étaient contents, même si le trafic se limitait à leurs propres évolutions. Autrement, en général, ils n'étaient pas heureux. La milice enrôlait de jeunes fermiers tout juste sortis de l'armée, en les séduisant par l'incroyable promesse d'habiter Moscou, ce lieu de résidence qu'on refusait même aux savants nucléaires. Fantastique ! Si bien que les Moscovites considéraient la milice comme une sorte d'armée d'occupation composée de fouille-merde et de brutes. Les miliciens en arrivaient à juger leurs concitoyens comme décadents, dépravés et sans doute juifs. Mais aucun d'eux, pourtant, ne retournait jamais à la ferme natale.

Le soleil était bien levé maintenant, et vigoureux ; ce n'était plus ce disque fantôme qui avait brillé tout l'hiver. Les stagiaires musardaient dans le souffle tiède de la brise, évitant de regarder le milieu de la clairière.

Pourquoi le parc Gorki ? La ville avait des jardins publics plus grands où abandonner des corps : Izmalovo, Dzerjinski, Szokolmiki. Le parc Gorki n'avait que deux kilomètres de long et moins d'un kilomètre dans sa plus grande largeur. Toutefois, c'était le premier parc de la Révolution, le lieu de promenade favori. Au sud, son étroite extrémité touchait presque l'université. Au nord, seul un coude du fleuve empêchait de voir le Kremlin. C'était l'endroit où tout le monde venait : les employés pour déjeuner, les grands-mères avec les bébés, les garçons avec les filles. Il y avait une grande roue, des concerts, des théâtres pour enfants, des allées et des pavillons dissimulés un peu partout. En hiver, il y avait quatre patinoires et des allées réservées au patinage. L'inspecteur Fet arriva. Il était presque aussi jeune que les stagiaires, avec des lunettes à monture d'acier et des yeux bleus tout ronds.

« Vous êtes chargé de la neige, fit Arkadi en désignant les tas qui grossissaient. Faites-la fondre et fouillez-la.

— Dans quel laboratoire le commissaire principal voudrait-il que l'on pratique cette opération ? demanda Fet.

— Oh ! je crois qu'un peu d'eau chaude sur place devrait faire l'affaire. » Comme cela risquait de ne pas paraître suffisamment impressionnant, Arkadi ajouta : « Et n'oubliez pas un flocon. »

Arkadi prit la voiture beige et rouge de la milice dans laquelle était arrivé Fet et partit, traversant le pont Krimski pour gagner le côté nord de la ville. Le fleuve pris par les glaces commençait à travailler, prêt à craquer. Il était 9 heures, cela faisait deux heures qu'on l'avait tiré de son lit, il n'avait pas encore pris son petit déjeuner, juste fumé quelques cigarettes. A la sortie du pont, il agita son coupe-file rouge en direction du milicien qui réglait la circulation et fila devant les voitures immobilisées. Privilège du rang.

Arkadi se faisait peu d'illusions sur son travail. Il était commissaire principal à la brigade criminelle, spécialiste du meurtre dans un pays où le crime bien organisé n'existait guère et où l'on n'avait pas le sens du raffinement. La victime habituelle du Russe ordinaire était la femme avec qui il couchait et, quand il était ivre, il la frappait sur la tête avec une hache — sans doute une dizaine de fois avant de bien viser. Pour tout dire, les criminels qu'Arkadi arrêtait étaient tout d'abord des ivrognes et ensuite des meurtriers et ils s'entendaient bien mieux à boire qu'à tuer. Il y avait peu d'état plus dangereux — c'était là le fruit de son expérience — que d'être la meilleure amie ou l'épouse d'un ivrogne, et le pays tout entier était ivre la moitié du temps.

Des petits glaçons pendaient, ruisselant des gouttières. La voiture du commissaire dispersait les piétons mais cela valait mieux que deux jours plus tôt, lorsque le flot des voitures et des passants était comme des ombres qui évoluaient en tâtonnant dans un nuage de vapeur. Il contourna le Kremlin par la perspective Marx, et prit la rue Petrovka sur trois blocs jusqu'au complexe jaune de dix étages qui abritait le quartier général de la milice de Moscou ; là, il laissa la voiture dans le garage en sous-sol et prit un ascenseur jusqu'au troisième.

La salle des Opérations de la milice était régulièrement décrite par les journaux comme « le centre cérébral de Moscou, prêt à réagir en quelques secondes à l'annonce d'un accident ou d'un crime dans la ville la plus sûre du monde ». Un mur était occupé par une énorme carte de Moscou divisée en trente arrondissements et constellée de lumières représentant les cent trente-cinq postes de police locaux. Des rangées de commutateurs radio entouraient un bureau de transmission où les policiers contactaient les voitures de patrouille (« Ici Volga, j'appelle 59 »), ou bien les commissariats par leur nom de code (« Ici Volga, j'appelle Omsk »). A Moscou, il n'y avait pas d'autre salle si bien ordonnée et aussi reposante, si bien conçue, produit de l'électronique et d'un savant travail de triage. Il y avait des quotas. Un milicien en patrouille ne devait officiellement signaler que tant de crimes, sinon il imposerait à ses camarades miliciens eux aussi en patrouille le ridicule de n'en signaler aucun. (Tout le monde reconnaissait qu'il devait quand même y avoir quelques crimes.) Puis les commissariats, un par un, épuraient leurs statistiques pour parvenir aux chiffres convenables d'homicides, d'agressions et de viols. C'est un système d'un optimisme efficace, qui exigeait la tranquillité et l'obtenait. Sur le grand plan, la lumière d'un seul commissariat clignotait, indiquant que la capitale et ses sept millions d'habitants avaient passé vingt-quatre heures sans que fût signalé plus d'un seul acte de violence significatif. La lumière clignotait dans le parc Gorki. Et, du centre de la salle des opérations, le commissaire de la milice l'observait. C'était un homme massif, au visage plat, tout un assortiment de décorations ornant la veste de son uniforme gris galonné d'or de général. Il était flanqué de deux colonels ayant rang de commissaires adjoints. Dans sa tenue civile, Arkadi paraissait négligé.

« Camarade général, inspecteur principal Renko au rapport », fit Arkadi, conformément au rituel. S'était-il rasé ? se demanda-t-il. Il maîtrisa la tentation de passer la main sur son visage.

Le général le salua d'un signe de tête à peine perceptible. Un colonel dit : « Le général dit que vous êtes spécialiste des homicides. Il croit à la spécialisation et à la modernisation.

— Le général désire connaître votre première réaction dans cette affaire, dit l'autre colonel. Quelles sont les chances d'une solution rapide ?

— Avec la plus efficace milice du monde et le soutien du peuple, je suis persuadé que nous réussirons à identifier et à appréhender les coupables, répondit Arkadi d'un ton énergique.

— Alors, demanda le premier colonel, pourquoi n'y a-t-il même pas eu un bulletin diffusé à tous les commissariats réclamant des informations sur les victimes ?

— Il n'y avait aucun papier sur les corps, et comme ils étaient gelés, il est difficile de dire à quand remonte le décès. Et il y a aussi certaines mutilations. Il ne sera pas possible de procéder à une identification ordinaire. »

Après un coup d'œil au général, l'autre colonel demanda : « Il y avait aussi sur les lieux un représentant de la Sécurité d'État ?

— Oui. »

Le général intervint : « Dans le parc Gorki. Ça, je ne comprends pas. »

A la cafétéria, Arkadi prit un petit pain et une tasse de café en guise de petit déjeuner, puis introduisit dans l'appareil d'une cabine publique une pièce de deux kopeks et demanda : « La camarade professeur Renko est-elle là ?

— La camarade Renko est en conférence avec une commission locale du parti.

— Nous devions déjeuner ensemble. Dites à la camarade Renko… dites-lui que son mari la verra ce soir. »

Il occupa l'heure suivante à consulter les dossiers concernant le jeune inspecteur Fet et apprit ainsi que celui-ci n'avait travaillé que sur des affaires auxquelles le KGB portait un intérêt particulier. Arkadi quitta l'immeuble par la cour donnant sur la rue Petrovka. Des employés de la milice et des femmes rentrant de leurs courses se frayaient un chemin au milieu des limousines qui emplissaient l'allée circulaire. Il salua au passage la sentinelle nichée dans sa guérite et se dirigea vers les laboratoires de médecine légale.

Sur le seuil de la salle d'autopsie, Arkadi s'arrêta pour allumer une cigarette.

« Tu vas dégueuler ? » Levine leva la tête en entendant craquer une allumette.

« Pas si ça te dérange dans ton travail. N'oublie pas que je ne touche pas de prime comme certains. » Arkadi rappelait ainsi à Levine que les médecins légistes avaient un salaire de vingt-cinq pour cent supérieur à celui des médecins ordinaires qui travaillaient sur les vivants.

C'était une « prime de risque » car il n'y avait rien d'aussi dangereusement grouillant d'une flore toxique qu'un cadavre.

« Il y a toujours un risque d'infection, dit Levine. Un bistouri qui glisse...

— Ils sont gelés. Tout ce que tu peux attraper avec eux, c'est un rhume. D'ailleurs ton bistouri ne glisse jamais. Pour toi la mort n'est qu'un boni. » Arkadi inhala jusqu'à corrompre de fumée à fond son nez et ses poumons.

Ainsi préparé, il pénétra dans une atmosphère qui sentait le formol. Les trois victimes avaient peut-être des personnalités radicalement différentes ; en tant que cadavres, elles n'étaient que trois échantillons d'une même espèce. D'un blanc d'albinos, avec un soupçon de lividité du côté des fesses et des épaules, la peau hérissée par la chair de poule, un trou au-dessus du cœur, les doigts amputés de leurs extrémités et les têtes sans visage. Du bord du cuir chevelu jusqu'au menton, et d'une oreille à l'autre, toute la chair avait été découpée et retirée, ne laissant que des masques d'os et de sang noirci. Les yeux aussi avaient été arrachés. C'était dans cet état qu'on les avait sortis de la neige. L'assistant de Levine, un Ouzbek avec le nez qui coulait, embellissait encore les corps, en creusant les cavités pectorales avec une scie circulaire. L'Ouzbek ne cessait de reposer la scie pour se réchauffer les mains. Un corps de bonne taille pouvait rester comme de la glace pendant une semaine.

« Comment trouves-tu la solution d'un meurtre si tu n'es pas capable de supporter la vue des gens morts ? demanda Levine à Arkadi.

— J'arrête les vivants.

— Et tu trouves qu'il y a de quoi être fier ? »

Arkadi ramassa sur les tables les premières fiches et lut :

Mâle. Type européen. Cheveux bruns. Yeux couleur inconnue. Age 20-25 ans. Le décès remonte à une période entre deux semaines et six mois. Gelé avant qu'il ait pu se produire une décomposition importante.

Cause de la mort : blessures par balles. Les tissus du visage et la troisième phalange des deux mains disparus à la suite de mutilation. Deux blessures sans doute mortelles. La blessure « A » provoquée par une balle tirée dans la bouche à bout portant, fracturant la mâchoire supérieure, la balle suivant une trajectoire à 45 degrés à travers le cerveau et sortant dans le haut de la partie postérieure du crâne. La blessure « B » provoquée par une balle tirée à deux centimètres à gauche du sternum dans le cœur, provoquant une rupture de l'aorte. Balle marquée GP1-B retrouvée dans la cavité pectorale.

Mâle. Type européen. Cheveux bruns. Yeux couleur inconnue. Age de 20 à 30 ans. Le décès remonte à une période entre deux semaines et six mois. Le tissu du visage et la troisième phalange disparus à la suite de mutilations. Deux blessures sans doute mortelles. La blessure « A » provoquée par une balle tirée à bout portant dans la bouche, fracassant la mâchoire supérieure et brisant les incisives, la balle suivant une trajectoire légèrement déviée à travers le cerveau et sortant dans la partie postérieure du crâne à cinq centimètres au-dessus du sillon méningé. Balle marquée GP2-A retrouvée dans la boîte crânienne. (GP2-A était la balle retirée par Pribluda.) Seconde blessure à trois centimètres à gauche du sternum dans la région du cœur. Balle marquée GP2-B retrouvée dans l'omoplate gauche.

Sexe féminin. Type européen. Cheveux bruns. Yeux couleur inconnue. Age 20-23 ans. Le décès remonte à une période allant de deux semaines à six mois. Cause de la mort : blessure par balle à trois centimètres à gauche du sternum dans le cœur, provoquant une rupture du ventricule droit et de la partie supérieure de la veine cave, le point de sortie se situant entre la troisième et la quatrième côte à deux centimètres à gauche de la colonne vertébrale. Tête et mains mutilées comme les sujets mâles GP1 et GP2. Balle marquée

GP3 retrouvée à l'intérieur de la robe derrière la blessure de sortie. Aucun symptôme de grossesse.

Arkadi s'appuya contre un mur, tirant sur sa cigarette jusqu'à en avoir presque le vertige, se concentrant sur les papiers qu'il tenait à la main.

« Comment as-tu trouvé les âges ? demanda-t-il.

— L'absence d'usure sur les dents.

— Alors tu as fait un relevé dentaire ?

— Exact, mais ça ne va pas nous avancer beaucoup. Il y a juste une molaire en acier sur le second sujet masculin. » Levine haussa les épaules.

L'Ouzbek lui remit les tableaux odontologiques ainsi qu'une boîte contenant les incisives brisées qu'on avait étiquetées comme les balles. « Il en manque une, fit Arkadi après avoir compté les dents.

— Elle a été pulvérisée. Ce qu'il en reste est dans un autre conteneur. Mais il y a certains aspects tout à fait intéressants qui ne figurent pas dans le rapport préliminaire, si tu veux jeter un coup d'œil. »

Les murs en ciment grisâtre, les taches autour des rigoles d'écoulement du sol, les tubes fluorescents qui faisaient mal aux yeux, la chair blême et les toisons pubiennes se firent plus précises. Le truc d'un enquêteur, c'était de voir et de ne pas voir, mais... trois morts. Regardez-nous, disaient les masques. Qui nous a tués ?

« Comme tu le vois, reprit Levine, le premier sujet mâle présente une forte ossature avec une musculature bien développée. Le second sujet mâle a un physique plus frêle et les traces d'une ancienne fracture compliquée du tibia gauche. Très intéressant. (Levine tenait entre ses doigts une touffe de cheveux duveteux.) Le second sujet mâle se teignait les cheveux. Leur couleur naturelle est rousse. Tout ça figurera dans le rapport complet.

— J'y compte bien », fit Arkadi en s'en allant.

Levine le rattrapa devant l'ascenseur et prit place dans la cabine avec Arkadi. Il avait été chirurgien-chef à Moscou jusqu'à l'époque où Staline s'était mis à secouer les arbres pour en faire tomber les médecins juifs. Il gardait ses émotions comme de l'or dans un poing fermé ; pour lui une expression compatissante était déplacée, c'était un tic.

« Il doit y avoir un autre inspecteur pour se charger de cette affaire, dit-il à Arkadi. N'importe qui d'autre. Celui qui a dépecé ces visages et ces mains savait ce qu'il faisait. Ce n'est pas la première fois. C'est le coup de la Kliazma qui recommence.

— Si tu as raison, le major va reprendre l'affaire dès demain. Et cette fois ils ne la laisseront pas aller aussi loin, voilà tout. Pourquoi es-tu si soucieux ?

— Pourquoi ne l'es-tu pas ? » Levine ouvrit les portes. Avant qu'elles se fussent refermées, il répéta : « Le coup de la Kliazma qui recommence. »

Le laboratoire de balistique était une pièce presque tout entière occupée par un réservoir plein d'eau long de quatre mètres. Arkadi laissa les balles et se dirigea vers le laboratoire central de Médecine légale, une vaste salle au sol parqueté, avec des tables aux plateaux de marbre, des tableaux noirs aux murs et des cendriers dont les pieds représentaient des nymphes de plomb qui s'enlaçaient. Il y avait des tables séparées pour les vêtements de chaque victime et différentes équipes travaillaient sur les restes humides. Tout cela sous le contrôle d'un colonel de la milice aux cheveux gominés et aux mains potelées appelé Lyudine.

« Pas grand-chose d'autre que du sang pour l'instant », déclara Lyudine épanoui.

D'autres techniciens levèrent les yeux en voyant arriver l'inspecteur. Un des hommes de Lyudine était en train d'aspirer les poches ; un autre recueillait la croûte de terre sur la lame des patins à glace. Derrière eux se dressait une pharmacopée, aussi colorée que des bonbons dans des bocaux de verre : des réactifs, des cristaux d'iode, des solutions de nitrate d'argent, des pâtes d'agar.

« Et la provenance des vêtements ? » interrogea Arkadi. Il aurait voulu voir des produits étrangers de bonne qualité, des signes montrant que les trois cadavres étaient des criminels impliqués dans le genre d'opérations de marché noir dont il revenait au KGB de s'occuper.

« Regardez. (Levine désigna à Arkadi l'étiquette à l'intérieur d'une des vestes. Sur l'étiquette on pouvait lire « Jeans. ») Ça vient d'une filature locale. Le genre de camelote qu'on pourrait acheter dans n'importe quel magasin d'ici. Regardez moi le soutien-gorge. (Il désigna une autre table.) Pas français, même pas allemand. »

Levine, remarqua Arkadi, portait une large cravate peinte à la main qu'on apercevait entre les revers de sa blouse blanche ouverte. Il la remarqua car les cravates larges n'étaient pas à la disposition de tout le monde. Le colonel était ravi de voir la déception d'Arkadi devant les vêtements des victimes. Les techniciens de médecine légale avaient une importance directement proportionnelle à la déception d'un inspecteur.

« Bien sûr, il nous reste encore à recourir à la chromatographie gazeuse, au spectromètre, à l'activation aux neutrons, mais ce genre d'examen est très coûteux et il y a trois jeux de vêtements. (Lyudine leva les mains dans un geste d'impuissance.) Sans parler du temps d'ordinateur. »

Une grande production, se rappela Arkadi. « Colonel, la justice ne connaît pas de limites à son budget, dit-il.

— Certes, certes, mais si je pouvais avoir quelque chose de signé, une autorisation pour mener une série d'expériences, vous comprenez. »

Arkadi finit par signer une autorisation en blanc. Le colonel Lyudine ferait figurer tous les examens inutiles qu'il ne pratiquerait pas et puis revendrait à des particuliers les produits chimiques non utilisés. Mais c'était un technicien qualifié. Arkadi n'avait pas à se plaindre.

Dans la salle de balistique, le technicien faisait passer les balles au microscope de comparaison quand Arkadi revint.

« Vous voyez ? »

Arkadi se pencha. Une balle retrouvée dans le parc Gorki était sous l'oculaire gauche, une seconde sous l'oculaire droit, les deux champs de vision se touchant. Un des projectiles avait été sérieusement endommagé pour avoir transité à travers l'os, mais tous deux présentaient la même rayure sur la gauche et, lorsque Arkadi les fit tourner, il découvrit une douzaine de similitudes dans les parties plates et les rayures.

« La même arme.

— Toutes de la même arme, confirma le technicien. Toutes les cinq. Le 7,65 est un calibre que je ne vois pas souvent. »

Arkadi n'avait pris que quatre balles dans le laboratoire de Levine. Il ôta les deux qui se trouvaient sous le microscope. Celle qu'il tenait dans la main droite n'avait pas d'étiquette.

« Elle vient d'arriver du parc, dit le technicien. On l'a trouvée avec des détecteurs de métaux. »

Trois personnes tuées en terrain découvert par des balles tirées à bout portant, de face et avec une seule arme. Abattues puis dépecées.

Pribluda. L'affaire de la Kliazma.

Le bureau du procureur de Moscou était situé au sud du fleuve, sur la rue Novokouznetskaïa, dans un quartier de boutiques du XIXe siècle. L'immeuble lui-même était divisé par le milieu en une aile jaune à deux étages. Les inspecteurs qui occupaient la moitié jaune avaient vue sur un minuscule et triste jardin public où les citoyens convoqués pour être interrogés pouvaient s'asseoir. Le jardin abritait un parterre de fleurs de la taille d'une tombe et il y avait aussi des vases vides sur des pieds pivotants. De l'autre côté du bâtiment, dans l'aile la plus vaste, le bureau du procureur donnait sur un terrain de jeu.

Arkadi entra par la porte des inspecteurs, gravit deux par deux les marches jusqu'au premier étage. Les inspecteurs principaux Chouchine (Affaires spéciales) et Below (Industrie) étaient dans le couloir.

« Iamskoï veut te voir », lui annonça Chouchine.

Sans s'arrêter, Arkadi gagna son bureau tout au fond. Below lui emboîta le pas. Below était le plus âgé des inspecteurs et portait à Arkadi ce qu'il appelait « une inlassable affection ». Le bureau avait trois mètres sur quatre, des murs marron entourant des meubles en pin, une fenêtre à double vitre et il était orné de plans de la ville et des transports publics ainsi que d'une étonnante photo de Lénine dans un fauteuil de jardin.

« Tu es dur avec Chouchine, dit Below.

— C'est un salaud.

— Il fait un travail nécessaire, fit Below en grattant la calvitie qui envahissait ses cheveux en brosse. Nous nous spécialisons

— Je n'ai jamais dit que les salauds n'étaient pas nécessaires.

— C'est exactement ce que je disais. Ils s'occupent des déchets de la société. »

Vsevolod Below avec sa collection de complets mal coupés. Un esprit marqué par la Grande Guerre Patriotique comme un mur labouré un jour par le tri d'une mitrailleuse. Des doigts fripés par l'âge. Un grand cœur et un réactionnaire d'instinct. Quand Below marmonnait quelque chose à propos des « bandits de Chinois », Arkadi savait qu'on mobilisait à la frontière. Quand Below parlait de « youpins », on fermait les synagogues. Lorsqu'il avait des doutes à propos d'un problème concernant la société, il pouvait toujours s'adresser à Below.

« Oncle Seva, qui se teint les cheveux et porte un veston de sport avec une fausse étiquette étrangère ?

— Pas de chance, répondit Below d'un air compatissant. Ça m'a l'air d'être des musiciens ou des houligans. De la musique punk. Du jazz. Ce genre-là. Tu ne tireras rien d'eux.

— Étonnant. Alors, selon toi, des houligans.

— Tu devrais le savoir mieux que moi, avec ton intelligence. Mais, en effet, cette forme de mascarade où l'on se teint les cheveux et où l'on coud de fausses étiquettes est l'indice d'un houligan ou de quelqu'un qui a de fortes tendances musicales ou houliganistes.

— Trois d'entre eux abattus avec la même arme. Dépecés au couteau. Pas de papiers. Avec Pribluda le premier à venir renifler les corps. Ça ne te rappelle rien ? »

Below plissa le menton et le visage comme on replie un éventail.

« Les différences personnelles entre les divers organes de la justice ne devraient pas entraver le travail d'ensemble, dit-il.

— Tu te souviens ?

— Je crois, fit Below d'un ton rêveur, qu'avec les houligans il y avait sans doute une histoire de guerre de bandes.

— Quelle guerre de bandes ? Tu as déjà vu des guerres de bandes à Moscou ? En Sibérie ou en Arménie, peut-être, mais ici ?

— Je sais qu'un inspecteur qui évite les hypothèses trop hardies et qui garde les yeux fixés sur les faits ne s'égare jamais, insista Below. »

Arkadi laissa les mains retomber sur son bureau et dit tout haut : « Merci, mon oncle. Tu sais que j'apprécie toujours ton opinion.

— Voilà qui est mieux. (Le soulagement emporta Below jusqu'à la porte.) As-tu parlé à ton père récemment ?

— Non. » Arkadi étala sur son bureau les rapports préliminaires d'autopsie et rapprocha sa machine à écrire.

« Fais-lui mes amitiés quand tu le verras. N'oublie pas.

— Je n'y manquerai pas. »

Une fois seul, Arkadi se mit à taper à la machine son premier rapport d'enquête :

Bureau du Procureur de la Ville, Moscou, RSFSR.

Crime : Homicide. Victimes : deux hommes non identifiés, une femme non identifiée. Lieu : parc de Culture et d'Agrément Gorki, secteur Octobryskaïa. Signalé par la milice.

A 6 h 30, un milicien effectuant sa ronde dans l'angle sud-ouest du parc Gorki a découvert ce qui semblait être trois corps dans une clairière à une quarantaine de mètres au nord de l'allée parallèle à la rue Donskoï et au fleuve. A 7 h 30, des officiers de la milice, des officiers de la Sécurité d'État et l'inspecteur sous-signé ont examiné trois corps gelés.

En raison du fait qu'ils étaient gelés, on ne peut actuellement qu'affirmer que les victimes ont été tuées au cours de l'hiver dernier. Toutes ont été abattues d'une balle en plein cœur. Les deux hommes ont reçu également une balle dans la tête.

Les cinq projectiles récupérés provenaient tous de la même arme, un calibre 7,65. On n'a retrouvé aucune cartouche.

Toutes les victimes portaient des patins à glace. On n'a trouvé dans leurs vêtements ni papiers, ni monnaie, ni quoi que ce soit. L'identification sera rendue difficile par la mutilation à laquelle on a procédé en ôtant la chair du visage et en sectionnant l'extrémité des doigts.

Des rapports sont en route — sérologie, odontologie, balistique, chromatographie, autopsie et autres examens effectués sur les lieux — et l'on recherche également toute personne qui aurait pu connaître les victimes ou fréquenter cette partie du parc.

On peut supposer qu'il s'agit d'un crime avec préméditation. Trois individus ont été tués rapidement avec une seule arme, tous les effets personnels ont été retirés au milieu du jardin public le plus fréquenté de la ville, autant de mesures extrêmes prises pour gêner toute identification.

Note : un des hommes avait les cheveux teints et l'autre portait une jaquette avec une fausse étiquette étrangère, indices possibles d'activité antisociale.

Renko A. V.
Inspecteur principal.

Pendant qu'Arkadi relisait ce rapport succinct, les inspecteurs Pavlovitch et Fet frappèrent à la porte et entrèrent, Pacha tenant à la main un porte-documents.

« Je reviens dans une minute, fit Arkadi en remettant sa veste. Tu sais ce qu'il faut faire, Pacha. »

Arkadi dut descendre jusqu'à la rue pour gagner l'aile

du bâtiment où se trouvait le bureau du procureur. Le procureur était un personnage investi d'une autorité peu commune. Il avait la haute main sur toutes les enquêtes criminelles, représentant tout à la fois l'État et l'accusé. Les arrestations devaient avoir l'approbation du procureur, les verdicts étaient soumis à sa signature et c'était lui qui décidait des pourvois en appel. Un procureur qui intentait à sa guise des procès civils, décidait de la légalité des directives d'un gouvernement local et en même temps tranchait dans les actions et demandes reconventionnelles portant sur des millions de roubles lorsqu'une usine livrait à une autre des écrous au lieu de boulons. Que l'affaire fût importante ou minime, criminels, juges, maires et directeurs d'usine étaient tous responsables devant lui. Lui-même n'avait de comptes à rendre qu'au procureur général.

Le procureur Andréï Iamskoï était à son bureau. Son crâne rasé était tout rose, ce qui présentait un contraste frappant avec son uniforme, bleu foncé avec une étoile d'or de général, taillé à la mesure de son torse et de ses bras extraordinairement développés. La chair s'était accumulée sur l'arête de son nez et de ses pommettes et il avait les lèvres défaites et pâles. Il continua à lire un document sur son bureau.

Arkadi s'immobilisa sur une moquette verte à cinq mètres de la table de travail. Aux murs lambrissés étaient accrochées des photographies de Iamskoï à la tête d'une délégation de procureurs lors d'une rencontre officielle avec le secrétaire général Brejnev, serrant la main de celui-ci, prenant la parole à une conférence internationale des procureurs à Paris, en train de nager à la piscine de Silver Grove et, document tout à fait unique, le remarquable portrait qu'avait publié la *Pravda* de Iamskoï en train de plaider devant le collège de la Cour suprême pour défendre un travailleur injustement condamné pour meurtre. Derrière la silhouette en chair et en os du procureur, une fenêtre flanquée de rideaux pourpres de velours italien. De larges taches brunes marquaient le crâne luisant de Iamskoï, bien que le soleil commençât déjà à décliner derrière les rideaux.

« Oui ? » dit Iamskoï en reposant le papier et en levant la tête. Il avait les yeux pâles, comme des diamants clairs. Comme toujours, il parlait d'une voix si étouffée qu'il fallait se concentrer pour l'écouter. La concentration, avait décidé Arkadi voilà longtemps, étant la clé du personnage de Iamskoï.

Arkadi fit un grand pas en avant pour poser son rapport sur le bureau et recula aussitôt. Se concentrer. Qui êtes-vous exactement et qu'avez-vous à dire ? Définissez avec précision quel service vous rendez à la société.

« Le major Pribluda était là-bas. Vous ne mentionnez pas son nom.

— Il a fait tout sauf pisser sur les corps et puis il est parti. Vous a-t-il appelé pour qu'on me retire l'affaire ? »

Iamskoï posa son regard sur Arkadi. « Vous êtes inspecteur principal de la Brigade criminelle, Arkadi Vasilevitch. Pourquoi voudrait-il vous écarter ?

— Nous avons eu un problème avec le major il n'y a pas si longtemps.

— Quel problème ? Le KGB a précisé quelle était sa juridiction, si bien que l'affaire s'est réglée facilement.

— Pardonnez-moi, mais aujourd'hui nous avons découvert trois jeunes gens qui ont été exécutés dans un jardin public par un tireur entraîné utilisant un pistolet de 7,65. Les seules armes que les Moscovites peuvent se procurer sont des modèles de l'armée, le 7,62 ou le 9 millimètres, rien de comparable aux armes du crime. En outre, les victimes ont subi des mutilations. Pour l'instant, mon rapport n'en tire aucune conclusion.

— Conclusion à propos de quoi ? fit Iamskoï en haussant les sourcils.

— De rien, répondit Arkadi après un silence.

— Je vous remercie », dit Iamskoï. C'était sa façon à lui de congédier.

Arkadi était sur le pas de la porte lorsque le procureur reprit, comme s'il venait d'y réfléchir : « Toutes les formes légales seront respectées. Ne tenez pas compte des exceptions qui ne font que confirmer la règle. »

Arkadi inclina la tête et sortit.

Fet et Pacha avaient fixé au mur une carte du parc

Gorki, le croquis fait par le Levine des lieux du crime, des photos des corps et les rapports d'autopsie. Arkadi se laissa tomber dans son fauteuil et ouvrit un nouveau paquet de cigarettes. Il cassa trois allumettes avant de réussir à en allumer une. Il posa les deux allumettes cassées et celle qui avait brûlé au milieu de son bureau. Fet observait, en fronçant les sourcils. Arkadi se leva pour prendre au mur les photos des corps et les placer dans un tiroir. Il n'avait pas besoin de regarder ces visages. Il regagna son fauteuil et se mit à jouer avec les allumettes.

« Vous avez déjà interrogé des gens ? »

Pacha ouvrit un carnet. « Dix officiers de la milice qui ne savent rien. Si on pousse un peu les choses, j'ai sans doute patiné cinquante fois près de cette clairière cet hiver.

— Alors essayez les marchandes ambulantes... Ces femmes remarquent un tas de choses qui échappent à la milice. »

De toute évidence, Fet n'était pas d'accord. Arkadi le regarda. Sans son bonnet, les oreilles de Fet pointaient suivant ce que Arkadi supposa être l'angle convenable pour soutenir les lunettes à monture d'acier.

« Tu étais là quand on a trouvé la dernière balle ? lui demanda Arkadi.

— Oui, patron. Le GC1 A a été retrouvé sur le sol juste sous l'emplacement où reposait le crâne de GT1, le premier corps masculin.

— Va te faire foutre, je serai bien content quand nous aurons des noms pour ces corps au lieu de 1, 2 et 3. »

Pacha prit une cigarette à Arkadi. « Par exemple ? demanda Arkadi.

— Du feu ? fit Pacha.

— Parc Gorki 1, parc Gorki 2... commença Fet.

— Ah ! allons, fit Pacha en secouant la tête. Merci, dit-il à Arkadi, et il exhala la fumée. Le parc Gorki 1 ? C'est le grand ? Il n'y a qu'à l'appeler “M. Muscle.”

— Pas assez littéraire, dit Arkadi. “La Bête”. “La Belle” pour la femme, “Gringalet”, pour le petit.

— Il avait vraiment les cheveux roux, dit Pacha. “Le Rouquin”.

— “La Belle”, “La Bête” et “Le Rouquin”. Voilà notre première importante décision, inspecteur Fet, conclut Arkadi. Quelqu’un a-t-il des nouvelles de ce que fait le labo sur ces patins à glace ?

— Les patins pourraient être une ruse, suggéra Fet. Il semble très difficile de croire que trois personnes aient pu être abattues dans le parc Gorki sans que d’autres gens entendent. Les victimes auraient pu être abattues ailleurs, puis on aurait pu leur mettre des patins aux pieds et les apporter dans le parc, de nuit.

— Il est très difficile d’admettre que trois personnes aient pu être abattues dans le parc Gorki sans que d’autres l’entendent, je suis d’accord, fit Arkadi. Mais il est impossible de mettre des patins à glace aux pieds d’un cadavre. Essaye donc un jour. Et puis s’il y a un endroit où tu ne voudrais pas tenter d’apporter en douce trois cadavres à n’importe quelle heure, c’est bien le parc Gorki.

— Je voulais juste avoir votre avis sur cette possibilité, dit Fet.

— Excellent travail, lui assura Arkadi. Maintenant, voyons un peu ce qu’a déniché Lyudine. »

Il composa le numéro du labo de la rue Kisselny. A la vingtième sonnerie, la standardiste répondit et lui passa Lyudine.

« Colonel, je… » parvint-il à dire avant d’être coupé. Il recomposa le numéro. Pas de réponse rue Kisselny. Il regarda sa montre. 4 h 20 : l’heure pour les téléphonistes de fermer le standard pour s’apprêter à quitter leur travail à 5 heures. Les inspecteurs voudraient bientôt partir aussi. Pacha pour aller soulever des poids. Fet ? Pour rentrer chez sa mère ou passerait-il d’abord voir Pribluda ?

« Peut-être ont-ils été abattus ailleurs et apportés de nuit dans le parc. » L’enquêteur écarta les allumettes.

Fet se redressa sur sa chaise. « Vous venez de dire que non. Puis, je me rappelle, nous avons trouvé la dernière balle enfoncée dans le sol, ce qui prouve qu’ils ont été abattus sur place.

— Ce qui prouve que la victime, morte ou vivante,

a reçu là-bas une balle dans la tête. (Arkadi remit une allumette au milieu du bureau.) On n'a trouvé aucune cartouche. Si on avait utilisé un pistolet automatique, les cartouches auraient été éjectées et seraient restées à terre.

— Il aurait pu les ramasser, protesta Fet.

— Pourquoi ? Les balles permettent d'identifier une arme à feu aussi bien que les cartouches.

— Il aurait pu tirer de loin.

— Ça n'est pas le cas, fit Arkadi.

— Peut-être a-t-il pensé à les ramasser parce que si quelqu'un les trouvait il se mettrait à chercher un corps.

— Il a le pistolet dans sa poche, il ne le brandit pas. (Arkadi détourna les yeux.) D'abord le pistolet et les balles dans leur chargeur sont déjà chauds. Les douilles éjectées, chauffées davantage par les gaz de l'explosion, disparaîtraient dans la neige bien avant que les corps en soient recouverts. Une chose toutefois pique ma curiosité, ajouta-t-il en regardant Fet. Pourquoi crois-tu qu'il n'y avait qu'un seul tireur ?

— Il n'y avait qu'une seule arme.

— On n'a utilisé qu'une seule arme pour autant que nous sachions. Peux-tu imaginer combien ce serait difficile pour un seul tueur de faire tenir tranquille trois victimes presque à bout portant pendant qu'il tirait — à moins d'avoir eu des complices avec lui ? Pourquoi les victimes ont-elles eu le sentiment que leur situation était si désespérée qu'elles n'ont même pas couru chercher de l'aide ? Allons, nous prendrons bien ce meurtrier. Nous ne faisons que commencer et il y a déjà beaucoup d'indices. On va l'attraper, ce gros enfant de salaud. »

Fet ne demanda pas : pourquoi gros ?

« Allons, conclut Arkadi, ç'a été une longue journée. Votre service est terminé. »

Fet fut le premier à partir.

« Voilà notre petit pinson qui s'en va, dit Pacha en lui emboîtant le pas.

— J'espère que c'est un perroquet. »

Lorsqu'il se retrouva seul, Arkadi appela le bureau central de la rue Petrovka en leur demandant d'envoyer à toutes les républiques à l'ouest de l'Oural une demande d'information sur des crimes commis par armes à feu, histoire de faire plaisir au commissaire de la milice. Il essaya ensuite de rappeler l'école. La camarade professeur Renko, lui répondit-on, animait une session de critiques à l'intention des parents et ne pouvait pas venir à l'appareil.

Les autres inspecteurs s'en allaient, quittant leur expression de policiers en même temps qu'ils enfilaient leurs manteaux. Leurs manteaux sérieux, songea Arkadi tout en les observant du haut de l'escalier. Dans un tissu de meilleure qualité que celui du travailleur soviétique moyen. Il n'avait pas faim, mais l'idée de s'occuper en mangeant le séduisit soudain. Il avait envie de marcher. Il prit lui aussi son manteau et sortit.

Il fit tout le trajet jusqu'à la gare de chemin de fer Paveletsky avant que ses jambes ne l'entraînent dans une cafétéria où l'on proposait du merlan et des pommes de terre baignant dans du vinaigre. Arkadi se dirigea vers le bar et commanda une bière. Les autres tabourets étaient occupés par des cheminots et de jeunes soldats qui s'enivraient tranquillement au champagne : des visages mornes entre des bouteilles couleur malachite.

Une tranche de pain avec du beurre et du caviar gris poisseux arriva avec la bière d'Arkadi. « Qu'est-ce que c'est ?

— Un cadeau du ciel, dit le patron.

— Il n'y a pas de ciel.

— Mais nous sommes là, maintenant. » Le patron eut un sourire qui découvrit toute une mâchoire de dents en acier. Sa main jaillit pour pousser plus près le caviar d'Arkadi.

« Bah ! fit Arkadi, je n'ai pas lu le journal d'aujourd'hui. »

La femme du patron, une naine en uniforme blanc, sortit de la cuisine. En apercevant Arkadi, elle eut un sourire si radieux — qui lui gonflait les joues et attirait le regard vers ses yeux pétillants — qu'elle paraissait presque belle. Son mari se tenait fièrement auprès d'elle. C'étaient Viskov Fn. et Viskova Il. En 1946, ils constituèrent un « centre d'activité antisoviétique » en tenant une librairie de livres rares où l'on trouvait des écrivailleurs comme Montaigne, Apollinaire et Hemingway. Un « interrogatoire sans aucune réserve » laissa Viskov infirme et sa femme muette (tentative de suicide avec de la lessive) et ils eurent droit à ce que l'on appelait alors par plaisanterie des billets de vingt-cinq roubles : vingt-cinq années de travaux forcés dans les camps (à une époque où la Sécurité et la milice n'étaient qu'une seule et même institution). En 1956, les Viskov furent relâchés et on leur proposa même d'ouvrir une autre librairie, offre qu'ils déclinèrent. « Je croyais, fit Arkadi, que vous teniez une cafétéria auprès du cirque.

— Ils se sont aperçus que ma femme et moi travaillions tous les deux là-bas en infraction au règlement. Elle ne vient ici que pour me donner un coup de main sur son temps libre. (Viskov eut un clin d'œil.) Quelquefois le garçon vient nous donner un coup de main aussi.

— Grâce à vous », murmura la camarade Viskova.

Mon Dieu, songea Arkadi, un appareil accuse deux innocents, les expédie dans des camps d'esclavage, les torture, les prive des plus belles années de leur vie d'adulte, et puis quand un homme de l'appareil les traite avec un soupçon de décence, ils deviennent de vraies fontaines de joie. Quel droit avait-il à leurs remerciements ? Il mangea son caviar, but sa bière et sortit de la cafétéria aussi vite que la politesse le lui permettait.

La gratitude était comme un chien sur ses talons. Au bout de la rue il ralentit car c'était une de ses heures favorites, le soir d'un noir maternel, les fenêtres petites et lumineuses, les visages de la rue aussi gais que les fenêtres. A cette heure de la journée, il avait l'impression qu'il aurait pu se trouver dans n'importe quel Moscou des cinq derniers siècles, et il n'aurait pas été surpris d'entendre résonner dans la boue les sabots des chevaux. A la devanture d'un magasin, des poupées misérables figuraient de parfaites petites pionnières ; un spoutnik à pile tournait autour d'une lampe en forme de lune qui proclamait « Regarde l'avenir ! » De retour à son bureau, Arkadi s'assit devant son classeur et se plongea dans ses dossiers. Il commença par les crimes commis avec une arme à feu.

Homicide. Un tourneur rentre chez lui pour trouver sa femme en train de se faire sauter par un officier de marine et, dans la bagarre qui s'ensuit, l'ouvrier utilise le pistolet de l'officier contre son propriétaire. Le tribunal a tenu compte du fait que l'officier n'aurait pas dû porter d'arme, que son syndicat avait témoigné que l'accusé était un travailleur diligent et qu'il se repentait de son acte. Peine : dix ans de privation de liberté.

Meurtre qualifié. Deux trafiquants de marché noir se disputent à propos d'un partage de bénéfice et tous deux sont frappés, l'un mortellement, quand un pistolet Nagourine rouillé fonctionne. La notion de bénéfice est ici une circonstance aggravante. Peine : la mort.

Attaque à main armée (si l'on peut dire). Un garçon muni d'une réplique en bois d'un pistolet prend deux roubles à un ivrogne. Peine : cinq ans.

Arkadi consulta tous ses dossiers d'homicides, recherchant des crimes qu'il aurait pu oublier, des meurtres témoignant d'une préparation soigneuse et d'une tranquille audace. Toutefois, quand on maniait le couteau, la hache, la matraque, ou qu'on se contentait d'étrangler à main nue, on ne se montrait pas très soigneux ni tranquille. En trois années d'inspecteur adjoint et deux d'inspecteur principal, il avait rencontré moins de cinq homicides qui s'élevaient au-dessus d'une puérilité stupide ou à la suite desquels le meurtrier, ou la meurtrière, ne s'était pas présenté à la milice plein d'une jactance ou d'une tristesse également puisées dans l'alcool. Le meurtrier russe était convaincu que son arrestation était inévitable ; tout ce qu'il voulait, c'était son moment de gloire. Les Russes gagnaient des guerres parce qu'ils se jetaient au-devant des chars, ce qui n'était pas la mentalité qui convenait à un maître criminel.

Arkadi renonça et referma le dossier.

« Boychik. » Nikitine ouvrit la porte sans frapper et passa d'abord la tête, entra, puis vint s'asseoir sur le bureau d'Arkadi. L'inspecteur principal chargé de la liaison avec le gouvernement avait un visage rond et des cheveux clairsemés et, lorsqu'il était ivre, son sourire plissait ses yeux jusqu'à les rendre bridés comme ceux d'un Oriental. « On travaille tard ? »

Nikitine voulait-il dire qu'Arkadi travaillait dur, trop dur, vainement, utilement, qu'Arkadi était astucieux ou stupide ? Nikitine parvenait à faire comprendre tout cela.

« Comme toi, répondit Arkadi.

— Je ne travaille pas... je te surveille. Je me dis quelquefois que tu n'as rien appris de moi. »

Ilya Nikitine était inspecteur principal de la Criminelle avant Arkadi et, lorsqu'il était à jeun, c'était le meilleur policier qu'Arkadi eût jamais connu. Sans la vodka, voilà longtemps qu'il aurait été procureur, mais dire « sans la vodka » dans le cas de Nikitine, c'était comme dire « sans pain et sans eau ». Une fois par an, rendu livide par la jaunisse, on l'expédiait dans un établissement thermal de Sotchi.

« Dis-toi bien, Vasilevitch, je sais toujours où tu en es. J'ai toujours l'œil sur toi et sur Zoya. »

Un week-end où Arkadi était absent, Nikitine avait essayé de coucher avec Zoya. Au retour d'Arkadi, Nikitine s'était aussitôt fait expédier à Sotchi, d'où il avait envoyé chaque jour de longues lettres de repentir.

« Tu veux du café, Ilya ?

— Il faut bien que quelqu'un te protège de toi-même. Pardonne-moi, Vasilevitch — Nikitine insistait pour utiliser le patronyme avec une certaine condescendance — mais je suis, peut-être un peu, bien que je sache que tu n'es pas d'accord, peut-être un tout petit peu plus intelligent ; j'ai un tout petit peu plus d'intelligence, j'ai un tout petit peu plus d'expérience, ou en tout cas, je suis plus près que toi de certains personnages haut placés. Ce n'est pas une critique de ta carrière, car ta carrière est bien connue et elle est irréprochable. » Nikitine penchait la tête d'un côté en souriant, une mèche humide collée à sa joue, il exsudait l'hypocrisie comme une odeur animale. « C'est simplement que tu n'as pas une vue d'ensemble.

— Bonne nuit, Ilya, fit Arkadi en passant son manteau.

— Je dis seulement qu'il y a des têtes plus sages que

la tienne. Notre objectif est une mission de conciliation. Chaque jour, je concilie la politique du gouvernement avec la légalité socialiste. On envoie des directives ordonnant de raser des maisons d'ouvriers pour construire des appartements coopératifs que les travailleurs ne peuvent pas se permettre, ce qui constitue une apparente atteinte aux droits des travailleurs. Iamskoï me consulte, le Parti me consulte, le maire Promislov me consulte, parce que je sais comment concilier les termes de cette apparente contradiction.

— Parce qu'il n'y a pas contradiction ? demanda Arkadi en entraînant Nikitine dans le couloir.

— Entre les travailleurs et l'État ? Mais c'est l'État des travailleurs. Ce qui profite à l'État leur profite. En démolissant leurs maisons, nous protégeons leurs droits. Tu vois ? C'est ça, la conciliation.

— Je ne vois pas, dit Arkadi en fermant la porte à clé derrière lui.

— Quand on se place au point de vue correct, il n'y a pas de contradiction, murmura Nikitine d'une voix rauque tout en descendant l'escalier. Voilà ce que tu ne comprendras jamais. »

Arkadi prit une voiture de service jusqu'au périphérique intérieur et prit la direction du nord. La Moskvitch était un veau dont le moteur manquait de puissance, ce qui n'empêchait pas qu'il n'aurait pas détesté en avoir une lui-même. Il n'y avait pratiquement plus que des taxis à circuler maintenant. Il pensait au major Pribluda, qui ne lui avait pas encore retiré l'affaire. Des débris de glace tombaient des ornières devant eux et explosaient dans le faisceau des phares.

Les taxis tournaient vers les gares de chemin de fer de la place Komsomol. Arkadi continua jusqu'au numéro 43 de la rue Kalanchevskaïa, le palais de justice de Moscou, un vieux tribunal qui, sous l'éclairage trompeur des réverbères se reflétant sur la brique, semblait littéralement tomber en poussière sous leurs yeux. Il y avait dix-sept cours populaires dans toute la ville, mais les crimes graves étaient jugés au palais de justice, qui avait donc le privilège d'être gardé par l'Armée rouge. Arkadi exhiba son coupe-file à deux soldats adolescents postés sur le perron. Arrivé au sous-sol, il réveilla un caporal qui sommeillait, affalé sur une table.

« Je vais dans la cage.

— Maintenant ? fit le caporal en sautant sur ses pieds tout en boutonnant sa capote.

— Quand vous voudrez. » Arkadi lui tendit le trousseau de clés et le pistolet automatique que le caporal avait laissés sur la table. La cage était un grillage métallique entourant le secteur des archives dans le sous-sol du palais de justice. Arkadi ouvrit les tiroirs de décembre et de janvier, pendant que le caporal attendait au garde-à-vous derrière la porte car un inspecteur principal avait rang de capitaine.

« Pourquoi n'allez-vous pas nous préparer un peu de thé pour tous les deux sur le réchaud ? » suggéra Arkadi.

Il cherchait une pierre à lancer dans le jardin de Pribluda. C'était une chose d'avoir trois cadavres et de soupçonner le major ; c'en était une autre de trouver trois condamnés qui avaient été transférés du palais de justice à la gare du KGB. Il consultait une fiche après l'autre, rejetant les sujets trop jeunes ou trop âgés, vérifiant le métier de chacun et la situation conjugale. Cela faisait des mois que personne n'avait signalé la disparition de ces corps : ni syndicats, ni usines, ni familles. Une tasse de thé brûlant à la main, il passa à février. Un problème était que si les crimes majeurs — meurtres, agressions et viols — étaient tous jugés au palais de justice, certaines affaires auxquelles le KGB s'intéressait tout autant — des affaires de dissidence politique et de parasitisme social — passaient parfois devant les cours populaires où il était plus facile de contrôler le public. Les murs du sous-sol luisaient d'humidité. La ville était sillonnée de fleuves et de rivières, la Moskva, le Setun, la Kamenka, la Sosenka, la Yauza et, à la lisière nord de la ville, la Kliazma.

Six semaines auparavant, deux corps avaient été découverts sur une berge de la Kliazma, à deux cents kilomètres à l'est de Moscou, près de Bougoloubovo, un village de cultivateurs de patates. La ville la plus proche était Vladimir, mais aucun des collaborateurs du procureur de Vladimir ne voulut se charger de l'enquête ; ils étaient tous « en congé de maladie ». Le procureur général avait désigné l'inspecteur principal de la brigade criminelle de Moscou.

Il faisait froid. Les victimes étaient deux jeunes gens au visage blême, aux cils couverts de givre et aux poings crispés sur la neige qui tapissait la berge. Ils étaient bizarrement bouche bée, ils avaient leurs manteaux et la poitrine déchiquetés par de terribles blessures qui avaient à peine saigné. L'autopsie de Levine détermina que le meurtrier avait extrait les balles qui avaient causé la mort des victimes. Levine avait découvert aussi des parcelles de caoutchouc et de peinture rouge sur les dents des morts, et des traces d'aminate de sodium dans leur sang, et c'était alors qu'Arkadi avait compris la délicate maladie qui retenait chez eux les inspecteurs locaux. A côté du village de Bougoloubovo, ne figurant sur aucune carte mais abritant plus d'occupants que le village, se trouvait l'isolateur de Vladimir, une prison pour les condamnés politiques dont les idées étaient trop contagieuses, même pour les camps de travail, et l'aminate de sodium était un narcotique utilisé dans les isolateurs pour calmer ces esprits dangereux.

Arkadi en était arrivé à la conclusion que les victimes étaient des détenus qui, sur le point d'être libérés de l'isolateur, avaient été assassinés par des compagnons de prison. Lorsque les fonctionnaires de la prison refusèrent d'accepter ses coups de téléphone, il aurait pu étiqueter l'affaire « en instance » sous la juridiction de Vladimir. Ses états de service n'en auraient pas souffert, et tout le monde savait qu'il voulait rentrer chez lui. Au lieu de cela, il avait revêtu son uniforme d'inspecteur principal, s'était présenté à la prison, avait exigé et lu le registre d'élargissement et découvert que si aucun des détenus n'avait été récemment libéré, la veille du jour où l'on avait découvert les corps, deux hommes avaient été confiés à la garde d'un certain commandant Pribluda, lequel nia tout net avoir pris en charge les prisonniers.

Là encore, l'enquête aurait pu ainsi s'arrêter. Mais

Arkadi regagna Moscou, se rendit au bureau de Pribluda dans le bâtiment misérable occupé par le KGB situé rue Petrovka et trouva sur le bureau du major deux balles de caoutchouc rouge portant des marques de forme elliptique. Arkadi laissa un reçu pour les balles et les porta au labo où l'on constata que ces marques correspondaient parfaitement aux dents des victimes.

Pribluda avait dû emmener les deux détenus drogués jusqu'au bord de la rivière, leur fourrer dans la bouche les balles de caoutchouc pour étouffer leurs cris, les abattre, récupérer les douilles et, avec un couteau à longue lame, extraire les balles. Peut-être pensait-il qu'ils auraient l'air d'avoir été poignardés. Mais morts, ils avaient à peine saigné. Les cadavres déchiquetés gelèrent rapidement.

Les arrestations devaient recevoir l'approbation du procureur. Arkadi alla trouver Iamskoï avec une accusation d'homicide contre Pribluda et une demande de mandat pour perquisitionner à son bureau et à son domicile afin d'y rechercher des armes à feu et un poignard. Arkadi se trouvait avec le procureur lorsqu'on téléphona à ce dernier en expliquant que, pour des raisons de sécurité, le KGB reprenait l'enquête à propos des corps découverts au bord de la Kliazma. Tous les rapports et toutes les pièces à conviction devaient être transmis au major Pribluda.

Les murs suintaient. Sous les rivières qui couraient à la surface, d'anciens cours d'eau souterrains sillonnaient la ville, des rivières aveugles et invisibles qui avaient perdu leur direction. Parfois, en hiver, la moitié des sous-sols de Moscou pleuraient.

Arkadi remit les dossiers en place.

« Vous avez trouvé ce que vous vouliez ? demanda le caporal.

— Non. »

Le caporal eut un salut encourageant. « Il paraît que les choses se présentent toujours mieux le matin. »

D'après le règlement, Arkadi aurait dû ramener la voiture au bureau. Il rentra chez lui. Il était minuit passé lorsque l'inspecteur se gara dans une cour donnant sur la rue Taganskaïa, dans le quartier est de la ville. Au second étage, on apercevait des balcons de bois grossièrement sculptés. Pas de lumière dans son appartement. Arkadi entra par la porte commune, grimpa l'escalier et ouvrit sa porte aussi silencieusement que possible.

Il se déshabilla dans la salle de bains, se brossa les dents et emporta ses vêtements avec lui. La chambre à coucher était la plus grande pièce de l'appartement. Un tourne-disque était installé sur le bureau. Il ôta le disque du plateau et en lut l'étiquette à la pâle lueur qui filtrait par la fenêtre. « Aznavour à l'Olympia ». Auprès du tourne-disque, il y avait deux verres et une bouteille de vin vide. Zoya dormait, ses longs cheveux d'or répandus sur son épaule en une lourde tresse. Les draps sentaient le parfum Nuit de Moscou. Comme Arkadi se glissait dans le lit, elle ouvrit les yeux.

« Est tard.

— Désolé. Il y avait un meurtre. Trois meurtres. »

Il observa dans son regard la lente pénétration de la nouvelle jusqu'à son cerveau. « Des houligans, murmura-t-elle. C'est pour ça que je dis aux enfants de ne pas mâchonner du chewing-gum. D'abord c'est le chewing-gum, puis la musique rock, ensuite la marijuana et…

— Et ? demanda-t-il, s'attendant à l'entendre dire le sexe.

— Et le meurtre. » Sa voix s'éteignit, ses yeux se fermèrent, le cerveau tout juste assez éveillé pour énoncer quelques grands principes et replongeant maintenant dans l'inconscience. C'était l'énigme avec qui il dormait.

Au bout d'une minute, la fatigue envahit l'inspecteur et il s'endormit à son tour. Dans son sommeil, il nageait à travers une eau noire, qu'il fendait en gestes souples et puissants. Juste au moment où il pensait remonter à la surface, il fut rejoint par une femme superbe aux longs cheveux bruns et au visage pâle. Dans sa robe blanche, elle semblait voler vers le fond. Comme toujours, elle lui prit la main. C'était l'énigme qui hantait ses rêves.

2

Nue, Zoya pelait une orange. Elle avait un visage large et enfantin, des yeux bleus innocents, une taille étroite et de petits seins aux boutons minuscules, comme des marques de vaccin. Seule une étroite bande blonde restait de sa toison rasée pour permettre la gymnastique. Elle avait les jambes musclées, la voix haute et forte.

« Les experts nous disent que l'individualité et l'originalité seront les dominantes de la science soviétique de l'avenir. Les parents doivent accepter le nouveau programme, les nouvelles maths, qui tous deux constituent des progrès considérables dans l'édification d'une société encore meilleure. (Elle s'arrêta pour observer Arkadi qui la regardait tout en buvant son café auprès de la fenêtre.) Tu pourrais au moins faire un peu d'exercice. »

Bien qu'il fût grand et mince, un bourrelet de graisse apparaissait sous son gilet de corps lorsqu'il se laissait aller. Ses cheveux mal peignés pendaient sur son front. Ils essayaient d'en faire le moins possible, songea-t-il, comme leur propriétaire.

« Je me garde pour la comparaison avec des sociétés meilleures encore », dit-il.

Elle se pencha sur la table pour parcourir des passages soulignés dans la *Gazette des Professeurs*, recueillant dans le creux de sa main les pépins et les bouts d'écorce d'orange, pendant que ses lèvres ne cessaient de remuer.

« Mais l'individualisme ne doit pas mener à l'égoïsme

ni à l'arrivisme. (Elle s'interrompit pour jeter un coup d'œil à Arkadi.) Ça te paraît bon ?

— Laisse l'arrivisme. Il y a trop d'arrivistes dans un public moscovite. »

Comme elle se rembrunissait en se détournant, Arkadi lui passa la main dans le profond sillon de son dos.

« Laisse. Il faut que je prépare ce discours.

— C'est pour quand ? demanda-t-il.

— Pour ce soir. Le comité de district du Parti choisit un membre pour prendre la parole la semaine prochaine à une réunion municipale. D'ailleurs, tu es mal placé pour critiquer les arrivistes.

— Comme Schmidt ?

— Oui, répondit-elle après un moment de réflexion. Comme Schmidt. »

Elle passa dans la salle de bains et, par la porte ouverte, il la regarda se brosser les dents, tapoter son ventre plat, se mettre du rouge aux lèvres. Elle s'adressa au miroir.

« Parents ! Vos responsabilités ne s'arrêtent pas quand votre journée de travail est terminée. Est-ce que l'égoïsme ne gâte pas le caractère de l'étudiant que vous avez chez vous ? Avez-vous lu récemment les statistiques sur l'égoïsme et l'enfant unique ? »

Arkadi se laissa glisser du bord de la fenêtre pour voir l'article qu'elle avait souligné. Il s'intitulait : « Il faut des familles plus nombreuses. » Dans la salle de bains, Zoya tripotait une plaquette de pilules anticonceptionnelles. Des pilules polonaises. Elle refusait d'utiliser le stérilet.

« Russes, procréez ! exigeait l'article. Fertilisez pour donner de glorieuses portées de jeunes Russes encore meilleurs de crainte que toutes les nationalités inférieures, les Turcs et les Arméniens basanés, les Géorgiens et les juifs sournois, les traîtres estoniens et lituaniens, les hordes grouillantes de tous ces Jaunes ignorants, Kazakhs, Tartares et Mongols, les Ouzbeks, les Ossètes, les Ciriassiens, les Kalmouks et les Tchoukchis ingrats et arriérés ne viennent bousculer de leurs dards dressés l'équilibre nécessaire dans la population entre les Russes blancs et instruits et ceux au teint plus sombre… Ainsi est-il démontré que les familles sans enfants ou à enfant unique, ce qui semble convenir aux parents qui travaillent dans les centres urbains de la Russie d'Europe, ne sont pas de l'intérêt supérieur de la société. » Un avenir privé de Russes ! Incroyable, se dit Arkadi tandis que Zoya s'allongeait devant sa barre de gymnastique. « ... L'étudiant qui a été initié à l'originalité doit être d'autant plus rigoureusement formé sur le plan idéologique. » Elle leva sa jambe droite au niveau de la barre. « Rigoureusement, vigoureusement. » Il imaginait des foules d'Asiatiques désespérés piétinant dans les rues jusqu'au palais du Pionnier, levant les bras en criant : « Nous sommes privés de Russes. » « Désolé, répond un personnage des profondeurs du palais désert, nous sommes tous à court de Russes. »

« ... Quatre, un, deux, trois, quatre. » Zoya toucha son genou du front. Au mur, derrière le lit, était fixée une affiche maintes fois réparée représentant trois enfants — un Africain, un Russe et un Chinois — avec le slogan : « Un pionnier est l'ami des enfants de toutes les nations ! » Zoya avait posé pour l'enfant russe et, lorsque l'affiche était devenue célèbre, il en avait été de même de son joli visage profondément russe. La première fois qu'on avait montré Zoya à Arkadi à l'université, on lui avait dit que c'était « la fille sur l'affiche du Pionnier ». Elle ressemblait encore à ce portrait.

« Du conflit naît la synthèse. » Elle prit quelques profondes inspirations. « L'originalité alliée à l'idéologie.

— Pourquoi veux-tu faire un discours ?

— L'un de nous doit penser à sa carrière.

— Ça va si mal ? fit Arkadi en s'approchant d'elle.

— Tu gagnes cent quatre-vingts roubles par mois et moi, cent vingt. Un contremaître d'usine touche deux fois autant. Un réparateur se fait trois fois ça en douce. Nous n'avons pas de télévision, pas de machine à laver, et encore moins de toilettes neuves que je puisse porter. Nous aurions pu avoir une des voitures d'occasion du KGB : ça aurait pu s'arranger.

— Le modèle ne me plaisait pas.

— Tu pourrais être enquêteur pour le Comité central

dès maintenant si tu étais un membre du Parti plus actif. » Comme il lui touchait la hanche, la chair à cet endroit se contracta, imitant le marbre. Ses seins étaient blancs et durs, leur bout dressé tout rose. Cette combinaison même du sexe et du Parti était la vivante illustration de leur mariage.

« Pourquoi te donnes-tu le mal de prendre ces pilules ? Voilà des mois que nous n'avons pas baisé. »

Zoya lui saisit le poignet pour le repousser, serrant de toutes ses forces. « En cas de viol », dit-elle.

Lorsque Arkadi et Zoya montèrent dans la voiture, des enfants groupés autour de la girafe en bois, dans la cour, leur jetèrent des coups d'œil furtifs par-dessous le bord de leurs anoraks et de leurs casquettes. A la troisième tentative d'Arkadi, le moteur démarra et il recula dans Taganskaïa.

« Natacha nous a demandé de venir à la campagne demain, dit Zoya, le regard fixé sur le pare-brise. Je lui ai dit que nous viendrions.

— Je t'ai parlé de cette invitation il y a une semaine et tu ne voulais pas », dit Arkadi.

Zoya rabattit son cache-nez sur sa bouche. Il faisait plus froid à l'intérieur de la voiture que dehors, mais elle avait horreur des vitres ouvertes. Elle était assise, dans une armure de gros manteau, de bonnet en peau de lapin, d'écharpe, de bottes et de silence. A un feu rouge, elle essuya la buée sur le pare-brise. « Je suis désolé pour le déjeuner hier, dit-il. Tu veux aujourd'hui ? »

Elle plissa les yeux. Dire qu'il y avait eu une époque, se rappelait-il, où ils passaient des heures sous la chaleur des draps, le givre sur la vitre augmentant leur confort. Ce dont ils parlaient, il ne s'en souvenait pas, il en convenait. C'était lui qui avait changé ? C'était elle ? Qui pouvait-on croire ?

« Nous avons une réunion, finit-elle par répondre.

— Tous les professeurs, toute la journée ?

— Le Dr Schmidt et moi, pour préparer le rôle du club de gymnastique dans le défilé. »

Ah ! Schmidt. En effet, ils avaient tant de choses en commun. Après tout, il était secrétaire du comité de district du Parti. Conseiller auprès de la commission du Komsomol de Zoya, gymnaste. Un travail partagé devait engendrer une affection partagée. Arkadi lutta contre l'envie d'allumer une cigarette car ç'aurait été une image trop parfaite d'un mari jaloux.

Les élèves entraient en classe quand Arkadi arriva devant l'école 457. Les enfants étaient censés être en uniforme, mais la plupart portaient leur foulard rouge de pionnier avec de simples costumes de confection.

« Je vais être en retard, fit Zoya en descendant précipitamment.

— Bon. »

Elle s'attarda un instant à refermer la portière. « Schmidt dit que je devrais divorcer pendant que je peux encore », ajouta-t-elle. Puis elle claqua la portière.

A l'entrée de l'école, les élèves criaient son nom. Zoya tourna une fois les yeux vers la voiture et vers Arkadi qui était en train d'allumer une cigarette.

De toute évidence, voilà un renversement de la théorie soviétique, songea-t-il. De la synthèse au conflit.

L'inspecteur se mit à penser aux trois meurtres du parc Gorki. Il les aborda du point de vue de la justice soviétique. La justice, tout comme n'importe quelle école, avait un but éducatif

Exemple : en général, on se contentait de retenir les ivrognes jusqu'au matin dans un commissariat où on les faisait cuver, puis on les renvoyait chez eux. Lorsque le nombre d'ivrognes dans les caniveaux — en dépit de l'augmentation du prix de la vodka — en arrivait tout simplement à être trop élevé, on lançait une campagne d'instruction sur les horreurs de l'alcool, c'est-à-dire qu'on jetait les ivrognes en prison. Le pillage dans les usines était constant et se faisait dans des proportions énormes ; c'était l'aspect entreprise privée de l'industrie soviétique. D'ordinaire, un directeur d'usine assez maladroit pour se faire prendre écopait discrètement de cinq ans, mais lors d'une campagne contre le pillage, on donnait à voix haute et claire l'ordre de le fusiller.

Le KGB, dans son genre, n'était pas différent. L'isolateur Vladimir avait une fonction éducatrice pour les dissidents endurcis, « mais seule la tombe peut redresser le bossu », et il y avait donc pour les pires ennemis de l'État une ultime leçon. Arkadi avait fini par apprendre que les deux corps découverts au bord de la Kliazma étaient ceux de deux agitateurs récidivistes, des fanatiques de l'espèce la plus dangereuse : des Témoins de Jéhovah.

Il y avait quelque chose à propos de la religion qui inspirait à l'État des réflexes de chien enragé. Dieu pleurait, Dieu pleurait, se dit Arkadi, sans savoir où il avait trouvé cette expression. Toute la poussée de religiosité, le trafic des icônes, la restauration des églises, jetaient le gouvernement dans un état proche de la démence. Mettre des missionnaires en prison, c'était simplement leur jeter en pâture de futurs convertis. Mieux valait une leçon sévère, une balle en caoutchouc rouge pour étouffer leurs cris, le genre de fin anonyme qui était le plus propre à faire naître des rumeurs menaçantes, et ainsi même la rivière gelée servait à des fins éducatives. Mais le parc Gorki n'était pas la berge d'une rivière perdue ; c'était en plein cœur de la ville. Même Pribluda avait dû se rendre au parc Gorki, lorsqu'il était un enfant trop gros, un pique-niqueur sans manières, ou un soupirant haletant. Même Pribluda devait savoir que le parc Gorki servait à la récréation, pas à l'éducation. Et puis les corps étaient vieux de plusieurs mois, pas de plusieurs jours. La leçon avait refroidi, elle était trop vieille, sans objet. Ce n'était pas la justice telle qu'Arkadi en était venu à l'attendre et à la détester.

Lyudine attendait derrière un bureau parsemé d'une collection de prélèvements et de photographies, l'air content de lui comme un prestidigitateur entre ses anneaux et ses foulards.

« Le service de médecine légale a sorti le grand jeu pour vous, inspecteur principal. Les détails sont fascinants. »

Lucratifs aussi, se dit Arkadi. Lyudine avait réquisitionné des produits chimiques en assez grande quantité pour approvisionner un entrepôt privé, et sans doute était-ce ce qu'il avait fait.

« Je brûle d'impatience.

— Vous connaissez le principe de la chromatographie gazeuse, l'effet d'un gaz en mouvement et d'un solvant stationnaire...

— Je parlais sérieusement, reprit Arkadi. Je brûle d'impatience.

— Eh bien, soupira le directeur du labo, pour être bref, la chromatographie a révélé dans les vêtements des trois victimes des grains très fins de plâtre et de sciure, et sur le pantalon du sujet numéro deux, une trace à peine perceptible d'or. Nous avons vaporisé du luminol sur les vêtements, les avons placés dans une chambre noire et observé une fluorescence qui indique une présence de sang. Presque tout ce sang était, comme on s'y attendait, celui des victimes. Les taches les plus petites, toutefois, n'étaient pas de sang humain, mais de sang de poulet et de poisson. Nous avons fait également une découverte en ce qui concerne les vêtements. »

Lyudine brandit un dessin des corps habillés dans la position où on les avait découverts. Il y avait une zone ombrée sur le devant du sujet féminin et sur la partie antérieure des bras et des jambes des sujets masculins qui l'entouraient. « Dans la chambre noire, et seulement là, nous avons trouvé des traces de carbone, de graisse animale et d'acide tannique. Autrement dit, après que les corps ont été partiellement recouverts de neige, sans doute dans les quarante-huit heures qui ont suivi, ils ont été aussi légèrement recouverts de cendres provenant d'un incendie dans les parages.

— L'incendie de la tannerie Gorki, dit Arkadi.

— De toute évidence. » Lyudine ne put réprimer un sourire. « Le 3 février, un incendie à la tannerie Gorki a couvert de cendres un vaste secteur du quartier d'Octobryskaïa. Il est tombé trente centimètres de neige entre le 1er et le 2 février. Vingt centimètres entre le 3 et le 5. Si nous avions réussi à garder intacte la neige dans la clairière, nous aurions même pu déceler une couche de cendres que rien n'aurait dérangé. De toute façon, voilà qui semblerait vous donner la date du crime.

— Excellent travail, fit Arkadi. Je doute que nous ayons besoin maintenant d'analyser la neige.

— Nous avons aussi analysé les balles. Dans tous les projectiles se trouvaient incrustées des quantités variables des vêtements et des tissus cutanés de la victime. La balle marquée PG 1-B nous a permis de recueillir également des fragments de cuir tanné sans rapport avec les vêtements des victimes.

— Et les traces de poudre ?

— Aucune sur les vêtements du PG 1, mais de faibles traces sur les manteaux de PG 2 et de PG 3, indiquant qu'ils ont été abattus de plus près, précisa Lyudine.

— Non, indiquant qu'ils ont été abattus après PG 1, corrigea Arkadi. Rien sur les patins ?

— Pas de sang, pas de plâtre, ni de sciure. Ce n'était pas des patins de très bonne qualité.

— Je parlais d'identification. Les gens mettent leur nom sur la lame de leurs patins, colonel. Avez-vous regardé ? »

Dans son bureau de la Novokouznetskaïa, Arkadi expliquait. « Voici la clairière du parc Gorki. Toi, dit-il à Pacha, tu es la Bête. Inspecteur Fet vous êtes le Rouquin, le maigre. Ici, dit-il en plaçant une chaise entre eux, est la Belle. Moi, je suis le meurtrier.

— Vous disiez qu'il pourrait y avoir plus qu'un meurtrier, dit Fet.

— Oui, mais juste cette fois-ci nous allons essayer d'aller d'avant en arrière au lieu de chercher à faire coïncider les faits avec une théorie.

— Tant mieux. Je ne suis pas très fort sur la théorie, dit Pacha.

— C'est l'hiver. Nous avons patiné ensemble. Nous sommes des amis, ou tout au moins des relations. Nous avons quitté la piste de patinage pour la clairière, non loin de là, mais séparés du chemin par les arbres. Pourquoi ?

— Pour parler, suggéra Fet.

— Pour manger ! s'exclama Pacha. C'est pour ça qu'on patine, pour pouvoir s'arrêter et manger du pâté, du fromage, du pain et de la confiture, et certainement faire circuler une bouteille de vodka ou de cognac.

— Je suis l'hôte, poursuivit Arkadi. C'est moi qui ai choisi cet endroit. C'est moi qui ai apporté la nourriture. Nous nous détendons dans la chaleur de la vodka et nous nous sentons bien.

— Et alors vous nous tuez ? Vous tirez avec un pistolet dissimulé dans votre poche de manteau ? demanda Fet.

— Vous vous tireriez sans doute dans le pied si vous essayiez ça, répondit Pacha. Tu penses à ce fragment de cuir sur la balle, Arkadi ? Écoute, c'est toi qui as amené la nourriture. Tu ne pourrais pas apporter une telle quantité de nourriture dans tes poches. Plutôt dans un sac de cuir.

— Je sors les provisions du sac.

— Et je ne me doute de rien quand tu soulèves le sac à la hauteur de ma poitrine. C'est moi le premier parce que je suis le plus grand et le plus costaud. » Pacha hocha la tête : c'était son habitude lorsqu'il était forcé de réfléchir. « Bang !

— Exact. C'est pourquoi il y a du cuir sur la première balle, mais pas de trace de poudre sur le manteau de la Belle. La poudre s'échappe par le trou du sac avec les balles suivantes.

— Le bruit, protesta Fet, mais on lui fit signe de se taire.

— Le Rouquin et la Belle ne voient pas d'arme. (Pacha était excité, il hochait furieusement la tête.) Ils ne savent pas ce qui se passe.

— Surtout si nous sommes censés être amis. Je balance le sac en direction du Rouquin. (Le doigt d'Arkadi se braqua sur Fet.) Bang ! » Il visa la chaise.

« Maintenant, la Belle a le temps de crier. Seulement je sais qu'elle ne le fera pas, je sais qu'elle ne va même pas essayer de s'enfuir. (Il se souvenait du corps de la fille entre les deux hommes.) Je la tue. Puis je vous tire à tous les deux une balle dans la tête.

— Coup de grâce. Sans bavure, approuva Pacha.

— Encore du bruit, fit Fet tout rouge. Peu m'importe ce que vous dites, ça fait beaucoup de bruit. D'ailleurs, tirer une balle dans la bouche, ça n'est pas le coup de grâce.

— Inspecteur, fit Arkadi en braquant un doigt sur lui, vous avez raison. Alors je tire pour une autre raison, une bonne raison pour prendre le risque de tirer encore deux balles.

— Laquelle ? demanda Pacha.

— Je voudrais bien savoir. Maintenant, je prends mon couteau et je vous dépèce le visage. J'ai sans doute utilisé des ciseaux pour vos doigts. Et je remets tout dans le sac.

— Tu t'es servi d'un automatique, fit Pacha, inspiré. Ça fait moins de bruit qu'un revolver et les douilles sont éjectées droit dans le sac. C'est pourquoi nous n'en n'avons pas trouvé dans la neige.

— A quelle heure de la journée ? interrogea Arkadi.

— Tard, dit Pacha. Pour qu'il y ait moins de risque de voir d'autres patineurs s'arrêter dans la clairière. Peut-être qu'il neige : ça étoufferait encore plus les détonations. Quand ne neigeait-il pas cet hiver ? Donc il fait sombre et il neige quand tu sors du parc.

— Et il n'y a guère de risque qu'on me voie jeter le sac dans la rivière.

— Exact ! » dit Pacha en applaudissant.

Fet s'assit sur sa chaise. « Le fleuve était gelé, dit-il.

— Merde ! fit Pacha, dont les mains retombèrent.

— Allons manger », dit Arkadi. Pour la première fois depuis deux jours, il avait de l'appétit.

La cafétéria située près de la station de métro de l'autre côté de la rue avait toujours une table libre pour les inspecteurs. Arkadi prit du merlan, des concombres à la crème aigre, une salade de pommes de terre, du pain et de la bière. Le vieux Belov vint se joindre au groupe et se mit à raconter des histoires de guerre à propos du père d'Arkadi. « C'était au début, avant le regroupement.

(Belov eut un clignement de ses yeux chassieux.) J'étais le chauffeur du général sur un BA-20. »

Arkadi se rappelait l'histoire. Le BA-20 était un antique véhicule blindé composé d'une tourelle avec mitrailleuse en forme de mosquée montée sur un châssis Ford. Les trois BA-20 de l'unité de son père se trouvèrent pris à cent kilomètres derrière les lignes allemandes durant le premier mois de la guerre et parvinrent à passer en rapportant les oreilles et les épaulettes d'un commandant de groupe SS. C'était drôle, ce coup des oreilles. Les Russes acceptaient le viol et le massacre comme les à-côtés normaux de la guerre. Ils étaient tout prêts à croire que les Américains prenaient des scalps et que les Allemands mangeaient des enfants. Ce qui faisait frémir d'horreur une nation dont les révolutionnaires avaient ébranlé le monde, c'était l'idée d'un trophée humain pris par un Russe. C'était pire qu'horrible ; pour les prolétariats invincibles mais quand même un peu angoissés, cela soulignait l'unique tache plus sombre que toutes les autres : le manque de culture. Cette histoire d'oreilles poursuivit le général dans sa carrière après la guerre.

« Ces bruits à propos des oreilles sont faux », assura Belov à la tablée.

Arkadi se souvenait des oreilles. Elles pendaient comme des pâtisseries desséchées au mur du bureau de son père.

« Tu veux vraiment que je parle à tous ces vendeurs ? fit Pacha en enroulant sur sa fourchette une tranche de viande froide. Tout ce qu'ils disent, c'est qu'ils veulent que nous chassions les gitans du parc.

— Parle aux gitans aussi. Nous avons une date maintenant, le début février, dit Arkadi. Et tâche de savoir quelle musique on joue pour les patineurs dans les haut-parleurs.

— Vous voyez souvent votre père, le général ? intervint Fet.

— Pas souvent.

— Je pense à ces pauvres diables du poste de la milice dans le parc, dit Pacha. Un beau petit poste : une cabane en gros madriers, un poêle qui chauffe bien, tout. Pas étonnant qu'ils n'aient pas su que les bois étaient pleins de cadavres. Ils vont en voir des bois à leur prochain poste, et des ours polaires et des esquimaux. »

L'attention d'Arkadi fut attirée par une discussion entre Belov et Fet. A sa surprise, ces âmes sœurs étaient en train de condamner vigoureusement le culte de la personnalité.

« Vous parlez du camarade Staline ? » demanda-t-il.

Fet blêmit. « Nous parlons d'Olga Korbut. »

Chouchine arriva. L'inspecteur principal pour les Affaires spéciales était un assemblage de traits les plus ordinaires, on aurait dit qu'il avait un visage polycopié. Il annonça à Arkadi que Lyudine avait appelé et qu'il avait trouvé un nom sur les patins.

Dominant la grisaille de Moscou sur la croupe des collines Lénine, se trouvaient les studios Mosfilm. Il y avait d'autres studios en Union soviétique : Lenfilm, Tadjikfilm, Ouzbekfilm, mais aucun n'était aussi vaste que ceux de Mosfilm, ni aussi prestigieux. Un dignitaire en visite était amené en limousine le long du mur orange qui protégeait les bâtiments, franchissait la porte d'entrée, tournait à gauche vers un jardin, puis un brusque tournant à droite vers l'entrée principale du pavillon central où administrateurs, metteurs en scène célèbres (toujours avec de grosses lunettes et des cigarettes) et comédiennes soumises avec des fleurs étaient alignés pour l'accueillir. Il se trouvait entouré de nombreux autres pavillons plus énormes, chacun abritant des plateaux : il y avait les bâtiments des projections, ceux des scénaristes, des administrateurs, les hangars où l'on construisait les décors, les labos de développement, les entrepôts et les parcs de matériels où s'entassaient chariots tartares, panzers et vaisseaux spatiaux. C'était une ville à elle toute seule, avec sa population bourgeonnante de techniciens, d'artistes, de censeurs et de figurants — un nombre extraordinaire de figurants en raison d'un penchant qu'avaient les films soviétiques pour les scènes de foule, car aucun des films soviétiques à budget serré ne pouvait se permettre des multitudes et parce que, pour de nombreux jeunes gens, obtenir un laissez-passer de comédien pour la Mosfilm, même comme acteur de complément, c'était renaître.

N'étant pas dignitaire et n'étant pas invité, Arkadi trouva tout seul son chemin entre le pavillon central et les tas de neige qui s'accumulaient devant un bâtiment administratif. Une fille à l'air menaçant brandissait une ardoise qui proclamait à la craie : « Silence ! » Il s'aperçut qu'il était arrivé sur un plateau d'extérieurs, un jardin de pommiers en pots enfouis dans le gazon que, grâce à un jeu de fils, des projecteurs baignaient de la chaude lueur d'un crépuscule d'automne. Un homme en tenue de dandy du XIXe siècle lisait attentivement dans le jardin un livre posé sur une table en fer forgé peinte en blanc. Auprès de lui, un faux mur avec une fenêtre ouverte par laquelle on voyait une lampe à pétrole sur un piano. Un second personnage en tenue plus négligée et en casquette s'avança à pas de loup le long du mur, tira de sa blouse un revolver à canon long et visa.

« Mon Dieu ! » fit le lecteur en sursautant.

Quelque chose n'allait pas, il y avait toujours quelque chose qui semblait ne pas aller, et ils ne cessaient de recommencer la scène. Le metteur en scène et les opérateurs, d'une humeur exécrable, dans leur blouson de cuir dernière mode, injuriaient les assistantes de production, de jolies filles en manteaux afghans. Tous affichaient un mélange d'ennui et de tension. La foule était intéressée. Tous ceux qui se trouvaient dans les environs immédiats sans rien de mieux à faire — électriciens, chauffeurs, Mongols barbouillés de fond de teint, petites ballerines timides comme des levrettes — suivaient dans un silence recueilli le drame du tournage, tellement plus intéressant que celui qu'on était en train de filmer.

« Mon Dieu ! Tu m'as fait peur ! » essaya une nouvelle fois le lecteur. S'efforçant de passer aussi inaperçu que possible auprès du camion électrogène qui fournissait l'éclairage, Arkadi eut tout le temps de découvrir l'assistante costumière. Elle était grande, avait les yeux sombres, la peau claire et des cheveux bruns tirés en chignon.

Son manteau afghan était plus élimé que celui des autres filles, et il était court, révélant ses poignets. Immobile, un script à la main, elle avait l'immobilité d'une photographie. Comme si elle sentait le regard d'Arkadi, elle leva les yeux vers lui et il eut l'impression d'être un instant illuminé. Puis l'attention de la jeune fille revint à la scène du jardin, mais il avait quand même eu le temps d'apercevoir la marque qu'elle avait sur la joue droite. Sur la photo de la milice, la marque était grise. Il constata que c'était en fait une petite marque bleue frappante parce qu'elle était belle.

« Mon Dieu ! Tu m'as fait peur ! (Le lecteur loucha sur le revolver braqué sur lui.) Je suis déjà nerveux et voilà que tu me fais une plaisanterie aussi stupide !

— Déjeuner ! » cria le metteur en scène en quittant le plateau. Cette scène aussi avait déjà été tournée, car les comédiens et les techniciens décampèrent presque aussi vite, laissant les badauds se disperser. Arkadi regarda l'assistante costumière disposer des housses sur la table et les fauteuils de jardin, retirer une feuille qui se fanait dans un bouquet et éteindre la lampe à pétrole sur le piano. Son manteau était pire qu'élimé. Des pièces avaient transformé la broderie afghane en patchwork insensé. Elle avait une méchante écharpe orange nouée vaguement autour du cou, ses bottes étaient en vinyl rouge. Cela faisait un ensemble saisissant, et pourtant elle le portait avec un tel aplomb qu'une autre femme, en la voyant, aurait pu dire : oui, voilà comment je devrais m'habiller : en faisant les poubelles. Sans les projecteurs, il faisait sombre dans le jardin. Elle arborait un grand sourire.

« Irina Asanova ? demanda Arkadi.

— Et vous ? (Elle avait une voix grave, arrondie par un accent sibérien.) Je suis certaine de ne pas vous connaître.

— Vous semblez savoir que vous êtes celle à qui je suis venu parler.

— Vous n'êtes pas le premier à venir me déranger quand je travaille. »

Tout cela était dit avec son sourire, comme s'il n'y

avait pas de quoi se formaliser. « Je vais manquer le déjeuner, soupira-t-elle, ça me fera faire un régime. Vous avez une cigarette ? »

Quelques boucles de cheveux avaient échappé au carcan de son chignon. Irina Asanova avait vingt et un ans, Arkadi se souvenait avoir vu cela dans le dossier de la milice. Lorsqu'il lui alluma sa cigarette, elle protégea la flamme en posant ses longs doigts frais sur la main d'Arkadi. Le contact appuyé était un truc si usé qu'il en fut déçu jusqu'au moment où il vit dans ses yeux qu'elle se moquait de lui. C'étaient des yeux si expressifs qu'ils auraient rendu intéressante la fille la plus banale.

« Les hommes des Affaires spéciales fument généralement de meilleures cigarettes, je dois vous le dire, déclara-t-elle en aspirant goulûment. Est-ce que ça fait partie d'une campagne pour me faire flanquer dehors ? Si vous me chassez d'ici, je trouverai simplement un autre travail.

— Je ne suis pas des Affaires spéciales ni du KGB. Tenez. » Arkadi lui montra sa carte.

« Différent, mais pas très. (Elle la lui rendit.) Que me veut l'inspecteur principal Renko ?

— Nous avons retrouvé vos patins à glace. »

Il lui fallut un moment pour comprendre. « Mes patins ! fit-elle en riant. Vous les avez trouvés ? Il y a des mois que je les ai perdus.

— Nous les avons trouvés sur un mort.

— Bien fait ! Il y a quand même une justice, après tout. J'espère que ces salauds sont morts de froid. Je vous en prie, ne soyez pas choqué. Savez-vous pendant combien de temps il a fallu que je fasse des économies pour ces patins ? Regardez mes bottes. Allez, regardez-les. »

Il constata que la fermeture à glissière de ses bottes rouges était décousue. Tout d'un coup Irina Asanova prit appui sur son épaule et retira une botte. Elle avait de longues jambes gracieuses.

« Même pas de semelles intérieures. (Elle frictionna ses orteils nus.) Vous avez vu le metteur en scène de ce film ? Il m'a promis une paire de bottes italiennes fourrées si je couchais avec lui. Croyez-vous que je doive ? »

Ça semblait une vraie question. « L'hiver est presque fini, dit-il.

— Exactement. » Elle rechaussa sa botte.

Ce qui impressionna Arkadi, à part ses jambes, c'était la façon dont elle faisait tout son numéro avec une telle indifférence, comme si peu lui importait ce qu'elle disait ou faisait.

« Mort, avez-vous dit, fit-elle. Je me sens déjà mieux. J'ai signalé le vol de ces patins, vous savez, à la patinoire et à la milice.

— En fait, vous avez signalé leur disparition le 4 février, mais vous avez dit les avoir perdus le 31 janvier. Vous ne vous êtes pas aperçue pendant quatre jours que vous les aviez perdus ?

— C'est certainement quand on veut s'en servir qu'on s'aperçoit qu'on a perdu quelque chose. Même vous, inspecteur. Il m'a fallu un moment pour me rappeler où je les avais perdus... Alors je me suis précipitée à la patinoire. Trop tard.

— Peut-être entre-temps vous êtes-vous souvenue de quelque chose ou de quelqu'un à la patinoire dont vous n'avez pas parlé à la milice quand vous avez signalé le vol des patins. Avez-vous idée de qui aurait pu les prendre ?

— Je soupçonne... (Elle marqua un temps pour souligner son effet...) tout le monde.

— Moi aussi, dit gravement Arkadi.

— Nous avons quelque chose en commun. (Elle eut un rire ravi.) Vous vous rendez compte ! »

Mais à peine s'était-il mis à rire avec elle qu'elle le coupa net.

« Un inspecteur principal ne vient pas me parler de patins, dit-elle. J'ai dit à la milice tout ce que je savais sur le moment. Que voulez-vous ?

— La fille qui portait vos patins a été tuée. On a trouvé deux autres corps avec elle.

— Qu'est-ce que ça a à voir avec moi ?

— J'ai pensé que vous pourriez peut-être nous aider.

— S'ils sont morts, je ne peux pas les aider. Croyez-moi, il n'y a rien que je ne ferais pas pour vous. J'ai fait des études de droit. Si vous devez m'arrêter, il faut un milicien avec vous. Vous allez m'arrêter ?

— Non ?

— Alors, à moins que vous vouliez me faire perdre ma place, vous allez partir. Ici, les gens ont peur de vous, ils n'ont pas envie de vous voir dans les parages. Vous ne reviendrez pas, n'est-ce pas ? »

Arkadi était stupéfait de se voir laisser cette fille ridicule lui jouer la comédie. D'un autre côté, il comprenait la situation de l'étudiant jeté à la porte de l'université et qui se cramponnait à n'importe quel travail qu'il pouvait trouver pour ne pas perdre son permis de séjour à Moscou et être renvoyé chez lui. Jusqu'au fond de la Sibérie pour cette fille.

« Non, reconnut-il.

— Merci. (Son air grave se fit intéressé.) Avant de partir, pourriez-vous me donner un autre clope ?

— Prenez le paquet. »

L'équipe revenait vers le plateau. L'acteur avec le revolver était ivre et braqua son arme sur Arkadi. Irina lança à l'inspecteur qui s'éloignait : « Au fait, qu'avez-vous pensé de la scène ?

— On aurait dit du Tchekhov, répondit-il par-dessus son épaule, mais en mauvais.

— C'est du Tchekhov, dit-elle, mais c'est infect. Vous ne manquez rien. »

Levine était en train d'étudier un échiquier lorsque Arkadi entra dans son bureau.

« Je vais te donner un abrégé de l'histoire de notre Révolution, dit Levine sans lever les yeux des pièces noires et blanches. Dès l'instant qu'un homme s'adonne au meurtre, à la longue, voler ne lui paraîtra rien ; de voler il en arrive à s'exprimer grossièrement et à professer l'athéisme, et de là à ouvrir les portes sans frapper. Aux noirs de jouer.

— Tu permets ? demanda Arkadi.

— Vas-y. »

Arkadi déblaya le centre de l'échiquier et y disposa trois pions noirs à l'horizontale. « La Belle, la Bête et le Rouquin.

— Qu'est-ce que tu fais ? dit Levine en contemplant le saccage de sa partie.

— Je crois que quelque chose t'a échappé.

— Comment le sais-tu ?

— Laisse-moi passer les faits en revue. Trois victimes, toutes tuées d'une balle dans la poitrine.

— Deux avec une balle dans tête aussi, alors comment sais-tu lesquelles ont été tirées en premier ?

— Le meurtrier a soigneusement préparé son coup, poursuivit Arkadi. Il prend les papiers d'identité, vide les poches de ses victimes, il va jusqu'à leur écorcher le visage et leur couper le bout des doigts pour supprimer des éléments d'identification. Toutefois, il prend le risque supplémentaire de tirer deux balles de plus dans le visage des victimes masculines.

— Pour s'assurer qu'elles sont mortes.

— Il sait qu'elles sont mortes. Non, sur un homme il y a un autre élément d'identification à supprimer.

— Peut-être qu'il leur a tiré d'abord une balle dans la tête, puis dans le cœur.

— Alors pourquoi pas la fille aussi ? Non, il tire une balle dans la tête du premier cadavre masculin, puis se rend compte qu'il ne fait qu'annoncer où il veut en venir, alors il fait la même chose pour le second homme.

— Bien, mais je te demande encore, fit Levine en se levant, pourquoi pas la fille aussi ?

— Je ne sais pas.

— Et je te dis en tant qu'expert, ce qui n'est pas ton cas, qu'une balle de ce calibre ne défigurera pas au point qu'on ne puisse pas identifier les hommes. D'ailleurs, ce boucher leur avait déjà arraché le visage.

— En tant qu'expert, dis-moi quels résultats ont donné les balles ?

— Si les deux hommes étaient déjà morts... répondit Levine en se croisant les bras, principalement une destruction locale. Les dents que nous avons déjà examinées. »

Arkadi ne dit rien. Levine ouvrit brutalement un tiroir et en tira des boîtes marquées PG1 et PG2. De la boîte PG1, il déversa dans sa main deux incisives presque intactes.

« De bonnes dents, dit Levine. On pourrait craquer des noix avec ça. »

Les dents de la boîte PG2 s'en étaient moins bien tirées. Une incisive fracassée et un paquet séparé d'éclats et de poudre.

« La plus grande partie d'une dent s'est perdue dans la neige. Toutefois, ce que nous avons analysé montre la présence d'émail, de dentine, de cément, de muqueuse déshydratée avec des traces de nicotine et de plomb.

— Un plombage ? demanda Arkadi.

— Du "nofgram" répondit Levine utilisant l'expression d'argot pour désigner une balle. Ça te satisfait ?

— C'était le Rouquin, celui qui se teignait les cheveux, n'est-ce pas ?

— PG2, bon sang ! »

Le Rouquin était en bas dans un tiroir de métal bien au frais. Ils roulèrent le corps dans la salle d'autopsie, Arkadi tirant sur une cigarette.

— Éclaire-moi, fit Levine en l'écartant. Je croyais que tu détestais ce travail. »

La partie centrale de la mâchoire supérieure était un trou encadré des incisives secondaires jaunies. Avec un petit pic, Levine fit glisser les fragments de mâchoire sur une plaque de verre humide. Lorsque la lamelle fut presque recouverte, il se dirigea vers un microscope posé sur un établi.

« Sais-tu jamais ce que tu cherches, ou bien est-ce que tu devines simplement ? demanda Arkadi.

— Je devine, mais personne ne cambriole un coffre vide.

— Si on peut dire. » Le médecin légiste colla un œil à l'oculaire tout en remuant les fragments d'os. Commençant avec un grossissement de dix fois, il fit tourner les lentilles de l'objectif. Arkadi prit une chaise et s'assit en tournant le dos au cadavre pendant que Levine ôtait de la lamelle un granule d'os après l'autre.

« J'ai envoyé à ton bureau un rapport que tu n'as probablement pas vu, reprit Levine. Le bout des doigts a été coupé aux ciseaux. Il y a une double marque bien distincte sur les plaies. Le tissu facial n'a pas été découpé avec un scalpel, les entailles ne sont pas aussi fines : en fait, on a pas mal entaillé l'os. Je dirais un gros couteau, peut-être un couteau de chasse, et extraordinairement affûté. (Il ne restait sur la plaque de verre qu'une fine poussière.) Tiens, regarde. »

Grossie deux cents fois, la poussière d'os était un amas d'ivoire entrelardé de poutres roses.

« Qu'est-ce que c'est ?

— De la gutta-percha. La dent s'est brisée de cette façon parce qu'elle était morte et cassante. On y avait creusé le canal de la racine et mis de la gutta-percha pour remplacer la racine.

— Je ne savais pas que ça se faisait.

— Ça ne se fait pas ici. En Europe, les dentistes n'utilisent pas la gutta-percha, seulement les Américains. (Levine ricana en voyant Arkadi sourire.) Il n'y a pas de quoi être fier quand on a de la chance.

— Je ne suis pas fier. »

De retour rue Novokouznetskaïa, sans quitter son manteau, Arkadi tapa à la machine :

> Rapport sur les homicides du parc Gorki.
> Une analyse pratiquée au laboratoire de médecine légale sur la victime PG2 révèle des traces d'un pivot de gutta-percha dans le canal de la racine de l'incisive supérieure droite. Le médecin légiste affirme que c'est une technique qui n'est pas pratiquée par les dentistes soviétiques ni européens. Elle est courante aux États-Unis.
> PG2 est également la victime qui s'était déguisée en teignant en brun ses cheveux roux.

Il ajouta sa signature et l'heure, roula le rapport hors de la machine, détacha sa copie au carbone et emporta l'original dans le bureau voisin aussi tendrement que s'il s'agissait d'une commutation de peine. Iamskoï était sorti. Arkadi posa le rapport au beau milieu du bureau du procureur.

Lorsque Pacha revint dans l'après-midi, l'inspecteur était en bras de chemise à feuilleter un magazine. Le policier posa son magnétophone et s'affala sur une chaise.

« Qu'est-ce que c'est, une retraite prématurée ?

— Pas une retraite, Pacha. Un ballon, une bulle montant vers le ciel, un aigle qui plane librement — bref, un homme qui a réussi à épuiser sa responsabilité.

— De quoi parles-tu ? Je viens tout juste de trouver la solution de l'affaire.

— Il n'y a plus d'affaire pour nous ? »

Arkadi décrivit les dents du cadavre.

« Un espion américain ?

— Qu'est-ce que ça fout, Pacha ? N'importe quel Américain mort fera l'affaire. Maintenant c'est Pribluda qui va reprendre l'enquête.

— Et s'en attribuer tout le mérite !

— Cette affaire aurait dû lui revenir depuis le début. Triple exécution, ce n'est pas notre genre d'enquête.

— Je connais les gens du KGB. Ces connards. Ils nous laissent faire tout le travail.

— Quel travail ? Nous ne savons pas qui sont les victimes, encore moins qui les a tuées.

— Ils ont deux fois le salaire des inspecteurs, ils ont des magasins qui leur sont réservés, des clubs sportifs de rêve. (Pacha continua sur sa lancée.) Peux-tu me dire en quoi ils valent mieux que moi, pourquoi je n'ai jamais été recruté ? Je suis marqué parce que mon grand-père se trouvait être prince ? Non, il faut avoir un pedigree, se casser le tronc pendant des générations ou parler dix langues.

— Pribluda a résolument l'avantage sur toi pour ce qui est de se casser le tronc. Je ne pense pas qu'il parle plus d'une langue.

— Je pourrais parler français ou chinois si on m'en avait donné l'occasion, poursuivit Pacha.

— Tu parles allemand.

— Tout le monde parle allemand. Non, l'histoire de ma vie, c'est typique. Maintenant ils vont s'attribuer les mérites alors que nous avons démasqué quoi, une, une...

— Une dent.

— Putain de ta mère. » C'était l'expression nationale d'exaspération, pas une insulte.

Arkadi laissa Pacha rager tout seul et passa dans le bureau de Mikine. L'inspecteur principal pour les Directives gouvernementales n'était pas là. Avec une clé prise dans le bureau de Mikine, Arkadi ouvrit une cassette en bois qui contenait un annuaire téléphonique de Moscou et quatre bouteilles de vodka. Il n'en prit qu'une.

« Alors tu préférerais être un connard plein de morgue plutôt qu'un bon inspecteur », dit-il à Pacha en revenant. Inconsolable, l'inspecteur fixait le sol. Arkadi versa deux verres de vodka. « Bois donc.

— A quoi ? marmonna Pacha.

— A ton grand-père le prince ! » proposa Arkadi.

Pacha rougit, tout gêné. Il regarda par la porte ouverte sur le couloir.

« Au tsar ! ajouta Arkadi.

— Je t'en prie ! fit Pacha en fermant la porte.

— Alors, bois. »

Après quelques verres, Pacha n'était plus si désespéré. Ils portèrent un toast au flair du médecin légiste, le capitaine Levine, à l'inévitable triomphe de la justice soviétique et à l'ouverture des voies maritimes vers Vladivostok.

« Au seul homme honnête de Moscou, proposa Pacha.

— Qui ça ? demanda Arkadi, s'attendant à une plaisanterie.

— Toi, dit Pacha en buvant.

— En fait, dit Arkadi en regardant son verre, ce que nous faisons depuis deux jours n'a pas été trop honnête. (Levant les yeux, il vit que l'entrain retrouvé de l'inspecteur commençait à décliner.) D'ailleurs, tu m'as dit que tu avais “trouvé la solution de l'affaire” aujourd'hui. Raconte-moi comment. »

Pacha haussa les épaules, mais Arkadi insista, comme il savait que le souhaitait l'inspecteur. Une journée passée à discuter avec de vieilles babouchkas méritait bien une récompense.

« L'idée m'est venue... fit Pacha en s'efforçant de prendre un ton détaché, que peut-être quelque chose d'autre que la neige avait couvert le bruit des coups de feu. Après avoir perdu le plus clair de ma journée avec les marchands ambulants, je suis allé parler à la petite vieille qui met les disques diffusant de la musique sur la patinoire du parc, en hiver. Elle a une petite pièce à l'entrée de l'immeuble de Krimsky Val. Je lui demande : "Est-ce que vous jouez des disques bruyants ?" Elle dit : "Pour le patinage, rien que des disques de musique douce." Je demande : "Vous avez un programme de disques que vous suivez chaque jour ?" Elle me répond : "Les programmes, c'est pour la télévision, je ne passe que des disques pour patiner, de la musique douce jouée par un simple travailleur, comme je le fais depuis la guerre quand j'étais dans l'artillerie. J'ai mérité mon poste honnêtement, dit-elle, à cause de mon infirmité." Je continue : "Ça n'est pas ça qui m'intéresse, je veux juste savoir dans quel ordre vous passez les disques. — Dans le bon ordre, dit-elle. Je commence en haut de la pile et je vais jusqu'en bas ; quand il ne reste plus de disque, je sais que c'est l'heure de rentrer chez moi." "Montrez-moi", dis-je. La vieille femme apporte une pile de quinze disques. Ils sont même numérotés de un à quinze. Je pensais que les coups de feu avaient sans doute été tirés vers la fin de la journée, alors je pars de la fin. Le numéro 15, bien sûr, est un extrait du *Lac des Cygnes*. Le numéro 14, devine ? *L'ouverture de 1812*. Des canons, des cloches, tout le tremblement. Et je finis par comprendre. Pourquoi faut-il que les disques soient numérotés ? Je tiens le disque devant ma bouche et je lui demande : "Vous les passez fort, les disques ?" Elle se contente de me regarder ; elle n'a rien entendu. La vieille femme est sourde, c'est ça son infirmité, et voilà qui fait passer les disques au parc Gorki ! »

3

Un week-end à la campagne avec la dernière neige de l'hiver. Les essuie-glace écrasent les flocons épais comme des duvets d'oie. Une bouteille de vodka aux épices compensait le chauffage insuffisant de la voiture. Le crissement enthousiaste des pneus. Fifres, tambours, clairons, les cloches au galop d'un traîneau. En avant !

Zoya était assise à l'arrière avec Natacha Mikoyan, Arkadi devant avec Mikhaïl Mikoyan, son plus vieil ami. Les deux hommes avaient connu ensemble le Komsomol, l'armée, l'université de Moscou et la faculté de droit. Ils avaient partagé les mêmes ambitions, les mêmes virées, les mêmes poètes, et parfois les mêmes filles. Frêle, avec un visage de bébé sous une tignasse de boucles brunes, Micha était passé directement de la faculté de droit au Collège des avocats de la ville de Moscou. Officiellement, les avocats de la défense ne touchaient pas plus que les juges : disons deux cents roubles par mois. En vérité, les clients payaient le double ou davantage, c'est pourquoi Micha pouvait se permettre de beaux costumes, une bague avec un rubis au petit doigt, des fourrures pour Natacha, une maison de campagne et une Jiguli deux portes pour y aller.

Natacha, brune et si menue qu'elle pouvait porter des vêtements d'enfants, apportait sa part comme rédactrice à l'Agence de Presse Novosti et au rythme d'un avortement par an, elle ne pouvait pas prendre la pilule, bien qu'elle en fournît à ses amies. Pas trop de bagages sur ce traîneau. En avant !

La datcha était à trente kilomètres à l'est de Moscou. Comme d'habitude, Micha avait invité huit ou dix amis à partager la villa. Quand les invités du maître de maison entrèrent, en secouant la neige de leurs bottes, les bras chargés de pain, de harengs et de bouteilles de liqueurs, ils furent accueillis par un jeune couple occupé à farter des skis et par un gros homme engoncé dans un chandail trop serré qui essayait d'allumer du feu dans la cheminée. D'autres arrivèrent à leur suite : un réalisateur de films éducatifs et sa maîtresse ; un danseur de ballet qui suivait sa femme comme un toutou. Des skis semblaient tomber continuellement du canapé. Les hommes dans une pièce, les femmes dans une autre, les derniers arrivants passèrent des tenues de sport.

« Un matin blanc, fit Micha avec un grand geste. Une neige plus précieuse que des roubles. »

Zoya annonça qu'elle allait rester avec Natacha, qui n'était pas tout à fait remise de son dernier avortement. Dehors, la neige avait cessé de tomber et couvrait le sol d'une couche épaisse.

Micha s'enorgueillissait de tracer son chemin à travers bois. Arkadi se contentait de suivre et de s'arrêter de temps en temps pour admirer la ligne des collines ; il avait un long pas dans l'effort et n'avait aucun mal à rattraper les plongées fébriles de Micha. Au bout d'une heure, ils firent halte pour permettre à Micha de nettoyer la glace qui s'était amassée entre ses chaussures et ses skis. Arkadi défit ses skis et s'assit.

La blancheur de l'haleine, des arbres, de la neige, du ciel. Élancés comme des femmes, disait-on toujours des bouleaux. C'était aussi des béquilles pour les poètes, songea Arkadi.

Micha s'acharnait sur la glace de la même façon qu'il opérait au tribunal. Avec fureur, de façon théâtrale. Quand il était petit garçon, c'était lui qui avait la plus grosse voix, on aurait dit une minuscule embarcation avec une énorme voile. Il martelait littéralement.

« Arkacha, j'ai un problème, dit-il en laissant tomber les skis.

— Qui est-elle, cette fois ?

— Une nouvelle secrétaire, sans doute pas plus de dix-neuf ans. Je crois que Natacha s'en doute. Bah, je ne joue pas aux échecs, je ne fais pas de sport, qu'est-ce qui me reste d'autre ? Ce qu'il y a de plus ridicule, c'est que cette enfant est sans doute l'être le plus ignorant que j'aie jamais rencontré, et que je suis suspendu à ses opinions. Une aventure, ça n'est pas bien joli au fond. Nous devons marcher. Enfin... dit-il en ouvrant son blouson dont il tira une bouteille de vin... Voici un petit Sauternes de France, rapporté clandestinement par ce danseur que tu as vu faire des entrechats autour de la maison. Le meilleur vin de dessert du monde. Seulement je n'ai pas de dessert. Tu en veux ? »

Micha déroula l'étain qui protégeait le bouchon et tendit la bouteille à Arkadi qui, en frappant le fond, fit sauter le bouchon. Il but une gorgée. Le vin était de couleur ambre et sucré.

« Il est doux ? demanda Micha, surprenant la grimace d'Arkadi.

— Pas aussi doux que certains vins russes », déclara Arkadi en bon patriote.

Ils burent à tour de rôle. La neige tombait des buissons, parfois en une lourde masse, parfois en une cascade rapide et légère comme les pas d'un lièvre. Arkadi aimait la compagnie de Micha, et les meilleurs moments étaient ceux où Micha se taisait.

« Est-ce que Zoya continue à te harceler à propos du Parti ? demanda Micha.

— Je suis membre du Parti, j'ai une carte.

— Si on peut dire. Qu'est-ce qu'il faut pour être plus actif ? Une réunion une fois par mois où tu peux lire le journal si tu en as envie, une fois par an tu vas voter, deux fois par an tu fais circuler une pétition contre la Chine ou le Chili. Ce n'est même pas ça. La seule raison pour laquelle tu as une carte c'est que sans cela tu ne serais pas inspecteur principal. Tout le monde le sait d'ailleurs, tu ferais aussi bien d'en tirer des bénéfices, d'aller un peu au comité du district et de prendre des contacts.

— J'ai toujours une bonne raison pour manquer une réunion.

— Bien sûr. Pas étonnant que Zoya soit furieuse. Tu devrais penser un peu à elle. Avec tes états de service, ce serait un jeu d'enfant d'être inspecteur du Comité central. Tu pourrais voyager partout pour vérifier si on fait bien respecter la loi, monter des campagnes, faire chier dans leurs frocs les généraux de la milice locale.

— Ça n'est pas très séduisant.

— Quelle importance ? L'essentiel, c'est que tu aurais accès aux magasins du Comité central, tu serais parmi les prioritaires pour les voyages à l'étranger et tu serais proche des hommes du Comité central qui décident les nominations importantes. Tu monterais toute l'échelle. »

Le ciel avait une couleur sable qui rappelait la porcelaine. Il crisserait si on frottait le pouce dessus, se dit Arkadi.

« Je gaspille ma salive, dit Micha. Tu devrais parler à Iamskoï, il t'aime bien.

— Ah oui ?

— Qu'est-ce qui l'a rendu si célèbre, Arkacha ? Le procès en appel de Viskov. Devant la Cour suprême, Iamskoï dénonce les autorités qui ont arrêté et condamné à tort le jeune travailleur Viskov à quinze ans de prison pour meurtre. Voilà tout d'un coup que le procureur Iamskoï, de Moscou, devient protecteur des droits industriels. Un véritable bandit, à en croire la *Pravda*. Et qui a rouvert l'enquête ? Toi. Qui a forcé Iamskoï à agir en menaçant de protester seul dans les publications juridiques ? Toi. Alors Iamskoï, voyant que tu ne te laisses pas ébranler, vire complètement de bord et devient le vaillant héros de l'histoire. Il te doit beaucoup. Il pourrait aussi avoir envie de se débarrasser de toi.

— Depuis quand parles-tu à Iamskoï ? fit Arkadi intéressé.

— Oh ! depuis quelque temps. J'avais un petit problème avec un client qui prétendait m'avoir trop payé. Il ne m'avait pas trop payé : je l'ai tiré d'affaire, ce salaud.

Bref, le procureur s'est montré étonnamment compréhensif. Ton nom a été mentionné dans la conversation. C'était un cas, si tu veux. »

Micha avait demandé de tels honoraires qu'un homme acquitté se plaignait ? Arkadi n'avait jamais encore accolé au nom de son ami l'épithète de « vénal ». Micha lui-même semblait déprimé par cet aveu.

« Je l'ai tiré d'affaire, ce salopard. Tu sais comme ça arrive rarement ? Tu sais ce que tu fais quand tu engages un avocat pour te défendre ? Tu payes un homme pour venir devant le tribunal et te désavouer. Parfaitement ! C'est ce qui se passe la plupart du temps. Après tout, on ne te ferait pas de procès si tu n'étais pas coupable, et je n'ai pas envie d'être coupable de complicité ; j'ai ma réputation à protéger. Sans même laisser au procureur l'occasion de braquer un doigt accusateur, je déplore en public les agissements de ce criminel. Je suis non seulement scandalisé, je suis écœuré. Si mon client a de la chance, je pourrais dire en passant qu'il n'a jamais fêté le Jour de l'Armée rouge.

— Ça n'est pas vrai.

— Si, un peu. Sauf que cette fois-là, je ne sais pas pourquoi, j'ai tout fait. Mon client n'était pas un voleur, il était père de jeunes enfants, il était le fils d'une femme infirme qu'il faisait vivre et qui sanglotait au premier rang, c'était un ancien combattant modeste qui avait participé à des batailles célèbres, c'était un ami fidèle et un travailleur impénitent qui n'était pas un voleur mais seulement un faible. La justice soviétique, ce juge narcoleptique flanqué de deux arbitres ignorants, est dure, dure comme un seigneur féodal et humaine tout à la fois. Essaie de faire le malin et tu perdras ta tête. Mais jettetoi à leurs pieds, dis que c'était la vodka, que c'était à cause de cette femme, que c'était un moment de folie, et qui sait ce qui pourrait se passer ? Naturellement, tout le monde essaye, alors il faut être un artiste pour s'élever au-dessus du niveau du mélo général. C'est ce que j'ai fait, Arkacha. J'ai même pleuré. » Micha marqua un temps. « Pourquoi est-ce que j'ai demandé tant d'argent ? »

Arkadi essaya de trouver quelque chose à dire. « Je suis tombé sur les parents de Viskov voilà deux jours, proposa-t-il. Son père tient une cafétéria près de la gare de Pallevesky. Quelle histoire que leurs vies.

— Je suis vraiment au désespoir ! explosa Micha. Tu ne sauras jamais qui cultiver. Voilà deux jours, je déjeunais au Syndicat des Écrivains avec l'éminent historien Tomachevski. (La petite embarcation qu'était Micha s'élançait sur un nouveau parcours avec la brise qui fraîchissait.) Voilà le genre d'homme que tu devrais connaître. Respecté, charmant, il n'a pas écrit une ligne en dix ans. Il a un système qu'il m'a expliqué. D'abord, il soumet un synopsis biographique à l'Académie pour être absolument sûr que son approche est en accord avec la politique du Parti. Premier pas crucial, tu le verras plus tard. Le personnage qu'il étudie est toujours une figure importante — de Moscou — donc Tomachevski doit faire ses recherches en Russie non loin de chez lui pendant deux ans. Mais ce personnage historique a aussi voyagé, oui, il a vécu quelques années à Paris ou ailleurs ; Tomachevski va donc en faire autant, demander et obtenir l'autorisation de résider à l'étranger. Quatre ans ont passé. L'Académie et le Parti se frottent les mains en attendant cette superbe étude du personnage important par l'éminent Tomachevski. Tomachevski doit maintenant se retirer dans la solitude d'une datcha dans les environs de Moscou pour s'occuper de son jardin et méditer en pleine créativité sur ses dossiers de documentation. Deux années encore passent en fécondes réflexions. Et juste au moment où Tomachevski va commencer à coucher tout cela sur le papier, il se tourne de nouveau vers l'Académie pour découvrir que la politique du Parti a fait une complète volte-face ; son héros est un traître, et au milieu des regrets unanimes, Tomachevski, dans l'intérêt supérieur, doit sacrifier ses années d'efforts. Naturellement, on n'est que trop heureux de pousser Tomachevski à se lancer dans un nouveau projet, à oublier son chagrin en se lançant dans une autre entreprise. Tomachevski est en train d'étudier maintenant un très important personnage historique qui a vécu quelque temps dans le midi de la France. Il affirme qu'il y a toujours un bel avenir pour les historiens soviétiques, et je le crois. »

Brusquement Micha changea une fois de plus de sujet et baissa le ton. « A propos de ces corps découverts au parc Gorki, j'ai entendu que tu avais eu un nouvel accrochage avec le major Pribluda. T'es fou ? »

Lorsqu'ils rentrèrent, tout le monde était parti sauf Natacha.

« Zoya est partie avec des gens de la datcha au bout du chemin, annonça-t-elle à Arkadi. Quelqu'un avec un nom allemand.

— Elle veut dire Schmidt. » Micha était assis auprès du feu pour faire fondre la glace de ses chaussures. « Tu dois connaître Schmidt, Arkacha. Il est de Moscou. Il vient de prendre la maison au bout de la route. C'est peut-être le nouvel amant de Zoya. »

Sur le visage d'Arkadi, Micha vit la vérité. La bouche grande ouverte, le visage tout rouge, il tenait sa botte ruisselante devant les flammes.

« Fais ça dans la cuisine, Micha, dit Natacha en repoussant Arkadi sur le divan et en emplissant deux verres de vodka pour elle et pour lui pendant que son mari sortait de la pièce. Il est idiot, dit-elle en désignant la cuisine de la tête.

— Il ne savait pas ce qu'il disait. » Arkadi avala la vodka en deux lampées.

« C'est sa méthode : il ne sait jamais ce qu'il dit. Il raconte n'importe quoi, alors il faut bien qu'il ait raison de temps en temps.

— Mais toi, tu sais ce que tu dis ? » demanda Arkadi.

Natacha avait un sens de l'humour discrètement malicieux. Les cernes très doux autour de ses yeux les faisaient par contraste paraître plus brillants. Elle avait le cou si frêle qu'elle faisait penser à une enfant affamée, ce qui était bizarre pour une femme d'une trentaine d'années.

« Je suis l'amie de Zoya. Je suis ton amie. En fait, je

suis davantage l'amie de Zoya. D'ailleurs voilà des années que je lui dis de te quitter.

— Pourquoi ?

— Tu ne l'aimes pas. Le fait est que si tu l'aimais tu la rendrais heureuse. Si tu l'aimais, tu ferais ce que fait Schmidt. Ils étaient faits l'un pour l'autre. (Elle versa encore un peu de vodka pour Arkadi et pour elle-même.) Si tu as un tant soit peu d'affection pour elle, laisse-la être heureuse. Laisse-la enfin être heureuse. » Natacha se mit à pouffer. Elle s'efforçait de garder un air sérieux, mais ses jolies lèvres ne cessaient de se retrousser. Elle faisait autant le clown que Micha lorsqu'ils étaient étudiants. « Parce que, tu sais, tu la trouves très ennuyeuse. Elle a eu deux ou trois bonnes années quand tu as réussi à la rendre intéressante. Maintenant, même moi j'en conviens, elle est assommante. Tu ne l'es pas. (Elle fit courir un doigt le long de son poignet.) Tu es le seul homme que je connaisse encore qui ne le soit pas. »

Natacha se versa encore une rasade avant de gagner la cuisine, tout à fait ivre, en laissant Arkadi seul dans la salle de séjour. Il faisait chaud dans la pièce et la vodka n'était plus fraîche.

Micha et Natacha avaient décoré la maison avec des icônes et de drôles de statuettes en bois et le feu se reflétait sur les dorures. Faire pour Zoya ce que Schmidt faisait pour elle ? Arkadi ouvrit son portefeuille et prit une petite brochure rouge avec un profil de Lénine sur la couverture. Sur la gauche il y avait son nom, sa photographie et le cachet du district du Parti. Sur la droite, son timbre de cotisation… Il remarqua qu'il avait deux mois de retard. Sur la dernière page une sélection de préceptes pour méditer. La célèbre carte du Parti. « Il n'y a qu'une façon de réussir, il n'y en a qu'une, et rien d'autre », avait dit Zoya. Elle était nue lorsqu'elle avait dit cela ; le contraste entre sa carte et sa peau était un détail dont il se souvenait. Il regarda une icône. C'était une madone, une vierge. Le visage byzantin, surtout le regard profond des yeux, lui rappela non pas Zoya, ni Natacha, mais la fille qu'il avait rencontrée à la Mosfilm.

« A Irina. » Il leva son verre.

Vers minuit, tout le monde était rentré et tout le monde était ivre. Il y avait un buffet avec du porc froid et des saucisses, du poisson, des blinis, des fromages et diverses sortes de pain, des champignons confits, même du caviar pressé. Quelqu'un déclamait de la poésie. A l'autre bout de la pièce, des couples sautillaient aux accents d'une version hongroise des Bee Gees. Micha était accablé de remords et ne pouvait détourner son regard de Zoya assise tout près de Schmidt.

« Je croyais que nous devions passer ce week-end ensemble, dit Arkadi la seule fois où il trouva Zoya seule dans la cuisine. Comment Schmidt s'est-il trouvé là ?

— C'est moi qui l'ai invité. » Elle prit une bouteille de vin.

« A Zoya Renko... fit Schmidt en levant son verre lorsqu'elle revint... Choisie par son comité de district pour faire un discours sur les nouveaux défis de l'éducation devant tout le comité de la ville, ce qui nous rend tous très fiers — et surtout, j'en suis sûr, son mari. »

Arkadi sortit de la cuisine pour trouver tous les yeux fixés sur lui, sauf ceux de Schmidt, qui faisait un clin d'œil à Zoya. Natacha épargna à Arkadi de prolonger sa confusion en lui tendant un verre. Un chanteur géorgien à la voix sirupeuse se fit entendre sur le tourne-disque. Schmidt et Zoya se levèrent pour danser.

Ils avaient déjà dansé, Arkadi le devinait. Perdant un peu ses cheveux mais apparemment en bonne forme, Schmidt évoluait avec grâce, avec une mâchoire bien musclée en forme d'enclume qui dénotait un tempérament de chef. Il avait le cou épais d'un gymnaste et les lunettes à monture noire d'un penseur du Parti. Sa main recouvrait presque le dos de Zoya tandis qu'elle se penchait vers lui.

« Au camarade Schmidt, fit Micha en brandissant une bouteille tandis que la chanson se terminait. Au camarade Schmidt nous portons un toast, non pas parce qu'il a obtenu une sinécure à un comité de district en faisant des mots croisés et en vendant en douce les fournitures de bureau, parce que je me souviens avoir moi-même rapporté chez moi une agrafeuse. »

Micha renversa un peu de vodka et hocha la tête d'un air bienveillant : il ne faisait que commencer. « Nous buvons à sa santé parce qu'il assiste aux conférences du Parti sur les plages de la mer Noire, parce que l'an dernier j'ai été autorisé à prendre l'avion pour Mourmansk. Nous buvons non pas parce que le comité de district lui achète des caisses de vin fin, parce qu'il nous arrive à tous de faire la queue de temps en temps pour une bière tiède. Nous buvons non pas parce qu'il désire nos femmes, car le reste d'entre nous peut toujours se masturber si besoin en est. Pas non plus parce qu'il peut écraser les piétons dans sa limousine Tchaïka, parce que nous avons le privilège de posséder le plus beau métro du monde. Et pas non plus parce que ses habitudes sexuelles comportent la nécrophilie, le sadisme, l'homosexualité puisque — je vous en prie, camarades — nous ne vivons plus au Moyen Age. Non, conclut Micha, nous ne buvons à la santé du camarade docteur Schmidt pour aucune de ces raisons. La raison pour laquelle nous portons un toast à sa santé, c'est parce qu'il est un si bon communiste. »

Schmidt arbora un sourire attendri comme une calandre de voiture.

Les danses, les conversations, même les positions assises devenaient de plus en plus floues avec l'alcool. Arkadi était depuis cinq minutes dans la cuisine en train de faire du café lorsqu'il se rendit compte que le réalisateur était couché dans un coin avec la femme du danseur. Il battit en retraite en abandonnant sa tasse. Dans la salle de séjour, Micha dansait tout ensommeillé, la tête sur l'épaule de Natacha. Arkadi monta les marches qui menaient à sa chambre quand Schmidt s'avança pour la fermer.

« Je bois à ta santé, murmura Schmidt, parce que ta femme est une superbe baiseuse. »

Arkadi le frappa au ventre. Comme Schmidt, surpris, heurtait la porte, il le frappa à la bouche. Schmidt se retrouva à genoux et dévala les marches. Au bas de l'escalier, il perdit ses lunettes et se mit à vomir.

« Qu'est-ce qui s'est passé ? demanda Zoya sur le seuil de la chambre.

— Tu le sais bien », dit Arkadi.

Il lut sur son visage le mépris et la peur ; ce qu'il ne s'attendait pas à voir briller d'un tel éclat, c'était le soulagement.

« Espèce de salaud, dit-elle en se précipitant vers Schmidt au pied de l'escalier.

— Je lui ai seulement dit bonjour. » Schmidt cherchait ses lunettes à tâtons. Zoya les trouva, les essuya sur son chandail et aida le chef du district du Parti à se lever. « C'est un inspecteur ? demanda Schmidt avec ses lèvres fendues. Il est fou.

— Menteur ! » cria Arkadi.

Personne n'entendit. Arkadi se rendit compte, son cœur battant à toute vitesse, que Schmidt avait menti, à la porte de la chambre. Cette fois-là, non, il n'était pas tout à fait arrivé à baiser : pas sous le toit de l'amie de Zoya, pas pendant que son mari était là. Arkadi avait cru à ce mensonge parce qu'il était plus vrai que son mariage, et ça n'était pas possible d'expliquer ça. Tout était à l'envers. Zoya arborait un air de militante scandalisée ; Arkadi, le cocu, avait honte.

Du seuil de la datcha, il vit Schmidt et Zoya partir en voiture. Son amant avait un vieux coupé Zaporojets, et non pas une limousine. La pleine lune éclairait les bouleaux.

« Je suis désolé », dit Micha tandis que Natacha essuyait pensivement le tapis de la salle de séjour.

4

Iamskoï dit : « Votre travail est, comme toujours, exemplaire. La découverte de ces travaux dentaires sur la victime, et survenue aussi rapidement, a fait l'effet d'une bombe. J'ai aussitôt ordonné une enquête minutieuse par les organes de Sécurité de l'État. Cette enquête s'est poursuivie durant tout le week-end — pendant que vous étiez absent de la ville — et a comporté notamment une revue par l'ordinateur des résidents étrangers et des agents étrangers connus sur une période remontant aux cinq dernières années. Le résultat a été qu'il n'y en a pas un seul qui puisse correspondre au signalement de la victime. Selon l'opinion des analystes, nous avons affaire à un citoyen soviétique qui a eu ces travaux dentaires particuliers exécutés sur lui au cours d'un voyage aux États-Unis, ou bien par un dentiste européen formé là-bas. Comme on a retrouvé la trace de tous les étrangers possibles, je suis bien obligé de souscrire à cette opinion. »

Le procureur parlait avec beaucoup de fougue et de sincérité. Brejnev avait ce même don qui marquait son style. Un côté direct, directement raisonnable, qui avait fait le bilan de tant de choses que son autorité allait de soi et qu'il était absurde de discuter. En fait, discuter serait une trahison en face de cette attitude raisonnable qui se manifestait avec une telle générosité.

« Je suis en mesure, Arkadi Vasilevitch, de décider, en

tant que procureur : j'insiste maintenant pour que le KGB prenne la responsabilité de cette enquête ou je vous autorise à poursuivre votre beau travail. La très vague possibilité que cette affaire puisse impliquer des étrangers est ennuyeuse ; de toute évidence, on ne peut écarter la possibilité que votre enquête se trouve interrompue brusquement. Dans ce cas, pourquoi ne pas les laisser présenter leur demande maintenant ? »

Iamskoï marqua un temps comme s'il envisageait la question.

« Toutefois, ce n'est pas tout. A une époque il n'y aurait eu aucun problème. Le MVD aurait mené son enquête, qu'il s'agisse d'un Russe ou d'un étranger, tout cela dans le même panier, sans discrimination, sans procès public, on les aurait arrêtés et condamnés sans la moindre considération pour la légalité socialiste. Vous savez de quoi je parle : Béria et sa clique. C'étaient des excès dont seuls quelques hommes étaient responsables, mais nous ne pouvons pas nous voiler la face. Le XXe Congrès du Parti a exposé ces excès à la lumière et déclenché les réformes qui guident aujourd'hui nos travaux. La milice du MVD se limite strictement aujourd'hui aux affaires criminelles intérieures. De même, le KGB se limite strictement aux affaires de Sécurité nationale. Dans la surveillance et la protection des droits, le rôle des procureurs des citoyens a été renforcé, et l'indépendance des enquêteurs clairement formulée. La légalité socialiste est bâtie sur cette division des pouvoirs de façon qu'aucun citoyen soviétique ne puisse jamais plus être privé de ce plein droit devant un tribunal. Alors, que se passe-t-il si j'enlève l'affaire à un inspecteur pour la confier au KGB ? C'est un pas en arrière. Cette victime-là était sans doute russe. N'avait-il pas fait l'objet d'un autre travail dentaire, une molaire en acier, qui était nettement russe ? Il n'y a aucun doute que les deux autres victimes étaient russes. Les auteurs de ce crime et le grand nombre de gens touchés par cette enquête, tous sont russes. Et pourtant voilà que je serais — sans aucune preuve réelle — en train de troubler les eaux de la réforme et de jeter dans la confusion les pouvoirs bien distincts de nos deux bras de la loi. Que signifie mon devoir de protéger les droits du citoyen si je fais cela ? Quel sens a votre indépendance si, au premier instant d'hésitation, vous y renoncez ? Fuir nos responsabilités serait facile mais, j'en suis convaincu, ce serait une erreur.

— Qu'est-ce donc au juste qui vous convaincrait dans un autre sens ? demanda Arkadi.

— Si vous trouviez que la victime ou le meurtrier n'étaient pas russes.

— Je ne le peux pas. Mais j'ai quand même le sentiment qu'une des victimes n'était pas russe, dit Arkadi.

— Ça n'est pas suffisant. » Le procureur soupira, comme un adulte soupire devant un enfant.

« Pendant ce week-end, s'empressa de dire Arkadi avant d'être congédié, il m'est venu une idée sur ce que faisaient les victimes.

— Ah oui ?

— On a trouvé dans leurs vêtements des plâtres, de la sciure, de la poudre d'or. Ces matériaux sont tous des produits utilisés dans la restauration des icônes. Les icônes sont un article très recherché au marché noir, et plus encore pour les touristes étrangers que pour les Russes.

— Continuez.

— Il y a une possibilité pour que cette victime-là ait été de nationalité étrangère et, d'après les indices recueillis sur ses vêtements, qu'il ait eu une activité de marché noir, comme c'est le cas de beaucoup d'étrangers. Pour être absolument certain que nous n'avons pas affaire à un étranger, que nous opérons dans les limites qui nous sont fixées, je veux que le major Pribluda remette les enregistrements et les transcriptions de toutes les conversations des étrangers qui se trouvaient à Moscou en janvier et février. Le KGB ne marchera jamais, mais je tiens à ce que ma demande et sa réponse soient enregistrées. »

Iamskoï sourit. Les deux hommes savaient quelles pressions une telle demande officielle et une réponse non moins officielle exerceraient sur Pribluda pour lui faire assumer la conduite de l'enquête maintenant et non plus tard.

« Vous parlez sérieusement ? C'est de la provocation… certains crieraient au scandale.

— Oui », dit Arkadi.

Iamskoï mettait plus longtemps à l'éconduire qu'Arkadi ne s'y attendait. Dans sa proposition, quelque chose semblait intriguer le procureur.

« Je dois dire que je suis toujours stupéfait de votre intuition. Vous ne vous êtes encore jamais trompé, n'est-ce pas ? Et vous êtes le plus ancien inspecteur de Moscou. Si vous tenez vraiment à ce point, voudriez-vous examiner les enregistrements de tous les étrangers n'ayant pas un statut diplomatique ? »

Un moment, Arkadi fut trop abasourdi pour répondre.

« Oui.

— Ça peut s'arranger, fit Iamskoï en notant quelque chose sur une feuille de papier. Rien d'autre ?

— Et les enregistrements actuels », s'empressa d'ajouter Arkadi. Qui pourrait savoir quand le procureur se montrerait de nouveau aussi conciliant ? « L'enquête va également se développer dans d'autres secteurs.

— Je sais que vous êtes un enquêteur aux ressources et au zèle infinis. Nous n'en sommes qu'au début. »

La Belle gisait sur la table d'autopsie.

« Andreiev va vouloir aussi le cou, dit Levine.

Le médecin légiste plaça un billot de bois sous le cou, ce qui le fit se redresser, et tira les cheveux en arrière. Avec une scie circulaire il se mit à découper les os. Une odeur de calcium brûlé se répandit dans la petite pièce. Arkadi n'avait pas de cigarettes ; il retint son souffle.

Levine découpa sous la septième vertèbre cervicale suivant l'angle de l'apophyse. Au moment où l'os fut sectionné, la tête et le cou roulèrent sur la table et faillirent tomber sur le sol. Machinalement Arkadi attrapa la tête et tout aussi vite la reposa. Levine arrêta la scie.

« Mais non, inspecteur, elle est tout à toi maintenant. »

Arkadi s'essuya les mains. La tête était dégelée. « Il va me falloir une boîte. »

Qu'étaient les morts, de toute façon, sinon les témoins de l'évolution de l'homme depuis l'indolence des primates jusqu'à la civilisation industrielle ? Et chaque témoin, chaque tas d'os arraché à la tourbe de la toundra, était en soi un nouvel indice à ajouter à cette mosaïque qu'on appelait préhistoire. Un fémur ici, une boîte crânienne là, peut-être un collier de dents d'élan, tous ces restes étaient arrachés de leurs antiques tombes, empaquetés dans des journaux et expédiés à l'Institut d'Ethnologie de l'Académie soviétique qui donnait sur le parc Gorki, où on les nettoyait, on les assemblait et on leur assurait une résurrection scientifique.

Mais tous ces mystères n'étaient pas préhistoriques ; Ainsi un officier regagnant sa pension de famille de Leningrad à la fin de la guerre remarqua une tache à son plafond. En fouillant le grenier pour trouver l'origine de la tache, il découvrit un corps démembré et à demi momifié que la police identifia comme le cadavre d'un homme. Après une longue et vaine enquête, la milice adressa un moulage du crâne à l'Institut d'Ethnologie, pour être reconstitué. Le problème ce fut que les anthropologues reconstruisirent le visage d'une femme et non d'un homme. Ecœurée, la milice détruisit le visage et classa l'affaire, jusqu'au jour où l'on retrouva dans la pension de famille la photo d'une jeune fille. Elle correspondait à l'image du visage reconstitué par les anthropologues, et elle fut identifiée et son meurtrier condamné.

Depuis lors, l'Institut avait reconstitué à partir de crânes ou de fragments de crânes plus d'une centaine de visages, permettant l'identification de criminels. Aucune autre police au monde n'utilisait une méthode similaire. Certaines des reconstitutions de l'Institut n'étaient que des sculptures en plâtre rudimentaires, d'autres, les créations d'Andreiev, étaient frappantes non seulement dans leurs détails mais dans leur expression d'angoisse ou de peur. Lorsqu'on dévoilait une des têtes d'Andreiev, l'effet au tribunal était toujours un instant de triomphe pour le procureur.

« Entrez, entrez. » Arkadi suivit la voix dans une galerie de têtes. La vitrine la plus proche exhibait des types nationaux — Turkmènes, Ouzbeks, Kalmouks, etc. — assemblés avec le genre de regard vide qui caractérise les portraits de groupe. Venait ensuite une vitrine de moines, puis d'Africains, et ainsi de suite. Plus loin, dans la lumière d'une verrière, se dressait une table avec les bustes des cosmonautes fraîchement immortalisés, la peinture pas encore sèche. Sur aucun de ces moulages on ne reconnaissait la patte d'Andreiev, jusqu'au moment où Arkadi passa sous la verrière et s'arrêta net. Dans l'ombre au fond de la pièce, surpris par l'arrivée de l'inspecteur et le surprenant de leur méfiance muette, se trouvait une rangée d'êtres semi-humains. L'homme de Pékin, les lèvres retroussées sur ses crocs jaunis. L'homme de Rhodésie, essayant de se concentrer sans front. Une créature femelle avec les joues tristes d'un orang-outan. Un homme du Néanderthal, aux lèvres épaisses et au regard sournois. Un jeune nain aux cheveux bouclés, sa tête allongée traversée par une raie, ses mains et sa blouse de laboratoire blanches de plâtre. Le nain se laissa glisser au bas d'un tabouret.

« C'est vous l'inspecteur qui avez téléphoné ?

— Oui, dit Arkadi en cherchant un endroit où poser sa boîte.

— Ne vous donnez pas la peine, dit Andreiev. Je ne vais pas faire la tête pour vous. Je ne fais plus de travail de médecine légale pour la milice, à moins que l'affaire ne soit restée sans explication depuis au moins un an. C'est une règle égoïste, mais vous seriez stupéfait de voir combien souvent la milice parvient à résoudre un crime toute seule en un an. On aurait dû vous le dire.

— Je le savais. »

Après un long silence, Andreiev hocha la tête et s'approcha, sur ses jambes torses, un bras court désignant les bustes autour de lui. « Puisque vous êtes ici, laissez-moi vous faire faire une brève visite avant de repartir. Notre collection d'humanoïdes, qui vous a tant surpris.

Ils sont assez étonnants. En général plus forts que nous, parfois avec une capacité cérébrale supérieure, même dans certains cas à nos contemporains, mais condamnés pour leur incapacité à écrire des textes sur l'évolution, alors passons. » Son pas tanguant le fit s'approcher d'Arkadi et d'une vitrine dorée abritant le buste d'un Tartare nomade. Arkadi fut surpris de l'avoir manquée. Le visage était plat et maigre, pas vivant, mais on sentait qu'il avait vécu, comme si les rides profondes des pommettes avaient été creusées par le vent plutôt que par le ciseau d'un sculpteur. Une calotte crânienne en forme de mosquée, une moustache rousse et une barbe en pointe étaient un tant soit peu délabrées, clairsemées comme c'est le cas chez un vieil homme. « Homo sapiens. Tamerlan, le plus grand tueur de l'Histoire. » Le crâne montrait une paralysie du côté gauche. « Nous avons dû aussi travailler sur ses cheveux et sur un peu de moisissure de la lèvre là où poussait la moustache. »

Arkadi dévisagea le Tartare jusqu'au moment où Andreiev alluma l'éclairage d'une seconde vitrine dorée qui renfermait une tête d'homme démesurée et affalé contre la collerette d'un moine. Bien que le front fût haut, le reste du visage, son long nez, ses lèvres rouges et sa barbe pendaient sous l'effet de la pesanteur ou du mépris de soi-même. Les yeux de verre ne semblaient pas tant morts qu'éteints.

« Ivan le Terrible, poursuivit Andreiev. Enterré en moine sous le Kremlin. Un autre tueur. Il s'est empoisonné avec le mercure dont il se frictionnait pour calmer les douleurs de l'arthrite. Il avait aussi une occlusion des dents qui devait faire de son sourire une grimace. Vous le trouvez laid ?

— Pas vous ?

— Pas anormalement. Il évitait les peintres de la cour dans ses dernières années, comme s'il voulait ensevelir ce visage avec lui.

— Il n'était qu'un meurtrier, observa Arkadi. Il n'était pas idiot. »

Les deux hommes étaient maintenant près de la porte par laquelle Arkadi était entré : il comprit que la visite de la galerie était terminée. Il ne fit aucun geste pour s'en aller et Andreiev se mit à l'examiner.

« Vous êtes le fils de Renko, n'est-ce pas ? J'ai vu sa photo bien des fois. Je ne retrouve pas grand-chose de lui.

— J'avais une mère aussi.

— Parfois c'est une distinction. » On sentait presque de la sympathie chez Andreiev ; ses dents de cheval esquissaient comme un sourire pour Arkadi. « Il faut prêter l'oreille à un homme qui est disposé à l'admettre. Très bien, voyons ce que vous avez apporté. Peut-être quelqu'un d'autre voudra-t-il perdre son temps. »

Andreiev le précéda jusqu'à un coin où un tour de potier était installé sous un éclairage fluorescent. Pendant qu'il grimpait sur un tabouret pour tirer le cordon du commutateur, Arkadi ouvrit sa boîte et en tira la tête en la prenant par les cheveux. Andreiev la prit et la posa sur le tour, écartant avec douceur les longs cheveux bruns.

« Jeune, environ vingt ans, sexe féminin, europoïde, joliment symétrique », dit Andreiev. Il interrompit Arkadi au moment où celui-ci commençait à parler des trois meurtres. « N'essayez pas de m'intéresser à votre affaire ; trois têtes de plus ici ne comptent guère. La mutilation, bien sûr, est inhabituelle.

— Le meurtrier croit avoir effacé son visage. Vous pouvez le recréer », dit Arkadi.

Andreiev poussa le tour et des ombres vinrent jouer dans les cavités des orbites.

« Peut-être qu'elle est passée par ici ce jour-là, dit Arkadi. C'était au début de février. Peut-être l'avez-vous vue.

— Je ne passe pas mon temps à regarder les femmes.

— Vous êtes un homme aux dons spéciaux, docteur. Vous pouvez la regarder maintenant.

— Il y en a d'autres ici qui font d'excellentes reconstitutions. J'ai du travail plus important.

— Plus important que le fait que deux hommes et cette fille aient été assassinés presque sous vos fenêtres ?

— Je ne peux que reconstituer, inspecteur. Je ne peux pas lui rendre la vie. »

Arkadi posa la boîte par terre. « Le visage suffira. »

Les gens parlaient à voix basse de la Loubianka, la prison du KGB sur la place Dzerjinski, mais la plupart des Moscovites qui enfreignaient la loi et se faisaient prendre se retrouvaient à la prison de Lefortovo, sur le côté est de la ville. Un garde fit descendre l'inspecteur par un ascenseur dont la cabine datait d'avant la Révolution. Où était Zoya maintenant ? Elle avait téléphoné pour lui dire de ne pas l'attendre à l'appartement. En pensant à elle, il ne pouvait rien se rappeler sauf son visage dans l'encadrement de la porte, dans la datcha de Micha. L'expression de triomphe sur ce visage, comme si un adversaire avait abattu trop vite un atout. A part cela, pas grand-chose. En attendant, un autre phénomène était en train de se produire. Iamskoï avait ordonné à Pribluda de remettre les enregistrements. Une tête avait été remise pour être reconstituée. En faisant semblant, et sans qu'il le souhaitât, une véritable enquête était en train de prendre forme.

Le sous-sol. Arkadi suivit un couloir percé de petites portes de fer qui ressemblaient à des portes de chaudières, passa devant un gardien qui griffonnait à un bureau, devant une pièce ouverte où s'entassaient des matelas et qui puait d'humidité, jusqu'à une porte fermée qu'il ouvrit pour voir l'inspecteur principal des Affaires spéciales, Chouchine, un petit bout d'homme dénué de tout caractère, qui regardait droit devant lui, les yeux étincelants, une main crispée sur la boucle de son ceinturon et une femme assise qui détournait la tête pour cracher dans un mouchoir.

« Toi... » Chouchine empêchait Arkadi de la voir, mais Arkadi regardait une seconde fois ce qu'il avait vu : la porte qui s'ouvrait, la surprise de Chouchine, la main se refermant sur la bouche, la fille au visage rouge — jeune mais sans beauté — se tournant sur sa chaise pour cracher. Chouchine, l'homme au visage lisse, une moustache de tueur barrant sa lèvre supérieure, boutonna sa tunique et poussa Arkadi dans le couloir.

« Un interrogatoire ? demanda Arkadi.

— Rien de politique, juste une putain. » Même la voix de Chouchine était neutre, comme s'il venait d'identifier une race de chien.

Arkadi était venu avec une requête. Il n'avait plus à quémander. « Donnez-moi la clé de vos classeurs.

— Allez-vous faire voir.

— Le procureur serait très intéressé de voir comment vous menez un interrogatoire, dit Arkadi en tendant sa main pour avoir la clé.

— Vous n'aurez pas le cran. »

La main d'Arkadi se referma sur l'entrejambes du pantalon de Chouchine et sur son sexe ramolli, le sexe des Affaires spéciales au fond du pantalon, et il serra Chouchine jusqu'à le faire dresser sur la pointe des pieds si bien que les deux hommes se regardaient droit dans les yeux.

« Je vous ferai payer ça, Renko, attendez seulement », dit Chouchine d'une voix rauque, mais il lui donna la clé.

Arkadi étala les dossiers sur le bureau de Chouchine.

Aucun policier ne montrait ses dossiers à un autre. Chacun était un spécialiste et, quand leurs activités se recouvraient quand même, leurs dossiers séparés contenaient l'identité d'informateurs personnellement dressés. Surtout pour les Affaires spéciales. Qu'étaient les Affaires spéciales ? Si le KGB devait arrêter tous les délinquants politiques, rien que leur nombre exagérerait leur importance. Mieux valait laisser certains être arrêtés par le bureau du procureur pour des crimes normaux que le citoyen pouvait comprendre. Par exemple, l'historien B., un correspondant d'écrivains en exil, était arrêté pour faire le trafic de billets de ballets. Le poète S., courrier des *samizdat*, était accusé d'avoir volé des livres à la bibliothèque Lénine. Le technicien M., social-démocrate, était arrêté en train de vendre des icônes religieuses à l'informateur G. ; tout cela était une insulte pour les vrais enquêteurs. L'attitude d'Arkadi avait toujours été d'ignorer Chouchine, comme pour nier son existence. C'est à peine s'il lui avait adressé la parole, encore moins s'il l'avait touché.

Le regard d'Arkadi fut attiré par les allusions écrites de Chouchine concernant « l'informateur G. », « le vigilant citoyen G. », « les renseignements sûrs fournis par G. ». Plus de la moitié des arrestations relatives aux affaires d'icônes étaient marquées de cette unique lettre. Il consulta les comptes de Chouchine. Sur une liste d'informateurs, G. figurait en tête pour quinze cents roubles. Il y avait un numéro de téléphone.

De son propre bureau, Arkadi appela le central. Le numéro appartenait à un certain Fedor Golodkine. Le magnétophone de Pacha était sur le bureau. Arkadi y introduisit une bande neuve et appela. Au bout de cinq sonneries on décrocha mais sans répondre.

« Allô, demanda Arkadi, est-ce que Fedor est là ?

— Qui est à l'appareil ?

— Un ami.

— Donnez-moi un numéro pour appeler.

— Parlons maintenant. »

Clic.

Lorsque arrivèrent les premiers cartons envoyés par Pribluda, Arkadi éprouva un peu de cette griserie que donne un progrès, même illusoire. Il y avait treize hôtels Intourist à Moscou, avec un total de plus de vingt mille chambres, dont la moitié étaient équipées de système d'écoute ; cinq pour cent seulement pouvaient être surveillées à la fois, et une proportion encore plus faible de ces écoutes enregistrées. Le matériel accumulé n'en était pas moins impressionnant.

« On pouvait tomber sur un innocent qui parlait ouvertement d'acheter des icônes ou de rencontrer quelqu'un dans le parc, mais ne comptez pas là-dessus, dit Arkadi à Pacha et à Fet. Ne vous donnez pas la peine de lire les transcriptions de quiconque est accompagné d'un guide de l'Intourist. Ne vous occupez pas non plus des journalistes étrangers, des prêtres, ni des hommes politiques ; ils sont surveillés de trop près. Concentrez-vous sur les touristes et les hommes d'affaires étrangers qui connaissent la ville, qui parlent russe, qui ont des contacts ici. Qui ont des conversations brèves et énigmatiques et qui quittent aussitôt leur chambre. Vous disposez d'un enregistrement des trafiquants de marché noir de Golodkine, ce qui vous permettra de comparer sa voix avec un autre enregistrement ; ne perdez pas de vue le fait qu'il peut très bien ne pas être impliqué là-dedans.

— Des icônes ? demanda Fet. Comment en sommes-nous arrivés à cette conclusion ?

— La dialectique marxiste, répondit Arkadi.

— La dialectique ?

— Nous sommes aujourd'hui à un stade intermédiaire du communisme où il subsiste encore des tendances criminelles laissées par des reliques capitalistes dans les esprits de certains individus. Quelles reliques plus évidentes que les icônes ? (Arkadi ouvrit un paquet de cigarettes et en offrit une à Pacha.) En outre, le plâtre est un bon apprêt pour le bois et le seul usage à peu près légal de l'or est pour la restauration des icônes.

— Vous voulez dire que cette affaire pourrait avoir un lien avec un vol d'objets d'art ? demanda Fet. Comme l'affaire de l'Ermitage voilà deux ans. Vous vous souvenez, une bande d'électriciens qui volaient des cristaux pris sur les lustres du musée. Il a fallu des années pour les prendre.

— Des trafiquants de fausses icônes, pas des voleurs. (Pacha emprunta une allumette.) C'est ce qui explique la présence de sciure sur leurs vêtements, ça vient du travail du bois. (Il s'arrêta et fit un clin d'œil.) Est-ce que ce n'est pas de la belle dialectique ?

Après une journée passée à écouter les bandes, n'ayant plus assez d'énergie pour affronter l'appartement, Arkadi déambula jusqu'au moment où il se trouva sous l'arc de triomphe de l'entrée principale du parc Gorki où il s'acheta du pâté et de la limonade, ce qui constitua son dîner. Sur la patinoire, des filles musclées en courtes jupes évasées patinaient à reculons devant un garçon qui jouait de l'accordéon. Celui-ci déversait des bouffées de musique. Les haut-parleurs étaient silencieux, la sourde avait rangé ses disques.

Le soleil se couchait au milieu de gros nuages. Arkadi gagna le parc d'attractions. Au cours des bonnes fins de semaines il pouvait y avoir là un millier de gosses dans le manège à fusées ou pilotant des voitures à pédales. D'autres tiraient sur des canards en bois avec des carabines à air comprimé ou regardaient le prestidigitateur dans l'amphithéâtre. Étant gosse, il y était assez souvent venu avec Velov, qui était alors sergent, faire le mariole avec ce mariole de Micha et tous les autres marioles de leur groupe. Il se rappelait quand les Tchèques avaient inauguré la première exposition étrangère dans le parc, le pavillon de la bière Pilsen en 56. Tout d'un coup, la bière était venue à la mode. Tout le monde en versait dans sa vodka. Tout le monde était ivre et heureux. Il se souvenait quand *Les Sept Mercenaires* avait été joué à Moscou et où chaque individu de sexe masculin entre douze et vingt ans s'était mis à marcher comme Yul Brynner ; le parc Gorki semblait plein de cow-boys aux jambes raides cherchant leur monture. Une époque où tout le monde était cow-boy ! Stupéfiant ! Qu'étaient-ils maintenant ! Des urbanistes, des directeurs d'usine, des membres du Parti, des propriétaires d'automobiles, des acheteurs d'icônes, des lecteurs de *Krokodile*, des critiques de télévision, des spectateurs d'opéras, des pères et des mères.

Il n'y avait pas beaucoup de gosses ce jour-là. Dans le soir tombant, deux vieillards faisaient claquer leurs dominos sur la pierre. Des marchands ambulants étaient rassemblés, en casquette blanche et tablier. Un tout-petit cherchait la limite de résistance d'un élastique que tenait une grand-mère.

Sur la grande roue, tout au fond du parc d'attractions, un couple d'octogénaires était assis, suspendu dans le vide, pendant que le responsable, un garçon avec des problèmes d'acné, feuilletait un magazine de motocyclettes, et ne pensait guère à desserrer le frein juste pour deux retraités. Comme le vent fraîchissait, les nacelles se balançaient et la vieille femme se blottissait contre son mari.

« En route, fit Arkadi en présentant un ticket au responsable et en s'asseyant dans une nacelle. Maintenant. »

La roue démarra dans un mouvement régulier et se mit à tourner, entraînant Arkadi au-dessus du niveau des arbres. Bien que le soleil s'attardât à l'ouest, par-delà les collines de Lénine, les lampes s'allumaient à travers la ville et il distinguait le réseau des grandes artères comme des halos concentriques : les avenues plantées d'arbres qui faisaient le tour de la vieille ville, le boulevard Savodev qui allait jusqu'au parc, le périphérique aussi vague que la Voie lactée.

C'était un des avantages du parc Gorki : c'était le seul endroit de la ville où on pouvait se laisser aller à ses phantasmes. Il fallait un laissez-passer pour participer aux phantasmes de la Mosfilm, mais le parc était ouvert à tout le monde. A une époque, Arkadi avait voulu être astronome. Tout ce qui lui restait de cette période, c'étaient quelques bribes d'informations inutiles emmagasinées dans le cortex. Voilà vingt ans, il avait regardé le premier Spoutnik passer au-dessus du parc Gorki. Allons, pas de regrets. Chacun laissait ce genre de fantôme dans le parc : c'était un grand et plaisant tombeau. Lui et Micha, Pacha, Pribluda et Fet, Zoya et Natacha. Cela le choquait que quelqu'un eût laissé là des corps.

Encore un tour. Le vieux couple, à quelques nacelles devant lui, attendait sans un mot, comme le faisait souvent les gens d'avant la Révolution lorsqu'ils venaient dans la capitale. C'était la foule de la Grande Guerre Patriotique qui avait une assurance suffisante pour bousculer et pour crier. Pendant que leurs petits-enfants assis devant les cathédrales du Kremlin se curaient le nez, car ainsi saluaient les héritiers.

Il se déplaça pour mieux s'installer contre le dossier métallique. A ses pieds, le parc s'élevait jusqu'aux collines, longeait le poste de la milice et se divisait en allées romantiques. C'était à côté de l'une d'elles que « à quarante mètres au nord du sentier parallèle à la rue Donskoï et au fleuve » trois personnes avaient été tuées. Malgré l'obscurité de plus en plus épaisse, il retrouva la clairière car une silhouette était plantée en plein milieu, armée d'une torche électrique.

Lorsqu'il repassa auprès du terrain, Arkadi se lança. Il était à un demi-kilomètre de la clairière et il se mit à courir à longues enjambées, tantôt glissant sur la glace et tantôt retrouvant son équilibre. Le sentier montait en lacet.

Zoya avait raison : il aurait dû prendre de l'exercice. Stupides cigarettes. Il arriva au poste de la milice, tout aussi confortable que l'avait décrit Pacha, mais vide ; il n'y avait même pas une voiture dans les parages, aussi continua-t-il sa marche tandis que le chemin montait plus raide. Il se força à lever les genoux et les coudes, dans une sorte de rythme qui ne coïncidait pas avec le claquement de ses chaussures sur le sol et son souffle rauque. Après trois cents mètres de sprint, il avait des enjambées aussi courtes que celles d'un bébé. Il avait l'impression de courir depuis des heures. Le terrain se fit plus plat juste au moment où il commençait à avoir un point de côté : sans doute n'allait-il trouver que l'inspecteur Fet en train de faire ses devoirs.

Là où le fourgon de la milice avait quitté le sentier quatre jours plus tôt, il ralentit machinalement, suivant les traces jusqu'à la clairière. La glace craquait sous ses pas. La lumière avait disparu ; la personne qui fouillait les lieux avait disparu aussi ou bien était assez avisée pour masquer le faisceau de sa torche. On n'avait aucun point de repère car la clairière, une fois la neige balayée, était totalement noire. Pas un bruit. Il avança d'arbre en arbre autour de la clairière, s'accroupissant chaque fois qu'il s'arrêtait, scrutant l'obscurité. Il allait repartir quand un faisceau lumineux vint briller sur la petite tranchée d'où on avait retiré les corps.

Arkadi était à une dizaine de mètres dans la clairière lorsque la lumière disparut.

« Qui est là ? » cria-t-il.

Quelqu'un s'en alla en courant.

Arkadi lui emboîta le pas. La clairière descendait jusqu'à un bouquet d'arbres, il le savait. Plus loin il devait y avoir un talus abrupt, des tonnelles pour abriter les tables d'échecs, un autre sentier, des arbres, puis on sautait jusqu'à la route du quai Pouchkineskaïa au fleuve.

« Halte ! Milice ! » cria-t-il.

Il ne pouvait crier plus et courir en même temps. Il gagnait du terrain. Devant lui, les pas étaient lourds. C'étaient ceux d'un homme. Bien qu'on eût un jour remis un pistolet à Arkadi, il ne le portait jamais. Le petit bois était proche, jaillissant comme la crête d'une vague. Le fugitif atteignit les arbres le premier, s'enfonçant sous les branchages. Il devrait y avoir des lumières sur l'allée d'en bas, se dit Arkadi, et plein d'autres sur la rue du quai. Il tendit les bras devant lui en arrivant aux arbres.

Il esquiva lorsqu'il entendit un bras qui se détendait, mais ce n'était pas un coup de poing, c'était un coup de pied dans l'aine. Le souffle coupé, il chercha à saisir le pied et reprit un poing dans le cou. Il voulut riposter mais manqua sa cible. Un autre coup de pied le fit tomber en arrière. Son second coup de poing rencontra un ventre rond et dur. Une épaule le coinça contre un arbre pendant que des doigts le frappaient aux reins. La bouche d'Arkadi rencontra une oreille et il mordit.

« Enfant de salaud. » En anglais. L'épaule recula.

« Milice... » essaya de crier Arkadi, mais ce ne fut qu'un souffle.

Un coup de pied le fit tomber le nez dans la neige. Imbécile, se dit Arkadi. La première fois qu'un inspecteur frappe quelqu'un depuis des années, il perd sa femme. La seconde fois il clame à l'aide.

Il se releva, guetta le bruit de branches brisées et partit dans cette direction. La pente était plus raide que sur le fleuve. Il tituba presque jusqu'à tomber. L'allée d'en bas était déserte, mais il vit des pieds qui disparaissaient plus loin sous les arbres.

Arkadi fit un pas dans l'allée et bondit, atterrissant sur un large dos. Les deux hommes roulèrent dans l'obscurité jusqu'au moment où ils heurtèrent un banc. Arkadi essaya de bloquer le poignet de l'homme, mais leurs manteaux étaient trop emmêlés pour qu'aucun d'eux pût faire quoi que ce fût jusqu'au moment où l'homme se libéra. Arkadi lui fit un croche-pied et, décochant un violent coup de poing, le fit de nouveau tomber. Mais dès qu'ils se furent séparés, Arkadi n'eut plus une chance. Il reçut une gifle à toute volée et il n'avait même pas eu le temps de réagir que cette même main, serrée cette fois en poing, le frappa sur les côtes au-dessus du cœur. Il resta 1à, en proie à une vague admiration, assez longtemps pour que le poing trouvât de nouveau son cœur. Il s'écroula en le sentant s'arrêter.

Une grande amélioration par rapport aux méthodes primitives, expliqua le directeur de la ferme collective à Arkadi et à son père, dès qu'il tira la tête de la vache dans un pilori au-dessus duquel était disposé un grand cylindre métallique qui, lorsqu'on tournait un commutateur, enfonçait un piston bien huilé en plein dans le crâne de la vache, les pattes de l'animal se détendant comiquement dans tous les sens. Du cuir de vache pour les casques des tankistes, rappelait-il. Laissez-moi essayer, dit le général Renko, et il entraîna une autre vache jusqu'au pilori. Whoom ! Vous vous rendez compte. Pouvoir se servir de ses mains comme ça.

Arkadi s'arracha à un tas de neige en trébuchant, se tenant la poitrine. Les arbres et la neige l'entraînèrent vers le bas jusqu'à un mur de pierre. Il roula par-dessus et s'effondra sur le trottoir du quai Pouckineskaïa.

Les phares d'un camion balayèrent le quai. Il ne voyait personne à pied. Pas de miliciens. Des lampadaires étaient des boules aux contours confus, comme les bulles d'air qu'il sentait monter à ses lèvres. Les camions passèrent et il resta seul, traversant la chaussée d'un pas incertain.

Le fleuve était une bande de glace large de trois cents mètres avec au fond des arbres noirs, qui s'étendait vers le stade Lénine à l'ouest et vers les bâtiments éteints du ministère à l'est. Le pont suspendu Krinski était à au moins un kilomètre. Non loin d'Arkadi, sur la gauche, un pont du métro sans passerelle. Un train le franchissait, ses roues faisant jaillir des étincelles.

Une silhouette courait sur le fleuve sous le pont.

Il n'y avait pas d'escalier. Arkadi se laissa glisser sur trois mètres jusqu'au quai de pierre, son derrière atterrissant sans douceur sur la glace. Il se redressa et se mit à courir.

Moscou était une ville basse. Du fleuve, elle disparaissait presque dans son atmosphère somnolente.

Les pas étaient plus proches. L'homme était puissant mais pas rapide. Même en boitant, Arkadi continuait à gagner du terrain. Il n'y avait pas d'escalier non plus sur le quai nord mais, en direction du stade, il aperçut les pontons des bateaux qui faisaient des excursions l'été.

L'homme s'arrêta pour reprendre haleine, se retourna vers Arkadi puis repartit.

Ils étaient maintenant à plus de la moitié du fleuve et à une quarantaine de mètres l'un de l'autre. Comme Arkadi se rapprochait, l'homme fit halte une seconde fois et leva la main avec une telle autorité qu'Arkadi se surprit à s'arrêter. La glace créait une illusion de luminescence, il ne pouvait distinguer qu'une silhouette trapue enveloppée dans un manteau et coiffée d'une casquette. Le visage était dissimulé.

« Foutez le camp », dit l'homme en russe.

Quand Arkadi fit un pas en avant, la main s'abaissa. Il aperçut le canon d'une arme. L'homme visait à deux mains, comme on apprend aux policiers à le faire, et Arkadi plongea. Il n'entendit pas de détonation, pas de lueur, quelque chose rebondit derrière lui sur la glace et, un instant plus tard, tinta contre les pierres.

La silhouette repartit en trébuchant vers l'autre rive. Sur le quai, Arkadi la rattrapa. De l'eau s'était écoulée le long du mur de pierre et avait gelé en couches inégales par-dessus la glace et ce fut là que les deux hommes se battirent dans l'ombre du pont, glissant d'abord sur leurs pieds, puis sur leurs genoux. Arkadi saignait du nez et son adversaire perdit sa casquette. Un coup sur la poitrine guère plus fort qu'une tape fit tomber Arkadi à quatre pattes. Son adversaire était debout. Arkadi encaissa deux coups de pied dans le côté et, comme un dernier coup de marteau, une chaussure vint le frapper à la nuque.

Lorsqu'il se retourna, l'homme avait disparu. En s'asseyant, il s'aperçut qu'il tenait à la main la casquette de l'homme.

Là-haut, des roues traversaient le ciel dans un chuintement constant. De petits feux d'artifice pour de petites victoires.

5

Le gothique stalinien n'était pas tant un style architectural que l'expression d'un culte. Des éléments des chefs-d'œuvre grecs, français, chinois et italiens avaient été jetés dans les chariots des Barbares et transportés jusqu'à Moscou et jusqu'au Maître Bâtisseur lui-même qui les avait entassés les uns sur les autres dans les tours de ciment et les torches flamboyantes de Sa Loi, gratte-ciel monstrueux aux fenêtres menaçantes, mystérieuses crénelures et tours à vous donner le vertige qui montaient jusqu'aux nuages, d'autres flèches encore surmontées d'étoiles de rubis qui, la nuit, brillaient comme Ses yeux. Après Sa mort, Ses créations étaient plus un embarras qu'une menace, trop grandes pour être enterrées avec Lui, aussi demeurèrent-elles, une dans chaque partie de la ville, de grands temples semi-orientaux pas encore exorcisés mais encore en service. Celui du quartier de Kievskaïa, à l'ouest du fleuve, était l'hôtel Ukraina.

« Ça n'est pas formidable ? » fit Pacha en ouvrant les bras.

Arkadi regarda du quatorzième étage de l'Ukraina le large boulevard de la Perspective Koutouzovski et, par-delà le fleuve de la circulation, du complexe abritant les membres du Corps diplomatique avec les correspondants étrangers, sa cour centrale et son poste de nuit.

« Comme le Chasseur d'Espions. » Pacha parcourut du regard une suite où s'entassaient magnétophones, cartons, tables et lits de camp. « Tu es vraiment quelqu'un, Arkadi. »

En fait, c'était Iamskoï qui avait fait installer là la base de l'inspecteur, en invoquant le peu d'espace dont Arkadi disposait dans son bureau. Aucune indication sur le précédent occupant des lieux, encore qu'il y eût une affiche collée à un mur représentant une blonde hôtesse de l'air des lignes aériennes de la République Démocratique Allemande. Même l'inspecteur Fet était impressionné.

« L'inspecteur Pavlovitch se charge des touristes allemands et de Golodkine, l'homme que vous soupçonnez de faire le trafic des icônes. Je connais bien les langues scandinaves. Lorsque j'envisageais une carrière dans la marine, j'ai pensé qu'elles me seraient utiles, confia Fet.

— Vraiment ? » fit Arkadi en se frictionnant le cou. Il avait tout le corps endolori de la rossée qu'il avait subie la nuit précédente ; il ne pouvait franchement pas appeler ça une bataille. Il mourait d'envie de prendre une cigarette et la simple perspective de se retrouver avec des écouteurs sur la tête lui donnait la migraine. Sa carrière militaire avait consisté à rester assis dans un hangar radio situé dans le côté socialiste fraternel de Berlin pour écouter les transmissions alliées. On ne saurait imaginer tâche plus assommante, et pourtant, de toute évidence, ces deux inspecteurs étaient l'un comme l'autre béats de ravissement. Après tout, ils se trouvaient dans un hôtel de luxe à fouler de la moquette au lieu d'arpenter un trottoir. « Je vais prendre l'anglais et le français », annonça-t-il.

Le téléphone sonna. C'était Lyudine qui donnait son rapport sur la casquette perdue par l'homme qui avait rossé l'inspecteur principal.

« La casquette est neuve, de fabrication russe, de la serge bon marché, et elle contenait des cheveux gris. L'analyse de la protéine des cheveux indique que le porteur de la casquette est de type européen, de sexe masculin, avec du sang de type O. Il avait sur les cheveux une pommade à base de lanoline, de fabrication étrangère. Les moulures des empreintes de talon dans le parc ont révélé la marque de fabrique des chaussures neuves, également russes. Nous avons aussi vos empreintes de talons.

— Usés ?

— Terriblement. »

Arkadi raccrocha et contempla ses chaussures. Non seulement les talons étaient usés, mais sous le cirage noir on commençait à voir la couleur originelle verte.

« Enfant de salaud ! » avait dit l'homme lorsque Arkadi l'avait mordu. Ce sont les Américains qui disent ça. Un enfant de salaud américain.

« Ces petites Allemandes, dit Pacha en écoutant une bande dans son casque. Elles sont secrétaires pour la Banque Allemande d'Exportation. Elles habitent l'hôtel Rossiya et elles draguent des types sur la piste de danse de l'hôtel. Une prostituée russe, une des nôtres, serait flanquée à la porte de l'hôtel et se retrouverait le cul sur le trottoir. »

Sur les bandes d'Arkadi, il n'y avait que des peccadilles. Il écouta les tirades en français d'un combattant de la libération du Tchad qui habitait l'hôtel de Pékin. Le prétendu dirigeant national avait un appétit sexuel qui n'avait d'égal que sa difficulté à se trouver des partenaires. Les filles avaient peur qu'après avoir forniqué une fois avec un Noir, des années plus tard elles ne risquent de mettre au monde « un singe ». Autant pour l'éducation soviétique !

S'il avait réclamé tant d'enregistrements et de transcriptions, ce n'était que pour faire peur à Pribluda. Peu importait qu'on ne lui livrât pas le matériel intéressant ; il suffisait que quelqu'un dans la hiérarchie du KGB sût que le saint des saints (enregistrements et transcriptions, tous ces secrets d'autrui que seuls les initiés étaient habilités à tripoter) se trouvait aux mains d'une organisation rivale. Toute transgression comptait. Les cartons reviendraient à l'expéditeur et avec eux, Arkadi en était certain, toute l'enquête. Il n'avait pas encore précisé que l'homme qui l'avait malmené était sans doute américain, ni qu'il avait porté à Andreiev la tête de la Belle. Il ne pouvait pas prouver le premier fait et le second n'avait encore rien donné.

Il écoutait l'enregistrement d'un touriste tout en lisant la transcription de la conversation d'un autre. Les micros étaient posés sur les téléphones des chambres d'hôtels, si bien qu'il entendait tout à la fois les appels et les conversations. Les Français se plaignaient tous de la nourriture, les Américains et les Anglais du service. Voyager était si irritant.

Pendant qu'il déjeunait dans une cafétéria non loin de l'hôtel, Arkadi appela l'école de Zoya. Pour une fois ce fut elle qui répondit.

« Je voudrais passer te parler, dit-il.

— Nous sommes en pleins préparatifs du 1er mai, tu sais ce que c'est, répondit Zoya.

— Je peux passer te prendre après l'école.

— Non !

— Quand alors ?

— Je ne sais pas. Plus tard, quand je saurai ce que je fais. Il faut que je m'en aille. »

Avant qu'elle raccroche, il entendit Schmidt en arrière-fond.

L'après-midi lui parut interminable, mais le moment finit quand même par arriver où Pacha et Fet prirent leurs manteaux et leurs chapeaux pour rentrer chez eux. Arkadi s'interrompit pour prendre un café. Dans l'obscurité il distinguait tout près deux autres de Ses gratte-ciel, l'université de Moscou à l'est et le ministère des Affaires étrangères de l'autre côté du fleuve. Leurs étoiles couleur rubis brillaient à l'unisson.

Lorsqu'il se retrouva seul à écouter de nouveau des bandes, il entendit pour la première fois une voix qui lui était familière. C'était l'enregistrement d'une soirée américaine donnée le 10 janvier à l'hôtel Rossiya. La voix était celle d'une invitée russe, une femme en colère :

Tchekhov, naturellement, toujours d'actualité, dit-on, à cause de son attitude critique envers les mesquineries de la bourgeoisie, ses sentiments démocratiques profondément enracinés et sa foi sans défaillance dans la force du peuple. La vérité c'est que, dans un film de Tchekhov, on peut coif-

fer les comédiennes avec des chapeaux et des gants au lieu de foulards. Une fois par an ils veulent un film avec de jolis chapeaux.

Arkadi reconnut la voix d'Irina Asanova, la fille de la Mosfilm. Il y avait quelques suaves protestations des comédiennes présentes.

Les retardataires arrivaient.

Ievguéni, qu'est-ce que tu m'as apporté aujourd'hui ?

Une porte se refermait.

— *Bonne année avec un peu de retard, John.*

— *Des gants ! Comme c'est gentil. Je vais les mettre tout de suite.*

— *Mets-les, montre-les. Viens demain et je t'en donnerai cent mille à vendre.*

L'Américain s'appelait John Osborne. Sa chambre au Rossiya donnait juste sur la place Rouge, c'était selon toutes probabilités un véritable souk avec des fleurs dans les vases. L'Ukraina était un hall de gare auprès du Rossiya. Osborne parlait un bon russe, étrangement suave. Arkadi voulait entendre encore la fille.

D'autres voix intervenaient sur la bande.

... Remarquable performance de danseuse.

— *Oui, j'ai donné une soirée pour elle quand toute la compagnie de ballet est venue à New York. Elle ne vit que pour son art.*

— *Avec le Moïseïev ?*

— *Extraordinaire énergie.*

Arkadi écouta d'autres paroles de bienvenue, des toasts portés à la russe, des questions sur les Kennedy ; et plus rien d'Irina Asanova. Il sentait ses paupières s'alourdir, comme s'il était un invité invisible enfoui sous les chauds manteaux et le ronronnement de paroles à demi entendues, échos vieux de quatre mois d'une réunion et de visages qu'il ne connaissait pas. Dans ses écouteurs, le claquement de la bande en fin de bobine ranima son attention. Au cas où Irina Asanova prendrait de nouveau la parole, Arkadi repassa l'autre face de la bobine

Même soirée, plus tard. C'était Osborne qui parlait.

La tannerie Gorki nous donne déjà des gants tout faits. Il y a dix ans j'ai bien essayé d'importer du cuir : des peaux

de veau que je pouvais vendre moins cher que les Espagnols et les Italiens. Heureusement que j'ai vérifié les marchandises à Leningrad. On m'avait donné des parois d'estomac. Des tripes. J'ai retrouvé l'expéditeur, un éleveur collectif de bétail d'Alma Ata, qui avait envoyé le même jour des peaux de veau à Leningrad et des boîtes de tripes à Vogvozvino.

Vogvozvino ? Mais l'Américain ne connaissait sans doute pas l'existence du camp de prisonniers là-bas, songea Arkadi.

Ils contactèrent les autorités qui leur dirent que leur envoi était arrivé, qu'on en avait fait du potage qui avait été dévoré de bel appétit. Le centre d'élevage se trouvait donc justifié. Je ne devais pas avoir les tripes, parce que, certainement, les Russes n'allaient pas manger des gants. J'ai perdu vingt mille dollars, et maintenant je ne commande jamais de potage à l'est de Moscou.

Un silence nerveux succéda à un rire nerveux. Arkadi fumait et s'aperçut qu'il avait disposé trois allumettes devant lui sur la table.

Je n'arrive pas à comprendre pourquoi l'idée ne vous vient jamais de fuir aux États-Unis. Pour l'argent ? Vous devriez savoir que les Américains, malgré tout l'argent qu'ils ont, finissent toujours par trouver quelque chose qu'ils ne peuvent pas acheter. Lorsque ça leur arrive, ils disent : « Nous ne pouvons pas nous le permettre, nous sommes trop pauvres pour l'acheter. » Jamais : « Nous ne sommes pas assez riches. » Vous n'avez pas envie d'être de pauvres Américains, n'est-ce pas ? Ici, vous serez toujours riches.

Les pages du dossier sur Osborne étaient sur du papier pelure, avec le sceau du KGB frappé en rouge :

John Busen Osborne, citoyen américain, né le 16/5/20 à Tarrytown, New York, USA — n'est pas membre du Parti. Célibataire. Résidence actuelle : New York N.Y. Date de la première entrée en URSS : 1942 à Mourmansk avec le groupe d'assistance du Prêt-Bail. A résidé de 1942 à 1944 à Mourmansk et à Arkhangelsk en qualité de conseiller aux transports détaché là par les Affaires étrangères américaines, période durant laquelle le sujet a rendu d'éminents services à l'effort de guerre antifasciste. Le sujet a démissionné du service diplomatique en 1948, à une époque où un vent de folie conservatrice soufflait sur le service, et commencé une carrière privée dans l'importation de fourrures russes. Le sujet a patronné de nombreuses missions de collaboration et d'échanges culturels entre les deux peuples et il se rend chaque année en URSS.

La seconde page du dossier faisait état des bureaux d'Osborne Fur Imports et d'Osborne Fur Creations, à New York, Palm Springs, et Paris, et énumérait les voyages d'Osborne en Russie au cours des cinq années précédentes. Sa dernière visite avait eu lieu du 2 janvier au 2 février. Il y avait une note au crayon qu'on avait barrée, mais Arkadi parvint à la déchiffrer : « Références personnelles : I.V. Mendel, ministère du Commerce. »

La troisième page disait : « Voir : *Annales de la Coopération soviéto-américaine dans la Grande Guerre Patriotique*, Pravda, 1967. »

Et aussi : « Voir : Service 1. »

Arkadi se souvenait de Mendel. C'était un de ces vieux crabes qui muaient et devenaient plus gros à chaque saison, d'abord comme directeur de la « Pré-installation » des goulags, puis comme commissaire de guerre pour la région de Mourmansk, ensuite comme directeur de la Désinformation pour le KGB et enfin, ses pinces devenues grandes comme des dragues, vice-ministre du Commerce. Mendel était mort l'année précédente mais Osborne avait certainement d'autres amis du même genre.

C'est votre humilité qui fait votre charme. Un Russe se sent inférieur à tout le monde, sauf à un Arabe ou à un autre Russe.

Les rires russes prouvaient qu'Osborne avait raison. C'était le ton mondain qui les séduisait. En tout cas, c'était un étranger.

Quand il est en Russie, un homme sage évite les jolies femmes, les intellectuels et les juifs. Ou pour être plus simple, les juifs.

Une pointe de sadisme avec son élément nécessaire, reconnut Arkadi : un soupçon de vérité.

Toutefois son public ravi se trompait. La mention « Service 1 » sur le dossier désignait le Bureau du KGB pour l'Amérique du Nord. Osborne n'était pas un agent. On n'aurait transmis aucune bande si ç'avait été le cas. La notation signifiait simplement qu'Osborne était coopératif, qu'il protégeait les arts russes, qu'il mouchardait les artistes russes. Nul doute que plus d'un danseur profitant de l'hospitalité d'Osborne avait proféré à New York des déclarations qui avaient trouvé à Moscou un second public. Arkadi fut soulagé de ne plus retrouver la voix d'Irina Asanova sur l'enregistrement.

Micha avait invité Arkadi à dîner. Avant de partir, il vérifia ce qu'avaient fait ses inspecteurs. Les enregistrements scandinaves de Fet étaient soigneusement rangés à côté de blocs-notes et de crayons à la mine bien affûtée. La table de Pacha était un véritable fatras. Arkadi jeta un coup d'œil aux transcriptions qu'ils avaient étudiées des conversations téléphoniques de Golodkine. L'une d'elles, faite la veille, était curieuse. Golodkine cette fois-ci ne parlait qu'anglais et son interlocuteur ne parlait que russe :

G : *Bonjour. Ici Feodor. Vous vous souvenez, lors de votre dernier voyage nous devions aller au Musée ensemble.*

X : Да.

G : *Comment allez-vous ? Je voudrais vous montrer le musée aujourd'hui. Est-ce qu'aujourd'hui vous convient ?*

X : Извините, очень занят. Может, в следующпй раз.

G : *Vous êtes sûr ?*

Le russe que parlait l'interlocuteur non identifié était, sur la transcription, parfaitement courant. On professait toutefois que personne ne pouvait vraiment parler le *russe* mais il semblait bien que le trafiquant de marché noir pensait, au mépris de toute évidence, qu'il devait utiliser l'anglais. Golodkine en effet était un étranger.

Arkadi retrouva la bobine qui correspondait à la transcription et la posa sur l'appareil. Cette fois il entendit ce qu'il venait de lire.

— *Bonjour. C'est Feodor. Vous vous souvenez, lors de votre dernier voyage nous devions aller au musée ensemble.*

— Oui.

— *Comment allez-vous ? Je voudrais vous montrer le musée aujourd'hui. Est-ce qu'aujourd'hui vous convient ?*

— *Je suis désolé, je suis très occupé. Peut-être l'année prochaine.*

— *Vous êtes sûr ?*

— *Clic.*

Arkadi reconnut l'autre voix tout de suite parce qu'il l'avait écoutée pendant des heures. C'était Osborne. L'Américain était de retour à Moscou.

Les Mikoyan avaient un grand appartement — cinq pièces dont une avec deux pianos à queue — que Micha avait hérités avec l'appartement — de ses parents et étaient tous deux membres de l'orchestre symphonique à la radio. Des affiches du cinéma révolutionnaire collectionnées par les parents décoraient les murs, en même temps que des sculptures sur bois rustiques de Micha et de Natacha. Micha indiqua à Arkadi la salle de bains, dont un coin était occupé par une nouvelle machine à laver le linge d'un émail blanc immaculé.

« La Siberia. C'est ce qui se fait de mieux. Cent cinquante-cinq roubles. Nous avons attendu dix mois pour l'avoir. »

Un prolongateur allait jusqu'à une prise de courant et un tuyau était drapé sur le côté du tube. Exactement ce que voulait Zoya.

« Nous aurions pu avoir la Zil ou la Riga, en quatre mois, mais nous voulions ce qui se fait de mieux. (Micha prit un exemplaire du *Bulletin commercial*, posé sur les toilettes.) Très bien coté.

— Et pas le moins du monde bourgeois. » Peut-être Schmidt en avait-il une dans son sérail.

Micha jeta un regard noir à Arkadi et lui tendit son verre. Ils buvaient de la vodka au poivre et n'étaient déjà plus très sûrs sur leurs jambes. Micha prit un tas de sous-vêtements mouillés dans la cuve de la machine et les fourra dans l'essoreuse.

« Je vais te montrer ! »

Il tourna le bouton de l'essoreuse. Avec un rugissement la machine se mit à vibrer. Le rugissement prit de l'ampleur, comme si un avion était en train de décoller dans la salle de bains. De l'eau jaillit du tuyau dans la baignoire. Micha se renversa en arrière, en extase.

« Fantastique ? cria-t-il.

— De la poésie, fit Arkadi. De la poésie de Maïakovski, mais quand même de la poésie. »

La machine s'arrêta. Micha vérifia la prise de courant et le bouton qui refusa de bouger.

« Quelque chose qui ne va pas ? »

Micha enveloppa Arkadi et la machine d'un coup d'œil furibond. Il martela le côté de l'appareil et la machine se remit à vibrer.

« C'est bien une machine à laver russe. » Arkadi se souvint d'un vieux verbe qui signifiait « fouetter son serf » et se demanda, en sirotant sa vodka, s'il n'y en aurait pas bientôt un nouveau qui serait « fouetter sa machine ».

Micha était là, les poings sur les hanches. « Tout appareil neuf a une période de rodage, expliqua-t-il.

— C'est normal.

— Elle tourne vraiment bien maintenant. »

Pour être précis, elle tremblait. Micha avait entassé quatre caleçons dans l'essoreuse. A ce rythme, estima Arkadi en prenant du linge de la cuvette pour le mettre dans l'essoreuse puis sur les cordes communales, on pouvait faire toute une semaine de lessives en... une semaine. Cependant, dans sa ferveur, la machine se soulevait presque du sol. Micha, inquiet, fit un pas en arrière. Le vacarme était assourdissant. Le tuyau de vidange sauta et l'eau vint asperger le mur.

« Quoi ! » Micha se précipita pour coincer une serviette contre le trou de vidange d'une main tout en tournant de l'autre le bouton de contrôle. Lorsque celui-ci lui resta dans les doigts, il entreprit de donner des coups de pied dans l'appareil récalcitrant jusqu'au moment où Arkadi le débrancha.

« Putain de ta mère ! fit Micha en donnant des coups de pied dans la machine. Putain de ta mère. Dix mois, fit-il en se retournant vers Arkadi. Dix mois ! »

Il saisit l'exemplaire du *Bulletin commercial* et essaya de le déchirer. « Je vais leur montrer, à ces salauds ! Je me demande combien ils ont touché !

— Qu'est-ce que tu vas faire ?

— Je vais leur écrire ! » dit Micha en jetant le journal dans la baignoire. A peine l'avait-il fait qu'il s'agenouillait pour arracher la page de l'éditorial. « Qualité garantie par l'État ? Je vais te montrer la qualité garantie. » Il roula la page en boule, la jeta dans les toilettes, tira la chaîne de la chasse d'eau et poussa un cri de triomphe.

« Maintenant comment sais-tu à qui écrire ?

— Chut ! » dit Micha en posant un doigt sur ses lèvres pour réclamer le silence. Il reprit son verre. « Que Natacha ne t'entende pas. Elle vient d'avoir sa machine. Fais comme si de rien n'était. »

Natacha servit des petits pâtés farcis, des cornichons, des saucisses et du pain blanc ; ce fut à peine si elle toucha son vin mais elle resta assise dans une aura de satisfaction.

« A ton cercueil, Arkacha, fit Micha en levant son verre. Qui sera tapissé de soie brodée avec un coussin de satin, ton nom et tes titres sur une plaque d'or et des poignées d'argent fixées dans le plus beau cèdre centenaire d'un arbre que je vais planter demain matin. »

Il but une gorgée, très content de lui. « Ou bien je pourrais simplement le commander au ministère de l'Industrie légère, ça prendrait sans doute aussi longtemps.

— Je suis désolé pour le dîner, dit Natacha à Arkadi. Si nous avions quelqu'un d'autre pour faire les courses... tu comprends.

— Elle croit que tu vas essayer de lui tirer les vers du nez à propos de Zoya. Nous refusons d'intervenir entre vous deux, dit Micha, et ils se tourna vers Natacha. As-tu vu Zoya ? Qu'est-ce qu'elle a dit d'Arkacha ?

— Si nous avions un réfrigérateur plus grand, expliqua Natacha, ou un modèle avec congélateur.

— De toute évidence elles ont parlé de réfrigérateurs, fit Micha en lançant à Arkadi un regard navré. Au fait, tu ne connaîtrais pas par hasard un de ces bandits de réparateurs qui te doivent un service ? »

Natacha coupa son pâté en petits cubes. « Je connais des docteurs », fit-elle en souriant.

Son couteau s'immobilisa tandis que son regard finissait par s'arrêter sur le bouton de commande auprès de l'assiette de Micha.

« Un petit problème, ma chérie, dit Micha. La machine à laver ne marche pas tout à fait bien.

— Ça ne fait rien. Nous pouvons quand même la montrer aux gens. » Elle semblait sincèrement ravie.

6

L'homme ne naissait pas criminel mais tombait dans l'erreur par suite d'un malheureux concours de circonstances sous l'influence d'éléments négatifs. Tous les crimes, grands et petits, on pouvait en attribuer la faute à l'avarice post-capitaliste, à l'égoïsme, à la négligence, au parasitisme, à l'ivrognerie, aux préjugés religieux ou à la dépravation héréditaire. L'assassin Tsypine, par exemple, était issu d'une famille de meurtriers et de trafiquants d'or, dont les ancêtres comprenaient des tueurs, des voleurs et des moines. Tsypine avait été élevé comme un ourka, un criminel professionnel. Il portait les tatouages bleus d'un ourka — serpents, dragons, noms d'amants célèbres — en une telle profusion qu'ils serpentaient de sous ses manchettes et de son col de chemise. Un jour il avait montré à Arkadi le coq rouge tatoué sur son pénis. Lorsque Tsypine avait tué un complice, c'était, heureusement pour lui, à une époque ou seuls les crimes d'État étaient censés mériter la peine de mort. Tsypine écopa de dix ans. Au camp il ajouta un nouveau tatouage, « Baisé par le Parti », au milieu du front. Une fois de plus il eut de la chance. Ce genre de propagande « corporelle » antisoviétique n'était plus un crime d'État depuis la semaine précédente ; son geste ne lui valut donc qu'un peu de peau prélevée sur ses fesses et greffée sur sa tête ainsi que cinq années supplémentaires d'emprisonnement, peine suspendue peu après à l'occasion du centenaire de l'anniversaire de la naissance de Lénine.

« Je vois les choses dans leur perspective, maintenant, dit-il à Arkadi. Le taux de criminalité monte, il descend. Les juges sont plus indulgents et puis ils vous brisent les couilles. C'est comme la lune et les marées. En tout cas, maintenant j'ai une bonne situation. »

Tsypine était mécanicien. Mais c'était avec les chauffeurs de camion qu'il gagnait vraiment son argent. Les chauffeurs venaient faire le plein de leur réservoir pour livrer des marchandises dans un lointain village. Mais, juste à la sortie de Moscou, ils siphonnaient un peu d'essence, la vendaient au rabais à Tsypine, trafiquaient leur compteur kilométrique et, à la fin de la journée, rentraient à leur base avec l'histoire toujours plausible de mauvaises routes et de détours. Tsypine, à son tour, revendait l'essence à des propriétaires de voitures privées. Les autorités étaient au courant de ces activités, mais il y avait si peu de postes d'essence à Moscou et une telle demande des propriétaires de voitures privées que des trafiquants comme Tsypine étaient secrètement autorisés à assurer un service dont la société avait le plus grand besoin.

« La dernière chose dont on ait envie, c'est de voir la police faire du zèle et, si je savais qui a tué trois personnes dans le parc Gorki, je serais le premier à vous le dire. D'ailleurs, un type qui a fait un coup comme ça, on devrait lui couper les couilles. Nous aussi, on a notre code, vous savez. »

D'autres ourkas se succédèrent sur le fauteuil dans le bureau d'Arkadi à la Novokouznetskaïa, chacun répétant que personne n'était assez dingue pour aller abattre quelqu'un au parc Gorki et que d'ailleurs personne n'était porté disparu. Le dernier était Jarkov, un ancien militaire qui faisait le commerce des armes.

« De toute façon, qu'est-ce qu'on peut trouver ? Du matériel de l'Armée rouge, de vieux revolvers britanniques tout rouillés, peut-être un pistolet. Peut-être que si vous allez dans l'est de la Sibérie, vous trouverez encore une bande avec une mitrailleuse. Pas ici. Rien de ce qui ressemble à ce que vous décrivez, et même, qui aurait pu tirer ? A part moi, je ne connais pas dix personnes à Moscou ayant moins de quarante-cinq ans qui pourraient toucher leur grand-mère à dix pas. Ils ont fait leur service militaire, dites-vous ? Ça n'est pas l'Amérique, ici. Si nous avons eu de vraies guerres depuis trente ans, faites-le-moi savoir. Ils n'ont l'occasion de tirer sur personne et d'ailleurs l'entraînement se fait en dépit du bon sens. Soyons sérieux. Vous parlez d'une exécution organisée et vous et moi nous savons qu'il n'existe qu'une organisation qui soit équipée pour ça. »

Dans l'après-midi, Arkadi appela l'école de Zoya à plusieurs reprises jusqu'au moment où on lui répondit qu'elle était partie pour le club d'athlétisme de l'Union des Professeurs. Le club était un ancien palais au bout de la Novokouznetskaïa, juste en face du Kremlin. En cherchant le gymnase, il se perdit, franchit une porte et se retrouva sur un petit balcon utilisé jadis par des musiciens. Il regarda ce qui, auparavant, avait été une salle de bal. Des amours défigurés décoraient le plafond. La piste de danse était couverte de matelas de vinyl, luisants et qui sentaient la sueur. Zoya se balançait aux barres asymétriques. Ses cheveux dorés étaient tirés en chignon, elle avait des bandeaux aux poignets et de gros bas de laine montants de danseuse. Lorsqu'elle roulait sous la barre inférieure, ses jambes s'écartaient comme les ailes d'un avion, les muscles de son dos et de sa croupe faisaient saillie sous son collant. En survêtement, bras croisés, Schmidt l'observait. Pouces et index joints, elle tendit les bras pour saisir la barre supérieure, fit demi-tour en tournoyant, pour se rattraper à la barre inférieure, se redressa en appui sur les mains avec les pieds au plafond, puis se renversa et roula, jambes écartées, pour retomber sur la barre supérieure. Elle n'était pas assez bonne pour être gracieuse ; ce qu'elle avait était une sorte d'énergie démente, on aurait dit le balancier d'une pendule s'enroulant et se déroulant autour de deux mâts. Elle sauta à terre et, quand Schmidt la rattrapa en lui prenant la taille à deux mains, Zoya passa ses bras autour de lui.

C'était follement romanesque, se dit Arkadi. Au lieu

d'un mari là-haut, il devrait y avoir un quatuor à cordes et un clair de lune. Micha avait raison : ils étaient faits l'un pour l'autre.

Quittant le balcon, Arkadi claqua la porte avec une telle force qu'on aurait dit un coup de feu.

Il alla se changer chez lui et, en se rendant à l'Ukraina, il prit à la Bibliothèque historique les *Annales de la Coopération soviétique américaine dans la Grande Guerre Patriotique*. Peut-être le KGB aurait-il expédié des cartons le temps qu'il arrive à l'hôtel, songea Arkadi, ou peut-être Pribluda attendrait-il. Le commandant allait peut-être commencer par une petite plaisanterie, pour instaurer de nouvelles relations plus cordiales, décrivant peut-être le malentendu qui les avait opposés comme purement institutionnel. Après tout, le KGB ne se maintenait que sur la crainte. Sans ennemi, à l'extérieur ou à l'intérieur, réels ou imaginaires, tout l'appareil du KGB était sans utilité. D'un autre côté, le rôle de la milice et du bureau du procureur était de démontrer que tout allait bien. Peut-être que dans dix ans, imaginait Arkadi, on trouverait des études sur les trois meurtres dans des journaux juridiques, et des titres comme *Conflits institutionnels dans le parc Gorki.*

A l'Ukraina, il y avait de nouveaux cartons avec les anciens. Pacha et Fet étaient partis. Pacha avait laissé un mot pour dire que le côté icônes ne donnait rien mais qu'un Allemand l'avait lancé sur une autre piste. Arkadi roula le mot en boule, le lança dans la corbeille à papier et déposa ses vêtements propres sur le lit de camp du bureau.

Il pleuvait, de grosses gouttes giflaient le fleuve pris par les glaces, faisant monter de la vapeur des voitures qui circulaient sur le boulevard. A travers la pluie, de l'autre côté du boulevard, dans le quartier des étrangers, on apercevait une femme en chemise de nuit plantée derrière une fenêtre allumée.

Une Américaine ? Arkadi avait mal à la poitrine là où il portait une enflure rose et endolorie, juste à l'endroit où le fugitif l'avait frappé deux soirs plus tôt dans le parc. Il écrasa une cigarette pour en allumer une autre. Il éprouvait un étrange sentiment de légèreté : il n'avait plus la charge de Zoya, de la maison, il glissait hors d'une orbite qui avait été sa vie, il échappait à la force de gravité. De l'autre côté du boulevard, la lumière de la fenêtre où se trouvait la femme s'éteignit. Il se demanda pourquoi il avait envie de coucher avec une femme qu'il n'avait jamais vue auparavant et dont le visage était simplement une tache derrière un carreau. Il n'avait jamais été infidèle, il n'y avait même jamais pensé. Et voilà que maintenant il avait envie de n'importe quelle femme. A défaut de cela, l'envie de frapper quelqu'un. L'essentiel, c'était d'établir un contact.

Il se contraignit à s'asseoir et à écouter les enregistrements de janvier du provocateur-homme d'affaires Osborne. S'il parvenait à établir un lien quelconque entre le parc Gorki et un tel favori du KGB, il était certain que le major Pribluda allait intervenir. Il n'y avait aucune raison de soupçonner Osborne, malgré les contacts de l'Américain avec Irina Asanova et le marchand d'icônes Golodkine. C'était juste comme si, en traversant un champ un jour, Arkadi avait entendu un sifflement sous une pierre. Il y a là un serpent, disait le sifflement. Le fourreur avait passé janvier et les deux premiers jours de février à faire la navette entre Moscou et la vente aux enchères annuelles de fourrures à Leningrad. Dans les deux villes il fraternisait avec une élite de fonctionnaires de la culture et du commerce, chorégraphes et metteurs en scène, danseurs et comédiens, non pas avec le genre de citoyens minables dont on avait retrouvé les corps dans le parc Gorki.

Osborne : *Vous êtes célèbre comme metteur en scène de films de guerre. Vous aimez la guerre. les Américains adorent la guerre. C'est un général américain qui a dit : « La guerre, c'est le paradis. »*

Dans les *Annales de la Coopération soviéto-américaine dans la Grande Guerre Patriotique*, Arkadi trouva deux fois mentionné le nom d'Osborne :

Durant le siège, la plupart des ressortissants étrangers évacuèrent le port. L'un des rares à ne pas le faire fut le diplomate américain J. B. Osborne qui travaillait aux côtés de ses collègues soviétiques pour minimiser la destruction des marchandises dans les docks. Au plus fort de la canonnade, on pouvait trouver le général Mendel et Osborne dans les faubourgs de la ville, trimant sous le feu d'artillerie, pour surveiller les réparations les plus immédiates des voies ferrées endommagées. Le but de la prétendue politique du Prêt-Bail de Roosevelt était quadruple : prolonger la lutte entre les agresseurs fascistes et les défenseurs de la patrie soviétique jusqu'au moment où les deux adversaires seraient vidés de leur sang ; retarder l'ouverture d'un second front pendant qu'il négociait la paix avec la bande d'Hitler, mettre le peuple soviétique qui se battait dans une situation sans fin de dette financière ; et rétablir l'hégémonie anglo-américaine dans le monde. Il n'y avait que quelques Américains à avoir la vision nécessaire pour établir de nouvelles relations à l'échelle planétaire…

Quelques pages plus loin :

…Ce fut une de ces infiltrations d'un commando fasciste qui prit au piège le groupe de transport dirigé par le général Mendel et l'Américain Osborne, et dut se frayer un chemin à coups de pistolet pour s'en tirer.

Arkadi se rappelait les plaisanteries de son père sur la lâcheté de Mendel (« Il a des bottes bien astiquées mais il chie dans son froc »). Pourtant, avec Osborne, Mendel était un héros. Mendel était entré au ministère du Commerce en 1947 et, peu après, Osborne avait obtenu une licence pour l'exportation de fourrures.

L'inspecteur Fet surgit soudain dans le bureau. « J'ai pensé que puisque vous étiez là, inspecteur, je pourrais écouter encore quelques-unes de mes bobines, dit-il.

— Il est tard. Il pleut toujours, Sergueï ?

— Oui. » Fet posa son manteau bien sec sur une

chaise et s'assit devant un magnétophone. Nous ne sommes pas tellement subtils, songea Arkadi. Le jeune homme fit le geste d'ajuster ses lunettes sur son nez et disposa ses crayons bien taillés. Sans doute y avait-il un micro dans le bureau et les gens du KGB en avaient-ils assez de surveiller un homme qui lisait et écoutait avec un casque et avaient-ils ordonné au pauvre Fet d'intervenir. Voilà qui montrait un intérêt sincère. Excellent.

Fet hésitait. « Qu'est-ce qu'il y a, Sergueï ? »

La familiarité mettait Fet mal à l'aise. Il se dandinait d'un pied sur l'autre, on aurait dit une petite locomotive se mettant sous pression. « Cette approche, inspecteur.

— Nous ne sommes plus en service, appelez-moi camarade.

— Merci. Cette approche que nous avons prise… Je ne peux m'empêcher de me demander si c'est la bonne.

— Moi aussi. Nous démarrons avec trois cadavres et nous voilà partis sur une tangente avec des enregistrements et des transcriptions de gens qui, après tout, sont des visiteurs de bonne foi. Nous pourrions nous tromper radicalement et tout cela pourrait n'être qu'une perte de temps. C'est ce que vous pensiez, Sergueï ? »

Fet semblait avoir perdu son souffle. « Oui, inspecteur principal. — Je vous en prie, appelez-moi camarade. Après tout, comment pouvons-nous rattacher à ce crime les étrangers coopératifs quand nous ne savons pas qui étaient les victimes ni pourquoi on les a vraiment tuées ?

— C'est ce que je me disais.

— Pourquoi, plutôt que des étrangers, ne pas choisir une sélection d'employés amateurs de patinage ou rassembler les noms de tous les gens qui se sont rendus au parc Gorki cet hiver ? Est-ce que ce serait mieux à votre avis ?

— Non. Peut-être.

— Vous balancez, Sergueï. Dites-moi, je vous prie, car la critique est constructive. Elle précise notre but et contribue à l'unanimité de nos efforts. »

Cette notion d'ambiguïté ajouta au malaise de Fet, aussi Arkadi vola-t-il à son secours. « Je ne devrais pas dire que vous balancez. Vous envisagez plutôt deux approches différentes. C'est plutôt cela, Sergueï ?

— Oui. » Fet reprit « : « Je me demandais si vous connaissiez un aspect de l'enquête que j'ignorais, et qui nous a conduits à nous concentrer à ce point sur les enregistrements faits par la Sécurité de l'État ?

— Sergueï, j'ai une totale confiance en vous. J'ai aussi une totale confiance dans le meurtrier russe. Il tue par passion et, si possible, en privé. C'est vrai qu'il y a une crise du logement maintenant, mais à mesure que cette situation s'améliorera il y aura encore davantage d'homicides commis dans le privé. Bref, pourriez-vous imaginer un Russe, un fils de la Révolution, attirant de sang-froid trois personnes pour les exécuter dans le principal parc culturel de Moscou ? Le pouvez-vous, Sergueï ?

— Je ne comprends pas très bien.

— Vous ne voyez donc pas, Sergueï, qu'il y a les éléments d'une plaisanterie dans ce meurtre ? »

Fet eut un mouvement de répulsion. « D'une plaisanterie ?

— Réfléchissez-y, Sergueï. Étudiez le problème. »

En invoquant de vagues excuses, Fet partit quelques minutes plus tard. Arkadi revint aux enregistrements de janvier, recoiffant son casque, décidé à en terminer avec les bandes de janvier avant d'aller s'allonger sur le lit de camp. Dans le cercle lumineux de la lampe posée sur la table, il disposa trois allumettes sur une feuille de papier. Autour des allumettes, il traça les contours de la clairière du parc.

Osborne :

Mais vous ne pouvez pas monter L'Étranger *de Camus pour un public soviétique. Un homme tue un parfait étranger sans autre raison que parce qu'il s 'ennuie ? C'est un excès purement occidental. Le confort bourgeois mène inévitablement à l'ennui et au meurtre sans mobile. La police en a l'habitude, mais ici, dans une société socialiste progressiste, personne n'est atteint d'ennui.*

— *Et* Crime et Châtiment *? Et Raskolnikov ?*

— *C'est exactement ce que je disais. Malgré ces divagations existentialistes, même Raskolnikov ne voulait que met-*

tre la main sur quelques roubles. Vous auriez autant de mal à trouver un acte sans mobile ici qu'un oiseau tropical derrière les carreaux de votre fenêtre. Il y aurait une énorme confusion. Jamais le meurtrier de Camus ne serait pris ici.

Vers minuit, il se souvint de la note de Pacha. Sur la table de l'inspecteur se trouvait un rapport agrafé au dossier d'un ressortissant allemand du nom d'Unmann. Arkadi le feuilleta, les yeux rouges.

Hans Frederick Unmann était né en 1932 à Dresde, s'était marié à dix-huit ans, avait divorcé à dix-neuf, il avait été renvoyé des Jeunesses communistes pour chahut (une plainte pour voies de fait avait été retirée). S'engage dans l'armée en 1952 et, au cours de la tourmente réactionnaire de l'année suivante, est accusé d'avoir matraqué des émeutiers (plainte pour homicide involontaire retirée), puis termine son service comme gardien à la prison de Marienbad. Est employé pendant quatre ans comme chauffeur du secrétaire du Comité central des Syndicats. Réintégré au Parti en 1963, il se remarie la même année et travaille comme contremaître dans une fabrique d'optique. Cinq ans plus tard, chassé du Parti pour avoir battu sa femme. Bref, une brute. Unmann était revenu au Parti et était attaché au komsomol pour maintenir la discipline parmi les étudiants allemands de Moscou. Sa photo montrait un homme grand et osseux, aux cheveux blonds clairsemés. Le rapport de Pacha ajoutait que Golodkine avait fourni des prostituées à Unmann jusqu'au moment où l'Allemand avait mis un terme à leurs relations en janvier. Aucune mention d'icônes.

Il y avait une bobine sur le magnétophone de Pacha. Arkadi coiffa le casque de Pacha et mit l'appareil en marche. Il se demandait pourquoi Unmann avait rompu avec Golodkine et pourquoi en janvier.

L'allemand d'Arkadi n'était pas aussi bon que lorsqu'il était dans l'armée, mais il lui permettait quand même de déchiffrer les menaces physiques sans équivoque auxquelles recourait Unmann pour mettre ses étudiants au pas. A entendre leurs voix, les étudiants allemands étaient dûment terrifiés. Ah ! Unmann avait un poste en or. Un ou deux gosses terrifiés par jour, et le reste de son temps, il était libre. Il sortait en fraude des appareils photo et des jumelles d'Allemagne, et obligeait sans doute les étudiants à en faire autant pour lui. Bien sûr, pas d'icônes ; il n'y avait que les visiteurs venant de l'Ouest qui voulaient des icônes russes.

Puis Arkadi entendit l'enregistrement d'un interlocuteur qui demandait à Unmann de le rencontrer « à l'endroit habituel ». Un jour plus tard, le même interlocuteur disait à Unmann de se trouver devant le Bolchoï. Le lendemain « à l'endroit habituel », et deux jours plus tard, encore ailleurs. On ne citait pas de noms, il n'y avait pas de véritables conversations, et le peu qu'il entendait était dit en allemand. Il fallut un long moment à Arkadi pour se convaincre que l'ami anonyme était Osborne car Unmann n'avait jamais figuré sur les enregistrements d'Osborne. C'était Osborne qui appelait Unmann, jamais l'inverse, et Osborne, semblait-il, ne téléphonait que de cabines publiques. Il y avait aussi une intonation qui n'allait pas dans la voix de l'interlocuteur anonyme, et Arkadi se disait que son identification ne tenait pas debout.

Utilisant deux appareils, il écouta alternativement les enregistrements d'Osborne et d'Unmann. Une véritable pyramide de mégots s'érigea dans un cendrier. Ce n'était plus maintenant qu'affaire de patience. A l'aube, après sept heures d'écoute, Arkadi sortit de l'hôtel pour se ranimer un peu. A la station de taxis déserte, les haies craquaient dans le vent. Tandis qu'il aspirait l'air à grandes goulées, il entendit un autre bruit, sourd et rythmé, et qui venait de loin au-dessus de sa tête. Des ouvriers martelaient les parapets du toit de l'Ukraina, guettant les fausses notes des briques descellées par l'hiver.

De retour dans la chambre, il reprit les enregistrements d'Unmann en février. Le 2, jour où Osborne avait quitté Moscou pour Leningrad, le correspondant anonyme avait appelé.

— *L'avion a du retard.*

— *Il a du retard ?*

— *Tout va bien. Vous vous faites trop de souci.*

— *Vous ne vous en faites jamais ?*

— *Détendez-vous, Hans.*

— *Je n'aime pas ça.*

— *Il est un peu tard pour aimer ou ne pas aimer.*

— *Tout le monde connaît ces nouveaux Tupolev.*

— *Un accident ? Vous croyez qu'il n'y a que les Allemands qui sachent construire quelque chose.*

— *Même un retard. Une fois à Leningrad…*

— *Je suis déjà allé à Leningrad. J'y suis allé avec les Allemands. Tout ira bien.*

Arkadi dormit une heure.

7

Le mannequin était une tête en plâtre rose sans traits et avec une perruque en queue de rat, mais elle était articulée aux oreilles, si bien que le visage pouvait s'ouvrir par le milieu et révéler à l'intérieur toute une structure de muscles bleus et une boîte crânienne blanche aussi compliquée qu'un œuf de Fabergé.

« La chair ne repose pas sur du vide, dit Andreiev. Vos traits, cher inspecteur, ne sont pas déterminés par l'intelligence, le caractère ou le charme.

L'anthropologue reposa la tête en plâtre et prit la main d'Arkadi. « Vous sentez les os là-dedans ? Il y a vingt-sept os dans votre main, inspecteur, chacun s'articulant de façon différente pour des fonctions précises. » La poigne d'Andreiev, étonnamment vigoureuse pour un homme d'aussi petite taille, se resserra et Arkadi sentit ses veines jouer sous la peau. « Il y a les muscles fléchisseurs et les muscles extenseurs, qui sont de tailles différentes et qui ont des attaches différentes. Si je vous disais que j'allais reconstruire votre main, vous ne mettriez pas ma parole en doute. La main semble un outil, une machine. » (Andreiev la lâcha.) La tête est une machine pour les réactions nerveuses, pour bouger, pour voir, pour entendre et pour sentir… dans cet ordre. C'est une machine avec des os proportionnellement plus forts et moins de chair qu'une main. Le visage n'est qu'un masque très mince posé sur le crâne. Vous pouvez reconstituer le visage à partir du crâne, mais vous ne pouvez pas reconstituer le crâne à partir du visage.

— Quand ? demanda Arkadi.

— Dans un mois…

— Dans quelques jours. Il me faut un visage identifiable dans quelques jours.

— Renko, vous êtes l'inspecteur type. Vous n'avez pas entendu un mot de ce que j'ai dit. C'est à peine si j'ai décidé même de faire le visage. C'est une opération très compliquée et je fais cela à mes moments perdus.

— Il y a un suspect qui va quitter Moscou dans une semaine.

— Il ne peut pas quitter le pays, alors…

— Mais si.

— Il n'est pas russe ?

— Non.

— Ah ! (Le nain éclata de rire.) Maintenant je vois.

Andreiev se jucha sur un tabouret et se gratta le menton en regardant la verrière. Arkadi craignait de le voir refuser de s'occuper davantage de la tête.

« C'est l'oreille qui nous est arrivée intacte dans l'ensemble, à part le visage, et j'en ai pris des photos, si bien que je n'aurai pas à perdre de temps à construire le cou et la mâchoire. Les attaches des muscles étaient encore sur le visage, nous les avons photographiées et dessinées. Nous connaissons la couleur et la coupe de ses cheveux. Dès que je pourrai obtenir un moulage d'un crâne propre, je pense que je pourrai commencer.

— Quand pouvez-vous avoir un crâne propre ?

— Inspecteur, en voilà des questions ! Pourquoi ne demandez-vous pas à la Commission de Nettoyage ? »

Andreiev se pencha pour ouvrir un profond tiroir. A l'intérieur se trouvait la boîte dans laquelle Arkadi avait apporté la tête. Andreiev retira le couvercle. A l'intérieur se trouvait une masse brillante, et il fallut un moment à Arkadi pour comprendre que la masse était en mouvement et qu'elle se composait de scarabées, d'une véritable mosaïque de petits insectes qui se nourrissaient sur et à l'intérieur d'ossements luisants.

« Bientôt », promit Andreiev.

De la salle télex de la milice située 2 rue Petrovaka, Arkadi expédia un nouvel avis d'homicide, non pas simplement à l'ouest de l'Oural cette fois, mais pour l'ensemble des républiques, y compris la Sibérie. Il continuait d'être troublé par le fait que les trois corps n'étaient pas identifiés. Tout le monde avait des papiers, chacun surveillait tout le monde. Comment trois personnes pouvaient-elles disparaître si longtemps ? Et le seul lien avec qui que ce fût, c'étaient les patins à glace d'Irina Asanova, qui était de Sibérie.

« Dans un endroit comme Komsomolsk, ils ont dix heures d'avance sur Moscou, dit l'opérateur télex. Il fait déjà nuit là-bas. Nous n'aurons pas de réponse avant demain. »

Arkadi alluma une cigarette et, à la première bouffée, fut pris d'une quinte de toux. C'étaient la pluie et ses côtes enfoncées.

« Vous devriez voir un médecin.

— J'en connais un. » Il porta la main à sa bouche et partit.

Quand Arkadi arriva, Levine était dans la salle d'autopsie, travaillant sur un cadavre aux lèvres marron. En le voyant hésiter sur le seuil, le médecin légiste s'essuya les mains et sortit. « Un suicide. Le gaz, plus les veines des deux poignets et du cou, annonça Levine. Tu connais celle-ci ? Le secrétaire Brejnev convoque le président du Conseil Kossyguine dans son bureau et dit : "Alexeï, mon très cher camarade, mon vieil ami, il m'est parvenu une rumeur qui me trouble : on dit que tu es juif. — Mais pas du tout", répond le président Kossyguine, abasourdi. Le secrétaire Brejnev prend une cigarette dans son étui en or, l'allume, hoche la tête... (Levine mimait tout cela.) et dit : "Enfin, Alexeï, penses-y."

— Une vieille plaisanterie.

— Nouvelle version.

— Tu fais une fixation sur les Russes. (Le froid du sous-sol déclencha chez Arkadi une nouvelle quinte de toux et Levine se calma.)

— Viens avec moi. »

Ils montèrent dans le bureau de Levine où, au grand étonnement d'Arkadi, le médecin légiste ouvrit une bouteille de vrai cognac et apporta deux verres. « Même pour un inspecteur principal, tu as une tête épouvantable.

— J'ai besoin d'un comprimé.

— Renko, le Héros du Travail. Tiens. »

Arkadi avait l'impression que le cognac douceâtre était absorbé par l'hématome qu'il avait sur la poitrine : rien ne semblait parvenir jusqu'à son estomac.

« Quel poids as-tu perdu récemment ? demanda Levine. Combien d'heures de sommeil as-tu eues ?

— Tu as des comprimés ?

— Pour la fièvre, pour les frissons, pour le nez qui coule ? Pour ton travail ?

— Quelque chose qui supprime la douleur.

— Supprime-la toi-même. Tu ne reconnais donc pas la peur quand elle t'envahit ? Non, pas le Héros du Travail. (Levine se pencha en avant.) Laisse tomber cette affaire.

— J'essaie de m'en décharger.

— Pas de t'en décharger. Laisse-la tomber.

— Tais-toi. »

Pris d'une nouvelle crise de toux, Arkadi reposa son verre et se courba en se tenant les côtes. Il sentit la main glacée de Levine se glisser sous sa chemise et palper la meurtrissure douloureuse au milieu de sa poitrine. Levine eut un petit sifflement. Pendant que la quinte d'Arkadi s'atténuait, Levine s'était installé à sa chaise derrière son bureau et écrivait sur une feuille de papier.

« Ceci va informer le bureau du procureur que tu as une masse de sang coagulée résultant de contusions et d'une hémorragie de la cavité pectorale, que tu as besoin d'être sous observation médicale en cas de fièvre ou de péritonite, sans parler de la possibilité d'une côte cassée. Iamskoï te donnera deux semaines dans une clinique. »

Arkadi prit la feuille et la roula en boule.

« Ceci... fit Levine en prenant une autre feuille de papier, te permettra d'obtenir un antibiotique. Ceci... (Il ouvrit un tiroir et lança à Arkadi un flacon de petits comprimés.)... devrait calmer la toux. Prends-en un. »

C'était de la codéine. Arkadi avala deux comprimés et fourra le flacon dans sa poche.

« Comment t'es-tu fait cette ravissante bosse ? demanda Levine.

— Quelqu'un m'a frappé.

— Avec une matraque ?

— Juste avec son poing, je crois.

— C'est quelqu'un que tu aurais intérêt à éviter. Maintenant, si tu veux bien m'excuser, je vais retourner à un suicide rapide et net. »

Après le départ de Levine, Arkadi resta tandis que la codéine se répandait comme un baume à travers ses veines. D'un pied il approcha la corbeille à papier au cas où il aurait envie de vomir, puis s'assit, parfaitement immobile, en songeant au cadavre gisant au sous-sol. Les deux poignets et la gorge ? Et le gaz ? Était-ce de la fureur animale ou de la minutie philosophique ? Sur le carrelage ou dans une baignoire ? Une baignoire privée ou communautaire ? Juste au moment où il était certain qu'il allait être malade, la nausée se calma et il renversa la tête en arrière.

Un Russe tue ; ça se comprenait. Mais, franchement, qu'est-ce qu'un cadavre russe aurait à faire avec un touriste ? Trois cadavres... Ça avait déjà un côté « en gros », un côté capitaliste, mais quand même... quand un touriste trouve-t-il même le temps d'abattre des gens ? Pour quel trésor russe qui valait la peine d'être volé ? D'un autre côté, quelles menaces trois pauvres travailleurs pouvaient-ils proférer contre un homme qui n'avait simplement qu'à prendre un avion et à s'envoler pour l'Amérique, la Suisse, la lune ? Alors pourquoi suivait-il une telle théorie, pourquoi même la concevait-il ? Pour remettre l'affaire au KGB ? Pour faire un pied de nez au KGB ? Ou bien, de façon plus personnelle, pour prouver à quelqu'un qu'être un simple inspecteur équivalait en fait à quelque chose, peut-être même à être un héros, comme Levine le suggérait ? Peut-être que quelqu'un quitterait Schmidt pour rentrer à la maison ? Oui à toutes les questions.

Il restait une possibilité plus intrigante : que l'inspecteur lui-même eût découvert — par hasard, comme un homme en passant devant un miroir s'aperçoit soudain qu'il n'est pas rasé et que son manteau est usé au col — à quel point son travail était minable. Ou, pire encore, sans objet. Était-il un inspecteur principal ou bien un traiteur de cadavres, un auxiliaire de la morgue, dont la paperasserie n'était que le substitut bureaucratique des derniers sacrements ? Ce n'était là qu'un détail, et simplement révélateur de la réalité socialiste (après tout, seul Lénine vit !). Plus important, du point de vue de la carrière, tout le monde avait raison. A moins de devenir un apparatchik du Parti, il était allé aussi loin qu'il irait jamais. Jusqu'à un stade qu'il ne dépassait pas. Était-ce possible — avait-il l'imagination — de créer une affaire compliquée pleine de mystérieux étrangers, de trafiquants de marché noir et de mouchards, toute une population de nuées fictives émanant de trois cadavres ? Et tout cela n'étant qu'un jeu de l'inspecteur contre lui-même ? Il y avait là quelque chose d'assez plausible.

Il quitta la morgue sous la pluie, marchant la tête enfoncée dans les épaules. Sur la place Dzerjinski, des piétons se précipitaient vers la station de métro. Auprès du magasin pour enfants, il y avait une cafétéria avec juste des comptoirs faisant face à la Loubianka. Il avait besoin d'avoir quelque chose dans l'estomac et il attendait de pouvoir traverser lorsqu'il s'entendit appeler par son nom.

« Par ici ! »

Une silhouette émergea de sous une porte cochère pour tirer Arkadi à l'abri. C'était Iamskoï, un imperméable bleu par-dessus son uniforme de procureur, son crâne rasé coiffé d'une casquette galonnée.

« Camarade juge, connaissez-vous notre extrêmement doué inspecteur principal Renko ? fit Iamskoï en tirant Arkadi jusqu'à un vieil homme.

— Le fils du général ? » Le juge avait de petits yeux très rapprochés de part et d'autre d'un nez aigu.

« Lui-même.

— Enchanté de vous connaître. » Le juge tendit à Arkadi une petite main noueuse. Malgré sa réputation, Arkadi était impressionné : il n'y avait que douze juges qui siégeaient à la Cour suprême.

« Tout le plaisir est pour moi. Je me rendais à mon bureau. » Arkadi fit un pas en arrière en direction de la rue, mais Iamskoï le retint par le bras.

« Et vous travaillez depuis avant l'aube. Il s'imagine que je ne connais pas ses horaires, expliqua Iamskoï au juge. C'est le travailleur le plus créatif et le plus acharné. Est-ce que les deux ne vont pas toujours ensemble ? Mais en voilà assez ! Le poète posa sa plume, le tueur sa hache, et même vous, inspecteur, devez vous reposer de temps en temps. Venez avec nous.

— J'ai beaucoup de travail à faire, protesta Arkadi.

— Vous voulez nous faire honte ? Pas question. »

Iamskoï entraîna le juge en même temps. La voûte menait à un passage couvert qu'Arkadi n'avait jamais encore remarqué. Deux miliciens arborant l'insigne de la Division de Sécurité intérieure s'écartèrent. « D'ailleurs, ça ne vous ennuie pas si je vous exhibe un peu, non ? »

Le passage donnait sur une cour encombrée de limousines Tchaïka étincelantes. Plus démonstratif à chaque pas, Iamskoï les précéda en franchissant une porte de fer donnant sur un vestibule éclairé par des appliques en cristal en forme d'étoiles blanches. Un escalier recouvert d'une épaisse moquette menait dans une salle aux murs lambrissés où s'alignaient d'étroites stalles d'acajou. A cet étage, les appliques en forme d'étoiles étaient rouges, et, sur toute la longueur de la salle, s'étendait une photographie du Kremlin la nuit, un drapeau rouge flottant au-dessus de la coupole verte de l'ancien Sénat.

Iamskoï se déshabilla. Il avait un corps rose, puissamment musclé, et, sauf le pubis, presque sans poils. Une toison blanche couvrait la poitrine creuse du juge. Arkadi suivit leur exemple. Iamskoï jeta un coup d'œil à la meurtrissure violacée sur le torse d'Arkadi.

« Une petite bagarre, hein ? »

Il prit une serviette dans sa cabine et la noua comme

un foulard autour du cou d'Arkadi pour cacher le bleu. « Là, maintenant, vous avez l'air d'un vrai métropolite. C'est une sorte de club privé, alors vous n'avez qu'à me suivre. Prêt, camarade juge ? »

Le juge avait une serviette autour de la taille ; Iamskoï drapa la sienne par-dessus son épaule et entraîna Arkadi en le tenant par les épaules, chuchotant sur un ton de confidences joviales qui excluait leur compagnon.

« Il y a établissement de bains et établissement de bains. Il arrive parfois à un fonctionnaire d'avoir besoin de se rafraîchir, exact ? On ne peut pas s'attendre à le voir faire la queue avec le public, pas avec une bedaine comme celle du juge. »

Ils s'engagèrent dans un couloir carrelé, dont la ventilation était assurée par des bouches d'air chaud, et arrivèrent dans une cave assez vaste pour abriter un long bain d'eau sulfureuse chauffée. Autour de la piscine, sous des arches d'émaux byzantins, des paravents de bois sculpté simulaient en partie des alcôves meublées de tables basses mongoles et de canapés. Des baigneurs étaient assis dans l'eau fumante tout au bout de la piscine.

« Bâtie à l'époque des distorsions du Culte de la Personnalité, dit Iamskoï à l'oreille d'Arkadi. Les interrogateurs de la Loubianka travaillaient vingt-quatre heures sur vingt-quatre et on décida qu'il leur faudrait un endroit où se reposer entre deux interrogatoires. On pompa l'eau des courants souterrains de la Neglinaya, chauffée à la vapeur et additionnée de sels. Mais, juste au moment où l'installation était terminée, Il est mort et l'établissement fut abandonné. Depuis quelque temps, la totale stupidité de ne pas s'en servir est devenue évidente. Les bains ont été "réhabilités" », reprit-il en serrant le bras d'Arkadi.

Il guida Arkadi dans une alcôve où deux hommes nus en nage étaient assis autour d'une table où s'entassaient des coupes d'argent pleines de caviar et de saumon reposant sur de la glace pilée, des assiettes de pain blanc en tranches minces, du beurre doux et des citrons, de l'eau minérale et des bouteilles de vodka pure ou parfumée.

« Camarades, Premier secrétaire du Procureur général et académicien, je voudrais vous présenter Arkadi Vasilevitch Renko, inspecteur responsable de la brigade criminelle.

— Fils du général. » Le juge s'assit, ignoré de tous.

Arkadi échangea des poignées de main. Le Premier secrétaire était grand et poilu comme un gorille, et l'académicien souffrait d'une ressemblance avec Khrouchtchev, mais l'atmosphère était agréable et détendue, comme dans un film qu'Arkadi avait vu jadis et qui montrait le tsar Nicolas plongeant nu avec son état-major. Iamskoï versa de la vodka épicée Pertsovoka — du poivre pour la pluie — et amoncela du caviar sur le pain d'Arkadi. Pas du caviar pressé, mais des œufs gros comme des billes de roulement, comme Arkadi n'en n'avait pas vu depuis des années dans un magasin. Il le dévora en deux bouchées.

« L'inspecteur Nikitine, vous vous en souvenez, avait des états de service qui touchaient à la perfection. Ceux d'Arkadi Vasilevitch sont sans faille. Alors je vous préviens, fit Iamskoï d'un ton un peu moqueur, si vous comptez vous débarrasser de vos femmes, trouvez une autre ville. »

Des volutes de vapeur montaient au-dessus de la piscine et passaient sous le paravent pour vous donner un goût de soufre dans la bouche. Pas désagréable d'ailleurs : ça ajoutait un peu de piquant à la vodka. On n'avait pas besoin de voyager pour faire une cure, songeait Arkadi, il suffisait de se baigner sous la place Dzerjinski où les héros étaient obèses.

« De la dynamite blanche de Sibérie, fit le Premier secrétaire en remplissant le verre d'Arkadi : de l'alcool pur. »

L'académicien, supposa Arkadi, appartenait sans doute à ce cercle fermé non pas en raison de ses travaux habituels comme la recherche médicale mais plutôt en tant qu'idéologue.

« L'Histoire nous montre la nécessité de confronter l'Ouest, déclara l'académicien. Marx prouve la nécessité de l'internationalisme. C'est pourquoi nous devons avoir ces salauds d'Allemands à l'œil. Dès l'instant où nous détournerons le regard, ils se réunifieront, croyez-moi.

— Ce sont eux qui introduisent la drogue en Russie, acquiesça vigoureusement le Premier secrétaire, les Allemands et les Tchèques.

— Mieux vaut dix meurtriers en liberté qu'un trafiquant de drogue », proclama le juge. Il avait la poitrine mouchetée de caviar.

Iamskoï fit un clin d'œil à Arkadi. Après tout, le bureau du procureur savait que c'étaient les Géorgiens qui introduisaient le cannabis à Moscou et des étudiants en chimie de l'université qui préparaient le LSD. Arkadi écoutait d'une oreille distraite tout en dévorant le saumon parfumé à l'aneth, et c'était tout juste si le sommeil ne l'obligeait pas à fermer les yeux tant il se sentait détendu. Iamskoï aussi semblait se contenter d'écouter, les bras croisés ; il lui suffirait de manger ou de siroter sa vodka ; la conversation clapotait autour de lui comme de l'eau autour d'un rocher.

« Vous n'êtes pas d'accord, inspecteur ?

— Je vous demande pardon, fit Arkadi qui avait perdu le fil de la conversation.

— A propos du vronskisme ? demanda le Premier secrétaire.

— C'était avant qu'Arkadi Vasilevitch n'arrive à notre bureau », commenta Iamskoï.

Vronski. Arkadi se rappelait le nom, un inspecteur du Bureau régional de Moscou qui non seulement avait défendu les livres de Soljenitsyne, mais qui aussi avait dénoncé la surveillance des activistes politiques. Vronski, naturellement, n'était plus inspecteur, et la mention de son nom provoquait un certain malaise dans la communauté judiciaire. Toutefois le « vronskisme » était un autre genre de mot, plus vague et plus inquiétant, une brise.

« Ce qu'il faut attaquer, déraciner et détruire, expliquait l'académicien, c'est en général la tendance à placer la doctrine au-dessus des intérêts de la société et, sur le plan individuel, celle des inspecteurs à faire passer leur interprétation de la loi au-dessus des buts reconnus de la justice.

— L'individualisme n'est qu'une autre forme du vronskisme, approuva le Premier secrétaire.

— Et de l'intellectualisme égocentrique, poursuivit l'académicien, du genre qui se nourrit d'arrivisme et se flatte de succès superficiels jusqu'au moment où même les intérêts fondamentaux de la structure supérieure se trouvent sapés.

— Car, reprit le Premier secrétaire, la solution à tout crime particulier — à vrai dire, les lois elles-mêmes — n'est que le papier qui emballe le système concret de l'ordre politique.

— Lorsque nous avons une génération d'avocats et d'inspecteurs qui confondent l'imagination et la réalité, dit l'académicien, et quand la paperasserie juridique vient étouffer le travail des organes de la justice, il est temps d'arracher cet emballage.

— Et si quelques vronskistes tombent aussi, tant mieux, dit le Premier secrétaire à Arkadi. Vous n'êtes pas d'accord ? »

Le Premier secrétaire se pencha en avant, les poings sur la table, et l'académicien tourna sa bedaine ronde de clown vers Arkadi, qui suivait le regard en coulisse de Iamskoï. Le procureur avait dû se douter, au moment même où il interpellait Arkadi dans la rue, du tour que prendrait la conversation dans les bains. Les yeux pâmés de Iamskoï disaient : « Concentrez-vous... prenez garde. »

« Vronsky n'était-il pas aussi un écrivain ? répondit Arkadi.

— Exact, fit le secrétaire, bien vu.

— Un juif aussi, fit l'académicien.

— Alors... poursuivit Arkadi en étalant du saumon sur une tranche de pain... vous pourriez dire que nous devrions avoir à l'œil tous les inspecteurs qui sont aussi juifs et écrivains. »

Le Premier secrétaire ouvrit de grands yeux. Il regarda l'académicien et Iamskoï, et son regard revint à Arkadi.

Un sourire s'épanouit sur ses lèvres, suivi d'un éclat de rire fracassant. « Mais oui ! Pour commencer ! »

Désamorcée, la conversation retomba sur la nourriture, les sports et le sexe ; au bout de quelques minutes, Iamskoï entraîna Arkadi faire quelques pas autour de la piscine. D'autres fonctionnaires étaient arrivés, flottant comme des morses dans l'eau chaude ou évoluant comme des ombres blanches et roses derrière le treillis des paravents.

« Vous vous sentez particulièrement subtil aujourd'hui, assez confiant pour esquiver les coups. Bon, je suis heureux de voir ça, fit Iamskoï en tapotant le dos d'Arkadi. En tout cas, la campagne contre le vronskisme commence dans un mois. Vous voilà prévenu. »

Arkadi crut que Iamskoï l'entraînait hors des bains jusqu'au moment où le procureur le poussa dans une alcôve où un jeune homme était en train de beurrer des tranches de pain.

« Voyons, il faut que vous fassiez connaissance tous les deux. Ievguéni Mendel, votre père et le père de Renko étaient de grands amis. Ievguéni travaille au ministère du Commerce », précisa Iamskoï à Arkadi.

Il avait le ventre mou et une fine moustache. Il était plus jeune et Arkadi se souvenait vaguement d'un garçon un peu gras qui semblait toujours au bord des larmes.

« Un expert du commerce international... précisa Iamskoï en faisant rougir Ievguéni... un de la nouvelle génération.

— Mon père... commençait à dire Ievguéni quand Iamskoï s'excusa brusquement, les laissant seuls.

— Oui ? fit Arkadi encourageant Ievguéni par politesse.

— Vous avez un moment ? » quémanda Ievguéni. Il se concentrait sur le beurre qu'il étalait sur sa tartine et sur les cuillerées de caviar qu'il y ajoutait, si bien que chaque tranche de pain ressemblait à un tournesol avec des pétales jaunes et un cœur noir. Arkadi s'assit et se servit une coupe de champagne.

« Oh ! Ce doit être un domaine nouveau ? » Arkadi se demandait quand Iamskoï allait réapparaître.

« Non, non, pas du tout. Il y a un certain nombre d'amis de longue date. Armand Hammer, par exemple, était un compagnon de Lénine. C'est Chenico qui a bâti pour nous des usines d'ammoniac dans les années 30. Ford a fabriqué des camions pour nous à la même époque et nous pensions que nous allions reprendre notre collaboration avec eux, mais ils ont tout gâché. La Chase Manhattan est correspondante de la Vnechtorgbank depuis 1923. »

La plupart des noms étaient inconnus d'Arkadi, mais la voix de Ievguéni lui devenait plus familière, bien qu'il ne pût se rappeler l'avoir entendue depuis des années.

« Bon champagne, fit-il en reposant sa coupe.

— Du mousseux soviétique. Nous allons l'exporter. » Ievguéni leva vers lui un visage rayonnant d'orgueil enfantin.

Arkadi sentit le battant s'ouvrir. Dans l'alcôve pénétra un homme d'un certain âge, grand, maigre et si brun qu'Arkadi crut d'abord que c'était un Arabe. Des cheveux blancs et des yeux noirs, un long nez et la bouche presque féminine formaient une extraordinaire combinaison, lui conférant une sorte de beauté chevaline. La main qui portait sa serviette était ornée d'une chevalière en or. Arkadi s'aperçut alors qu'il avait la peau comme du cuir, tannée plutôt que foncée, tannée partout.

« Absolument superbe. » L'homme était planté devant la table et de l'eau ruisselait de son corps sur les tranches de pain. « On dirait des cadeaux parfaitement emballés. Je n'oserais pas en manger. »

Il considérait Arkadi sans curiosité. Même ses sourcils semblaient taillés. Son russe était excellent, comme Arkadi le savait, mais on ne retrouvait pas sur les enregistrements cet accent d'assurance animale.

« Quelqu'un de votre cabinet ? demanda l'homme à Ievguéni.

— Je vous présente Arkadi Renko. Il est… ma foi je ne sais pas bien quoi.

— Je suis un enquêteur », fit Arkadi.

Ievguéni servit du champagne et fit circuler le plateau de petits canapés autour de la table, sans cesser pour autant son bavardage. Son hôte s'assit en souriant ; Arkadi n'avait jamais vu des dents aussi étincelantes.

« Sur quoi est-ce que vous enquêtez ?

— Des homicides. »

Osborne avait des cheveux plus argentés que blancs et, mouillés, ils collaient à ses oreilles même après qu'il les eut bouchonnées.

Arkadi n'arrivait pas à voir si l'une ou l'autre de ses oreilles avait une marque. Osborne prit une lourde montre en or et la passa à son poignet.

« Ievguéni, j'attendais un coup de fil. Pourriez-vous être un ange sur la terre et l'attendre au standard pour moi ? »

De l'étui en peau de chamois, il sortit une cigarette et un fume-cigarette, réunit les deux et alluma la cigarette avec un briquet en or incrusté de lapis-lazuli. Ievguéni sortit, laissant la porte battre derrière lui.

« Vous parlez français ?

— Non, fit Arkadi en mentant.

— Anglais ?

— Non », dit Arkadi mentant de nouveau.

Arkadi n'avait vu de gens tels que cet homme que dans les magazines occidentaux, et il avait toujours cru que leur éclat tenait à la qualité du papier et non à leur personne. Ce côté lisse et poli avait quelque chose d'étranger, d'intimidant.

« Il est intéressant qu'après tous mes voyages ici, ce soit ma première rencontre avec un inspecteur.

— Vous n'avez jamais rien fait de mal, monsieur… pardonnez moi, je ne connais pas votre nom.

— Osborne.

— Américain ?

— Oui. Vous pouvez me répéter votre nom ?

— Renko.

— Vous êtes jeune pour être inspecteur, non ?

— Oh ! non. Votre ami Ievguéni parlait de champagne. C'est cela que vous importez ?

— Des fourrures », répondit Osborne.

Il aurait été facile de dire qu'Osborne était plus une collection d'articles coûteux — chevalière, montre, un profil, dents — qu'une personne ; c'était l'attitude socialiste correcte et c'était en partie exact, mais cela ne tenait pas compte d'un élément auquel Arkadi ne s'attendait pas : une impression de puissance contenue. Lui-même était trop guindé, trop inquisiteur. Il fallait changer ça.

« J'ai toujours eu envie d'un bonnet de fourrure, dit Arkadi. Et de rencontrer des Américains. Il paraît qu'ils sont exactement comme nous : ouverts et le cœur sur la main. Et aussi de visiter New York et l'Empire State Building et Harlem. Quelle vie vous devez mener à voyager à travers le monde.

— Je ne vais pas à Harlem.

— Excusez-moi, fit Arkadi en se levant. Vous connaissez beaucoup de gens importants ici auxquels vous aimeriez parler, et vous êtes trop poli pour me demander de partir. »

Sans cesser de fumer Osborne lui jeta un long regard indifférent jusqu'au moment où Arkadi partit vers la piscine.

« J'insiste pour que vous restiez, s'empressa de dire Osborne. Je n'ai pas l'habitude de rencontrer des inspecteurs. Je devrais profiter de cette occasion pour vous interroger sur votre travail.

— A votre disposition, fit Arkadi en se rasseyant. Mais, d'après les récits que je lis de New York, tout ce que je fais vous paraîtra assommant. Des problèmes domestiques, des houligans. Nous avons des meurtres, mais presque invariablement ils sont commis dans le feu de la colère ou sous l'influence de l'alcool. (Il haussa les épaules comme pour s'excuser et but une gorgée de champagne.) Il est très doux. Vous devriez vraiment en importer. »

Osborne en versa encore à Arkadi. « Parlez-moi de vous.

— Je pourrais le faire pendant des heures, dit Arkadi avec entrain en avalant le champagne d'une lampée. Des parents merveilleux et des grands-parents tout aussi merveilleux. A l'école, j'avais les maîtres les plus brillants et les camarades les plus serviables. Aujourd'hui, chaque membre de l'équipe avec qui je travaille mériterait à lui tout seul un livre.

— Est-ce que... fit Osborne sans cesser de sourire... est-ce que vous parlez jamais de vos échecs ?

— Sur le plan personnel, dit Arkadi, je n'ai jamais eu d'échecs. »

Il desserra la serviette qu'il avait autour du cou et la laissa tomber sur celle qu'Osborne avait jetée par terre. L'Américain regarda l'énorme bleu qu'il avait sur la poitrine.

« Un accident, expliqua Arkadi. J'ai essayé des bouillottes d'eau chaude et des lampes à infrarouge, mais rien ne vaut un bain d'eau sulfureuse pour faire disparaître un hématome. Les docteurs vous racontent un tas de choses, mais les vieux remèdes sont toujours les meilleurs. En fait, la criminologie socialiste est le domaine où l'on a fait les plus grands progrès...

— Pour en revenir à cela, l'interrompit Osborne, quelle a été votre affaire la plus intéressante ?

— Vous voulez parler des cadavres du parc Gorki ? Je peux ? » Arkadi prit une des cigarettes d'Osborne, et utilisa son briquet, admirant ses incrustations bleues. Les plus beaux lapis-lazuli venaient de Sibérie : il n'en avait encore jamais vu.

« Non pas que les articles aient manqué dans la presse, fit Arkadi en tirant une bouffée, mais j'accepte le fait qu'une affaire aussi bizarre fasse naître des rumeurs. Surtout, reprit-il en agitant son doigt comme un professeur devant un mauvais élève, surtout dans la communauté étrangère, n'est-ce pas ? »

Il n'aurait pu dire s'il avait marqué un point. Osborne était assis, impassible.

« Je n'en avais pas entendu parler », dit Osborne lorsque le silence se fut trop prolongé.

Ievguéni Mendel arriva tout essoufflé pour annoncer qu'il n'y avait pas eu de coup de téléphone. Arkadi se leva aussitôt et se répandit en excuses pour s'être imposé aussi longtemps et les remercia de leur hospitalité et du champagne. Il ramassa la serviette d'Osborne et la noua autour de son cou.

Osborne l'observait comme de loin puis, lorsque Arkadi fut sur le point de sortir, il demanda : « Qui est votre supérieur ? Quel est l'inspecteur principal ?

— C'est moi. » Arkadi eut enfin un sourire encourageant.

Après quelques pas le long de la piscine, il se sentit épuisé. Soudain Iamskoï se trouva à ses côtés.

« J'espère que je ne me suis pas trompé en disant que votre père et celui de Mendel étaient amis, dit-il. Et ne vous inquiétez pas trop du vronskisme. Vous avez tout mon appui pour poursuivre vos enquêtes comme vous l'entendez. »

Arkadi se rhabilla et regagna la rue. La pluie s'était transformée en bruine. Il remonta la rue Petrovka jusqu'au laboratoire de médecine légale bien chauffé du colonel Lyudine et il laissa la serviette humide d'Osborne.

« Vos gars ont essayé de vous joindre tout l'après-midi », dit Lyudine avant d'emporter la serviette pour l'examiner.

Arkadi appela l'Ukraina. Ce fut Pacha qui répondit et qui lui annonça fièrement que Fet et lui surveillaient le téléphone de Golodkine, le trafiquant de marché noir, et qu'ils avaient entendu un homme dire à Golodkine de le retrouver au parc Gorki. Pacha était persuadé que le correspondant était américain ou estonien.

« Américain ou estonien ?

— Je veux dire qu'il parlait un très bon russe, mais avec quelque chose d'un peu différent.

— En tout cas c'est une violation de la vie privée, Pacha, articles 12 et 134.

— Après tous les enregistrements que nous avons...

— C'étaient les enregistrements du KGB ! » Il y eut un silence vexé à l'autre bout du fil jusqu'au moment où Arkadi conclut : « Bon.

— Je ne suis pas un théoricien comme toi, répondit Pacha. Il faut être un génie pour savoir ce qui est contraire à la loi.

— D'accord.. Tu t'es donc occupé de cet angle-là et

Fet de la rencontre. Il a pris un appareil photo ? demanda Arkadi.

— C'est ce qui lui a pris si longtemps, de trouver un appareil. Parce qu'il les a manqués. Il a fait tout le tour du parc sans jamais les trouver.

— Bon. Nous pouvons au moins utiliser ton enregistrement et tenter de comparer...

— Un enregistrement ?

— Pacha, tu as enfreint la loi pour écouter les conversations téléphoniques de Golodkine et tu n'as pas pris la peine de les enregistrer ?

— A vrai dire... non. »

Arkadi raccrocha.

A l'autre bout du labo, le colonel Lyudine faisait claquer sa langue. « Regardez, inspecteur. J'ai trouvé dix cheveux sur la serviette. J'en ai pris un dont j'ai fait une section et je l'ai placé sous ce microscope pour le comparer à un cheveu de la casquette que vous avez trouvée auparavant et qui est sous cet autre microscope. Celui qui vient de la casquette va du gris au blanc et a une section ovoïde, ce qui indique des cheveux bouclés. Le nouveau, prélevé sur la serviette, a une couleur qui ressemble davantage au chrome, très jolie, et a une section parfaitement ronde, ce qui indique des cheveux droits. Je vais continuer avec une analyse de protéine, mais je peux vous dire tout de suite que ces cheveux ne proviennent pas du même homme. Regardez. »

Arkadi regarda. Osborne n'était pas l'homme qui avait dit : « Enfant de salaud. »

« Belle marchandise, fit Lyudine en palpant la serviette. Vous la voulez ? »

La vodka et la codéine commençaient à faire de l'effet et Arkadi se rendit à la cantine de la milice, rue Petrovka, pour prendre une tasse de café. Seul à une table, il lutta contre une violente envie de pouffer. Des inspecteurs essayant de trouver un appareil photo, cependant qu'un personnage mystérieux (estonien ou américain !) déambule dans le parc Gorki sans être observé. Un inspecteur principal qui vole une serviette, laquelle disculpe son seul suspect. S'il avait un chez lui, il y rentrerait bien.

« Inspecteur principal Renko ? demanda un officier. Il y a un appel pour vous dans la salle du télex, un appel de Sibérie.

— Déjà ? »

L'appel provenait d'un inspecteur de la milice du nom de Yakoutski à Oust-Kout, à quatre mille kilomètres à l'est de Moscou. En réponse au message d'alerte adressé à l'ensemble des républiques soviétiques, Yakoutski signalait qu'une certaine Valeria Semionovna Davidova, âgée de dix-neuf ans, résidente d'Oust-Kout, était recherchée pour vol de matériel appartenant à l'État. La camarade Davidova était en compagnie de Konstantin Ilitch Borodine, âgé de vingt-quatre ans, recherché aussi pour le même crime.

Arkadi chercha une carte du regard ; où donc se trouvait Oust-Kout ?

Borodine, précisa l'inspecteur Yakoutski, était une canaille de la pire espèce. Un trappeur. Un trafiquant qui faisait le marché noir des pièces de radio, marché très florissant. Soupçonné aussi d'exploiter des gisements d'or illégaux. Avec la construction de la grande ligne Baïkal-Amour, Borodine disposait d'un approvisionnement régulier de pièces détachées de camions abandonnés à la belle étoile. Quand la milice avait voulu les arrêter, la fille Davidova et lui, les fugitifs avaient tout simplement disparu. Yakoutski estimait qu'ils étaient terrés dans une hutte perdue dans la taïga ou bien qu'ils étaient morts.

Oust-Kout. Arkadi secoua la tête. Il ne savait pas très bien où c'était, mais personne ne venait jamais à Moscou d'Oust-Kout. Il ne voulait toutefois pas décevoir l'inspecteur sibérien. Nous appartenons tous à une seule république, songea-t-il. « Yakoutski » était un des noms qu'on collait sur n'importe quel indigène yakoute. Arkadi s'imaginait un visage oriental rusé à l'autre bout du fil. « Où et quand les a-t-on vus pour la dernière fois ? demanda-t-il.

— A Irkoutsk, en octobre.

— Est-ce que la fille ou l'homme a une formation leur permettant de restaurer des icônes ?

— Quand on grandit là-bas, on sait sculpter le bois. »

La communication n'était pas bonne. « Eh bien, s'empressa de dire Arkadi, envoyez-moi toutes les photos et les informations que vous avez.

— J'espère que c'est eux.

— Bien sûr.

— Konstantin Borodine, c'est Kostia le Bandit… fit la voix qu'on entendait à peine.

— Jamais entendu parler de lui.

— Il est célèbre en Sibérie… »

Tsypine l'assassin accueillit Arkadi dans une cellule de Lefortovo. Il ne portait pas de chemise, mais ses tatouages ourka couvraient son torse jusqu'au cou et jusqu'à ses poignets. Il retenait son pantalon qui n'avait pas de ceinture.

« Ils ont pris aussi mes lacets de chaussures. Est-ce qu'on a jamais vu personne se pendre avec ses lacets ? Enfin, ils m'ont encore baisé. Hier je vous ai vu et tout allait bien. Aujourd'hui deux types débouchent sur la route et essayent de me voler.

— Là où tu faisais ton trafic d'essence ?

— Exact. Alors qu'est-ce que je pouvais faire ? J'en frappe un avec une clé à molette et voilà qu'il tombe mort. L'autre type démarre juste au moment où un camion de la milice s'arrête et je me retrouve là, avec ma clé à la main et un type mort à mes pieds. Mon Dieu ! C'est la fin de Tsypine.

— Quinze ans.

— Si j'ai du bol. » Tsypine se rassit sur son tabouret. La cellule contenait aussi un lit de camp vissé dans le mur et un pot d'eau pour se laver. Il y avait deux panneaux dans la porte, un petit pour permettre aux gardes de regarder et un grand pour passer la nourriture.

« Je ne peux rien pour toi, fit Arkadi.

— Je sais, cette fois j'ai épuisé ma chance. Ça arrive tôt ou tard à tout le monde, pas vrai ? (Tsypine se rasséréna.) Mais écoutez, inspecteur, je vous ai pas mal aidé. Quand vous aviez vraiment besoin de renseignements, c'était moi qui vous donnais un coup de main. Je ne vous ai jamais laissé tomber parce que nous nous respections l'un l'autre.

— Je te payais. » Arkadi, pour adoucir sa réponse, donna une cigarette à Tsypine et la lui alluma.

« Vous savez ce que je veux dire.

— Je ne peux pas t'aider, tu le sais. C'est un homicide qualifié.

— Je ne parlais pas de moi. Vous vous souvenez de Swan ? »

Pas bien. Arkadi se rappelait un étrange personnage qui était resté à l'arrière-plan lors d'une ou deux rencontres qu'il avait eues avec Tsypine.

« Bien sûr.

— Nous avons toujours été ensemble même dans les camps. C'est toujours moi qui faisais bouillir la marmite, vous comprenez. Swan va être fâché. Je veux dire : j'ai assez de problèmes comme ça, je ne veux pas avoir à m'inquiéter pour lui aussi. Vous avez besoin d'un informateur. Swan a un téléphone, il a même une voiture, il serait parfait pour vous. Qu'est-ce que vous en dites ? Essayez-le. »

Lorsque Arkadi quitta la prison, Swan attendait sous un réverbère. Son blouson de cuir soulignait ses épaules étroites, son long cou et ses cheveux coupés en brosse. Dans les camps, un voleur professionnel choisissait généralement un condamné amateur, le sodomisait et puis le jetait à bas de son lit. Ça faisait du voleur, celui qui était dessus, quelqu'un de plus masculin. La chèvre, celui qui était dessous, on le détestait, c'était le pédé. Pourtant, Swan et Tsypine étaient un vrai couple, une rareté, et personne ne traitait Swan de pédé quand Tsypine était dans les parages.

« Ton ami a laissé entendre que tu pourrais travailler un peu pour moi, dit Arkadi sans enthousiasme.

— Alors je le ferai. » Swan avait l'étrange délicatesse d'une figure écornée et fanée par un trop long séjour en devanture, et c'était d'autant plus frappant qu'il n'était pas beau et encore moins joli. C'était difficile de deviner son âge, et il avait la voix trop douce pour qu'elle fournît un indice.

« Ça ne rapportera pas beaucoup — disons, cinquante roubles — si tu déniches de bons renseignements.

— Peut-être que vous pouvez faire quelque chose pour lui au lieu de me payer, fit Swan en regardant la porte de la prison.

— Là où il va, tout ce qu'il pourra avoir, c'est un colis par an.

— Quinze colis », murmura Swan, comme s'il se demandait déjà ce qu'il allait mettre dedans.

A moins que Tsypine ne se fasse descendre tout de suite, songea Arkadi. Enfin, l'amour n'était pas une pâle violette, l'amour était une mauvaise herbe qui s'épanouissait dans l'ombre. A-t-on jamais expliqué ça !

8

Bien qu'elle montrât le chemin du XXIe siècle, Moscou conservait l'habitude victorienne de voyager sur des roues en fer. La gare de Kievsky, qui était proche du ghetto étranger et de l'appartement personnel de Brejnev, était tournée vers l'Ukraine. La gare de Biélorussie, non loin du Kremlin, était là où Staline avait pris le train du tsar pour Potsdam et, ensuite, où Khrouchtchev, puis Brejnev, avaient pris leurs trains spéciaux à destination de l'Europe de l'Est pour aller inspecter leurs satellites ou promouvoir la détente. La gare de Rijsky menait aux États baltes. La gare de Koursky faisait penser à des vacances au soleil sur les plages de la mer Noire. Des petites gares de Savelovsky et de Paveletsky, personne d'important ne voyageait : on n'y trouvait que des banlieusards ou des hordes de fermiers poussiéreux comme des patates. De loin les plus impressionnantes étaient les gares de Leningrad, de Iaroslavl et de Kazan, les trois géantes de la place du Komsomol, et la plus étrange d'entre elles était la gare de Kazan, dont la coupole tartare coiffait une entrée qui pouvait vous faire partir à des milliers de kilomètres vers les déserts d'Afghanistan, vers l'embranchement d'un camp de l'Oural ou, à travers deux continents, jusqu'aux rivages du Pacifique.

A 6 heures du matin, dans la gare de Kazan, des familles entières de Turkmènes étaient allongées sur des bancs. Des bébés avec des calottes de feutre étaient blottis sur des ballots. Des soldats mollement adossés au mur étaient plongés dans un sommeil si profond que les héroïques mosaïques du plafond, au-dessus de leurs têtes, auraient pu être leurs rêves communs. Des appliques en bronze éclairaient de tous leurs feux. A l'unique éventaire de boissons ouvert, une fille en manteau en peau de lapin fit ses confidences à Pacha Pavlovitch.

« Elle dit que Golodkine avait l'habitude de la faire cracher, mais plus maintenant, rapporta Pacha, lorsqu'il vint rejoindre Arkadi. Elle dit aussi que quelqu'un l'a vu au marché aux voitures. »

Un jeune soldat vint remplacer Pacha auprès de la fille. Elle sourit à travers un maquillage de vaseline et de rouge à lèvres, cependant que le garçon lisait le prix marqué à la craie sur le bout de sa chaussure ; puis, main dans la main, ils franchirent la grande porte de la gare tandis que l'inspecteur et son adjoint leur emboîtaient le pas. La place Komsomol était bleue avant l'aube, le seul mouvement qu'on y observait était le passage de trams bringuebalants. Arkadi regarda les amoureux se glisser dans un taxi.

« Cinq roubles », observa Pacha tandis que le taxi démarrait.

Le chauffeur allait prendre la rue latérale la plus proche et attendre l'arrivée éventuelle de la milice pendant que la fille et le garçon s'escrimeraient sur la banquette arrière. Des cinq roubles, le chauffeur en toucherait la moitié et il aurait la possibilité de vendre ensuite au soldat une bouteille de vodka pour fêter l'événement ; la vodka coûtait bien plus cher que la fille. Celle-ci aurait droit à quelques gorgées aussi. Puis retour à la gare, pourboire au responsable des toilettes pour une douche rapide et, tout échauffée et étourdie, elle serait prête à recommencer. Par définition, les prostituées n'existaient pas, puisque la prostitution avait été éliminée par la Révolution. On pouvait les accuser de répandre des maladies vénériennes, de se livrer à des actes dépravés ou de mener une vie improductive, mais d'après la loi, il n'y avait pas de putains.

« Pas là non plus, fit Pacha en revenant d'une conversation avec les filles de la gare de Iaroslavl.

— Allons-y. » Arkadi jeta son manteau au fond de la voiture avant de s'installer au volant. Pas de givre, et le soleil n'était même pas levé. Le ciel commençait tout juste à s'éclaircir au-dessus des enseignes au néon des gares. Un peu plus de circulation. Il devait encore faire nuit à Leningrad. Il y avait des gens qui préféraient Leningrad, avec ses canaux et ses promenades. Pour Arkadi, la ville avait un air perpétuellement boudeur. Il préférait Moscou, une grande machine ouverte à tous vents.

Il prit au sud vers le fleuve. « Tu ne te rappelles rien d'autre à propos de ce mystérieux interlocuteur qui avait rendez-vous avec Golodkine dans le parc ?

— Ah ! marmonna Pacha, si j'y étais allé moi-même. Fet n'arriverait pas à trouver les couilles d'un taureau. »

Ils cherchaient la voiture de Golodkine, une Toyota. De l'autre côté du fleuve, aux bains Rjersky, lorsqu'ils s'arrêtèrent pour prendre du café et du gâteau, on était en train de fixer au tableau d'affichage un quotidien du jour. « Les Athlètes Inspirés par les Fêtes proches du 1er mai », lut Pacha tout haut.

« S'engageant à marquer plus de buts ? » suggéra Arkadi.

Pacha hocha la tête, puis le regarda. « Tu jouais au football ? Je ne le savais pas.

— J'étais goal.

— Ah ! Ça explique ton caractère. »

Une foule se rassemblait déjà à un bloc de l'établissement de bains. Au moins la moitié des gens avaient des pancartes accrochées à leurs manteaux. « Appartement de trois pièces, lit, bains » annonçait une femme avec les yeux battus d'une veuve. « Échange quatre-pièces contre deux deux-pièces » disait une jeune mariée décidée à fuir ses parents. « Lit » signifiait un habile trafiquant de drogue. Arkadi et Pacha partirent chacun d'une extrémité du bloc et se retrouvèrent au milieu.

« Soixante roubles pour deux pièces avec toilettes à l'intérieur, dit Pacha. Ça n'est pas mal.

— Pas trace de notre homme ?

— Bien sûr, il n'y a pas de chauffage. Non, Golodkine vient ici certains jours, et d'autres pas. Il joue un rôle d'intermédiaire, tu sais, et prend trente pour cent. »

Le marché des voitures d'occasion se trouvait presque à la sortie de la ville, un long voyage rallongé encore par la découverte que fit Pacha d'un camion qui vendait des ananas. Pour quatre roubles, il en acheta un de la taille d'un bel œuf.

« Un aphrodisiaque cubain, confia-t-il. Des amis à moi, des haltérophiles, sont allés là-bas. Putain de ta mère ! Des filles noires, des plages et des aliments naturels. Le paradis du travailleur ! »

Le marché aux voitures était un terrain vague encombré de Pobeva, de Jiguli, de Moskvitch et de Zaporojets, certaines d'une accablante vétusté, mais d'autres qui sentaient encore le salon d'exposition. Dès l'instant où, après des années, il avait enfin reçu la Zaporojets miniature qu'il avait payée trois mille roubles, un propriétaire avisé pouvait la conduire au terrain des voitures d'occasion, vendre son jouet pour dix mille dollars, enregistrer au guichet officiel une transaction de seulement cinq mille roubles et payer une commission de sept pour cent, puis faire demi-tour et dépenser ses six mille six cent cinquante roubles supplémentaires pour une limousine Jiguli d'occasion mais plus spacieuse. Le marché était une ruche à condition que chaque abeille apportât un peu de son miel. Il y avait peut-être là mille abeilles. Un petit nombre de majors de l'armée faisait cercle autour d'une Mercedes. Arkadi passa la main sur une Moskvitch blanche.

« Douce comme une cuisse, hein ? fit un Géorgien en manteau de cuir, s'arrêtant auprès de lui.

— Elle est belle.

— Vous êtes déjà amoureux. Prenez votre temps, faites-en le tour.

— Elle est vraiment belle, fit Arkadi en se dirigeant a pas lents vers le coffre.

— Vous êtes un homme qui connaissez les voitures. (Le Géorgien posa un doigt sur son œil.) Trente mille kilomètres. Il y aurait des gens qui auraient trafiqué le compteur, mais ça n'est pas mon genre.

Lavée et astiquée chaque semaine. Est-ce que je vous ai montré les essuie-glace ? »

Il les tira d'un sac en papier.

« Beaux essuie-glace.

— Pratiquement neufs. D'ailleurs, ça se voit. (Tournant le dos à tout le monde sauf Arkadi, il griffonna sur le sac :) 15 000. »

Arkadi monta dans la voiture, sombrant presque jusqu'au plancher dans le siège défoncé. Le volant en plastique était craquelé comme de l'ivoire d'un cimetière d'éléphants. Il tourna la clé de contact et, dans le rétroviseur vit monter dans le ciel un panache de fumée noire. « Elle est belle. » Il descendit. Après tout, on pouvait rembourrer un siège et réparer un moteur, mais la carrosserie d'une voiture était précieuse comme des diamants.

« Je savais que vous diriez ça. Vendue ?

— Où est Golodkine ?

— Golodkine, Golodkine. » Le Géorgien fouillait sa mémoire. Était-ce une personne, une voiture ? Il n'avait jamais entendu le nom, jusqu'au moment où l'inspecteur exhiba une carte dans une main et les clés de contact encore dans l'autre. « Ah ! ce Golodkine-là ! Ce salaud ! » Il venait de partir. Arkadi demanda où il était allé. « Au Melodya. Quand vous le verrez, dites-lui qu'un honnête homme comme moi paie des commissions à l'État, pas à des ordures comme lui. D'ailleurs, pour les fonctionnaires de l'État, cher, cher camarade, il y a une remise. »

Sur la Perspective Kalinine, les petits immeubles étaient des rectangles de béton et de verre de cinq étages. Les plus grands étaient des chevrons de verre et de béton de vingt-cinq étages. On pouvait trouver des répliques de la Perspective Kalinine dans toute nouvelle ville en construction mais aucune n'avait autant ce côté marche vers l'avenir que le prototype moscovite. Huit voies de circulation s'alignaient dans chaque direction au-dessus d'un passage souterrain pour piétons. Arkadi et Pacha attendirent à la terrasse d'une cafétéria, sur le trottoir en face de l'étroit immeuble qui abritait le magasin de disques Melodya. « C'est un peu plus drôle en été », fit Pacha en frissonnant sur une glace au café nappée de sirop de fraise.

Une Toyota rouge vif arriva de l'autre côté du boulevard et s'engagea dans une rue latérale. Une minute plus tard, Féodor Golodkine, portant un manteau élégamment coupé, une casquette de laine fine, des bottes de cow-boy et des jeans, entra d'un pas désinvolte dans le magasin tandis que l'inspecteur et son adjoint débouchaient du passage souterrain.

A travers la vitrine du Melodya, ils constatèrent que Golodkine ne montait pas l'escalier donnant accès à l'étage de musique classique. Pacha resta près de la porte tandis qu'Arkadi passa devant les jeunes qui flippaient au rythme du rock'n roll. Au fond, entre les comptoirs, Arkadi repéra une main gantée qui fouillait parmi les albums politiques. En s'approchant, il aperçut des cheveux d'un blond nicotine ébouriffés à la dernière mode et un visage bouffi avec une cicatrice à la bouche. Un vendeur sortit du fond en empochant de l'argent. « Discours de L. T. Brejnev au XXIVe Congrès du Parti », fit Arkadi en lisant tout haut la couverture de l'album tandis qu'il passait près de Golodkine.

« Allez vous faire foutre. » Golodkine bouscula Arkadi qui le prit par le coude en lui tordant le bras en arrière si bien que Golodkine se retrouva sur la pointe de ses bottes. Trois disques glissèrent de l'enveloppe et roulèrent aux pieds d'Arkadi : Kiss, les Rolling Stones, les Pointer Sisters.

« Un des Congrès les plus intéressants », observa Arkadi.

Golodkine avait les yeux encadrés de paupières rouges et lourdes. Avec ses cheveux longs et son costume sur mesure, il évoquait pour Arkadi une anguille se tortillant au bout d'un hameçon, d'abord dans un sens et puis dans l'autre. L'emmener au bureau de la Novokouznetskaïa était une combinaison d'hameçon. D'abord, cela plaçait officiellement Golodkine entre les mains d'Arkadi et de lui seul. Aucun avocat ne pouvait être appelé tant que l'enquête n'était pas terminée, et même le procureur n'avait pas besoin d'être informé d'une arrestation avant quarante-huit heures. Ensuite, en amenant Golodkine à portée d'oreille de Chouchine, on sous-entendait que l'inspecteur principal des Affaires spéciales s'était lavé les mains du sort de son informateur vedette ou que Chouchine lui-même n'était pas à l'abri de tout danger.

« J'ai été aussi surpris que vous de voir ces disques, protesta Golodkine tandis qu'Arkadi le conduisait à la salle d'interrogatoire du premier étage. Tout cela n'est qu'une erreur.

— Détendez-vous, Féodor. (Arkadi s'installa confortablement à l'autre bout de la table et posa un cendrier devant le prisonnier.) Prenez une cigarette. »

Golodkine ouvrit un paquet de Winston et en offrit à la ronde.

« Pour ma part, dit Arkadi d'un ton aimable, je préfère les cigarettes russes.

— Vous allez bien rire en découvrant quelle erreur se cache sous tout cela », fit Golodkine.

Pacha entra dans la pièce portant une liasse de documents.

« C'est mon dossier ? interrogea Golodkine. Vous allez voir que je suis de votre côté. J'ai un long passé à votre service.

— Et les disques ? demanda Arkadi.

— Très bien. Maintenant, je vais être tout à fait franc. Cela faisait partie de mon infiltration dans un réseau de comploteurs de l'intelligentsia. »

Arkadi pianotait du bout des doigts sur la table. Pacha prit un formulaire d'accusation.

« Demandez des renseignements sur moi à n'importe qui, on vous en donnera, dit Golodkine.

« Citoyen Féodor Golodkine, du 2 Serafimov, Ville et Région de Moscou, lut Pacha, vous êtes accusé d'empêcher les femmes de prendre part aux activités de l'État et de la société et d'incitation de mineures au crime. »

Une jolie façon de décrire l'activité de proxénète ; cela valait quatre ans de prison. Golodkine repoussa ses cheveux en arrière pour mieux foudroyer l'inspecteur du regard. « Ridicule !

— Attendez, fit Arkadi, en levant la main.

— Vous êtes accusé, poursuivit Pacha, de recevoir des commissions illégales pour la revente d'automobiles privées, d'exploiter la revente d'espaces d'habitation, de vendre des icônes religieuses.

— Tout cela est parfaitement explicable, déclara Golodkine à Arkadi.

— Vous êtes accusé de mener une vie de parasite », lut Pacha, et cette fois l'anguille tressaillit. Le décret contre le parasitisme avait été formulé à l'origine à l'intention des gitans, puis étendu avec une grande largeur de vue pour inclure les dissidents et toutes sortes de profiteurs, et la peine n'était rien moins que le bannissement dans une cabane plus proche de la Mongolie que de Moscou.

Golodkine avait un petit sourire crispé. « Je nie tout.

— Citoyen Golodkine, lui rappela Arkadi, vous connaissez les peines qui frappent ceux qui refusent de coopérer dans le cadre d'une enquête officielle. Comme vous le dites, vous êtes un familier de ce bureau.

— J'ai dit… » Il s'interrompit pour allumer une de ses Winston et, à travers la fumée, jaugea du regard la pile de papiers. Seul Chouchine avait pu leur donner une telle documentation. Chouchine ! « Je travaillais pour… » Il s'arrêta de nouveau malgré l'invite muette d'Arkadi. Accuser un autre inspecteur principal, ce serait du suicide. « Quoi que…

— Oui ?

— Quoi que j'aie fait, et j'affirme ne rien avoir fait, c'était au nom de ce bureau.

— Menteur ! éclata Pacha. Je devrais démolir votre gueule de menteur.

— C'était seulement pour me faire bien voir des vrais

trafiquants et des éléments antisoviétiques, fit Golodkine qui n'en démordait pas.

— Par le meurtre ? fit Pacha, le bras prêt à la détente.

— Le meurtre ? » fit Golodkine en ouvrant de grands yeux.

Pacha plongea à travers la table, manquant de peu la gorge de Golodkine. Arkadi repoussa son adjoint. Pacha avait le visage sombre de fureur. Il y avait des moments où Arkadi aimait vraiment bien travailler avec lui.

« Je ne suis au courant d'aucun meurtre, balbutia Golodkine.

— Pourquoi se donner la peine d'un interrogatoire ? demanda Pacha à Arkadi. Il ne fait que mentir.

— J'ai le droit de parler, fit Golodkine à Arkadi.

— Il a raison, dit Arkadi à Pacha. Dès l'instant qu'il veut parler et dire la vérité, tu ne peux pas dire qu'il ne coopère pas. Voyons, citoyen Golodkine, fit-il en branchant le magnétophone, commençons par un compte rendu franc et détaillé de la façon dont vous avez violé les droits des femmes. »

Uniquement pour rendre service à titre officieux, commença Golodkine, il avait fourni des femmes, qu'il pensait d'âge légal, à des personnes qui avaient son approbation. Des noms, exigea Pacha. Qui sautait qui, où, quand et pour combien ? Arkadi n'écoutait que d'une oreille tout en lisant les rapports d'Oust-Kout dont Golodkine croyait qu'ils constituaient son dossier. Comparés aux menus crimes dont se vantait Golodkine, les renseignements fournis par l'inspecteur Yakoutski étaient un roman de Dumas.

Orphelin à Irkoutsk, Konstantin Borodine, appelé « Kostia le Bandit », était apprenti menuisier et faisait des travaux de restauration au monastère de Znanimensky. Peu après, il s'enfuyait de son école et partait avec des nomades yakoutes pour l'Arctique, chasser le renard des neiges. La milice s'intéressa pour la première fois à Kostia lorsqu'une bande à laquelle il appartenait fut surprise sur les gisements d'or d'Aldan, le long du fleuve Lena. Il n'avait pas vingt ans qu'on le recherchait déjà pour le vol de billets d'Aeroflot, vandalisme, vente de pièces de radio à des jeunes dont les stations pirates interféraient avec les transmissions du gouvernement et vol de grands chemins à l'ancienne. Il parvenait toujours à fuir dans la taïga sibérienne où même les patrouilles d'hélicoptères de l'inspecteur Yakoutski ne parvenaient pas à le trouver. La seule photo récente de Kostia avait été prise par hasard dix-huit mois plus tôt par le quotidien sibérien *Krasnoïe Znanya.*

« Si vous voulez savoir la vérité, expliquait Golodkine à Pacha, les filles aimaient bien baiser avec des étrangers. Des hôtels agréables, une bonne cuisine, des draps propres... ça leur donne un peu l'impression de voyager elles-mêmes. »

La photo du journal avait du grain et montrait une trentaine d'inconnus sortant d'un immeuble comme les autres. A l'arrière-plan, traqué, surpris par l'objectif, un visage à l'air abasourdi. Un visage à la forte ossature et à la beauté un peu canaille. Il y avait encore des bandits dans le monde.

L'essentiel de la Russie, c'était la Sibérie. La langue russe n'admettait que deux mots mongols, *taïga* et *toundra*, et ces deux mots exprimaient un monde de forêts sans fin et d'horizons sans arbres. Même les hélicoptères n'arrivaient pas à trouver Kostia ? Un homme pareil pouvait-il mourir dans le parc Gorki ?

« Avez-vous entendu parler de quelqu'un vendant de l'or en ville ? demanda Arkadi à Golodkine. Peut-être de l'or de Sibérie ?

— Je ne fais pas commerce de l'or ; c'est trop dangereux. Il y a une prime que vous et moi connaissons : deux pour cent de tout l'or qu'on peut prendre sur un trafiquant ; vous autres de la police vous pouvez le garder pour vous. Non, ce serait de la folie. D'ailleurs, l'or ne viendrait pas de Sibérie. Il arrive avec les marins d'Inde, de Hong Kong. Moscou n'est pas un grand marché pour l'or. Quand on parle d'or ou de diamants, ça veut dire négocier avec les juifs d'Odessa, des Géorgiens ou des Arméniens. Des gens sans classe. J'espère que vous ne pensez pas que je serais jamais impliqué avec eux. »

La peau de Golodkine, ses cheveux et son manteau

sentaient à plein nez le tabac américain, l'eau de Cologne occidentale et la sueur russe. « Au fond, je rends simplement service aux gens. Je m'y connais particulièrement en icônes. Je vais à cent, deux cents kilomètres de Moscou, en plein bled, dans un petit village pour découvrir où les vieux se rassemblent autour d'une bouteille. Que voulez-vous, ces hommes essaient de vivre sur leurs pensions. Excusez-moi, mais leurs pensions sont ridicules. Je leur rends le service de leur donner vingt roubles pour une icône qui prend la poussière depuis cinquante ans. Peut-être que les vieilles préféreraient mourir de faim et garder leurs icônes, mais avec les hommes on peut s'arranger. Ensuite, je reviens à Moscou pour vendre.

— Comment ? interrogea Arkadi.

— Des chauffeurs de taxi et des guides de l'Intourist me recommandent. Mais je n'ai qu'à descendre dans la rue, je sais repérer les vrais acheteurs. Surtout des Suédois ou des Américains de Californie. Je parle l'anglais, c'est ma force. Les Américains sont prêts a payer très cher. Cinquante pour une icône que vous ne ramasseriez pas dans le caniveau, une icône dont vous ne sauriez même pas si vous êtes en train de regarder le devant ou le derrière. Pour une belle pièce, ça peut aller jusqu'à mille : je parle de dollars, pas de roubles. Des dollars ou des coupons de touristes, ce qui est aussi bien. Combien vous coûte une bouteille de vraiment bonne vodka ? Treize roubles ? Avec des coupons de touristes, je peux l'avoir pour trois roubles. J'ai quatre bouteilles pour le prix d'une. J'ai besoin d'un type pour réparer ma télévision, ma voiture, me rendre un service, est-ce que je vais sérieusement lui offrir des roubles ? Les roubles, c'est pour les poires. Si j'offre quelques bouteilles à un réparateur, je me suis fait un ami pour la vie. Les roubles, voyez-vous, c'est du papier, et la vodka, c'est du liquide.

— Est-ce que vous essayez de nous acheter ? demanda Pacha avec indignation.

— Non, non, tout ce que je voulais dire c'est que les étrangers auxquels je vends des icônes sont des trafiquants et que je coopérais à une enquête officielle.

— Vous vendez à des citoyens russes aussi, observa Arkadi.

— Seulement à des dissidents », protesta Golodkine.

Le rapport de l'inspecteur Yakoutski se poursuivait en précisant que lors de la campagne de 1949 contre les « cosmopolites » juifs, un rabbin de Minsk, du nom de Solomon Davidov, un veuf, fut transféré à Irkoutsk. La fille unique de Davidov, Valeria Davidova, abandonna ses études d'art à la mort de son père l'année précédente pour travailler comme trieuse au Centre de fourrures d'Irkoutsk. Deux photos étaient jointes. L'une montrait la fille au cours d'une sortie, les yeux pétillants, coiffée d'un bonnet de fourrure, portant un gros blouson de laine et le genre de bottes de feutre qu'on appelait des *balenki*. Très jeune, très gaie. L'autre photo, découpée dans le *Krasnoïe Zanaya*, avait pour légende : « La jolie trieuse V. Davidova propose la peau d'une zibeline de Bargouinsky d'une valeur de mille roubles sur le marché international à l'admiration d'hommes d'affaires de passage. » C'est vrai qu'elle était extraordinairement jolie, même dans cette tenue sans élégance, et au premier rang des hommes d'affaires admiratifs, ses doigts caressant la zibeline, se trouvait John Osborne.

Arkadi revint à la photo de Kostia Borodine. La considérant avec un regard neuf, il constata que le groupe qui s'éloignait du bandit traqué comprenait une vingtaine de Russes et de Yakoutes, entourant un petit groupe d'Occidentaux et de Japonais, et cette fois, il vit Osborne.

Maintenant, Golodkine était occupé à expliquer comment certains Géorgiens s'étaient assuré le monopole du marché de la voiture d'occasion. « Tu as soif ? demanda Arkadi à Pacha.

— A force d'écouter des mensonges », fit Pacha.

Les vitres avaient commencé à s'embuer. Golodkine regardait un des policiers, puis l'autre.

« Viens, d'ailleurs c'est l'heure du déjeuner. » Arkadi prit le dossier d'enregistrement sous son bras et entraîna Pacha vers la porte. « Et moi ? demanda Golodkine.

— Vous ne vous aviseriez pas de partir, n'est-ce pas ? fit Arkadi. D'ailleurs, où iriez-vous ? »

Ils le laissèrent. Quelques instants plus tard, Arkadi ouvrit la porte pour lancer une bouteille de vodka. Golodkine la bloqua contre sa poitrine.

« Concentrez-vous sur le meurtre, Féodor », conseilla Arkadi, et il referma la porte, abandonnant un Golodkine abasourdi.

La pluie avait lavé toute la neige. De l'autre côté de la rue, à la station de métro, des hommes faisaient la queue devant un kiosque où l'on vendait de la bière — « le vrai signe du printemps », selon Pacha — aussi Arkadi et lui achetèrent-ils des sandwiches au porc à un marchand ambulant tout en faisant la queue. Ils apercevaient Golodkine qui les observait derrière un carreau qu'il avait essuyé.

« Il va penser qu'il est trop malin pour boire un coup, mais il va réfléchir, se dire qu'il s'en tire pas mal et qu'il mérite une récompense. D'ailleurs, si toi tu as la gorge sèche, pense à la sienne.

— Tu es un subtil salaud, fit Pacha en se léchant les lèvres.

— A peu près aussi subtil qu'un coup de main dans les hautes sphères », dit Arkadi.

Tout de même, il était excité. Rendez-vous compte, l'Américain Osborne aurait pu rencontrer le bandit sibérien et sa maîtresse. Le bandit aurait pu venir à Moscou avec des billets d'avion volés. Remarquable.

Pacha acheta les bières, deux grandes chopes pour quarante-quatre kopeks, un liquide doré, tiède et qui sentait la levure. Le coin de la rue se remplissait, de nouveaux hommes en manteau utilisant le kiosque à bière comme une excuse pour traîner là. Sans place imposante ni bâtiment assez haut pour y accrocher une bannière, la rue Novokouznetskaïa avait des airs de petite ville. Le maire et ses urbanistes avaient tracé la Perspective Kalinine à travers le vieux quartier d'Arbat, en direction de l'ouest. Le quartier de Kirov, à l'est du Kremlin, serait le prochain à disparaître, enseveli sous un nouveau boulevard trois fois plus long que la Perspective Kalinine. Mais la Novokouznetskaïa, avec ses ruelles étroites et ses échoppes, était le genre d'endroit où le printemps apparaissait d'abord. Des hommes tenant des chopes de bière se congratulaient comme si durant l'hiver tout le monde avait été invisible. Dans ces moments-là, Arkadi avait l'impression qu'une personne comme Golodkine était vraiment une aberration.

La pause terminée, Pacha s'en alla au ministère des Affaires étrangères pour recueillir des histoires sur les voyages d'Osborne et de l'Allemand Unmann, puis au ministère du Commerce pour des photos d'extérieur du Centre de fourrures d'Irkoutsk. Arkadi s'en revint seul en finir avec Golodkine.

« Ça n'est pas un secret pour vous, j'en suis persuadé, que j'ai moi-même participé à des interrogatoires de l'autre côté de la table, pour ainsi dire. Je crois que nous pouvons parler franchement, vous et moi. Je peux vous promettre de me montrer un témoin aussi coopératif pour vous que je l'ai été pour d'autres. Alors, ces choses dont nous discutions ce matin ?

— Des peccadilles, Féodor », dit Arkadi.

L'espoir fit monter le sang aux joues de Golodkine. La bouteille de vodka était par terre, à moitié vide.

« Parfois, les condamnations semblent disproportionnées au crime, ajouta Arkadi, surtout pour des citoyens qui ont comme vous, disons, un statut particulier.

— Je crois que nous allons nous arranger maintenant que cet inspecteur est parti », fit Golodkine en hochant la tête.

Arkadi mit une bande neuve sur le magnétophone, offrit une cigarette à Golodkine, qui l'accepta, et en alluma une pour lui. La bobine commençait à tourner.

« Féodor, je vais vous dire certaines choses et vous montrer certaines photos ; je veux ensuite que vous répondiez à quelques questions. Tout cela va peut-être vous paraître parfaitement ridicule, mais je tiens à ce que vous soyez patient et à ce que vous réfléchissiez bien. D'accord ?

— Allez-y !

— Merci », dit Arkadi. Au fond de lui, il avait la sensation d'être au début d'une longue plongée, comme c'était toujours le cas lorsqu'il devait se lancer dans les conjectures. « Féodor, il est établi que vous vendez des icônes religieuses aux touristes, souvent à des Américains. Mon bureau a la preuve que vous avez tenté de vendre des icônes à un voyageur étranger, actuellement à Moscou, du nom de John Osborne. Vous l'avez contacté l'an dernier et de nouveau il y a quelques jours par téléphone. Votre « marché » ne s'est pas fait quand Osborne a décidé d'acheter à une autre source. Vous êtes vous-même une sorte d'homme d'affaires et il vous est déjà arrivé d'avoir des ventes ne se réalisant pas. Aussi, ce que je voudrais que vous me disiez, c'est pourquoi cette fois vous vous êtes mis dans une belle colère. (Golodkine ne semblait pas comprendre.) Les cadavres du parc Gorki, Féodor. Vous n'allez pas me dire que vous n'en avez même pas entendu parler.

— Des cadavres ? » Golodkine n'aurait pu paraître plus déconcerté.

« Pour être plus précis, un nommé Kostia Borodine et une jeune femme du nom de Valeria Davidova, tous deux de Sibérie.

— Jamais entendu parler d'eux, répondit Golodkine.

— Pas sous ces noms-là, bien sûr. Ce qu'il y a, c'est qu'à cause d'eux vous avez manqué une affaire, qu'on vous a vu vous disputer avec eux et que quelques jours plus tard, ils ont été tués.

— Que voulez-vous que je vous dise ? fit Golodkine en haussant les épaules. C'est tout aussi ridicule que vous l'avez annoncé. Vous disiez que vous aviez des photos ?

— Merci de me le rappeler. Oui, des victimes du meurtre. »

En utilisant ses deux mains, Arkadi posa sur la table les photos de Borodine et de Valeria Davidova en train de trier des fourrures. C'était une merveille que de voir les yeux de Golodkine aller de la fille à Osborne, du bandit attaqué à Osborne dans la foule, à Arkadi et puis de revenir aux photos.

« Vous commencez à voir la tournure que ça prend, Féodor. Deux personnes arrivent de plusieurs milliers de kilomètres et vivent ici en secret un mois ou deux — guère assez de temps pour se faire des ennemis, sauf un concurrent. Puis ils sont tués par quelqu'un de sadique, par un parasite de la société. Vous voyez, je suis en train de décrire un oiseau bien rare, un capitaliste, pourrait-on dire. Vous, en fait, et c'est vous l'oiseau que j'ai dans la main. Les pressions qui s'exercent sur un inspecteur pour qu'il en termine avec ce genre de dossier sont énormes. Il n'en faudrait pas plus à un autre policier. On vous a vu vous disputer avec les victimes. On vous a vu les tuer ? La distinction est bien subtile. »

Golodkine dévisagea Arkadi. L'anguille et le pêcheur. Arkadi sentait que ce serait son unique chance avant que l'hameçon ne fût recraché. « Si vous les avez tués, Féodor, vous serez condamné à la peine de mort pour homicide aggravé de bénéfice. Si vous vous parjurez, vous écoperez de dix ans. Si l'idée m'effleure seulement que vous me mentez, je vous mettrai à l'ombre pour ces peccadilles dont nous parlions tout à l'heure. La vérité, Féodor, c'est que vous n'aurez aucun statut particulier au camp. Les autres condamnés ont des idées très arrêtées sur les informateurs, surtout les informateurs non protégés. Pour tout dire, Féodor, vous ne pouvez pas vous permettre d'aller dans un camp. Avant la fin du premier mois, vous aurez la gorge tranchée, et vous le savez. »

Golodkine referma la bouche, l'hameçon maintenant bien enfoncé et pas près d'être dégorgé. Il était pêché, épuisé, il perdait ses couleurs. Tout le courage puisé dans la vodka disparut.

« Je suis votre seul espoir, Féodor, votre seule chance. Il faut me dire tout sur Osborne et sur les Sibériens.

— Je regrette de ne pas être ivre. » Golodkine s'affala en avant jusqu'au moment où son front reposa sur la table, comme s'il avait le visage dans la poussière.

« Dites-moi, Féodor. »

Golodkine perdit quelque temps à protester de son innocence, puis commença son récit, se tenant la tête à deux mains.

« Il y a un Allemand, un nommé Unmann que je connais. Autrefois, je lui trouvais des filles. Il disait qu'il avait un ami qui serait prêt à payer beaucoup pour des icônes, et à cette soirée il m'a présenté à Osborne.

« En réalité, Osborne ne voulait pas d'icônes. Ce qu'il recherchait, c'était un siège d'église ou un coffre avec des peintures religieuses sur les panneaux. Pour un gros coffre, de bonne qualité, il me promettait deux mille dollars.

« Je passe tout l'été à trouver un coffre et je finis par en trouver un. Osborne rapplique en décembre, tout comme il l'avait dit. Je l'appelle pour lui annoncer la bonne nouvelle et voilà que ce salaud me dit que ça ne l'intéresse pas et raccroche. Je me précipite au Rossiya, juste à temps pour voir Osborne et Unmann sortir et je les suis jusqu'à la place Sverdlov, où ils retrouvent un couple de péquenots, ceux qui sont sur vos photos. Osborne et Unmann se séparent et moi je suis les deux autres et je leur adresse la parole.

« Les voilà en plein Moscou qui empestent la térébenthine. Je sais ce qui se mijote et je le leur dis. Ils sont en train d'arranger leur coffre pour le vendre à Osborne pendant que je reste sur le cul dans le mien. C'est moi qui ai monté l'affaire et c'est moi qui ai eu les dépenses. Il faut être juste, je veux la moitié de ce que ça leur rapporte… une sorte de commission.

« Le type, ce gorille sibérien, me passe un bras autour des épaules d'un geste amical et voilà que je me retrouve avec un couteau contre le cou. En pleine place Sverdlov, il me glisse ce couteau à travers le col de mon manteau, contre la gorge, me disant qu'il ne sait pas de quoi je parle, mais qu'il vaudrait mieux ne pas me revoir et que je ne revoie pas Osborne non plus. Vous vous rendez compte ? Sur la place Sverdlov ! C'était à la mi-janvier : je me souviens parce que c'était la nouvelle année à l'ancienne. Tout le monde était ivre et j'aurais pu être saigné comme un poulet sans que personne ne s'en aperçoive. Là-dessus le Sibérien éclate de rire et ils s'éloignent tous les deux.

— Vous ne saviez pas qu'ils étaient morts ? demanda Arkadi.

— Non ! fit Golodkine en levant la tête. Je ne les ai jamais revus. Vous croyez que je suis fou ?

— Vous avez quand même eu le courage d'appeler Osborne dès que vous avez appris qu'il était de retour.

— C'était juste histoire de tâter le terrain. J'ai toujours le coffre, je ne peux le vendre à personne. Ça n'est pas facile de faire passer un coffre. Le seul client, c'était Osborne. Je ne sais pas ce qui lui a pris.

— Mais vous avez rencontré Osborne hier au parc Gorki, tenta Arkadi.

— Ça n'était pas Osborne. Je ne sais pas qui c'était, il ne m'a jamais donné son nom. Un Américain qui a téléphoné en disant qu'il s'intéressait aux icônes, et j'ai pensé que peut-être je pourrais me débarrasser du coffre. Ou bien le démonter et vendre les panneaux séparément. Tout ce qu'il voulait, c'était faire un tour dans le parc.

— Vous mentez, insista Arkadi.

— Je vous jure que non. C'était un vieux type bedonnant qui posait des questions stupides. Il parlait très bien le russe, ça on peut le dire, mais je suis assez fortiche pour repérer les étrangers. Alors nous avons traversé presque tout le parc et nous nous sommes arrêtés devant un terrain boueux.

— Dans la partie nord du parc, à côté de l'allée ?

— Oui. Moi, je croyais qu'il voulait être un peu tranquille pour me poser des questions sur une fille, ou pour organiser une soirée, vous comprenez, mais voilà qu'il se met à me parler d'un étudiant venu dans le cadre des échanges universitaires, un Américain du nom de Kirwill dont je n'ai jamais entendu parler. Je m'en souviens maintenant parce qu'il n'arrêtait pas de me le demander. Je lui ai répondu que je rencontrais un tas de gens. On en est restés là. Ce dingue est parti... fit Golodkine en claquant des doigts... comme ça. D'ailleurs, dès que je l'ai vu, j'ai compris qu'il ne voulait pas sérieusement acheter d'icônes.

— Pourquoi ?

— Il avait l'air si pauvre. Tous ses vêtements étaient russes.

— Est-ce qu'il a dit de quoi ce Kirwill avait l'air ?

— Il a dit : maigre. Les cheveux roux. » Voilà qui apportait de l'eau au moulin d'Arkadi. Encore un nom américain. Osborne et un trafiquant de marché noir. Deux sésames. Il téléphona au major Pribluda. « Je veux des renseignements sur un Américain du nom de Kirwill. K-i-r-w-i-l-l. » Pribluda prit son temps pour répondre. « Ça m'a l'air d'être plutôt mon domaine, finit-il par dire.

— Je suis tout à fait d'accord », répondit Arkadi.

Un étranger était soumis à une enquête. Comment pouvait-on douter de qui devrait la mener ?

« Non, fit Pribluda, je vais vous laisser encore de la corde. Envoyez votre inspecteur Fet, je lui donnerai ce que j'ai. »

Naturellement, Pribluda ne donnerait de renseignements que si c'était à son propre informateur, Arkadi le savait bien. Parfait. Il trouva Fet à l'Ukraina, puis pendant une heure joua avec des allumettes sur une feuille de papier pendant que Golodkine sirotait sa bouteille.

Chouchine entra dans la salle d'interrogatoire et resta bouche bée en voyant son propre indicateur avec un autre inspecteur. Arkadi déclara tout net à l'inspecteur des Affaires spéciales qu'il s'adresse au procureur s'il avait une plainte à formuler, et Chouchine sortit en courant. Golodkine fut impressionné. Fet finit par arriver, un porte-documents à la main, et avec l'air de quelqu'un qu'on a invité à contrecœur.

« Peut-être l'inspecteur principal voudrait-il bien m'expliquer, fit-il en ajustant sur son nez ses lunettes à monture d'acier. — Plus tard. Asseyez-vous. »

Si Pribluda voulait un rapport de Fet, alors Arkadi lui en donnerait un bon. Golodkine était content de voir l'inspecteur essuyer une rebuffade, Arkadi s'en aperçut. Il commençait à s'orienter, à s'adapter à son nouveau maître. Arkadi vida les photocopies que contenait le porte-documents. Il y en avait plus qu'il ne pensait. Pribluda se montrait généreux avec ce qu'il appelait « de la corde ».

En fait, il y avait deux dossiers. Dans le premier on lisait :

Passeport américain. Nom : James Mayo Kirwill. Date de naissance : 4-8-52. Taille : 5 pieds 11 pouces (environ un mètre soixante-dix, calcula Arkadi). Épouse : néant. Enfant : néant. Lieu de naissance : New York, USA. Yeux : marron. Cheveux : roux. Date de délivrance : 7-5-74.

La photo noir et blanc du passeport montrait un jeune homme maigre aux yeux enfoncés dans les orbites, aux cheveux bouclés, avec un long nez et un petit sourire intense. La signature était nette et serrée.

Visa de résidence. James Mayo Kirwill. Nationalité : américaine. Date et lieu de naissance : identiques. Profession : étudiant en linguistique. Objet du séjour : études à l'université d'État de Moscou. Personnes à charge : néant. Voyages précédents en URSS : néant. Famille en URSS : néant. Domicile : 109 West 78e Rue, New York, USA.

La même photo que sur le passeport était collée dans un cadre sur le côté droit du visa. Une signature presque identique, dont la calligraphie était frappante.

Bureau des archives, université d'État de Moscou. Inscrit en septembre 1974 pour des études supérieures de langues slaves.

Notes uniformément bonnes. Rapport plein d'éloges d'un professeur, mais…

Rapport du Komsomol. J. M. Kirwill fréquente exagérément des étudiants russes, manifeste un trop grand intérêt pour la politique intérieure soviétique, exprime des opinions antisoviétiques. Blâmé par la Cellule du Komsomol de son dortoir, Kirwill prétendait avoir aussi des opinions anti-américaines. Une perquisition clandestine pratiquée dans sa chambre a permis de découvrir des œuvres de l'écrivain religieux Thomas d'Aquin et une édition cyrillique de la Bible.

Commission pour la Sécurité d'État. Lors de sa première année, le sujet a été sondé par des camarades étudiants pour voir s'il méritait quelque attention, mais le rapport a eu une conclusion négative. Lors de sa seconde année, une étudiante a tenté, sur nos instructions, de devenir l'intime du sujet et a été repoussée. Un étudiant à qui l'on avait donné les mêmes instructions n'a pas eu plus de succès. Il a été décidé que le sujet ne méritait aucun effort particulier et qu'un rapport négatif serait établi sur lui par les organes de la Sécurité et du Komsomol. Tentatives sans succès de fraternisation avec le sujet signalées par les étudiants en linguistique T. Bondarev, S. Kogan et par l'étudiante en droit I. Asanova.

Ministère de la Santé, Polyclinique de l'université d'État de Moscou. L'étudiant J. Kirwill a reçu les traitements suivants : traitement aux antibiotiques pour gastro-entérite pendant ses quatre premiers mois ; injections de vitamines C et E et traitement aux ultra-violets contre la grippe ; vers la fin de la première année du séjour du sujet, extraction d'une dent, remplacée par une dent de prothèse en acier.

Sur une fiche dentaire, la seconde molaire supérieure gauche était marquée à l'encre. Pas trace de travail sur la racine.

Ministère de l'Intérieur : J. M. Kirwill sorti d'URSS le 12-3-76. Ayant manifesté des dispositions peu convenables pour un invité de l'URSS, ce sujet ne devrait pas être autorisé à revenir.

Ainsi cet étudiant à l'ascétisme suspect, songea Arkadi, n'avait eu aucun problème avec cette jambe gauche faible que Levine avait découverte sur le cadavre baptisé Rouquin ; n'avait, semblait-il, pas fait l'objet de travaux chez un dentiste américain et n'était jamais revenu en Russie. D'un autre côté, il avait le même âge, avait le même physique général, avait la même molaire en acier et les mêmes cheveux roux et il connaissait Irina Asanova.

Arkadi montra la photo du passeport à Golodkine. « Vous reconnaissez cet homme ?

— Non.

— Il avait peut-être les cheveux bruns ou roux. Je ne vois pas beaucoup d'Américains maigres avec des cheveux roux à Moscou, Féodor.

— Je ne le connais pas.

— Et ces étudiants de l'université ? Bondarev ? Kogan ? » Il ne posa pas de questions sur Irina Asanova. Fet manifestait assez d'intérêt comme ça.

Arkadi examina le second dossier.

Passeport américain. Nom : William Patrick Kirwill. Date de naissance : 22-4-30. Taille : 1,70 m. Épouse : néant. Enfant : néant. Lieu de naissance : New York, USA. Cheveux : gris. Yeux : bleus. Date de délivrance : 23-2-77.

La photo montrait un homme d'un certain âge aux cheveux gris bouclés et avec des yeux qui devaient être bleu foncé. Le nez était court et la mâchoire large. Pas de sourire. Une chemise et une veste moulant ce qui semblait être une poitrine et des épaules musclées. La signature était nette et large.

Visa de touriste. William Patrick Kirwill. Nationalité : américaine. Date et lieu de naissance identiques. Profession : publicité. Objet du séjour : tourisme. Accompagné de : néant. Visites précédentes en URSS : néant. Famille en URSS : néant. Domicile : 220 Barrow Street, New York, USA.

Même signature et même photo.

Entrée en Russie le 18-4-77. Départ le 30-4-77. Voyage confirmé par Pan American Airways. Réservation confirmée à l'hôtel Métropole.

Arkadi brandit la photo de William Patrick Kirwill. « Vous reconnaissez celui-là ?

— C'est lui ! C'est lui que j'ai rencontré dans le parc hier.

— Vous disiez... dit Arkadi en y donnant un nouveau coup d'œil... un vieux type bedonnant.

— Enfin, corpulent, vous savez.

— Et ses vêtements, disiez-vous ?

— Russes, très ordinaires. Tout neufs. Étant donné la façon dont il parlait russe, il aurait pu les acheter lui-même, mais, fit Golodkine en ricanant, pourquoi voudrait-on faire ça ?

— Comment avez-vous su qu'il n'était pas russe ? »

Golodkine se pencha en avant, un camarade parlant à un camarade :

« Je me suis livré à une sorte d'étude pour repérer les touristes dans la rue. Des acheteurs possibles, vous voyez. Le Russe moyen marche toujours avec le poids plutôt au-dessus de la ceinture. L'Américain marche avec ses jambes.

— Vraiment ? » Arkadi regarda de nouveau la photo. Il ne connaissait pas grand-chose à la publicité américaine ; ce qu'il vit, c'était un visage qui exprimait une force brutale, un homme qui avait emmené Golodkine droit dans la clairière où on avait découvert les cadavres et où Arkadi s'était fait rosser. Arkadi se souvint avoir mordu l'oreille de son agresseur. « Vous avez vu ses oreilles ?

— Je ne crois pas qu'il y ait de grande différence entre des oreilles russes et des oreilles occidentales », fit Golodkine d'un ton songeur. Arkadi appela l'Intourist, où on lui dit que trois soirs plus tôt, quand Arkadi s'était fait expertement corriger, le touriste W. Kirwill avait des billets pour le Bolchoï. Arkadi demanda comment contacter le guide de l'Intourist qui avait piloté Kirwill. Kirwill, lui répondit-on, était un touriste individuel, et l'Intourist ne fournissait pas de guide aux groupes de moins de dix personnes.

Comme Arkadi, en raccrochant, se retrouvait en face de Fet, suspendu à ses lèvres, Pacha revenait de sa visite au ministère des Affaires étrangères. « Nous avons maintenant un témoin qui établit directement le lien entre deux victimes probables et un étranger suspect. » Arkadi formulait les observations destinées à ses inspecteurs dans un style grandiloquent, ce qui était d'autant mieux que Fet les transmettrait à Pribluda. « Au fond, après tout, c'étaient des icônes. Il n'est pas habituel pour nous de retenir un suspect étranger. Il va falloir que j'en discute avec le procureur. Notre témoin peut même nous fournir un lien de seconde main avec la troisième victime du parc. Vous voyez, les gars, ça commence à se préciser. Féodor que voici est la clé de tout.

— J'ai dit que j'étais de votre côté, déclara Golodkine à Pacha.

— Quel suspect ? dit Fet, incapable de se retenir.

— L'Allemand, s'empressa de dire Golodkine. Unmann. »

Arkadi poussa dehors Fet et son porte-documents. Ce n'était pas difficile parce que enfin le canari de Pribluda avait une chanson à chanter.

« C'est vrai, pour cet Unmann ? demanda Pacha.

— A peu près, fit Arkadi. Voyons ce que tu as trouvé. »

Le détective avait rapporté tous les itinéraires d'Osborne et d'Unmann en Union soviétique pour les seize derniers mois, établis dans la sténographie du ministère qui donnait l'impression qu'ils s'étaient trouvés pris dans des portes tournantes :

J. D. Osborne, président d'Osborne Furs Inc.
Entrée : New York-Leningrad, 2-1-76 (hôtel Astoria) ; Moscou, 10-1-76 (hôtel Rossiya) ; Irkoutsk, 15-1-76 (hôte du centre de fourrures d'Irkoutsk) ; Moscou, 20-1-76 (Rossiya).
Sortie : Moscou-New York, 28-1-76.
Entrée : New York-Moscou, 11-7-76 (Astoria).
Sortie : Moscou-New York, 22-7-76.
Entrée : Paris-Grodno-Leningrad, 2-1-77 (Astoria) ; Moscou, 11-1-77 (Rossiya).

Intéressant, se dit Arkadi. Grodno était une station de chemin de fer à la frontière polonaise. Au lieu de prendre l'avion, Osborne avait fait en train tout le trajet jusqu'à Leningrad.

Sortie : Moscou-Leningrad-Helsinki, 2-2-77.
Entrée : New York-Moscou, 3-4-77 (Rossiya).
Sortie prévue : Moscou-Leningrad, 30-4-77.

H. Unmann, citoyen République démocratique allemande, C. T.G.D.R.
Entrée : Berlin-Moscou, 5 1-76.
Sortie : Moscou-Berlin. 27-6-76.
Entrée : Berlin-Moscou, 4-7-76.
Sortie : Moscou-Berlin, 3-8-76.
Entrée : Berlin-Leningrad, 20-12-76.
Sortie : Leningrad-Berlin, 3-2-77.
Entrée : Berlin-Moscou, 5-3-77.

Il n'y avait aucun renseignement sur les voyages d'Unmann à l'intérieur de l'Union soviétique, mais Arkadi estimait qu'Osborne et l'Allemand avaient pu être en contact pendant treize jours de janvier 76 à Moscou, pendant 11 jours de juillet 76 à Moscou, puis cet hiver avec la coïncidence du 2 au 10 janvier à Leningrad, et du 10 janvier au 1er février à Moscou (quand les meurtres avaient eu lieu). Le 2 février, Osborne avait pris l'avion pour Helsinki alors que Unmann semblait être parti pour Leningrad. Ils se trouvaient maintenant ensemble à Moscou depuis le 3 avril. Pourtant, au cours des douze derniers mois, Osborne n'avait téléphoné à Unmann que depuis des cabines publiques.

Pacha exhiba aussi une épreuve sur papier glacé du centre de fourrures d'Irkoutsk. C'était le même bâtiment moderne et sans caractère qu'on voyait sur la photo de Kostia Borodine. Arkadi aurait été surpris si ça n'avait pas été le cas.

« Raccompagne notre ami Féodor chez lui, dit Arkadi à Pacha. Il y a là-bas un coffre que j'aimerais que tu prennes pour le mettre en sûreté à l'Ukraina. Tiens, prends aussi les enregistrements. »

Il enleva du magnétophone les bobines contenant les aveux de Golodkine. Pour leur faire de la place dans ses poches, Pacha dut déplacer son cher petit ananas.

« Tu aurais dû en prendre un aussi, dit-il à Arkadi.

— Ce serait du gâchis.

— Je serai à votre disposition, camarade inspecteur principal, fit Golodkine en prenant son chapeau et son manteau, tout à votre disposition. »

Lorsqu'ils furent partis et qu'il se retrouva seul, Arkadi sentit l'excitation tourner en lui comme un moteur. Il y était arrivé. Cette fois, avec la déposition de Golodkine et la menace de détention qui pesait sur un des Américains favoris du KGB, il pourrait renvoyer l'affaire à Pribluda. Il passa son manteau, traversa la rue et prit une vodka, regrettant déjà de ne pas être parti avec Pacha pour pouvoir trinquer ensemble à leur victoire. « A notre santé ! » Ils n'étaient pas de si mauvais enquêteurs, après tout. Il se rappela l'ananas. De toute évidence, Pacha avait d'autres projets d'un caractère résolument érotique. Arkadi se retrouva en train de contempler le téléphone public. Il avait comme par hasard une pièce de deux kopeks à la main. Il se demanda où était Zoya.

L'enquête sur l'affaire du parc Gorki avait été trop étrange. Il s'en était échappé et il reprenait maintenant la routine. La cabine publique était comme du lest : c'était un rapport avec la force de gravité qu'était Zoya. Et si elle avait plaqué Schmidt pour revenir à l'appartement ? Il n'y avait pas mis les pieds depuis des jours et il avait tant circulé qu'elle n'aurait pas pu réussir à le joindre. Il ne pouvait pas se cacher d'elle : ils devraient au moins parler. Il se maudit d'être si faible et composa le numéro. A l'appartement, cela sonnait occupé : elle était là.

Dans le métro, tous les gens rentraient de leur travail. Arkadi était l'un d'eux et il se sentait presque normal, il n'avait presque plus mal à la poitrine. Des mélodrames emplissaient sa tête. Zoya était repentante et lui se montrait magnanime. Elle était encore en colère, mais il était tolérant. Par pur hasard, elle se trouvait dans l'appartement et il réussissait à la persuader de ne pas partir. Avec toutes les variations possibles et tout cela se terminant au lit. Pourtant, il n'était pas excité. Les mélos, c'était moche et sans intérêt ; il ne voulait que les imaginer.

Il quitta la rue Taganskaïa, traversa la cour, monta les marches deux par deux et frappa à la porte. Cela fit un bruit creux. Il ouvrit la serrure et entra.

Zoya était revenue, c'était évident. Il n'y avait plus de chaises ni de table, de tapis ni de rideaux, de livres ni d'étagères, de disques ni de photo, de porcelaines, de verres ni d'ustensiles de cuisine. Elle avait procédé à un ramassage efficace, qui tenait de l'annexion et de la purge. Dans la première des deux pièces, elle n'avait rien laissé d'autre que le réfrigérateur, et encore celui-ci avait-il été vidé de ses bacs à glace, ce qui témoignait, estima-t-il, d'une cupidité décevante. Dans la seconde pièce, le lit restait, c'était donc encore une chambre à coucher. Il se rappela le mal qu'ils avaient eu à faire passer le lit dans la pièce. Elle n'avait laissé que les draps et la couverture sur le lit.

Il avait le sentiment d'être étrangement meurtri et vidé, comme si un cambrioleur s'était glissé non pas dans l'appartement mais en lui et qu'avec ses mains sales il avait arraché dix ans de vie conjugale. Ou bien voyait-elle la chose différemment : cette césarienne par laquelle elle lui avait échappé ? Avait-ce été tout le temps si terrible ? C'était une bonne voleuse parce que maintenant il n'avait pas envie de se souvenir.

Le téléphone était décroché, ce qui expliquait pourquoi il avait cru qu'elle était à la maison. Il remit le combiné en place et s'assit à côté de l'appareil.

Qu'est-ce qui lui arrivait ? Il était détesté par quelqu'un qu'il avait jadis aimé. Si elle avait changé, c'est qu'il avait dû la changer. Et lui et ses états de service parfaits. Pourquoi n'était-il pas devenu inspecteur pour le Comité central, qu'y avait-il de si mal à cela ? Pourquoi n'était-il pas devenu une merde pour sauver son mariage ? Qui était-il pour être si pur ? Et que venait-il de faire : tous ces rêves de marché noir, de Sibériens et d'Américains, un rapport artificiel après l'autre, même pas pour résoudre un crime, même pas pour la justice, rien que pour se laver les mains de ces cadavres du parc Gorki. Il avait bluffé, il s'était tortillé et démené pour garder ses mains blanches et propres.

Le téléphone sonna. Zoya, se dit-il. « Oui ?

— C'est l'inspecteur principal Renko ?

— Oui.

— Il y a eu une fusillade dans un appartement au 2 Serafimov. Un nommé Golodkine est mort et l'inspecteur Pavlovitch aussi. »

Une file de miliciens venaient par l'escalier de l'entrée jusqu'au second étage, devant une rangée de visages aperçus par des portes entrebâillées et jusqu'à l'appartement de Golodkine, deux pièces et demie de cartons de scotch, de cartouches de cigarettes, de disques et de boîtes de conserve entassés sur un plancher recouvert de plusieurs couches de tapis d'Orient. Levine était là à s'affairer avec des instruments sur le crâne de Golodkine. Pacha Pavlovitch était sur les tapis, le dos de son manteau sombre humide mais pas trop : il était mort sur le coup. Auprès de sa main et de celle de Golodkine gisaient deux pistolets.

Un inspecteur du quartier qu'Arkadi ne connaissait pas se présenta avec ses notes.

« A mon avis, dit-il, il est évident que ce Golodkine a d'abord tiré une balle dans le dos de l'inspecteur, puisque l'inspecteur s'est retourné et en tombant a tué Golodkine. Les gens des autres appartements n'ont pas entendu les coups de feu, mais il semblerait que les balles correspondent aux armes, le PM réglementaire de l'inspecteur et le TK de Golodkine, mais bien sûr nous comparerons cela avec l'analyse balistique.

— Les gens des autres appartements ont-ils vu quelqu'un partir d'ici ? demanda Arkadi.

— Personne n'est sorti. Ils se sont tués l'un l'autre. »

Arkadi regarda Levine qui détourna la tête.

« L'inspecteur Pavlovitch ramenait l'autre homme ici

après un interrogatoire, dit Arkadi. Avez-vous fouillé l'inspecteur ? Avez-vous trouvé des bobines de magnétophone.

— Nous l'avons fouillé. Nous n'avons trouvé aucune bobine, répondit l'inspecteur du quartier.

— Avez-vous enlevé quelque chose de l'appartement ?

— Rien. »

Arkadi parcourut l'appartement, cherchant le coffre d'église avec les panneaux peints, sortant des penderies des brassées de parkas et de skis, ouvrant des cartons de savon français pendant que l'inspecteur de quartier observait, figé sur place non pas seulement par l'angoisse à l'idée d'avoir à rendre compte de ces dégâts, mais par l'horreur que lui inspirait le saccage de biens aussi précieux. Lorsque Arkadi finit par revenir auprès de l'inspecteur mort sur le sol, celui du quartier ordonna aux miliciens de commencer à emporter les marchandises.

La balle qui avait tué Golodkine lui avait laissé le front concave. Pacha semblait paisible, les yeux fermés, son beau visage tartare tressé en traits colorés, cavalier endormi sur un tapis volant. Le coffre de Golodkine avait disparu, les bandes avaient disparu, Golodkine était mort.

Comme Arkadi descendait dans la rue, il vit dans l'escalier les miliciens se passer de main en main les cartons de liqueurs, les montres, les vêtements, un ananas, des skis, et cela lui rappelait malgré lui des fourmis peinant sous des miettes.

9

Presque toute la Russie est ancienne, nivelée par des glaciers qui ont laissé un paysage de collines basses, de lacs et de rivières qui serpentent comme les traces de vers dans du bois tendre. Au nord de la ville, le lac d'Argent était encore gelé, et toutes les datchas d'été au bord du lac étaient désertes à l'exception de celle de Iamskoï. Arkadi se gara derrière une limousine Tchaïka, se rendit à la porte de derrière et frappa. Le procureur apparut à une fenêtre, fit signe à Arkadi d'attendre et, cinq minutes plus tard, émergea, l'image même d'un boyard en manteau et bottes bordées de fourrure de loup. Son crâne chauve était tout rose et il se mit aussitôt à marcher le long de la plage.

« C'est le week-end, dit-il avec agacement. Que voulez-vous ?

— Ici, vous n'avez pas le téléphone, fit Arkadi en lui emboîtant le pas.

— Vous n'avez pas le numéro. Attendez-moi. » La glace était épaisse et terne au milieu du lac, fine et transparente sur les bords. En été, chaque villa aurait sa partie de badmington familial, des parasols aux couleurs vives et un pichet de citronnade. Iamskoï était allé jusqu'à un petit appentis à une cinquantaine de mètres de la maison. Il revint en rapportant une corne métallique et un seau plein de boulettes de poisson.

« J'oubliais. Vous deviez avoir une maison par ici quand vous étiez enfant, fit Iamskoï.

— Un été.

— Bien sûr, une famille comme la vôtre. Soufflez là-dedans, fit-il en tendant la corne à Arkadi.

— Pourquoi ?

— Soufflez », ordonna Iamskoï.

Arkadi porta l'embouchure glacée à ses lèvres et souffla. Un cornement se répercuta sur la glace. Son second coup de trompe fut plus fort, renvoyé de nouveau par les saules de l'autre rive.

Iamskoï lui reprit la corne. « C'est dommage pour votre inspecteur. Comment s'appelait-il ?

— Pavlovitch.

— Dommage pour vous aussi. Si ce trafiquant Golodkine était si dangereux, vous auriez dû l'accompagner et Pavlovitch serait encore en vie. Toute la matinée j'ai reçu des coups de téléphone du procureur général et du commissaire de la milice ; ils ont mon numéro de téléphone ici. Ne vous inquiétez pas, je vous protégerai si c'est ce que vous êtes venu me demander.

— Ce n'est pas ça.

— Non, soupira Iamskoï, bien sûr que non. Pavlovitch était un ami à vous, n'est-ce pas ? Vous avez travaillé ensemble. » Cessant de regarder Arkadi, il leva les yeux vers le ciel, une brume blanche qui se fondait avec les bouleaux argentés.

« C'est un endroit merveilleux, inspecteur. Vous devriez venir ici plus tard dans la saison. Il y a d'excellentes boutiques qui se sont ouvertes pour les résidents depuis votre enfance. Nous irons ensemble et vous pourrez trouver quelque chose à acheter. Amenez donc votre femme aussi.

— C'est Pribluda qui l'a tué.

— Attendez. »

Iamskoï écoutait un bruissement venant des arbres à droite et à gauche. Au-dessus du faîte des arbres s'élevaient de grandes oies sauvages, formant des V à mesure qu'elles gagnaient de l'altitude, les mâles tout blancs avec leurs ventres et leurs têtes noirs, les femelles grises. Les oiseaux firent le tour du lac, leurs ailes battant rapidement.

« Pribluda avait fait suivre Pavlovitch et Golodkine et il les a fait tuer.

— Pourquoi le major Pribluda s'intéresserait-il à cette affaire ?

— Le suspect est un homme d'affaires américain. Je l'ai rencontré.

— Comment avez-vous rencontré un Américain ? » fit Iamskoï en commençant à vider les boulettes de poisson sur le sol. Il y eut un roucoulement grave et un battement d'ailes qui emplissaient l'air.

« C'est vous qui m'avez mené à lui, fit Arkadi en élevant la voix pour se faire entendre. A l'établissement de bains. Vous avez suivi l'affaire de très près, comme vous disiez.

— C'est moi qui vous ai conduit à lui ? Voilà une hypothèse audacieuse. (Iamskoï répandait les boulettes suivant une ligne ondulante et décorative.) J'ai le plus grand respect pour vos talents et, ne vous y trompez pas, je vous aiderai autant que je le peux, mais n'allez pas supposer que je vous ai "mené" à qui que ce soit. Je ne veux même pas connaître son nom. Chut ! » Il arrêta la réponse d'Arkadi et posa le seau vide sur le sol.

Les oies sauvages descendaient tout droit, virant en une seule file au-dessus du lac glacé pour s'arrêter à une trentaine de mètres de la plage. Là, les oiseaux lancèrent un regard méfiant à Iamskoï et à Arkadi et attendirent que les hommes se fussent retirés vers l'appentis. Satisfaites, les oies les plus braves s'avancèrent dans un dandinement majestueux.

« Ce sont de beaux oiseaux, n'est-ce pas ? fit Iamskoï. Ils sont rares dans toute cette région. Ils hivernent du côté de Kourmansk, vous savez. J'en avais toute une colonie là-bas pendant la guerre. »

D'autres oies se posèrent alors même que les chefs s'avançaient sur la berge, pivotant la tête en tous sens à l'affût du danger.

« Elles cherchent des renards, elles cherchent toujours

des renards, dit Iamskoï. Vous devez avoir des preuves bien accablantes pour soupçonner un officier du KGB.

— Nous avons une identification probable de deux des corps du parc Gorki. Nous avions un enregistrement sur lequel Golodkine avait identifié ces deux individus comme étant en affaire avec l'Américain.

— Et maintenant, avez-vous Golodkine ? Avez-vous l'enregistrement ?

— Il a été volé sur le corps de Pacha dans l'appartement de Golodkine. Il y avait aussi un coffre chez Golodkine.

— Un coffre. Est-ce qu'il existe encore ? En lisant le rapport de l'inspecteur de quartier, je n'ai vu aucune mention d'un coffre. Alors, c'est tout ? Vous voulez accuser un major du KGB sur la foi d'un enregistrement disparu, d'un coffre et du témoignage d'un mort ? Golodkine a-t-il jamais fait mention du major Pribluda ?

— Non.

— Alors je ne comprends pas de quoi vous parlez. Je compatis avec vous. Vous êtes désemparé par la mort d'un camarade. Vous avez une antipathie personnelle à l'encontre du major Pribluda. Mais c'est l'accusation la plus folle et la moins fondée que j'aie jamais entendue.

— L'Américain a des liens avec le KGB.

— Et alors ? Moi aussi, vous aussi. Nous respirons tous de l'air et nous pissons tous de l'eau. Tout ce que vous me racontez, c'est qu'un homme d'affaires américain n'est pas un imbécile. Franchement, quel idiot vous faites ! Dans votre propre intérêt, j'espère que vous n'avez pas fait part à qui que ce soit de ces soupçons déraisonnables. Mieux vaudrait qu'ils ne se trouvent dans aucun rapport adressé à mon bureau...

— Je tiens à ce qu'on me confie personnellement l'enquête sur le meurtre de Pacha, dans le cadre de l'affaire sur le parc Gorki.

— Laissez-moi terminer. Le genre d'Américain dont vous parlez a de la fortune, pas seulement de l'argent comme vous l'entendez, et un grand nombre d'amis influents ici — plus encore, ajouta Iamskoï avec bonté, que vous. Que pouvaient avoir ces trois individus du parc

Gorki qui aurait valu une minute de son temps, et encore moins justifier leurs meurtres ? Mille roubles, cent mille roubles peuvent paraître beaucoup, mais pas à un homme comme ça. Une affaire de sexe ? Avec son influence il pourrait couvrir la situation la plus gênante. Que reste-t-il ? Le fait est qu'il ne reste rien. Vous dites que vous avez probablement identifié deux des corps du parc. S'agissait-il de Russes ou d'étrangers ?

— De Russes.

— Voyez-vous, là, vous arrivez quelque part. Russes, pas étrangers, rien donc qui concerne Pribluda et le KGB. Quant à la mort de l'inspecteur Pavlovitch, Golodkine et lui se sont tués mutuellement, c'est dans le rapport. Il me semble que l'inspecteur du quartier a fait du bon travail sans votre assistance. Bien sûr, son rapport définitif vous sera adressé. Mais je ne vous laisserai pas intervenir. Je vous connais. D'abord, vous avez voulu imposer cette enquête au major Pribluda. Maintenant que vous pensez — pour des raisons illogiques et personnelles — qu'il pourrait être impliqué dans la mort de votre collègue, vous n'allez jamais renoncer à l'affaire, n'est-ce pas ? Dès l'instant où vous avez les dents dans une affaire, vous ne lâchez pas prise. Laissez-moi être franc. Tout autre procureur vous mettrait instantanément en congé de maladie. Je vais adopter un compromis. Je vais vous laisser continuer avec les victimes du parc Gorki, mais je vais désormais me pencher de beaucoup plus près sur l'affaire et contrôler l'enquête de façon plus serrée. Et peut-être devriez-vous vous reposer un jour ou deux.

— Et si je lâchais tout ?

— Et alors ?

— C'est exactement ce que je fais. Je donne ma démission. Trouvez-vous un autre inspecteur principal. »

La pensée et les mots étaient venus en même temps à l'esprit d'Arkadi, tout comme un homme pourrait au même instant se rendre compte qu'il est pris dans un piège et qu'il y a une issue, une porte par où vient la lumière de l'autre côté. C'était si évident.

« J'oublie toujours, fit Iamskoï en l'observant, que vous

avez cette tendance irrationnelle. Je me suis toujours demandé pourquoi vous manifestez un dédain aussi ouvert pour votre appartenance au Parti. Je me suis demandé pourquoi vous vouliez être inspecteur. »

Arkadi ne put s'empêcher de sourire devant la simplicité de la situation, et devant la puissance particulière que cela lui conférait. S'en aller tout simplement ? Et si au beau milieu d'*Hamlet* le prince décidait que les complications de l'intrigue étaient trop grandes, ne tenait pas compte des instructions du fantôme et quittait la scène ? Arkadi vit précisément dans le regard de Iamskoï cette stupéfaction et cette lueur devant une pièce interrompue. Jamais auparavant il n'avait eu la totale attention de Iamskoï, et pourtant Arkadi continua à sourire jusqu'au moment où le procureur retroussa ses lèvres pâles en un large sourire.

« Eh bien disons que vous donnez en effet votre démission. Que se passe-t-il ? demanda Iamskoï. Je pourrais vous détruire, mais ça ne serait pas nécessaire ; vous perdriez votre carte du Parti et vous vous détruiriez vous-même. Ainsi que votre famille. Quel genre de position croyez-vous qu'un inspecteur principal de la Criminelle trouve après avoir donné sa démission ? Veilleur de nuit, avec de la chance. Bien sûr, ça ne me mettrait pas dans une position très confortable non plus, mais je peux survivre à ça.

— Moi aussi.

— Alors parlons de ce qu'il advient de votre enquête après que vous l'avez abandonnée, dit Iamskoï. Il faudra qu'un autre inspecteur s'en charge. Bon, disons que je la confie à Chouchine. Ça ne vous ennuie pas ? »

Arkadi haussa les épaules. « Chouchine n'est pas formé au travail de la Criminelle, mais ça vous regarde.

— Bon, voilà qui est réglé, Chouchine est votre successeur. Un crétin vénal reprend votre enquête et vous approuvez.

— Je me fiche de mon enquête, je donne ma démission parce que…

— Parce que votre ami est mort. Pour lui. Ce serait une trahison de ne pas le faire. C'était un bon policier, un homme qui se serait interposé entre une balle et vous, n'est-ce pas ?

— Oui, fit Arkadi.

— Alors, donnez votre démission, faites votre geste, fit Iamskoï, encore qu'il me faille reconnaître avec vous que Chouchine n'est guère l'inspecteur que vous êtes. A vrai dire, compte tenu de son manque d'expérience en matière criminelle et des pressions qui s'exerceraient sur lui pour qu'il réussisse dans sa première affaire, je penserais qu'il n'y a qu'une solution qu'il pourrait adopter, et ce serait d'accuser Golodkine des meurtres du parc Gorki. Golodkine est mort, l'enquête serait liquidée en un jour ou deux... vous voyez comment tout ça s'arrange. Mais, connaissant la façon dont fonctionne l'esprit de Chouchine, je me doute que ça ne sera pas tout à fait assez. Il aime bien apposer sa marque sur les choses, donner un tour de vis supplémentaire. Vous savez, je crois qu'il serait capable de désigner votre ami mort Pacha comme le complice de Golodkine. Ils sont morts ensemble dans un règlement de comptes entre voleurs. Rien que pour vous contrarier ; après tout, sans vous, Chouchine aurait encore son meilleur indicateur. Vraiment, plus j'y pense, plus je suis certain qu'il va faire ça. En tant que procureur, j'ai toujours trouvé un aspect fascinant de la nature humaine dans le fait qu'avec la même affaire des inspecteurs différents parviennent à des solutions différentes. Toutes parfaitement acceptables. Excusez-moi. »

Il n'y avait pas d'issue, après tout. Arkadi se vit planté tout seul pendant que Iamskoï ramassait son seau vide. Plutôt que de s'envoler, les oies couraient sur la plage ou sur la glace du lac, trouvant une prudente distance d'où elles pouvaient roucouler tristement, leurs regards furtifs allant d'Arkadi à Iamskoï, les baignant tous deux dans la même hostilité. Iamskoï rapporta le seau dans l'appentis.

« Pourquoi tenez-vous tant à ce que je reste sur cette affaire ? fit Arkadi en le rejoignant.

— Toute clownerie mise à part, vous êtes le meilleur inspecteur criminel que j'aie. C'est mon devoir de vous garder sur l'affaire.

De nouveau, Iamskoï se montrait amical.

« Si le tueur du parc Gorki était cet Américain…

— Apportez-m'en la preuve et nous écrirons l'ordre d'arrestation ensemble, fit Iamskoï avec générosité.

— Si c'était cet Américain, je n'ai que neuf jours. Il part la veille du 1er mai.

— Vous avez peut-être plus progressé que vous ne vous en doutez.

— Neuf jours. Jamais je ne l'aurai.

— Faites ce que bon vous semble, inspecteur. Vous avez un grand talent et je continue à avoir confiance dans l'issue de cette affaire. Plus que vous, j'ai foi dans le système. (Iamskoï ouvrit la porte de l'appentis pour ranger le seau.) Faites confiance au système. »

Avant que la porte se referme, Arkadi aperçut dans l'ombre de la cabane deux oies pendues par les pattes, le cou tordu. L'air empestait la chair faisandée. Les oies sauvages étaient protégées par la loi ; Arkadi n'arrivait pas à comprendre comment un homme comme Iamskoï allait prendre le risque de les tuer. Il tourna les yeux vers la plage, de nouveau encombrée d'oiseaux qui se battaient pour avoir leur part de la pâture dispensée par le procureur.

Arkadi regagna l'Ukraina. Il allait se verser à boire lorsqu'il remarqua une enveloppe qu'on avait glissée sous la porte. Il l'ouvrit et lut le mot qu'elle contenait, lequel disait que Pacha, tout comme Golodkine, étaient morts instantanément de balles tirées à une distance qui n'excédait pas cinquante centimètres. Drôle de fusillade : un homme tué par-derrière et l'autre d'une balle dans le front, leurs corps retrouvés à trois mètres l'un de l'autre. Levine n'avait pas signé ce billet, ce qui ne surprit pas Arkadi.

Arkadi n'était pas un grand buveur de vodka. La plupart des hommes *croyaient à* la vodka. Un proverbe disait : « Il y a deux espèces de vodka, la bonne et la très bonne. »

Qui avait suivi Pacha et Golodkine jusqu'au 2 Serafimov ? Qui avait frappé à la porte de cet appartement et exhibé le genre de carte capable de satisfaire Pacha et impressionner Golodkine ? Il devait y avoir deux hommes, se dit Arkadi. Un seul visiteur n'aurait pas pu tout faire assez vite, et trois hommes auraient mis même quelqu'un d'aussi confiant que Pacha sur ses gardes. Qui, dès lors, avait abattu Pacha dans le dos, pris son pistolet et tué le malheureux Golodkine encore plus impressionné ? Tout laissait supposer que c'était Pribluda. Osborne était un indicateur du KGB. Le major Pribluda voulait protéger Osborne et cacher les rapports d'Osborne avec le KGB, et la seule façon dont il pouvait faire les deux, c'était de loin. Dès l'instant où Pribluda acceptait l'affaire, le KGB reconnaîtrait que des étrangers étaient impliqués. L'ambassade étrangère — l'ambassade américaine, un vrai nid d'espions — s'y intéresserait et commencerait sa propre enquête. Non, l'affaire devait rester aux mains de l'inspecteur principal de la Brigade criminelle du bureau du procureur, et elle devait ne pas aboutir.

Il y avait différentes façons de ne pas s'enivrer. Certains comptaient sur un morceau de cornichon après chaque gorgée ; d'autres se fiaient aux champignons. Pacha avait toujours dit que le truc était de faire descendre l'alcool droit dans l'estomac sans respirer. Arkadi se dit que c'était sans doute ce qu'il était en train de faire, plié en deux et toussant.

D'une certaine façon, Pacha et Zoya étaient liés. Ils étaient les emblèmes jumeaux de l'inspecteur principal, son collègue admiratif et sa fidèle épouse. S'il y avait eu un sens provisoire à la défection de Zoya, la mort de Pacha le rendait définitif. L'histoire marxiste était une série scientifiquement disposée de claquettes assourdies, l'une battant contre l'autre et ainsi de suite, hors d'atteinte maintenant d'Arkadi, mais toutes mises en mouvement par une fatale instabilité, une défaillance. Ce n'était pas le système qui était en défaut. Le système excusait, supposait même la stupidité et l'ivrognerie, la négligence et la fourberie. Tout système qui ne ferait pas cela ne serait pas humain et ce système-ci était plus humain que n'importe quel autre. L'instabilité se trouvait dans un homme qui se plaçait *au-dessus* du système ; la faute était chez l'inspecteur principal.

Les notes de Pacha étaient rédigées en majuscules. Arkadi remarqua toutefois un effort pour leur donner un aspect plus griffonné, comme les siennes. Il savait qu'il devrait trouver un autre inspecteur pour examiner le reste des enregistrements et des transcriptions en allemand et en polonais. Bien sûr, il y avait l'inspecteur Fet pour continuer avec les enregistrements en langue scandinave entre deux rapports à Pribluda. Il restait beaucoup de travail à faire, même si l'inspecteur ne faisait rien du tout.

Tout d'abord, qui avait réclamé les enregistrements et les transcriptions ? Qui avait courageusement menacé d'arrêter un indicateur étranger de la Commission pour la Sécurité de l'État ? Qui avait vraiment tué Pacha ?

Arkadi lança un carton de bobines contre un mur. Il en jeta un second qui s'ouvrit sous le choc. Un troisième, puis il ramassa les bobines par poignées, laissant leurs longues queues noires pendre dans l'air.

« A bas le vronskisme » ! cria-t-il.

Le seul carton intact était celui qui avait été livré aujourd'hui. Il n'y avait que des bandes neuves à l'intérieur. Arkadi en trouva une enregistrée dans la suite d'Osborne au Rossiya qui ne datait que de deux jours.

Il allait faire son travail. Il allait continuer.

La première conversation de la bobine était très brève.

Arkadi entendit frapper, il y eut le bruit d'une porte qu'on ouvrait et Osborne qui accueillait quelqu'un.

— *Bonjour.*

— *Où est Valeria ?*

— *Attendez. J'allais justement faire un tour…*

La porte se referma.

Arkadi l'écouta et la réécouta plusieurs fois car de nouveau il reconnaissait la voix de la fille de la Mosfilm.

10

Le panneau occupait toute la longueur d'un pâté de maisons, en lettres rouges, chacune grande comme un homme : L'UNION SOVIÉTIQUE EST L'ESPOIR DE TOUTE L'HUMANITÉ ! GLOIRE AU PARTI COMMUNISTE DE L'UNION SOVIÉTIQUE !

Derrière ce panneau, c'étaient les ateliers Likhatchev, où les travailleurs « donnaient l'assaut » pour parvenir au quota spécial du 1er mai d'automobiles, de tracteurs et de réfrigérateurs en enfonçant des vis à coups de marteau qu'ils utilisaient aussi pour installer des circuits de refroidissement, pour faire à la main des véhicules entiers, tandis que le soudeur suivait à un pas en arrière avec sa torche bénie, bien que tout ce que l'on pût voir de l'extérieur, c'était l'impressionnante fumée qui sortait des cheminées, chaque bouffée grosse comme un wagon et régulièrement lancée dans le ciel du matin.

Arkadi emmena Swan dans une cafétéria et lui remit des photos de James Kirwill, de Kostia le Bandit et de Valeria Davidova. Les ivrognes matinaux levaient la tête de leur table. Le chandail noir de Swan faisait paraître encore plus émaciés son cou et ses poignets, et Arkadi se demandait comment il survivrait en indicateur. Là où buvaient les ouvriers, les miliciens évoluaient par paires.

« Ce doit être difficile pour vous, dit Swan.

— Pour moi ? fit Arkadi surpris.

— Je veux dire : pour un homme sensible comme vous l'êtes. »

Arkadi se demanda si ce n'étaient pas des avances d'homosexuel. « Demande juste si l'on connaît ces visages. » Il jeta quelques roubles sur la table et sortit.

Irina Asanova habitait le sous-sol d'un immeuble d'appartements inachevés près de l'Hippodrome. Comme elle montait les marches pour l'accueillir, Arkadi eut son regard bien en face et aperçut la légère meurtrissure bleue sur sa joue droite. La marque était assez petite pour qu'elle la dissimulât avec de la poudre si elle le désirait ; mais telle quelle, elle ajoutait un reflet azuré à ses yeux sombres. Son manteau rapiécé flottait au vent.

« Où est Valeria ? demanda Arkadi.

— Valeria… qui ? balbutia-t-elle.

— Vous n'êtes pas le genre de citoyenne qui signale le vol de ses patins à la milice, dit-il. Vous êtes le genre qui l'évite. Vous ne signaleriez pas le vol de vos patins si vous n'aviez pas peur qu'ils permettent de remonter jusqu'à vous.

— De quoi suis-je accusée ?

— De mentir. A qui avez-vous donné vos patins ?

— Je vais manquer mon bus. » Elle essaya de passer.

Arkadi lui saisit la main, qui était tiède et douce. « Alors, qui est Valeria ?

— Où ? Qui ? Je ne sais rien et vous non plus. » Elle se dégagea.

En rentrant, Arkadi passa devant une file de jeunes femmes attendant un bus. Auprès d'Irina Asanova, elles étaient moches comme des choux. Arkadi raconta une histoire à Ievguéni Mendel, au ministère du Commerce extérieur.

« Voilà quelques années, un touriste américain visitait le village où il était né, à environ deux cents kilomètres de Moscou, lorsqu'il tomba, mort. C'était l'été et les gens du pays ne voulaient pas lui manquer de respect, alors ils le fourrèrent au réfrigérateur. Vous connaissez ces villages, ils n'ont qu'un réfrigérateur. Ils téléphonèrent ici et les gens des Affaires étrangères leur dirent de ne rien faire de plus avant d'avoir reçu des formulaires spéciaux pour la mort de touristes. Deux jours se passent, pas de formulaires. Une semaine, pas de formulaires. Ces formulaires, il faut du temps pour les trouver et les établir. Deux semaines s'écoulèrent et les villageois en avaient assez de conserver le touriste dans le réfrigérateur. Après tout, c'était l'été. Le lait tournait et ils ne pouvaient pas mettre grand-chose par-dessus l'Américain. Bref, vous connaissez les villageois : un soir ils s'enivrèrent, jetèrent le corps dans un camion, roulèrent jusqu'à Moscou, déchargèrent le corps dans votre vestibule, remontèrent dans leur camion et repartirent. C'est une histoire vraie. Ici, l'émotion fut incroyable. Des officiers du KGB faisaient cercle autour du corps. A 3 heures du matin, ils appelèrent un attaché de l'ambassade américaine. Le pauvre diable croyait qu'il allait avoir une conversation en privé avec Gromyko, et voilà qu'il se retrouve avec ce cadavre. Il ne voulait pas le toucher : pas sans les formulaires appropriés. Mais personne n'arrivait à les trouver. Quelqu'un suggéra qu'ils n'existaient pas, et cela déclencha une panique. Personne ne voulait de cet Américain. Peut-être qu'on devrait simplement le perdre, proposa quelqu'un d'autre. Le ramener au village, l'enterrer dans le parc Gorki, lui donner un travail au ministère. En fin de compte, ils m'appelèrent, moi et le médecin légiste chef. Il apparut que nous avions le bon formulaire et nous jetâmes le touriste américain dans le coffre de la voiture de l'attaché. C'est la dernière fois que j'ai mis les pieds dans ce bâtiment. »

Ievguéni Mendel, qui se trouvait avec Osborne à l'établissement de bains et qui figurait si souvent dans les enregistrements d'Osborne, ne savait rien de James Kirwill ni des cadavres du parc Gorki, Arkadi en était certain. Durant ce récit, aucune angoisse particulière, aucun signe de reconnaissance n'étaient apparus sur le visage mou de Mendel.

« Quel était le formulaire correct pour un touriste américain ? interrogea Mendel.

— En fin de compte, ils se sont contentés d'un certificat de décès. »

Toutefois, Ievguéni Mendel était troublé. Il savait maintenant qu'Arkadi était un policier, et, alors qu'il ne se serait pas soucié d'un inspecteur sorti du rang, il savait que celui-ci venait de ce cercle magique des enfants de Moscou de « Haut Rang », un groupe formé à partir des mêmes écoles spéciales et des relations mutuelles, et il savait que quelqu'un appartenant à ce cercle devrait être plus qu'un inspecteur principal. Mendel, le fou de ce cercle, avait un costume anglais, un stylo en argent à côté de l'insigne du Parti épinglé à son revers, un grand bureau donnant sur la place Smolenskaïa avec trois téléphones et une zibeline en cuivre, emblème de la Soyouzpouchinna, l'agence d'exportation de fourrure, accrochée au mur. D'une façon ou d'une autre, cet inspecteur principal avait *déchu* et les implications sociales que cela entraînait firent perler des gouttes de sueur sur le menton de Mendel, comme des gouttes d'eau sur le bon beurre.

Arkadi mit à profit cette réaction. Il fit allusion à la grande amitié qui existait entre leurs pères, fit l'éloge du remarquable travail accompli par le père de Ievguéni Mendel derrière les lignes pendant la guerre, et laissa entendre que la vieille brute était un lâche. « Mais, protesta Ievguéni, il a été décoré pour bravoure. Je peux vous montrer les papiers, je vous les enverrai. Il a été attaqué à Leningrad ! Il était avec l'Américain que vous avez rencontré l'autre jour, quelle coïncidence ! Ils ont tous les deux été attaqués par tout un peloton d'Allemands. Mon père et Osborne ont tué trois fascistes et ont chassé le reste.

— Osborne ? Un fourreur américain au siège de Leningrad ?

— Il est fourreur aujourd'hui. Il achète des fourrures russes et les importe en Amérique. Il en achète une ici pour quatre cents dollars et la revend là-bas pour six cents. C'est le capitaliste : il faut l'admirer. C'est un ami de l'Union soviétique, cela a été prouvé. Est-ce que je peux parler à titre officieux ?

— Absolument », dit Arkadi d'un ton encourageant.

Ievguéni n'était pas méchant ; il était nerveux. Il aurait voulu voir l'inspecteur s'en aller, mais pas avant de s'être fait une haute opinion de lui. « Le marché américain de la fourrure est aux mains des intérêts du sionisme international, murmura-t-il.

— Vous voulez dire des juifs, dit Arkadi.

— Les juifs internationaux. J'ai le regret de dire que pendant longtemps il y a eu à la Soyouzpouchinna un élément proche de ces intérêts. Mon père espérait faire échec à cette relation en réservant pour certains non-sionistes des prix particulièrement compétitifs. Je ne sais comment les sionistes en ont eu vent, mais ils ont inondé de leur argent le palais de la Fourrure et se sont emparés de toute la récolte de zibelines.

— Osborne était un des non-sionistes ?

— Bien sûr. C'était il y a environ dix ans. »

De la fenêtre de Mendel, la glace du fleuve montrait des fractures sombres. Arkadi alluma une cigarette et laissa tomber l'allumette dans une corbeille à papier.

« Comment Osborne s'est-il montré un ami de l'Union soviétique autrement que lorsqu'il combattait héroïquement avec votre père à Leningrad ?

— Je ne devrais pas vous raconter ça.

— Mais si.

— Eh bien… fit Mendel en suivant Arkadi avec un cendrier, il y a environ deux ans, il existait un accord entre la Soyouzpouchinna et les éleveurs de fourrure américains. C'est comme ça qu'on dit : les éleveurs. Comme dans les westerns. C'était un accord portant sur les plus beaux animaux à fourrure : deux visons américains contre deux zibelines russes. Des visons superbes… ils continuent à se reproduire dans une de nos fermes collectives. Les zibelines étaient plus belles ; rien ne peut se comparer avec la zibeline russe. Toutefois, elles avaient un défaut mineur.

— Dites-moi.

— Elles étaient châtrées. Que voulez-vous, c'est illégal d'exporter des zibelines fertiles d'Union soviétique. Ils n'auraient pas dû s'attendre à nous voir enfreindre nos propres lois. Les éleveurs américains étaient furieux. En fait, ils ont même conçu un plan pour infiltrer un homme en Russie, voler des zibelines dans un élevage collectiviste et les faire sortir en fraude. Il a fallu un véritable ami pour nous renseigner sur les projets de ses compatriotes.

— Osborne.

— Osborne. Nous avons montré notre gratitude en expliquant aux sionistes que désormais une part équitable du marché russe de la zibeline allait à Osborne. Pour services rendus. »

— *L'avion a du retard.*

— *Il a du retard ?*

— *Tout va bien. Vous vous faites trop de souci.*

— *Vous ne vous en faites jamais ?*

— *Détendez-vous, Hans.*

— *Je n'aime pas ça.*

— *C'est un peu tard pour aimer ou ne pas aimer.*

— *Tout le monde connaît ces nouveaux Tupolev.*

— *Un accident ? Vous croyez qu'il n'y a que les Allemands qui soient capables de construire quelque chose. — Même un retard. Quand vous arrivez à Leningrad...*

— *Je suis déjà allé à Leningrad. J'y suis allé avec les Allemands. Tout ira bien.*

Arkadi regarda une nouvelle fois la date de l'enregistrement : 2 février. Osborne parlait à Unmann le jour où lui-même quittait Moscou pour Helsinki. Arkadi se rappelait l'itinéraire d'Unmann ; l'Allemand s'était rendu à Leningrad le même jour, apparemment pas par le même avion.

— *Je suis déjà allé à Leningrad. J'y suis allé avec les Allemands. Tout ira bien.* »

Comment Osborne avait-il tué les trois Allemands à Leningrad ? se demanda Arkadi.

En écoutant les nouveaux enregistrements d'Osborne, Arkadi reconnut la voix de Ievguéni Mendel.

— *John, vous serez l'invité du ministre pour* Le Lac des Cygnes *le soir du 1er mai, d'accord ? Vous savez que c'est très traditionnel, très spécial. Il est important d'être là-bas.*

Nous vous ferons conduire tout de suite après en voiture à l'aéroport.

— Je serai très honoré. Dites-moi comment ce sera.

On passait de l'hiver au printemps. L'hiver, Osborne divertissait malicieusement ; au printemps, Osborne était un aimable raseur, un homme d'affaires assommant. Arkadi entendit les toasts monotones, indéfiniment répétés, une conversation sans fin se prolonger dans un ennui de plus en plus profond. Pourtant, après des heures d'écoute, il sentait dans les enregistrements une certaine vigilance. Osborne se cachait parmi les mots sans fin comme un homme au milieu des arbres.

Arkadi pensait à Pacha.

« Un paysan se rend à Paris » — c'était une plaisanterie que lui avait racontée Pacha pendant qu'ils roulaient à la recherche de Golodkine — « et quand il revient, tous ses amis se rassemblent pour lui souhaiter bon retour. “Boris, disent-ils, raconte-nous ton voyage.” Boris secoue la tête et dit : “Oh ! le Louvre, les peintures, putain de ta mère. — Et la Tour Eiffel ?” demande quelqu'un. Boris tend la main aussi haut qu'il peut et dit : “Putain de ta mère. — Et Notre-Dame ?” demande un autre. Boris éclate en sanglots en se rappelant une pareille beauté et dit : “Putain de ta mère ! — Ah ! Boris, soupirent-ils tous, quels merveilleux souvenirs que tu as. »

Arkadi se demandait comment Pacha décrirait le paradis.

La place de la Révolution était autrefois la place de la Résurrection. L'hôtel Métropole était le Grand Hôtel.

Arkadi alluma les lumières. Le couvre-lit et les rideaux étaient de la même mousseline rouge usée jusqu'à la corde. Un tapis persan avait des motifs que l'usure avait rendus indéchiffrables. La table, la commode et la penderie étaient marquées d'entailles et de brûlures de cigarettes.

« C'est autorisé ? demanda la femme d'étage, inquiète.

— C'est autorisé », dit Arkadi en refermant la porte sur elle pour se retrouver seul dans la chambre du touriste William Kirwill. Il regarda la place en bas, les cars de l'Intourist garés à la file depuis le musée Lénine jusqu'à l'entrée de l'hôtel et les touristes qui s'embarquaient en hordes réparties par langues pour les soirées de ballets et d'opéras. D'après l'Intourist, Kirwill était inscrit pour une soirée de Cuisine-régionale-et-théâtre. Arkadi passa dans la salle de bains. Toute neuve, nette ; l'hygiène était l'unique exigence du voyageur occidental. Arkadi emporta les serviettes de bain dans la chambre où il les enroula autour du téléphone et recouvrit le tout de coussins.

Dans la commode de William Kirwill il trouva du linge américain ; des chaussettes, des chandails et des chemises, mais aucun des vêtements russes décrits par Golodkine.

Il n'y avait pas de vêtements cachés sous le lit. Dans la penderie se trouvait une valise fermée à clé en aluminium et vinyl. Arkadi la porta jusqu'au lit et essaya de forcer la serrure avec son canif. Impossible. Il posa la valise sur le sol et donna des coups de pied dans la serrure tout en s'affairant avec son couteau. Elle céda à moitié. Il enfonça la lame de l'autre côté, qu'il réussit à faire sauter, reposa la valise sur le lit et en examina le contenu. Il y avait quatre petits livres — *Récits d'Histoire de l'Art russe, Guide du Touriste en Russie, Guide de la Galerie Tretyakov* et *Le Guide Nagel de Moscou et de ses environs* — maintenus ensemble par un gros élastique. Il y avait aussi, toute seule, une immense édition de *L'Union soviétique* de Schulthess. Deux cartouches de cigarettes Camel. Un appareil photo Minolta 35 mm monté sur une poignée ; il y avait aussi un téléobjectif de 250, des filtres et dix rouleaux de pellicule intacts. Des chèques de voyage d'un montant total de mille huit cents dollars. Trois rouleaux de papier hygiénique. Un tube métallique fermé à une extrémité par un bouchon fileté et comprenant de l'autre côté un piston qui faisait sortir un couteau d'artiste à la lame affûtée comme un rasoir. Des chaussettes sales roulées en boule. Une petite boîte soigneusement fermée avec de gros élastiques : dans la boîte, un stylo en or avec le porte-mine assorti. Un bloc de papier quadrillé. Un sac en plastique contenant un ouvre-boîte, un ouvre-bouteille, un tire-bouchon et une mince barre de métal plate recourbée à une extrémité et dont l'autre était à angle droit avec une vis qui maintenait cet appendice en place. Un carnet de bons de repas de l'Intourist. Pas de vêtements russes.

Arkadi examina les costumes accrochés dans la penderie. Rien que des vêtements américains. Il regarda derrière et sous tous les meubles. Il revint enfin à la valise cassée. Si l'Américain était si fou de produits russes, il pourrait aller s'en acheter une neuve, un bel article en carton. Arkadi fit sauter l'élastique qui entourait les guides et les feuilleta. Il prit l'album de photos de Schulthess, un objet bien encombrant pour un voyageur avec peu de bagages. Au milieu, entre une photographie s'étalant sur deux pages d'un festival équestre à Alma Ata, se trouvait une feuille de papier quadrillé avec un plan au soixantième. Dessinés avec précision, on voyait des arbres, des sentiers, le bord d'une rivière, une clairière et, au milieu de la clairière, trois tombes. Sauf que l'échelle était ici en pieds et non pas en mètres, c'était une réplique presque exacte du croquis pris par les miliciens de la clairière du parc Gorki. Entre les deux pages suivantes de l'album, il découvrit un dessin du parc tout entier à l'échelle de trois-centièmes. Il trouva aussi le calque de la radiographie d'une jambe droite ; une ombre marquait une fracture compliquée du tibia, la même fracture que celle observée sur le troisième corps du parc. Une fiche dentaire et un calque de radiographie dentaire montraient un travail sur la racine de l'incisive supérieure droite, mais pas de molaire en acier.

Arkadi examina d'un œil différent le reste du contenu de la valise. Le tube métallique qui renfermait le couteau de l'artiste était curieux ; qu'est-ce qu'un homme d'affaires comptait donc couper à Moscou ? Il dévissa le bouchon du tube et avec le piston de l'autre extrémité, fit sortir le couteau qui semblait n'avoir jamais été utilisé. Il émanait du tube une odeur à peine perceptible : une odeur de poudre. En regardant par le trou, il parvint à distinguer la pointe aiguë de l'intérieur du piston. Le tube était le canon d'un pistolet. A Moscou, il n'était pas facile de trouver des pistolets et l'on confectionnait les armes les plus invraisemblables. Une bande fabriquait des fusils avec des tuyaux d'échappement. Maintenant qu'il savait ce qu'il cherchait, l'inspecteur était dans son élément ; il était furieux de ne pas avoir tout vu d'un seul coup. Pour quelqu'un d'apparemment si passionné de photographie, ce touriste ne prenait aucune photo. Arkadi dévissa la poignée de l'appareil photographique. Il y avait un canal le long de la partie supérieure de la poignée dans laquelle le tube s'insérait parfaitement. Il ne dépassait que deux ou trois centimètres du canon à l'avant et le piston à l'arrière. Sur le côté gauche de la poignée, il y avait un trou de vis. Arkadi resta perplexe un moment. Puis il ouvrit le sac en plastique, en fit tomber ouvre-boîte et tire-bouchon et prit la barre métallique de forme bizarre qu'il avait remarquée auparavant. La partie principale avait dix centimètres de long, la partie recourbée à une extrémité environ trois centimètres et l'angle droit à l'autre bout, environ quatre centimètres. Avec l'ongle du pouce, il tourna la vis dans le trou de la poignée, en laissant assez de jeu pour que la barre pût bouger. La partie recourbée était une détente et l'angle droit à l'autre extrémité reposait solidement sur le piston du canon, l'empêchant de glisser en avant. Il pressa la détente ; l'angle droit s'éleva et le piston se trouva libéré. Il remit le tout en place et fit faire deux tours à un des gros élastiques entre l'avant de la poignée et l'arrière du piston. Et les munitions ? Dans les aéroports américains on passait les bagages aux rayons X ; comment dissimuler des balles ? Arkadi ouvrit l'écrin contenant le stylo et le porte-mine. C'était un ensemble en or de quatorze carats, qui ne laissait pas passer les rayons X. Il ôta les capuchons : il y avait deux balles de 22 dans le capuchon du porte-mine et une dans le capuchon du stylo. En utilisant le long manche du couteau d'artiste, il introduisit une balle dans le canon jusqu'à ce qu'elle fût bloquée à l'endroit où l'aiguille du piston jaillirait en avant. Trop bruyant ; c'était à peine s'il avait entendu une détonation lorsqu'on lui avait tiré dessus sous le pont du tram. Il devait y avoir un silencieux quelque part. Caché dans un paquet de pellicules ? Trop court. Il ouvrit le paquet de papier hygiénique américain. A l'intérieur du troisième rouleau, au lieu d'un cylindre en carton, il y en avait un en plastique noir, percé de trous d'aération, avec un filetage à une extrémité.

Tout cela faisait une arme à feu grossière, ne pouvant tirer qu'un coup, imprécise au-delà de cinq mètres. Mais de plus près, suffisante. Arkadi était en train de visser le silencieux sur le canon quand la porte s'ouvrit. Il braqua l'arme sur William Kirwill.

Kirwill referma doucement la porte avec son dos. Il regarda la valise forcée, le téléphone étouffé sous les coussins, le pistolet. C'étaient les yeux bleus au regard rapide qui le trahissaient : sans cela, il avait l'air de n'importe quelle brute : un visage rubicond aux traits petits et nets, un corps de taureau encore musclé à près de cinquante ans, des jambes et des bras puissants. A la première impression un soldat, à la seconde un officier. Arkadi savait que c'était l'homme qui l'avait boxé dans le parc Gorki. Kirwill le regardait, las mais en alerte, son imperméable ouvert sur une chemise de sport rose.

« Je suis rentré de bonne heure, fit Kirwill en anglais. Il s'est remis à pleuvoir, au cas où vous n'auriez pas remarqué. »

Il ôta un chapeau à bord court pour en secouer la pluie.

« Non, fit Arkadi en russe. Jetez le chapeau ici. »

Kirwill haussa les épaules. Le chapeau atterrit aux pieds d'Arkadi. D'une main il en palpa la bande de cuir intérieur.

« Otez votre manteau et laissez-le tomber par terre, reprit Arkadi. Retournez vos poches. »

Kirwill obéit, laissant son imperméable choir sur le sol, puis vidant ses poches de pantalon, déversant sur le manteau la clé de sa chambre, de la monnaie et son portefeuille.

« Poussez ça vers moi avec votre pied, fit Arkadi. Doucement.

— On est tout seul, hein ? » fit Kirwill. Il avait dit cela en russe, sans aucun mal, tout en poussant l'imperméable sur le plancher. A cinq mètres, le pistolet était encore efficace ; Arkadi avait l'impression qu'un mètre était la bonne portée pour Kirwill. Il fit reculer Kirwill d'un geste à quelque distance et tira lui-même l'imperméable. Kirwill avait ses manches retroussées sur ses épais poignets couverts de taches de rousseur et de poils roux qui blanchissaient.

« Ne bougez pas, ordonna Arkadi.

— C'est ma chambre, pourquoi voulez-vous que je bouge ? »

Le passeport et le visa de Kirwill étaient dans l'imperméable. Dans le portefeuille, Arkadi trouva trois cartes de crédit en plastique, un permis de conduire de New York, la carte grise d'une voiture, un papier avec les numéros de téléphone de l'ambassade américaine et de deux agences de presse américaines. Il y avait aussi huit cents roubles en liquide, beaucoup d'argent.

« Où est votre carte de visite professionnelle ? demanda Arkadi.

— Je voyage pour le plaisir. C'est formidable.

— Tournez-vous contre le mur. Levez les mains et écartez les jambes », dit Arkadi.

Kirwill obéit très lentement et Arkadi le poussa parderrière pour lui faire faire un angle par rapport au mur, puis palpa sa chemise et son pantalon. L'homme était bâti comme un grizzly.

Arkadi recula. « Tournez-vous et ôtez vos chaussures. »

Kirwill enleva ses chaussures, sans quitter des yeux Arkadi ni le pistolet.

« Il faut que je vous les remette ou que je les poste ? » demanda Kirwill.

Incroyable, se dit Arkadi. L'homme était véritablement prêt à attaquer une fois de plus un inspecteur soviétique dans une chambre du Métropole.

« Asseyez-vous », fit Arkadi en désignant une chaise auprès de la penderie.

Il voyait que Kirwill calculait les chances d'une attaque surprise. Les inspecteurs étaient armés et devaient s'exercer au tir à la cible ; Arkadi n'avait jamais son pistolet et n'avait pas tiré depuis l'armée. Devait-il viser la tête ou le cœur ? Une balle de 22 n'importe où ailleurs ne ralentirait même pas un homme comme Kirwill. Kirwill finit par s'asseoir. Arkadi s'agenouilla et examina les chaussures, sans rien trouver. Kirwill s'agita sur son siège, ses épaules de poids lourd penchées en avant.

« Simple curiosité, dit-il, en voyant le canon du pistolet se braquer sur lui. Je suis un touriste et les touristes sont censés être curieux. »

Arkadi jeta les chaussures à Kirwill.

« Remettez-les et nouez les lacets ensemble. »

Quand Kirwill eut terminé, Arkadi s'approcha et donna un coup de pied dans la chaise, la faisant basculer avec l'homme contre le mur. Pour la première fois depuis que Kirwill avait pénétré dans la pièce, Arkadi se sentait raisonnablement en sûreté.

« Et maintenant ? demanda Kirwill. Vous allez entasser les meubles sur moi pour me faire tenir en place ?

— Si besoin est.

— Ma foi, vous pourriez en avoir besoin. « Kirwill affectait d'être à l'aise, affichait une insolence qu'Arkadi avait déjà vue chez d'autres hommes puissants, une vanité à croire que leur force n'avait pas de limites. Toutefois, la haine dans ce regard bleu, Arkadi ne la comprenait pas.

« Monsieur Kirwill, vous êtes coupable d'avoir violé l'article 15, introduction en contrebande d'une arme en Union soviétique, et l'article 218, fabrication d'une arme dangereuse.

— C'est vous qui l'avez fabriquée, pas moi.

— Vous avez circulé dans Moscou habillé comme un Russe. Vous avez parlé à un nommé Golodkine. Pourquoi ?

— C'est vous qui allez me le dire.

— Parce que James Kirwill est mort, dit Arkadi pour secouer Kirwill.

— Vous devriez le savoir, Renko, répondit Kirwill. C'est vous qui l'avez tué.

— Moi ?

— Ça n'est pas vous le type que j'ai boxé dans le parc l'autre nuit ? Vous êtes du bureau du procureur, n'est-ce pas ? Vous n'avez pas envoyé un homme pour nous suivre, Golodkine et moi, quand je suis retourné dans le parc ? Un petit type à lunettes. Je l'ai suivi depuis le parc jusqu'à un bureau du KGB. Qu'est-ce que ça change si ça n'est pas le même bureau, hein ? dit Kirwill en penchant la tête de côté.

— Comment savez-vous mon nom ? demanda Arkadi.

— J'ai parlé à l'ambassade. J'ai parlé à des correspondants. J'ai relu tous les vieux numéros de la *Pravda*. J'ai parlé à des gens dans la rue. J'ai surveillé votre morgue. J'ai surveillé le bureau du procureur. Quand j'ai découvert votre nom, j'ai surveillé votre appartement. Je ne vous ai pas vu, mais j'ai vu votre femme et son petit ami tout déménager. J'étais devant votre bureau dans la rue quand vous avez laissé Golodkine partir. »

Arkadi n'en croyait pas ses oreilles. Ce dément n'avait pas pu le surveiller, suivre Fet jusqu'au bureau de Pribluda, et voir Zoya. Quand Pacha et lui faisaient la queue pour prendre une bière au kiosque du coin, est-ce que Kirwill était dans la file derrière eux ?

« Pourquoi avez-vous choisi cette époque pour venir à Moscou ?

— Il fallait que je vienne à un moment ou à un autre. Le printemps est une bonne époque, c'est le moment où les corps remontent du fond du fleuve. C'est une bonne époque pour les corps.

— Et vous croyez que c'est moi qui ai tué James Kirwill ?

— Peut-être pas vous personnellement, mais vous et vos amis. Est-ce important de savoir qui a pressé la détente ?

— Comment savez-vous qu'il a été tué par balle ?

— Dans la clairière du parc, la profondeur des fouilles. Vous cherchiez des balles, n'est-ce pas ? D'ailleurs, on ne poignarde pas trois personnes. Je regrette de ne pas avoir su que c'était vous dans le parc, Renko. Je vous aurais tué. »

Kirwill parlait avec regret et un certain amusement pour cette occasion manquée. Son russe était sans accent, mais gardait pourtant des intonations résolument américaines. Il croisa les bras comme s'il les rangeait. Un homme intelligent et d'une taille au-dessus de la normale exprime une certaine force de gravité, il représente une menace physique, surtout dans une petite pièce. Arkadi s'assit sur une table de nuit contre le mur opposé. Comment avait-il pu ne pas remarquer quelqu'un comme Kirwill ?

« Vous êtes venu à Moscou poser des questions dans la communauté étrangère à propos d'un meurtre, reprit Arkadi. Vous avez des calques, des radiographies et des fiches dentaires. Vous deviez vouloir aider l'enquête.

— Si vous étiez un véritable enquêteur.

— D'après nos archives, James Kirwill a quitté l'Union soviétique l'année dernière, il n'y a pas trace de son retour. Pourquoi pensiez-vous qu'il était ici et pourquoi croyez-vous qu'il est mort ?

— Mais vous n'êtes pas un véritable enquêteur. Vous autres, inspecteurs, vous passez autant de temps avec le KGB qu'eux avec vous. » Impossible d'expliquer Fet à un Américain, et Arkadi n'essaya même pas. « Quel degré de parenté y a-t-il entre vous et James Kirwill ?

— Vous allez me le dire.

— Monsieur Kirwill, je travaille sous la direction du procureur de la ville de Moscou et de personne d'autre. J'enquête sur le meurtre de trois personnes au parc Gorki. Vous savez tout depuis New York et possédez des renseignements susceptibles de nous aider. Donnez-les-moi.

— Non.

— Vous n'êtes pas en mesure de dire non. On vous a vu habillé en Russe. Vous avez introduit clandestinement une arme à feu, vous avez déjà tiré sur moi. Vous gardez par-devers vous des renseignements et cela aussi est un crime.

— Renko, vous avez trouvé des vêtements russes ici ? D'ailleurs est-ce un crime de s'habiller comme vous ? Quant au pistolet, ou à l'instrument que vous braquez sur moi, je ne l'ai jamais vu. Vous avez forcé ma valise, je ne sais pas ce que vous avez fourré dedans. Et de quels renseignements parlez-vous ? »

Arkadi se trouva un moment paralysé par un mépris aussi global de la loi.

« Vos déclarations à propos de James Kirwill... reprit-il.

— Quelles déclarations ? Le micro est dans le téléphone et c'est vous qui vous êtes chargé de ça. Vous auriez dû amener quelques amis, Renko. Comme enquêteur, vous n'êtes pas très brillant.

— Il y a vos croquis de la scène du meurtre au parc Gorki, les radiographies et la fiche dentaire que vous avez apportées qui établissent un lien entre vous et James Kirwill, si celui-ci était une des victimes.

— Les calques et la fiche sont faits avec un crayon russe sur du papier quadrillé russe, lui répondit Kirwill. Il n'y a pas de radiographie, seulement des calques. Ce à quoi vous devriez penser en ce moment, Renko, c'est ce que va dire l'ambassade américaine à propos d'un flic russe qui agresse d'innocents touristes américains lorsqu'il est surpris, dit Kirwill en jetant un coup d'œil à la valise ouverte, apparemment en flagrant délit de cambriolage. Vous ne comptiez rien emporter, n'est-ce pas ?

— Monsieur Kirwill, si vous signalez quoi que ce soit à votre ambassade, ils vous renverront chez vous par le prochain avion. Vous n'êtes pas venu ici pour rentrer tout de suite, n'est-ce pas ? Vous n'avez pas envie non plus de passer quinze ans dans un centre de réhabilitation soviétique ?

— Je peux le supporter.

— Monsieur Kirwill, comment se fait-il que vous parliez si bien russe ? Où ai-je déjà entendu votre nom, avant qu'on ait mentionné devant moi votre existence et celle de ce James Kirwill ? Il me semble maintenant que le nom est familier.

— Au revoir, Renko, retournez auprès de vos amis de la police secrète.

— Parlez-moi de James Kirwill.

— Sortez. »

Arkadi renonça. En sortant il reposa sur la table de nuit le passeport de Kirwill, son portefeuille, les cartes de crédit. « Ne vous en faites pas, dit Kirwill, je ferai le ménage derrière vous. »

Le portefeuille était lourd dans la main et raide même sans les cartes de crédit. Il y avait une coupure sur un bord. Kirwill se balançait sur ses pieds. Arkadi tenait toujours le pistolet. Un espion ? songea Arkadi. Quelque chose d'aussi ridicule qu'un message secret cousu dans un portefeuille et un héroïque coup de filet permettant de ramasser des traîtres et des agents étrangers avec un inspecteur qui paradait au milieu ? Il fit sauter la couture, sans quitter Kirwill des yeux. Du portefeuille il tira un écusson en métal doré sur lequel étaient gravés en bleu les personnages d'un Indien et d'un pèlerin. Au-dessus de l'écusson on lisait : « Ville de New York » et en dessous : « Lieutenant ».

« Policier ?

— Inspecteur, corrigea Kirwill.

— Alors vous devez nous aider, dit Arkadi comme si c'était la chose la plus naturelle du monde, puisque ce l'était pour lui. Vous avez vu Golodkine quitter mon bureau avec un inspecteur, un de mes amis, Pacha Pavlovitch. (Un nom comme ça ne dirait rien à un Américain, se dit Arkadi.) Bref, un détective avec qui j'ai travaillé très souvent, un très brave homme. Une heure plus tard, dans l'appartement de Golodkine, celui-ci et l'inspecteur ont été tués par quelqu'un d'autre. Je me fous de Golodkine. Tout ce que je veux, c'est trouver l'homme qui a tué l'inspecteur. Les choses ne peuvent pas être tellement différentes en Amérique. Puisque vous êtes inspecteur, vous comprenez ce que c'est quand un ami…

— Renko, allez vous faire foutre. »

Arkadi ne se rendit pas compte qu'il levait le pistolet

improvisé. Il se trouva braquer le canon sur un point situé entre les yeux de Kirwill et pressant la détente, si bien que le double élastique et le piston commencèrent à glisser doucement. Au dernier instant, il détourna son arme. Le placard trembla et un trou de deux centimètres apparut dans la porte à côté de l'oreille de Kirwill. Arkadi était stupéfait. Jamais de sa vie il n'avait été aussi près de tuer quelqu'un, et quand on songeait à la précision de l'arme, il aurait tout aussi bien pu le tuer que le manquer. La surprise dessina un masque blanc là où le visage de Kirwill avait pâli, autour des yeux.

« Foutez le camp pendant que vous le pouvez encore », lança Kirwill.

Arkadi laissa tomber le pistolet. Sans hâte il prit dans la valise ouverte le calque de la radiographie et la fiche dentaire. Il garda l'insigne et jeta le portefeuille sur le lit.

« J'ai besoin de mon écusson, fit Kirwill en se levant.

— Pas ici, fit Arkadi en franchissant la porte. Ici, c'est ma ville », murmura-t-il.

Il n'y avait personne de service de nuit au labo. Arkadi compara lui-même les calques et la fiche dentaire avec les documents de Levine, tout en sachant fort bien que pendant ce temps William Kirwill se débarrassait sans doute de son pistolet — une poignée ici, un canon là — aux quatre coins de la ville. Le temps qu'il arrive à son bureau de la Novokouznetskaïa et qu'il écrive un rapport pour Iamskoï, il savait que Kirwill aurait probablement cherché asile à l'ambassade américaine. Parfait ; c'était une preuve de plus pour le procureur parce que c'était maintenant une certitude que James Kirwill était le troisième corps du parc Gorki. Arkadi laissa le rapport sur le bureau de l'adjoint de Iamskoï pour que celui-ci le trouve le lendemain matin.

Un brillant projecteur était installé au milieu de la pièce. Non, il se déplaçait. On entendait un bruit de pierres qui roulaient. Arkadi arrêta sa voiture et de la berge regarda la lente progression d'un brise-glace, poussant devant lui une crête de fragments, traînant derrière lui des bancs de glace qui dansaient dans son sillage. L'eau, libérée, se tordait en lourdes tresses noires. Arkadi roula le long du fleuve jusqu'à ce qu'il ait terminé un paquet de cigarettes. Il était secoué par la rencontre qu'il avait eue au Métropole. Il n'avait pas abattu William Kirwill, mais il en avait eu envie et il s'était trouvé à deux doigts de le faire. Il était secoué parce qu'au fond, il avait estimé que ça n'avait pas d'importance ni dans un sens ni dans l'autre. Et il soupçonnait qu'il en allait de même pour Kirwill.

En passant le long du parc Gorki, il remarqua les lumières allumées dans l'atelier d'Andreiev, au-dessus de l'Institut ethnologique. Bien qu'il fût minuit, l'anthropologue accueillit Arkadi à bras ouverts. « Je fais ce travail pour vous en dehors de mes heures habituelles, ce n'est donc que justice que vous me teniez compagnie. Venez, il y a de quoi dîner pour deux », fit Andreiev en entraînant Arkadi devant une table où des crânes de Cro-Magnon avaient cédé la place à des assiettes. Des bettes, des oignons, du saucisson, du pain. « Je suis désolé, pas de vodka. L'expérience m'a montré que les nains s'enivrent très vite et je ne connais personnellement rien de plus grotesque qu'un nain ivre. »

Andreiev était de si bonne humeur qu'Arkadi hésitait à lui dire qu'en ce qui le concernait, l'enquête était pratiquement terminée.

« Ah ! mais si vous voulez la voir, fit Andreiev se méprenant sur l'hésitation d'Arkadi. C'est pour ça que vous êtes passé.

— Vous avez fini ?

— Pas encore. Mais vous pouvez regarder. » Il souleva un linge de son tour de potier pour montrer ses progrès.

La reconstitution du visage de la fille du parc Gorki en était à ce stade intermédiaire qui aurait pu être une reconstruction de ses traits par un sculpteur ou une dissection pratiquée par un anatomiste. Tous les muscles de son cou étaient en place, formant une gracieuse colonne rose à laquelle il ne manquait que la peau. Un épanouissement de muscles roses partait du creux du nez pour entourer la ligne des gencives des dents nues. Des muscles temporaux plats s'étalaient par-dessus ses pommettes et ses tempes. Des muscles adoucissaient les angles de sa mâchoire. Dans l'ensemble, l'entrelacement de bandes et de taches de plastique rose tout à la fois atténuaient la rigidité du crâne et lui donnaient le côté macabre d'un masque mortuaire. Elle les dévisageait de ses deux yeux de verre marron.

« Comme vous pouvez le voir, j'ai déjà terminé les grands masséters de la mâchoire et les muscles du cou. La position de ses vertèbres cervicales révèle quel était son port de tête, ce qui est également un indice psychologique. Elle tenait sa tête haute. J'ai vu tout de suite, aux attaches plus fortes des muscles sur le côté droit des vertèbres, qu'elle était droitière. Certaines choses sont très simples. Les muscles d'une femme sont plus petits que ceux d'un homme. Son crâne est plus léger, elle a des orbites plus grandes et une ossature moins accentuée. Mais chaque muscle doit être sculpté individuellement. Regardez sa bouche. Voyez comme les dents sont uniformes avec une projection médiane, typique à l'homo sapiens, à l'exception de quelques primitifs, aborigènes ou Indiens d'Amérique. L'essentiel est que dans ce cas la lèvre supérieure est généralement dominante. A vrai dire, la bouche est une des parties les plus faciles à reconstituer. Attendez de voir, elle a une bouche ravissante. Le nez est plus difficile, il faut procéder à une triangulation à partir du profil horizontal du visage et des contours des ouvertures nasales et des orbites. »

Les yeux de verre, fixés dans le plastique, semblaient exorbités.

« Comment savez-vous quelle taille d'yeux insérer ? demanda Arkadi.

— Tous les gens ont les yeux d'à peu près la même taille. Vous êtes déçu. Les “fenêtres de l'âme” et tout le tremblement ? Où serait le romanesque sans les yeux ? En fait, quand nous parlons de la forme des yeux d'une femme, nous décrivons la forme de ses paupières. “Elle voilait délibérément la lumière de ses yeux mais, malgré elle, elle brillait dans son sourire à peine perceptible.” *Anna Karénine.*

— Un lettré ! Je m’en étais toujours douté. Mais ce sont les paupières, rien que les paupières et les attaches des muscles. »

Andreiev se jucha sur un tabouret et se coupa un morceau de pain. « Vous aimez le cirque, inspecteur ?

— Pas spécialement.

— Tout le monde aime le cirque. Pourquoi pas vous ?

— Il y a des numéros que j’aime assez : les Cosaques et les clowns.

— Ce sont les ours qui ne vous plaisent pas ?

— Un peu. Mais la dernière fois que j’y suis allé, j’ai vu un numéro de singes dressés. Il y avait une fille habillée d’un costume à paillettes — elle était trop grosse ou la robe était trop petite pour elle et elle appelait les singes un par un et ils arrivaient en faisant des culbutes ou des sauts périlleux. Pendant tout le numéro, les singes regardaient par-dessus leurs épaules une grande brute, un type habillé en matelot, qui faisait claquer un fouet derrière eux. C’était dément. Cette brute, pas rasée, vêtue d’une espèce de costume de matelot, rossait les singes à chaque fois qu’ils manquaient un tour. Et puis la grosse fille s’avança, fit une révérence, et tout le monde applaudit.

— Vous exagérez.

— Pas du tout, fit Arkadi. C’était un exemple de cruauté envers les singes.

— Vous n’étiez pas censé remarquer l’homme au fouet. C’est pour ça qu’il était en tenue de matelot, fit Andreiev en souriant. D’ailleurs, mon cher Renko, quel peut être votre inconfort dans un cirque, comparé au mien ? Je suis à peine installé à ma place que les enfants se mettent à ramper par-dessus leurs parents pour aller jusqu’à moi. Pour eux, un nain doit faire partie du spectacle. Il faut que je vous dise que, même dans les meilleures circonstances, je n’apprécie pas la compagnie des enfants.

— Alors vous devez détester le cirque.

— Je l’adore. Des nains, des géants, de gros hommes,

des gens avec des cheveux bleus et des nez rouges ou des cheveux verts et des nez violets. Vous ne savez pas quel soulagement c'est d'échapper à la normalité. Je regrette de ne pas avoir un peu de vodka ici. En tout cas, inspecteur, c'est là où je vais vous être utile. Le précédent directeur de cet institut était un brave homme, rond et jovial et très normal. Comme tous les artistes normaux, ses reconstitutions tendaient à lui ressembler. Pas au début, mais au fur et à mesure qu'il travaillait, cela s'accentuait. Chaque visage qu'il modelait était un peu plus rond, un peu plus jovial. Il y avait ici tout un placard d'hommes des cavernes et de victimes de meurtres, et on n'avait jamais vu une bande de gens à l'air plus heureux et mieux nourris. Quelqu'un de normal se voit toujours chez autrui, vous savez. Toujours. Ah ! j'ai le regard plus lucide, fit Andreiev avec un clin d'œil. Fiez-vous aux yeux d'un monstre. »

Comme il dormait, le téléphone sonna. C'était l'inspecteur Yakoutski, qui demanda d'abord quelle heure il était à Moscou.

« Tard », marmonna Arkadi. Les conversations entre Moscou et la Sibérie, lui semblait-il, commençaient toujours par cette fixation rituelle de la différence d'heure.

« Je suis du service du matin, ici, dit Yakoutski. J'ai un peu plus de renseignements sur Valeria Davidova.

— Il vaudrait peut-être mieux que vous les conserviez. Je crois que d'ici à deux ou trois jours c'est quelqu'un d'autre qui va s'occuper de cette affaire.

— J'ai une piste pour vous. » Après un silence, Yakoutski ajouta : « Nous nous intéressons beaucoup à cette affaire à Oust-Kout.

— Bon, répondit Arkadi, pour ne pas décevoir les gars d'Oust-Kout. De quoi s'agit-il ?

— La petite Davidova avait une très bonne amie qui a quitté Irkoutsk pour Moscou. Elle est là-bas à l'université. Elle s'appelle Irina Asanova. Si Valeria Davidova est venue à Moscou, elle est allée voir la petite Asanova.

— Merci.

— Je vous rappellerai dès qu'il y aura autre chose, promit l'inspecteur Yakoutski.

— Quand vous voudrez », dit Arkadi et il raccrocha.

Il ne pouvait s'empêcher de plaindre Irina Asanova. Il se souvenait de Pribluda brisant la robe gelée sur le cadavre du parc Gorki. Et la petite Asanova était belle. D'ailleurs, ça n'était pas son problème. Il ferma les yeux.

Quand le téléphone sonna de nouveau, il le chercha à tâtons dans l'obscurité, s'attendant à entendre Yakoutski avec d'autres renseignements inutiles. Il finit par trouver le combiné, se rallongea et grommela. « J'ai pris l'habitude russe des coups de téléphone tardifs », fit John Osborne.

Arkadi était bien réveillé. Il avait les yeux ouverts et, avec la netteté que seul donne un réveil involontaire, il voyait dans le noir tous les détails autour de lui : les cartons de bobines, le chevauchement menaçant des pieds de chaises qui se croisaient, une ombre pliée dans un coin de la pièce, l'affiche de la compagnie aérienne au mur tout à fait lisible.

« Je ne vous ai pas dérangé, n'est-ce pas ? demanda Osborne.

— Non.

— Nous commencions juste une conversation intéressante aux bains, et j'avais peur que nous n'ayons pas l'occasion de nous revoir avant mon départ de Moscou. Est-ce que 10 heures demain vous conviendrait, inspecteur ? Sur le quai devant la Chambre de Commerce ?

— Mais oui.

— Parfait. Rendez-vous là-bas. » Osborne raccrocha.

Arkadi ne voyait aucune raison qu'Osborne se trouvât sur le quai le lendemain. Il ne voyait aucune raison non plus d'y être lui-même.

[illegible]

[illegible]

[illegible]

Quand [illegible] avec d'autres [illegible]

[illegible]

[illegible]

[illegible]

[illegible]

[illegible]

[illegible]

[illegible]

11

La première vraie rosée de la nuit déployait un voile humide sur le quai Chevtchenko. En attendant sur le trottoir d'en face de la Chambre de Commerce américano-soviétique, Arkadi apercevait des secrétaires russes dans les bureaux et des hommes d'affaires américains ainsi qu'un distributeur de Pepsi-Cola dans la salle des membres. La fumée de sa cigarette le fit tousser.

Arkadi était toujours sur l'affaire. Iamskoï avait téléphoné en tout début de matinée pour dire qu'il était intéressant qu'un Américain qui avait jadis fait des études à Moscou présentât un caractère physique similaire à celui d'un cadavre découvert dans le parc Gorki et que l'inspecteur ne devrait pas hésiter à rechercher toute preuve susceptible d'établir un tel lien, bien qu'il ne dût pas approcher de ressortissants étrangers et que, désormais, ils ne devaient plus s'attendre à recevoir du KGB de nouveaux enregistrements ou transcriptions.

Ma foi, songeait Arkadi, c'était Osborne qui l'avait approché, et non pas le contraire. L' « ami de l'Union soviétique » n'avait pas dû être content d'apprendre qu'il était l'objet d'une visite rendue par l'inspecteur au ministère du Commerce extérieur. Comment amener sa conversation avec Osborne sur le commerce qu'il pratiquait et sur ses voyages, Arkadi ne le savait pas très bien ; à vrai dire, il doutait même qu'Osborne vînt même au rendez-vous.

Une demi-heure après l'heure prévue, une limousine Tchaïka vint s'arrêter devant la Chambre de Commerce. John Osborne sortit de l'immeuble, dit quelques mots au chauffeur de la voiture, puis traversa la rue en se dirigeant vers l'inspecteur. Il portait un manteau de daim. Sur ses cheveux argentés était posé un bonnet de zibeline noir qui avait dû coûter plus qu'Arkadi ne gagnait en un an. Des chaînettes d'or, plutôt que des boutons, fermaient les manchettes de sa chemise. Sur Osborne, des articles de toilette aussi extraordinaires semblaient tout naturels, c'était une seconde peau sur un être d'une assurance colossale et totalement étrangère. Il avait le don de ne jamais paraître lui-même déplacé, mais de faire paraître tout ce qui l'entourait insuffisant et misérable. Arkadi et lui restèrent un moment immobiles, puis l'homme d'affaires prit le policier par le bras et se dirigea d'un pas vif sur le quai en direction du Kremlin. La limousine suivait.

Osborne se mit à parler sans laisser à Arkadi le temps de placer un mot. « J'espère que ça ne vous ennuie pas que nous nous dépêchions un peu, mais il faut que j'aille à une réception au ministère du Commerce et je sais que vous ne voudriez pas que je fasse attendre personne. Connaissez-vous le ministre du Commerce extérieur ? Vous semblez connaître tout le monde et on vous retrouve dans les endroits les plus inattendus. Vous y connaissez-vous en finances ?

— Pas du tout.

— Laissez-moi vous parler finances. La fourrure et l'or sont les plus vieilles valeurs russes. Ce sont les plus vieilles monnaies d'échange russes, le tribut versé aux Khans et aux Tsars. Bien sûr, la Russie ne paie plus de tribut à personne. Il y a maintenant deux ventes de fourrures par an, en janvier et en juillet, au palais de la fourrure à Leningrad. Une centaine d'acheteurs y assistent, dont une dizaine venus des États-Unis. Certains acheteurs sont des patrons, certains sont des courtiers ; les patrons achètent les fourrures pour eux-mêmes et les courtiers pour autrui. Je suis tout à la fois un courtier et un patron parce que j'achète pour d'autres mais j'ai aussi mes propres salons aux États-Unis et en Europe. A ces ventes aux enchères, les principales fourrures sont le vison, la martre, le renard, le putois, le caracul et la zibeline. En général, les courtiers américains ne font pas d'enchères sur les visons car les visons russes sont interdits aux États-Unis : un regrettable vestige de la guerre froide. En raison de mes débouchés européens, j'enchéris sur toutes les fourrures, mais la seule fourrure qui intéresse vraiment les acheteurs américains, c'est la zibeline. Nous arrivons dix jours avant la vente pour inspecter les peaux. Quand j'achète des visons, par exemple, j'examine avec soin cinquante peaux venant de tel élevage collectif. Ces cinquante peaux me donneront la valeur d'un "train" de mille peaux du même élevage. Comme on produit chaque année en Union soviétique huit millions de peaux de vison, le système du "train" est une nécessité.

« Les zibelines, c'est autre chose. On récolte en un an moins de cent mille zibelines bonnes pour l'exportation. Il n'y a pas de "train". Chaque zibeline doit être examinée individuellement pour sa couleur et sa qualité. Si l'on recueille la peau une semaine trop tôt, il manque de l'épaisseur ; une semaine trop tard et l'éclat a disparu. Les enchères se font en dollars simplement parce que c'est la monnaie d'échange habituelle. A chaque vente j'achète pour environ un demi-million de dollars de zibelines. »

Arkadi ne savait que dire. Ce n'était pas une conversation ; c'était un long monologue. Il avait l'impression qu'on lui faisait une conférence tout en l'ignorant.

« En tant que partenaire commercial et ami de longue date, j'ai eu l'honneur d'être invité à différentes installations soviétiques en dehors du palais de la fourrure. L'an dernier, j'ai pris l'avion pour Irkoutsk afin de visiter le centre de fourrures là-bas. Mon actuel séjour à Moscou est de caractère commercial. A chaque printemps, le ministère du Commerce, ici, contacte quelques acheteurs et négocie une vente au rabais des fourrures qui lui restent. J'aime aussi mes voyages à Moscou à cause de la grande variété de Russes que je suis parvenu à connaître. Non seulement mes amis proches des ministères mais aussi les artistes du monde de la danse et du cinéma. Maintenant, un inspecteur principal de la Criminelle. Je regrette de ne pouvoir rester jusqu'au 1er mai, mais je partirai la veille au soir pour New York. »

Osborne ouvrit un étui en or, prit une cigarette et l'alluma sans ralentir son allure. Arkadi se rendit compte que le monologue n'était pas sans objet. On était venu droit au fait. Chaque détail des activités d'Osborne était décrit spontanément et fourni d'une façon qui plaçait Arkadi dans le rôle du plus bas grouillot du gouvernement. Et les faits dépassaient la simple apparence. En quelques minutes, sans avoir l'air d'y toucher, Osborne avait fait une superbe démonstration de sa supériorité. Il ne restait plus une question dans la tête de l'inspecteur, sauf celles semblant si accusatrices qu'il ne pouvait même pas les poser.

« Comment les tue-t-on ? demanda Arkadi.

— Qui ça ? » Osborne s'arrêta, son visage n'exprimant pas plus d'intérêt que si Arkadi avait fait une remarque sur le temps.

« Les zibelines.

— Par piqûres. Elles ne souffrent pas. » Osborne reprit sa marche, d'un pas un peu moins rapide. De la brume s'accrochait à son bonnet de zibeline. « Vous portez un intérêt professionnel à tout, inspecteur.

— Mais les zibelines sont si fascinantes. Comment les prend-on ?

— On peut enfumer leurs terriers. Ou les faire traquer jusque dans des arbres par des chiens esquimaux qui sont entraînés à la chasse à la zibeline ; on abat ensuite tous les arbres environnants et on déploie des filets.

— Les zibelines chassent comme les visons ?

— Les zibelines chassent le vison. Il n'y a rien de plus rapide sur la neige. Pour elles, la Sibérie est un paradis. »

Arkadi s'arrêta et craqua trois allumettes avant de réussir à allumer une de ses Primas. Un sourire annonça à Osborne que tout ce à quoi aspirait l'inspecteur, c'était un amusant bavardage.

« Leningrad, soupira Arkadi, une si belle ville. Il paraît qu'on l'appelle la Venise du Nord.

— C'est le nom que certains lui donnent en effet.

— Ce que je voudrais savoir, c'est pourquoi Leningrad a tous les grands poètes. Je ne parle pas de Ievtouchenko ni de Voznessenski, je parle de grands poètes comme Akhmatova et Mandelstam. Vous connaissez la poésie de Mandelstam ?

— Je sais qu'il n'est plus en faveur dans le Parti.

— Ah ! mais il est mort, et ça améliore considérablement sa position politique, répondit Arkadi. D'ailleurs, regardez notre Moskova. Toute cassée comme une rue goudronnée. Et puis prenez la Neva de Mandelstam « lourde comme une méduse ». Ça en dit tant en une phrase.

— Vous ne savez peut-être pas, dit Osborne en jetant un coup d'œil à sa montre, qu'à l'Ouest presque personne ne lit Mandelstam. Il est trop russe. Il ne se traduit pas.

— C'est exactement mon avis ! Trop russe. Et ça peut être un défaut.

— C'est votre avis ?

— Comme ces cadavres que nous avons trouvés dans le parc Gorki et à propos desquels vous m'interrogiez. Trois personnes abattues avec une remarquable efficacité au moyen d'un automatique occidental ?

— Ça ne se traduit pas du tout en russe, n'est-ce pas ? »

Parfois dans un défilé, une bouffée de vent agite une bannière et le visage peint sur le drapeau, sans changer d'expression, frissonne.

Dans le regard d'Osborne, Arkadi perçut un tel tremblement, un frémissement d'excitation.

« Vous avez dû remarquer une certaine différence entre un homme comme vous, monsieur Osborne, et un homme comme moi. Mes façons de penser sont si ternes, si prolétariennes, que c'est un privilège de rencontrer quelqu'un d'aussi sophistiqué. Vous pouvez imaginer le mal que j'ai à essayer de deviner pourquoi un Occidental se donnerait la peine de tuer trois Russes. Il ne s'agit pas de guerre ni d'espionnage. Laissez-moi vous avouer que je suis mal équipé. En général je trouve un cadavre. Le lieu du crime est un vrai fatras : du sang partout, des empreintes, et sans doute aussi l'arme du crime. Un enfant à l'estomac bien accroché pourrait faire ce travail aussi bien que moi. Les mobiles ? L'adultère, une colère d'ivrogne, le prêt de quelques roubles, peut-être une femme qui en tue une autre à propos d'un poulet disparu. La cuisine communautaire, je dois le dire, est un foyer de passions. Franchement, si j'avais l'intention d'être un idéologue, de diriger un ministère ou de savoir la différence entre une fourrure et une autre, c'est ce que je ferais, n'est-ce pas ? Alors, toute la compassion doit aller à un malheureux inspecteur qui tombe sur un crime conçu de main de maître, exécuté avec audace et, à moins que je ne me trompe fort, une brillante intelligence.

— Intelligence ? fit Osborne intéressé.

— Oui. Rappelez-vous ce que disait Lénine. "La classe ouvrière n'est pas séparée de la vieille société bourgeoise par une muraille de Chine. Et quand la révolution surviendra, il n'arrivera pas que, quand un individu donné meurt, le mort s'enterre lui-même. Lorsque la vieille société disparaîtra, il sera impossible de coudre son cadavre dans un linceul et de le placer dans une tombe. Il restera à pourrir parmi nous, ce cadavre nous étouffera et nous contaminera." Considérez alors un homme d'affaires bourgeois capable d'exécuter deux travailleurs soviétiques, de les laisser en plein cœur de Moscou et dites-moi que ce n'est pas un personnage d'une grande intelligence.

— Deux, dites-vous ? Je croyais que vous en aviez trouvé trois dans le parc.

— Trois. Vous connaissez bien Moscou, monsieur Osborne ? Vous aimez vos séjours ? »

Ils avaient repris leur marche, formant des ombres sombres sur les murs. Malgré l'heure matinale, des conducteurs avaient allumé leurs phares. Devant eux une brume jaune et âcre s'accrochait à un pont.

« Et vous vous plaisez à Moscou ? répéta Arkadi.

— Inspecteur, durant ma visite en Sibérie, j'ai été accueilli par le maire d'un village qui m'a montré le bâtiment le plus moderne de la ville. Il avait seize toilettes, deux urinoirs et un seul lavabo. C'était l'excrétoire communal. C'est là que les notables du village se rassemblent, leurs pantalons baissés et qu'ils chient tout en prenant leurs importantes décisions. (Osborne marqua un temps.) Bien sûr, Moscou est une beaucoup plus grande ville.

— Monsieur Osborne, fit Arkadi en s'arrêtant net, pardonnez-moi. Est-ce que j'ai dit quelque chose qui vous contrarie ?

— Vous ne pourriez pas me contrarier. L'idée me vient que je suis en train de vous éloigner de votre enquête.

— Pas du tout, je vous en prie. » Arkadi toucha le daim de la manche d'Osborne et continua : « Au contraire, vous m'êtes d'un grand secours. Si je parvenais, pendant une minute, à penser non pas comme un Russe mais comme un génie des affaires, nos ennuis seraient terminés.

— Que voulez-vous dire ?

— Ne faudrait-il pas un génie pour découvrir une raison valable de tuer des Russes ? Ce n'est pas de la flatterie, c'est de l'admiration. Pour des fourrures ? Non, il pourrait vous les acheter. Pour de l'or ? Comment le transporterait-il ? Il a eu assez de mal à se débarrasser du sac.

— Quel sac ? »

Arkadi claqua bruyamment ses mains. « Le meurtre est commis. Les deux hommes et la fille sont morts. Le meurtrier fourre les provisions, les bouteilles, le pistolet dans un sac en cuir traversé par les balles. Il patine à travers le parc. La neige tombe, il commence à faire nuit. Sorti du parc, il doit mettre ses patins dans le sac et, en espérant ne pas se faire remarquer, s'en débarrasser. Pas dans le parc et pas dans une corbeille, car dans les deux cas on retrouverait le sac et, du moins à Moscou, on signalerait cette découverte. Le fleuve ?

— Le fleuve a été gelé tout l'hiver.

— Tout à fait vrai. Pourtant, même avec le sac disparu comme par magie, il doit regagner cette rive-ci du fleuve.

— Le pont Krinski, fit Osborne en désignant la direction d'où ils venaient.

— Sans attirer l'attention d'une babouchka méfiante ou d'un milicien ? Les gens sont si curieux.

— Un taxi.

— Non. C'est très risqué pour des étrangers. Un ami attendant sur le quai dans une voiture ; c'est assez évident, même pour moi.

— Alors pourquoi le complice n'était-il pas sur les lieux du crime ?

— Lui ? dit Arkadi en riant. Jamais de la vie ! Nous parlons de séduction et de charme. Le complice serait incapable d'attirer des mouches sur un pudding. (Arkadi prit un ton grave.) Sérieusement, le premier homme, le meurtrier, a conçu tout cela avec beaucoup de soin.

— Quelqu'un l'a vu avec le sac ? »

Le fleuve sinuait dans la bruine. Osborne était préoccupé par l'existence possible d'un témoin ; on pourrait y revenir.

« C'est sans intérêt. Ce que je veux savoir, reprit Arkadi, c'est la raison. Pourquoi ? Je ne parle pas d'un objet… disons : une icône. Je veux dire pourquoi un homme intelligent, qui a réussi et qui est plus riche sans doute que n'importe qui en Union soviétique, pourquoi tuerait-il pour en avoir plus ? Si je pouvais comprendre l'homme, je pourrais comprendre le crime. Dites-moi, est-ce que je pourrais le comprendre ? »

Il n'y avait pas une faille chez Osborne, Arkadi se sentait gratter une surface intacte et glissante. Le daim, la zibeline, la peau, les yeux, tout cela, c'était la même chose, tout ça… sentait *l'argent*. C'était un mot que l'inspecteur n'avait encore jamais utilisé dans ce contexte. Dans l'abstrait, dans les phantasmes de voleurs, oui. Mais jamais il n'était venu en contact physique avec l'argent. Car c'était cela que représentait Osborne, un homme qui par magie suintait l'argent par chacun de ses pores. Comprendre un tel homme ?

« Je pense que non, répondit Osborne.

— Pour le sexe ? demanda Arkadi. Un étranger esseulé rencontre une belle fille et l'emmène dans sa chambre d'hôtel. La femme d'étage détournera les yeux pour ne pas voir le généreux étranger. L'homme et la fille commencent à se voir régulièrement. Tout d'un coup, à la fin, elle réclame de l'argent et exhibe un mari à l'air peu commode. Elle fait du chantage.

— Non.

— Il y a quelque chose qui cloche ?

— Dans la perspective. Pour les Occidentaux, les Russes sont une race laide.

— C'est vrai ?

— En général, ici, les femmes n'ont pas plus de séduction que les vaches. C'est pourquoi vos auteurs russes font un tel plat des yeux de leurs héroïnes, de leur regard voilé et de leurs coups d'œil séducteurs, car aucun autre aspect physique ne se prête à la description. » Osborne poursuivit : « Ce sont vos longs hivers. Que pourrait-il y avoir de plus chaud qu'une grosse femme aux jambes velues ? Les hommes sont plus minces, mais encore plus laids. Comme la race n'est pas belle, les seuls déclics sexuels qui restent, ce sont les cous épais et les gros sourcils, comme les taureaux. »

Arkadi songea qu'il avait l'impression d'entendre une description de troglodytes.

« D'après votre nom, vous avez des antécédents ukrainiens vous-même, n'est-ce pas ? ajouta Osborne.

— Oui. Eh bien, nous mettrons le sexe de côté...

— Ça me semble sage.

— ... ce qui nous laisse avec un crime sans mobile », fit Arkadi en fronçant les sourcils.

Tournant aussi lentement qu'une porte, Osborne le dévisagea. « Stupéfiant. Vous êtes plein de surprises. Vous parlez sérieusement ?

— Oh ! mais oui.

— Un triple meurtre sur un simple caprice ?

— Oui.

— Incroyable. Je veux dire, fit Osborne en s'animant, littéralement à ne pas croire, pas venant d'un inspecteur ayant votre expérience. D'une autre sorte d'homme, mais pas de vous. (Osborne prit une profonde inspiration.) Disons qu'un tel événement se soit produit, un meurtre commis totalement par accident, sans témoin, quelles seraient vos chances de découvrir le meurtrier ?

— Nulles.

— Mais c'est ce qui, à votre avis, s'est passé ?

— Non. Je veux seulement dire que je n'ai pas trouvé le mobile. Les mobiles sont différents, c'est une question de perspective, comme vous disiez. Imaginez un homme qui se rend de temps en temps dans une île peuplée de primitifs. Des gens de l'âge de pierre. Il parle leur langue, est expert à la flatterie, se lie d'amitié avec les chefs locaux. En même temps, il est conscient de sa supériorité. En fait, il trouve les indigènes ridiculement méprisables. » Arkadi s'exprimait avec lenteur, en cherchant son chemin à tâtons, se souvenant du récit, en termes vagues, du massacre des soldats allemands par Osborne et Mendel. « A un moment, au début, il est impliqué dans le meurtre d'un indigène. Au cours d'une guerre tribale, si bien qu'il n'est pas puni mais récompensé. Et avec le temps, il en vient à savourer le souvenir de cet acte, comme un autre homme aime se rappeler les détails de la première femme qu'il a eue. Il y a un certain charme dans la société primitive, vous ne trouvez pas ?

— Un charme ?

— Pour cet homme, c'est une révélation. Il découvre ce que sont ses impulsions, et il découvre en même temps un endroit où il peut leur donner libre cours. Un endroit hors de la civilisation.

— Et s'il a raison ?

— De son point de vue, c'est possible. Les indigènes sont des primitifs, il n'y a pas de doute là-dessus. Mais, malgré toutes ces apparences civilisées, je le soupçonne d'éprouver le même mépris pour tout le monde. C'est seulement sur cette île primitive qu'il ne s'en cache pas.

— Quand même, s'il tue au hasard, on ne le prendrait pas.

— Ce n'est pas le cas. D'abord, il attend des années avant de donner libre cours à son instinct de violence. Et puis c'est un amateur, même si c'est un amateur inspiré, et il est curieux de noter qu'un amateur, dès l'instant où il a commis un crime avec succès, essaye presque toujours de se copier comme si lui seul détenait le secret du crime parfait. Il y a donc une certaine méthode. Et puis, c'est préparé avec soin. Par définition, un homme supérieur doit se sentir maître de la situation. Même jusqu'au disque transmettant le canon de Tchaïkovski retentissant à travers le parc, n'est-ce pas ? Il lève le pistolet dans le sac, abat la brute, puis le second homme et la fille, leur dépèce le visage et les doigts et s'enfuit. Toutefois, la préparation ne peut aller que jusqu'à un certain point. C'est injuste, mais il y a toujours un élément de hasard. Une marchande qui a poussé sa charrette dans les bois pour se reposer ; des garçons cachés dans les arbres ; des amoureux prêts à aller n'importe où pour être un peu tranquilles. Après tout, où des amoureux peuvent-ils aller en hiver ?... Posez-vous la question.

— Alors il y avait un témoin ?

— A quoi bon un témoin ? Leurs souvenirs sont indistincts au bout d'un jour. Au bout de trois mois, franchement, je pourrais leur faire reconnaître n'importe qui si je voulais. Seul le meurtrier peut m'aider maintenant.

— Le fera-t-il ?

— Il est possible que je puisse me cacher comme une grenouille sous l'eau du fleuve et qu'il vienne me chercher là.

— Pourquoi ?

— Parce que le meurtre ne suffit pas. Même l'individu le plus borné s'aperçoit que c'est vrai, la première excitation passée. Le meurtre n'est que la moitié de l'acte. Ne pensez-vous pas qu'un homme supérieur aura personnellement besoin, pour éprouver une satisfaction réelle, de voir un enquêteur comme moi conscient de la vanité de ses efforts, réduit à l'impuissance, peut-être même à l'admiration ?

— Serait-ce un grand défi, inspecteur ?

— Tout bien considéré, dit Arkadi en écrasant un mégot, pas vraiment. »

Ils étaient parvenus au pont de Novo-Arbatski. De part et d'autre, les étoiles roses de l'Ukraina et du ministère des Affaires étrangères brillaient face à face comme des balises. La limousine d'Osborne vint se garer le long du trottoir.

« Vous êtes un homme étonnant, inspecteur Renko », dit Osborne d'une voix vibrante de cordialité, comme si, un rude voyage terminé, Arkadi et lui en étaient arrivés à une sorte de familiarité lasse mais confortable. Même un sourire se dessina comme dans l'apparition, au cours de la dernière scène, d'un acteur de genre. « Je vous souhaite bonne chance maintenant parce qu'il ne me reste plus qu'une semaine à passer à Moscou et je ne pense pas que nous nous reverrons. Toutefois, je ne veux pas que vous repartiez les mains vides. » Osborne enleva le bonnet de zibeline de sa tête et le posa sur celle d'Arkadi.

« Un cadeau, dit-il. Quand vous m'avez dit aux bains que vous aviez toujours eu envie d'une chapka, j'ai compris qu'il fallait que je vous l'offre. J'ai dû deviner la taille, mais j'ai l'œil pour les têtes. (Il considéra Arkadi sous différents angles.) Il vous va parfaitement. » Arkadi ôta le bonnet. Il était noir comme de l'encre avec la texture du satin. « Il est magnifique, dit-il en rendant la chapka à regret, mais je ne peux l'accepter. Il y a des règlements sur les cadeaux.

— Je serais très offensé si vous refusiez.

— Très bien, donnez-moi quelques jours pour y réfléchir. De cette façon nous aurons un prétexte pour nous parler encore.

— Tous les prétextes seront bons. » Osborne serra d'une main ferme celle d'Arkadi, puis monta dans sa limousine et traversa le pont. Arkadi prit sa voiture à l'Ukraina et se rendit au commissariat d'Oktyabrsky, où il demanda si, vers l'époque des meurtres, on avait remarqué des étrangers attendant dans les voitures à proximité. Lorsqu'il ressortit, un large soleil orange était apparu. Il glissait entre les câbles du pont Krimski. Il allumait des reflets comme des pièces d'or sur les fenêtres du ministère. Il déversait des flaques de lumière sur le quai où Osborne et lui s'étaient promenés peu auparavant.

L'inspecteur principal Ilya Nikitine, ses cheveux maigres peignés avec soin sur son crâne rond, plissait ses yeux d'Oriental dans la fumée de sa cigarette coincée entre ses dents. Il habitait seul, dans le quartier d'Arbat, une étroite maison où la peinture s'écaillait sur les murs et où le plâtre tombait des plafonds pour se perdre parmi les piles de livres, poussiéreux et marqués de signets en papier jauni, qui s'élevaient sur une hauteur de deux ou trois mètres et sur cinq rangées d'épaisseur. Arkadi se souvenait de fenêtres à triple vitrage qui donnaient sur le fleuve et sur les collines Lénine, mais la vue n'existait que dans son souvenir. Des piles avaient poussé devant les fenêtres, dans la cuisine, dans l'escalier et dans les chambres du second étage.

« Kirwill, Kirwill... » fit Nikitine en repoussant avec soin les dossiers de *Amendements partiels de la Charte du Combinat intersyndical des Publications polygraphes* pour découvrir une bouteille presque vide de porto roumain. Il but tout en clignant de l'œil et entreprit de monter lentement l'escalier. « Alors, tu viens encore voir Ilya quand tu as besoin d'aide ? »

Lorsque Arkadi était entré au bureau du procureur de la ville, il en avait déduit des propos de Nikitine que l'homme était un génie et un progressiste ou bien un génie et un tenant de la ligne dure. L'auteur de réformes légales ou un stalinien. Un compagnon de beuverie du chanteur noir Robeson ou un confident du romancier réactionnaire Cholokov. A tout le moins, un génie du sous-entendu. Un personnage en noir et blanc peint par ses propres clins d'œil, soutenu par les noms qu'il citait.

Il était hors de doute que Nikitine avait été un brillant inspecteur principal de la Criminelle. Même si c'était Arkadi qui rassemblait les événements du dossier, c'était toujours Nikitine qui arrivait dans la salle d'interrogatoire avec deux bouteilles et un sourire narquois, pour en émerger des heures plus tard avec un sourire meurtrier docile et contrit. « Les aveux, c'est tout, expliquait Nikitine. Si on ne veut pas donner aux gens de la religion ou de la psychologie, laissons-les au moins avouer un crime. Proust disait qu'on pouvait séduire n'importe quelle femme si on était prêt à s'asseoir et à l'écouter se plaindre jusqu'à 4 heures du matin. Au fond, tout meurtrier est un mécontent. » « Pour les pots-de-vin, mon garçon », expliqua Nikitine lorsque Arkadi lui demanda pourquoi il passait de la Criminelle à la Liaison gouvernementale. « Kirwill. Les rouges. Diego Rivera. La bataille d'Union Square. » En se tordant pour regarder derrière lui, Nikitine demanda : « Tu sais quand même où est New York ? » Il glissa d'une marche, délogeant un livre qui en entraîna deux autres dans l'escalier, puis un troisième. Après un moment précaire, le glissement s'arrêta.

« Parlez-moi de Kirwill », fit Arkadi.

Nikitine agita sa tête comme un doigt. « Correction : des Kirwill. Le *Red Star.* » Il rassembla ses forces pour se glisser dans le vestibule du premier étage rétréci par des murailles de livres.

« Qui étaient les Kirwill ? » demanda Arkadi.

Nikitine laissa tomber sa bouteille vide, trébucha dessus et roula sur le dos, le ventre coincé entre les piles de livres, désemparé. « Tu as volé une bouteille dans mon bureau, Arkacha. Tu es un voleur. Tu peux aller au diable. »

A la hauteur des yeux d'Arkadi il y avait une croûte de fromage durcie et la moitié d'une bouteille de vin de prune posée sur un livre intitulé *Oppression politique aux États-Unis, 1929-1941*. Prenant la bouteille sous un bras, il feuilleta l'index du livre. « Je peux emprunter ça ?

— Rends-moi service, » fit Nikitine.

Arkadi déposa le vin entre les mains de Nikitine. « Non, fit Nikitine en laissant glisser la bouteille. Garde le livre. Ne reviens pas. »

Le bureau de Belov était un monument à la guerre. De petits soldats déformés par le grain du papier défilaient sur des photographies de journaux. Des gros titres encadrés sur du papier journal fin comme du papier de soie proclamaient : « Vaillante défense sur la Volga », « Apre résistance balayée », « Des héros chantent la mère patrie. » Belov dormait la bouche ouverte, des miettes de pain sur sa lèvre inférieure et sur le devant de sa chemise. Il avait une bière à la main. Arkadi prit l'autre fauteuil et ouvrit le livre qu'il avait pris chez Nikitine.

« Le rallye d'Union Square en 1930 a été la plus grande réunion publique jamais organisée par le Parti communiste américain. Des ouvriers au chômage avides d'entendre et d'être entendus par l'avant-garde de la justice sociale emplirent la place en nombre plus considérable encore que leurs dirigeants ne le prévoyaient. Malgré le fait que le chef de la police de New York, Grover A. Wahlen, avait donné l'ordre à toutes les rames de métro de supprimer les arrêts dans les parages de la place, on estime que la foule comprenait plus de cinquante mille personnes. La police et ses agents prirent d'autres mesures pour briser, émietter ou étouffer la volonté des assistants. Pendant qu'on chantait *L'Internationale*, des agents clandestins de la prétendue escouade radicale infiltraient la place. Des provocateurs tentaient sans succès de lancer des attaques contre les policiers en uniforme. On n'autorisa aucun appareil de prises de vues à enregistrer cette glorieuse réunion, et cela sur les instructions du commissaire Wahlen qui bredouilla par la suite : "Je ne voyais aucune raison de perpétuer des propos relevant de la trahison et je n'ai pas l'intention de pratiquer la censure." Sa déclaration était typique des deux rôles contradictoires de la police dans une société capitaliste : un rôle de gardienne de la paix en conflit avec son rôle essentiel d'impitoyable chien de garde de la classe exploitante. »

Arkadi sauta le message de solidarité de Staline que l'on lut à la foule excitée.

« Un orateur du nom de William Z. Foster proposa alors une marche pacifique jusqu'à la mairie. Mais dès que la foule commença à bouger, la route lui fut barrée par un camion blindé de la police. Ce fut le signal donné par Wahlen aux troupes de la police massées dans des rues adjacentes. A pied et à cheval à la cosaque, la police tomba sur des hommes, des femmes et des enfants désarmés. Les Noirs, en particulier, étaient les cibles désignées. Un officier de police maintenait une jeune Noire tandis que ses agents la frappaient aux seins et au ventre. James et Edna Kirwill, directeur du *Red Star*, un journal de la gauche catholique, furent précipités au sol à coups de matraque. La police montée chargeait indifféremment aussi bien les membres du Parti brandissant des panneaux que les citoyens qui n'étaient que des passants. Les dirigeants du Parti furent attaqués et arrêtés. Jetés dans des cellules, on ne leur autorisa ni avocat ni libération sous caution, selon la déclaration du commissaire Wahlen qui affirmait que "ces ennemis de la société devaient être chassés de New York sans tenir compte de leurs droits constitutionnels". »

L'inspecteur principal pour l'Industrie ouvrit deux yeux chassieux, s'humecta les lèvres et se redressa.

« J'étais en train, commença-t-il, en rattrapant sa bière qui menaçait de couler, de regarder des instructions destinées à certaines usines. »

Il rassembla les restes d'un sandwich, les jeta dans la corbeille à papier avec un effort qui provoqua un rot et lança un regard mauvais à Arkadi. « Depuis combien de temps es-tu ici ?

— Je consultais juste un livre, oncle Seva, répondit Arkadi. Le livre me dit : "Les ennemis de la société doivent être chassés sans tenir compte de leurs droits constitutionnels."

— C'est facile, répliqua le vieil homme après un moment de réflexion. Par définition, les ennemis de la société n'ont pas de droits constitutionnels. »

Arkadi claqua des doigts. « Voilà, fit-il.

— C'est l'enfance de l'art, fit Belov, chassant d'un geste toute flatterie. Alors que veux-tu ? Tu ne m'écoutes que les jours où tu veux quelque chose.

— Je cherche à retrouver une arme qui a été jetée dans le fleuve en janvier.

— Tu veux dire : sur le fleuve, bien sûr. Il était gelé.

— Exact, mais peut-être pas partout. Certaines usines déchargent encore dans le fleuve de l'eau chaude, là où la glace pourrait ne jamais se former. Vous connaissez les usines mieux que quiconque.

— La pollution est un domaine fort préoccupant, Arkacha. Il y a des instructions fermes concernant l'environnement. Tu étais celui qui venait toujours te plaindre à moi des usines quand tu étais enfant. Tu étais un véritable casse-pieds.

— De l'eau chaude et propre peut être déversée suivant une dérogation industrielle particulière.

— Ils croient tous qu'ils sont un cas particulier. Déverser dans la Moskova des eaux usées à l'intérieur de l'enceinte de la ville est strictement interdit, grâce à des gens comme toi.

— Mais l'industrie doit progresser. Un pays, c'est comme un corps. D'abord le muscle, ensuite la lotion pour les cheveux.

— Exact, et tu crois que tu te moques de moi, Arkacha, quand tu dis quelque chose qui est vrai. Tu préférerais être dans une ville élégante comme Paris. Tu sais pourquoi ils ont d'aussi larges boulevards là-bas ? Pour mieux abattre les communistes. Alors ne viens pas t'en prendre à moi à propos de la pollution. » Quand Belov se frottait le visage, la chair se déplaçait comme du pudding. « Ce que tu cherches, c'est la Tannerie Gorki. Grâce à une autorisation très spéciale, c'est vrai qu'ils déversent des eaux résiduelles. Il n'y a plus trace de teintures, comprends bien. J'ai une carte… »

Belov fouilla dans les tiroirs de son bureau et découvrit une carte industrielle, une chose orange et noire qui, dépliée, avait les dimensions d'une nappe.

« Des gants, des carnets, des étuis, ce genre de choses. Tiens… (Son doigt descendit jusqu'au quai non loin du parc Gorki.) Un tuyau d'évacuation. Le fleuve est gelé à cet endroit, mais ce n'est qu'une croûte. Quelque chose de lourd pourrait passer à travers et la croûte se reformerait en une heure environ. Alors, Arkacha, quelles sont, à ton avis, les chances qu'un homme jette un pistolet dans le fleuve au seul endroit où la glace n'a pas un mètre d'épaisseur ?

— Comment saviez-vous que je cherchais un pistolet, mon oncle ?

— Arkacha, je suis simplement vieux. Je ne suis pas totalement sénile et je ne suis pas sourd. J'entends des choses.

— Quelles choses ?

— Des choses. (Belov regarda Arkadi, puis les scènes héroïques encadrées au mur.) Il y a des choses que je ne comprends plus. Autrefois on pouvait croire à l'avenir. Il y a des déclics, des erreurs de jugement, des purges peut-être qui allaient trop loin, mais au fond, nous tirions tous dans le même sens. Aujourd'hui... » Belov clignota des yeux. Jamais encore le vieil homme n'avait ainsi vidé son cœur devant Arkadi. « Le ministre de la Culture est congédié pour corruption, elle est devenue millionnaire, elle a bâti des palais. Un ministre ! Est-ce que nous n'avions pas essayé de changer tout cela ? »

A la Mosfilm, la journée de tournage en extérieur était terminée.

Arkadi suivit Irina Asanova autour du plateau où se dressait une cabane en rondins et des bouleaux maintenus en place par des filins. Il sentait des câbles électriques sous des carrés de gazon. Malgré un panneau qui proclamait INTERDIT DE FUMER, la jeune fille fumait une cigarette *Papirosi*, la marque la meilleure marché, dans un vieux fume-cigarette laqué. Sa veste afghane à l'air canaille était ouverte sur une robe de cotonnade légère et un crayon pendait autour de son cou tenu par une ficelle, ce qui, on ne sait pourquoi, soulignait la grâce de son cou. Ses longs cheveux bruns pendaient sur ses épaules et ses yeux regardaient hardiment Arkadi. La marque qu'elle avait sur la joue se perdait dans une rougeur qui n'avait rien à voir avec le soleil couchant. C'était l'éclat que Tolstoï décrivait sur le visage des artilleurs de Borodino, un rayonnement d'exultation tandis que la bataille approchait.

« Valeria Davidova et son amant Kostia Borodine étaient de la même région d'Irkoutsk, dit Arkadi. Vous veniez d'Irkoutsk, vous étiez la meilleure amie de Valeria là-bas, vous lui écriviez d'ici et quand elle est morte, ici, elle portait les patins que vous aviez “perdus”.

— Vous allez m'arrêter ? lança Irina à Arkadi. Je suis allée à la faculté de droit et je connais la loi aussi bien que vous. Si vous voulez m'arrêter, vous devez être accompagné d'un milicien.

— Vous me l'avez déjà dit. L'homme qu'on a retrouvé avec Valeria et Kostia était un Américain du nom de James Kirwill. Vous avez connu James Kirwill à l'université. Pourquoi continuez-vous à me mentir ? »

Elle fuyait ses questions, lui faisant contourner la cabane du décor. Malgré toute sa bravade, il avait l'impression de traquer une biche.

« Ne prenez pas cela pour vous, fit-elle en le regardant. En général, je mens aux gens de votre espèce.

— Pourquoi ?

— Je vous traite comme je traiterais un lépreux ; vous êtes malade. Vous appartenez à une organisation lépreuse. Je ne veux pas être contaminée.

— Vous étudiiez le droit pour devenir lépreuse ?

— Avocate. Un médecin, dans une certaine mesure, pour la défense des sains contre les malades.

— Mais nous parlons de meurtre, pas de maladie, fit Arkadi en allumant une de ses cigarettes. Vous êtes très brave. Vous vous attendez à voir un béria surgir et dévorer un bébé sous vos yeux. Il faut que je vous déçoive ; je ne suis ici que pour découvrir la personne qui a tué vos amis.

— Maintenant c'est vous qui me mentez. Votre seul intérêt, ce sont les cadavres, pas les amis de qui que ce soit. Vous vous intéresseriez à vos amis, pas aux miens. »

C'était une accusation lancée à tout hasard, mais elle avait fait mouche. La seule raison pour laquelle il était venu aux studios, c'était à cause de Pacha.

Il changea de sujet. « J'ai regardé votre dossier à la

milice. Quelles étaient ces calomnies antisoviétiques que vous répandiez et qui vous ont fait chasser de l'université ?

— Comme si vous ne le saviez pas.

— Faites comme si c'était le cas », dit Arkadi.

Irina Asanova resta immobile un moment comme il l'avait vue lorsqu'il était venu la première fois aux studios, perdue dans une assurance ou un égoïsme qui était un monde en soi.

« Je crois, reprit-elle, que je préfère vos homologues de la Sécurité. Au moins il y a une certaine franchise dans le fait de gifler une femme. Votre approche, votre faux intérêt montrent une faiblesse de caractère.

— Ce n'est pas ce que vous disiez à l'université.

— Je vais vous raconter ce que je disais à l'université. J'étais à la cafétéria à bavarder avec des amis, et j'ai dit que je ferais n'importe quoi pour sortir d'Union soviétique. Des mouchards du Komsomol écoutaient à la table voisine. Ils m'ont dénoncée et j'ai été rayée de la liste des étudiants.

— Vous plaisantiez, bien sûr. Vous auriez dû l'expliquer. »

Elle s'approcha plus près, si bien qu'ils se touchaient presque. « Mais non, je ne plaisantais pas, j'étais tout à fait sérieuse. Inspecteur, si en cet instant quelqu'un me donnait un pistolet et me disait que je pourrais sortir d'Union soviétique en vous tuant, je vous abattrais sur place.

— Sérieusement ?

— Je le ferais avec plaisir. »

Elle écrasa sa cigarette contre le bouleau auprès d'Arkadi.

L'écorce blanche de l'arbre se mit à noircir et à fumer autour de la braise et des fragments se consumèrent en se recourbant. Arkadi éprouva une étrange sensation de souffrance, comme si c'était contre son cœur qu'on écrasait le mégot brûlant. Il la croyait. La vérité avait jailli d'elle pour marquer l'arbre et le marquer, lui.

« Camarade Asanova, je ne sais pas pourquoi je suis encore chargé de cette affaire, fit-il en essayant encore une fois. Je n'en veux pas. Je ne devrais pas l'avoir. Mais trois pauvres diables ont été tués, et tout ce que je vous demande, c'est de venir avec moi maintenant pour voir les corps. Peut-être, d'après les vêtements ou bien…

— Non.

— Rien que pour vous prouver que ce ne sont pas vos amis. Vous ne voulez pas au moins avoir cette certitude ?

— Je sais que ce n'est pas eux.

— Alors où sont-ils ? »

Irina Asanova ne dit rien. Une brûlure noire marquait l'arbre. Elle ne disait rien, mais la voie qui menait à la vérité était encore ouverte. Arkadi ne put s'empêcher de rire, consterné de sa stupidité. Il n'avait pas cessé de se demander ce qu'Osborne aurait pu vouloir de deux Russes, il ne s'était jamais demandé ce que, eux, auraient pu vouloir de lui.

« Où croyez-vous qu'ils soient ? » demanda-t-il.

Il la sentit retenir son souffle.

« Kostia et Valeria fuyaient la Sibérie, répondit Arkadi lui-même. Ça ne poserait pas de problème pour un bandit comme Kostia, pas avec ses billets d'Aeroflot volés. On peut toujours acheter des papiers de travail au marché noir et un permis de séjour ici si on en a les moyens, et Kostia les avait. Mais Moscou n'était pas assez loin. Kostia voulait vraiment s'en aller. Et c'est impossible, sauf qu'il est mort en compagnie d'un Américain pour lequel il n'y a pas trace d'entrée en Union soviétique. »

Irina Asanova fit un pas en arrière dans les derniers rayons du soleil.

« En fait, poursuivit Arkadi, c'est la seule raison pour laquelle vous avouez que vous les connaissiez. Je sais qu'ils sont morts au parc Gorki, mais vous, vous croyez qu'ils sont vivants de l'autre côté de la frontière. Vous croyez qu'ils sont sortis. »

Elle avait un regard radieux du triomphe.

12

Des plongeurs faisaient remonter des tourbillons boueux, la vase de l'hiver. Ils descendaient dans l'eau des projecteurs étanches. On pouvait apercevoir une main, puis une palme tandis que les hommes fouillaient l'endroit où les canalisations d'évacuation sous-marine de la Tannerie Maxime Gorki rejoignaient la Moskova.

En haut, sur la route de la berge, des miliciens avec des lanternes arrêtaient les rares camions matinaux. Arkadi se rendit jusqu'à un secteur non éclairé où William Kirwill était assis dans l'ombre, au fond de la voiture d'Arkadi.

« Je ne promets rien, fit Arkadi. Vous pouvez regagner votre hôtel si vous voulez, ou vous pouvez aller à votre ambassade.

— Je vais rester. » Les yeux de Kirwill étincelaient dans l'obscurité. De l'eau vint éclabousser la berge : c'était un autre plongeur qui entrait dans l'eau. Un nouveau projecteur descendit dans un cliquetis de chaînes et des miliciens se mirent à repousser des bancs de glace avec des perches.

Arkadi montra une grosse enveloppe. « Ce sont les rapports du médecin légiste sur les trois cadavres découverts dans le parc Gorki », dit-il. Arkadi comptait sur une familiarité particulière, sur les gros jurons des miliciens, la lueur méfiante des lanternes de la milice, tout cet environnement professionnel des enquêteurs dans le monde entier. Après toute une journée de réflexion, Kirwill aurait dû arriver à la conclusion qu'Arkadi n'était pas du KGB : personne du KGB ne pouvait être d'une aussi sincère ignorance.

« Laissez-moi, fit Kirwill en tendant la main.

— Qui était James Kirwill ? demanda Arkadi.

— Mon frère. »

Arkadi lui passa l'enveloppe par la vitre de la voiture. Le premier échange s'effectuait. Aucune mention d'Osborne dans l'enveloppe. Si William Kirwill ne voulait qu'aider à une enquête, il aurait remis, dès son arrivée à Moscou, la fiche dentaire et la radiographie. Mais il avait aussi apporté une arme, aussi n'était-il pas disposé à traiter tant qu'il ne saurait qui attaquer. Peu importait qu'il n'eût plus son pistolet : il avait ses mains.

Un officier de la patrouille fluviale s'approcha pour dire à Arkadi que les plongeurs gelaient et qu'on ne trouvait pas trace d'un sac au fond du fleuve. Comme il traversait la route, Arkadi fut pris à part par un sergent pour parler à un jeune milicien du commissariat d'Oktyabrsky, dont la ronde passait par le quai. Le jeune homme se souvenait d'une conduite intérieure Jiguli garée sur la berge un soir de janvier. Peut-être février. Tout ce qu'il pouvait se rappeler du chauffeur, c'est que c'était un Allemand portant à la boutonnière un insigne d'un club berlinois de « ballon de cuir ». « Ballon de cuir » était le terme employé par les Komsomol pour les jeunes joueurs de football. Le milicien savait que le chauffeur était allemand car, étant un fervent collectionneur d'insignes, il avait proposé à l'homme d'acheter le sien et avait essuyé un refus dans un russe marqué d'un violent accent.

« Cherchez encore une demi-heure », ordonna Arkadi aux plongeurs, et à peine dix minutes plus tard ils poussaient des cris en remontant l'échelle de corde le long de la berge, portant un sac couvert de vase et d'où s'écoulaient de l'eau et fuyaient des anguilles.

Le sac était en cuir et se fermait avec une corde. Les mains protégées par des gants de caoutchouc, Arkadi l'ouvrit dans le faisceau d'un projecteur et trouva dans une gadoue visqueuse des bouteilles et des verres jusqu'au moment où il découvrit le canon d'un pistolet. Un gros pistolet semi-automatique.

« Camarade inspecteur ? »

Fet venait d'arriver. Arkadi ne l'avait pas vu depuis l'interrogatoire de Golodkine. L'inspecteur se tenait à la périphérie de la zone éclairée par les projecteurs, ajustant ses lunettes, ses yeux de myope fixés sur le pistolet. « Je peux faire quelque chose ? » demanda-t-il.

Arkadi ne savait pas quel rôle Fet avait joué dans la mort de Pacha. Tout ce qu'il savait, c'était qu'il n'avait pas envie d'avoir l'inspecteur dans les jambes.

« Oui, répondit Arkadi, dressez une liste des icônes volées au cours des seize derniers mois.

— Des icônes volées à Moscou ?

— Et dans les environs de Moscou, précisa Arkadi, et n'importe où jusqu'à l'Oural. Et puis, inspecteur…

— Oui ? fit Fet en s'avançant.

— Et puis, inspecteur, de toutes les icônes volées en Sibérie, ajouta Arkadi. Vous savez où est la Sibérie. »

Arkadi regarda l'inspecteur s'éloigner tristement dans la nuit ; cela l'occuperait une semaine et il y avait une vague possibilité pour que la lecture des registres pût se révéler utile.

L'enquêteur plaça avec soin le pistolet dans un mouchoir. Aucun des miliciens, pas même les vétérans, n'en reconnaissait la marque. Arkadi donna de l'argent à l'officier de la patrouille fluviale pour acheter du cognac aux plongeurs et rapporta à sa voiture le sac et le pistolet.

Il conduisit Kirwill jusqu'à un garage de taxis sous le pont Krimski. L'aube pointait. Devant le garage, des chauffeurs en manches de chemise chapardaient des pièces sur de vieux taxis pour en reconstituer d'autres au bord de l'effondrement. Errant parmi les voitures, des hommes doués de l'esprit d'entreprise vendaient des pièces volées qu'ils puisaient dans les poches de leurs manteaux gonflés.

Kirwill examina le pistolet. « Bonne arme. Version argentine du Mannlicher 7.65 mm. Grande vitesse de départ du projectile, précis, un chargeur de huit balles. »

De la boue jaillit sur sa chemise lorsqu'il fit glisser le chargeur de la crosse. Arkadi n'avait pas remarqué, lorsqu'il était venu le réveiller dans sa chambre d'hôtel, que Kirwill s'était de nouveau habillé en Russe. « Il reste trois balles. (Il remit le chargeur en place et rendit le pistolet.) C'était l'arme de service en Argentine avant l'adoption d'un modèle différent, un Browning. Les Mannlicher étaient vendus à des trafiquants d'armes aux États-Unis, c'est comme ça que je le connais.

— Les coussins, fit Arkadi en examinant les vêtements de Kirwill. Je n'ai pas regardé dans vos coussins.

— C'est vrai. » Kirwill était tout près de sourire. Il rendit l'enveloppe, s'essuya les doigts, puis tira une fiche de sa poche de chemise. Il y avait dix taches d'encre sur la fiche : des empreintes digitales. « Vous avez loupé ça aussi. » Il secoua la tête et remit la carte dans sa poche au moment même où Arkadi tendait la main.

« Vous voyez, je ne voulais pas vous montrer ça, fit Kirwill en écartant les bras, prenant appui sur le seuil de la fenêtre, mais j'ai réfléchi. Peut-être bien que vous êtes ce que vous prétendez être, Renko. Peut-être que nous pouvons mettre quelque chose au point. Vous dites qu'un de vos inspecteurs a été abattu et vous avez perdu Golodkine aussi. Vous allez avoir besoin de toute l'aide que vous pourrez trouver.

— Alors ?

— Votre dossier sur Jimmy..., dit Kirwill en désignant de la tête la chemise cartonnée.

— Jimmy, c'est comme ça que vous l'appeliez ?

— Oui. (Kirwill haussa les épaules.) Le travail du médecin légiste n'est pas trop mal, mais il n'y a pas de suite.

— Que voulez-vous dire ?

— Du travail de policier. Ça s'appelle “se remuer le cul”. Cinquante hommes questionnant quiconque a mis les pieds dans le parc cet hiver. En les interrogeant une fois, deux fois, trois fois. Des articles dans les journaux et une ligne spéciale de la police annoncée à la télévision.

— Quelles merveilleuses idées, fit Arkadi. Si jamais je vais un jour à New York, je les utiliserai. »

Le regard des yeux bleus se durcit. « Si j'identifiais le corps de mon frère, que se passerait-il ?

— Ça deviendrait une affaire pour la sécurité d'État.

— Le KGB ?

— C'est exact.

— Qu'est-ce qui m'arriverait ?

— Vous seriez détenu pour témoigner. Je pourrais ne pas parler de notre rencontre dans le parc ni de votre arme. Votre détention ne serait pas trop désagréable.

— Vous pourriez la rendre amusante ? demanda Kirwill.

— Pas trop. » Cette question inattendue fit rire Arkadi.

« Alors, fit Kirwill en allumant une cigarette et en lançant l'allumette par la fenêtre, je crois que je préfère cet arrangement. Rien que vous et moi. »

Un des chauffeurs de taxi traversa la rue pour leur demander s'ils avaient des pièces d'automobiles à acheter ou à vendre. Arkadi l'éconduisit.

« Un "arrangement" ? » demanda Arkadi à Kirwill. C'était ce à quoi il avait songé, mais entendre ce mot dans la bouche de Kirwill le mettait mal à l'aise.

« Une entente... une assistance mutuelle, dit Kirwill. Voyons, il me semble que le grand type, Kostia, a été descendu le premier, n'est-ce pas ? Jimmy a dû être le second. Avec sa mauvaise jambe, je suis surpris qu'il ait même patiné. Et en dernier, la petite Davidova. Ce que je ne comprends pas, ce sont les balles dans la tête, à moins que le meurtrier n'ait été au courant du travail exécuté sur Jimmy par un dentiste américain et qu'il ait su que ce serait différent de celui d'un dentiste russe. Dites-moi, vous ne soupçonnez pas de dentiste, non, Renko ? Ni un étranger ? ajouta-t-il avec son demi-sourire.

— Rien d'autre ? demanda Arkadi d'un ton neutre, bien qu'il lui eût fallu des jours pour trouver l'explication du travail dentaire.

— Bon. Le plâtre sur les vêtements. Des icônes, n'est-ce pas ? C'est pour ça que vous avez envoyé ce type dresser une liste. Au fait, c'est lui que j'ai filé jusqu'au KGB. Peut-être que vous n'êtes pas un salaud pour eux, mais lui en est un.

— Je vois que nous tenons les mêmes raisonnements.

— Bon. Maintenant, rendez-moi ma plaque.

— Pas encore.

— Renko, vous ne jouez pas franc-jeu avec moi.

— Monsieur Kirwill, aucun de nous ne joue franc-jeu avec l'autre. Nous sommes tout juste à un pas du mensonge flagrant, rappelez-vous. Comme aucun de nous ne sait quand l'autre va se retourner contre lui, nous allons devoir avancer pas à pas. Ne vous inquiétez pas, vous récupérerez votre plaque de policier avant de rentrer chez vous.

— Ma plaque d'inspecteur, fit Kirwill en le reprenant, et ne vous faites pas d'illusions, je n'en ai pas besoin. Si ça peut vous faire plaisir, gardez-la un jour ou deux. En attendant, vous connaissez l'expression "foutaises" ? Parce que c'est à quoi rime votre travail de porte à porte dans cette affaire, sans parler du fait que du côté icônes vous n'avez rien fait du tout jusqu'à maintenant. Je crois qu'il vaudrait mieux que nous travaillions chacun de notre côté et que nous ne nous rencontrions que pour échanger des renseignements. Vous savez, vous n'avancerez que comme ça. Donnez-moi quelques numéros où je puisse vous joindre. »

Arkadi inscrivit le numéro de téléphone de son bureau et de sa chambre à l'Ukraina. Kirwill les fourra dans sa poche de chemise. « La fille était jolie, hein ? Celle qui a été tuée avec Jimmy ?

— Je crois, mais qu'est-ce qui vous le fait penser ? Votre frère était un homme à femmes ?

— Non. Jimmy était un ascète. Il ne touchait pas aux femmes, mais il aimait bien être en leur compagnie et il était très difficile.

— Expliquez.

— Des madones, Renko. Vous savez ce que c'est ?

— Je ne crois pas que je comprenne.

— Oh ! ne poussez pas, fit Kirwill en ouvrant la porte.

Je commence juste à croire que vous êtes vraiment comme ça. »

Arkadi regarda Kirwill traverser la rue et passer au milieu des chauffeurs de taxi, cheminant avec une nonchalante assurance. Il se pencha sur un capot ouvert en donnant une opinion. Dans une seconde il va distribuer des cigarettes, songea Arkadi. Kirwill n'y manqua pas et les chauffeurs se rassemblèrent autour de lui.

Arkadi avait l'intention d'utiliser Kirwill. De toute évidence, l'Américain avait une autre idée derrière la tête.

Après avoir déposé le sac et le pistolet chez Lyudine, Arkadi se rendit au Bureau Central du Téléphone et du Télégraphe pour donner l'ordre qu'on mette sur écoute toutes les cabines publiques proches de l'adresse d'Irina Asanova. Cela n'avait rien d'extraordinaire pour quelqu'un comme elle de ne pas avoir le téléphone ; les gens attendaient ce privilège pendant des années. Ce qui intéressait Arkadi, c'étaient d'autres marques de pénurie : ses vêtements et ses chaussures d'occasion, ses cigarettes bon marché. La Mosfilm était pleine de femmes qui touchaient les mêmes salaires mais qui s'habillaient à la dernière mode pour assister aux soirées que donnait le Syndicat des Réalisateurs de Films pour des hôtes étrangers, et où il était courant de voir accepter dans des conditions civilisées l'offre d'un flacon de parfum français ou d'une jupe en tissu synthétique. Irina Asanova avait dû être invitée ; malgré cela, il semblait toujours lui manquer quatre-vingt-quinze kopeks pour faire un rouble. Il l'admirait.

Le colonel Lyudine présentait à Arkadi les débris desséchés du sac retrouvé dans le fleuve quand le téléphone du labo sonna. Un assistant répondit et tendit l'appareil à Arkadi en disant : « Pour vous, camarade Renko.

— Laisse-moi te rappeler plus tard, dit Arkadi à Zoya.

— Il faut que nous parlions », fit-elle d'une voix stridente.

Arkadi fit signe à Lyudine de continuer. « Le sac en cuir est de fabrication polonaise, commença l'expert.

— Arkadi ? demanda Zoya.

— Il y a un cordon de cuir qui passe par les œillets métalliques autour de la partie supérieure du sac, démontra Lyudine, ce qui permet de le tenir à la main ou sur l'épaule. Un article très mode et qui n'est accessible au public qu'à Moscou et Leningrad. Ici, fit-il en montrant l'endroit avec un crayon bien taillé, un seul trou dans un coin au fond du sac, le trou agrandi par plus d'une balle. Il y a des traces de poudre autour du trou et le cuir du sac correspond aux fragments de cuir retrouvés sur la balle de PG1. »

La balle qui avait tué Kostia Borodine. Arkadi hocha la tête d'un air encourageant.

« Je dépose une demande de divorce au tribunal, dit Zoya. Ça coûte cent roubles. Je compte que tu en paieras la moitié. Après tout, je t'ai laissé l'appartement. (Elle se tut, attendant une réponse.) Tu es là ?

— Oui », répondit Arkadi la tête penchée vers le combiné.

Lyudine énuméra les objets posés sur une table. « Trois porte-clés, avec la même marque sur chaque porte-clés. Un briquet. Une bouteille vide de vodka Extra. Une bouteille à moitié vide de cognac Martell. Deux patins à glace Spartak, taille 44. Un pot cassé de confiture de fraises française. Pas d'importation, je peux le préciser ; il a dû être acheté à l'étranger.

— Pas de fromage, de pain, de saucisse ?

— Ce sac a contenu pendant des mois, et à diverses reprises, du poisson et de l'anguille, inspecteur. Il y a des traces de graisse animale indiquant d'autres produits alimentaires. Des traces de tissu humain aussi.

— Arkadi, il faut que tu viennes tout de suite, fit Zoya. Ça fera mieux et nous pourrons avoir une séance à huis clos avec le juge. Je lui ai déjà parlé.

— Je suis occupé, répondit Arkadi dans l'appareil, et il demanda à Lyudine : pas d'empreintes ?

— Vous ne vous attendiez franchement pas à en trouver, inspecteur.

— C'est maintenant, insista Zoya, ou tu le regretteras. »

Arkadi posa une main sur le combiné. « Excusez-moi, colonel. Donnez-moi une minute. »

Levant sa montre comme s'il voulait l'examiner avec attention, Lyudine s'éloigna de la table entourée d'une cour d'assistants. Arkadi leur tourna le dos et murmura : « Quel motif de divorce invoques-tu ? Je te bats ? Je bois ?

— Pour commencer… (Il entendit sa gorge se serrer…) incompatibilité d'humeur. J'ai des témoins. Natacha et le Dr Schmidt.

— Et ton… (Il n'arrivait pas à rassembler ses idées.) Et ta situation au Parti ?

— Ivan…

— Ivan ?

— Le Dr Schmidt dit que cela n'aura pas des suites graves pour moi.

— Dieu soit loué. A quel point nos humeurs sont-elles censées être incompatibles ?

— Ça dépend, dit Zoya. Tu le regretteras si nous devons nous présenter devant un tribunal.

— Je le regrette déjà. Qu'est-ce que je devrais regretter d'autre ?

— Tes remarques, fit-elle doucement.

— Quelles remarques ?

— Tes remarques, toute ton attitude. Tout ce que tu dis du Parti. »

Arkadi fixa le combiné. Cherchant dans son esprit une image de Zoya, il retrouva la fiche du Pionnier aux cheveux blonds comme les blés. Puis un mur blanc. L'appartement mis à sac. Des scènes mortes, comme si leur mariage avait été rongé au long des années par des animaux invisibles et voraces. Mais c'était penser comme Lyudine, et il n'y avait vraiment rien du tout à comprendre ; les images se mélangeaient déjà, et il parlait dans le vide. Des analyses de caractère politique, affectif et ironique se perdaient toutes dans ce vide où il parlait à celle qui allait bientôt être son ex-femme.

« Je suis certain que ton avenir ne sera pas gravement affecté, dit-il. J'ai juste besoin d'un délai jusqu'à mai. Quelques jours encore. »

Il raccrocha.

Lyudine claqua dans ses mains. « Au travail. Le pistolet doit revenir d'un bain d'acide avant que les experts en balistique puissent faire un tir d'essai. Toutefois, je peux déjà vous dire ceci, inspecteur. Nos experts en munitions sont d'avis que l'arme est un Mannlicher, et du même calibre que le pistolet qui a tiré les balles mortelles dans le parc Gorki. Demain je serai en mesure de vous dire le modèle exact. En attendant, nous allons faire plus qu'il est humainement possible. Inspecteur Renko, vous m'écoutez ? »

En passant par la Novokouznetskaïa pour voir s'il n'y avait pas de coup de fil de Kirwill, Arkadi se trouva pris dans une réunion idéologique. Elles n'étaient guère fréquentes et ne comprenaient en général qu'un homme qui lisait tout haut la première page de la *Pravda* pendant que tous les autres feuilletaient des magazines de sport. Mais cette fois, c'était le grand jeu ; la salle d'interrogatoire du premier étage était bourrée d'inspecteurs de district tournés vers Chouchine et un médecin de l'Institut Serbsky.

« La psychiatrie soviétique est au seuil d'une percée majeure, d'une affirmation capitale sur la base même des maladies mentales, disait le docteur. Pendant trop longtemps, les organismes chargés de la santé et de la justice ont travaillé séparément et sans coordination. Aujourd'hui, je suis heureux de le dire, cette situation touche à sa fin. (Il s'arrêta pour introduire dans sa bouche une pastille contre la toux et pour trier ses papiers étalés sur la table.) L'institut a découvert que les criminels souffrent d'un trouble psychologique que nous appelons pathohétérodoxie. Cette découverte s'appuie sur des bases cliniques, aussi bien que théoriques. Dans une société injuste, un homme peut enfreindre des lois pour des raisons sociales ou économiques valables. Dans une société juste, il n'y a pas de raisons valables sauf la maladie mentale. La reconnaissance de ce fait protège celui qui a commis l'infraction aussi bien que la société dont il attaque les lois. Cela donne aux délinquants l'occasion d'être mis en quarantaine jusqu'au moment où leur maladie peut être traitée comme il convient. Vous voyez donc à quel point il est important que les enquêteurs améliorent leur conscience psychologique de façon à être en mesure de déceler ces signes subtils de pathohétérodoxie avant que lui, le déviationniste, n'ait l'occasion d'enfreindre la loi. C'est notre devoir d'épargner toute atteinte à la société et de sauver un malade des conséquences de ses actes. »

Le docteur tourna une nouvelle page à deux mains. « Vous seriez stupéfaits des expériences qui sont actuellement conduites à l'Institut Serbsky. Nous avons maintenant la preuve que le système nerveux d'un criminel est différent de celui d'un individu normal. Lorsqu'on nous les a tout d'abord amenés à la clinique, il se peut que différents sujets aient manifesté des comportements extrêmements variés, tantôt énonçant des déclarations irrationnelles, tantôt paraissant aussi normaux que vous ou moi. Tous, pourtant, après quelques jours passés dans l'isolement d'une cellule, sont tombés dans un état cataleptique. J'ai moi-même planté une aiguille de deux centimètres dans la peau d'un individu atteint de cette forme de pathohétérodoxie et j'ai constaté une absence totale de douleur.

— Où avez-vous planté l'aiguille ? » demanda Arkadi.

Un téléphone sonna dans son bureau, et Arkadi se glissa vers l'escalier. Chouchine dit quelques mots à l'oreille du médecin, qui prit une note.

« J'ai eu un chat autrefois, quand j'étais petite fille. (Natacha Mikoyan lissa la couverture de mohair qui lui couvrait les jambes.) Si doux, léger comme une plume, c'était à peine si on pouvait sentir ses petites côtes.

J'aurais dû être un chat. » Elle se pelotonna contre l'extrémité du canapé, la couverture remontée jusqu'au col à volants de sa chemise de nuit, ses petits doigts de pieds nus sur les coussins du canapé. Les rideaux étaient tirés, aucune lampe n'était allumée. Elle avait les cheveux défaits, de courtes mèches traçant des virgules sombres sur son cou. Elle sirotait du cognac dans une tasse émaillée.

« Tu disais que tu voulais me parler d'un meurtre, fit Arkadi. Quel meurtre ?

— Le mien, répondit-elle d'un ton possessif.

— Qui suspectes-tu de vouloir te tuer ?

— Micha, bien sûr. » Elle réprima un petit rire étouffé comme s'il avait posé une question stupide.

Malgré le faible éclairage de la pièce, il remarquait des changements depuis la semaine précédente où il était venu dîner. Pas grand-chose, un tableau de travers, des cendriers pleins de mégots de cigarettes tout blancs, de la poussière dans l'air et une odeur qui rappelait celle de fleurs en train de pourrir. Un sac était posé sur la table entre un canapé et le fauteuil où il était assis ; à côté, un bâton de rouge et un miroir, et quand elle bougeait, et que son genou touchait la table, le bâton de rouge roulait d'avant en arrière.

« Quand, pour la première fois, as-tu soupçonné Micha de vouloir te tuer ?

— Oh ! ça fait des années. » Elle ajouta, comme à la réflexion : « Tu peux fumer. Je sais comme tu aimes fumer quand tu es nerveux.

— Nous nous connaissons depuis longtemps, reconnut-il, et c'était vrai qu'il avait envie d'une cigarette. Comment penses-tu qu'il va te tuer ?

— Je vais me tuer.

— Ce n'est pas un meurtre, Natacha, c'est un suicide.

— Je savais que tu dirais ça, mais ce n'est pas le cas pour moi. Je ne suis que l'instrument, c'est lui le meurtrier. Il est avocat, il ne prend aucun risque.

— Tu veux dire qu'il essaie de te rendre folle, c'est ça ?

— Si j'étais folle, je ne serais pas capable de te dire ce qu'il fait. D'ailleurs, il a déjà pris ma vie. Nous ne parlons que de moi maintenant.

— Ah. »

Elle n'avait pas l'air d'une folle. En fait, elle avait un ton un peu rêveur en profondeur et conciliant en surface. Maintenant qu'il y réfléchissait, Natacha et lui avaient toujours été grands amis, mais jamais très proches.

« Alors, demanda-t-il, que veux-tu que je fasse pour toi ? Je vais certainement parler à Micha...

— Lui parler ? Je veux que tu l'arrêtes.

— Pour meurtre ? Ne te suicide pas et il n'y aura pas de meurtre. »

Il essaya de sourire. Natacha secoua la tête. « Non, je ne peux pas prendre de risque. Il faut que je le fasse arrêter maintenant, pendant que je peux.

— Sois raisonnable, fit Arkadi qui perdait patience. Je ne peux pas arrêter quelqu'un pour un crime qu'il n'a pas commis, surtout sur le témoignage d'une victime qui s'apprête à se suicider.

— Alors, tu n'es pas un très bon enquêteur, n'est-ce pas ?

— Pourquoi m'as-tu appelé ? Pourquoi dire ça à moi ? Parle à ton mari.

— Ah ! j'aime ça, fit-elle en renversant la tête en arrière. Ton mari ! Ça sonne bien. (Elle se pelotonna pour être plus au chaud.)

« Je trouve que Micha et toi vous ne faites qu'un. Lui le pense aussi. Il t'appelle toujours son “bon côté”. Tu fais tout ce qu'il aurait aimé faire ; c'est pourquoi il t'admire tant. Si je ne peux pas dire à son “bon côté” qu'il cherche à me tuer, je ne peux le dire à personne. Tu sais, je me suis souvent demandé pourquoi tu ne t'intéressais pas à moi quand nous étions à l'université. J'étais très séduisante en ce temps-là.

— Tu l'es toujours.

— Ça t'intéresse encore ? Nous pourrions faire ça ici ; nous n'aurions pas besoin d'aller dans la chambre et, je te le promets, ce serait absolument sans risque, sans aucun danger. Non ? Sois franc, Arkacha, tu as toujours été franc, c'est ton charme. Non ? Ne t'excuse pas, je t'en prie ; je dois t'avouer que ça ne m'intéresse pas non plus. Qu'est-ce qui nous arrive, fit-elle en riant, que ça ne nous intéresse même plus ? »

D'un geste impulsif, Arkadi s'empara de son sac et le renversa en répandant le contenu, surtout des sachets de pentalginum, un anesthésiant contenant de la codéine et du phénobarbital, qu'on vendait sans ordonnance, la drogue de la ménagère.

« Combien en prends-tu par jour ?

— Le *modus operandi*, voilà ce qui t'attire l'œil. Tu es si professionnel. Les hommes sont si professionnels, si prompts à faire un pompage d'estomac. Mais je t'ennuie, reprit-elle avec gaieté, et tu as des morts à toi dont tu dois t'occuper. Je ne pensais qu'à élargir ton horizon. Tu es le seul homme que je connaisse qui aurait peut-être été intéressé. Maintenant, tu peux retourner à ton travail.

— Qu'est-ce que tu vas faire ?

— Oh ! je vais rester assise ici. Comme un chat. »

Arkadi se leva et fit deux pas vers la porte. « Il paraît que tu vas témoigner contre moi au tribunal des divorces, dit-il.

— Pas contre toi. Pour Zoya. Franchement, reprit Natacha avec douceur, je ne vous ai jamais connus formant un couple, tous les deux, jamais.

— Ça va aller ? Il faut que je parte.

— Très bien. » Elle porta d'un geste délicat la tasse à ses lèvres.

A la porte de l'ascenseur, Arkadi rencontra Micha qui arrivait tout juste, rouge de confusion.

« Merci d'être venu. Je n'ai pas pu me libérer plus tôt ! fit Micha en essayant de passer.

— Attends, tu ferais mieux de faire venir un médecin, dit Arkadi. Et retire-lui ses cachets.

— Elle ira très bien, fit Micha en battant en retraite vers son appartement. Elle a déjà fait ça, ça va aller. Pourquoi ne te préoccupes-tu pas de tes propres affaires ? »

Arkadi passa l'après-midi au milieu des paperasseries, à vérifier l'enregistrement au nom de Hans Unmann d'une conduite intérieure Jiguli et à revérifier les visas d'Osborne. L'Américain avait voyagé de Paris à Leningrad en train, arrivant le 2 janvier. Un pareil voyage, même en « classe confortable », à travers la France, l'Allemagne et la Pologne, avait dû être assommant, surtout pour un homme d'affaires aussi survolté qu'Osborne. Mais le port de Leningrad était bloqué par les glaces durant les mois d'hiver et une fouille dans un aéroport aurait pu faire découvrir le Mannlicher.

En fin d'après-midi, Arkadi assista à la crémation de Pacha Pavlovitch, dont on avait fini par libérer le corps pour le placer dans une caisse en sapin et le pousser vers des jets de gaz.

Des houligans avaient démoli tous les mots de l'enseigne rouge, sauf un seul : ESPOIR.

Les cheminées des ateliers Likhatchev disparaissaient dans la nuit. Dans la rue, les magasins étaient fermés, celui qui vendait de la vodka protégé par une grille de fer. Des ivrognes interpellaient un milicien : « Sale mordqueue de merde ! » Et le milicien quittait le trottoir pour la chaussée, cherchant une voiture de patrouille.

Arkadi entra dans la cafétéria où il avait précédemment rencontré Swan. Des consommateurs étaient groupés aux tables rondes, des mains honnêtes sur leurs bouteilles, des blousons raides de sueur au dossier de leurs chaises, des oignons crus et des couteaux sur leurs assiettes. Sur le comptoir du bar, un poste de télévision procurait une distraction illégale : Dynamo contre Odessa. Arkadi alla droit aux toilettes où Kirwill était en train d'uriner dans le trou ménagé à cet effet. Il portait un blouson de cuir et une casquette de tissu. Malgré le mauvais éclairage, Arkadi distinguait sur le visage de Kirwill, outre l'habituelle tension, un début de couperose.

« On s'amuse ? demanda Arkadi.

— A être planté dans la pisse de quelqu'un d'autre ? Je pense bien. (Il referma sa braguette.) Vous êtes en retard.

— Je suis désolé. » Arkadi s'installa à son tour devant le trou, se postant à une soixantaine de centimètres pour éviter la flaque. Il se demanda ce que Kirwill avait déjà bu.

« On a vérifié si c'était bien un Mannlicher ?

— On est en train.

— Qu'est-ce que vous avez foutu d'autre toute la journée ? Vous avez appris à viser ?

— Ça ne vous ferait pas de mal à vous non plus », dit-il en jetant un coup d'œil aux chaussures de Kirwill.

Ils s'installèrent à une table que Kirwill avait réquisitionnée dans un coin du bar. Une bouteille de vodka à moitié vide posée au milieu.

« Renko, vous buvez ? »

Arkadi songea à partir. Kirwill était déjà assez imprévisible quand il était à jeun et Arkadi avait toujours entendu dire que les Américains ne tenaient pas l'alcool. Mais Swan devait venir et il ne voulait pas le manquer.

« Qu'est-ce que vous dites, Renko ? Plus tard, on fera un concours de pissage : distance, durée, précision et style. J'accepterai un handicap. Une jambe. Ça ne vous suffit pas ? Sans les mains ?

— Vous êtes vraiment officier de police ?

— Le seul que je vois ici. Venez, Renko, c'est moi qui régale.

— Vous voulez être insultant, n'est-ce pas ?

— Quand je suis inspiré. Vous préféreriez que je vous cogne comme l'autre fois ? (Kirwill se renversa en arrière, croisa les bras et promena autour de lui un regard approbateur.) C'est pas mal ici.

Ses yeux revinrent à Arkadi et il répéta, mimant un enfant vexé : « J'ai dit que ça n'était pas mal ici. »

Arkadi alla jusqu'au comptoir et en revint avec une bouteille et un verre pour lui. Il posa deux allumettes sur la table, entre sa bouteille et celle de Kirwill, en cassa une en deux et posa sa main dessus de façon que seules les têtes dépassent de sa paume. « Celui qui a la plus petite verse de sa bouteille », dit-il.

L'air maussade, Kirwill en tira une. La plus courte.

« Merde.

— Excellent russe, grossière expression. (Arkadi regarda Kirwill verser.) Et puis vous devriez vous faire couper les cheveux plus court sur les côtés. Ne posez pas les pieds sur la chaise. Il n'y a que les Américains qui font ça.

— Oh ! je vois que nous allons bien travailler ensemble. » Kirwill vida son verre d'une gorgée, la tête renversée, comme Arkadi. De nouveau ils tirèrent des allumettes et de nouveau Kirwill perdit. « Cette connerie d'étiquette du Lumpenproletariat. Allons, Renko, pourquoi ne me dites-vous pas ce que vous avez fait, à part laisser votre sang aller de votre cerveau à votre cul ? »

Arkadi n'avait pas l'intention de lui parler d'Osborne, et il ne voulait pas que Kirwill allât trouver Irina Asanova, aussi parla-t-il de la reconstruction du crâne de la fille morte.

« Magnifique, dit Kirwill quand Arkadi eut terminé. J'ai affaire à un vrai dingue. Un visage à partir d'un crâne ? Bon Dieu. Enfin, c'est fascinant, j'ai l'impression de voir comment fonctionne la police dans la Rome antique. Et après, qu'est-ce que ce sera : les entrailles des oiseaux ou bien est-ce que vous lancez des os ? Reconstruire des icônes, voilà ce que faisait Jimmy. Vos propres notes mentionnaient un coffre peint.

— Volé ou acheté, pas reconstruit. »

Kirwill se gratta le menton et la poitrine ; puis ses mains s'aventurèrent dans une poche de son blouson et en tirèrent une carte postale qu'il fit danser sous le nez d'Arkadi. Sur la partie blanche se trouvait une brève description d'un « coffre religieux, cathédrale de l'archange, le Kremlin ». L'autre face montrait la photo en couleur d'un coffre doré contenant des gobelets sacramentaux en cristal et en or. Sur les panneaux du coffre, des icônes illustraient une bataille entre des anges blancs et noirs.

« A votre avis, inspecteur, ça date de quand ?

— Quatre cents, cinq cents ans, hasarda Arkadi.

— Essayez 1920. C'est lorsque la cathédrale et tout ce

qu'elle contenait ont été rénovés, camarade. Qui a dit que Lénine n'avait pas de goût ? Notez que je ne parle que du cadre du coffre. Les panneaux sont originaux. On en donnerait plus de cent mille dollars à New York. Et ça arrive : des panneaux sortent d'ici tout le temps, mais parfois ils ne partent tout simplement pas comme icônes. Peut-être un marchand exporte-t-il un méchant coffre bâti autour d'icônes et trafiqué pour avoir l'air de mauvaise qualité. Alors j'ai passé la journée à suivre cette brillante idée qui m'était venue. Dans toutes les ambassades de la ville, j'ai essayé de découvrir qui, au cours des six derniers mois, avait exporté des icônes, ou un coffre, ou un siège décoré d'icônes. Chou blanc. Je suis retourné à l'ambassade américaine voir l'attaché politique, qui est le chef de l'antenne de la CIA et un type qui n'arriverait pas à retrouver son trou du cul avec un miroir ; mais il m'a dit sous le sceau du secret que faire sortir en contrebande une icône de bonne qualité, c'était une bonne précaution contre l'inflation. On se flanquerait une hernie à essayer de soulever une valise diplomatique là-bas. Seulement, pas de marchand. Et puis je me rends compte qu'on ne peut faire aucune restauration sans or, et que dans ce pays on ne peut acheter ni voler de l'or. Alors, j'en ai déduit que toute mon idée ne tenait pas debout et, comme j'avais un peu soif, je me suis réfugié dans ces toilettes où vous avez si astucieusement choisi de me donner rendez-vous.

— Kostia Borodine pourrait, dit Arkadi.

— Acheter de l'or ici ?

— Voler de l'or en Sibérie. Mais est-ce que ça ne serait pas un peu trop voyant de bâtir un nouveau coffre autour de vieilles icônes ?

— On le vieillit. On frotte un peu les dorures pour laisser apparaître le bois. On barbouille un peu de terre de Sienne. Envoyez un inspecteur dans tous les magasins de fournitures d'art de la ville pour voir qui a acheté du bois d'Arménie, du plâtre, de la gélatine en poudre, du blanc de Meudon, de la colle forte, de l'étamine, de la toile émeri extra-fine, des peaux de chamois...

— Vous semblez avoir une certaine expérience, observa Arkadi en dressant une liste.

— N'importe quel flic de New York sait ça. Ajoutez du coton, de l'alcool, des poinçons et un fer à brunir. (Kirwill se versa un autre verre pendant qu'Arkadi griffonnait.) Vous n'avez pas été surpris de ne pas trouver de poils de zibeline sur les vêtements de Jimmy.

— De zibeline ? Pourquoi ?

— C'est la seule espèce de pinceau pour faire des dorures, un pinceau de zibeline rouge. Bon sang, qu'est-ce que c'est que ça ? »

Swan était arrivé avec un gitan, un vieil homme avec un visage de vieux singe, fripé et éveillé, un chapeau cabossé posé sur des boucles grisonnantes, un foulard sale noué autour du cou. Dans toutes les statistiques de l'Union soviétique, il n'y avait pas de chômeurs, sauf les gitans. Malgré tous les efforts pour élever leur condition sociale ou les expulser, tous les dimanches on pouvait les trouver vendant des charmes sur les marchés et à chaque printemps ils surgissaient, comme s'ils avaient jailli du sol, dans les jardins publics de la ville, les femmes tenant un bébé brun sur un sein découvert, quémandant quelques pièces.

« Les gens n'achètent pas de matériel d'art dans les magasins, expliqua Arkadi. Ils achètent ça dans des marchés d'occasion, au coin des rues, chez des gens.

— Il dit qu'il a entendu un Sibérien dire qu'il avait de la poudre d'or à vendre, fit Swan en désignant le gitan de la tête.

— Et des peaux de zibeline, on m'a dit. (Le gitan avait une voix rauque.) Cinq cents roubles pour une seule peau.

— On peut acheter n'importe quoi si on connaît le bon coin de rue, dit Arkadi à Kirwill, mais en regardant le Gitan.

— N'importe quoi, acquiesça celui-ci.

— Même des gens, ajouta Arkadi.

— Comme le juge qui a envoyé mon fils au camp et qui mourra d'un lent cancer. Est-ce que le juge a pensé aux enfants que mon fils a laissés derrière lui ?

— Combien d'enfants votre fils a-t-il laissés ? demanda Arkadi.

— Des bébés. » La voix du gitan s'étranglait, visiblement sous le coup de l'émotion. Il se retourna sur sa chaise pour cracher par terre et s'essuya la bouche du revers de sa manche. « Dix bébés ».

A la table la plus proche, des ivrognes chantaient une triste mélodie d'amour, en se tenant par les épaules et en balançant la tête. Le gitan tortilla des hanches et s'humecta les lèvres d'un geste coquet. « Leur mère est très jolie, chuchota-t-il à Arkadi.

— Quatre bébés.

— Huit, c'est mon dernier mot...

— Six (Arkadi posa six roubles sur la table.) Dix fois ça si tu trouves où habitaient les Sibériens. (Il se tourna vers Swan.) Il y avait un rouquin maigre avec eux. Ils ont tous disparu vers le début de février. Copie la liste des fournitures d'art et donne un double au Gitan. Ils ont bien dû acheter leur matériel à quelqu'un. Ils habitaient probablement les faubourgs de la ville, pas le centre. Ils ne tenaient pas à avoir beaucoup de voisins là où ils se terraient.

— Vous allez avoir beaucoup de chance, fit le Gitan en fourrant l'argent dans une poche. Comme votre père. Le général était très généreux. Saviez-vous que nous avons suivi ses troupes pendant toute son avance à travers l'Allemagne ? Il laissait toujours un bon butin. Pas comme certains. »

Swan et le Gitan sortirent juste au moment où la télévision transmettait Odessa marquant un but. Le goal de Dynamo, Pilguy, était planté les bras ballants, comme s'il surveillait un terrain désert.

« Les Gitans arrivent à trouver des choses, fit Arkadi.

— Il faut que j'en passe par là aussi avec mes indicateurs, ne vous en faites pas, dit Kirwill. Tirez une allumette. »

Arkadi perdit et versa.

« Vous savez, fit Kirwill en prenant son verre, il y a eu une affaire à Tuxedo Park voilà quelques années où on a recueilli des fragments du visage d'une fille pour l'identifier. Au bureau du médecin légiste de New York il y a un type qui reconstitue des visages, surtout après des accidents d'avion. Il ôte les os et reforme la peau. Je pense qu'on peut faire l'inverse. Alors à votre inspecteur mort, d'accord ?

— D'accord. A Pacha. »

Ils burent, tirèrent des allumettes et burent encore. Arkadi sentait la vodka se frayer un chemin de son estomac jusqu'à ses membres. Kirwill, il était content de le constater, ne présentait aucun des signes qu'il redoutait de paralysie alcoolique ; tout au contraire, remplissant bien son siège, un verre dans une main, il manifestait les symptômes d'un buveur accompli. Il évoquait pour Arkadi un coureur de fond qui vient tout juste de trouver son allure, ou bien une péniche qui passe nonchalamment la crête d'un remous. La puanteur qui régnait dans le bar aurait chassé n'importe quel Moscovite cultivé. Mieux valait mourir sur les marches du Bolchoï que d'être vivant dans un bar d'ouvriers. Mais Kirwill semblait sincèrement à l'aise.

« C'est vrai ce qu'on raconte à propos du général Renko ? demanda-t-il. Le Boucher de l'Ukraine, c'était votre père ? Voilà, comme on dit, une note en bas de page bien intéressante. Comment ai-je manqué ça ? » Arkadi chercha une insulte sur le large visage coloré. Kirwill montrait simplement de la curiosité, voire un intérêt amical.

« C'est facile pour vous, dit Arkadi, très difficile pour moi.

— Eh oui. Comment se fait-il que vous n'ayez pas fait carrière dans l'armée ? “Le fils du boucher de l'Ukraine”, vous devriez avoir une étoile à l'heure qu'il est. Qu'est-ce que vous êtes, un raté ?

— Vous voulez dire en plus d'être incompétent ?

— Oui, fit Kirwill en riant. En plus de ça. »

Arkadi réfléchit. C'était une forme d'humour qu'il connaissait mal, et il voulait choisir la bonne réponse.

« Mon “incompétence” est une pure question d'entraînement ; être “un rat”, comme vous dites, tient à mon propre génie. Et, je le répète, c’est très dur. Le général commandait des chars en Ukraine. La moitié des membres de l’actuel grand état-major commandaient des chars en Ukraine. Le commissaire politique de cette campagne était Khrouchtchev. C’était un groupe enchanté : futurs secrétaires du Parti et futurs maréchaux. On m’a donc envoyé dans les bonnes écoles, j’ai eu de bons professeurs, j’ai été bien parrainé au Parti. Si on avait nommé le général maréchal, je n’aurais pas pu m’en tirer. A l’heure qu’il est, j’aurais ma propre base de missiles en Moldavie.

— Et la marine ?

— Etre un de ces connards avec du galon et une épée de cérémonie ? Non, merci. D’ailleurs, on ne l’a pas fait maréchal. Il était “le bras de Staline” ! Quand Staline est mort, personne d’autre ne pouvait lui faire confiance. Lui, un maréchal de l’armée ? Jamais de la vie.

— On l’a tué ?

— On l’a mis à la retraite. Et on m’a laissé dégénérer pour devenir l’inspecteur que vous voyez aujourd’hui. Prenez une allumette.

— C’est drôle, fit Kirwill en prenant l’allumette la plus courte et en versant, les gens vous demandent toujours pourquoi on est devenu flic. Vous ne trouvez pas ? Il y a trois métiers qui attirent toujours cette question : les prêtres, les putains et les flics. Les boulots les plus nécessaires du monde, mais les gens posent toujours la question. A moins qu’on ne soit irlandais.

— Pourquoi ?

— Si on est irlandais on naît dans la société du Saint Nom et il n’y a que deux branches, la police ou l’Église.

— Le “Saint Nom” ? Qu’est-ce que c’est que ça ?

— C’est la simple vie.

— Simple en quoi ?

— Les femmes sont des saintes ou des connasses. Les cocos sont des juifs. Les prêtres irlandais boivent ; les autres sont des pédés. Les Noirs sont des obsédés sexuels et baisent comme des dieux. Le meilleur livre jamais écrit, c'était *Le Plus Grand de Tous les Siècles*, le XIIIe, de J. Walsh, toutes les religieuses vous le diront. Hoover était une tante. Hitler n'avait pas tort. Un procureur vous pissera dans la poche en vous disant qu'il pleut. Ce sont les choses de la vie et les Règles d'Or ; le reste est de la foutaise. Vous pensez que je suis bien ignorant, n'est-ce pas ? » Il n'y avait pas à s'y tromper : le visage de Kirwill exprimait le mépris. L'amabilité qui s'y peignait un moment plus tôt — réelle quand elle était là — avait disparu. Arkadi n'avait rien fait pour provoquer l'apparition d'une expression ni la disparition d'une autre. Il n'avait pas plus d'influence sur Kirwill qu'il n'en aurait eu sur le brusque changement de cap d'un navire ou sur la modification de l'aspect d'une planète. Kirwill se pencha sur la table, l'enserrant entre ses bras, ses yeux brillants fixés sur Arkadi.

« Je ne suis pas si ignorant que ça. Je connais les Russes, j'ai été élevé par des Russes. Tous les malheureux Russes que Staline a obligés à quitter ce putain de pays habitaient chez moi.

— J'ai entendu dire que vos parents étaient des radicaux, fit Arkadi avec prudence.

— Des radicaux ? Des rouges. Des catholiques irlandais rouges.

Le grand Jim et Edna Kirwill, je pense bien que vous avez entendu parler d'eux. »

Arkadi jeta un coup d'œil autour de lui. Tous les autres occupants du bar avaient leurs yeux d'alcooliques fixés sur la télévision. Odessa marqua encore un but, et ceux qui en étaient capables sifflèrent. Une douloureuse étreinte sur le poignet d'Arkadi lui fit tourner la tête. « Le grand Jim et Edna, les cœurs saignants du monde russe. Anarchistes, mencheviks, tout ce que vous voulez, si c'était russe et dingue, ça avait un toit à New York. Notre toit. Quand personne d'autre ne voulait les prendre. Une soirée de bienfaisance permanente pour les Rouges déplacés. Je vais vous dire une chose, c'étaient les anarchistes qui étaient les meilleurs mécaniciens de voitures. Ils ont l'esprit très mécanique, les anarchistes : à force de fabriquer des bombes.

— La gauche américaine semble avoir une histoire intéressante… commença Arkadi.

— Ne me parlez pas de la gauche américaine, moi je vais vous en parler de la foutue gauche américaine. Le mouvement catholique marxiste mollasson, avec ses magazines avec des noms comme *Travail, Culte, Pensées* — comme si aucun d'eux avait jamais fait un plus grand effort que soulever un verre de Xérès ou que de lâcher un pet — ou bien des noms du style bondieusard comme *Orate Fratres* ou bien *La Revue grégorienne. La Revue grégorienne*, j'adore ça. Un petit moine boxant frère Marx. Seulement il n'était jamais là quand on se faisait matraquer et que les flics qui se chargeaient de l'opération se précipitaient à l'église pour faire bénir leurs matraques. Les prêtres étaient pires que les flics. Tenez, le pape était fasciste. En Amérique, pour être un prince de l'Église, il fallait être méchant, ignorant et irlandais, voilà. Cognez sur la tête d'Edna Kirwill, qui ne mesurait pas un mètre cinquante, et votre fils fait sa confirmation à Saint Patrick. Pourquoi ? Parce que pendant vingt ans le *Red Star* a été le seul journal catholique avec assez de couilles pour s'appeler communiste. En plein sur le titre. C'était comme ça que le grand Jim faisait les choses. Il venait d'une vieille famille de l'IRA, il était bâti comme une charrette à bière, deux mains qui auraient couvert cette table, fit Kirwill en déployant ses deux immenses mains, et bien trop instruit pour son bien. Edna était une Irlandaise de la haute. Ses parents avaient une brasserie et elle devait être la religieuse de la famille, vous voyez le genre. C'est pour ça que le grand Jim et Edna n'ont jamais été excommuniés, parce que son vieux à elle n'arrêtait pas d'acheter des lieux de retraite pour l'Église, trois du côté de l'Hudson et un en Irlande. Bien sûr, nous avions nos retraites à nous… Joe Hill House, Mary Farm — avec de grandes conversations intellectuelles devant la cheminée. Teilhard de Chardin était un capitaliste camouflé, oui ou non ? Fallait-il boycotter *Going My Way ?*

Oh ! nous étions des moines de week-end. On jouait

le Gloria avec des tam-tams, des vitraux et des icônes dorées. Jusqu'à la fin de la guerre et le procès Rosenberg, on puait la fraternité. Et puis tous les moines ont rabattu leurs capuchons sur leurs têtes et se sont planqués sauf le grand Jim et Edna et les mêmes malheureux Russes avec lesquels on avait commencé — ce qui nous faisait une belle jambe avec McCarthy et le FBI qui faisaient le guet à la porte. J'étais en train de tuer du Chinois en Corée quand Jimmy est né. C'était une plaisanterie dans la famille. Hoover avait si bien coincé le grand Jim et Edna dans la maison qu'ils s'étaient remis à baiser. »

Dynamo finit par marquer, ce qui provoqua tout le long du bar une approbation noyée dans l'alcool.

« Et puis j'ai obtenu cette permission pour deuil parce qu'ils étaient morts. Un double suicide... la morphine, la seule façon convenable de s'en aller. Le 10 mars 1953, cinq jours après Staline, alors que l'Union soviétique allait émerger de la confusion pour montrer le chemin d'une Jérusalem socialiste. Seulement ça n'allait pas se faire ; c'était la même cargaison de bouchers à la barre du même vieux rafiot ensanglanté, et le grand Jim et Edna sont tout bonnement morts d'une déception mortelle. Quand même, nous avons eu un enterrement intéressant. Les socialistes ne sont pas venus parce que le grand Jim et Edna étaient communistes ; les catholiques ne sont pas venus parce que le suicide était un péché ; les communistes ne sont pas venus parce que le Grand Jim et Edna n'applaudissaient pas Oncle Jo. Alors il n'y avait que le FBI, Jimmy et moi. Environ cinq ans plus tard, quelqu'un de l'ambassade soviétique vient demander si nous aimerions faire transporter en Russie les corps du Grand Jim et d'Edna. Ils n'auraient pas des niches dans le mur du Kremlin — ce ne serait pas aussi merveilleux que ca — mais une jolie tombe à Moscou. Avec le recul, c'est assez amusant.

« Ce que je veux dire, ce qui fait que je parle et que vous, vous êtes assis là comme si vous aviez un œuf entre les fesses, ce que je veux dire c'est que je vous connais, vous et votre peuple. Quelqu'un dans cette ville a tué mon petit frère. Pour l'instant vous jouez le jeu avec moi, mais à un moment donné, parce que vous voudrez vous lancer à la poursuite du type qui a buté votre inspecteur, ou parce que votre patron vous dira de le faire, ou parce que c'est vous qui êtes derrière tout ça, vous allez essayer de me laisser en train de bander avec une corde autour du cou. Et je veux juste que vous sachiez que quand vous ferez ça je vous aurai d'abord. Je tiens juste à ce que vous le sachiez. »

Arkadi roulait sans but. Il n'était pas ivre. Rester assis avec Kirwill, ç'avait été comme être assis devant une chaudière ouverte qui brûlait de la vodka en dégageant une bien faible énergie. Tous les deux blocs, on hissait en place des bannières rouges ou des projecteurs. Des camions du service d'hygiène, bondés comme des escargots, flânaient dans les caniveaux. Moscou se dirigeait d'un pas de somnambule vers le 1er mai.

Comme il finissait par avoir faim, il s'arrêta pour manger un morceau au Petrovka. La cantine de la milice était vide à part une tablée de filles de la salle d'alarme privée. Des gens payaient un certain nombre de roubles par mois pour avoir un système d'alarme contre les cambrioleurs. Les filles dormaient à poings fermés, la tête dans les bras. Arkadi laissa tomber un peu de monnaie dans une boîte pour prendre des petits pains et du thé, mangea un petit pain et laissa le reste.

Il avait l'impression que quelque chose était en train de se passer, mais il ne savait pas quoi, ni où. Dans les couloirs, ses pas résonnaient devant lui comme si c'étaient ceux d'un autre. La plupart des policiers de service de nuit étaient dehors pour la rafle annuelle destinée à débarrasser le centre de la ville des ivrognes avant le 1er mai ; en revanche, le 1er mai, ce serait patriotique d'être ivre. Tout était une question de temps. Les radicaux de Kirwill, fantômes d'une obscure chronologie de passions mortes dont Arkadi se demandait si même les Américains connaissaient l'existence et s'y intéressaient… comment pourraient-ils avoir quelque chose à voir avec le meurtre de Moscou ?

Dans la salle des transmissions il y avait deux sergents un peu débraillés ; ils dactylographiaient des messages radio qui leur arrivaient par bribes, invisibles détritus provenant du monde extérieur. Bien qu'il n'y eût aucune lumière éclairant la carte de la ville, Arkadi l'inspecta.

Il alla jusqu'à la salle des permanences des inspecteurs. Un homme, tout seul, tapait à la machine des comptes rendus d'audiences. Ils étaient rédigés à la main et dactylographiés pour être classés. Aux murs, des imprimés exhortaient à la « Vigilance pour une glorieuse semaine », et invitaient à des « Groupes de ski pour le Caucase ». Il s'assit à un bureau et appela le Central du téléphone et du télégraphe. Ayant obtenu une réponse à la vingtième sonnerie, il demanda quels avaient été les appels téléphoniques émanant des cabines dans les parages de l'appartement d'Irina Ivanova.

Une voix lourde de sommeil répondit : « Inspecteur, je vous enverrai une liste demain matin. Je ne vais pas vous lire maintenant une centaine de numéros de téléphone.

— Pas d'appel pour l'hôtel Rossiya ? demanda Arkadi.

— Non.

— Attendez. » Dans la salle de permanence il n'y avait qu'un seul annuaire. Arkadi feuilleta les pages « R » jusqu'à Rossiya. « Pas d'appel pour le 45-77-02 ? »

Il y eut un grognement écœuré à l'autre bout du fil, puis un long silence et la voix reprit : « A 20 h 10, un appel a été effectué de la cabine publique 90-28-25 au 45-77-02.

— Durée ?

— Une minute. »

Arkadi raccrocha, composa le numéro du Rossiya et demanda Osborne. M. Osborne n'était pas dans sa chambre, répondit l'employé. Osborne avait rendez-vous avec Irina Asanova.

Arkadi se précipita au garage, sauta dans sa voiture et déboucha dans la rue Petrovska, qui était à sens unique en direction du sud. Il y avait peu de circulation. A supposer qu'elle eût appelé Osborne, songea Arkadi, alors c'était son initiative à elle, c'était même de l'insistance. Une minute était suffisante pour simplement fixer un lieu de rendez-vous ; elle en avait demandé un. Où donc ? Pas dans la chambre d'Osborne, et pas dans un endroit où ils risqueraient de se faire remarquer. Pas dans une voiture : cela pourrait attirer l'œil d'un milicien, et si ce n'était pas dans une voiture, alors Osborne ne la raccompagnerait pas chez elle. Les transports publics s'arrêtaient à 0 h 30. La montre d'Arkadi indiquait 0 h 10. A la vérité, il ne savait pas s'ils avaient rendez-vous, ni où ni quand. Il ne pouvait qu'essayer ce qui paraissait évident.

Il tourna sur la place de la Révolution, coupa le contact et continua en roue libre pour s'arrêter dans l'ombre entre deux lampadaires. C'était la station de métro la plus proche de Rossiya et c'était également une ligne directe jusqu'au quartier où habitait Irina Asanova. Une voiture de la milice passa en trombe, les phares bleus clignotant, sans sirène. Pour une fois, Arkadi regretta de ne pas avoir une radio dans sa voiture. Il sentait son cœur battre. Il tapotait le volant. Son excitation lui disait qu'il avait raison.

La place de la Révolution s'ouvrait à son extrémité nord sur la place Sverdlov, à son extrémité sud sur la place Rouge. Il surveillait les silhouettes émergeant des lumières de la place Rouge, une sorte de brume éblouissante comme des cristaux de neige qui filtrait de la devanture géante du GOUM, le grand magasin du gouvernement. Mais des pas arrivaient de toutes les directions, attirant son regard d'un côté puis d'un autre. Parmi ces pas, les uns flânant, les autres courant pour attraper un train, il perçut le bruit de sa démarche. Irina Asanova déboucha au coin du grand magasin, les mains dans les poches de son blouson, ses longs cheveux flottant derrière elle comme un drapeau. Elle franchit les portes vitrées de la station de métro juste en face de la voiture d'Arkadi. Il vit deux hommes, l'un de chaque côté de l'entrée, lui emboîter le pas.

En entrant dans le métro, Irina avait ses cinq kopeks

prêts. Lorsque Arkadi arriva, il dut faire de la monnaie à un appareil. Le temps qu'il parvînt à l'escalier roulant qui descendait, elle avait de l'avance sur lui, ainsi que les deux hommes dont elle n'avait pas remarqué la présence. Ils étaient en manteau et en chapeau, le genre de déguisement un peu miteux qu'on pouvait rencontrer toutes les trois ou quatre marches d'un escalier qui descendait à deux cents mètres — la profondeur d'un abri — sous la ville. Pourtant, c'était l'heure des romances ; il y avait des couples d'amoureux en quinconce, les hommes une marche plus bas que les femmes sur le sein desquelles ils reposaient leur tête. Impassibles, les femmes fixaient devant elles le plafond qui se déroulait, ne lançant un regard furieusement propriétaire que quand Irina les bousculait. Les deux hommes en manteau fonçaient derrière elle, comme le faisait Arkadi, avec un peu plus de retard. A l'endroit où se terminait l'escalier roulant, à l'entrée d'un étroit goulet blanc, Irina s'avança et disparut. Les deux hommes en manteau la suivirent.

Les couloirs de la station inférieure avaient des sols en marbre, des lustres en cristal, des murs arrondis recouverts de mosaïque, avec des panoramas révolutionnaires de pierre couleur chair, couleur canon et couleur feu qui dissimulaient le sifflement et le tremblement des trains invisibles. Arkadi passa en courant devant deux petits soldats mongols qui traînaient à eux deux une lourde valise, devant les mosaïques représentant Lénine s'adressant aux bolcheviks. Un musicien en escarpins vernis s'avançait auprès de Lénine haranguant le personnel des usines. Des couples las musardaient là où Lénine était penché sur un manifeste. Arkadi ne voyait plus Irina Asanova, il n'entendait plus l'écho de ses pas qui répondait à sa propre course. Elle avait tout simplement disparu.

Au bout du couloir, des arches basses menaient à un quai. Une rame venait de démarrer, entraînant sa cargaison d'étrangers derrière des plaques d'acier et de verre, les vieux et les anciens combattants se glissant aux places qui leur étaient réservées, les amoureux se risquant à être ballottés ensemble, tout cela ne devenant qu'une tache, le fouet d'une mèche qui claquait, puis deux lumières rouges dans le tunnel. Arkadi ne pensait pas qu'elle était dans la rame, mais il ne pouvait en être sûr. Au-dessus de la voie, les chiffres éclairés d'une grande pendule digitale passèrent de 2.56 à 0.00 et reprirent leur décompte. A l'heure de pointe, les trains ne passaient jamais à plus d'une minute d'intervalle, si bien qu'il y avait toujours un tremblement étouffé et percutant dans les tunnels. La nuit, même vers la fin du service, les rames ne passaient plus qu'à trois minutes d'intervalle. Les chefs de station, de robustes grands-mères en uniforme bleu, drapeau de métal à la main, faisaient la tournée des bancs et chuchotaient aux amoureux récalcitrants : « Le dernier va passer… Le dernier train. » Arkadi demanda si l'on avait vu une grande et belle jeune femme aux longs cheveux bruns, et le chef de station, se méprenant, secoua la tête d'un air compatissant. Il se précipita dans le couloir menant au quai d'en face allant dans l'autre direction. Les passagers semblaient le reflet de ceux qu'il venait de quitter, à part les soldats mongols assis sur leur valise comme deux poupées attendant d'être gagnées dans une fête foraine.

Arkadi quitta les quais et remonta le couloir, retrouvant l'étincellement des mosaïques révolutionnaires, esquivant les derniers retardataires qui couraient pour attraper leur rame. Il était certain de ne pas l'avoir dépassée. Une femme de ménage agenouillée auprès d'un seau d'ammoniaque frottait le sol de marbre. Lénine disait qu'il utiliserait l'or pour les installations de plomberie ; le marbre dans le métro, c'était déjà ça. La tête de la femme de ménage suivait les mouvements de sa main. Sur toute la longueur du couloir, Lénine inspirait, tonnait, méditait dans les bandes dessinées de pierre. Entre les mosaïques, sur un côté, se trouvaient trois portes. Les lustres clignotaient, annonçant que la prochaine rame serait la dernière de la nuit. Dans les alternances de lumière et d'obscurité, des Lénine surgissaient et disparaissaient.

Arkadi ouvrit une porte marquée d'une croix rouge et trouva un placard plein de bouteilles d'oxygène, d'extincteurs, de pansements et de civières, tous les accessoires de l'urgence. Une porte marquée ACCES INTERDIT était fermée à clé. La seconde porte marquée elle aussi ACCES INTERDIT s'ouvrit sans mal et il se glissa à l'intérieur.

Il se trouva dans une pièce grande comme la cabine d'une locomotive. Une ampoule rouge se reflétait sur des rangées de cadrans. Sur un autre mur s'entrecroisaient des coupe-circuit et des marques à la craie. Sur le sol il ramassa ce qui lui parut tout d'abord être un chiffon. C'était un foulard, noir sous la lueur de l'ampoule.

Une porte de fer était marquée DANGER. Arkadi la poussa et se retrouva dans le tunnel. Il se trouvait sur un étroit passage métallique à environ un mètre cinquante au-dessus de la voie. Une lueur grisâtre filtrait du quai tout au bout. Irina Asanova était allongée sur la voie juste en bas, les yeux et la bouche ouverts, tandis qu'un homme en manteau disposait ses jambes. L'autre homme, qui était sur le passage, abattit une matraque sur Arkadi.

Arkadi reçut deux coups sur le bras et sentit ses muscles s'engourdir à partir du coude. Mais il avait appris sa leçon avec Kirwill dans le parc Gorki. Tandis que son adversaire reculait pour lui assener un coup juste sur la fragile fontanelle au milieu du crâne, Arkadi lui décocha un terrible coup de pied dans l'entrejambes. L'homme se plia en deux et laissa tomber son arme. Arkadi la ramassa et frappa du même mouvement, ce qui obligea l'homme à renverser la tête en arrière. Il était assis là, une main sur l'aine, l'autre essayant d'étancher le sombre jaillissement de sang qui lui coulait du nez. Arkadi regarda par le tunnel jusqu'à l'horloge du quai, tout au fond, surpris de pouvoir lire l'heure aussi distinctement : 2 h 27.

Sur la voie, l'homme observait la bagarre au-dessus de lui avec le léger agacement d'un chef de rayon dont le premier vendeur vient d'être éconduit par un client exigeant. Il avait le visage marqué : un visage de professionnel. Il fixait Arkadi par-dessus un TK à canon court, le pistolet de poche du KGB, braqué sur la poitrine d'Arkadi. Irina ne bougeait pas. Arkadi n'aurait pu dire si elle était en vie.

« Non, dit Arkadi en tournant de nouveau les yeux vers le quai. Ils entendront. »

L'homme acquiesça de la tête d'un air raisonnable et fourra le pistolet dans sa poche, puis regarda l'horloge et, se tournant vers Arkadi, lui conseilla : « Il est trop tard. Rentre chez toi.

— Non. »

A tout le moins, Arkadi avait d'abord pensé qu'il pourrait empêcher l'homme de quitter la voie pour monter sur le passage métallique, mais d'un geste l'homme avait posé les mains sur la balustrade, et du geste suivant il sauta par-dessus d'un mouvement d'athlète qui l'amena au niveau d'Arkadi. Celui-ci ajusta sa matraque, sa nouvelle arme, ne frappant que le manteau et la balustrade jusqu'au moment où l'homme l'écarta d'un coup de pied, se glissa devant son collègue effondré et s'avança à pas secs et mécaniques tandis qu'Arkadi battait en retraite. Il reçut un autre coup de pied dans le ventre alors que, affolé, il protégeait sa poitrine fragile, puis un autre qui lui fit pousser un sourd grognement. Le professionnel le considérait d'un air songeur, comme un docteur qui cherche une veine. Ici ? Là ? Il n'avait pas les mains et les pieds aussi durs que ceux de Kirwill, et il n'avait pas autant de recul. Arkadi laissa tomber la matraque, bloqua le coup de pied suivant et tira sur la jambe. L'homme se cramponna à la balustrade pour ne pas perdre l'équilibre, ce qui permit à Arkadi de placer un coup de poing. Un second coup, mieux placé, au cœur, fit même tomber l'homme. Sans se plaindre, il se releva, bloquant Arkadi en essayant d'abord des coups de tête et puis cherchant les yeux. Comme Arkadi se débattait pour se dégager, ils passèrent par-dessus la balustrade et dégringolèrent entre les rails.

Arkadi se retrouva dessus, mais sentit quelque chose plaqué contre sa ceinture. Se soulevant, il vit une lame de couteau qui pointait à travers la poche du manteau de l'homme. Celui-ci se dégagea et tira un couteau à cran d'arrêt qu'il brandissait devant lui, la lame à plat. Sans chapeau maintenant, révélant des cheveux dégarnis, il manifestait aussi pour la première fois un intérêt personnel à son travail. La lame tournait et frappait, d'abord un petit coup vers les yeux, puis il chercha le corps. La lame brilla, puis heurta les rails pour bien montrer sa présence. Arkadi recula, trébuchant sur Irina. Chose étrange, tandis que l'homme avançait avec son couteau, des noyaux orange apparurent dans ses yeux, leur donnant l'apparence d'être éclairés de l'intérieur comme des yeux phosphorescents.

Les rails tremblèrent sous le dos d'Arkadi. Avec des gestes méticuleux, l'homme replia son couteau, ramassa son chapeau et remonta sur le passage métallique. Arkadi vit les chiffres sur le quai passer de 2 h 49 à 2 h 50 et aperçut la lueur de deux phares verticaux. Des halos s'étalaient sur les murs du tunnel. Il sentit comme une bourrasque, l'air que déplaçait le train devant lui, et le gémissement des rails.

Les mains d'Irina étaient chaudes mais inertes. Il dut la soulever à bras-le-corps et tourner le dos au train pour éviter d'être aveuglé. Jamais il ne s'était trouvé devant une lumière aussi éblouissante. La dernière particule de poussière qui flottait dans l'air fut balayée. Les bras d'Irina retombèrent mollement tandis qu'il avançait en trébuchant. Un hurlement de freins serrés atteignit un paroxysme métallique, puis cessa brusquement tandis que le train passait en trombe. Arkadi poussa Irina sur le passage métallique et se plaqua contre le mur.

A peine Levine eut-il ouvert la porte de son appartement qu'Arkadi porta Irina jusqu'à un canapé recouvert de plastique.

« Elle a reçu un coup sur la tête et on lui a fait une piqûre de quelque chose, je n'ai pas eu le temps de regarder, dit-il. Elle est brûlante. »

Levine était en peignoir et en pantoufles, ses jambes de pyjama flottant sur des mollets aussi décharnés que son nez. De toute évidence il se demandait s'il allait dire à Arkadi de s'en aller ou pas.

« On ne m'a pas suivi, dit tout de suite Arkadi.

— Ne m'insulte pas. » Levine se décida, resserra les plis de son peignoir, s'assit et prit la température d'Irina. Elle avait le visage rouge et détendu, son blouson afghan enfin réduit à cet assemblage de peaux usées et de pièces qu'il était vraiment. Arkadi était gêné pour elle. Il n'avait pas encore eu le temps de penser à l'air qu'il avait. Levine leva l'avant-bras droit de la jeune femme pour montrer un bleu marqué de piqûre d'aiguille. « Probablement de la sulfazine, étant donné sa température. Du vilain boulot.

— Sans doute qu'elle se débattait.

— Oui », fit Levine d'un ton qui soulignait la stupidité de cette remarque. Il craqua une allumette et la passa lentement devant les yeux d'Irina, lui masquant un œil puis l'autre.

Arkadi éprouvait encore le frisson d'avoir frôlé la mort. Le métro s'était arrêté non loin du quai et le temps que le mécanicien y parvienne et que le chef de station appelle la milice, Arkadi avait porté Irina jusqu'à sa voiture. Ils s'étaient *échappés*, voilà le mot exact qui flottait en lui comme un volant fou. Pourquoi un inspecteur principal fuirait-il la milice ? Pas plus qu'une fille sans connaissance semblerait si dangereuse à Levine ? Quel pays merveilleux où tout le monde comprenait si bien les signes secrets.

Il lui fallut quelque temps pour examiner d'un œil clair l'appartement de Levine. Il n'y était encore jamais venu. Au lieu de bibelots familiers, les étagères et les tables étaient encombrées de soldats laqués sur des échiquiers d'ivoire, de teck et de verre coloré, chaque plateau prêt pour une partie en cours. A la place des babouchkas brodées habituelles il y avait, épinglées aux murs, des photos de Laskair, de Thal, de Botvinnik, de Spassky et de Fisher, tous les maîtres d'échecs, tous des juifs.

« Si tu as deux sous de cervelle, tu vas la ramener là où tu l'as trouvée », dit Levine.

Arkadi secoua la tête.

« Alors, fit Levine, il va falloir que tu m'aides. »

Ils la portèrent jusqu'au lit de Levine, un simple petit lit de fer. Arkadi lui retira ses bottes et aida Levine à lui enlever sa robe et son linge. Chaque vêtement était gorgé de transpiration.

Arkadi songea aux nombreuses fois où Levine et lui s'étaient retrouvés devant d'autres corps blancs, froids et raides. Devant Irina, Levine était étrangement hésitant, mal à l'aise et s'efforçant de le dissimuler. Arkadi ne l'avait jamais vu aussi humain ; avec les vivants, il était nerveux. Irina Asanova était tout à fait vivante, il n'y avait pas de doute là-dessus. Un peu comateuse mais sûrement pas froide. Elle était brûlante de fièvre, plus menue qu'Arkadi ne s'y attendait, ses côtes pointant sous ses seins lourds aux aréoles oblongues, son ventre se creusant jusqu'à la touffe d'une épaisse toison brune. Ses jambes gracieuses étaient ouvertes. Elle avait les yeux fixés sur Arkadi sans le voir.

Tandis qu'ils la couvraient de serviettes humides pour faire baisser sa température, Levine désigna la légère meurtrissure bleue sur sa joue droite. « Tu vois ça ?

— Un vieil accident, j'imagine.

— Un accident ? dit Levine en ricanant. Va te nettoyer. Tu peux trouver la salle de bains toi-même, ça n'est pas le Palais d'Hiver ici. »

Dans la glace de la salle de bains, Arkadi s'aperçut qu'il était couvert de poussière et qu'il avait un sourcil ouvert comme avec un rasoir. Après s'être lavé, il regagna la salle de séjour où Levine faisait chauffer du thé sur un réchaud. Dans un petit placard, on voyait des boîtes de conserve.

« On m'a proposé un appartement avec une cuisine ou un appartement avec une salle de bains. Pour moi une salle de bains était plus importante. » Dans un élan d'hospitalité dont on sentait qu'ils étaient rares, il ajouta : « Tu veux quelque chose à manger ?

— Un peu de sucre dans le thé, c'est tout. Comment va-t-elle ?

— Ne t'inquiète pas pour elle. Elle est jeune et solide. Elle va se sentir patraque une journée, pas plus. Tiens, fit-il en tendant une tasse de thé tiède à Arkadi.

— Alors tu crois que c'était de la sulfazine.

— Tu peux la conduire dans un hôpital si tu veux en être sûr, répliqua Levine.

— Non. »

La sulfazine était un des narcotiques favoris du KGB, à peine l'aurait-il amenée dans un hôpital qu'un médecin téléphonerait. Levine le savait.

« Merci.

— Je t'en prie, l'interrompit Levine. Moins tu en dis, mieux ça vaut. Je suis certain que mon imagination suffit ; je me demande simplement si on peut en dire autant de la tienne.

— Comment ça ?

— Arkadi, ta protégée n'est pas vierge.

— Je ne sais pas de quoi tu parles.

— La marque sur la joue. Ils l'ont déjà eue, Arkadi. Ils lui ont fait des piqûres d'aninazine voilà des années.

— Je croyais qu'ils avaient cessé d'utiliser l'aninazine parce que c'était dangereux.

— Justement. Ils font exprès de mal l'injecter dans le muscle si bien qu'elle n'est pas absorbée. Si le produit n'est pas absorbé, il forme une tumeur maligne, tout comme ça a été le cas avec elle. Secoue-toi. Elle est aveugle d'un œil. Le chirurgien qui a pratiqué l'ablation de la tumeur a sectionné le nerf optique et laissé cette marque. C'est leur marque.

— Tu ne crois pas que c'est un peu exagéré ?

— Pose-lui la question. Je me demande qui est le plus aveugle des deux !

— Tu en fais une montagne. Un témoin a été attaqué et je l'ai défendu.

— Alors pourquoi n'es-tu pas en ce moment dans un poste de la milice ? »

Arkadi passa dans la chambre. Les serviettes qui recouvraient Irina étaient brûlantes ; il les remplaça par des serviettes fraîches. Dans son sommeil, ses bras et ses jambes étaient agités de secousses spasmodiques, réaction au changement de température. Il lui caressa le front, repoussant des mèches de cheveux moites. La marque sur sa joue avait une couleur légèrement violacée provoquée par le sang qui courait sous sa peau.

Qu'est-ce qu'ils voulaient donc ? se demanda-t-il. Depuis le début, *ils* étaient là. Le major Pribluda qui avait ratissé les corps du parc Gorki. L'inspecteur Fet quand Golodkine avait été interrogé. Les tueurs dans l'appartement de Golodkine, les prétendus tueurs dans le tunnel du métro, des balles en caoutchouc, des piqûres, des couteaux : tout cela portait la signature de Pribluda et de toute son engeance. En tout cas, *ils* devaient être postés autour de chez elle et *ils* devaient avoir une liste de ses amis. *Ils* se fatigueraient de surveiller les hôpitaux et il ne faudrait pas bien longtemps à Pribluda pour penser à Levine, le médecin légiste. Levine avait du courage, mais lorsqu'elle se réveillerait, il faudrait qu'elle parte.

Quand Arkadi revint dans la salle de séjour, Levine se calmait en examinant ses échiquiers. « Elle a l'air mieux, rapporta l'inspecteur. Au moins, elle dort.

— Je l'envie, fit Levine sans lever les yeux.

— Tu veux faire une partie ?

— Quel est ton classement ? dit Levine en levant la tête.

— Je ne sais pas.

— Si tu en avais un, tu le saurais. Non, merci. » Cela ramena toutefois Levine aux exigences de l'hospitalité et lui rappela l'existence de la femme couchée dans son lit et que l'on recherchait. Il feignit un sourire. « En fait, c'est une situation tout à fait intéressante. Une partie de Bogolyoubov contre Pric en 31. C'est aux noirs de jouer mais ils sont coincés. »

C'était seulement dans l'armée qu'Arkadi s'était assez ennuyé pour jouer sérieusement aux échecs, et encore son seul talent était-il la défense. Dans cette partie, les deux camps avaient roqué et les blancs contrôlaient le centre, tout comme l'avait dit Levine. Arkadi, en revanche, remarqua qu'il n'y avait pas dans l'appartement de pendule pour chronométrer les coups, ce qui signifiait une âme préférant l'analyse sans hâte aux bousculades fiévreuses. En outre le pauvre Levine s'énervait à la perspective d'une longue nuit éreintante.

« Tu permets ? fit Arkadi en jouant les noirs. Le fou prend le pion. »

Levine haussa les épaules. PxF.

...DxP échec ! RxD, C-C5 échec ! R-Cl, CxD ! Le cavalier noir mettait en fourchette le fou et la tour des blancs.

« Est-ce que tu prends jamais le temps de réfléchir avant de jouer ? dit Levine. Tu y trouves un certain plaisir. »

F-C3, CxT. Levine se demanda s'il devait prendre le roi avec sa tour ou avec son roi. Dans un cas comme dans l'autre, le cavalier était condamné ; dans ce cas les noirs auraient perdu la reine, le fou et le cavalier en échange de la reine, de la tour et de deux fous. L'issue dépendrait de la possibilité qu'auraient les blancs de remettre son fou dans le jeu avant que les noirs aient eu le temps d'aligner la majorité de pions pour remplacer les tours.

« Tu n'as fait qu'introduire des complications », fit Levine.

Pendant que Levine réfléchissait à son coup, Arkadi plongea dans un rayonnage et y prit une collection des œuvres de Poe. Il s'aperçut assez vite que Levine s'était endormi dans son fauteuil. A 4 heures du matin, il descendit jusqu'à sa voiture, fit le tour du pâté de maisons pour voir si on le surveillait et regagna l'appartement de Levine. Il ne pouvait plus attendre. Il remit à Irina ses vêtements humides, l'enveloppa dans une couverture et la descendit jusqu'à sa voiture. En roulant, il n'aperçut que des équipes de cantonniers qui donnaient le dernier coup de collier en vue du 1er mai. Sur un rouleau compresseur, un homme dirigeait quatre femmes en train de verser du goudron chaud. Lorsqu'il eut franchi le fleuve et qu'il fut à deux blocs de la rue Taganskaya, il descendit de voiture, fit tout seul à pied le reste du trajet jusqu'à son appartement et inspecta chaque pièce pour être sûr qu'elle était vide. Revenant à la voiture, il roula jusqu'à l'appartement, coupant son moteur et ses phares en entrant dans la cour. Il monta Irina dans ses bras, la déposa sur le lit, la déshabilla et l'installa sous la couverture de Levine et sous son manteau à lui.

Il s'apprêtait à sortir pour déplacer la voiture lorsqu'il vit qu'elle avait les yeux ouverts. Elle avait les pupilles dilatées et les blancs injectés de sang. Elle n'avait pas la force de bouger la tête.

« Idiot », fit-elle.

13

Il pleuvait. Le parquet craquait sans motif. Dans l'appartement du dessus et dans celui d'en dessous, Arkadi entendait de temps en temps les pas d'une voisine qui faisait son ménage. Dans l'escalier, la pénible ascension d'une vieille femme qui montait de guingois. Il n'y avait eu ni coups frappés à la porte, ni sonneries de téléphone.

Irina Asanova était allongée tournée vers lui, sa peau pâle comme de l'ivoire, maintenant que sa fièvre était tombée. Il était toujours habillé. Il avait d'abord essayé de trouver un autre endroit pour s'installer, mais il n'y avait pas de fauteuil ni de canapé, pas même un tapis, et il avait fini par partager le lit avec elle. Non pas qu'elle s'en fût aperçue ni que cela eût la moindre importance. Il leva le bras pour regarder sa montre. 9 heures. Avec des gestes lents, pour ne pas la réveiller, il se leva et s'approcha en chaussettes du bord d'une fenêtre pour regarder dans la cour. Aucun visage ne se levait vers lui. Il fallait l'emmener, mais il ne savait pas où. Pas chez elle. Les hôtels étaient hors de question ; c'était illégal de prendre une chambre d'hôtel dans la ville où on habitait. (Quelles bonnes raisons pouvait avoir un citoyen pour ne pas être chez lui ?) Il finirait bien par trouver.

Quatre heures de sommeil lui suffisaient. L'enquête le soutenait. Il avait l'impression d'être sur la crête d'une vague qui le portait.

La jeune femme serra la couverture contre sa joue. Il se dit qu'elle avait bien encore quatre heures de sommeil devant elle. D'ici là il serait rentré. Il était temps de voir le général.

La Route des Enthousiastes, d'où les prisonniers partaient à pied pour leur voyage jusqu'en Sibérie, passait devant l'usine de tracteurs de la Faucille et du Marteau jusqu'à la Route 89, une étroite bande d'asphalte, un paysage boueux et plat, des villages blottis contre le sol comme des patates, jusqu'à l'Oural. Arkadi fit quarante kilomètres avant de tourner au nord sur une route macadamisée avant un village du nom de Balobanovo, passant devant des silhouettes qui semaient des pois et des haricots, des champs parsemés de vaches uniformément brunes, puis il prit un chemin de terre à travers des bois si touffus que des congères que le soleil n'avait pas touchées recouvraient le sol par endroits. Entre les branches il apercevait la rivière Kliazma.

Il s'arrêta devant une porte en fer et fit à pied le reste du trajet. Aucune voiture n'était passée là récemment. Au milieu de la route, l'herbe de l'année précédente était encore haute. Un renard déboula presque sous ses pas et il courba machinalement le dos, se préparant à l'assaut des chiens du général, mais, à part le ruissellement de la pluie, les bois étaient silencieux.

Après dix minutes de marche, il parvint à une maison de deux étages avec un toit métallique très incliné. De l'autre côté de la cour circulaire, il le savait, un long escalier descendait jusqu'à la berge de la rivière où il y avait — autrefois en tout cas — un appontement avec un canot et, ancrée au beau milieu du courant, toute une flottille de bidons vides orange. Il y avait aussi des pivoines dans des seaux en bois le long de l'embarcadère et un énorme baquet de glace dont s'occupaient deux aides de camp en veste blanche et gants blancs. Pour les soirées, on accrochait au-dessus de l'appontement des lanternes japonaises ainsi que tout le long de l'escalier, comme une traînée de lunes s'élevant droit vers le ciel. Dans l'eau, leurs reflets s'agitaient comme des créatures marines lumineuses attirées par la musique.

Il regarda la maison. Des marques de rouille descendaient des gouttières jusqu'au sol. Le long des marches, la rampe était parfois de travers. De mauvaises herbes s'épanouissaient dans la cour autour d'une table de jardin rouillée et d'un clapier vide. Groupés autour de la maison et de la pelouse, trébuchant sous tous les angles, se dressaient des pins et des ormes décharnés, qui ajoutaient une dernière touche à cette atmosphère de totale désolation. Le seul signe de vie, c'était une rangée de peaux de lièvres qui séchaient sur une corde, bleu et rouge foncé.

Lorsqu'il frappa, ce fut une vieille femme qui vint lui ouvrir, chez qui la stupéfaction céda vite la place à un regard empoisonné et à une crispation de la masse de rouge à lèvres qui ornait sa bouche. Elle s'essuya les mains sur un tablier graisseux. « Surprise », dit-elle d'une voix rendue pâteuse par la vodka.

Arkadi entra. Des draps recouvraient le mobilier. Les rideaux étaient gris comme des linceuls. Un portrait à l'huile de Staline était accroché au-dessus de la cheminée qui sentait les cendres humides. Il y avait des branches sèches, des bouteilles aux étiquettes fanées, un râtelier avec un fusil Mosine-Nagant à un coup et deux carabines.

« Où est-il ? » demanda Arkadi.

Du menton, elle désigna la bibliothèque. « Dis-lui qu'il me faut plus d'argent, fit-elle d'une voix forte. Et une femme pour m'aider, mais d'abord de l'argent. »

Arkadi se libéra de ses griffes et se dirigea vers une porte aménagée sous l'escalier qui menait au premier étage.

Le général était dans un fauteuil d'osier, auprès d'une fenêtre. Comme Arkadi, il avait un beau visage étroit, mais la peau tendue jusqu'à en être translucide, les sourcils étaient blancs et broussailleux, les cheveux comme un duvet blanc surmontant un front haut avec des veines qui saillaient aux tempes. Sa grande carcasse était enveloppée d'une blouse vague de paysan, d'un pantalon et de bottes trop grandes. Ses mains, pâles comme du vélin, jouaient avec un long porte-cigarette en bois dans lequel il n'y avait pas de cigarette.

Arkadi s'assit. Il y avait deux bustes dans la bibliothèque, l'un de Staline et l'autre du général, tous deux coulés dans des cylindres d'obus. Sur un panneau encadré de feutre rouge s'alignaient des rangées de décorations, parmi lesquelles deux Ordres de Lénine. Le feutre était poussiéreux, les photographies accrochées aux murs étaient obscurcies par un voile de poussière et la poussière s'amassait aussi dans les plis d'un étendard de division épinglé au mur.

« Ah ! c'est toi, dit le général. (Il cracha par terre, manquant un bol de céramique plein presque jusqu'au bord d'une écume brune. Il agita son porte-cigarette.) Dis à cette garce que si elle veut plus d'argent, elle aille en ville le gagner en se mettant sur le dos.

— Je suis venu te poser des questions sur Mendel. Il y a une chose dont il faut que je sois certain.

— Il est mort, ça au moins, c'est certain.

— Il a gagné son Ordre de Lénine en tuant des commandos allemands près de Leningrad. C'était un ami intime à toi.

— C'était une merde. C'est pour ça qu'il est entré au ministère des Affaires étrangères. Tout ce qu'ils prennent là-bas, ce sont des voleurs et des merdes, c'est tout ce qu'ils ont jamais pris. Un autre lâche comme toi. Non, meilleur que toi. Ce n'était pas un raté complet. Nous sommes dans un monde nouveau et les étrons flottent. Rentre chez toi. Va renifler cette connasse que tu as épousée. Tu es toujours marié ? »

Arkadi prit le fume-cigarette du général et y introduisit une cigarette. Il en mit une entre ses lèvres, alluma les deux et lui rendit le fume-cigarette. Le général se mit à tousser.

« J'étais à Moscou pour la réunion d'octobre. Tu aurais pu passer me voir. Belov l'a bien fait. »

Arkadi examina une des photos voilées de poussière. Est-ce qu'elle représentait des hommes qui dansaient ou des pendus ? Une autre montrait un jardin fraîchement retourné ou une fosse commune ? Cela faisait si longtemps qu'il avait oublié.

« Tu es toujours là ?

— Je suis ici. »

Pour la première fois, le général tourna la tête vers Arkadi. Il n'en restait pas grand-chose. Les muscles agissaient comme des câbles directement entre la peau et l'os. Les yeux noirs étaient aveugles, la cataracte leur avait donné un aspect laiteux. « Tu es une lavette, dit-il. Tu me rends malade. »

Arkadi regarda sa montre. La fille allait se réveiller dans quelques heures et il voulait acheter quelques provisions avant de rentrer à Moscou.

« Tu as entendu parler des nouveaux chars ? Ils ont essayé de nous éblouir avec. On dirait des limousines. C'est bien de ce trou du cul de Kossyguine. Dessinés par des directeurs d'usine. Des directeurs d'usine ! Il y en a un qui dirige un réacteur atomique ; foutons des obus atomiques. Il y en a un qui fait de la limonade ; foutons là-dedans des pulvérisateurs pour la guerre atomique. Un autre fabrique des climatiseurs ; climatisons ces bazars. Il fait des toilettes, on va flanquer là-dedans des sièges de toilettes. Il y a plus de conneries inutiles dans un paquebot juif. Comme si on allait être impressionnés ! Non, on construit un char avec le moins de choses possible qui peuvent se détraquer, et si elles se détraquent, qu'on puisse réparer en roulant. Tout comme Mikoyan a construit ses avions, une bonne équipe avec un cerveau à la tête. Mais ils n'arrêtaient pas de nous déverser de la merde dessus, comme des fruits sur une tombe. Ils sont tous mollassons maintenant. Tu as toujours ce stupide air rêveur ?

— Eh oui. »

Le vieil homme se déplaça, ce qui fit à peine bouger les vêtements qui pendaient sur lui.

— « Tu aurais pu être général à l'heure qu'il est. Le fils de Gorov commande toute la région militaire de Moscou. Avec mon nom, tu aurais pu grimper plus vite. Oh ! je savais que tu n'avais pas les couilles pour un commandement dans les blindés, mais au moins tu aurais pu être un de ces trous du cul du Renseignement.

— Et Mendel ?

— Mais tu n'as pas ce qu'il faut. Du sperme affaibli ou je ne sais quoi.

— Est-ce que Mendel a abattu des Allemands ?

— Tu ne mets pas les pieds ici pendant dix ans, et tu viens me poser des questions sur un lâche qui repose dans sa tombe. »

Les cendres de cigarette tombèrent sur la blouse du général. Arkadi se pencha et d'une chiquenaude fit partir une braise.

« Mes chiens sont morts, dit le général d'un ton furieux. Ils étaient à courir dans les champs et voilà que rappliquent des connards sur des bulldozers. Ces salauds les ont abattus ! Salauds de paysans ! Qu'est-ce qu'ils foutent ici, les bulldozers ? Ah ! le monde entier... (Il serra le poing, comme une boule blanche.) Tout s'en va à vau-l'eau. Il y a des fouille-merde partout. Des pourris. Écoute, les mouches ! »,

Ils restèrent assis en silence, le général tendant l'oreille vers la pluie. Une abeille était coincée entre le deuxième et le troisième carreaux de la fenêtre, mais elle était morte et ne bougeait pas.

« Mendel est mort. Dans son lit. Il avait toujours dit qu'il mourrait dans son lit. Il avait raison. Maintenant ce sont mes chiens. (Un sourire retroussa ses lèvres.) Ils veulent me mettre dans une clinique, mon garçon. Il y a une clinique à Riga. Très somptueuse. Rien n'est trop beau pour les héros. J'ai cru que c'était pour ça que tu venais. J'ai un cancer, qui me ronge partout, j'en suis pourri. C'est tout ce qui me garde entier, tu sais. Et ils ont cette clinique avec des traitements aux rayons où ils m'invitent. Ils ne m'auront pas, parce que je sais que je n'en reviendrais jamais. J'ai vu des toubibs sur le champ de bataille. Je n'irai pas. Je ne l'ai pas dit à cette garce. Elle voudrait que j'y aille parce qu'elle s'imagine qu'elle touchera ma pension. Tout comme toi, pas vrai ? Je vous sens venir comme des moines qui ont chié dans leur froc.

— Peu m'importe où tu meurs, fit Arkadi.

— C'est vrai. L'essentiel, c'est que je te roulerai. Tu vois, j'ai toujours su pourquoi tu étais entré au bureau du procureur. Tout ce que tu as jamais voulu, c'était me démolir, venir renifler ici avec tous tes inspecteurs, reprendre tout le cirque. La femme du général est morte dans un accident de bateau ou est-ce qu'elle a été tuée ? Ça explique toute ta vie là-bas… L'envie de m'avoir. Je serai mort avant que tu n'y arrives, tu ne sauras jamais.

— Mais si, je sais depuis des années.

— N'essaie pas de me raconter de craques. Tu es un mauvais menteur, tu l'as toujours été.

— Je le suis toujours. Mais je sais. Ce n'est pas toi qui l'as fait et ce n'était pas un accident. Elle s'est tuée. La femme du héros s'est suicidée.

— Belov…

— Ne m'a rien dit. J'ai deviné ça tout seul.

— Alors si tu savais que je ne l'avais pas fait, pourquoi n'es-tu pas venu me voir toutes ces années ?

— Si tu as pu comprendre pourquoi elle s'était tuée, tu devrais pouvoir comprendre pourquoi je ne suis jamais venu. Ça n'est pas un mystère ; c'est juste le passé. »

Le général se laissa retomber dans son fauteuil, arborant une expression de protestation méprisante, puis il parut continuer à s'enfoncer au-delà de lui-même, du fauteuil et d'Arkadi. Son visage se détendit. Il rétrécissait. Il ne renonçait pas au fantôme : c'était le fantôme qui se retirait en lui. On aurait pu tout simplement laisser sur le fauteuil la blouse et le pantalon, que n'agitait aucun souffle, aussi immobile que sa tête et ses mains.

Dans le silence, Arkadi songea — il ne savait pas pourquoi — à ce que la légende asiatique disait de la vie. Peut-être était-ce le brusque calme de la silhouette affalée dans le fauteuil. La légende racontait que toute la vie n'était qu'une préparation à la mort, que la mort était un passage aussi naturel que la naissance et que le pire qu'un homme pouvait faire dans sa vie, c'était de se débattre pour éviter la mort. Il y avait une tribu mythique où toutes les naissances avaient lieu sans cri, toutes les morts se passaient sans angoisse. Où diable ces peuplades mythiques croyaient qu'elles allaient après leur mort, il avait oublié. Mais ils avaient un avantage sur le Russe moyen, qui traversait la vie en se débattant comme un homme emporté par une rivière qui se précipite vers les chutes. De seconde en seconde, il voyait son père gagné par l'inertie, la vigueur qu'il y avait en lui se réfugiant dans une dernière forteresse centrale. Puis, de façon tout aussi visible, il vit sa force péniblement se reformer. La respiration se fit moins haletante et le sang, appelé en renfort, amena un frémissement dans les membres. C'était l'image d'un homme se reconstituant par le pur exercice de la volonté, tenant le coup sur ses seules ressources. Le teint cireux du visage finit par disparaître et les yeux laiteux regardaient devant eux, abîmés mais pleins de défi.

« Mendel était dans ma classe à l'Académie militaire de Frounzé, et nous avions tous les deux des unités blindées sur le front lorsque Staline a dit : "On ne recule pas d'un pas !" Moi, je me rendais compte que les Allemands tenaient un front trop vaste, qu'ils étaient mûrs pour l'infiltration. L'effet de mes rapports radio provenant de derrière leurs lignes était extraordinaire. Staline écoutait tous les soirs dans son abri. Les journaux racontaient : "Le général Renko, quelque part derrière les lignes ennemies." Les Allemands se demandaient : "Renko, mais qui est ce Renko ?" Parce que je n'étais que colonel. Staline m'avait promu mais je ne le savais même pas. Les Allemands avaient la liste complète de nos officiers, et ce nouveau nom déconcertait, ébranlait leur confiance. Il était sur toutes les lèvres, le premier nom après Staline. Et l'effet quand je me suis ouvert la route de Moscou et que j'ai été accueilli par Staline lui-même et que, toujours en tenue de combat, je l'ai suivi jusqu'à la gare Maïakovski et que j'étais à ses côtés pour entendre son plus grand discours : des mots qui ont renversé la marée fasciste alors même qu'ils bombardaient la ville… Quatre jours plus tard, on me donnait ma première division blindée, la Division Garde Rouge, celle qui la première est entrée dans Berlin. Au nom de Staline… (Il tendit la main pour empêcher Arkadi de se lever et de partir.) Dire que je t'ai donné un nom pareil et que tu as seulement réussi à être un inspecteur minable venant poser des questions sur un lâche qui a passé sa guerre planqué au milieu des emballages ! De la vulgaire flicaille, c'est tout ce que tu es... Est-ce que c'est une vie ? De poser des questions sur Mendel ?

— Je sais tout de toi.

— Et moi, de toi. N'oublie pas. Encore un réformateur nourri au biberon... (La main du général retomba. Il s'arrêta et renversa la tête en arrière.) Où en étais-je ?

— Mendel. »

Arkadi s'attendait à de nouvelles divagations, mais le général en vint droit au fait.

« Une histoire amusante. Ils avaient capturé des officiers allemands à Leningrad et les avaient remis à Mendel pour interrogatoire. L'allemand de Mendel était... (Il cracha droit dans le bol.) Alors cet Américain a proposé de le faire... je ne me rappelle pas son nom. Il était bien, pour un Américain. Sympathique. Plein de charme. Les Allemands lui ont tout dit. A la fin, l'Américain a emmené les Allemands pique-niquer dans les bois avec du champagne et des chocolats et les a abattus. Pour s'amuser. Ce qui était drôle, c'étaient qu'ils n'étaient pas censés être abattus, alors Mendel a dicté un faux rapport avec une histoire de commando. L'Américain a graissé la patte des enquêteurs militaires et ça a valu à Mendel un Ordre de Lénine. Il m'a fait jurer le silence, mais puisque tu es mon fils...

— Merci. »

Arkadi se leva, plus épuisé qu'il n'aurait pu l'imaginer. et gagna la porte de la bibliothèque en trébuchant.

« Tu reviendras ? demanda le général. Ça fait du bien de parler. »

Le carton contenait du lait, des œufs, du pain, du sucre, du thé, des soucoupes et des tasses, une poêle à frire, du savon, du shampooing, de la pâte dentifrice et une brosse à dents — tout cela acheté lors du voyage de retour à Moscou — et il se précipita vers le réfrigérateur avant que le fond du carton ne cédât. Il était à genoux, en train de ranger les provisions, lorsqu'il entendit Irina derrière lui.

« Ne regardez pas », dit-elle.

Elle prit le savon, le shampooing et disparut. Il entendit de l'eau couler dans la baignoire.

Arkadi resta dans la salle de séjour, assis sur l'appui de la fenêtre et se trouvant stupide d'hésiter à entrer dans la chambre alors qu'il n'avait pas d'endroit où vraiment s'asseoir. La pluie avait cessé, et pourtant aucun personnage en manteau n'était apparu dans la rue. Il était surpris parce que Pribluda n'avait rien de subtil. Ce qui rappela à Arkadi la conversation avec son père. C'était Osborne qui avait tué les trois Allemands (« Je suis déjà allé à Leningrad, avait dit Osborne sur les bandes, j'y étais déjà avec les Allemands ») presque exactement de la même manière qu'il avait tué les trois victimes du parc Gorki. Arkadi était intéressé par les enquêteurs militaires achetés par Mendel et Osborne ; qui étaient-ils et quelle glorieuse carrière s'étaient-ils faite après la guerre ?

Il sentit la présence d'Irina sur le seuil de la chambre avant de la voir. Elle était enveloppée dans un drap où elle avait coupé des trous pour passer les bras ; une ceinture à lui ceignant sa taille, les cheveux mouillés enveloppés dans une serviette, les pieds nus. Elle ne pouvait pas être là depuis plus d'une seconde, mais il avait la sensation que ses yeux étaient fixés sur lui depuis plus longtemps, tout comme la première fois qu'il l'avait vue, comme si elle inspectait une bizarrerie dans son champ de vision. Une fois encore elle donnait une allure élégante à la tenue la plus étrange, comme si le drap était ce qui se portait cette année. Il remarquait maintenant aussi comment elle tournait légèrement la tête de côté ; il se rappela ce que Levine avait dit de son œil aveugle et jeta un regard à la marque qu'elle avait sur la joue. « Comment vous sentez-vous ?

— Plus propre. » Elle avait la voix rauque d'avoir vomi ; la sulfazine faisait cet effet-là. Mais elle avait des couleurs aux joues, plus que n'en avaient jamais la plupart des Moscovites. Elle inspecta la pièce du regard.

« Je vous prie de m'excuser pour l'état de l'appartement, dit-il en suivant son regard. Ma femme a fait un petit nettoyage de printemps, elle a emporté quelques affaires.

— On dirait qu'elle s'est emportée aussi.

— Exactement. »

Les bras croisés, Irina s'approcha du réchaud avec son unique poêle à frire, ses tasses et ses soucoupes.

« Pourquoi m'avez-vous sauvé la vie hier soir ? demanda-t-elle.

— Vous êtes importante pour mon enquête.

— C'est tout ?

— Que pourrait-il y avoir d'autre ? »

Elle regarda dans un placard vide. « Je ne voudrais pas vous inquiéter, dit-elle, mais il ne semble pas que votre femme doive revenir.

— J'apprécie toujours une opinion objective. »

Elle s'adossa au réchaud, à l'autre bout de la pièce. « Et maintenant ?

— Quand vos vêtements seront secs, vous partez, dit Arkadi.

— Pour aller où ?

— Ça dépend de vous. Chez vous…

— Ils m'attendront. Grâce à vous, je ne peux même pas aller au studio.

— Chez des amis, alors. La plupart d'entre eux seront surveillés, mais il doit bien y avoir quelqu'un chez qui vous pouvez vous installer, dit Arkadi.

— Avec le risque de leur attirer des ennuis aussi ? Je ne fais pas ça à des amis.

— En tout cas, vous ne pouvez pas rester ici.

— Pourquoi pas ? fit-elle en haussant les épaules. Personne d'autre n'y habite. L'appartement de l'inspecteur principal me semble parfait pour moi. Ce serait un crime de laisser passer cette occasion.

— Camarade Asanova…

— Irina. Vous m'avez assez déshabillée ; je pense que vous pouvez m'appeler par mon prénom.

— Irina, ça peut sembler difficile à comprendre, mais c'est le plus mauvais endroit que vous puissiez choisir. Ils m'ont vu la nuit dernière et c'est un des premiers endroits où ils viendront. Vous ne pourriez pas sortir pour aller acheter des provisions ni des vêtements. Vous seriez bloquée ici.

— Vous voulez dire que nous serions bloqués ici. »

Plus ils discutaient, plus le drap collait à son corps encore humide, le tissu devenant transparent aux endroits mouillés.

« Je ne vais pas être souvent là, fit Arkadi en détournant les yeux.

— Je vois deux soucoupes et deux tasses, dit Irina. C'est très simple : ou bien vous êtes avec “eux”, auquel cas peu importe où je m'enfuis parce que vous me ferez suivre, ou bien vous n'êtes pas avec “eux”, auquel cas je peux entraîner une amie dans le pétrin avec moi, ou bien je peux vous entraîner. J'y réfléchis. C'est vous que je choisis. »

Le téléphone sonna. L'appareil était dans un coin de la chambre, noir, insistant. A la dixième sonnerie, Arkadi décrocha.

C'était Swan pour dire que le Gitan avait trouvé l'endroit où Kostia Borodine fabriquait les icônes.

L'endroit que le Gitan avait découvert était un garage près de la piste de kart sur la rive sud du fleuve. Un mécanicien qu'on appelait « le Sibérien » avait disparu voilà quelques mois. Deux karts étaient pendus à des crochets fixés au plafond, comme des apostrophes, au-dessus d'une Tobeda rongée par la rouille et mise sur cales. Le sol était recouvert de sciure et d'huile. Une planche à demi sciée était fixée à un étau monté sur un établi. Des plaques de métal et des pièces détachées de voiture s'entassaient dans un coin et des bouts de bois dans un autre. Il y avait, accroché au mur, un cadre pour tendre de la toile ainsi que des boîtes de blanc de Meudon, de l'huile de lin et de la térébenthine. Une penderie à la porte cassée abritait des salopettes trop crasseuses pour qu'on les vole. Il n'y avait pas de coffre à outils, rien en vue qui eût de la valeur ou qu'on pût emporter. Des gémissements de moteur en accélération et en décélération venaient de la piste dehors.

« Vous savez comment opérer ? demanda Arkadi.

— J'ai passé deux ans au Service des Empreintes. Je vais essayer d'être à la hauteur », dit Kirwill.

Swan et le Gitan s'écartèrent, le Gitan utilisant sa poche comme cendrier. Arkadi installa un projecteur, étala sur le sol son matériel de médecine légale et prit une torche, de gros gants de caoutchouc, des fiches noires et blanches, des pincettes, des poudres (noire, blanche et sang de dragon), des pinceaux en poils de chameau et des atomiseurs. Kirwill enfila une paire de gants, dévissa l'ampoule de soixante watts suspendue par un fil auprès du garage et la remplaça par une de cent cinquante watts. Arkadi commença par les fenêtres, promenant le faisceau de sa torche sur les carreaux sales tout en pulvérisant de la poudre blanche, puis passa aux verres et aux bouteilles sur les étagères, appliquant de la poudre blanche et laissant tomber des cartes noires dans les verres pour prendre les empreintes. Kirwill s'attaqua aux surfaces poreuses avec un atomiseur minhydrine, en commençant dans le sens inverse des aiguilles d'une montre à partir de la porte du garage. C'était le genre de travail qu'on pouvait faire bien en un jour ou mal en une semaine. Après avoir inspecté tous les endroits évidents — points d'entrée, manches, verres — un enquêteur devait envisager tous les endroits improbables que pouvait atteindre un doigt humain : pneus, envers de tableaux, dessous de boîtes de peinture. En général, Arkadi évitait le plus possible le travail de pulvérisation. Cette fois, il l'accueillait avec plaisir : c'était normal et ça occupait l'esprit. Le policier américain travaillait avec une énergie méthodique et une certaine grâce, appliquant ses muscles et sa concentration au travail minutieux. Pas un mot n'était échangé pour ne pas troubler leur travail. Arkadi pulvérisa les poignées de la voiture, les pare-chocs et la plaque de police pendant que Kirwill s'occupait de l'établi, dessus et dessous. Lorsque le Gitan désigna un tas de chiffons, Arkadi et Kirwill refusèrent d'un même regard : il n'y avait pas d'empreintes convenables sur du tissu. Arkadi pulvérisa de la poudre noire sur la marge d'une photo épinglée au mur. L'actrice qu'elle représentait avait un sourire qui évoquait les galipettes sur des falaises que battait la mer, la franchise et les dessous d'importation. Il utilisait le moins de poudre possible, brossant dans le sens des sillons, du haut de la boucle d'une empreinte jusqu'à la racine.

Il fallait aussi envisager l'ensemble du garage et ce qui en émanait. Le secteur autour de la voiture et des karts regorgeait d'empreintes graisseuses ; un homme ne se glisse pas sous une cuvette d'huile sans s'attendre à se tacher un peu. En revanche, ceux qui travaillaient le bois étaient d'un genre plus méticuleux, avec presque des habitudes de chirurgien. Il y avait encore d'autres facteurs. Le parfait suspect serait un homme nerveux à la peau grasse et qui utiliserait de la brillantine. Mais un homme tranquille à la peau sèche pouvait fort bien avoir serré la main de celui qui était gras et partagé la même bouteille. L'hiver était aussi un facteur dont on devait tenir compte, le froid resserrait les pores humains. La sciure de bois pouvait absorber comme une éponge les empreintes cachées.

Pendant qu'Arkadi remettait ses instruments dans sa trousse pour y prendre une loupe et un jeu d'empreintes digitales de Kostia Borodine, Kirwill brancha la rallonge du projecteur, l'alluma et se mit à revenir sur ses pas, faisant briller le faisceau intense de la lampe là où il avait déjà pulvérisé. Arkadi remarqua que la fiche de Borodine montrait la présence de doubles boucles inhabituelles sur chaque index et une cicatrice en forme de volute sur son pouce droit. Pour présenter des preuves à un tribunal, il aurait utilisé une méthode plus lente, photographiant les empreintes et les relevant sur une bande, s'efforçant de trouver le plus grand nombre possible de points de référence entre la fiche et les empreintes relevées. Au lieu de cela, il voulait maintenant aller vite et Kirwill ne perdait pas son temps non plus. La légère pulvérisation de minhydrine, combinée avec des acides aminés résiduels de touches oubliées, devenait violette en séchant sous les lueurs de la lampe. Puis Kirwill refit son chemin une seconde fois, sans la lampe et avec une loupe, comparant les empreintes relevées à la minhydrine avec la fiche des empreintes de James Kirwill. Ils n'échangèrent pas leurs fiches. Quand Arkadi en eut fini avec les empreintes relevées à la poudre, il passa à celles qui étaient apparues sous le jet de l'atomiseur, pendant que Kirwill reprenait le travail d'Arkadi.

Trois heures après leur arrivée, Arkadi referma sa trousse. Kirwill, accoudé à l'aile d'une voiture, alluma une cigarette et s'en vit demander une par le Gitan qui manifestait une violente envie de fumer depuis une heure. Arkadi en alluma une aussi.

On aurait dit que des déments avaient collé dans le garage des ailes de papillons, par milliers, noires, blanches et violettes, partout où ils pouvaient mettre la main. Arkadi et Kirwill restaient silencieux, partageant le sentiment pervers de satisfaction que donne un travail bien fait et vain.

« Alors, demanda le Gitan, vous avez trouvé leurs empreintes ?

— Non, ils n'ont jamais mis les pieds ici, dit Arkadi.

— Alors pourquoi avez-vous l'air content tous les deux ? interrogea Swan.

— Parce qu'on a fait *quelque chose*, répondit Kirwill.

— Cet homme était sibérien, reprit le Gitan. Il y avait du bois et de la peinture, c'est tout ce que vous m'aviez dit.

— On ne leur en a pas donné assez pour aller de l'avant, dit Kirwill.

— Qu'y avait-il donc d'autre ? » demanda Arkadi. James Kirwill se teignait les cheveux, mais Arkadi se doutait que c'était la fille qu'on avait envoyée acheter la teinture.

« Qu'est-ce qu'il y avait déjà dans ce rapport du légiste ? demanda Kirwill.

— Du gypse, de la sciure de bois, ce que nous cherchons déjà, répondit Arkadi.

— Absolument rien d'autre ?

— Du sang. Après tout, ils ont été abattus.

— Je me souviens d'autre chose sur leurs vêtements.

— Des taches de sang animal, répondit Arkadi. Du sang de poisson et de poulet. Poisson et poulet, répéta-t-il en regardant Swan.

— Vous savez, je suis allé dans vos magasins d'alimentation et je n'ai rien vu d'assez frais pour laisser perler une seule goutte de sang, dit Kirwill. Où trouve-t-on de la viande fraîche par ici ? »

On n'avait pas de mal à trouver du poulet au sang pauvre et du poisson congelé. Mais du poulet fraîchement tué et du poisson vivant atteignaient des prix exorbitants et — en dehors des « boutiques réservées » à l'élite ou aux étrangers — on ne pouvait s'en procurer qu'auprès de négociants privés, de pêcheurs ou d'une paysanne qui avait un poulailler au fond de sa cour. Arkadi était écœuré de n'y avoir pas pensé plus tôt.

« Il est fortiche, fit Swan en désignant Kirwill de la tête.

— Trouvez-moi où ils se sont procuré de la viande et du poisson frais », ordonna Arkadi.

Swan et le Gitan s'en allèrent. Les deux autres restèrent, Kirwill adossé à une aile de voiture, Arkadi assis sur la table. Arkadi prit dans sa poche l'écusson de la police de New York et le lança en l'air comme pour jouer à pile ou face.

« Je devrais peut-être passer à l'Est. Je pourrais être un vrai superman par ici, dit Kirwill.

— C'était une bonne idée, ces autres taches de sang, essaya de reconnaître Arkadi avec bonne grâce.

— Comment vous êtes-vous fait cette coupure au-dessus de l'œil ? Où êtes-vous allé hier soir après que nous avons quitté le bar ?

— Je suis allé pisser et je suis tombé dans le trou.

— Je peux vous faire répondre à coups de pied.

— Et si vous vous brisiez un orteil ? On vous garderait dans un hôpital soviétique jusqu'à ce que ça guérisse : six semaines au moins. Gratis, bien sûr.

— Et alors ? Le tueur est ici, ça me donnera plus de temps.

— Venez, fit Arkadi en sautant à bas de la table. Vous avez mérité quelque chose. »

Au Grand Magasin Central de l'Univers, la musique était une affaire sérieuse. Il y régnait une atmosphère contemplative où une jeune âme pouvait être influencée par le jeu de prix officiels, par les vingt roubles normaux pour un violon ou un archet, où les extravagants quatre cent quatre-vingts roubles pour un saxophone en cuivre. Un homme au visage criblé de vérole, avec un chapeau et un manteau, prit le saxophone, l'admira, tripota les touches et fit à Arkadi le vague salut de la tête dont on gratifie un collègue. Arkadi reconnut le visage aperçu dans le tunnel du métro. En regardant mieux, il aperçut un autre agent du KGB en civil mettant des prix sur des accordéons. Comme il entraînait Kirwill au rayon de la haute fidélité, les deux amateurs de musique reposèrent leurs instruments et suivirent à distance discrète, l'air intéressé, mais pas trop voyant.

Kirwill fit tourner le plateau d'une chaîne stéréo. « Où est ce type, Renko ? Il travaille ici ?

— Vous ne pensiez pas vraiment que j'allais vous prier de lui serrer la main, non ? »

Arkadi prit dans la poche de son manteau une bobine et l'introduisit dans un magnétophone, un Rekord, le même que celui qu'il avait à l'Ukraina. Il y avait deux casques branchés sur l'appareil, afin de permettre une écoute qui ne troublerait pas un appartement encombré. Kirwill en coiffa un, imitant Arkadi. L'homme au visage grêlé observait la scène du bout d'un long comptoir des téléviseurs. L'autre avait disparu — il était allé téléphoné le signalement de Kirwill, supposa Arkadi.

Arkadi pressa le bouton PLAY. C'était la conversation téléphonique du 2 février entre Osborne et Unmann.

— L'avion a du retard.

— Il a du retard ?

— Tout ira bien. Vous vous inquiétez trop.

— Ça ne vous arrive jamais ?

— Détendez-vous, Hans.

— Je n'aime pas ça.

— Il est un peu tard pour aimer ou ne pas aimer quelque chose

— Tout le monde connaît ces nouveaux Tupolev.

— Un accident d'avion ? Vous croyez qu'il n'y a que les Allemands qui sachent construire quelque chose.

— Même un retard. Une fois à Leningrad…

— Je suis déjà allé à Leningrad. Je suis déjà allé avec les Allemands. Tout ira bien.

Après le déclic du téléphone qu'on raccrochait et le silence, Kirwill poussa successivement les boutons STOP, REWIND et PLAY. Il repassa deux fois l'enregistrement avant qu'Arkadi le remît dans sa poche.

« Un Allemand et un Américain, fit Kirwill en ôtant son casque. L'Allemand s'appelle Hans. Qui est l'Américain ?

— Je crois que c'est lui qui a tué votre frère. »

Un téléviseur couleur Padoga à six cent cinquante roubles montrait une femme parlant devant une carte du monde. Le son était coupé. Arkadi vérifia le nom de l'usine. Il y avait de grandes différences entre les usines.

« Ça ne me dit pas grand-chose, fit Kirwill. Vous me menez en bateau pour l'instant.

— Peut-être que vous me remercierez plus tard. » Arkadi passa sur une chaîne qui diffusait des danseurs populaires en couleur pastel glissant en silence d'avant en arrière, claquant leurs mains sur leurs genoux et leurs talons. Il éteignit le poste et comme l'écran devenait gris, il eut un meilleur reflet des deux hommes en manteau au bout du rayon. L'autre homme était revenu. » Ces deux-là, fit Arkadi en les montrant de la tête, je doute qu'ils s'attaqueraient à un touriste américain, mais ils ne savent peut-être pas que vous en êtes un.

— Ils nous ont suivis en voiture depuis le garage, fit Kirwill en regardant toujours l'écran. Je croyais que c'étaient des hommes à vous.

— Non.

— Il n'y a pas beaucoup de gens de votre côté, n'est-ce pas Renko ? »

Arkadi et Kirwill se séparèrent dans la rue Petrovka. Arkadi se dirigea vers le quartier général de la milice et Kirwill vers l'hôtel Métropole. Au début d'un demi-bloc, Kirwill s'arrêta pour allumer une cigarette. La rue était encombrée de gens qui faisaient leurs courses après le travail, des armées stoïques qui défilaient lentement devant les vitrines. A une certaine distance il aperçut la large silhouette de Kirwill fendant la foule, impérieux comme un tsar, traînant dans son sillage son escorte des deux hommes en manteau.

Arkadi partit chercher le Gitan.

Le camion était peint en orange sur fond vert, avec des étoiles et des signes cabalistiques en bleu. Un bébé tout nu descendit en trébuchant les marches arrière du camion vers le feu, pour s'effondrer sur les genoux de sa mère couverte de jupons de couleur et se blottir contre son sein brun. Une demi-douzaine de vieilles et de petites filles étaient assises autour du feu en compagnie d'un vieil homme. Les autres hommes de la famille étaient assis sur une voiture, tous en costumes sales, avec chapeaux et moustaches, même le plus jeune arborant une ombre soyeuse au-dessus de la tête. Le soleil se couchait derrière l'hippodrome.

Il y avait des campements de gitans dans tous les terrains autour du champ de courses, c'était une génération spontanée comme les mouches. Mais son Gitan s'en était allé, il avait disparu comme Arkadi s'y attendait. Il ne savait comment il avait compris que ce n'était pas Swan qui l'avait trahi.

L'appartement était tellement silencieux lorsqu'il entra qu'il crut qu'elle était partie, mais lorsqu'il arriva dans la chambre, elle était assise en tailleur sur le lit. Elle avait mis sa robe, qui était courte et serrée étant donné la façon dont elle l'avait lavée.

« Vous avez l'air mieux.

— Bien sûr, fit-elle.

— Faim ?

— Si vous comptez manger, je prendrais bien quelque chose. » Elle était affamée. Elle dévora un dîner de soupe aux choux et prit une tablette de chocolat comme dessert.

« Pourquoi aviez-vous rendez-vous avec Osborne hier soir ?

— Je n'avais pas rendez-vous. » Elle lui prit les cigarettes des mains sans rien lui demander.

« Pourquoi croyez-vous qu'Osborne vous a fait attaquer par ces hommes ?

— Je ne sais pas de quoi vous parlez.

— Dans la station de métro. J'étais là.

— Alors interrogez-vous vous-même.

— Vous croyez que c'est un interrogatoire ?

— Et il y a des hommes dans l'appartement d'en dessous qui enregistrent cet interrogatoire, dit-elle d'un ton calme en exhalant la fumée et en le regardant à travers les volutes. C'est une maison d'informateurs du KGB, et il y a des cellules de torture dans le sous-sol.

— Si vous croyez vraiment ça, vous auriez dû partir.

— Est-ce que je peux quitter le pays ?

— J'en doute.

— Alors quelle différence cela fait-il que je sois ici ou ailleurs ? »

Elle appuya son menton sur sa main en fixant Arkadi de ses yeux sombres, dont l'un était aveugle. « Vous croyez vraiment que ça a de l'importance où je suis ou ce que je dis… »

L'appartement était sombre, il avait oublié d'acheter des ampoules. Quand Irina s'appuya contre un mur, elle semblait adossée à une ombre.

Elle fumait autant que lui. Ses cheveux avaient séché en frisettes autour de son visage et en lourdes boucles qui tombaient sur sa nuque. Elle était toujours pieds nus et sa robe rétrécie par le lavage était tendue sur ses seins et sur ses hanches. Comme elle arpentait la pièce en fumant, en inventant des mensonges, le regard d'Arkadi la suivait. Dans la faible lumière provenant des lampes de la cour, il la voyait par morceaux : la courbe d'une joue, ses lèvres finement ciselées. Elle avait des traits généreux, de longs doigts, un long cou, de longues jambes. Il y eut un éclair, comme de la lumière qui se reflète dans l'eau, quand le regard d'Irina croisa le sien.

Il savait qu'elle se rendait compte de l'effet qu'elle

avait sur lui, tout comme il savait que la moindre avance de sa part signifierait capituler devant elle. Après cela, elle ne se donnerait même plus la peine de mentir.

« Vous savez qu'Osborne a tué votre amie Valeria, Kostia Borodine et le jeune Américain, Kirwill, et pourtant vous lui donnez l'occasion de vous en faire autant. Vous le forcez pratiquement à le faire.

— Je ne connais aucun de ces noms.

— Vous étiez méfiante ; c'est pourquoi vous êtes allée à l'hôtel d'Osborne dès que vous avez entendu dire qu'il était de retour à Moscou. Vous avez commencé à vous méfier dès que je suis venu à la Mosfilm.

— M. Osborne s'intéresse au cinéma soviétique.

— Il vous a dit qu'ils avaient quitté le pays sains et saufs. Je ne sais pas comment il vous a raconté qu'il les avait fait sortir, mais c'est vrai qu'il a réussi à faire entrer James Kirwill. L'idée vous est-elle jamais venue que sortir d'Union soviétique, surtout pour trois personnes, c'est plus difficile ?

— Oh ! c'est une idée qui me vient souvent.

— Et que les tuer est bien plus simple ? Où vous a-t-il dit qu'ils étaient ? A Jérusalem ? A New York ? A Hollywood ?

— Quelle importance ? Vous dites qu'ils sont morts. En tous les cas, vous ne pouvez pas mettre la main dessus maintenant… »

Dans l'obscurité, éclairée par sa cigarette, elle rayonnait de sa supériorité morale.

« Soljenitsyne et Almarik sont en exil. Palach a été poussé au suicide. Fainberg s'est fait casser la mâchoire sur la place Rouge. Grigorenko et Gerchini ont été jetés dans des asiles pour les rendre fous. Il y a ceux qu'on flanque en prison séparément : Charensky, Orlov, Moroz, Bayev. Ceux qu'on jette par poignées, comme les officiers de la flotte de la Baltique. Ceux qu'on jette par milliers, comme les Tatars de Crimée… »

Elle continuait et continuait. C'était une occasion inespérée, Arkadi le savait Elle avait devant elle un enquêteur, et elle crachait les mots comme si c'étaient des balles destinées à une armée d'enquêteurs.

« Vous avez peur de nous, dit-elle. Vous savez que vous ne pourrez pas nous arrêter à jamais. Le mouvement ne cesse de s'étendre.

— Il n'y a pas de mouvement. Justifié ou non, peu importe. Il n'existe tout simplement pas.

— Vous avez trop peur pour en parler.

— Et c'est comme discuter d'une couleur qu'aucun de nous n'a jamais vue. »

Il se montrait trop poli, décida-t-il. Elle mettait entre eux une telle distance que bientôt elle serait totalement hors d'atteinte.

« Alors vous écriviez à Valeria avant de louper vos examens à l'université, reprit-il.

— Je n'ai rien loupé du tout, dit-elle. Comme vous le savez, j'ai été chassée de l'université.

— Que vous ayez raté, qu'on vous ait exclue, quelle importance ? On vous a mise à la porte parce que vous aviez dit que vous détestiez votre pays ? Le pays qui vous a donné votre éducation ? C'est si stupide que c'est la même chose que de rater un examen.

— Croyez ce que vous voulez.

— Alors vous servez d'entremetteuse à l'étranger qui a tué votre meilleure amie. Ah ! mais pour vous c'est de la politique. Vous préféreriez croire les mensonges les plus incroyables d'un Américain aux mains pleines de sang que la vérité du vôtre.

— Vous n'êtes pas un des miens.

— Tout chez vous sonne faux. Kostia Borodine au moins, était un vrai Russe, dandy ou non. Est-ce qu'il savait quelle truqueuse vous êtes ? »

Elle inhala trop fort et le rougeoiement de sa cigarette éclaira soudain son visage empourpré.

« Si Kostia voulait quitter le pays, il avait une vraie raison, il était poursuivi par la justice, continua Arkadi.

C'est une raison que tout le monde peut respecter. Sinon, il serait resté. Dites-moi, qu'est-ce que Kostia pensait de vos tirades antisoviétiques ? Combien de fois a-t-il dit à Valeria que son amie Irina Asanova était une truqueuse ? Il le dirait maintenant s'il était en vie.

— Vous m'écœurez, dit-elle.

— Allons, qu'est-ce qu'a dit Kostia le Bandit quand vous lui avez raconté que vous étiez une dissidente politique ?

— Ça vous fait peur, l'idée d'avoir une dissidente sous votre propre toit.

— Avez-vous jamais fait peur à personne ? Soyez sincère ! Qui est-ce que ça intéresse que quelques prétendus intellectuels se fassent flanquer à la porte de leur collège pour avoir pissé sur le drapeau ? Bien fait pour eux !

— Vous n'avez jamais entendu parler de Soljenitsyne ?

— J'ai entendu parler de son compte dans une banque suisse », fit Arkadi pour l'agacer. Elle voulait avoir affaire à un monstre ? Elle allait en trouver un plus fort qu'elle ne s'y attendait.

« Ni des juifs russes ?

— Vous voulez dire des sionistes. Ils ont leur propre république soviétique ; que veulent-ils de plus ?

— Ni de la Tchécoslovaquie ?

— Vous parlez de l'époque où Dubcek a amené des soldats allemands fascistes comme touristes et où les Tchèques nous ont appelés à l'aide ? Allons, réfléchissez en adulte. Vous n'avez jamais entendu parler du Viêt-Nam, du Chili ni de l'Afrique du Sud ? Irina, peut-être que votre point de vue sur le monde n'est pas assez vaste. Vous semblez croire que l'Union soviétique n'est qu'une gigantesque conspiration pour faire de vous une adolescente malheureuse.

— Vous ne croyez pas ce que vous dites.

— Et maintenant je vais vous expliquer ce que pensait Kostia Borodine, continua Arkadi, implacable. Il croyait que vous recherchiez le plaisir d'être persécutée sans avoir le cran d'enfreindre la loi.

— Ça vaut mieux que d'être un sadique et de ne pas avoir le cran d'utiliser ses poings », dit-elle.

Elle avait les yeux humides de colère. Il était stupéfait. Il sentait le sel de ses larmes. Qu'elle le voulût ou non, elle était lancée dans la bataille. Il y avait maintenant un peu de sang sur le sol, pour ainsi dire. Comme cela arrive dans les batailles, celle-ci se déplaça sur un nouveau terrain, vers la chambre et vers l'unique meuble qui restait dans l'appartement.

Ils s'assirent de part et d'autre du lit et écrasèrent leurs cigarettes dans des soucoupes. Elle était prête pour l'assaut suivant, la tête bravement dressée et les bras croisés comme une porte close.

« Vous voulez le KGB, fit-il en soupirant. Vous voulez des bourreaux, des assassins, des gorilles.

— Vous allez me livrer à eux, n'est-ce pas ?

— J'allais le faire, avoua-t-il. Du moins je le croyais. »

Elle suivait sa silhouette qui passait et repassait devant les fenêtres.

« Est-ce que je vous ai dit comment Osborne s'y était pris ? lui demanda-t-il. Ils étaient allés patiner, Valeria et lui, Kostia et l'étudiant américain Kirwill. Mais vous connaissez cette partie-là, vous avez prêté vos patins à Valeria — et vous savez que le métier d'Osborne, c'est d'acheter des fourrures russes, mais vous ne saviez peut-être pas qu'à côté de ça il est un indicateur du KGB. Ça vous ennuie. Bref, après un peu de patinage dans le parc Gorki, ils s'installent dans une clairière pour prendre quelque rafraîchissement. Osborne, c'est un homme riche, a tout apporté.

— Vous inventez tout ça au fur et à mesure.

— Nous avons le sac dans lequel il a apporté les provisions ; nous l'avons repêché dans le fleuve. Alors, pendant que tout le monde est en train de manger, Osborne lève son sac en direction de Kostia. Il y a un pistolet dans le sac. Il abat Kostia d'abord, une balle dans le cœur, puis Kirwill, également d'une balle dans le cœur. Un, deux, comme ça. Efficace, non ?

— On croirait que vous étiez là.

— La seule chose que je n'ai pas réussi à comprendre, et où vous pouvez m'aider, c'est pourquoi Valeria n'a pas appelé à l'aide après avoir vu tuer les deux autres. Je veux bien, il y avait pas mal de musique venant des haut-parleurs du parc, mais elle n'a même pas essayé d'appeler. Elle est restée pétrifiée, en face d'Osborne, assez près pour le toucher, pendant qu'il appuyait le pistolet contre son cœur. Pourquoi Valeria a-t-elle fait ça, Irina ? Vous étiez sa meilleure amie, dites-le-moi.

— Vous oubliez sans cesse, lui dit-elle, que je connais la loi. C'est un article du Code pénal que tous les transfuges sont des criminels d'État. Vous diriez, vous feriez n'importe quoi pour les avoir ainsi que ceux qui les ont aidés. Comme est-ce que je sais que l'attaque dans la station de métro n'était pas de la comédie ? Que vous ne l'aviez pas montée vous-même ? Ou bien vous et le KGB ? Comme les corps que vous dites avoir... d'où venaient-ils... Vous dites qu'Osborne a abattu quelqu'un ? Vous seriez de taille à ramasser n'importe quel innocent touriste pour le jeter à la Loubianka.

— Osborne n'est pas dans une cellule à la Loubianka ; il a des amis à la Loubianka. Ils le protègent. Ils vous tueront, vous, pour le protéger.

— Pour protéger un Américain ?

— Ça fait trente-cinq ans qu'il fait des allers et retours entre l'Amérique et la Russie. Il rapporte des millions de dollars, il donne des renseignements sur les acteurs et les danseurs soviétiques, il donne ses amis, les petits imbéciles comme vous et Valeria. »

Elle se boucha les oreilles avec les mains. « Vos amis, vos amis, dit-elle. C'est de vous qu'on parle. Tout ce que vous voulez savoir, c'est où envoyer vos assassins.

— Après Valeria ? Je peux la trouver quand je veux dans un réfrigérateur au sous-sol de la rue Petrovka. J'ai le pistolet avec lequel Osborne l'a tuée. Je sais qui attendait Osborne après cela et dans quelle marque de voiture. J'ai des photos d'Osborne avec Valeria et Kostia à

Irkoustsk. Je connais l'existence du coffre d'église qu'ils avaient fabriqué pour lui.

— Un Américain comme Osborne pourrait acheter vingt coffres différents de vingt sources différentes, dit Irina sans reculer d'un pas. Vous avez vous-même mentionné Golodkine. Golodkine en aurait trouvé un et Golodkine n'avait pas besoin de quitter le pays. L'argent lui aurait suffi et, comme vous le dites, Osborne a des millions de dollars. Alors pourquoi faire venir Valeria et Kostia Borodine à Irkoutsk ? Pourquoi *eux* ? »

Il distinguait ses yeux profondément enfoncés dans l'ovale de son visage et sa main posée sur la courbe de sa hanche. Dans l'obscurité, il sentait son épuisement.

« Pendant la guerre, Osborne a tué trois prisonniers allemands de la même façon. Il les a emmenés dans les bois de Leningrad, leur a offert du chocolat et du champagne et les a abattus. Cela lui a valu une médaille. Je ne mens pas, vous pouvez lire ça dans des livres. »

Irina ne répondit pas.

« Que voulez-vous tirer de cette histoire, que voulez-vous faire ? demanda-t-il. Devenir une grande dissidente et dénoncer les inspecteurs ? Vous faites ça très bien. Vous réinscrire à l'université ? Je vous donnerai une recommandation.

— Vous voulez dire : pour être avocate ?

— Oui.

— Croyez-vous que ça me rendrait heureuse ?

— Non, dit-il en pensant à Micha.

— Vous savez, murmura-t-elle, ce metteur en scène, celui qui m'a offert les bottes italiennes ? Il m'a demandé de l'épouser. Vous m'avez déshabillée ; je ne manque pas de séduction, non ?

— Non.

— Alors, c'est peut-être ce que je vais faire. Épouser quelqu'un, vivre à la maison et disparaître. »

Après des heures de discussion, sa voix était si douce qu'elle aurait pu venir d'une autre pièce.

« La conclusion, dit Arkadi, c'est que tout ce que je vous ai raconté est un mensonge extraordinairement élaboré ou la vérité toute simple. »

Il sentait le rythme régulier de la jeune femme, il se rendit compte qu'elle s'était endormie et posa sur elle la couverture. Il s'approcha un moment de la fenêtre, guettant une tardive activité insolite dans les appartements de l'autre côté de la cour ou dans le boulevard Taganskaïa. Puis il finit par revenir jusqu'au lit et s'allongea de l'autre côté.

14

Des lignes rouges étaient peintes dans les rues menant à la place Rouge. Des officiers mesuraient les caniveaux. On élevait des échafaudages.

Dix ans de mariage avec Zoya avaient amassé à deux pour cent d'intérêts par an un compte d'épargne de douze cents roubles, sur lequel elle n'avait laissé que cent roubles. Un homme peut devancer des tueurs mais pas sa femme, son ancienne femme, songea Arkadi en se reprenant.

En revenant de la banque, il vit des gens qui faisaient la queue et claqua vingt roubles pour un foulard rouge, blanc et vert décoré d'œufs de Pâques.

Andreiev avait terminé. Valeria Davidova, assassinée dans le parc Gorki, était de nouveau en vie. Ses yeux pétillaient, le sang coulait dans ses joues, ses lèvres étaient rouges et entrouvertes d'inquiétude, elle allait parler. Elle restait muette, mais il fallait un acte de rationalisme pour se persuader que le plastique n'était pas de la chair tendre, que le rose de la peinture n'était pas la coloration de son teint, que le verre ne pouvait pas voir. Ce qui semblait incroyable, c'était que cette tête apparemment vivante n'avait pas de corps ; son cou était en équilibre sur un tour de potier. Arkadi ne se considérait pas comme superstitieux, mais il avait la chair de poule.

« J'ai changé la couleur de ses yeux pour les faire plus foncés, expliqua Andreiev, ce qui a fait ressortir la couleur de ses joues. Une perruque italienne, en vrais cheveux. »

Arkadi fit le tour de la tête. « C'est votre chef-d'œuvre.

— Oui, reconnut Andreiev avec fierté.

— Je pourrais jurer qu'elle allait dire quelque chose.

— Elle dit quelque chose, inspecteur. Elle dit : “Me voici !” Prenez-la. » Valeria le regardait du haut de son tour. Elle n'était pas d'une beauté aussi frappante qu'Irina mais elle était très jolie, avec un nez plus court, un visage plus large, plus simple. Le genre de visage qu'on s'attendrait à voir sourire de sous un col de renard lors d'une sortie d'hiver au milieu des flocons de neige. Une bonne patineuse, drôle, pleine de vie.

« Pas encore », dit-il.

Il passa la journée avec Swan à parler à des bouchers, à des fermiers et à rechercher toute autre source pouvant fournir de la viande fraîche. Il était 4 heures passées lorsqu'il arriva à Novokouznetsikaïa et fut convoqué dans le bureau du procureur.

Iamskoï attendait derrière son bureau, ses doigts roses comme ceux d'un bébé croisés sur son sous-main, son crâne rasé luisant de réflexion.

« Je suis préoccupé par le manque apparent de progrès cohérents dans votre enquête sur l'affaire du parc Gorki. Il n'est pas dans mes intentions de me mêler du travail d'un inspecteur, mais il est de mon devoir de surveiller cet inspecteur et d'assurer le contrôle soit de lui-même, soit de son enquête. Pensez-vous que ce soit ce qui se passe dans votre cas ? Je vous en prie, soyez sincère.

— Je viens tout juste de voir la reconstitution par Andreiev d'une des victimes, répondit Arkadi.

— Vous voyez, c'est la première fois que j'entends parler de cette reconstitution. Voilà un exemple du manque d'organisation.

— Je ne perds pas le contrôle.

— Votre refus d'en convenir pourrait être un symptôme. Voyons, il y a plus de sept millions d'habitants dans cette ville, parmi lesquels un maniaque ayant tué trois victimes. Je ne m'attends pas à ce que vous tiriez le meurtrier d'un chapeau. En revanche, je m'attends à ce qu'un inspecteur mène une enquête orthodoxe, aux efforts coordonnés. Vous avez horreur de la coordination, je sais. Vous vous considérez comme un spécialiste, un individualiste. Un individu, toutefois, même le plus brillant, est vulnérable à la subjectivité, à la maladie ou aux problèmes personnels. Et vous avez travaillé très dur. »

Iamskoï écarta les mains puis les rapprocha. « On m'a dit que vous aviez eu quelques problèmes avec votre femme », dit-il.

Arkadi ne répondit pas, ce n'était pas une question.

« Mes inspecteurs sont un reflet de moi-même, tous autant que vous êtes, chacun à votre façon. Vous, qui êtes le plus brillant, devez savoir cela », poursuivit Iamskoï.

Il changea de ton, pour se faire plus décidé. « Vous avez travaillé dans une grande tension. Les vacances approchent ; on ne peut arriver à rien maintenant. Ce que je veux que vous fassiez, en quittant ce bureau, c'est préparer un résumé détaillé de tous les aspects de l'enquête à ce jour.

— Un pareil résumé prendrait des jours, même si je ne faisais rien d'autre.

— Alors ne faites rien d'autre. Prenez votre temps et soyez complet. Naturellement, je ne veux voir aucune allusion à des ressortissants étrangers ni à des officiers de la sécurité de l'État. Vos hypothèses dans ces domaines ne vous ont mené nulle part. Toute allusion à eux serait gênante non seulement pour vous, mais pour ce bureau. Je vous remercie. »

Arkadi ne considérait pas la conversation comme terminée. « Procureur, j'aimerais savoir : ce résumé est-il destiné à un autre inspecteur qui prendra ma place ?

— Ce que nous voulons de vous, fit Iamskoï d'un ton

ferme, c'est de la coopération. Là où il y a coopération sincère, est-ce que cela compte vraiment de savoir qui fait quoi ? »

Arkadi était assis devant une machine à écrire mais il n'y avait pas de papier sur le rouleau.

Au mur, sur une photo, Lénine se détendait dans un fauteuil de jardin, coiffé d'un chapeau blanc, tenant une tasse sur ses genoux. Ses yeux regardaient d'un air matois de sous le bord de son chapeau.

Le résumé ? Il n'y aurait plus guère de résumé après avoir supprimé Osborne et l'identification du jeune Kirwill. Pour l'inspecteur qui lui succéderait, il semblerait qu'il n'y ait eu aucune enquête. Il pourrait repartir de zéro avec de nouveaux policiers. Le seul problème serait l'inspecteur précédent.

Nikitine, avec une bouteille et deux verres à la main, ouvrit la porte. L'inspecteur principal pour les Directives gouvernementales arborait la grimace de commisération qui convenait.

« Je viens d'apprendre la nouvelle. Pas de chance. Tu aurais dû venir me trouver. (Il versa de la vodka dans les verres.) Mais tu gardes toujours les choses pour toi. Je te l'ai déjà dit. Ne t'inquiète pas. Nous trouverons toujours une solution. Je connais pas mal de gens ; nous te trouverons quelque chose. Bois. Pas au même niveau, bien sûr, mais tu referas une carrière. Je penserai à quelque chose pour toi. Je n'ai jamais eu l'impression que tu étais un enquêteur-né. »

Pour Arkadi il était clair qu'il avait manqué tous les indices importants : ces messages qui auraient suggéré à un enquêteur plus astucieux quelles voies suivre, lesquelles éviter. Levine, Iamskoï, même Irina avaient décidé de le prévenir. C'était comme si en contemplant le soleil on voyait les avantages qu'il y avait à suivre les voies convenables, ces avenues si brillamment éclairées que toutes les contradictions apparentes se trouvent expliquées.

« ... Je ne peux pas me rappeler un inspecteur principal ayant jamais été congédié, disait Nikitine. Toute la gloire de ce système, c'est que personne ne peut perdre sa place. On peut compter sur toi pour foutre ça en l'air. »

Comme Nikitine lui lançait un clin d'œil, Arkadi ferma les paupières et le vieux policier se pencha en avant. « Comment penses-tu que Zoya va prendre ça ? » demanda-t-il.

Arkadi ouvrit les yeux pour voir Nikitine qui se balançait d'un air d'expectative au bord d'une chaise. Il ne savait pas pourquoi Nikitine était là, et il n'avait pas vraiment écouté ce qu'il disait, mais l'idée le frappa que son ancien mentor, que cet oppportuniste avec son visage rond et mobile, et ses yeux vairons, serait toujours là. Les hommes meurent, d'autres sont congédiés. Nikitine veillait sur eux tous comme un pilleur de tombes.

Le téléphone sonna et Arkadi répondit. On le rappelait du ministère des Affaires étrangères pour dire que si aucun individu n'avait exporté d'icônes ni d'articles de caractère religieux ou superstitieux durant les précédents mois de janvier ou de février, une licence spéciale avait été accordée pour un « coffre religieux » envoyé comme cadeau au Conseil des Arts du Parti d'Helsinki de la part de la Ligue du Club de Football de la Jeunesse communiste allemande. Le coffre avait été envoyé par avion de Moscou à Leningrad, d'où il avait été transbordé sur le train allant de Leningrad en Finlande via Viborg. Le voyage de Moscou en Finlande avait eu lieu le 3 février, et le nom figurant sur le bordereau était « H. Unmann. » Il y avait un coffre, donc c'était Unmann qui l'avait envoyé.

Arkadi appela le siège du Parti communiste finnois à Helsinki : aucun problème car les liaisons téléphoniques internationales fonctionnaient beaucoup mieux que les liaisons locales. D'Helsinki il apprit que le Conseil des Arts avait été dissout plus d'un an auparavant et que rien qui ressemblât à un « coffre religieux » n'avait jamais été attendu ni n'était arrivé.

« Je peux faire quelque chose ? » proposa Nikitine.

Arkadi ouvrit le dernier tiroir de son bureau et y prit le

semi-automatique Makarov qu'on lui avait remis lorsqu'il était devenu inspecteur et dont il ne s'était jamais servi, ainsi qu'une boîte de balles de 9 mm. Il fit glisser le chargeur de la crosse, prit huit balles dans la boîte, les introduisit dans le chargeur et remit celui-ci en place.

« Qu'est-ce que tu fais ? » fit Nikitine qui l'observait.

Arkadi leva le pistolet, ôta le cran de sûreté et fixa dans la mire le visage de Nikitine, qui en resta bouche bée. « J'ai peur, fit Arkadi. J'ai pensé que tu aimerais avoir peur avec moi. »

Nikitine disparut par la porte. Arkadi enfila son manteau, y glissa le pistolet dans une des poches et sortit.

Lorsqu'il entra dans l'appartement, Irina regarda derrière lui comme s'il avait amené d'autres hommes. « J'ai cru que vous alliez m'arrêter maintenant, dit-elle.

— Pourquoi pensez-vous que je veux vous arrêter ? » Il s'approcha de la fenêtre de façon à pouvoir inspecter la rue.

« Vous le ferez tôt ou tard.

— Je les ai empêchés de vous tuer.

— C'était facile. Vous croyez encore que tuer et arrêter sont deux choses différentes. Vous êtes encore un inspecteur principal. »

Sa robe lui collait au corps à force d'être usée. Elle marchait doucement sur ses pieds nus. Quant à lui, il se demandait si Pribluda avait pris l'appartement d'en dessous et si Irina et lui ne circulaient pas sur tout un réseau de microphones.

Elle avait balayé le plancher avec un soin qui frisait l'obsession ; nettoyé et vide, l'appartement semblait incolore, sans air. Dans ce cadre, elle brillait comme un foyer dans l'espace.

« Vous pouvez me cacher aujourd'hui, ce ne sera qu'un jour dans votre vie, dit-elle. Quand on frappera à la porte, vous me livrerez. »

Arkadi ne lui demanda pas pourquoi elle ne partait pas car il craignait qu'elle ne le fît.

Sa voix vibrait de mépris.

« Inspecteur, inspecteur, comment pouvez-vous enquêter sur nos morts quand vous ne savez rien de nos vies ? Oh ! vous lisez les articles de magazines sur la Sibérie, et la milice d'Irkoutsk vous a parlé de Kostia Borodine. Pourquoi, me demandez-vous, une juive comme Valeria a-t-elle pu s'intéresser à un criminel comme Kostia ? Comment un type aussi malin que lui a-t-il jamais pu succomber aux promesses d'Osborne ? Vous croyez que je ne succomberais pas, moi aussi, si on me les faisait ? »

Tout en parlant, elle arpentait la pièce en se frictionnant les bras avec les mains. « Mon grand-père était le premier Sibérien de ma famille. Au début, il était ingénieur en chef du Service des Eaux de Leningrad. Il n'a commis aucun crime, mais vous vous souvenez que l'ordre du jour était "tous les ingénieurs sont des saboteurs" ; c'est ainsi qu'on l'a mis dans un train à destination de l'Est pour purger quinze ans de travaux forcés dans cinq camps différents de Sibérie avant que sa peine n'ait été commuée en exil à perpétuité, c'est-à-dire qu'il a dû rester en Sibérie. Son fils, mon père, un professeur, n'a même pas eu le droit de s'engager contre les Allemands parce qu'il était le fils d'un exilé. On lui a retiré son passeport intérieur pour qu'il ne puisse jamais quitter la Sibérie. Ma mère était musicienne et on lui a offert un poste au théâtre Kirov, mais elle n'a pas pu accepter parce qu'elle était la femme d'un fils d'exilé.

— Et Valeria ?

— Les Davidov étaient de Minsk. Leur comité de bloc avait un quota de "juifs sophistiqués" à arrêter. Alors le rabbin et sa famille sont partis pour devenir des Sibériens.

— Et Kostia ?

— Il était plus sibérien qu'aucun de nous. Son arrière-grand-père a été exilé par un tsar pour meurtre. A partir de cette date, les Borodine ont travaillé pour les camps, à capturer les évadés. Ils vivaient avec les youkajirs, les bergers des troupeaux de rennes, car les bergers étaient informés les premiers quand un prisonnier essayait de traverser la toundra. Quand les Borodine attrapaient un homme, ils se montraient amicaux, comme s'ils allaient l'aider à s'évader. Ils le laissaient parler toute une nuit sur ce qu'il comptait faire lorsqu'il serait libre, et puis ils le tuaient dans son sommeil, si bien qu'il avait goûté pendant une heure ou deux l'illusion de la liberté. Vous ne faites même pas ça.

— Ça me paraît cruel, fit Arkadi.

— Vous n'êtes pas sibérien. Osborne nous connaît mieux que vous. »

Même au fond de son mépris, elle l'observait pourtant avec soin, comme s'il risquait de prendre une forme différente.

« Les Borodine ne pouvaient pas vivre simplement à attraper des prisonniers, fit Arkadi.

— Ils commerçaient avec les bergers, exploitaient leurs mines d'or clandestines, guidaient les géologues. Kostia chassait.

— Il chassait quoi ?

— Les zibelines, le renard.

— C'était un bandit, alors comment pouvait-il vendre ses zibelines ?

— Il allait à Irkoutsk et donnait ses peaux à vendre à quelqu'un d'autre. Chaque peau valait cent roubles, alors il en prenait quatre-vingt-dix. Personne n'allait poser de questions.

— Maintenant, il y a des fermes pour l'élevage des zibelines ; pourquoi ont-ils encore besoin de trappeurs ?

— Les fermes sont des entreprises collectives typiques : de totales catastrophes. Il faut aux zibelines de la viande fraîche. Ça coûte cher de distribuer de la viande aux fermes de Sibérie, et quand le système de distribution s'effondre, ce qui est toujours le cas, les fermes doivent acheter dans les magasins d'alimentation. Si bien que cela coûte à l'État deux fois plus d'élever une zibeline que d'en acheter une sauvage. Mais le quota est sans cesse augmenté parce que les zibelines apportent des devises étrangères.

— Alors il doit y avoir un tas de trappeurs.

— Savez-vous où il faut toucher une zibeline avec une balle de fusil à cinquante mètres ? Dans l'œil, sinon la peau est gâchée. Très peu de chasseurs pouvaient faire ça, et aucun n'y réussissait comme Kostia. »

Ils mangèrent des saucisses frites, du pain et du café.

Arkadi avait l'impression de chasser, il sentait qu'il devait rester immobile et en même temps poser des questions comme des appâts pour amener à portée de fusil un animal sauvage.

« Où pouvions-nous fuir sinon à Moscou ? lui demanda Irina. Au Pôle Nord ? En Chine ? Quitter la Sibérie est le seul vrai crime que puisse commettre un Sibérien. C'est là sur quoi porte toute votre enquête. Comment ces sauvages de Sibériens sont-ils arrivés ici ? Comment ont-ils quitté leur pays ? Ne me dites pas que vous vous donnez tout ce mal simplement parce que deux Sibériens sont morts. Nous sommes *nés* morts.

— Où avez-vous entendu ces âneries ?

— Vous savez ce que c'est que le “dilemme sibérien” ?

— Non.

— C'est un choix entre deux façons de geler. Nous étions sur un lac à pêcher à travers la glace quand un autre chasseur est tombé à l'eau. Il n'est pas allé loin, simplement jusqu'au trou, mais nous savions ce qui se passait. S'il restait dans l'eau, il mourrait de froid en trente ou quarante secondes. S'il sortait, il mourrait de froid sur-le-champ : en fait, il serait transformé en glace. Il était professeur de gymnastique, je me souviens. C'était un Evenki, le seul indigène du corps enseignant, jeune, tout le monde l'aimait bien. Nous formions tous un cercle autour du trou en tenant nos pieux et nos poissons. Il faisait environ moins quarante, un beau temps ensoleillé. Il avait une femme, elle était dentiste, mais n'était pas là. Il a levé les yeux vers nous ; je n'oublierai jamais ce regard. Il n'était sans doute pas dans l'eau depuis plus de cinq secondes quand il s'est hissé sur la glace.

— Et alors ?

— Il était mort avant de se redresser. Mais il était

sorti, c'était ça l'important. Il n'a pas attendu pour mourir. »

Le soleil s'éteignit dans ses yeux. La nuit la rendait plus pâle, ses yeux plus sombres.

« Je vais vous parler d'un “dilemme sibérien”, dit Arkadi. Osborne aurait pu acheter des chaises d'église, des coffres et des icônes de vingt sources différentes à Moscou. Comme vous l'avez dit, Golodkine en avait déjà un pour lui. Alors pourquoi a-t-il voulu prendre le risque de traiter avec deux desperados fuyant la justice ? Pourquoi se donner la peine d'inventer pour eux de fantastiques mensonges d'évasion ? Qu'est-ce que Kostia et Valeria pouvaient offrir que personne d'autre ne pouvait ?

— Pourquoi me le demander ? fit-elle en haussant les épaules. Vous dites qu'il y avait un étudiant américain du nom de Kirwill qu'on avait introduit illégalement en Russie. Pourquoi Osborne a-t-il voulu prendre ce risque-là ? C'est de la folie.

— C'était nécessaire. Kostia voulait une preuve tangible qu'Osborne pouvait faire entrer et sortir les gens. James Kirwill était cette preuve. Kirwill était également parfait puisqu'il était américain. Kostia et Valeria ne pensaient pas qu'Osborne trahirait un autre Américain.

— Pourquoi Kirwill serait-il venu s'il avait supposé qu'il ne pourrait pas ressortir ?

— Les Américains croient qu'ils peuvent faire n'importe quoi, dit Arkadi. Osborne croit qu'il peut faire n'importe quoi. Est-ce qu'il sautait Valeria ?

— Elle n'était pas ce...

— Elle était jolie. Osborne dit que les femmes russes sont laides, mais il ne pouvait manquer de remarquer Valeria. Même au Centre de fourrures d'Irkoutsk, il l'a remarquée. Qu'est-ce qu'en pensait Kostia ? Que lui et Valeria allaient rouler de riches Américains ?

— A vous entendre…

— C'est ça qu'ils avaient à offrir à Osborne ? Du sexe ? Est-ce Kostia qui l'a poussée en disant : “Vas-y, une petite partie de jambes en l'air ne me fera pas de mal ni à toi, jouons le touriste à fond" ? Était-ce ça ? Trois personnes tuées parce qu'Osborne s'est rendu compte qu'il se faisait rouler ?

— Vous ne savez rien.

— Je sais que lorsque Kostia et James Kirwill étaient en train de mourir dans la neige, votre amie Valeria était vivante et qu'elle était assez près d'Osborne pour le toucher, qu'elle ne s'est pas enfuie, qu'elle n'a pas crié à l'aide. Voilà un vrai "dilemme sibérien", et qui ne me suggère qu'une seule chose : qu'elle savait que Kostia et Kirwill allaient être tués, qu'elle était dans le coup avec Osborne. Autant pour son bandit sibérien. Comment pouvait-il se comparer à un homme d'affaires de New York ? Autant pour la romance ! Peut-être Osborne lui avait-il dit qu'il ne pouvait faire sortir qu'une seule personne. Elle devait faire un choix, et elle était astucieuse. Appeler à l'aide alors qu'elle complotait avec Osborne pour les tuer ?

Elle comptait marcher sur leurs cadavres pour s'en aller bras dessus bras dessous avec son Américain !

— Arrêtez !

— Imaginez sa surprise quand il l'a abattue. Trop tard alors pour appeler à l'aide. Avec le recul, ça paraît incroyable. Comme il est évident que l'Américain était un tueur de sang-froid, et comme ses promesses devaient être fragiles ! Quelle cruauté de faire venir cette jolie fille à la tête vide du fond de la Sibérie pour pouvoir la tuer ici. Il faut pourtant bien reconnaître que si elle ne courait pas chercher de l'aide quand son propre petit ami et un étranger innocent étaient abattus sous ses yeux, alors elle était vraiment stupide. Elle méritait véritablement d'être tuée comme elle l'a été. »

Irina le gifla. Il perçut un goût de sang dans sa bouche.

« Maintenant vous savez qu'elle est morte, dit-il. Vous m'avez frappé parce que vous me croyez. Parfaitement ! »

On toqua à la porte. « Inspecteur principal Renko », dit un homme sur le palier.

Irina secoua la tête. Arkadi ne reconnaissait pas la voix non plus.

« Inspecteur, nous savons que vous êtes là, et nous sommes au courant pour la fille », dit la voix.

Arkadi fit signe à Irina de passer dans la chambre, il s'approcha du manteau plié sur l'évier et y prit son pistolet. Il vit qu'elle avait les yeux fixés dessus. Il n'éprouvait aucun plaisir à tenir en main le Makarov ; il n'avait envie de tuer personne et il ne voulait pas se faire tuer chez lui, surtout quand il n'y avait même pas une chaise pour s'asseoir. Il agissait avec calme alors que dans son cerveau ses pensées se bousculaient. Devrait-il tirer à travers la porte ? C'est ce que faisaient les espions. Devrait-il se précipiter sur le palier en tirant comme un forcené ? Au lieu de cela, il se plaqua contre le mur auprès de la porte et, de sa main libre, tourna doucement le verrou et prit le bouton. « Entrez », dit-il.

Aussitôt qu'il sentit une main sur le bouton opposé, Arkadi ouvrit toute grande la porte. Un personnage entra en trébuchant, seul et perdant l'équilibre. Il attrapa l'homme, lui passa un bras autour du cou et lui appuya le pistolet contre la tempe, laissant tomber une casquette de laine.

D'un coup de pied, Arkadi referma la porte et fit tourner le visiteur. Il avait environ vingt-deux ans, il était grand, avec des taches de rousseur et un sourire un peu ivre comme s'il venait de jouer un tour formidable. C'était Youri Viskov, le Viskov de la cause Viskov que le procureur Iamskoï avait plaidée devant la Cour suprême, le fils des Viskov de la cafétéria.

« Je pars pour la Sibérie demain, fit-il en tirant une bouteille de vodka de son caban, et je voulais que vous trinquiez avec moi. »

Arkadi parvint à se débarrasser de son pistolet pendant que Viskov l'étreignait. Irina sortit de la chambre d'un pas hésitant. Viskov était content de lui. Avec des gestes d'une lenteur délibérée, il posa sa bouteille auprès des verres, dans l'évier.

« Je ne t'ai pas vu depuis qu'on t'a relâché, dit Arkadi.

— J'aurais dû passer vous remercier. (Viskov revint

avec les verres pleins à ras bord.) Vous savez ce que c'est... on a tant de choses à faire quand on sort de prison. »

Il n'avait apporté que deux verres. Il y en avait deux autres dans la cuisine, mais Arkadi sentit que l'exclusion d'Irina était intentionnelle et vit qu'elle attendait sur le seuil de la chambre.

« Vous vous connaissez ? demanda-t-il à Viskov tandis qu'ils levaient leurs verres pour porter un toast.

— Pas bien, dit Viskov. Elle a appelé quelqu'un aujourd'hui pour poser des questions sur vous, et ce quelqu'un me l'a passée au téléphone. Très simple. La première chose que je lui ai dite, c'est comment vous m'aviez sauvé la vie. Je lui ai fait des tas de compliments sur vous : je vous ai appelé un héros de la justice soviétique, pas moins. Et en plus, c'est vrai.

— Je ne vous ai pas demandé de venir ici, dit Irina.

— Ce n'est pas vous que je suis venu voir. Je suis un ouvrier des chemins de fer, pas un dissident. » Viskov lui tourna le dos, sa joyeuse humeur disparut, cédant la place à une sincérité tâtonnante tandis qu'il posait la main sur le coude d'Arkadi. « Débarrassez-vous d'elle. Les gens comme elle, c'est du poison. Qui est-elle pour poser des questions sur vous ? Vous êtes la seule personne qui m'ait jamais aidé. Je vais vous dire : s'il n'y avait pas de dissidents comme elle, un tas de braves gens ne souffriraient jamais comme l'ont fait mes parents. Il suffit de quelques personnes pour faire des histoires et il y a un tas d'honnêtes gens qui se font arrêter. D'ailleurs, ça n'arrive pas qu'à des gens comme moi. » Comme il se retournait vers Irina, Arkadi vit parfaitement ce qui s'offrait au champ de vision de Viskov : Irina, la porte ouverte et le lit. « Le meilleur poison et le plus doux... Pas vrai, inspecteur ? Nous sommes tous humains, mais quand vous aurez fini, débarrassez-vous d'elle... »

Chacun avait oublié le verre qu'il tenait. Arkadi trinqua avec lui. « A la Sibérie », proposa-t-il. Viskov continuait à foudroyer Irina du regard. « Bois », dit Arkadi d'un ton plus énergique et en se libérant de la poigne de son visiteur. Viskov haussa les épaules et ils burent la vodka cul sec.

L'alcool brûla la coupure qu'Arkadi avait dans la bouche. « Pourquoi diable vas-tu là-bas ? demanda-t-il.

— Ils ont besoin de mécaniciens sur la nouvelle ligne du Baïkal, dit Viskov en abordant d'abord à regret un nouveau sujet. On a double prime, le triple de vacances, un appartement, un réfrigérateur bourré de provisions... tout. Il y aura là-bas des mouchards du Parti, mais pas autant qu'ici. J'ai commencé une vie nouvelle, je vais me bâtir une cabane dans les bois, chasser et pêcher. Vous vous rendez compte, un ancien meurtrier condamné ayant son fusil à lui ? C'est là-bas qu'est l'avenir. Vous verrez, quand j'aurai des gosses, ils grandiront autrement. Peut-être que dans cent ans on dira à Moscou d'aller se faire foutre et qu'on aura notre pays à nous. Qu'est-ce que vous en dites ?

— Bonne chance. »

Il n'y avait rien d'autre à dire. Une minute plus tard, Arkadi regardait dans la cour tandis que Viskov s'éloignait d'un pas pesant, marchant de côté dans le vent vers les lumières de la rue Taganskaïa. Le ciel était assez bas pour presser des nuages de pluie contre les toits. Le verre de la vitre crépitait.

« Je vous avais dit de ne pas vous servir du téléphone. (Il regarda Viskov franchir la porte de la cour.) Vous n'auriez pas dû l'appeler. »

Bien que de la main il calmât les vibrations de la vitre, il les sentait encore sur sa peau. Irina était un reflet blanc dans le carreau. Si ç'avait été quelqu'un d'autre que Viskov, elle pourrait être morte. Arkadi se rendit compte que c'était son bras qui tremblait, pas la fenêtre.

Il se regarda dans la vitre. Qui était cet homme ? Il comprit qu'il se fichait pas mal de Viskov, dont il avait sauvé la vie quelques mois plus tôt. Il n'avait envie que d'une chose : d'Irina Asanova. L'obsession était tellement évidente que même Viskov, si ivre qu'il fût, s'en était rendu compte ! Arkadi n'avait jamais eu envie de rien avant ; il n'avait jamais rien souhaité qui en valût la peine. Le désir était un mot trop pâle. Injuste. La vie était si morne, si vide, un tel défilé d'ombres. Elle brûlait d'un tel éclat dans cette obscurité qu'elle l'éclairait lui-même.

« Il a compris, dit Arkadi. Il avait raison.

— Qu'est-ce que vous voulez dire ?

— Pour moi. Je ne m'intéresse pas à votre amie Valeria. Je me fous qu'Osborne baigne dans le sang jusqu'au cou. Il n'y a pas d'enquête. Tout ce que je veux, c'est vous garder avec moi. (Chaque mot le surprenait ; il ne reconnaissait même pas sa voix.) Je ne doute pas que tout ce que j'ai fait depuis la première fois où je vous ai rencontrée, c'était pour vous amener ici. Je ne suis pas le policier que vous pensez que je ne suis, pas plus que l'inspecteur que je croyais être. Je ne peux pas vous protéger. Si, avant, ils ne savaient pas que vous étiez ici, ils ont dû mettre mon téléphone sur écoute, alors maintenant ils savent ; où voulez-vous aller ? »

Il se tourna vers Irina. Il lui fallut un moment pour distinguer le pistolet qui luisait doucement dans ses mains. Sans explication, elle le reposa sur l'égouttoir. « Et si je n'avais pas envie de partir ? » demanda-t-elle.

Elle s'avança au milieu de la pièce et enleva sa robe. Elle était nue dessous. « Je veux rester », dit-elle.

Son corps avait un éclat de porcelaine. Elle avait les bras ballants, elle ne faisait aucun effort pour se couvrir. Elle entrouvrit les lèvres lorsque Arkadi s'approcha d'elle et ses yeux s'ouvrirent, pas les paupières mais le centre même de ses yeux, lorsqu'il la toucha.

Il la pénétra debout, la soulevant et l'installant sur lui avant même de l'embrasser. Au premier contact, elle était humide comme un secret déployé et, lorsqu'ils finirent par s'embrasser, les doigts d'Irina s'accrochèrent à la tête et au dos d'Arkadi. Il se sentait ivre du goût qu'elle avait à travers la vodka et le sang qu'il avait dans la bouche. Ils oscillèrent et s'allongèrent sur le sol où elle noua ses jambes autour de lui.

« Alors tu m'aimes aussi », dit-elle.

Après, dans le lit, il regarda son sein palpiter au rythme de son pouls.

« C'est physique, fit-elle en étendant sa main sur la poitrine d'Arkadi. Je l'ai senti dès la première fois où je t'ai vu, idiot. Parce que je te déteste encore. »

La pluie battait les vitres. Il passa sa main sur son flanc blanc.

« Je déteste toujours ce que tu fais, je ne retire rien, dit-elle. Et quand tu es en moi, rien d'autre ne compte. Au fond, je crois que tu es en moi depuis longtemps. »

Peut-être y avait-il des gens qui écoutaient au-dessus et en dessous ; cette crainte ne rendait les sensations que plus sensibles. Les pointes de ses seins restaient dures.

« Tu te trompes pour Valeria, dit-elle. Elle n'avait nulle part où aller, Osborne le savait. » (Elle lui caressa les cheveux.) Tu me crois ?

— Pour Valeria, pas pour tout le reste.

— Qu'est-ce que tu ne crois pas ?

— Tu sais ce que Valeria et Kostia faisaient pour Osborne.

— Oui. »

« Nous sommes toujours des ennemis », dit-elle.

Le regard d'Irina le traversa, le laissant comme la surface de l'eau brisée par une pierre.

« J'ai acheté ça, dit-il en laissant le foulard tomber sur elle.

— Pourquoi ?

— Pour remplacer celui que tu as perdu dans le métro.

— J'ai besoin d'une robe neuve, d'un manteau et de bottes, pas d'un foulard, fit-elle en riant.

— Je ne pouvais me permettre qu'un foulard. »

Elle le regarda, s'efforçant d'en voir les couleurs dans le noir. « Ça doit être un merveilleux foulard », dit-elle.

« Ça n'a aucune importance qu'un mensonge soit ridicule si le mensonge est la seule chance d'évasion, dit-elle. Ça ne fait rien que la vérité soit évidente si la vérité est que tu ne t'évaderas jamais. »

15

Micha avait une voix affolée au téléphone. Arkadi enfila ses vêtements. Irina dormait toujours, le bras en travers de la place du lit où il était allongé.

« Je dois retrouver un ami. Nous nous arrêterons quelque part en route, dit Arkadi quand William Kirwill monta dans la voiture.

— Il me reste quatre jours encore, et j'ai perdu la journée d'hier à attendre que vous arriviez, dit Kirwill. Aujourd'hui vous allez me dire qui a tué Jimmy, ou c'est moi qui vous tue. »

Comme Arkadi démarrait devant l'hôtel Métropole et tournait sur la place Sverdlov, il se mit à rire : « En Russie, il faut faire la queue. »

A Serafimov 2, ils montèrent jusqu'au premier étage. La porte qu'ils trouvèrent n'avait aucun des verrous ni des placards affichés auxquels Arkadi s'attendait. Lorsqu'il frappa, ce fut une vieille femme qui vint lui ouvrir, portant un bébé au crâne sans cheveux et sillonné d'un délicat réseau de veines. La femme regarda la carte d'Arkadi en clignotant.

« Je croyais qu'on devait mettre les scellés sur cet

appartement, dit-il. Deux personnes y sont mortes il y a une semaine : le locataire et un inspecteur de la milice.

— Je ne suis qu'une grand-mère. Je ne sais rien de tout ça. (Son regard passa d'Arkadi à Kirwill.) D'ailleurs, pourquoi un bon appartement resterait-il vide ? Les gens en ont besoin. »

De la porte on ne voyait plus aucune trace de Boris Golodkine. Les tapis du trafiquant, ses disques et ses tas de vêtements étrangers avaient disparu ; à leur place il y avait un divan qui servait de lit, un carton d'assiettes éclaté sur les bords, un samovar vétuste. Pacha et Golodkine auraient fort bien pu mourir dans un tout autre appartement.

« Avez-vous trouvé un coffre ici ? demanda Arkadi. Il pourrait être dans la pièce de rangement au sous-sol ? Comme un coffre d'église ?

— Pourquoi voudriez-vous qu'on ait un coffre d'église ? Qu'est-ce que nous en ferions ? (Elle s'écarta.) Regardez vous-même. Ce sont des gens honnêtes qui habitent ici, nous n'avons rien à cacher. »

Effrayé, le bébé se blottit comme une larve dans les bras de la vieille femme. On aurait dit que ses yeux allaient exploser. Arkadi lui sourit et le bébé en fut si stupéfait qu'il lui rendit son sourire, avec exhibition de gencives et filet de bave.

« Vous avez tout à fait raison, dit Arkadi. Pourquoi gaspiller un bon appartement ? »

Arkadi retrouva Micha dans une petite église au bout de la rue Serafimov. C'était Saint Quelque Chose, une de la grande majorité des églises depuis longtemps rebaptisées « musées désanctifiés et améliorés par la restauration culturelle ». Des échafaudages pourrissaient le long des murs croulants. Arkadi poussa la porte et pénétra dans l'obscurité, apercevant quelques flaques et des crottes d'oiseaux sur le sol dallé avant que la porte ne se referme. Quelqu'un craqua une allumette et alluma un cierge, ce qui fit apparaître Micha. Arkadi distinguait les quatre piliers centraux de l'église, des barreaux brisés d'une iconostase et la faible lumière qui filtrait par le dôme. De l'eau de pluie ruisselait le long des piliers.

L'intérieur avait dû être autrefois recouvert d'icônes représentant des Christs, des anges et des archanges, mais le plâtre s'était craquelé, la peinture était fanée et tout ce qu'il en restait, c'étaient des formes qui dansaient à la lueur du cierge. Des pigeons battaient des ailes derrière les fenêtres masquées par des volets du dôme.

« Tu es en avance, dit Micha.

— Tu as des problèmes avec Natacha ? Pourquoi ne pouvions-nous pas discuter dans ton appartement ?

— Tu as une demi-heure d'avance.

— Je peux t'en dire autant. Parlons. »

Micha était bizarre, avec sa crinière de cheveux mal peignés et ses vêtements dans lesquels il semblait avoir dormi. Arkadi était bien content d'avoir persuadé Kirwill de rester dans la voiture. « C'est Natacha ? demanda-t-il.

— C'est Zoya. Son avocat est un de mes amis et il m'a montré les déclarations qu'elle fournit au tribunal. Tu sais que ton audience de divorce est fixée pour demain, n'est-ce pas ?

— Non. » Arkadi n'était pas surpris ; la nouvelle ne lui faisait aucun effet.

« Tout le monde parle du Parti comme toi, mais pas pour que ce soit répété devant un tribunal. Toi, un inspecteur principal. Et moi ? demanda Micha. Tu disais ces choses épouvantables sur moi, un avocat ! C'est dans ses déclarations aussi. Je vais perdre ma carte du Parti. Ma carrière va être brisée, je ne m'en remettrai pas.

— Je suis navré.

— Oh ! tu n'as jamais été un bon membre du Parti. J'ai essayé par tous les moyens possibles de t'aider dans ta carrière, et tu m'as envoyé promener. C'est ton tour de m'aider. L'avocat de Zoya nous retrouve ici. Tu vas nier avoir jamais tenu en ma présence des propos contre le Parti. En présence de Zoya, peut-être, mais pas devant moi. C'est elle ou moi. Il faut que tu aides quelqu'un.

— Toi ou Zoya ?

— Je t'en prie, entre vieux amis.

— J'aurais dit "meilleurs amis". Non, à une audience de divorce on dit toutes sortes de choses, mais personne ne les prend au sérieux. C'est trop tard.

— Tu feras ça pour moi ?

— Bon, donne-moi son nom et je l'appellerai.

— Non, il est en route, il nous retrouve ici.

— Il n'a pas un bureau ou un téléphone ?

— Nous ne pourrons pas le joindre maintenant, il est en route.

— Nous allons discuter ici, dans une église ?

— Dans un musée. Écoute, il voulait être tranquille pour parler au mari de sa cliente. Il le fait pour nous rendre service.

— Je ne vais pas attendre une demi-heure, fit Arkadi, pensant à Kirwill dans la voiture.

— Il sera en avance, je te le jure. Je ne te le demanderais pas s'il n'y était pas obligé, fit Micha en se cramponnant à la manche d'Arkadi. Tu vas rester ?

— D'accord, je vais attendre un moment.

— Il ne va pas être long. »

Arkadi s'adossa à un pilier jusqu'au moment où il s'aperçut qu'il avait le cou mouillé par l'eau qui ruisselait. Il alluma une cigarette au cierge de Micha et fit le tour des piliers. Plus il restait dans l'église, mieux il voyait. Peut-être, songea-t-il, était-ce sous un mauvais éclairage qu'on voyait le mieux les vieilles peintures. Nombre des personnages peints sur les murs avaient des ailes, mais il n'arrivait pas à distinguer les anges des archanges. Leurs ailes étaient minces et légères. Les anges eux-mêmes avaient des airs d'oiseaux ; tout chez eux brillait, leurs yeux et leurs épées. L'autel avait disparu. Des tombes avaient été violées, laissant des trous comme des fosses. Peu à peu les yeux et les oreilles s'habituaient. Il entendit le passage effrayé d'une souris. Il crut percevoir non seulement une goutte d'eau heurter la pierre, mais le moment où elle se détachait du dôme. A la lueur du cierge, il voyait Micha en sueur, bien que l'église fût froide. Micha guettait le contour faiblement bleuté de la porte fermée. « Tu te souviens, dit soudain Arkadi, et il vit Micha sursauter, quand nous étions gosses… nous ne pouvions pas avoir plus de dix ans… nous sommes allés dans une église ?

— Non, je ne me rappelle pas.

— Nous y sommes allés parce que tu tenais à me prouver que Dieu n'existait pas. C'était une église qui fonctionnait, et nous sommes arrivés au milieu d'un service. Toutes ces vieilles gens étaient debout et il y avait des prêtres avec de grandes barbes. Tu étais planté juste derrière eux en criant : "Dieu n'existe pas." Tout le monde était furieux et, je crois, un peu effrayé. Je sais que je l'étais. Et puis tu as crié : "S'il y a un Dieu, qu'il me foudroie sur place et qu'il foudroie Arkacha." J'avais très peur. Mais nous n'avons pas été foudroyés et j'ai pensé que tu étais l'être le plus brave du monde. Puis nous sommes sortis tout fiers, n'est-ce pas ?

— Je ne me souviens toujours pas, » fit Micha en secouant la tête. Mais Arkadi était sûr du contraire. « C'était peut-être même dans cette église.

— Non, sûrement pas. »

Sur un mur, Arkadi pouvait à peine distinguer un personnage assis avec une main levée. Des anges semblaient jaillir de ses doigts. Au-dessous, il y avait deux personnages nus, peut-être un homme et une femme, chevauchant ce qui avait l'air d'être un chien à deux têtes. Ou un porc. Ou une tache. Des martyrs défilaient par ici, un homme conduisait un homme par là, surtout on percevait une secrète animation.

« Il n'arrive pas, ton avocat, dit Arkadi.

— Il est en... — Il n'arrive pas. »

Il alluma une autre cigarette à la première. Micha souffla son cierge, mais Arkadi le voyait quand même. Tous deux guettaient la porte.

« Je n'aurais jamais pensé que ce serait toi, dit Arkadi. N'importe qui mais pas toi. »

Une minute s'écoula, Micha ne disait rien.

« Micha, supplia Arkadi, Micha. »

Il sentait les gouttes tomber, les cercles s'étendre sur les flaques et se chevaucher. Il devait pleuvoir plus fort dehors, se dit-il. Des rais de lumière à peine perceptibles traversaient le dôme, s'évanouissant avant d'atteindre un mur. Micha tourna vers Arkadi un regard suppliant. Ses boucles noires étaient en désordre et ridicules. Des larmes lui coulaient des yeux et formaient comme une lyre sur son visage. « File, chuchota-t-il.

— Qui vient ? demanda Arkadi.

— Fais vite, il emporte la tête.

— Comment ont-ils trouvé, pour la tête ? »

Arkadi crut entendre un pas. Il éteignit sa cigarette, se plaqua contre un mur et tira son pistolet. Micha resta où il était, arborant un pâle sourire. Un pigeon se baignait dans des fonts baptismaux cassés. Il s'ébroua et s'envola, battant des ailes entre les piliers jusqu'au dôme.

« Ça va aller ? demanda Arkadi. Je t'appellerai plus tard. »

Micha hocha la tête.

Arkadi se glissa le long du mur et ouvrit la porte. Une nouvelle averse s'abattait sur la ville, se déversant sur les échafaudages, pourchassant les gens sous leurs parapluies et leurs journaux. Kirwill attendait, impatient, dans la voiture. « Arkacha, dit Micha, j'ai souvent pensé à cette église.

Arkadi partit en courant.

La route de la berge était inondée et il dut contourner le parc Gorki. Comme il arrivait à l'Institut ethnologique, une Volga noire allumait ses phares à cause de la pluie et démarrait. Il reconnut le chauffeur. Merci, Micha, se dit Arkadi. Il passa devant l'Institut, fit un tour complet sur la Perspective Andreyesk et revint le long du parc, à un bloc derrière la Volga.

« Maintenant, qu'est-ce qu'on fait ? demanda Kirwill.

— Je suis une voiture et vous descendez au prochain feu.

— Jamais de la vie.

— Il y a dans cette voiture noire un officier du KGB. Il est en train de voler une tête qui a été reconstituée pour moi.

— Alors arrêtez-le et reprenez-la.

— Je veux savoir à qui il la porte.

— Et alors, qu'est-ce que vous ferez ?

— Alors j'arriverai avec deux miliciens et je les arrêterai pour vol de biens appartenant à l'État et obstruction aux travaux du bureau du procureur.

— C'est le KGB, dites-vous. Vous ne pouvez pas les arrêter.

— Je ne crois pas que ce soit une opération du KGB. Le KGB l'annonce quand il prend en main une affaire ; il ne vole pas les preuves. L'appartement que nous venons de voir aurait dû être mis sous scellés pour un an ; c'est comme ça que le KGB opère. Dans le parc, les corps n'auraient pas dû être "découverts" en un jour. C'est comme ça qu'opère le KGB, il ne laisse pas une leçon se perdre. Je crois qu'il s'agit d'un major du KGB et de quelques-uns de ses officiers qui montent une opération privée, parce qu'ils veulent protéger quelqu'un juste pour de l'argent. Le KGB n'aime pas avoir des combinards dans ses rangs. D'ailleurs, le procureur de la ville de Moscou représente la loi en dehors du KGB, et je suis encore son inspecteur principal. Vous pouvez descendre ici. »

Ils étaient arrêtés à un feu sur le boulevard Sadovaïa, à trois voitures derrière la Volga. Le chauffeur, l'homme au visage grêlé qui avait suivi Irina dans la station de métro, baissa les yeux vers quelque chose posé auprès de lui sur la banquette. Il ne regardait pas dans son rétroviseur. Un tel homme ne pouvait imaginer être lui-même suivi, se dit Arkadi.

« Je vous accompagne, fit Kirwill en s'étirant.

— Très bien. »

Le feu passa au vert. A tout moment Arkadi s'attendait à voir la Volga prendre à gauche vers le centre de la ville et le bureau de Pribluda. Mais elle tourna à droite, vers l'est, sur la route des Enthousiastes. Des bannières étaient déjà accrochées. PERSONNE NE RESTERA A LA TRAINE ! proclamait l'une d'elles. Arkadi restait toujours trois voitures derrière.

« Comment pouvez-vous être sûr que c'est lui qui a la tête ? demanda Kirwill.

— C'est sans doute la seule chose dont je sois sûr. J'aimerais savoir comment il en a appris l'existence. »

Plus il s'éloignait du centre, moins la circulation était

dense et plus Arkadi laissait de distance entre lui et la voiture noire. Les Ateliers de la Faucille et du Marteau étaient derrière eux ; le parc Izmaïlovo aussi. Ils quittaient Moscou.

La Volga prit au nord sur le périphérique qui marquait la division entre la ville et la campagne. Le ciel couvert se brisait en gros nuages d'orage et en pluie de lumière. Soudain, sur le bas-côté de la route, ils aperçurent des cars pleins de soldats, de gros camions avec des fenêtres en meurtrières, des blindés gros comme des camions, des caissons d'artillerie, des remorques aux formes angulaires drapées sous une bâche. Des militaires les regardaient dans le faisceau des phares. « Pour le défilé du 1er mai », expliqua Arkadi.

Il ralentit au moment où la nationale approchait de la route Dimitrov. Des voitures qui les précédaient, seule la Volga prit la bretelle de sortie. Arkadi éteignit ses phares avant de la suivre. Les motards de la milice qui étaient de service à cet endroit virent la plaque officielle de la Moskvitch et lui firent signe de passer. La Volga avait environ deux cents mètres d'avance.

Ils laissèrent derrière eux la grand-route et la ville. Des bois masquaient les bas-côtés. Le paysage se fit plus accidenté avec des virages, et les feux arrière de la voiture devant disparaissaient, puis reparaissaient lorsque la route redevenait droite. Ils croisèrent des corbeaux.

« Comment s'appelle cet endroit ? demanda Kirwill.

— Le lac d'Argent.

— Et ce type n'est qu'un major ?

— Oui.

— Alors je ne crois pas que ce soit lui que nous allions voir. » De l'eau apparut à travers un rideau de frênes et de sorbiers. Des petites routes, comme des affluents boueux, menaient à des datchas d'été. Ils traversèrent un pont de bois et aperçurent le lac d'Argent sur leur gauche. Le lac avait dégelé à l'exception d'un îlot central de glace peuplé d'oies sauvages. La route replongea dans les arbres. Les feux arrière de la Volga étaient comme des jalons fugitifs à la sortie de chaque virage. Ils passèrent devant des cours avec des tables aux parasols renversés, des tonnelles brisées et un terrain de tir à l'arc. Arkadi coupa son moteur et continua en roue libre sur une petite route qui se terminait en ornière devant une cabane aux portes et aux volets cloués. La pelouse allait jusqu'à un verger de pommiers redevenus sauvages, puis continuait jusqu'à une rangée de saules et jusqu'à une plage. « Pourquoi nous sommes-nous arrêtés ici ? » interrogea Kirwill.

Arkadi posa un doigt sur ses lèvres et ouvrit sans bruit sa portière. Kirwill en fit autant et non loin de là, ils entendirent le claquement d'une autre portière de voiture.

« Vous savez où ils sont ? demanda Kirwill.

— Maintenant, oui. »

Le sol était lourd et détrempé sous les pas d'Arkadi. Il entendait des voix, sans distinguer les mots, à travers les arbres tout en traversant la pelouse. Il avança dans le verger, saisissant des branches, essayant de se frayer un chemin entre les feuilles mouillées et les détritus de l'hiver.

Les voix étaient plus fortes, les gens s'accordaient sur un point tandis qu'il passait d'arbre en arbre. Quand les voix se turent, il s'immobilisa au milieu d'un pas. Elles reprirent, plus proches, et il se laissa tomber à plat ventre et rampa jusqu'à un rideau de broussailles. A une trentaine de mètres, il aperçut le coin d'une datcha voisine, la Volga noire, une limousine Tchaïka, l'homme au visage grêlé et Andréï Iamskoï, le procureur de la ville de Moscou. L'homme au visage grêlé avait un carton à la main. Iamskoï portait le même manteau bordé de loup et les mêmes bottes que lorsque Arkadi était venu précédemment dans la datcha, ainsi que le bonnet d'astrakan sur son crâne nu et les gants de cuir sur lesquels il tirait tout en parlant. Arkadi ne parvint pas à saisir un seul mot, car le procureur parlait à voix basse, mais il perçut le pouvoir familier de ce ton, l'accent prévoyant et vibrant d'une totale conviction. Iamskoï prit l'autre homme par les épaules et l'entraîna dans le sentier qui descendait à la plage où Arkadi avait joué de la trompe pour les oies.

Arkadi les suivait derrière les broussailles et les saules. Lors de sa première visite à la datcha de Iamskoï, il n'avait pas prêté attention aux tas de bois répandus parmi les arbres de la propriété. L'homme au visage grêlé attendit auprès de l'un d'eux pendant que Iamskoï entrait dans l'appentis. Arkadi se rappelait la trompe, le seau de boulettes de poisson et les oies en train de faisander à l'intérieur. Iamskoï sortit, une hache à la main. L'autre homme ouvrit son carton et en tira la tête de Valeria Davidova — ou plutôt la parfaite reproduction presque vivante de sa tête par Andreiev. Ils la posèrent sur la joue, le regard dans le vide : une tête déjà exécutée et qui attendait une nouvelle exécution sur un billot.

Iamskoï abattit la hache et fendit la tête en deux. Avec la précision d'un homme qui aime les travaux de la campagne, il remit en place les deux moitiés et les fendit, et ces morceaux plus petits il les fendit encore. Avec la minutie d'un homme qui aime à se dépenser, il hacha les petits morceaux en morceaux toujours plus petits puis tourna la hache du côté large et réduisit les fragments en une poudre qu'il épousseta dans le carton. L'homme au visage grêlé emporta le carton jusqu'à la plage et déversa les fragments dans l'eau. Iamskoï ramassa deux billes, les yeux de verre de Valeria qui étaient tombés sur le sol, et les fourra dans sa poche. Il prit la perruque tandis que l'homme au visage grêlé revenait, emplit le carton vide de bois et tous deux remontèrent le sentier jusqu'à la datcha.

Kirwill avait suivi Arkadi sans rien dire. « Allons-nous-en », fit-il.

Kirwill savait. Son sourire était empreint d'un profond amusement.

« J'ai surveillé votre bureau, souvenez-vous, dit Kirwill. J'ai déjà vu le procureur. Vous feriez mieux de décamper.

— Pour aller où ? »

Lorsqu'ils revinrent dans le verger, de la fumée montait dans la cheminée de la datcha de Iamskoï. Par la fenêtre, Arkadi apercevait la lueur du feu. S'il pouvait se redresser, il sentirait sans doute l'odeur des cheveux qui brûlaient, pensa-t-il.

« Dites-moi qui a abattu Jimmy, dit Kirwill. Vous ne l'aurez jamais. Vous n'avez pas de preuves, pas d'identification, et maintenant vous êtes pratiquement mort. Laissez-moi l'avoir. »

Arkadi s'assit contre un tronc et envisagea cette solution. Il alluma une cigarette en la protégeant de la pluie. « Si la personne qui a tué votre frère habitait New York et que vous la tuiez, pensez-vous que vous vous en tireriez ?

— Je suis un flic... je peux me tirer de n'importe quoi. Écoutez, j'ai essayé de vous aider.

— Non, fit Arkadi, en se renversant en arrière. Non, pas du tout.

— Que voulez-vous dire ? Je vous ai parlé de sa jambe.

— Il avait une mauvaise jambe et il est mort ; à part ça, je ne sais rien. Allons, dites-moi, était-il astucieux ou stupide, brave ou lâche, était-il sérieux ou avait-il le sens de l'humour ? Comment avez-vous pu en dire si peu sur votre frère ? »

Planté devant Arkadi, Kirwill paraissait plus grand que les arbres — un effet de la perspective : de petits arbres autour d'un grand gaillard. La pluie ruisselait de ses épaules. « Renoncez, Renko, ce n'est plus vous qui êtes chargé de l'affaire. Le procureur la reprend en main et moi aussi. Quel est son nom ?

— Vous n'aimiez pas votre frère ?

— Je ne dirais pas ça.

— Qu'est-ce que vous diriez ? »

Kirwill leva les yeux vers la pluie, puis baissa son regard sur Arkadi. Il tira les mains de ses poches, serra les poings, puis les desserra lentement, comme pour se rassurer. Il jeta un coup d'œil à la maison. Que ferait-il si la datcha n'était pas si proche ? se demanda Arkadi.

« Je détestais Jimmy, dit Kirwill. Ça vous étonne ?

— Si je détestais un frère, je ne traverserais pas la moitié de la terre pour le cas où il serait mort. Mais je suis curieux. Quand nous avons relevé les empreintes dans le garage, vous aviez les siennes sur une fiche — sur une fiche de police. Avez-vous jamais arrêté votre frère ? »

Kirwill sourit. Au prix d'un effort, il remit ses mains dans ses poches de manteau. « Je vais vous attendre dans la voiture, Renko. »

Il disparut, baissant la tête entre les arbres, ne faisant pratiquement pas de bruit malgré sa taille. Arkadi se félicita d'avoir éliminé son dernier allié, son allié à mi-temps.

Iamskoï. Maintenant tout se tient, disait l'homme en montant les marches de l'échafaud, songeait Arkadi. Iamskoï qui n'avait voulu laisser personne d'autre qu'Arkadi Renko enquêter sur les corps du parc Gorki. Iamskoï qui avait mené Arkadi à Osborne. Ce n'était pas Pribluda qui avait fait suivre Pacha et Golodkine jusqu'à l'appartement de ce dernier ; il n'aurait jamais eu le temps de les abattre, de voler le coffre et de l'emporter. C'était Chouchine qui avait dit à Iamskoï que Golodkine était interrogé et Iamskoï avait eu des heures pour faire enlever le coffre et poster les tueurs. Et qui avait parlé à Iamskoï de la tête de Valeria ? Personne d'autre qu'Arkadi Renko. C'était, après tout, une découverte non pas que de Iamskoï, mais de lui-même : il comprenait quel policier stupide et tâtonnant il était, aveugle, muet et stupide. Un idiot, tout comme l'avait dit Irina.

La porte de la datcha s'ouvrit, Iamskoï et l'homme au visage grêlé sortirent. Le procureur s'était changé : il portait son uniforme brun habituel et son manteau. L'autre époussetait de la suie sur ses manches pendant que Iamskoï refermait la porte à clé. Ils avaient laissé le feu allumé.

« Alors… fit Iamskoï en prenant une grande bouffée d'air frais, j'aurai de vos nouvelles ce soir. »

L'homme au visage grêlé salua, monta dans la Volga, et regagna la route en marche arrière. Iamskoï suivit dans la Tchaïka. Roulant sur les feuilles mortes et plongeant dans les ornières de la route, la limousine semblait pousser un soupir de satisfaction, comme sur du travail bien fait.

Sitôt les voitures disparues, Arkadi fit le tour de la datcha. C'était un chalet de quatre pièces meublé en rustique finlandais. La porte de devant, comme celle de derrière, était fermée à double tour et les fenêtres étaient grillagées car, pour les résidents privilégiés du lac d'Argent, il y avait un système d'alarme relié directement à un poste local du KGB et des voitures patrouillaient régulièrement.

Il alla jusqu'à la plage. Il y avait un gant sur le billot, de la poussière de plastique rose et un cheveu ou deux incrustés dans le bois. Il y avait aussi de la poussière rose sur le sol, parmi les crottes d'oies, et le vent en avait aussi emporté. Il gratta le billot. De minuscules paillettes d'or s'y trouvaient aussi. Voilà où l'on avait apporté le coffre de Golodkine. Sans doute était-il dans la cabane lors du premier voyage d'Arkadi, songea ce dernier ; c'était pourquoi on l'avait si vite expédié nourrir les oies sauvages. Ensuite, le coffre avait été débité à coups de hache. Est-ce qu'un grand coffre aurait brûlé d'un coup ? se demanda-t-il.

En inspectant le tas de bois, il n'en aperçut aucune trace. D'un coup de pied il fit s'écrouler la pile ; tout en bas il y avait des éclats de bois que Iamskoï n'avait pas remarqués : de fines aiguilles de bois et d'or.

« Regardez, Kirwill, dit Arkadi à l'adresse de l'homme dont il entendait les pas derrière lui. Le coffre de Golodkine, ou ce qu'il en reste.

— C'est bien ça », fit une voix qui n'était pas celle de Kirwill.

Arkadi se retourna et aperçut l'homme au visage grêlé qui était parti dans la Volga. Il braquait sur Arkadi le même TK à canon court qu'il avait dans le métro. « J'ai oublié mon gant », expliqua-t-il.

Une main surgit derrière l'homme au visage grêlé et fit tomber son arme. Une autre main le saisit à la gorge. Le tenant ainsi par le bras et par le cou, Kirwill porta l'homme jusqu'à l'arbre le plus proche, un chêne isolé, le plaqua contre le tronc et se mit à le frapper. L'homme essayait de se défendre à coups de pied. Le poing de

Kirwill s'abattait avec le bruit d'un couperet de boucher. « Il faut qu'on lui parle », fit Arkadi.

Du sang commençait à ruisseler de la bouche de l'homme au visage grêlé. Il avait les yeux gonflés. Le poing de Kirwill accéléra son mouvement. « Lâchez-le ! » fit Arkadi en essayant d'écarter Kirwill.

Du revers de la main, Kirwill envoya Arkadi au sol.

« Non ! » dit-il en essayant de lui attraper la jambe.

Kirwill lui envoya un coup de pied sur la meurtrissure pas encore cicatrisée qu'il avait à la hauteur du cœur et Arkadi se plia en deux, le souffle coupé. Kirwill continuait à frapper l'homme adossé à l'arbre. Le sang coulait de sa bouche, plus fort, avec un peu de mousse, et ses pieds étaient agités de soubresauts. Ce qu'Arkadi avait jamais vu de plus proche de la scène dont il était témoin, c'était un chien de chasse en train de massacrer un oiseau. La tête de l'homme s'agitait d'un côté à l'autre, le sang jaillissant par jets. Ses talons frappaient le tronc de l'arbre. Chaque coup était plus fort que le précédent et le poing de Kirwill s'abattait sur quelque chose de plus en plus mou et de plus en plus inerte. Dès le début, Kirwill avait dû lui briser les côtes, songea Arkadi. Kirwill continua à frapper tandis que le visage grêlé devenait de plus en plus gris.

« Il est mort, dit Arkadi en se relevant et en écartant Kirwill. Il est mort maintenant. »

Kirwill s'éloigna en trébuchant. L'homme au visage grêlé s'effondra sur les genoux, puis son visage défiguré frappa le sol ; enfin, il roula sur le côté. Kirwill se laissa tomber par terre, les mains maculées de rouge. « Nous avions besoin de lui, dit Arkadi. Il fallait lui poser des questions. »

Kirwill commença à essayer de se nettoyer les mains avec du gravier. Arkadi l'empoigna par le col de son manteau et l'entraîna comme un animal sur la plage jusqu'au bord de l'eau, puis il revint jusqu'au chêne et fouilla les vêtements du mort. Il trouva un méchant portefeuille avec un peu d'argent, un porte-monnaie, un couteau à cran d'arrêt et la carte d'identité rouge d'un officier du KGB. Le nom qui y figurait était Ivanov. Il garda la carte et le pistolet.

Arkadi traîna le cadavre jusqu'à la cabane. Lorsqu'il ouvrit la porte, une bouffée de chaleur et un bourdonnement l'accueillirent. Les oies sauvages étaient pendues en rangées au plafond, par les pattes, la tête blottie dans leur plumage sale. Des mouches tournoyaient autour des plumes et il régnait à l'intérieur une odeur de pourriture liquide. Il jeta le cadavre dans la pièce et claqua la porte.

Ils rentrèrent à Moscou avec le vent dans le dos.

« Tout d'abord il voulait être prêtre, dit Kirwill. Un de ces garçons pâles qui saignent pour des fleurs coupées, qui vont à Rome, détestent les Italiens et sont béats devant les jésuites français. Ç'aurait été dégoûtant, mais bon. Il aurait pu être un prêtre ouvrier, un emmerdeur comme les autres. Puis ses ambitions ont évolué : il voulait être un messie. Il n'était pas malin et il n'était pas costaud, mais voulait être un messie.

— Comment pouvait-il y arriver ?

— Pour un catholique, ça n'est pas possible. Si vous vous qualifiez de yogi oriental ou de gourou, si vous bavez, que vous mangez des têtes de poulets et ne changez jamais de pantalon, vous pouvez attirer tous les disciples que vous voulez. Mais un catholique, non.

— Non ?

— Si vous êtes catholique, ce que vous pouvez espérer de mieux, c'est l'excommunication. De toute façon, il y a trop de messies en Amérique. C'est un supermarché de messies. Vous ne comprenez rien à ce que je raconte, hein ?

— Non. »

Par le périphérique extérieur, ils arrivèrent au parc des Expositions. Le crépuscule s'enroulait autour d'un obélisque.

« La Russie est la terre vierge des messies, dit Kirwill. Jimmy aurait pu faire une carrière ici ; il avait une chance. Il avait déjà raté son affaire chez nous. Il devait faire un grand coup ici. Il m'a écrit de Paris pour me dire qu'il allait en Russie. Il me disait que la prochaine fois où je le verrais, ce serait à Kennedy Airport et qu'il allait commettre un acte dans l'esprit de Saint-Christophe. Vous savez ce que ça veut dire ? »

Arkadi secoua la tête.

« Ça veut dire qu'il allait faire sortir quelqu'un de Russie et donner une conférence de presse à Kennedy. Il allait être un sauveur, Renko… en tout cas, une célébrité religieuse. Je sais comment il est entré ici. Il m'a expliqué, quand il est revenu de son premier voyage en Russie, comme ce serait facile de trouver un étudiant polonais ou tchèque qui lui ressemblerait. Ils échangeraient leurs passeports et Jimmy reviendrait ici sous le nom de l'autre. C'est comme ça que l'Église fait passer un tas de bibles en Pologne, m'a-t-il dit. Jimmy parlait le polonais, le tchèque et l'allemand en plus du russe ; il n'aurait pas eu grand mal. Ce qui aurait été plus dur, ç'aurait été de ne pas se faire prendre ici. Et de ressortir.

— Vous disiez qu'il avait manqué son affaire aux États-Unis. Comment ça ?

— Il s'est trouvé mêlé à ces petits juifs qui harcèlent les Russes à New York. Au début, ça se bornait à barbouiller leurs voitures de peinture et à faire des marches de protestation. Puis des colis explosifs. Puis des bombes devant l'Aeroflot et des coups de feu tirés sur les fenêtres de la Mission soviétique. Il y a un bureau de la police de New York qui s'appelle l'Escouade rouge et qui surveille les extrémistes ; elle s'est mise à surveiller les juifs. A vrai dire, c'est nous qui leur avons vendu leur livraison suivante de détonateurs. Entre temps, Jimmy est allé en Géorgie et a acheté pour leur compte des fusils et des munitions. Il a fait deux voyages : il y a un colis qu'il a rapporté dans un autel portable.

— Qu'est-ce qui n'allait pas avec les détonateurs ? interrogea Arkadi.

— Ils étaient défectueux. Je lui ai sauvé la vie. Il était censé les aider à fabriquer des bombes. Ce matin-là, je suis allé à son appartement pour lui dire de ne pas bouger. Il n'a rien voulu écouter. Je l'ai jeté sur le lit et il s'est cassé la jambe contre le montant. Alors il n'y est pas allé. Les juifs ont fixé les détonateurs défectueux et les bombes sont parties. Tout le monde a été tué. En fait, j'ai sauvé la vie de Jimmy.

— Et alors ?

— Comment ça : et alors ?

— Les juifs qui sont restés, ils n'ont pas cru que votre frère était un indicateur ?

— Bien sûr que si. Je lui ai fait quitter la ville.

— Il n'a jamais eu l'occasion de s'expliquer avec ses amis ?

— Je lui ai dit que s'il revenait, je lui briserais le cou. »

Une averse tombait sur l'avenue de la Paix. Le trottoir était jonché de journaux.

« Il y a eu une affaire à New York, fit Kirwill en acceptant une cigarette. Il y avait un maniaque, un type armé d'un couteau qui attaquait les gens, et quand il avait eu ce qu'il demandait, il les découpait comme ça, pour s'amuser. Nous savions qui il était, un Noir… qui trafiquait surtout dans le bijou. Je voulais en débarrasser les rues, alors je lui ai fait le coup du bijou qui tombe. Vous savez, j'avais la bague d'une des victimes, je l'ai laissée tomber derrière ce Noir et je lui ai mis le grappin dessus. Ce connard a dégainé un pistolet, il a tiré et m'a manqué. Pas moi. C'était à Harlem. Il y a eu un rassemblement, quelqu'un a pris le pistolet de ce salaud et s'est enfui en courant. Ça a fait de lui un martyr, un citoyen abattu sur le chemin de l'église. Il y a eu des défilés dans la 125e Rue, tous les ministres du culte noir capables de se traîner, plus toute la bande des Blancs antiguerre et Jimmy avec ses Témoins chrétiens. Tous les Témoins chrétiens avaient des pancartes disant : "Sergent Tirevite : recherché pour meurtre." J'ai trouvé qui avait inventé "tirevite". Jimmy ne me l'a jamais dit, mais je l'ai trouvé. »

Le fleuve était haut. Des eaux noires entraînaient les derniers glaçons.

« Vous savez comment il m'appelait aussi ? demanda Kirwill. Il aimait bien m'appeler Esaü. Son frère Esaü. »

A l'Institut ethnologique, Arkadi monta seul pour annoncer à Andreiev ce qui était arrivé à la tête. De l'atelier d'Andreiev, il téléphona à l'appartement de Micha, et à son bureau, mais n'eut pas de réponse. Ensuite il appela Swan qui lui dit avoir trouvé la maison qu'utilisaient Kostia Borodine, Valeria Davidova et James Kirwill. La femme qui avait montré la maison à Swan lui avait dit qu'elle leur vendait tous les jours un poulet et du poisson.

Arkadi emmena Kirwill avec lui voir la maison, qui se révéla être une cabane entre les usines du quartier de Lioublinsky et l'arc sud du périphérique extérieur. Presque tout ce qu'ils trouvèrent sur les lieux était familier à Arkadi, comme s'il venait d'entrer dans une création de sa propre imagination. Kirwill évoluait sans rien dire, comme en transes.

Les deux hommes se rendirent à une cafétéria d'ouvriers. Kirwill commanda une bouteille de vodka et reprit là où il l'avait laissée l'histoire de son frère, mais de façon différente, presque comme s'il parlait de quelqu'un d'autre. Il raconta à Arkadi comment il avait appris à Jimmy à patiner sur glace, à conduire, à dorer un cadre, comment ils remontaient chaque été la rivière Allagach, comment ils avaient vu Roger Maris marquer son premier but, comment ils avaient enterré la vieille babouchka russe qui les avait élevés tous les deux. Les histoires se succédaient ; Arkadi en comprenait quelques-unes et d'autres pas. « Je vais vous dire quand je vous ai vraiment compris, dit Kirwill. Lorsque vous avez tiré sur moi dans ma chambre d'hôtel. Vous avez visé à côté, mais pas de beaucoup. Vous auriez pu me toucher. Vous vous en foutiez et moi aussi. Nous sommes tous les deux semblables.

— Je ne m'en fous plus maintenant », dit Arkadi.

A minuit, il déposa Kirwill près du Métropole. Le grand gaillard s'éloigna d'un pas fragile sur des jambes que l'alcool faisait vaciller.

Irina l'avait attendu. Elle lui fit l'amour avec tendresse,

comme pour dire : oui, tu peux me faire confiance, tu peux venir, tu peux me confier ta vie.

Sa dernière pensée avant de s'endormir fut de se rappeler ce que Kirwill lui avait dit au café quand Arkadi avait demandé si lui et son frère Jimmy avaient jamais chassé la zibeline.

« Non. Il y a des martres des pins dans le Maine et au Canada, et on appelle zibeline la peau de la martre des pins, mais elles sont assez rares. On les prend dans des trous percés au foret. S'il est un vrai salaud, un trappeur utilise le foret pour percer un trou d'une vingtaine de centimètres dans un tronc d'arbre. Assez profond. Il bourre le trou de viande fraîche. Puis il enfonce deux clous de maréchal-ferrant de chaque côté du tronc de façon que le bout des clous arrive presque à une quinzaine de centimètres à l'intérieur du trou. Ça suffit. La martre des pins grimpe bien : c'est une bête mince et astucieuse. Elle sent la viande, grimpe le long du tronc et tombe dans le piège. Elle arrive tout juste à passer la tête entre les clous vers la viande. Elle la mange — elle y arrive toujours — et à ce moment-là elle est retenue par les clous. Elle essaie toujours de se dégager dans le sens inverse de l'angle des clous, et plus elle se débat pour retirer sa tête, plus les clous s'enfoncent. Elle finit par saigner à mort ou par s'arracher la tête. Il ne reste plus beaucoup de martres des pins. Elles ont fini comme ça. »

16

A 4 heures du matin, Arkadi appela Oust-Kout. « Ici l'inspecteur Yakoutski.

— Ici l'inspecteur principal Renko, de Moscou.

— Oh ? Vous avez fini par appeler à une heure normale », dit Yakoutski.

Arkadi ferma les yeux devant les fenêtres sombres. « Qu'est-ce que mangent les zibelines ? demanda-t-il.

— Vous m'avez appelé pour me demander ça ? Vous ne pouvez pas trouver une encyclopédie ?

— Les vêtements de Borodine portaient des traces de poulet et de sang de poisson. Il achetait tous les jours du poulet et du poisson.

— Les zibelines et les visons mangent du poulet et du poisson. Tout comme les gens, si je ne me trompe.

— Pas tous les jours, dit Arkadi. Y a-t-il eu des vols de zibelines dans votre secteur ?

— Non. Aucun.

— Pas d'incidents inhabituels dans aucun des élevages collectivistes ?

— Rien d'anormal. Il y a eu un incendie en novembre dans un élevage collectiviste de Bargouzine, et cinq ou six zibelines sont mortes. Mais on a retrouvé toutes les bêtes.

— Elles ont été gravement brûlées ?

— Mortes, je vous l'ai dit. C'était une perte importante, en fait, car les Bargouzines sont les zibelines qui ont le plus de valeur. Il y a eu une enquête, mais on n'a pu relever aucune négligence.

— Est-ce qu'on a pratiqué des autopsies sur les animaux pour établir que c'était bien des zibelines de Bargouzine et qu'elles sont bien mortes dans l'incendie, ainsi que la date exacte de leur mort ?

— Inspecteur, je vous assure que seul quelqu'un de Moscou aurait pu penser à ça. »

Après avoir raccroché, Arkadi s'habilla sans bruit et quitta l'appartement, allant jusqu'à la place Taganskaïa avant d'utiliser un téléphone public. Toujours pas de réponse chez Micha. Il appela et réveilla Swan et Andreiev, puis il revint à son appartement, s'adossa au mur de la chambre et regarda Irina.

Pouvait-il aller trouver le procureur général pour lui dire que le procureur de Moscou était un meurtrier ? Deux jours avant le 1er mai ? Sans preuves ? On dirait qu'il était ivre ou fou, et on le retiendrait jusqu'à l'arrivée de Iamskoï. Pouvait-il aller au KGB ? Osborne était un indicateur du KGB. En outre, grâce à Kirwill, il avait sur les mains le sang d'un agent du KGB mort. L'aube se glissait vers Irina. Elle était une pâle silhouette bleue sur un drap bleu pâle, mais il sentait la tiédeur alanguie de son sommeil. Il la regardait comme si une concentration suffisante graverait son image dans sa tête. Elle avait le front masqué par des cheveux qui devenaient de l'or fin tandis que le soleil se levait.

Le monde était une poussière agitée çà et là par son souffle. Le monde était un lâche qui projetait de la tuer. Il pouvait lui sauver la vie.

Il la perdrait, mais il pourrait lui sauver la vie.

Lorsqu'elle s'éveilla, il avait fait du café et posé sa robe auprès du lit.

« Qu'est-ce qui se passe ? demanda-t-elle. Je croyais que ça te plaisait de m'avoir ici.

— Parle-moi d'Osborne.

— Nous avons déjà rabâché tout ça, Arkacha, fit Irina en se redressant, nue. Même si je croyais ce que tu m'as dit d'Osborne, imagine que je me sois trompée ? Si Valeria était en sûreté quelque part, je ne livrerais pas l'homme qui l'a aidée. Si elle est morte, elle est morte. Rien ne peut changer ça.

— Allons-nous-en, fit Arkadi en lui lançant sa robe. Tu parles trop légèrement de mourir. Je vais te présenter aux morts. »

Sur le chemin du labo, Irina ne cessait de lui lancer des coups d'œil. Il sentait qu'elle cherchait une explication à cette soudaine volte-face qui l'avait fait redevenir un policier.

Arkadi l'emmena avec lui au labo de médecine légale pour prendre un sac scellé contenant des pièces à conviction et un autre, vide, que lui avait remis le colonel Lyudine. Lyudine considérait Irina d'un œil approbateur ; en un tournemain et avec son foulard neuf, son blouson afghan avait retrouvé quelque chic.

Lorsqu'ils repartirent en voiture, elle manifesta son irritation envers la brusquerie d'Arkadi en regardant obstinément par sa vitre. Une querelle d'amoureux classique, dénotait son attitude. Une odeur se répandait dans la voiture. Elle regarda le gros sac scellé à côté d'elle. C'était une odeur si vague qu'on la remarquait à peine, mais elle avait une consistance qui s'attardait sur la langue et dans la gorge. Lorsqu'ils arrivèrent au fleuve, elle avait ouvert sa vitre malgré le froid.

A l'Institut ethnologique, Arkadi conduisit Irina jusqu'à l'atelier d'Andreiev. Soulagée d'avoir quitté la voiture, elle afficha sa curiosité devant les vitrines contenant les têtes de Tamerlan et d'Ivan le Terrible, pendant que Arkadi cherchait l'anthropologue. Mais Andreiev était parti, comme il l'avait annoncé.

Arkadi observait Irina dans la chambre des têtes.

« C'est ça que tu m'as emmenée voir ? fit-elle en tapotant la vitrine d'Ivan.

— Non. J'espérais que nous pourrions rencontrer le Pr Andreiev. Malheureusement, il ne semble pas être ici.

C'est un homme fascinant, tu as dû entendre parler de lui.

— Non.

— Il fait des conférences sur ses travaux à la faculté de droit, dit Arkadi. Tu devrais t'en souvenir. »

Irina haussa les épaules et abandonna les vitrines pour les tables où s'alignaient des spécimens anthropologiques, examinant des visages qui la scrutaient de leurs yeux de verre sous leurs épais sourcils. Elle approcha. Le travail d'Andreiev était magique. Arkadi vit le ravissement d'Irina devant un visage simiesque à la moue comique, et devant un autre qui arborait un air furibond. Au bout de la table se trouvait un tour de potier et un haut tabouret. Posée sur un support de fils métalliques fixés à la roue se trouvait un crâne de Néanderthal à demi couvert de bandes de plastique rose.

« Je vois, fit-elle en touchant une région nue du crâne. Andreiev les reconstitue… » Elle retira sa main, sans terminer sa phrase.

« Tu peux y aller, fit Arkadi en s'approchant d'elle. Il l'a laissée pour nous. » Arkadi tenait à la main un carton à chapeau rose, ficelé, comme on en voyait voilà soixante ans.

« J'ai entendu parler d'Andreiev », fit Irina en s'essuyant les doigts.

Arkadi s'avança vers elle, le carton à chapeau dansant au bout de sa ficelle.

Tous les étudiants de la faculté de droit connaissaient les reconstitutions par Andreiev des têtes de victimes d'un meurtre. En roulant le long du parc Gorki, l'ancienne brillante étudiante Irina Asanova respirait à peine l'air vicié de la voiture. La mort suintait du sac scellé et bringuebalait dans le carton à chapeau posé sur la banquette arrière. « Où allons-nous, Arkacha ? demanda Irina.

— Tu verras. »

Arkadi avait choisi les mots les plus prosaïques, la réponse qu'on donne à un prisonnier. Il ne proposa aucune explication, il n'eut aucun geste de compassion envers elle, il ne tendit pas une main à prendre, il n'eut aucun geste de réconfort. On ne devient pas inspecteur principal sans un minimum de cruauté, se dit-il.

Lorsque tout un convoi de soldats qui agitaient la main les dépassa sur la gauche et que les yeux d'Irina restèrent fixés droit devant eux, il sut que c'était de crainte que le plus léger mouvement n'amenât son regard jusqu'au carton à la couleur obscène. Sur une petite route un peu mal pavée, les cahots le secouèrent. Le carton devait parler à Irina ; pour elle, il devait avoir toute une biographie, bien plus que suffisante pour s'imposer du fond de la voiture.

« Attends un peu », dit-il à Irina en tournant le coin d'une rue. Le carton se déplaça et une secousse agita les mains d'Irina comme si on en avait tiré les fils.

Des bannières du 1er mai étaient tendues devant une usine de roulements à billes, un atelier de tracteurs, une centrale électrique, une filature. Sur les bannières se dessinaient des profils dorés, des lauriers dorés, des slogans dorés. Des cheminées montait une fumée couleur d'acier. Elle devait savoir maintenant où il l'emmenait, songea-t-il.

Vers le sud-est, par le quartier de Lioublinski, sans qu'un mot fût échangé, une heure de trajet entre de grandes usines qui cédaient la place à des entreprises plus petites, jusqu'à la grisaille préfabriquée des pavillons des ouvriers, jusqu'à de vieilles maisons rasées pour des constructions nouvelles, jusqu'à un champ sillonné par les cordeaux des arpenteurs, cahotant sur des ornières de boue, après le terminus de la ligne d'autobus, toujours dans les limites de la ville mais plus loin jusqu'à un autre monde de maisons basses, guère plus que des cabanes, des barrières de bois et des chèvres à l'attache, du linge dans les bras de femmes en chandail et en bottes, une église de plâtre, un unijambiste qui ôtait son chapeau, des vaches brunes qui traversaient la route, un bûcheron avec sa hache et, en passant lentement dans les cahots, une maison à l'écart au milieu d'une cour hérissée de tiges cassées de tournesols, avec deux fenêtres crasseuses révélant des rideaux sales, de la peinture qui s'écaillait sur une poutre sculptée et derrière la maison un appentis et un hangar métallique.

Il la fit descendre de voiture et prit les sacs et le carton à chapeau sur la banquette arrière. Arrivé à la porte de la maison, il tira trois trousseaux de clés d'un des sacs, ceux qu'on avait trouvés dans le sac de cuir au fond de la rivière. Sur chaque trousseau il y avait la même clé.

« Ça paraît logique, n'est-ce pas ? » demanda-t-il à Irina.

C'était la bonne clé. La porte était coincée, et Arkadi la poussa de la hanche, libérant, en ouvrant, une odeur de moisi. Avant d'entrer, il enfila une paire de gants en caoutchouc et tourna un commutateur. L'électricité alimentait toujours une unique ampoule au-dessus d'une table ronde. La maison empestait comme un piège et il faisait froid comme si on y avait emmagasiné l'hiver. Irina était plantée au milieu de la pièce, frissonnante.

La maison ne comprenait qu'une pièce, avec quatre fenêtres à triples vitres, toutes avec des volets et une serrure. Des couvertures de crin dans deux couchettes. Un poêle à charbon sur un tablier de cendres. Trois chaises dépareillées autour de la table. Un buffet avec un fromage moisi et une bouteille de lait que le gel avait depuis longtemps fait éclater. Aux murs, une photo de Brando et de nombreux clichés d'icônes arrachés à des livres. Sous un rideau, dans un coin, des pots de peinture, des bouteilles de vernis et de colorants, des chiffons, un coussin, des pinceaux plats, des poinçons et des brosses. Arkadi écarta le rideau d'une penderie pour révéler à la lumière deux costumes d'homme, l'un de taille moyenne et l'autre de grande taille, trois méchantes robes toutes de la même petite taille et, sur le sol, tout un assortiment de chaussures.

« Oui, fit Arkadi, en lisant ses pensées sur le visage d'Irina, c'est comme si on entrait dans la tombe de quelqu'un. Ça fait toujours ça. »

Trois coffres de marin anciens étaient posés contre le mur. Arkadi les ouvrit, en utilisant une clé différente de chaque trousseau. Le premier contenait du linge de corps, des chaussettes, des bibles et autres objets de contrebande religieuse ; le second, du linge, un flacon bouché de poudre d'or, des préservatifs, un vieux revolver Magant et des balles ; le troisième, du linge de femme, de la verroterie, un parfum étranger, une poire à lavage vaginal, des ciseaux, des pinceaux, du rouge à lèvres, des épingles à cheveux, un pot de crème, une statuette de porcelaine aux traits à peine visibles, et des photographies de Valeria Davidova, pour la plupart avec Kostia Borodine et l'une d'elles avec un vieil homme barbu.

« C'est son père, n'est-ce pas ? » Il tendit la photo à Irina. Elle ne dit rien. Il referma les coffres. « Kostia a vraiment dû effrayer les voisins quand il était ici. Tu te rends compte, pour que pendant tout ce temps ils n'aient pas forcé la porte. (Les couchettes attirèrent son regard.) Kostia devait être un homme difficile, et cohabiter en plus avec un autre homme ? Mais c'est la vie... Pourquoi ne m'arrêtes-tu pas, Irina ? Dis-moi ce qu'ils faisaient ici pour Osborne.

— Je crois que tu le sais déjà, dit-elle dans un souffle.

— C'est une hypothèse. Il faut un témoin. Il faut que quelqu'un me le dise.

— Je ne peux pas.

— Mais si, tu vas le faire, dit Arkadi en posant le carton à chapeau et les sacs contenant les pièces à conviction sur la table. Nous allons nous aider l'un l'autre et résoudre quelques mystères. Je veux savoir ce que Valeria et Borodine faisaient ici pour Osborne, et tu veux savoir où est Valeria maintenant. Bientôt, tout ça va devenir clair. »

Il écarta une chaise, en laissant deux auprès de la table. Il regarda autour de lui. Le décor était si désespérément misérable, à peine plus qu'un carton retourné, où s'entassaient trois lits, un drap fin leur donnant un semblant d'intimité, trois combinards qui soufflaient sur leurs mains pour les réchauffer.

La faible ampoule jaunissait Irina et lui creusait les joues. Il se vit dans ses yeux, un homme décharné aux cheveux noirs en désordre et au visage aigu et fiévreux penché sur un carton rose. Il regarda plus profondément dans le reflet de cet homme ridicule, de cette marionnette de Iamskoï, comme Irina l'avait si bien vu depuis le début. Il pouvait pourtant la sauver de Iamskoï et d'Osborne — d'elle-même aussi, si ses nerfs à lui ne lâchaient pas.

« Donc, reprit Arkadi en claquant dans ses mains, c'est le parc Gorki à la tombée du jour. Il neige. La jolie trieuse de fourrures Valeria, Kostia le bandit sibérien et le jeune Américain Kirwill patinent avec le fourreur Osborne lorsqu'ils quittent le sentier et gagnent à une cinquantaine de mètres de là une clairière pour manger un morceau et boire un peu. Ils sont là. Kostia ici... fit Arkadi en indiquant la chaise d'un côté de la table. Le jeune Kirwill, poursuivit-il en indiquant l'autre chaise et Valeria au milieu... (Il posa la main auprès du carton.) Toi, Irina, tu te mets ici, dit-il en l'approchant de la table, tu es Osborne.

— Non, je t'en prie, supplia Irina.

— Juste pour l'explication, dit Arkadi. Je ne peux pas me débrouiller pour la neige et la vodka, alors il faut me supporter comme ça. Essaie d'imaginer l'atmosphère, la gaieté. Trois de ces gens-là étaient persuadés que toute une vie nouvelle allait commencer : la liberté pour deux d'entre eux, la gloire pour le troisième. Ce n'était pas une simple partie de patinage, c'était une fête ! Est-ce alors que toi — c'est-à-dire Osborne — tu devais leur donner leurs instructions sur la façon de s'enfuir ? Très probablement. Seulement tu sais que dans quelques secondes ils seront morts.

— Je...

— Tu te fiches pas mal des coffres religieux ; n'importe qui aurait pu t'en trouver — Golodkine, par exemple. Si c'était tout ce que ces trois personnes avaient fait pour toi, un petit trafic de fausses icônes et de contrebande, tu les aurais laissées vivre. Qu'ils parlent, qu'ils aillent au bureau du KGB avec des accusations et des photos à l'appui ; vos amis, là-bas, les auraient renvoyés en riant. Mais c'est autre chose, pas le coffre, mais ce qu'ils ont *vraiment* fait pour toi, ces trois personnes ne devraient jamais en parler : ni à Moscou ni nulle part.

— Il ne faut pas me faire ça, dit Irina.

— La neige tombe, poursuivit Arkadi. Ils ont le visage rougi par la vodka. Ils te font confiance. Tu avais déjà amené cet abruti de Kirwill, pas vrai ? Le temps que la première bouteille de vodka soit finie, ils t'adorent. Tu es leur sauveur venu de l'Ouest. Encore des sourires et les toasts. Tu entends la musique qui vient des pistes de patinage ? Tchaïkovski ! Ah ! il nous faut une autre bouteille. Monsieur Osborne, vous êtes un homme généreux, vous avez apporté un sac de cuir plein de vodka, de cognac et toutes sortes de gâteries. Tu soulèves le sac comme si tu cherchais de la main quelque chose à l'intérieur et tu en tires... une autre bouteille. Bois d'abord ; fais semblant d'en prendre une vraie lampée. Ensuite c'est Kostia et il en boit au moins autant, si je ne me trompe. Maintenant, Valeria est un peu étourdie, et ça n'est pas facile de prendre la bouteille quand elle a du pain dans une main et du fromage dans l'autre. D'ailleurs, elle pense à l'endroit où elle sera d'ici à une semaine ou deux, au genre de toilettes qu'elle portera, et comme il fera chaud. Plus de Sibérie là-bas... le paradis, à la place. Kirwill n'est déjà plus très sûr sur ses patins ; il a cette jambe faible, mais lui aussi pense à son retour au pays, à la récompense de tous ses saints efforts. Pas étonnant que la vodka file si vite.

« Encore une bouteille ? Pourquoi pas ? La neige tombe plus drue, la musique est plus forte. Tu soulèves ton sac et tu fouilles dedans, tu tâtes la bouteille, tu sens la crosse de ton pistolet. Tu ôtes le cran de sûreté. C'est Kostia le plus assoiffé, tu te tournes vers lui en souriant à ce célèbre bandit. »

D'un coup de pied, Arkadi fit tomber la chaise par terre. Irina tressaillit.

« Parfait, continua Arkadi. Un automatique ne fait pas autant de bruit qu'un revolver, et le son est étouffé par le sac de cuir, la neige et la musique des haut-parleurs. Il n'y a sans doute pas de trace de sang visible au début. Valeria et le jeune Kirwill ne comprennent pas vraiment pourquoi Kostia est par terre. Vous êtes tous amis. Tu es venue les sauver, pas leur faire du mal. Tu te tournes vers le jeune Américain. Tu tiens le sac à la hauteur de sa poitrine. »

Une larme vint traverser la marque qu'elle avait sur la joue.

« Maintenant, dit Arkadi, un visage impassible. »

D'un coup de pied il renversa la seconde chaise. « C'est si simple. Il ne reste que Valeria. Elle regarde le corps de son Kostia, le corps de l'Américain, mais elle ne fait pas un geste pour courir, ou pour appeler à l'aide, pour protester. Tu la comprends si bien. Sans Kostia elle est comme morte ; tu vas mettre fin à son malheur. Une vie peut changer aussi vite. Tu vas lui rendre service. » Arkadi ouvrit le sac qui contenait la pièce à conviction. Des relents huileux emplirent l'air tandis qu'il en tirait une méchante robe foncée tachée de terre et de sang et avec un trou au-dessus du sein gauche. Le regard d'Irina alla jusqu'à la penderie ouverte et revint sur la robe : il savait qu'elle la reconnaissait. « Approche le pistolet aussi près que tu veux ; Valeria attendra, elle accueille la balle avec plaisir. Approche le canon plus près de son cœur. Quel gaspillage de beauté, penses-tu… fit Arkadi en laissant la robe tomber sur la table… quel gaspillage de beauté. Morts tous les trois. Personne ne vient, la musique joue toujours, la neige va bientôt recouvrir les corps. »

Irina tremblait.

« Ils sont peut-être morts, dit Arkadi, mais tu as encore du travail. Tu ramasses tous les aliments d'importation, les bouteilles, les papiers qui sont sur les corps. Tu prends le risque de tirer encore deux balles parce que l'Américain a eu des travaux effectués par un dentiste étranger. Tu tires à Kostia une balle au même endroit de façon que peut-être ces imbéciles de miliciens pensent que c'étaient les coups de grâce. Malgré cela, on peut les identifier. Ils ont des empreintes digitales. C'est simple. De grands ciseaux. Ceux que tu utilises pour couper le poulet et clic, clic, au bout de chaque doigt. Mais que faire pour les visages ? Espérer qu'ils vont se décomposer ? Mais ils vont geler ; ils seront plus blancs que la neige, mais à part cela, exactement les mêmes. Les barbouiller de confiture pour que les petites bêtes du parc les dévorent ? Non, les écureuils se sont mis à l'abri de l'hiver et il n'y a pas assez de chiens à Moscou. Mais le fourreur a une solution car il a un talent particulier. Il les écorche ; il dépouille tout un visage comme on ôte à chaque tête un peu de peau rose : sur celle de Kostia, du jeune Kirwill et enfin, et c'est la plus délicate, celle de Valeria. Quel moment privilégié. Combien de fourreurs ont-ils jamais fait ça ! Il leur ôte les yeux et puis il en a terminé. Les rognures vont dans le sac. Trois vies effacées et doublement effacées. Assez maintenant ! Tu vas à ton hôtel, tu prends ton avion, tu regagnes ce monde à part dont tu es venue. Tout semble parfait. »

Arkadi disposa la robe sur la table, pliant une manche sur l'autre, drapant la jupe par-dessus le rebord. « Il n'y a qu'une personne à qui tu puisses penser qui soit capable de faire le rapprochement entre toi et les trois corps du parc Gorki. Mais elle ne dira rien parce qu'elle est la meilleure amie de Valeria et qu'elle souhaite que Valeria soit à New York, à Rome ou en Californie. Ce rêve est ce qu'il y a de plus important dans sa vie. Elle peut supporter chaque journée stupide, dangereuse, un ennui accablant si elle peut simplement croire que Valeria s'est échappée. L'idée que Valeria respire un air libre ailleurs est tout ce qui empêche cette amie de mourir de claustrophobie. Tu pourrais essayer de la tuer toi-même, elle ne parlerait quand même pas. Tu connais vraiment bien les Russes. »

Irina vacillait sur ses jambes. Il craignait de la voir tomber.

« Alors toute la question est : où est Valeria ? poursuivit Arkadi.

— Comment peux-tu faire ça ? demanda Irina.

— Tout seul... fit Arkadi en détournant les yeux et en prenant un ton différent... un peuple arriéré, ignorant. Il semble que nous l'ayons toujours été. Nous avons d'étranges talents, Irina. Quand tu étais à la faculté de droit, à l'université, tu as suivi des cours de médecine légale et on t'a fait connaître les travaux du Pr Andreiev. Peut-être t'a-t-on montré des photos. C'est une méthode simple mais minutieuse qui permet de reconstruire un visage à partir d'un crâne. Pas une vague idée de ce à quoi le visage aurait pu ressembler, ni une bonne approximation, mais le visage lui-même. Aucun autre pays ne fait cela. Il s'agit de rebâtir avec délicatesse chaque muscle tendu sur le crâne, puis d'ajouter la chair, les yeux et la peau. Tu le sais, Andreiev est un maître et tu dois aussi connaître sa réputation d'intégrité. (Arkadi ôta le couvercle du carton à chapeau.) Tu voulais savoir où est Valeria.

— Je te connais, Arkacha, dit Irina. Tu ne feras pas ça.

— Voici Valeria. »

Arkadi commença à soulever la tête du carton. Il le fit avec lenteur pour que Irina pût voir d'abord émerger du carton une masse de boucles sombres qui se mêlaient entre ses doigts, puis les cheveux qui se tendaient entre sa main et un front à la peau fraîche.

« Arkacha ! fit-elle en fermant les yeux et en les couvrant avec ses mains.

— Regarde.

— Arkacha ! cria-t-elle sans ôter les mains de ses yeux. Oui, oui, c'est ici qu'habitait Valeria. Remets-la dans la boîte.

— Valeria qui ?

— Valeria Davidova.

— Avec...

— Kostia Borodine et le jeune Kirwill.

— Un Américain du nom de James Kirwill ?

— Oui.

— Tu les as vus ici ?

— Kirwill était toujours ici à se planquer. Valeria était ici. Je ne serais pas venue si elle n'y était pas.

— Tu ne t'entendais pas avec Kostia ?

— Non.

— Qu'est-ce qu'ils faisaient ici dans la maison ?

— Ils fabriquaient un coffre, tu le sais bien.

— Pour qui ? »

Arkadi retint son souffle pendant qu'elle hésitait.

« Pour Osborne, dit elle.

— Osborne qui ?
— John Osborne.
— Un fourreur américain du nom de John Osborne ?
— Oui.
— C'est eux qui t'ont dit qu'ils fabriquaient le coffre pour Osborne ?
— Oui.
— C'est tout ce qu'ils faisaient pour Osborne ?
— Non.
— Tu n'es jamais entrée dans le hangar au fond ?
— Si, une fois.
— Tu as vu ce qu'ils avaient apporté de Sibérie pour Osborne ?
— Oui.
— Répète ta réponse, je t'en prie. Tu as vu ce qu'ils avaient apporté de Sibérie pour Osborne ?
— Je te déteste », dit-elle. Arkadi arrêta le magnétophone portable au fond du carton à chapeau et laissa la tête y retomber. Irina baissa les mains. « Maintenant je te déteste vraiment. »

Swan entra de l'extérieur par la porte ; il attendait dans la cour. « Cet homme va te reconduire en ville, fit Arkadi en la congédiant. Reste avec lui. Ne va pas à mon appartement ; ce ne sera pas sûr. Merci de ton aide dans cette enquête. Il vaut mieux que tu partes maintenant. »

Il espérait qu'elle comprendrait et qu'elle insisterait pour rester. Si elle le faisait, il l'emmènerait avec lui.

Elle s'arrêta quand même sur le seuil. « On raconte une histoire à propos de ton père le général, dit-elle. On le traitait de monstre parce que, pendant la guerre, il prenait comme trophée les oreilles des Allemands. Mais personne n'a jamais dit qu'il exhibait une tête entière. Il n'était rien auprès de toi. »

Elle sortit. La dernière vision qu'Arkadi eut d'elle, ce fut dans la voiture de Swan, une antique conduite intérieure Zis, qui s'éloignait sur le chemin de terre.

Arkadi repassa derrière la maison, contourna l'appentis et alla jusqu'au hangar métallique dont il ouvrit la serrure avec une des clés des morts. Comme il entrait, quelque chose lui effleura le visage, une cordelette attachée à un râtelier qui pendait au milieu du plafond. Lorsqu'il tira dessus, des rangées de puissantes ampoules éclairèrent l'intérieur du hangar d'une lumière aussi vive que celle du jour. Il trouva sur le mur un compte-minutes. Le tournant, il entendit un faible tic-tac et remarqua un déplacement presque imperceptible de la rangée d'ampoules. La minuterie faisait pivoter le râtelier de près de cent quatre-vingts degrés en douze heures pour simuler le lever et le coucher du soleil. Un autre cordon commandait l'allumage de deux lampes à ultra-violet. Il n'y avait pas de fenêtre. Les restes d'une forge ronde en brique expliquaient l'histoire du hangar. Des tas de ferraille et de fonte avaient rouillé en formant des nœuds de métal. Tout l'espace utilisable était occupé par deux cages qui prenaient toute la longueur du hangar. Chacune était divisée par des cloisons en bois en trois enclos et chaque enclos abritait une cage en bois. Un treillage métallique recouvrait les côtés et le haut des cages. Au niveau du sol, le grillage était étayé par des pierres et du ciment si bien que même l'animal le plus mince et le plus déterminé ne pouvait s'échapper.

Entre les deux cages se trouvait un banc maculé de sang et d'écailles de poisson. Arkadi découvrit un livre de prières sous le banc. Il imaginait la paire hétéroclite que formaient James Kirwill et Kostia Borodine en train de protéger et de nourrir leur secret, Kirwill priant la divinité pendant que Kostia traquait les curieux.

Il entra dans un enclos et recueillit des poils très fins sur le grillage et des crottes sur le sol.

De retour à la maison, il emplit son sac vide d'articles pris dans les cantines. En posant le sac sur la table, il renversa le carton à chapeau et la tête qui se trouvait à l'intérieur roula sur le plateau. C'était une tête en plâtre articulée sans yeux, sans sourcils ni sans bouche, sans aucun trait particulier, juste de la peinture et l'ébauche d'un visage surmonté d'une perruque. C'était le mannequin qu'Andreiev utilisait pour son enseignement. Quand Arkadi souleva la tête pour la remettre dans le carton, les moitiés de son visage s'écartèrent, révélant l'étroit rictus du crâne.

La reconstitution par Andreiev de la tête de Valeria n'était plus maintenant que de la poussière couleur chair et des relents de cheveux brûlés dans la datcha de Iamskoï Andreiev avaient confirmé que Iamskoï lui-même avait téléphoné pour s'enquérir de la tête et qu'il avait envoyé l'homme au visage grêlé pour la chercher. Dans une certaine mesure, la destruction du chef-d'œuvre d'Andreiev avait libéré Arkadi ; ce n'était qu'alors qu'il avait pensé à utiliser un mannequin. Jamais il n'aurait pu montrer à Irina la vraie tête, tout comme il savait qu'elle ne pourrait pas la regarder. Dans son désespoir, il avait eu une brillante idée. Il l'avait dupée. Il l'avait sauvée et il l'avait perdue.

En entrant dans le hall de l'Ukraina, Arkadi vit Hans Unmann qui sortait de l'ascenseur. Arkadi s'assit dans un fauteuil de l'entrée et prit un vieux journal. Il n'avait encore jamais vu le complice d'Osborne. L'Allemand était un épouvantail, un personnage osseux, à la bouche mince, avec des cheveux blonds coupés court sous son chapeau. Le genre d'homme qui fait peur à ceux qui croisent son chemin : il avait trop l'air d'une canaille pour être aussi dangereux qu'Osborne ou Iamskoï. Lorsqu'il fut passé, Arkadi laissa tomber le journal et prit l'ascenseur.

Il s'attendait à trouver le bureau de la compagnie aérienne vide, aussi fut-il surpris de trouver l'inspecteur Fet assis à un bureau et qui braquait un pistolet sur lui.

« Fet ! fit Arkadi en riant. Je suis désolé. Je vous avais complètement oublié.

— J'ai cru que c'était lui qui revenait », dit Fet. Il tremblait si fort qu'il dut reposer son pistolet à deux mains. Ses lunettes à monture métallique tranchaient sur un visage décoloré par la peur. « Il vous attendait. Et puis il a reçu un coup de téléphone et il est parti en courant. Il m'a rendu mon pistolet. Je m'en serais servi. » Les transcriptions et des bandes étaient répandues au milieu de chaises renversées et de tiroirs ouverts. Quand était-ce, se demanda Arkadi, que lui, Pacha et Fet avaient savouré comme des enfants le luxe de ce bureau ? C'était Iamskoï qui les avait installés ici. Y avait-il un microphone ? Quelqu'un était-il en train d'écouter maintenant ? Peu importait ; il ne comptait pas rester longtemps. Il tria tout ce désordre à même le plancher pour s'assurer que toutes les transcriptions et toutes les bandes d'Osborne et d'Unmann avaient disparu, toutes sauf l'unique bobine qu'Arkadi avait gardée de la conversation Osborne-Unmann du 2 février.

« Il a débarqué ici en donnant des ordres, dit Fet qui retrouvait quelque ardeur et quelques couleurs. Il ne voulait pas me laisser partir. Il croyait que j'allais vous avertir.

— Vous n'auriez pas fait ça. »

Parmi les débris, Arkadi découvrit une des brochures bleues des horaires d'avion abandonnées là par les précédents occupants du bureau. C'était un horaire actuel. Tous les vols internationaux quittaient Moscou de l'aéroport de Çheremetievo, et le seul avion à partir le soir du 1er mai était un vol de nuit de la Pan American. Osborne et Kirwill allaient être sur le même avion.

Il y avait aussi un paquet ouvert dans une enveloppe du ministère du Commerce, provenant de Ievguéni Mendel. A l'intérieur, se trouvait une photocopie de la citation décernée à son père, le lâche, et, pour effacer tout doute, il y avait aussi un rapport d'une assommante minutie sur l'héroïsme du vieux Mendel, signé et daté du 4 juin 1943. Pas étonnant qu'Unmann se fût contenté de déchirer le paquet, d'y jeter un coup d'œil et le laisser là, comme Arkadi s'apprêtait à le faire jusqu'au moment où il reconnut sur la dernière page, malgré les marques du temps et la mauvaise qualité de l'appareil à photocopier du ministère, la haute signature de l'officier chargé de l'enquête, le lieutenant A. O. Iamskoï. Voilà un ordre de Lénine acheté et vendu dans un abattoir, dans la capitale mondiale des abattoirs qu'était Leningrad durant la guerre ! Le jeune lieutenant de l'armée du Nord Andrei Iamskoï — il n'avait sans doute pas vingt ans — avait connu le jeune diplomate américain John Osborne voilà plus de trente ans, il l'avait connu et protégé même alors.

« Vous n'avez pas entendu, dit Fet d'un ton hésitant.

— Entendu quoi ?

— Le bureau du procureur a lancé une alerte générale à votre égard il y a une heure.

— Pourquoi donc ?

— Pour meurtre. Un corps a été découvert dans un musée du côté de Serafimov. Un avocat du nom de Mikoyan. On a retrouvé vos empreintes là-bas sur des cigarettes. (Fet décrocha le téléphone et composa un numéro.) Vous voulez peut-être parler au major Pribluda ?

— Pas encore. (Arkadi lui prit le combiné des mains et raccrocha l'appareil.) Pour l'instant vous êtes l'homme oublié. C'est souvent l'homme oublié qui devient le héros. En tout cas, c'est l'homme oublié qui vit pour raconter l'histoire.

— Qu'est-ce que vous voulez dire ? dit Fet, déconcerté.

— J'ai besoin de beaucoup d'avance. »

La gare Savelovski était généralement utilisée par les banlieusards : les employés satisfaits et les bons citoyens de la vie. Ce train-là était spécial, et les banlieusards évitaient comme des parias la foule de ses passagers. C'étaient des ouvriers, qui avaient tous signé un contrat de trois ans pour aller travailler dans les mines du Nord, quelque part sous le Cercle arctique. Ils allaient travailler dans la vapeur et la glace, ils iraient charrier le minerai sur leur dos quand les chariots se briseraient sous le froid, ils seraient tués par les explosions, les effondrements de galeries ou l'hypothermie, ou bien ils tueraient quelqu'un d'autre pour une paire de bottes ou une paire de gants. Quand ils arriveraient à la mine, on leur retirerait leurs passeports intérieurs pour éviter toute tentation. Pendant trois ans, ils allaient disparaître et pour certains d'entre eux, c'était parfait.

Arkadi se mêla aux ouvriers. Il marchait d'un pas traînant dans la foule, tenant d'une main son sac avec les pièces à conviction, l'autre posée sur son pistolet dans sa poche. Dans le train, il suivit le flot jusqu'à un compartiment déjà plein d'hommes, qui sentait la sueur et les oignons. Une douzaine de visages l'étudièrent. C'étaient les mêmes visages rudes et simples que ceux du Polit Buro, mais un peu malmenés par la rue. Ils arboraient des meurtrissures et des cicatrices inhabituelles, ils avaient les jointures et le col crasseux et portaient leurs affaires dans des ballots. Dans l'ensemble, c'étaient des criminels, des hommes recherchés pour violences ou pour vols dans une ville mais pas dans tout le pays. Le menu fretin qui croyait passer par les trous du grand filet socialiste, et qui se retrouvait expédié dans les mines socialistes du Nord. Des durs, des ourkas, des cas difficiles, des hommes avec des tatouages et porteurs de couteaux. Pour eux, un étranger, c'étaient des chaussures, un manteau, peut-être une montre. Arkadi se fit une place sur la couchette inférieure.

Un cordon de miliciens poussa les derniers ouvriers dans le train. L'atmosphère du compartiment était irrespirable, mais Arkadi savait qu'il s'y habituerait. Des contrôleurs se mirent à courir en tous sens sur le quai, dans leur hâte de voir ce train spécial partir et quitter leur gare. Une alerte générale pourrait bien fermer les routes, les aéroports et un train ordinaire à un fugitif, mais c'était là tout un train de fugitifs. Par la vitre du compartiment, Arkadi aperçut Chouchine, l'inspecteur des Affaires spéciales, qui discutait avec un contrôleur. Chouchine lui montra une photographie. Tout ce qu'il avait à faire, c'était regarder dans le compartiment. Le contrôleur ne cessait de secouer la tête. Chouchine fit signe aux miliciens de monter dans les wagons. Dans le compartiment voisin, quelqu'un se mit à chanter : « Adieu, Moscou, adieu mon amour... » Etre poussé sur le quai par les miliciens était une chose ; être chassé de leur compartiment dans le train qui leur était réservé, c'en était une autre. Des menaces et des jurons retardaient le progrès de la fouille : « Allez-vous faire voir, je suis déjà sur le chemin de l'enfer ! » Au lieu de quitter leurs places, ils crachaient sur les miliciens. D'ordinaire, un geste auquel un milicien répondait par un coup de matraque, mais les ouvriers contractuels bénéficiaient de privilèges spéciaux : on savait que ce n'était pas des saints qui se portaient volontaires pour trois ans d'enfer. En outre, les miliciens étaient dépassés par le nombre. Ils n'arrivèrent jamais jusqu'au compartiment d'Arkadi ; la milice fut chassée des wagons avec des quolibets. Le contrôleur écarta Chouchine et ses collègues reprirent leurs pantomimes sur le quai. Le train démarra ; Chouchine et le contrôleur disparurent. Les verrières des quais cédèrent la place aux cheminées et aux clôtures de barbelés des usines d'armement, la région du nord de Moscou. Le train prenait encore de la vitesse lorsqu'il arriva à la gare de banlieue suivante, sans ralentir malgré les regards dédaigneux des banlieusards qui se trouvaient là, passant à toute vitesse en actionnant sa sirène, devant un quai plein de miliciens. Adieu, Moscou. Arkadi prit une profonde inspiration ; après tout, ça ne sentait pas si mauvais.

Le train était spécial à plus d'un titre, c'était le plus vieux et le plus crasseux que le ministère des Transports avait pu dénicher. Le compartiment avait été pillé tant de fois qu'il ne restait plus rien à abîmer ou à voler. D'ailleurs, on avait à peine la place de bouger. Quinze hommes sur quatre couchettes de bois inconfortables et sur le plancher, chaque coude calé contre celui d'un voisin. Le chef de train s'était enfermé dans son compartiment de queue pour la durée du trajet. Ce n'était guère la façon la plus rapide de se rendre à Leningrad. L'express de la Flèche rouge qui partait de la gare de Leningrad mettait une demi-journée. Ce train-ci qui partait de la gare Savelovski, en tirant ses wagons vétustes pleins de ce que les magazines appelaient les ouvriers réhabilités, mettrait vingt heures. Le chef de train avait son samovar, des petits pains et de la confiture dans sa réserve. Dans le compartiment d'Arkadi on commença à ouvrir les paquets de cigarettes et les bouteilles de vodka. La fumée s'amassait au plafond. Quelqu'un lui dit de boire ; il but et offrit une cigarette en retour.

L'homme à la bouteille était un Ossète, comme Staline : brun et trapu, avec le même genre de sourcils, de moustaches et les mêmes yeux d'insecte. « Quelquefois, ils mettent des indicateurs sur ces trains-là, tu sais, dit-il à Arkadi. Quelquefois, ils essayent de te pincer et de te ramener. Ce qu'on fait, nous, c'est le prendre et lui couper la gorge.

— Il n'y a pas d'indicateur sur ce train, dit Arkadi. Ils ne veulent pas vous voir revenir. Tu vas droit où ils veulent que tu ailles. » Les yeux de l'Ossète brillèrent. « Putain de ta mère, tu as raison ! » Les roues mesuraient l'après-midi et le soir. Iksa, Dimitrov ! Verilki, Savelovo, Kalazine, Kasine, Somkovo, Krasnij Cholm, Pestovo. Inutile de ne pas boire. Ils ne laissaient pas derrière eux un jour seulement mais trois années. Mieux valait de l'alcool pur que de la vodka. Il y avait là des yeux et des mains de talent, et combien de langues ? C'était un compartiment multinational. Un escroc arménien — ce qui pour certains était un pléonasme. Un couple de bandits de grands chemins du Turkestan. Un voleur à la tire du Sillon de Marie. Un gigolo de Yalta avec des lunettes de soleil et un teint bronzé.

« Qu'est-ce que tu caches dans ton manteau ? » demanda le gigolo.

Arkadi avait le sac de matériel prélevé dans la cabane, son pistolet, sa propre carte d'identité et celle de l'officier du KGB que Kirwill avait rossé à mort. Personne n'aurait osé poser cette question à Kirwill ; c'était le genre de question qu'un chasseur demandait à sa proie.

« Une collection de petites queues de la mer Noire », répondit Arkadi. Il but du chifir. Le chifir était du thé concentré non pas deux fois ni dix, mais vingt fois. Dans les camps, un homme affamé pouvait travailler trois jours d'affilée avec quelques tasses de chifir. Arkadi devait rester éveillé. Dès l'instant où il s'endormirait, on le volerait. Il avait la peau moite ; son cœur lui semblait se dilater. Pourtant il devait réfléchir calmement. Quelqu'un avait tué Micha. Unmann l'épouvantail ? Arkadi l'avait manqué à deux reprises. Mais pourquoi une alerte à l'homicide ? Pourquoi Iamskoï prendrait-il le risque de faire intervenir la milice ? A moins que le procureur n'eût déjà nettoyé la cabane où avaient vécu les victimes du parc Gorki. A moins qu'il ne se sentît sûr que son inspecteur mourrait en essayant d'échapper à l'arrestation. Ou bien qu'on pourrait le certifier fou tout de suite. Peut-être l'était-il déjà.

Son cœur pompait plus de sang que ses veines ne pouvaient en contenir, alors il but encore de la vodka pour les dilater. Quelqu'un avait un poste à transistor qui racontait les préparatifs du 1er mai à Vladivostok.

« Les mines de fer, dit un vétéran, ça n'est pas si mal. Si tu travailles dans les mines d'or, ils te collent un aspirateur au cul quand tu sors de la mine. »

Un autre bulletin d'informations citait les préparatifs du 1er mai à Bakou.

« C'est chez moi, dit l'Ossète à Arkadi. J'ai tué quelqu'un là-bas. Purement par accident.

— Pourquoi me le dire ?

— Tu as un visage innocent. »

Dans le monde entier on préparait le 1er mai. Dehors la nuit était masquée par les reflets du compartiment. Arkadi entrouvrit la vitre ; il sentait encore les champs labourés et la terre grasse après les neiges de l'hiver.

Micha lui manquait déjà. Ce qui était curieux, c'était qu'il croyait entendre la voix de son ami comme s'il vivait encore et qu'il se livrait à des commentaires sur les personnages du train : « *Au fond, c'est ça le communisme, rassembler les gens. C'est un peu comme les Nations unies ; simplement, on ne change pas de vêtements aussi souvent. Tiens, l'Arménien, voilà un homme qui va perdre du poids. Ou bien il pourrait simplement se fendre en deux comme une amibe et devenir deux Arméniens. Il aurait double paye. Un Arménien serait bien capable de ça. Regarde le gigolo. Nous avons discuté d'Hamlet, nous avons discuté de César, et voilà que nous regardons un homme qui est bronzé pour la dernière fois de sa vie. Ça, c'est une tragédie. Arkacha, tu ne veux pas convenir maintenant que tout ça est un peu fou ?* »

La vodka s'épuisa. Lorsque le train s'arrêta pour faire de l'eau dans une petite ville — rien d'autre qu'une gare et une unique rue éclairée — les ouvriers descendirent du train et pénétrèrent par effraction dans le magasin de la ville pendant que deux miliciens locaux assistaient, impuissants, à la scène. Quand tous les pillards furent de retour, le train repartit.

Kaboza, Chvojnaja, Budogosc, Posadnikovo, Kolpino. Leningrad, Leningrad, Leningrad. Les étincelles matinales des trains de banlieue jaillissaient sur des fils convergents. L'aube se mirait dans le golfe de Finlande. Le train fit son entrée dans une ville de fonctionnaires et de canaux, une ville grise pour des yeux rouges.

Comme le train s'arrêtait à la gare de Finlande, Arkadi en sauta avant l'arrêt, brandissant la carte d'identité rouge du KGB prise à l'homme que Kirwill avait battu à mort. Les haut-parleurs déversaient des hymnes. C'était la veille du 1er mai.

17

A cent kilomètres au nord de Leningrad, entre la bourgade russe de Lujaïka et la ville finnoise d'Imatra, la voie ferrée franchissait la frontière. Il n'y avait pas de barrière. Juste une petite gare de triage, les bâtiments des douanes et de discrètes casemates radio de chaque côté. La neige était sale du côté russe car sur cette ligne les trains russes brûlaient du charbon de mauvaise qualité, mais elle était plus propre du côté finlandais parce que les Finlandais utilisaient des diesels. En compagnie du commandant du poste soviétique de patrouille des frontières, Arkadi regardait un major finlandais regagner son propre poste frontière à cinquante mètres de là.

« Ils sont comme les Suisses, fit le commandant en crachant. S'ils en avaient le culot, ils balaieraient toute la suie de notre côté. » Il fit un vague effort pour agrafer les écussons rouges de son col. La patrouille des frontières était une branche du KGB, mais le principal de ses effectifs venait des vétérans de l'armée régulière. Le commandant avait le cou trop épais, le nez un peu de côté et des sourcils franchement dépareillés. « Tous les mois, ils me demandent quoi faire de ce foutu coffre. Comment diable voulez-vous que je sache ? »

De ses mains, il protégea l'allumette d'Arkadi pour qu'ils puissent tous les deux allumer leurs cigarettes. Une sentinelle soviétique montait la garde sur la voie, portant en bandoulière un fusil qui ressemblait à un outil de plombier. Chaque fois qu'il se déplaçait, l'arme faisait un bruit de ferraille.

« Vous vous rendez compte qu'un inspecteur principal venu de Moscou a à peu près autant d'autorité ici qu'un Chinois, expliqua le commandant à Arkadi.

— Vous connaissez Moscou aux environs du 1er mai, fit Arkadi. Le temps que tout le monde tamponne mes papiers, et j'aurais une autre victime sur les bras. »

De l'autre côté de la frontière, le major conduisit deux garde frontière jusqu'à une baraque des douanes. Plus loin, des collines menaient à la région les lacs de Finlande. Ici, la terre était comme repassée et parsemée d'aulnes, de frênes, de buissons d'airelles. Un paysage rêvé pour patrouiller.

« A cet endroit, les contrebandiers passent du café, dit le commandant, du beurre, quelquefois rien d'autre que de l'argent. Pour permettre les achats dans les boutiques où l'on paie en devises étrangères, vous savez. Ils ne sortent jamais rien de Russie. Je trouve ça insultant. C'est assez insolite cette affaire qui vous amène jusqu'ici.

— C'est un coin agréable, fit Arkadi.

— C'est tranquille. On est loin de tout. (Le commandant tira de sa tunique une flasque en acier.) Vous aimez ça ?

— Sans doute. » Arkadi but une gorgée et le cognac chauffé à la température du corps se déversa dans son estomac.

« Il y a des hommes qui ne peuvent pas supporter de garder une frontière, de garder une ligne imaginaire, vous comprenez. Ça les rend tout simplement fous. Ou bien ils se laissent corrompre. Parfois, ils essaient même de franchir la frontière. Je devrais les faire fusiller, mais je me contente de les renvoyer pour se faire examiner. Vous savez, inspecteur, si je rencontrais un homme venant de Moscou jusqu'ici sans aucun ordre de mission, pour baratiner le chef de la patrouille des frontières, je lui ferais examiner la tête aussi.

— Sincèrement, répondit Arkadi en soutenant le regard du commandant, moi aussi.

— Bon… (Le commandant haussa les sourcils et

donna une grande claque dans le dos d'Arkadi.) Voyons ce que nous pouvons faire de ce Finlandais. C'est un communiste, mais on peut frire au beurre un Finlandais, il reste toujours finlandais. »

De l'autre côté de la frontière, la baraque des douanes s'ouvrit. Le major finnois revint, portant une enveloppe.

« Est-ce que notre inspecteur avait raison ? » interrogea le commandant.

D'un air dégoûté, le major laissa tomber l'enveloppe dans les mains d'Arkadi. « Des étrons. Des étrons d'un petit animal dans six compartiments aménagés à l'intérieur du coffre. Comment le saviez-vous ?

— Le coffre n'était pas dans son emballage ? demanda Arkadi.

— Nous l'avons ouvert, fit le commandant. Tous les paquets sont ouverts, du côté soviétique.

— Aurait-on inspecté l'intérieur du coffre ? demanda Arkadi.

— A quoi cela rimerait-il, répondit le Finlandais, les relations entre la Finlande et l'Union soviétique étant ce qu'elles sont ?

— Et quelle est la procédure à suivre pour récupérer les marchandises au bâtiment des douanes ? demanda Arkadi au major.

— C'est très simple. Il n'y a jamais beaucoup de marchandises dans le hangar ; elles restent généralement sur le train jusqu'à Helsinki. Personne ne peut rien sortir sans papiers d'identité, certificat de propriété et également sans reçu des droits d'importation. Nous n'avons pas d'homme de faction à la porte, mais nous aurions remarqué si quelqu'un avait essayé de sortir un coffre. Comprenez-moi, en accord avec l'Union soviétique, nous gardons ici des effectifs très légers afin d'éviter toute provocation envers un voisin ami. Maintenant il faut m'excuser ; j'ai fini mon service et j'ai un long trajet à faire en voiture pour rentrer chez moi pour les vacances.

— Pour le 1er mai, dit Arkadi.

— Pour la Nuit de Walpurgis, reprit le Finlandais, ravi. Pour le sabbat des sorcières. »

De Vyborg, près de la frontière, Arkadi prit l'avion pour Leningrad et de là le vol du soir pour Moscou. La plupart des passagers étaient des militaires qui avaient deux jours de permission et buvaient déjà. Arkadi fit un rapport sur son enquête. Il le fourra dans le sac où se trouvaient les pièces à conviction avec la déclaration du commandant du poste-frontière, l'enveloppe d'étrons provenant du coffre, les échantillons de fourrure prélevés dans la cage de Kostia, les effets personnels provenant des cantines des trois victimes, l'enregistrement du témoignage d'Irina dans la cabane et l'enregistrement de la conversation du 2 février entre Osborne et Unmann. Il adressa le sac au procureur général. Une hôtesse lui offrit des bonbons.

Dans quelques heures, Osborne et Kirwill allaient prendre leur avion. Plus que jamais, Arkadi admirait avec quelle précision Osborne calculait ses entrées et ses sorties. « Même un retard... » Unmann avait manifesté son inquiétude la veille du jour où le coffre cachant les six zibelines de Sibérie, de Kostia Borodine, avait été expédié de Moscou. Pendant combien de temps pouvait-on droguer sans risque de petits animaux ? Trois heures ? Quatre ? Assurément assez pour le vol jusqu'à Leningrad. Ensuite, Unmann avait pu leur injecter une autre dose pendant le trajet de l'aéroport jusqu'à la gare. Le coffre ne pouvait pas quitter le pays par avion car les colis internationaux partant par la poste aérienne étaient passés aux rayons X. Les voitures et leur contenu étaient pratiquement démontés au point de contrôle. La solution, c'était le train, un train local jusqu'à un poste-frontière aux effectifs réduits, pendant qu'Osborne revenait en voiture d'Helsinki jusqu'au côté finlandais du poste-frontière avant même que le coffre ne soit déchargé du train. C'était la patrouille soviétique des frontières qui se chargeait d'ouvrir l'emballage. Les Finlandais avaient rendu à Osborne le service de laisser le coffre non gardé dans un bâtiment. Quelqu'un l'avait-il même vu entrer ? Avait-il un manteau spécial avec de grandes poches ? Avait-il un complice parmi les gardes finlandais ? Peu importait, Osborne n'avait jamais eu à montrer de papiers et il n'y avait aucun lien entre le coffre et lui depuis le début du voyage du colis jusqu'à son arrivée.

Kostia Borodine, Valeria Davidova et James Kirwill étaient morts dans le parc Gorki. John Osborne avait en sa possession, quelque part en dehors de l'Union soviétique, six zibelines de Bargouzine.

L'avion descendit du crépuscule jusqu'à la nuit de Moscou.

A l'aéroport, Arkadi posta son paquet. Compte tenu des vacances, son rapport parviendrait à destination dans quelques jours, quoi qu'il lui arrivât.

La cour était surveillée. Arkadi pénétra dans le sous-sol par l'entrée de la ruelle et monta l'escalier jusqu'à son appartement où, dans le noir, il se changea pour passer son uniforme d'inspecteur principal. C'était une tenue bleu marine avec quatre étoiles de capitaine en cuir aux épaulettes et une étoile rouge sur le galon doré de sa casquette. Tout en se rasant, il entendait les téléviseurs de l'appartement du dessus et du dessous. Les deux diffusaient la traditionnelle représentation de la veille du 1er mai, *Le Lac des Cygnes* par la troupe du Bolchoï au Palais des Congrès du Kremlin. Pendant l'ouverture il perçut la voix d'un commentateur citant les plus célèbres et les plus adulés des six mille invités de la soirée, mais il ne parvint pas à comprendre les noms. Il glissa son automatique dans sa tunique d'uniforme.

Sur le boulevard Taganskaïa, il lui fallut vingt minutes pour trouver un taxi. Le trajet jusque dans le centre se fit au milieu des projecteurs et des bannières. Toute l'année, Moscou n'avait été qu'une froide chrysalide renfermant les bannières rouges qui jaillissaient à la vie comme des papillons aux lumières de cette nuit sans pareille. Des voiles rouges drapaient tous les grands bâtiments et se gonflaient au-dessus des larges avenues. Des slogans défilaient : LENINE A VÉCU, VIT ET VIVRA A JAMAIS ! Le taxi les dépassa. HEROIQUES TRAVAILLEURS... NOBLES ET SANS PRÉCÉDENTS

HISTORIQUES... APPLAUDISSEMENTS... DANS LA GLOIRE...

La circulation était interdite dans le périmètre de la place Rouge. Arkadi donna ses derniers roubles au chauffeur de taxi et se rendit à pied jusqu'à la place Sverdlov juste au moment où William Kirwill sortait de l'hôtel Métropole, portant une valise et se dirigeant vers un car de l'Intourist. Kirwill était vêtu d'un imperméable beige et coiffé d'un chapeau de tweed à petit bord ; il ressemblait à n'importe lequel de la douzaine d'Américains qui faisaient la queue pour prendre le bus. Arkadi traversait encore le jardin au milieu de la place lorsque Kirwill l'aperçut et secoua la tête. Arkadi s'arrêta. Regardant autour de lui, il aperçut des inspecteurs de la milice dans une voiture derrière le car, dans le café de l'hôtel, aux coins des rues. Kirwill posa sa valise sur le sol ; elle portait encore les marques des coups de pied d'Arkadi. Un autre car démarra ; le faisceau des phares qui balayait Kirwill rendait sa présence encore plus éphémère. Kirwill prit soin de regarder dans la direction de chaque inspecteur au cas où Arkadi en aurait remarqué un. Le chauffeur de l'Intourist sortit de l'hôtel d'un pas nonchalant, jeta sa cigarette dans le caniveau et autorisa les touristes à monter.

« Osborne », mima de sa bouche Arkadi du milieu de la place. William Kirwill lança un dernier regard à l'inspecteur. De toute évidence, il n'avait pas compris le nom. Il l'aurait pourtant bien voulu, mais il savait que pour y parvenir il devrait tuer tous les policiers en civil qui le surveillaient sur la place, tous ceux qui le suivaient, abattre les bâtiments de la place et tous les immeubles de la ville, et même une force comme la sienne n'y suffisait pas.

La radio du car déversait les accents du *Lac des Cygnes*. Kirwill fut le dernier à monter. A ce moment Arkadi était parti.

Des faucilles et des vaisseaux spatiaux dessinés avec des fleurs attendaient sur la place Dzerjinski pour le défilé du matin. Arkadi sauta sur un camion qui transportait des soldats et ils passèrent devant les tribunes vides de la place Rouge. Des projecteurs donnaient l'impression que les murs du Kremlin flottaient dans l'air et que la dentelure des créneaux frissonnait.

Dans la rue Manejnaïa, de l'autre coté du Kremlin, les limousines étaient garées suivant des diagonales noires et luisantes. Pas de vulgaires Tchaïkas, mais les Zils du Præsidium, blindées et hérissées d antennes. Des miliciens à pied étaient répartis au milieu de la rue et d'autres, à motocyclette, faisaient la navette entre l'espace découvert de la place Manejnaïa et la tour Koutafia du Kremlin où Arkadi sauta à bas du camion. Son uniforme lui servant de carte d'identité, il expliqua à l'officier du KGB qui approchait qu'il avait un message pour le procureur général. Il maîtrisa le tremblement de ses mains en allumant une cigarette et s'éloigna de la lumière des projecteurs qui débordait des jardins enfouis pour ruisseler par-dessus le petit pont blanchi à la chaux qui reliait la tour Koutafia à la porte de la Trinité du Kremlin. D'un pas nonchalant, il traversa la rue dans l'ombre du Manej, l'école d'équitation du tsar. De là, il apercevait le toit de marbre blanc du Palais des Congrès dominant la muraille du Kremlin. Comme une voiture d'officier du KGB passait, il entendit de la radio de la voiture le dernier mouvement du ballet, une valse. Le long du Manej, d'autres ombres s'agitaient : un œil ici, un pied là.

Au-dessus de la porte de la Trinité, des nuées de papillons, des vrais, brillant comme du cristal, montaient à l'assaut de l'étoile de couleur rubis de la tour de la Trinité. La silhouette de deux soldats qui franchissaient la porte se découpa à contre-jour jusqu'au moment où ils franchirent le petit pont et où ils parurent se consumer dans la lumière comme des allumettes. Une autre voiture du KGB passa, laissant derrière elle le sillage des applaudissements transmis par la radio. Le ballet était terminé.

Pour arriver à l'aéroport à temps, Osborne devrait se dispenser de la réception officielle après la représentation. Malgré cela, il y avait les rappels, les bouquets offerts aux ballerines et au Præsidium, et l'inévitable bousculade au vestiaire. Les chauffeurs regagnaient leurs limousines d'un pas lent.

Les invités commencèrent à apparaître. Arkadi aperçut une longue file de Chinois, puis des marins en tenue blanche, quelques Occidentaux qui riaient fort, des Africains qui riaient encore plus fort, des musiciens, des femmes en tenue d'ouvreuse tenant des fleurs, un satiriste bien connu et seul. Des limousines arborant des drapeaux diplomatiques s'en allaient avec leur chargement de passagers. La ruée des premiers partants se clairsema et le pont qui menait au trottoir se vida. Arkadi n'avait pas de raison apparente de se diriger vers la rue.

Une silhouette au pas vif, à la finesse d'un couteau, approcha de la porte de la Trinité. Elle franchit les lumières du pont et se révéla être Osborne tirant sur ses gants, regardant droit devant lui les visages en alerte des policiers en civil et les portières ouvertes des limousines. Il portait un manteau noir très simple et le même bonnet de zibeline qu'il avait offert à Arkadi. La fourrure noire contrastait avec ses cheveux argentés. L'attention des policiers en civil se fixa sur les invités qui suivaient Osborne. Il disparut dans la tour Koutafia, réapparut sur le perron et s'engagea sur le trottoir vers une limousine qui s'était arrêtée pour l'attendre lorsqu'il vit Arkadi arriver. Celui-ci sentit chez l'Américain le choc de le voir là : un frémissement si vite contrôlé que cela ne semblait qu'un battement de cœur de plus. Ils se rencontrèrent à la voiture, se dévisageant par-dessus le toit. Osborne déploya un sourire radieux et sûr de lui. « Vous n'êtes jamais venu chercher votre bonnet, inspecteur.

— Non.

— Votre enquête…

— Elle est terminée », fit Arkadi.

Osborne hocha la tête. Arkadi eut le temps d'admirer les touches d'or et de soie autour du corps, l'aspect de bois de la peau hâlée, les traits si peu russes. Il vit les yeux d'Osborne balayer la rue pour voir si Arkadi était venu seul. S'en étant assuré, son regard revint vers lui. « J'ai un avion à prendre, inspecteur. Unmann vous apportera dix mille dollars américains dans une semaine. Vous pouvez avoir cette somme dans une autre monnaie si vous voulez… Hans réglera les détails. L'essentiel est que tout le monde soit content. Si Iamskoï plonge et que vous m'évitiez tout ennui, je considérerai cela comme un autre service qui vaut davantage encore. Je vous félicite ; non seulement vous avez survécu, mais vous avez tiré le maximum de votre chance.

— Pourquoi dites-vous cela ? demanda Arkadi.

— Vous n'êtes pas venu m'arrêter. Vous n'avez pas de preuve. D'ailleurs, je connais la façon dont vous autres opérez. Si c'était une arrestation, à l'heure qu'il est je serais au fond d'une voiture du KGB roulant vers la Loubianka. Mais ce n'est que vous, inspecteur… vous tout seul. Regardez autour de vous : je vois des amis à moi, mais aucun des vôtres. » Dans l'immédiat les policiers en civil n'avaient pas remarqué qu'Osborne s'attardait. De près, c'étaient, comme il fallait s'y attendre, des hommes costauds qui écartaient avec vigueur le commun des invités des voitures de l'élite.

« Vous essayeriez d'arrêter un Occidental, justement ici, justement ce soir, sans un ordre signé du KGB, à l'insu même de votre procureur, sans personne d'autre, vous seul ? Vous, un homme recherché pour meurtre ? On vous flanquerait dans un asile. Je ne manquerais même pas mon avion ; on ne saurait attendre pour moi. Alors la seule raison pour laquelle vous ayez pu venir, c'est l'argent. Pourquoi pas ? Vous avez déjà fait du procureur un homme riche. »

Arkadi dégaina son pistolet et l'appuya au creux de son coude gauche, endroit d'où seul Osborne pouvait voir le canon d'acier bruni. « Non », dit-il.

Osborne jeta un coup d'œil à la ronde. Il y avait des policiers en civil partout, mais dont l'attention était distraite par le flot croissant d'invités émergeant du faisceau des projecteurs.

« Iamskoï m'a prévenu que vous étiez bien ainsi. Vous ne voulez pas d'argent, n'est-ce pas ? demanda Osborne.

— Non.

— Vous allez essayer de m'appréhender ?

— De vous retarder, dit Arkadi. De vous empêcher de prendre votre avion, pour commencer. Et puis, non pas de vous arrêter ici et ce soir. Nous allons prendre votre voiture. Nous allons faire un tour durant la soirée et demain nous débarquerons au bureau du KGB d'une petite ville. Ils ne sauront pas quoi faire, alors ils appelleront directement la Loubianka. Les gens des petites villes ont peur des crimes d'État, du vol de précieuses propriétés de l'État, du sabotage d'une industrie nationale, de la contrebande, de dissimulation de crimes d'État. J'entends par là de meurtres. On me traitera avec le plus grand scepticisme et on vous traitera avec la plus extrême politesse, mais vous savez comment nous opérons. Il faudra donner d'autres coups de téléphone, inspecter minutieusement des cages, faire transporter un certain coffre. Après tout, dès l'instant où vous aurez manqué l'avion de ce soir, vous serez déjà en retard. Ça vaut le risque.

— Où êtes-vous allé hier ? demanda Osborne après un moment de réflexion. Personne ne pouvait vous trouver. »

Arkadi ne répondit rien.

« Je crois qu'hier vous avez fait un petit voyage jusqu'à la frontière, dit Osborne. Je crois que vous vous imaginez tout savoir. (Il regarda sa montre.) Il faut que je coure pour attraper cet avion. Je ne reste pas.

— Alors je vais vous abattre, dit Arkadi.

— Vous seriez abattu une seconde plus tard par tous les hommes qui sont ici.

— Exact. »

Osborne tendit la main vers la poignée de la voiture. Arkadi se mit à presser la détente incurvée du Makarov, tirant en avant le levier qui glissa le long du chargeur d'abord, en le suivant puis en s'éloignant du ressort à spires multiples qui allait projeter le percuteur ainsi libéré vers la balle de neuf millimètres qui se trouvait dans la culasse.

Osborne lâcha la poignée. « Pourquoi ? demanda-t-il. Vous ne pouvez pas avoir envie de mourir simplement afin d'effectuer une arrestation pour faire plaisir à la justice soviétique. Tout le monde est acheté, du haut en bas.

Tout le pays est acheté — acheté pour rien, le moins cher du monde. Vous vous moquez bien d'enfeindre des lois, vous n'êtes plus stupide à ce point-là. Alors pourquoi mourir ? Pour quelqu'un d'autre ? Pour Irina Asanova ? »

Osborne désigna une poche de son manteau, puis y introduisit lentement sa main et en tira un foulard rouge, vert et blanc décoré d'œufs de Pâques, le foulard qu'Arkadi avait acheté pour Irina. « La vie est toujours plus compliquée et plus simple que nous le pensons, dit-il. C'est ainsi... je le vois sur votre visage.

— Comment vous êtes-vous procuré ça ?

— Un simple échange, inspecteur. Moi pour elle. Je vais vous dire où elle est et vous n'avez vraiment pas le temps de vous préoccuper de savoir si je mens ou non parce qu'elle ne sera pas là longtemps. Oui ou non ? »

Osborne posa le foulard sur le toit de la voiture. Arkadi le prit de sa main gauche et le porta à ses narines. Il y retrouva l'odeur d'Irina.

« Comprenez, reprit Osborne, que nous avons chacun une exigence fondamentale pour laquelle nous anéantirons tout le reste. Vous êtes prêt à jeter au vent votre vie, votre carrière et votre raison pour cette femme. Je suis prêt à trahir mes complices plutôt que de manquer mon avion. Nous sommes tous deux à court de temps. »

Les limousines commençaient à s'amasser. Les policiers en civil les plus proches crièrent en faisant signe à Osborne de monter dans sa voiture. « Oui ou non ? » demanda Osborne.

Il n'y avait pas d'alternative. Arkadi fourra le foulard sous sa tunique. « Vous me dites où elle est, reprit-il. Si je vous crois, vous êtes libre. Sinon, je vous tue.

— Ça me paraît juste. Elle est à l'université, dans le jardin, près du bassin.

— Répétez. » Arkadi se pencha en avant, augmentant la pression de son doigt sur la détente.

« A l'université, dans le jardin, près du bassin. »

Cette fois Osborne s'était calé d'instinct sur ses pieds pour recevoir la balle, la tête un peu renversée en arrière, mais les yeux fixés sur Arkadi. Pour la première fois il laissa l'enquêteur le voir tout à loisir. C'était une bête qui regardait par les yeux d'Osborne, un être que lui-même tenait en laisse, une créature qui habitait son manteau et sa peau. On ne lisait pas la moindre peur dans les yeux d'Osborne. « Je vais prendre votre voiture, fit Arkadi en glissant le pistolet dans son manteau. Vous pouvez probablement acheter le chauffeur de celle qui est derrière vous dans la queue.

— J'adore la Russie, murmura Osborne.

— Rentrez chez vous, monsieur Osborne. » Arkadi monta dans la limousine.

L'université baignait dans la lumière. Sous une étoile d'or, au milieu d'une guirlande dorée, apparaissait un clocher éclairé par les projecteurs de même que les étoiles rouges des trente-deux étages abandonnés par les étudiants partis pour les vacances du 1er mai. Autour des bâtiments de l'université, d'énormes jardins de cinq cents mètres de large s'étendaient sur des collines Lénine. Pour la veille du 1er mai, ces jardins baignaient dans un éclairage vert sombre. Dans cette demi-nuit, les allées partaient en rayonnant des fontaines démesurées pour serpenter entre les haies, disparaître dans des bouquets de sapins et d'épicéas ou pour trébucher au hasard sur des statues.

La partie du jardin faisant face aux fleurs avait un long bassin tout bouillonnant de jets d'eau et teinté par des lumières colorées. La nuit de la ville était percée par des faisceaux d'un kilomètre et demi qui balayaient le ciel depuis les installations de défense aérienne sur les quais.

Osborne s'était échappé sans effort. Il avait donné le foulard d'Irina. Arkadi était certain qu'elle était ici. C'était un piège, pas un mensonge.

Le spectacle lumineux venant des quais dura une demi-heure. Enfin les lumières colorées du bassin s'éteignirent, les jets d'eau s'arrêtèrent et, sur la surface lisse de l'eau, apparut le reflet du clocher de l'université.

Il attendit parmi les sapins. L'avion d'Osborne avait dû maintenant décoller. Les arbres bruissaient dans un parfum de résine sous la brise qui s'était levée. De l'autre extrémité du bassin deux ombres s'approchèrent de lui.

A mi-distance d'Arkadi, les ombres s'écroulèrent et le reflet sur l'eau se brisa. Arkadi se précipita, pistolet au poing. Il aperçut Unmann à califourchon sur un corps au bord du bassin, puis Irina qui venait de libérer sa tête de l'eau. Unmann la poussa de nouveau et elle se renversa en arrière, toutes griffes dehors. Unmann tordit ses longs cheveux en un chignon pour mieux l'immobiliser. Il leva les yeux en entendant Arkadi crier. L'Allemand avait les yeux enfoncés dans de profondes orbites et des dents saillantes. Il lâcha Irina. Elle sortit de l'eau et resta à hoqueter au bord du bassin. Des cheveux trempés lui collaient au visage.

« Debout », ordonna Arkadi à Unmann.

Unmann resta à genoux, ricanant. Arkadi sentit un métal tiède lui effleurer les petits cheveux de la base du crâne.

« Au lieu de cela, fit Iamskoï en faisant le dernier pas qui le séparait d'Arkadi, pourquoi ne jetez-vous pas votre pistolet à terre ? »

Arkadi obéit et Iamskoï posa sur son épaule une main consolatrice. Arkadi apercevait le bout rosé des doigts. Le pistolet, le même que celui d'Arkadi, était appuyé contre sa nuque. « Ne faites pas ça, dit-il au procureur.

— Arkadi Vasilevitch, comment puis-je l'éviter ? Si vous aviez suivi les directives qu'on vous a données, nous ne serions ici ni l'un ni l'autre. Cette triste situation ne se présenterait pas. On ne peut plus vous contrôler. C'est moi qui suis responsable de vous et c'est moi qui dois régler cette affaire, non seulement dans mon propre intérêt, mais aussi à cause du service que nous représentons tous les deux. Le bien ou le mal n'a rien à voir dans l'affaire. Ce qui n'est pas pour dénigrer vos talents. Il n'existe pas d'autre inspecteur qui ait vos facultés d'intuition, votre ingéniosité ni votre intégrité. J'ai beaucoup compté sur ces qualités. » Unmann se leva et s'avança à pas lents. « Je croyais vous étudier et vous... »

Pendant que Iamskoï le retenait à bras-le-corps, Unmann frappa Arkadi à l'estomac, retirant son poing d'un grand geste qui le surprit. Arkadi baissa les yeux et vit un étroit manche de couteau qui lui sortait du ventre. Il éprouvait la sensation d'avoir quelque chose de glacé à l'intérieur et n'arrivait pas à respirer.

« Et vous m'avez surpris, poursuivit Iamskoï. Plus que tout, vous me surprenez en venant ici pour sauver une petite traînée. Ce qui est intéressant, car cela n'a pas du tout surpris Osborne. »

Le regard désespéré d'Arkadi se gorgeait de la vue d'Irina.

« Soyez sincère avec vous-même, conseilla Iamskoï, et reconnaissez que je vous rends service. A part le nom de votre père, vous ne perdez rien : ni femme, ni enfant, ni conscience politique, ni avenir. Vous vous rappelez la campagne qui se monte contre le vronskisme ? Vous auriez été le premier à partir. C'est le genre de chose qui arrive aux individualistes. Je vous ai prévenu à ce sujet voilà des années. Vous voyez ce qui arrive quand on ne tient pas compte des conseils. Croyez-moi, c'est mieux comme ça. Pourquoi ne vous asseyez-vous pas ? »

Iamskoï et Unmann reculèrent pour le laisser tomber, les genoux d'Arkadi se mirent à trembler et commencèrent à se dérober sous lui. Il retira le couteau. La lame semblait ne jamais vouloir sortir, avec son double tranchant bien affûté et rouge de sang. Fabrication allemande, songea Arkadi. Une giclée de chaleur se déversait sous son uniforme. Sans crier gare il plongea le couteau dans le ventre d'Unmann au même endroit où ce dernier l'avait poignardé. La violence de son élan les fit tomber ensemble dans le bassin.

Ils se relevèrent tous les deux dans l'eau. Unmann essaya de repousser la lame, mais Arkadi l'enfonçait avec obstination plus profondément et l'agitait dans la plaie. Au bord du bassin, Iamskoï courait dans tous les sens pour pouvoir tirer sur Arkadi seul. Unmann se mit à lui boxer les oreilles et Arkadi l'étreignit encore plus fort, soulevant son adversaire dans ses bras. Incapable de se libérer, Unmann essaya de mordre et Arkadi tomba en arrière, entraînant l'autre dans l'eau avec lui. L'Allemand s'assit sur lui, en serrant Arkadi à la gorge. Celui-ci regardait du fond du bassin. Le visage d'Unmann grimaça, frémit, se divisa, se reforma pour se séparer encore, comme du mercure, chaque fois de façon moins cohérente. Il se brisait en petites lunes et les lunes en pétales. Puis un nuage rouge sombre obscurcit Unmann, ses mains perdirent de leur force et il disparut à son regard. Celui-ci remonta à la surface en haletant. Le corps d'Unmann flottait à côté.

« Ne bougez pas. »

Arkadi entendit le cri de Iamskoï ; de toute façon, il était incapable de faire un geste.

Iamskoï, planté au bord du bassin, le visait. Il y eut le fracas d'un gros pistolet, assourdissant dans le jardin découvert, bien qu'Arkadi n'eût pas vu la courte flamme qu'il attendait. Il remarqua que la coiffure de Iamskoï avait disparu, remplacée par une couronne ébréchée posée sur son crâne rasé. D'un geste distrait, le procureur essuya le sang qui coulait sur son front, mais sa tête ruisselait de sang, une vraie fontaine. Irina était derrière Iamskoï, un pistolet à la main. Elle fit feu de nouveau, la tête de Iamskoï tourna comme sous un coup de fouet : Arkadi remarqua qu'il avait perdu une oreille. Elle tira une troisième balle dans la poitrine de Iamskoï. Le procureur essaya de garder son équilibre. Au quatrième coup de feu il bascula dans l'eau et coula.

Irina entra dans le bassin pour aider Arkadi à en sortir. Elle le soulevait par-dessus la margelle quand Iamskoï émergea de l'eau jusqu'à la taille auprès d'eux. Il retomba en arrière sans les voir, ses yeux fixant la nuit et il hurla : « Osborne ! »

Il coula de nouveau comme s'il descendait un escalier, et pourtant Arkadi entendit le cri longtemps après qu'il eut disparu.

CHATURA

1

Ce n'était qu'un tuyau. Des tubes entraient en lui apportant du sang et de la dextrose ; des tubes sortaient de lui évacuant du sang et des déchets. Parfois, lorsqu'il avait peur de reprendre conscience, une infirmière lui faisait une piqûre de morphine et aussitôt il flottait au-dessus du lit et contemplait au-dessous de lui cette opération de vidange qui s'effectuait sur ce personnage au visage terreux.

Il n'avait pas une idée précise des raisons pour lesquelles il était là. Il avait vaguement dans l'idée qu'il avait tué quelqu'un, mais il ne savait pas très bien s'il était un criminel ou une victime ; cela le préoccupait un peu, mais pas beaucoup. La plupart du temps, il restait juché tout en haut dans un coin de la chambre et il observait. Infirmières et médecins s'en allaient chuchoter à deux autres personnages en tenue de ville et masque stérile qui étaient assis près de la porte, et eux à leur tour ouvraient la porte pour murmurer quelque chose à d'autres hommes qui attendaient dans le couloir. Une fois il arriva un groupe de visiteurs ; parmi eux il reconnut le procureur général. Toute la délégation se planta au pied du lit et inspecta le visage posé sur l'oreiller avec cet air sombre des vacanciers devant un paysage étranger essayant de déchiffrer une inscription qu'ils n'arrivent pas à comprendre. Ils finirent par secouer la tête, ordonnèrent aux médecins de garder le patient en vie et repartirent. Une autre fois, on fit entrer un capitaine de la patrouille des frontières pour l'identifier. Peu lui importait car à ce moment il était occupé à faire une hémorragie, secret révélé par le fait que tous les tubes qui sortaient de son corps, toutes les dérivations de plastique s'étaient colorées soudain d'un beau rouge.

Plus tard, on le sangla à son lit et on l'entoura d'une tente translucide. Les courroies ne le serraient pas — de toute façon il ne comptait pas se servir de ses bras — mais d'une certaine façon la tente l'empêchait de s'en aller flotter ailleurs. Il sentait que les médecins diminuaient les doses de morphine. Dans la journée, il avait vaguement conscience de taches de couleur évoluant autour de lui, et la nuit une bouffée d'appréhension quand la porte de la chambre s'ouvrait sur les lumières du dehors. La peur était importante ; il sentait cela aussi. De toutes les hallucinations provoquées par les stupéfiants, seule la peur était réelle.

Le temps mesuré par les aiguilles hypodermiques ne passait pas : ce n'était qu'une lisière entre les limbes et la douleur. Ce qui existait, c'était l'attente. Pas la sienne, mais celle des hommes tout près de la porte et des autres dans le couloir. Il savait qu'ils l'attendaient. « Irina ! » fit-il tout haut.

Il entendit aussitôt les chaises racler le sol et vit des formes qui s'affairaient autour de la tente. Comme on en écartait les pans, il ferma les yeux et abattit son bras aussi fort qu'il put sur la courroie qui le maintenait. Un tuyau se libéra et du sang se mit à jaillir du trou qu'il avait dans le bras. Des pas précipités arrivèrent de la porte.

« Je vous avais dit de ne pas le toucher », fit une infirmière. Elle pressa un coton contre la veine et remit le tuyau en place.

« Nous ne l'avons pas touché.

— Il n'a pas fait ça tout seul, fit l'infirmière, furieuse. Il est inconscient. Regardez ce gâchis ! »

Les yeux fermés, il imaginait les draps et le sol. L'infirmière était seulement en colère, mais dans un hôpital, du sang répandu terrifiait et intimidait tout le monde, même les abrutis du KGB. Il les entendit en train d'essuyer le carrelage. Ils ne dirent pas un mot sur le fait qu'il avait repris connaissance.

Où était Irina ? Que leur avait-elle dit ?

« De toute façon, on va le fusiller », marmonna un des hommes en train de nettoyer le sol.

Dans sa tente translucide il écoutait ; il comptait bien écouter tout tant qu'il le pourrait.

Dans les minutes qui avaient précédé l'arrivée de la Milice dans le jardin de l'université, Arkadi avait dit à Irina quelle devait être sa version. Irina n'avait tué personne ; Arkadi les avait tués tous les deux : Iamskoï et Unmann. Irina savait que Valeria, James Kirwill et Kostia étaient à Moscou — tout ça était sur les bandes — mais elle ne savait rien d'une affaire de défection ni de contrebande. Elle était une dupe, un appeau, une victime, pas une criminelle. Si l'histoire n'était pas très plausible, ni très nette, il fallait dire à la défense d'Arkadi qu'il l'avait mise au point pendant qu'Irina lui tenait les entrailles. D'ailleurs, cette histoire était sa seule chance.

Ils commencèrent le premier interrogatoire en énumérant les crimes dont il était accusé. Les crimes lui étaient familiers, c'étaient en général les mêmes dont il avait accusé Osborne et Iamskoï. On avait retiré une des parois de la tente si bien que trois hommes pouvaient s'asseoir près de lui. Malgré les masques stériles, il reconnut le visage carré du major Pribluda, et derrière le masque, un sourire. « Vous êtes mourant, dit le plus proche d'entre eux à Arkadi. Le moins que vous puissiez faire c'est de laver le nom de ceux qui sont innocents. Vous aviez d'excellents états de services jusqu'à cette affaire, et c'est le souvenir que nous voulons garder de vous. Innocentez le procureur Iamskoï, un homme qui a été votre ami et qui a fait votre carrière. Votre père est un vieil homme en mauvaise santé ; laissez-le au moins mourir en paix. Lavez cette honte et présentez-vous au seuil de la mort avec une conscience nette. Que dites-vous ?

— Je ne suis pas mourant », dit Arkadi.

« Vous vous en tirez rudement bien, vous savez. » Le docteur ouvrit les rideaux. Il laissa le soleil se déverser sur sa blouse blanche. On avait retiré la tente et la tête d'Arkadi reposait maintenant sur deux oreillers.

« Vraiment bien ?

— Tout à fait bien », dit le docteur, d'un ton assez grave pour faire comprendre à Arkadi qu'il attendait depuis des semaines qu'on lui pose la question. « La lame vous a percé le côlon, l'estomac et le diaphragme et vous a coupé aussi un bout de foie. En fait, la seule chose que votre ami a manquée, ce qu'il visait sans doute, c'est l'aorte abdominale. Malgré tout, votre tension était pratiquement nulle quand vous êtes arrivé ; ensuite, nous avons dû lutter contre l'infection, la péritonite, en vous bourrant d'antibiotiques d'une main et en vous drainant de l'autre. Ce bassin dans lequel vous étiez était plein de saletés. La seule chance que vous ayez eue c'est qu'apparemment vous n'aviez rien mangé depuis vingt-quatre heures avant d'être poignardé ; sans cela, l'infection se serait répandue tout le long du tube digestif et nous n'aurions pas pu vous sauver. C'est étonnant, n'est-ce pas, comme la vie peut tenir à un peu de nourriture, à quelque chose d'aussi insignifiant que ça ? Vous avez de la chance.

— Maintenant, je le sais. »

La fois suivante, ils vinrent à cinq, toujours avec des masques stériles, et s'assirent autour du lit en posant les questions à tour de rôle pour dérouter Arkadi. Il choisit de répondre à Pribluda sans se soucier de qui parlait.

« La femme Asanova nous a tout raconté, dit quelqu'un. C'est vous le cerveau du complot avec l'Américain Osborne, à qui vous aviez promis protection contre les efforts du procureur Iamskoï.

— Vous avez le rapport que j'ai adressé au procureur général, répondit Arkadi à Pribluda.

— On vous a vu parler avec Osborne en de nombreuses occasions, y compris la veille du 1er mai. Vous ne l'avez pas arrêté. Mieux que cela, vous êtes allé droit à l'université, où vous avez attiré le procureur dans un piège et vous l'avez tué avec l'aide de la femme.

— Vous avez mon rapport.

— Quelle excuse avez-vous pour vos contacts avec Osborne ? Le procureur a toujours pris des notes après ses entrevues avec ses enquêteurs. Il n'y a rien dans aucune de ces notes sur vos prétendus soupçons concernant l'Américain. Si vous en aviez parlé, il en aurait aussitôt discuté avec l'organe de Sécurité.

— Vous avez mon rapport.

— Votre rapport ne nous intéresse pas. Il ne fait que vous condamner. Aucun enquêteur sérieux n'aurait pu s'assurer d'un vol de zibelines en Sibérie et expliquer comment elles ont quitté le pays à partir des preuves fragiles que vous aviez.

— C'est pourtant fait. »

C'était la seule fois où sa réponse variait. On l'accusait de s'être fait le complice d'Osborne pour de l'argent ; on citait son divorce comme preuve de son effondrement mental ; on savait qu'il avait harcelé Osborne pour se faire offrir une coiffure de prix ; la femme Asanova avait fait état de ses choquantes propositions sexuelles ; il avait encouragé Osborne dans son plan, espérant une arrestation sensationnelle en face d'une campagne menée contre les arrivistes comme lui ; on citait comme preuve de son caractère violent les voies de fait auxquelles il s'était livré sur le secrétaire du Comité de district, un ami de son ancienne femme ; ses liens avec l'agent étranger James Kirwill étaient prouvés par sa collaboration avec son frère, l'agent William Kirwill ; il avait assommé à mort un officier du KGB à la datcha du procureur ; d'après la femme Asanova, il avait eu des relations sexuelles avec la criminelle morte Valeria Davidova ; il était psychologiquement handicapé par la gloire de son père — bref, on savait tout. A chaque tentative pour le mettre en colère, pour l'embrouiller et le terrifier, Arkadi répliquait à Pribluda de lire son rapport.

Pribluda était le seul homme qui ne parlait pas, celui qui se contentait d'un silence menaçant, d'un air maussade et buté sous ses cheveux humides. Arkadi le revoyait toujours, drapé dans son manteau, sur la neige en ce premier matin dans le parc Gorki. Il ne s'était pas rendu compte jusqu'alors quelle place il avait prise dans l'esprit de Pribluda. Dans sa concentration, le regard de Pribluda était étonnamment candide. Il ne savait absolument pas tout ; on ne savait rien.

Une fois les gardes congédiés, on installa un téléphone dans la chambre. Comme le téléphone ne sonnait jamais et que personne ne l'utilisait pour appeler, Arkadi en conclut que c'était un émetteur pour l'écouter. La première fois qu'on l'autorisa à s'alimenter normalement, il entendit le chariot qui lui apportait ses purées rouler durant tout le trajet depuis l'ascenseur jusqu'à sa porte. Toutes les autres chambres de l'étage étaient vides.

Les cinq hommes revinrent deux fois par jour pour l'interroger, les deux jours suivants, et Arkadi continua à répéter son unique réponse jusqu'au moment où, comme une graine qui mûrit par miracle, la vérité éclata en lui.

« Iamskoï était un des vôtres, lança-t-il. Il était du KGB. Vous avez nommé un des vôtres procureur de la ville de Moscou, et voilà maintenant qu'il se revèle être pratiquement un traître. Vous l'avez obligé à me loger une balle dans la tête simplement parce qu'il vous a ridiculisés à un point incroyable. »

Quatre des cinq hommes échangèrent de brefs regards ; seul, Pribluda garda son attention fixée sur Arkadi.

« Comme disait Iamskoï, reprit Arkadi en riant — ce qui lui fit mal —, nous respirons tous de l'air et nous pissons tous de l'eau.

— Taisez-vous ! »

Les cinq hommes se retirèrent dans le vestibule. Arkadi s'allongea sur son lit et songea au discours du procureur sur l'exacte juridiction des divers organes de justice, propos tellement plus amusants avec le recul. Les cinq hommes ne revinrent pas. Au bout d'un moment, des gardes réapparurent pour la première fois depuis une semaine et disposèrent les cinq chaises contre un mur.

Dès qu'il fut autorisé à marcher seul avec des cannes, il s'approcha de la fenêtre. Il découvrit qu'il était au sixième étage, non loin d'une route et pratiquement à portée de main d'une fabrique de bonbons. C'était, il s'en rendit compte, la fabrique bolchevique de bonbons, à côté de la route de Leningrad, mais il ne se souvenait d'aucun hôpital situé aussi loin. Il essaya d'ouvrir la fenêtre ; elle était verrouillée. Une infirmière arriva. « Nous ne voulons pas que vous vous blessiez », dit-elle.

Il ne voulait pas se blesser : il voulait sentir l'odeur de chocolat qui montait de l'usine. Il en aurait pleuré de ne pas sentir le chocolat.

Il éprouvait parfois comme un regain de force, et un instant plus tard il était prêt à fondre en larmes. C'était dû en partie à la tension des interrogatoires. L'habitude, pour les interrogateurs, était de travailler en équipe, concentrant leur volonté contre celle d'un unique suspect, le débordant et le déconcertant sous de fausses accusations ; plus elles étaient extravagantes et mieux cela valait, le harcelant de mille façons jusqu'au moment où il était à leur merci. Pour eux, un honnête homme était un homme à genoux. Il s'attendait donc à les voir utiliser cette technique : c'était normal.

Une partie du problème, c'était son isolement. On ne lui permettait pas de visites, pas de conversations avec les gardiens ni avec les infirmières, pas de livres, pas de radio. Il se surprit à lire les marques de fabrique sur les ustensiles et à se planter devant la fenêtre à regarder la circulation sur la route. Sa seule occupation intelligente consistait à trier les nombreuses questions contradictoires qu'on lui posait pour déterminer quel était le sort d'Irina. Elle était vivante. Elle ne lui avait pas tout dit et il savait qu'elle n'avait pas tout dit non plus ; sinon l'interrogatoire serait bien plus précis et plus dangereux. Pourquoi avait-il caché qu'elle était au courant de l'affaire de contrebande ? Quand l'avait-il amenée chez lui ? Que s'y était-il passé ?

Après une journée sans interrogatoire, Nikitine vint le voir. Le regard malin dans un visage rond, le vieil enquêteur pour la liaison gouvernementale considérait son collègue et ancien élève avec des soupirs déçus.

« La dernière fois que nous nous sommes vus, tu braquais un pistolet sur moi, dit Nikitine. Il y a presque un mois de cela. Tu as l'air un peu calmé maintenant.

— Je ne sais pas de quoi j'ai l'air. Je n'ai pas de glace.

— Comment te rases-tu ?

— On m'apporte un rasoir électrique avec mon petit déjeuner et on le remporte avec le plateau. » Ayant quelqu'un à qui parler, fût-ce Nikitine, il se sentait positivement démonstratif. Et il y avait eu une époque, des années plus tôt, quand Nikitine était inspecteur à la Criminelle, où ils étaient très proches.

« Allons, je ne peux pas rester, fit Nikitine en exhibant une enveloppe. Le bureau est sens dessus dessous, comme tu t'en doutes. On m'a envoyé t'apporter ça à signer. »

Dans l'enveloppe se trouvaient trois exemplaires d'une lettre de démission du bureau du procureur pour raison de santé. Arkadi les signa, presque triste de voir Nikitine s'en aller.

« J'ai l'impression, murmura Nikitine, que tu leur en fais voir. Ça n'est pas facile d'interroger un interrogateur, hein ?

— Je pense que non.

— Écoute, tu es un garçon intelligent, ne sois pas modeste. Mais peut-être aurais-tu dû écouter un peu plus ton oncle Ilya. J'ai essayé de te mettre dans le bon chemin. Tout ça c'est ma faute ; j'aurais dû être plus ferme. Tout ce que je peux faire pour t'aider, tu n'as qu'à le demander. »

Arkadi s'assit. Il se sentait terriblement déprimé et

fatigué et content aussi que Nikitine prenne le temps de rester. Nikitine était maintenant assis sur le lit, bien qu'Arkadi ne pût se rappeler l'avoir vu bouger.

« Demande-moi, proposa Nikitine.

— Irina...

— Que veux-tu savoir ? »

Arkadi avait du mal à se concentrer. Tous les secrets qu'il avait emmagasinés, il brûlait d'envie de les déverser dans l'oreille compatissante de Nikitine. Sa seule autre visite de la journée avait été celle d'une infirmière qui lui avait fait une piqûre juste avant l'arrivée de Nikitine.

« Je suis le seul qui puisse t'aider, reprit Nikitine.

— Ils ne savent pas...

— Oui ? »

Arkadi se sentit pris de vertige et de nausées. La main de Nikitine, petite et potelée comme celle d'un bébé, se posa sur la sienne.

« Ce qu'il te faut maintenant, dit Nikitine, c'est un ami.

— L'infirmière...

— Ce n'est pas une amie. Elle t'a donné quelque chose pour te faire parler.

— Je sais.

— Ne leur dis rien, petit garçon », insista Nikitine.

De l'aminate de soude, devina Arkadi ; c'était ce qu'ils utilisaient.

Et une bonne dose.

Il sait ce que je pense, se dit Arkadi.

« C'est un narcotique très puissant. On ne peut pas te tenir responsable de ne pas avoir ton contrôle habituel, dit Nikitine pour le rassurer.

— Ce n'était pas la peine d'apporter les lettres, dit Arkadi, s'efforçant de parler d'une voix distincte et claire. Personne n'en a besoin.

— Alors tu ne les as pas bien regardées.

Nikitine ressortit l'enveloppe et l'ouvrit. Tu vois ? »

En clignant des yeux, Arkadi relut les lettres. C'était l'aveu de tous les crimes dont on l'avait accusé la semaine précédente. « Ça n'est pas ce que j'ai signé, dit-il.

— Elles portent ta signature. Je t'ai vu les signer. Peu

importe, fit Nikitine en déchirant les lettres en petits morceaux. Je n'en crois pas un mot.

— Merci, fit Arkadi avec reconnaissance.

— Je suis de ton côté ; c'est nous contre eux. Souviens-toi, j'étais le meilleur interrogateur de tous, tu te rappelles ? »

Arkadi se rappelait. Nikitine se pencha en avant et chuchota à l'oreille d'Arkadi : « Je suis venu te prévenir. Ils vont te tuer. »

Arkadi regarda la porte close. Son côté lisse avait quelque chose de menaçant, c'était une façade pour les gens de l'autre côté.

« Quand tu seras mort, qui va aider Irina ? demanda Nikitine. Qui va savoir la vérité ?

— Mon rapport…

— C'est pour les tromper eux, pas tes amis. Ne pense pas à toi, pense à Irina. Sans moi elle sera toute seule. Songe à quel point elle sera seule. »

Ils ne lui diraient probablement pas qu'il était mort, se dit Arkadi. « La seule façon dont elle saura que je suis un ami, c'est si tu me dis la vérité », expliqua Nikitine.

Il ne faisait aucun doute qu'ils allaient le tuer ; Arkadi ne voyait pas d'autre solution. Peut-être une chute par la fenêtre, une dose trop forte de morphine, un peu d'air dans une veine. Qui, ensuite, irait s'occuper d'Irina ?

« Nous sommes de vieux amis, poursuivit Nikitine. Je suis ton ami. Je veux être ton ami. Crois-moi, je suis ton ami. » Il souriait comme un bouddha.

Le reste de la vision d'Arkadi était coloré en gris par l'aminate de soude. Il entendait un souffle collectif dans les couloirs. Le sol était loin sous ses pieds. Les cadavres avaient des pantoufles de papier ; on lui avait donné des pantoufles de papier. Il avait les pieds d'un blanc si maladif, à quoi donc ressemblait le reste ? Sa bouche était un foyer de peur. Il porta ses poings à son front. Pas de peur… de folie. Penser de façon méthodique était impossible ; mieux valait tout dire maintenant pendant qu'il en était capable. Mais il serrait la bouche pour retenir les mots. Le narcotique le faisait transpirer et il craignait de voir les mots suinter par ses pores. Il serra les genoux jusqu'à en avoir des crampes, de façon à clore tout orifice. Lorsqu'il pensait à Irina, les mots commençaient à se frayer un chemin dehors comme un serpent, alors il se mit à penser à Nikitine : pas le Nikitine assis auprès de lui sur le lit parce que c'était un ami insistant qui avait déchiré ses aveux, mais le Nikitine d'avant. Le vieux Nikitine était un personnage fuyant, qui échappait en se moquant à la faible emprise du cerveau d'Arkadi. La paranoïa de l'instant accablait sa mémoire. Le seul homme au monde auquel il pouvait faire confiance était Nikitine, et le Nikitine assis auprès de lui insistait. Il tremblait et essayait de se couvrir les yeux et les oreilles, partant des derniers mots de Nikitine pour remonter à ceux qu'il avait prononcés juste avant et ainsi de suite, examinant ainsi maladroitement le nouveau Nikitine en quête d'un indice qui le ramènerait au Nikitine d'autrefois.

« Je suis ton plus vieux, ton plus cher et ton unique ami », reprit Nikitine.

Arkadi baissa les mains. Des larmes ruisselaient sur son visage, mais une lueur de soulagement se faisait jour dans sa tête. Il leva une main comme si elle tenait un pistolet et pressa une détente imaginaire.

« Qu'est-ce qui se passe ? » demanda Nikitine.

Arkadi ne dit rien parce que les mots à propos d'Irina attendaient toujours de jaillir de sa bouche. Mais il sourit. Nikitine n'aurait pas dû faire allusion à l'épisode du pistolet lorsqu'il était entré dans la chambre d'Arkadi ; c'était ça le rapport. Il visa le visage de Nikitine et fit semblant de faire feu de nouveau.

« Je suis ton ami », dit Nikitine avec moins de conviction.

Arkadi vida tout un chargeur de balles invisibles, remit des munitions et tira encore quelques balles. Un peu de sa démence pénétrait Nikitine. Après bien des protestations il finit par se taire ; puis, reculant devant la main vide d'Arkadi, il se leva du lit. Comme le Nikitine d'autrefois, plus il approchait de la porte, plus il marchait vite.

2

Au début de l'été, on transféra Arkadi dans une propriété à la campagne. C'était une vieille demeure aristocratique avec une élégante façade de colonnes blanches et de portes-fenêtres, de portiques menant à des serres vitrées, sa petite chapelle servant de garage avec un court de tennis sur terre battue où les gardiens jouaient tout le temps au volley-ball. Arkadi était libre de se promener où bon lui semblait dès l'instant qu'il rentrait à temps pour dîner.

La première semaine, un petit avion se posa sur la piste d'atterrissage avec un couple d'interrogateurs, le major Pribluda, un sac de courrier, et d'autres articles tels que viande fraîche et fruits qu'on ne pouvait trouver qu'à Moscou.

Les interrogatoires avaient lieu deux fois par jour dans une serre. Il ne restait pas une plante, à l'exception de quelques caoutchoucs géants voûtés et aussi déplacés que des domestiques stylés. Arkadi était assis dans un fauteuil d'osier entre les interrogateurs. L'un d'eux était un psychiatre et les questions étaient habiles ; comme d'habitude lorsque les questions sont posées de façon amicale, il régnait une atmosphère de bonhomie flagorneuse.

Le troisième jour, pendant le déjeuner, Arkadi rencontra Pribluda tout seul dans un jardin. Sa veste accrochée au dossier d'une chaise en fer forgé, le major était en train de nettoyer son pistolet, ses gros doigts maniant avec dextérité des clavettes, des ressorts et un chiffon. Il leva les yeux d'un air surpris lorsque Arkadi prit la chaise de l'autre côté de la table.

« Qu'est-ce qui se passe ? demanda Arkadi. Pourquoi vous abandonne-t-on ici ?

— Ça n'est pas mon travail de vous questionner », dit Pribluda. Ses vilains yeux sincères étaient devenus une constante pour Arkadi et un soulagement après un matin passé avec les autres officiers envoyés par le KGB. « D'ailleurs, ce sont des spécialistes ; ils savent ce qu'ils font.

— Alors pourquoi êtes-vous ici ?

— Je me suis porté volontaire.

— Combien de temps allez-vous rester ?

— Aussi longtemps que les interrogateurs seront là.

— Vous n'avez apporté qu'une chemise de rechange ; ça ne fait pas beaucoup », dit Arkadi.

Pribluda hocha la tête et continua son nettoyage, tout en transpirant au soleil. Il n'avait même pas remonté ses manches, mais il travaillait avec un tel soin qu'il ne risquait pas de les tacher d'huile.

« Si ce n'est pas votre travail de me questionner, quel est donc alors votre travail ? » demanda Arkadi.

Pribluda poussa en avant la réglette et le canon du pistolet pour les faire sortir des cannelures de la crosse. D'un geste précis il prit ensuite le mécanisme du percuteur. Un pistolet démonté donnait toujours à Arkadi l'impression d'un infirme déshabillé.

« Vous voulez dire que c'est votre travail de me tuer, major. Allons, dites-le… Vous vous êtes porté volontaire.

— Vous parlez bien légèrement de votre vie, fit Pribluda en extrayant une à une les balles du chargeur, comme des bonbons.

— C'est parce qu'on la traite à la légère. Si vous devez m'abattre quand vous n'aurez plus de chemise propre, comment voulez-vous que je sois sérieux ? »

Arkadi ne croyait pas que Pribluda allait le tuer. Pribluda s'était porté volontaire avec entrain, cela ne faisait aucun doute, et s'y préparait d'heure en heure, mais Arkadi ne pensait pas que cela se produirait. Aussi, le lendemain matin, quand les interrogateurs et Pribluda se précipitèrent en voiture jusqu'à la piste d'atterrissage, Arkadi les suivit-il à pied sur le trajet d'un kilomètre. Il arriva à temps pour voir Pribluda auprès de l'appareil, discutant furieusement avec les interrogateurs qui y avaient pris place. L'avion décolla sans lui, et il remonta dans la voiture. Lorsque le chauffeur lui demanda s'il voulait qu'on le ramène, Arkadi répondit qu'il faisait beau et qu'il allait rentrer à pied.

A part quelques imperceptibles ondulations, la campagne alentour était plate. Sous le soleil matinal, son ombre s'allongeait sur trente mètres le long de la route, l'ombre d'un arbre ici ou là sur cent mètres. Il n'y avait guère de bois à proprement parler, c'était surtout de la pierraille avec par-ci par-là un buisson de mûriers. De l'herbe redevenue sauvage abritait toutes sortes de fleurs et de jeunes sauterelles qui brillaient comme du jade. Allongé dans l'herbe, Arkadi savait qu'on le regardait à la jumelle du chemin de ronde, tout en haut du bâtiment principal. Il ne songeait jamais à essayer de s'enfuir.

Arkadi et Pribluda étaient installés à la seule table dressée dans une salle à manger où, partout, des housses donnaient aux meubles des airs de fantômes. Dans ses vêtements douteux, le major devenait irritable, desserrant son baudrier et tirant sur sa chemise pour la décoller de ses aisselles. Arkadi l'observait avec intérêt. Un homme sur le point d'être abattu considère toujours avec grand intérêt celui qui sera chargé de cette besogne et, avec le coup fatal retardé jusqu'à une date indéterminée, Arkadi avait l'occasion d'examiner de près son futur bourreau.

« Comment comptez-vous me tuer ? Par-derrière, de face ? A la tête ou au cœur ?

— Dans la bouche, répondit Pribluda.

— En dehors de la maison ? A l'intérieur ? Une salle de bains, c'est facile à nettoyer. »

D'un geste large, le major remplit son verre de citronnade. On n'autorisait pas la vodka dans la maison et Arkadi était le seul à qui cela ne manquait pas. Après de longues journées de volley-ball, les gardiens jouaient au ping-pong tard le soir pour pouvoir s'endormir.

« Citoyen Renko, vous n'êtes plus inspecteur principal, vous n'avez plus aucun rang ni aucun statut, vous n'êtes rien. Je peux simplement vous dire de la boucler.

— Ah ! mais c'est tout le contraire, major. Maintenant que je ne suis rien, je n'ai pas à vous écouter. »

C'était presque ce qu'Irina lui avait dit, songea-t-il. Comme le point de vue change facilement. « Dites-moi, major, demanda-t-il, personne n'a jamais essayé de vous tuer ?

— Seulement vous. » Pribluda repoussa sa chaise et laissa son assiette sans avoir mangé.

Pour se calmer, Pribluda se mit à travailler dans le jardin. En maillot de corps, son pantalon retroussé au-dessus des mouchoirs noués autour de ses genoux, il massacrait les mauvaises herbes.

« Il est trop tard pour planter rien d'autre que des radis, mais on fait ce qu'on peut.

— Quel est votre quota ? » demanda Arkadi de la véranda.

Il clignait des yeux en scrutant le ciel en quête de l'avion revenant de Moscou. « C'est du plaisir, pas du travail, marmonna le major. Je ne vais pas vous laisser le gâcher. Sentez-moi ça. (Il porta à son groin du terreau gras de tourbe.) Il n'y a aucune terre au monde qui ait cette odeur-là. »

Le ciel était vide et Arkadi baissa les yeux vers le major et sa poignée de terre. Le geste lui rappela trop Pribluda fouillant les corps du parc Gorki. Arkadi repensa aux victimes du major au bord de la Kliazma. Et pourtant voilà qu'ils se retrouvaient dans un jardin de campagne, Arkadi couvert de cicatrices, des côtes jusqu'à l'aine, et Pribluda à genoux.

« Ils ont trouvé l'argent de Iamskoï. C'est ce qui retarde tout, expliqua Pribluda. Ils ont démoli sa datcha planche par planche et creusé partout. Ils ont fini par le découvrir sous un appentis, à ce qu'on m'a dit, où il gardait des oies et des canards morts. Il avait une fortune, je ne comprends pas pourquoi il se donnait du mal. A quoi est-ce qu'il allait la dépenser ?

— Qui sait ?

— J'ai dit que vous étiez innocent. Depuis le début, j'ai dit que vous étiez innocent. L'inspecteur Fet était un indicateur merdique, alors je suis heureux de dire que je me suis fié à mon instinct. Tout le monde disait qu'aucun inspecteur principal n'entreprendrait le genre d'enquête que vous prétendiez avoir faite contrairement aux ordres d'un procureur. J'ai dit que vous en seriez capable parce que moi seul savais comment vous aviez essayé de me briser. Tous les autres disaient que si Iamskoï était aussi corrompu que vous le prétendiez, alors vous deviez l'être aussi, et que tout ça n'était qu'une affaire de voleurs s'expliquant entre eux. J'ai dit que vous ruineriez un homme sans aucune raison valable. Je vous connais. Vous êtes la pire espèce d'hypocrite.

— Comment ça ?

— Si je suis les ordres, alors vous me traitez de tueur. Qu'est-ce que j'en avais à foutre de ces prisonniers de la prison Vladimir ? Il n'y avait rien de personnel : je ne les connaissais même pas. Tout ce qu'ils étaient pour moi, c'étaient des ennemis de l'État, et j'avais pour tâche de les liquider. On ne peut pas tout faire au monde dans une légalité parfaite : c'est pour cela qu'on nous a donné l'intelligence. Vous avez dû vous rendre compte que j'avais des ordres. Mais sur un caprice, par je ne sais quelle supériorité hypocrite, vous voulez monter un dossier contre moi : autrement dit, me tuer pour avoir fait mon devoir. Vous êtes donc pire qu'un meurtrier ; vous êtes un snob. Allez-y, riez, et reconnaissez qu'il y a une différence entre le devoir et le pur égoïsme.

— Il y a du vrai là-dedans, concéda Arkadi.

— Ah ! Alors vous saviez que je suivais les ordres...

— Des murmures, fit Arkadi, vous suiviez des murmures.

— Des murmures... et puis après ? Qu'est-ce qui me serait arrivé si je ne l'avais pas fait ?

— Vous quittez le KGB, votre famille ne vous adresse plus la parole, vous êtes une gêne pour vos amis, vous ne pouvez plus aller dans les magasins spéciaux, vous déménagez dans un appartement plus petit, vos enfants perdent leur précepteur et ratent leurs examens, vous n'avez plus droit aux voitures de service, on ne vous fait jamais confiance dans aucun nouveau poste qu'on vous accorde… et d'ailleurs, si vous ne les aviez pas tués, quelqu'un d'autre l'aurait fait. Moi, j'avais un mariage raté, pas d'enfant et je me foutais complètement de ne pas avoir de voiture.

— C'est bien ce que je disais ! »

Arkadi se remit à observer la traînée d'un avion à réaction qui montait dans le ciel. Rien qui le concernât, à moins qu'on ne projette de le bombarder. Il écouta Pribluda qui bêchait et le doux crépitement des graines. Aussi longtemps qu'il était en vie, Irina était en vie.

« Si je suis innocent, peut-être que vous n'aurez pas à m'abattre.

— Personne n'est complètement innocent. » Le major se remit à creuser.

L'avion convoya de nouveaux interrogateurs, des livres et du linge de rechange pour Pribluda. Parfois les interrogateurs étaient différents, parfois c'étaient les mêmes ; les uns utilisaient des drogues, les autres l'hypnose, chacun restait une nuit et repartait. Maintenant qu'il avait de quoi se changer, Pribluda s'habillait tous les jours — quand il était hors de vue des interrogateurs — dans sa tenue de jardinage : pantalon retroussé, maillot de corps, mouchoirs noués autour des genoux et du front et chaussures sales. Il avait toujours son pistolet à portée de la main, accroché à une branche. Des rangées obstinées de radis, de laitues et de carottes apparaissaient.

« Ça va être un été sec, je le sens, confia-t-il à Arkadi. Il faut planter un peu plus profond. »

Il maudissait son sort et suivait péniblement lorsque Arkadi partait pour l'une de ses longues promenades dans la propriété.

« Personne ne va s'enfuir, dit Arkadi. Vous avez ma parole.

— Il y a des marécages. Ils peuvent être dangereux. (Le major restait dix mètres en arrière.) Vous ne savez même pas où mettre les pieds.

— Je ne suis pas un cheval. Si je me casse une jambe, vous ne m'abattrez pas. »

Pour la première fois, Arkadi entendit Pribluda rire. Toutefois, le major avait raison. Parfois, Arkadi partait pour une de ses promenades, encore si abruti par le penthothal, qu'il aurait pu se cogner à un arbre sans s'en apercevoir. Il marchait comme marche un homme lorsqu'il sent que c'est la seule façon de se retrouver. Loin de la maison et des serviettes qu'on déployait avec précaution sur le divan au cas où une piqûre le ferait vomir. Un interrogatoire est essentiellement une forme de renaissance effectuée de façon la plus maladroite possible, un système dans lequel une sage-femme tenterait de mettre au monde le même bébé une douzaine de fois en utilisant une douzaine de méthodes différentes. Arkadi marchait jusqu'au moment où le poison de la journée se trouvait dilué par l'oxygène ; alors il s'asseyait à l'ombre d'un arbre. Au début, Pribluda insistait pour s'asseoir au soleil ; il lui fallut une semaine pour accepter l'ombre.

« Il paraît que c'est votre dernier jour, ricana Pribluda, le dernier interrogateur, la dernière nuit. Je ferai ça quand vous dormirez. »

Arkadi ferma les yeux et écouta les insectes. Chaque semaine il faisait un peu plus chaud et les insectes étaient un peu plus bruyants.

« Vous voulez être enterré ici ? demanda Pribluda. Allons, je perds patience, partons.

— Allez cultiver votre jardin. » Il gardait les yeux fermés en espérant que le major allait partir.

« Vous devez vraiment me détester, dit Pribluda au bout d'un moment.

— Je n'ai pas le temps.

— Pas le temps de quoi ? Vous n'avez rien d'autre que du temps.

— Quand je suis éveillé et pas drogué au point d'être incapable de penser, je n'ai pas le temps de me préoccuper de vous, voilà tout.

— Vous avez tort : je vais vous tuer.

— Ne vous énervez pas, vous ne le ferez pas.

— Je ne m'énerve pas », dit Pribluda dont le ton montait. Se reprenant, il ajouta : « Ça fait un an que j'attends ça. Vous êtes fou, Renko. (Il était écœuré.) Vous oubliez qui commande ici. »

Arkadi ne dit rien. Dans le champ on entendait les cris triomphants des petits oiseaux s'attaquant à un corbeau ; on aurait dit une portée musicale se déplaçant dans l'air. Il avait calculé d'après le faible rayon d'action des Antonov qui passaient dans le ciel, leurs passages réguliers et leur direction vers le sud embaumé, qu'il était à une heure de l'aéroport de Domodovo, qui était lui-même tout près de Moscou. Les psychiatres envoyés pour l'interroger venaient tous de la clinique du KGB Serpski de Moscou, aussi supposait-il qu'Irina était là-bas.

« Eh bien, qu'est-ce que vous en pensez ? demanda Pribluda, exaspéré.

— Je pense que je n'ai jamais su *comment* penser. J'ai l'impression d'improviser au fur et à mesure. Je ne sais pas. En tout cas, pour la première fois, ce n'est pas moi qui improvise. » Il ouvrit les yeux en souriant.

« Vous êtes fou », dit gravement Pribluda.

Arkadi se leva et s'étira. « Vous voulez retourner à vos graines, major ?

— Putain de ta mère, vous le savez bien.

— Dites que vous êtes humain.

— Quoi ?

— Nous allons rentrer, dit Arkadi. Tout ce que vous avez à faire, c'est de dire que vous êtes humain.

— Je n'ai rien à faire du tout. Qu'est-ce que c'est, ce jeu ? Vous êtes si timbré, Renko, que ça me rend malade.

— Ça ne devrait pas être aussi dur de dire que vous êtes humain. »

Pribluda tournait en rond comme s'il voulait se visser dans le sol.

« Vous savez bien que je le suis.

— Dites-le.

— Je vous tuerai pour ça… Rien que pour ça, promit

Pribluda. Enfin, pour en finir… fit-il en baissant la voix… je suis humain.

— Très bien. Maintenant nous pouvons rentrer. »

Arkadi repartit vers la maison.

Le nouvel interrogateur était le médecin aux mains papillotantes qui avait un jour pris la parole dans le bureau du procureur.

« Laissez-moi vous exposer mon analyse, dit-il à Arkadi à la fin de leur séance. Pour chaque vérité que vous nous avouez, vous et la femme Asanova, il y a un mensonge. Aucun de vous ne faisait directement partie de la clique Iamskoï-Osborne, mais vous étiez chacun indirectement impliqué, et vous êtes encore liés l'un à l'autre. Avec votre vaste expérience d'interrogateur et sa longue expérience de suspecte, vous espérez nous confondre et nous avoir à l'usure. C'est une espérance irréelle. Tous les criminels ont des espérances irréelles. Vous et la femme Asanova souffrez tous deux du syndrome d'hétérodoxie pathologique. Vous surestimez vos talents personnels. Vous vous sentez isolés de la société. Vous sautez de l'excitation à la tristesse. Vous vous méfiez des gens qui veulent vous aider le plus. Vous refusez l'autorité même quand vous la représentez. Vous croyez être l'exception à chaque règle. Vous sous-estimez l'intelligence collective. Ce qui est bien est mal et ce qui est mal est bien. La femme Asanova est un cas évident classique, facilement compréhensible par n'importe qui et donc facile à traiter. Votre cas à vous est bien plus tortueux et plus dangereux. Vous êtes né avec un nom célèbre et de grands avantages. Malgré les indices marqués d'égoïsme politique, vous vous êtes élevé à une position importante dans l'appareil judiciaire. Après avoir héroïquement combattu un supérieur puissant, vous avez noué un complot criminel avec cette femme pour dissimuler des faits importants concernant cette enquête. Quelle était sa relation réelle avec Osborne ? Quelles transactions ont eu lieu entre vous et l'agent de l'espionnage américain William Kirwill ? Pourquoi avez-vous laissé partir Osborne ? J'ai entendu vos réponses. Je crois que la partie saine de votre personnalité veut me donner les vraies réponses et, avec une thérapie suffisante, vous le feriez. Mais ce serait inutile. Nous *avons* les vraies réponses. De nouveaux interrogatoires dans cette veine, j'en suis convaincu, ne feront qu'entretenir vos illusions malsaines. Nous devons penser à des intérêts plus généraux. Je recommande donc qu'on fasse de vous un exemple et que vous subissiez le châtiment suprême dans les délais les plus rapides possible. Vous et moi avons encore une séance prévue pour demain matin avant mon départ pour Moscou. Je n'ai plus de questions à vous poser. Toutefois, si vous avez de nouveaux renseignements, ce sera votre dernière occasion. Sinon, adieu. »

Pribluda vida le seau avec soin. L'eau, étincelante comme une chandelle de glace, ruissela dans un fossé et se précipita dans un raccourci baignant une rangée de laitues jusqu'au moment où Arkadi referma la brèche pour diriger l'eau vers le raccourci suivant. Il se déplaçait à genoux de rangée en rangée, reformant toute une série de minuscules barrages jusqu'au moment où le jardin tout entier fut arrosé. « Un véritable Nil, dit-il.

— Bah ! le sol est trop sec. Une douzaine de grands seaux pour un jardin de cette taille-là ? fit Pribluda en secouant la tête. C'est la sécheresse.

— Le secteur agricole privé du comité pour la Sécurité de l'État ne se desséchera jamais, j'en suis certain.

— Vous rigolez. Je viens d'une ferme. La sécheresse, c'est sérieux, et je sens la sécheresse venir. Je reconnais que je me suis engagé dans l'armée pour quitter la ferme, fit Pribluda en soulevant une épaule, dans un geste gracieux pour un homme fait comme lui, mais au fond du cœur, je suis toujours un homme de la campagne. Vous n'avez même pas besoin de réfléchir ; on sent la sécheresse venir.

— Comment ça ?

— Votre gorge vous chatouille pendant trois jours. C'est parce que la poussière ne retombe pas. Et puis il y a d'autres signes.

— Par exemple ?

— La terre. Le sol est comme un tambour. C'est

vrai… ça s'entend. A mesure qu'une peau de tambour devient plus chaude et plus sèche, qu'est-ce qui se passe ? Elle fait plus de bruit. C'est la même chose avec le sol. Écoutez, fit Pribluda en tapant du pied, ça sonne creux. La nappe d'eau souterraine descend. » Il piétinait au milieu des seaux, ravi de découvrir un nouveau talent d'amuseur, et plus Arkadi riait, plus il tapait fort du pied. « C'est de la science paysanne. Vous entendez la terre ? On entend comme elle a la gorge sèche. Vous croyez que vous autres, gens des villes, savez tout. » Pribluda se lança dans une lourde danse, donnant des coups de pied dans les seaux jusqu'au moment où il trébucha et s'assit par terre avec un sourire de clown.

« Major, fit Arkadi en l'aidant à se relever, c'est vous qui devriez voir le psychiatre, pas moi. »

Le sourire de Pribluda disparut. « C'est l'heure de votre dernière séance, dit-il. Vous n'y allez pas ?

— Non.

— Alors il faut que j'y aille. » Le major détourna les yeux. Il tira sur sa chemise, rabaissa son bas de pantalon, essuya la poussière de ses chaussures et mit sa tunique en essayant de se donner un air présentable. Et puis, en même temps, ils constatèrent que son pistolet et son baudrier étaient toujours attachés à un piquet au milieu du potager inondé.

« Je vais aller vous le chercher, dit Arkadi.

— Non, j'irai.

— Ne soyez pas idiot. Vous avez des chaussures, je suis pieds nus. »

Malgré les cris du major, Arkadi s'en alla piétiner dans la boue et décrocha le baudrier du piquet. Silencieux, le major le regardait revenir. Quand Arkadi lui remit son pistolet, Pribluda cogna le canon contre la tempe d'Arkadi. « Ne touchez pas à mon pistolet. (Il était furieux.) Vous ne savez donc pas ce qui se passe ici, vous ne savez donc rien ? »

Arkadi et Pribluda ne travaillaient plus ensemble au potager et les légumes se desséchaient car l'eau était rationnée. Sous un ciel vide, les champs jaunissaient avant d'être mûrs. On avait laissé toutes les portes et toutes les fenêtres de la maison ouvertes dans l'espoir d'une brise. Zoya vint le voir. Elle avait maigri, avait les yeux tirés, mais elle souriait.

« Le juge a dit que nous devrions faire encore une tentative, expliqua Zoya. Il a précisé que rien n'était définitif si je changeais d'avis.

— Tu as changé d'avis ? »

Elle s'assit près de la fenêtre et s'éventa avec son mouchoir. Même sa natte dorée de petite fille semblait moins fournie, vieillie... comme une perruque, songea-t-il.

« On a eu des problèmes, fit-elle.

— Ah !

— C'était peut-être ma faute. »

Arkadi sourit. Zoya disait que c'était peut-être sa faute du ton dont un bureaucrate discuterait d'un changement dans la politique de son service.

« Tu as meilleure mine que je ne m'y attendais, dit-elle.

— Oh ! il n'y a rien d'autre à faire ici que se refaire une santé. Ça fait des semaines qu'on ne m'a plus interrogé. Je me demande ce qui va se passer.

— Il fait très chaud à Moscou. Tu as de la chance d'être ici. »

Zoya poursuivit en disant que s'il ne pouvait jamais retourner vivre à Moscou, on lui avait assuré qu'on pourrait lui trouver un poste convenable dans une ville agréable loin des pressions de la capitale. Peut-être comme professeur. Ils pourraient enseigner ensemble. Peut-être aussi était-ce le moment de faire un enfant. En fait, elle pourrait peut-être bien revenir ici pour une visite conjugale plus longue.

« Non, répondit Arkadi. La vérité c'est que nous ne sommes pas mariés et que nous n'avons plus d'attachement l'un pour l'autre. Il est certain que je ne t'aime pas. Je ne me sens même pas responsable de ce que tu es. »

Zoya cessa de s'éventer et fixa un regard morne au-delà d'Arkadi sur l'autre mur de la pièce, les mains sur ses genoux. Bizarrement, le fait d'avoir perdu du poids et des rondeurs faisait paraître plus forts ses muscles de gymnaste et ses jarrets saillaient comme des biceps.

« Il y a une autre femme ? » De toute évidence elle venait de se souvenir de poser la question.

« Zoyouchka, tu avais raison de me laisser et maintenant tu devrais rester le plus loin possible. Je ne te veux aucun mal.

— Tu ne me veux aucun mal ? (Elle parut s'animer et répéta ce qu'elle avait dit d'un ton plus dur et plus sarcastique.) Tu ne me veux aucun mal ? Mais regarde ce que tu m'as fait. Schmidt m'a laissée. Il a demandé mon transfert dans une autre ville et qui peut le lui reprocher ? Ils ont ma carte du Parti. Je ne sais pas ce qu'ils vont en faire. Tu as gâché ma vie comme tu le complotais depuis le jour où je t'ai rencontré. Crois-tu que c'est moi qui ai eu l'idée de venir ici ?

— Non. A ta façon, tu as toujours été relativement sincère, alors j'ai été surpris de te voir. »

Zoya pressa ses poings contre ses yeux et serra si fort les lèvres qu'on n'en voyait plus le rouge ; au bout d'un moment, elle laissa retomber ses mains, s'efforçant de sourire encore, ses yeux bleus humides et brillants quand elle parla. « Nous avons simplement eu des problèmes conjugaux. Je n'étais pas assez compréhensive. Nous allons repartir de zéro.

— Non, je t'en prie. »

Zoya lui saisit la main. Il avait oublié combien elle avait les doigts calleux à force de faire des exercices. « Ça fait longtemps que nous n'avons pas dormi ensemble, murmura-t-elle. Je pourrais rester cette nuit.

— Non, fit Arkadi en se dégageant.

— Salaud. » Elle lui griffa la main.

On renvoya Zoya en avion avant le dîner. Revoir la femme qui jadis avait été son épouse se retourner comme un gant devant lui était une expérience profondément déprimante.

Cette nuit-là il s'éveilla, pris d'un accablant désir pour Irina. Sa chambre était noire autour d'une fenêtre parsemée d'étoiles. Il se planta devant la fenêtre, nu. Un simple geste, même la légère friction du drap aurait apporté un déferlement de plaisir et de soulagement, et il n'en aurait ressenti aucune honte. Mais calmer le désir, ça aurait été effacer son image. Plus forte qu'une image, c'était une apparition d'Irina endormie sur un lit bleu. C'était ce qu'il avait rêvé, tout à l'heure dans sa chambre ; le rêve passa par la fenêtre et resta à rôder dehors. A travers la vitre il sentait la chaleur de son corps. Elle était le choc de sa vie.

Pas de sa vie ordinaire. La vie ordinaire était une file sans fin de dos, où l'on respirait le souffle du voisin. Dans la vie ordinaire, les gens allaient dans des bureaux et faisaient des choses épouvantables et puis ils rentraient chez eux et, toujours dans le méli-mélo d'un appartement communautaire, ils buvaient, juraient, faisaient l'amour, faisaient la guerre pour un brin de dignité et, on ne sait comment, survivaient. Irina s'élevait au-dessus de cette foule. Elle affichait une extraordinaire beauté dans sa veste élimée, elle portait sa marque sur la joue comme un signe de sa sincérité, elle se moquait bien de survivre dans toute cette mesquinerie. A bien des égards, ce n'était pas du tout une personne. Arkadi comprenait bien les autres ; c'était son talent d'enquêteur. Il ne comprenait pas Irina et il devinait que jamais il ne pourrait pénétrer le vaste domaine de son inconnu. Elle avait surgi comme une autre planète et l'avait entraîné avec elle. Il l'avait suivie, mais il ne la connaissait pas et c'était lui qui avait changé d'allégeance.

Au cours des mois passés, il avait pratiquement fait le mort, adopté une attitude impassible pour se défendre contre les coups de sonde des interrogateurs. C'était un suicide nécessaire, son salut aux tueurs. Mais c'était quand même une mort. Maintenant que son image à elle avait réapparu, et pour une nuit, au moins, il revivait, lui aussi.

Les feux de tourbe commencèrent le mois suivant. Pendant des jours, tout l'horizon du nord dansait dans une brume rougeâtre. Un après-midi, l'avion qui apportait le ravitaillement dut faire demi-tour avant d'atterrir, et le lendemain matin l'horizon au sud était aussi couvert de fumée. Une pompe à incendie arriva avec un ingénieur et des pompiers en casques et blousons de caoutchouc qui leur donnaient l'air de soldats du Moyen Age. Un ingénieur ordonna qu'on abandonne la maison. Il ne devait pas y avoir d'évacuation vers Moscou ; les routes étaient soit coupées soit bloquées, et toutes les personnes valides étaient mobilisées dans la lutte contre le feu.

C'était vraiment une bataille. A tout juste trente kilomètres de la maison se trouvait un poste de commandement qui contrôlait des centaines de pompiers. Des soldats du génie et des « volontaires » étaient organisés en unités d'infanterie autour de camions-citernes, de machines excavatrices et de tracteurs. Le groupe de la maison Arkadi, Pribluda, une dizaine de gardiens, les domestiques et les cuisinières — fut constitué en une ligne de réserve de pelleteurs, avec Arkadi au milieu. Mais à peine eurent-ils franchi le premier coupe-feu pour passer à l'action que la ligne commença à se briser. Il fallait s'occuper des broussailles, ce qui provoqua un trop grand déploiement de la ligne. Il y avait de brusques sautes de vent et de fumée qui aveuglaient et étouffaient les hommes et les faisaient se déplacer dans des directions totalement différentes. Parfois un homme ou un tracteur entier tombaient soudain dans de vieux fossés. Le reste de la ligne s'avançait vers un nouveau mur de fumée, sortait derrière deux tracteurs et ne savait pas lequel suivre. Des hommes en vêtements roussis par le feu surgissaient d'on ne savait où, courant pour se mettre l'abri ou creusant bravement un nouveau coupe-feu juste en face des flammes. Des gens avec qui Arkadi avait commencé, il ne reconnaissait que Pribluda.

Le feu était imprévisible. Un buisson prenait lentement, comme un pain de fusibles ; un autre s'enflammait comme une torche. Le problème, c'était la tourbe. Arkadi avait dans l'idée qu'il n'était pas loin de la ville de Chatura. Chatura était célèbre car on y avait édifié la première centrale électrique après la Révolution, et le combustible utilisé était la tourbe. Le sol lui-même prenait feu ; sous la surface, le feu se propageait par les veines de tourbe, si bien que même quand on étouffait les flammes, chaque foyer donnait naissance à un cercle enchanté de nouvelles flammes. Une excavatrice s'écroula dans une tourbière calcinée, libérant du métal qui explosa comme une bombe au milieu des combattants du feu. L'intense chaleur était accablante. Les hommes toussaient des cendres et du sang. Des hélicoptères sillonnaient le ciel, lâchant des tonnes d'eau qui tombaient comme une pluie suffocante de vapeur et de fumée. Des hommes aux yeux larmoyants se tenaient l'un l'autre par la ceinture en une chaîne aveugle.

Le plan consistait à contenir le feu, mais les tourbières étaient trop immenses et les coupe-feu étaient vains contre un ennemi qui attaquait sous le sol. A mesure que chaque ligne de défense successive battait en retraite, les hommes des lignes précédentes étaient davantage pris au piège. Arkadi ne savait plus par quelle voie reculer. Des cris de confusion retentissaient de tous côtés dans la fumée. Une crête de terre retournée menait à un tracteur en feu ; des pelles gisaient là où on les avait jetées. Pribluda, le visage maculé de noir, était assis, ses grosses jambes étendues devant lui, toussant et épuisé. Le major tenait son pistolet d'une main molle et sa voix était si faible qu'Arkadi avait du mal à le comprendre.

« Foutez le camp d'ici. Sauvez votre peau, dit amèrement Pribluda. C'est votre grande chance. Vous pouvez piquer les papiers d'un pauvre diable qui est mort si vous ne vous brûlez pas. C'est la chance que vous attendiez. On vous rattrapera de toute façon ; je vous abattrais si je n'en étais pas certain.

— Qu'est-ce que vous allez faire ? demanda Arkadi.

— Je ne suis pas assez bête pour attendre de griller, je vous le dis. Je ne suis pas un lâche. »

Pribluda ressemblait plus que toute autre chose à un cochon à qui on a coupé les jarrets. Le grand mur de fumée s'approchait tandis que le vent tournait. Arkadi avait toujours senti que Pribluda ne le tuerait pas ; il ne savait pas du tout s'il n'allait pas mourir dans l'incendie ; ce serait du moins une mort naturelle, et non pas neuf grammes de plomb logés dans sa nuque par un de ses semblables.

« Filez ! » fit Pribluda entre deux quintes.

Arkadi souleva le major et le prit sur une épaule. Il ne voyait plus le tracteur, les arbres ni le soleil. Il se dirigea vers la gauche, le dernier sentier dégagé dont il se souvenait.

Chancelant sous le poids de Pribluda, trébuchant sur des débris, il fut bientôt incapable de dire s'il allait à gauche, à droite ou s'il tournait en rond, mais il savait qu'ils mourraient s'il s'arrêtait. C'était une sensation de claustrophobie que de ne pas respirer, de garder la bouche fermée comme s'il avait une main dessus. Il n'y était pas préparé. Le vide dans ses poumons tirait sur sa trachée. Par les fentes de ses yeux il ne distinguait que le jaillissement rougeoyant du feu. Quand il était incapable d'aller plus loin et qu'il était si profondément enfoncé dans la fumée qu'il devait fermer complètement les yeux, il s'ordonnait de faire encore vingt pas, et quand la fumée était plus dense, encore vingt pas, et puis encore dix, et puis encore cinq. Il trébucha dans un fossé plein d'eau saumâtre. Le fossé avait la hauteur d'un homme ; mais il n'y avait pas beaucoup d'eau au fond et entre l'eau et le rebord du fossé, il y avait une couche d'air âcre et pauvre en oxygène. Pribluda avait les lèvres violettes. Arkadi le retourna sur le dos dans l'eau et le secoua d'avant en arrière pour lui faire aspirer de l'air. Pribluda se ranima, mais la chaleur empirait.

Arkadi le fit marcher dans le fossé. Des braises pleuvaient sur eux, s'accrochant à leurs cheveux et brûlant partiellement leurs vêtements.

Le fossé devint moins profond et se termina. Tout d'abord, dans la brume de fumée, Arkadi crut qu'il était revenu vers le champ dont il était parti le matin. Puis il vit que les excavatrices, les camions-citernes et les voitures de pompiers étaient noirs et éventrés, certaines renversées par l'explosion quand leur carburant avait pris feu. Ce qui semblait être des monticules informes sur un sang calciné, c'étaient les corps des hommes qui étaient morts la veille. Certains d'entre eux, apparemment, avaient fui la fumée dans un puits de tourbière ; maintenant, c'étaient des squelettes. La tourbe formait un compost anaérobique, la putréfaction organique datant de si longtemps que tout son oxygène avait brûlé. Peu de microbes survivaient dans la tourbe : peut-être vingt ou trente par mètre cube. Exposés à l'air et à l'eau, les microbes aussitôt se reproduisaient par millions, en un essaim vorace de vies affamées qui rongeaient la chair comme de la potasse. Les murs du puits étaient labourés par les efforts des hommes qui avaient voulu échapper à cet abri. Un ciré reposait sur le support blanc d'un bras et d'une main. Sur deux cadavres allongés sur le sol au-dessus, Arkadi prit les bidons d'eau intacts, fit des masques avec sa chemise, les humecta, les attacha sur le visage de Pribluda et sur le sien et repartit tandis que la fumée approchait.

Ils se déplaçaient pour avoir la fumée derrière eux. A un endroit, Arkadi trébucha près d'un puits et Pribluda, devant lui, se retourna et lui saisit la main avant qu'il n'y tombât. Ils continuèrent à travers d'autres plaines qui brûlaient, d'autres scènes de catastrophes et d'héroïsme répandues au hasard par une main généreuse, des morts dans une guerre dont aucun journal ne ferait jamais mention à l'exception d'un paragraphe reconnaissant que le vent avait apporté quelques cendres dans la région de Moscou.

Ils arrivèrent enfin à une palissade d'arbres calcinés. « Il n'y a nulle part où aller, la fumée est partout, fit Pribluda en observant les ténèbres qui les entouraient. Pourquoi nous avez-vous amenés ici ? Regardez, les arbres commencent à brûler.

— Ce n'est pas la fumée, c'est la nuit. Ce sont les étoiles, dit Arkadi. Nous sommes sauvés. »

Le feu n'avait pas touché la maison. Au bout de quelques jours, les pluies arrivèrent, de violents orages qui noyèrent le feu et ensuite les gardiens se remirent à jouer au volley-ball et l'avion à apporter des provisions, et même des crèmes glacées. L'avion amena aussi le procureur général, qui ne retira jamais son manteau et qui parlait la tête baissée, les mains croisées derrière le dos.

« Vous voulez que tout l'appareil judiciaire se courbe devant vous. Vous n'êtes qu'un homme, un inspecteur, et même pas important. Pourtant la raison et la persuasion sont sans le moindre effet sur vous. Nous connaissons toute l'étendue de la complicité de la femme Asanova avec l'agent étranger Osborne et les traîtres Borodine et Davidova. Nous savons que vous gardez des renseignements sur la femme Asanova et sur vos relations avec elle. Un policier qui fait cela crache délibérément au visage de son pays. Au bout de la patience, vous l'apprendrez, on débouche sur une grande colère. »

La semaine suivante, le docteur de la clinique Servsky revint. Il ne fit aucun effort pour analyser Arkadi mais s'en alla avec Pribluda jusqu'à ce qui avait été le potager. Arkadi les regardait d'une fenêtre d'en haut. Le docteur parlait à Pribluda, discutait et finalement insistait. Il ouvrit une serviette pour montrer à Pribluda une aiguille grosse comme celle qu'on utilisait pour les chevaux, lui remit la serviette et regagna aussitôt la piste d'atterrissage. Le major s'éloigna.

Dans l'après-midi, Pribluda frappa à la porte de la chambre d'Arkadi et l'invita à venir cueillir des champignons. Malgré la chaleur, il avait sa tunique et deux grands mouchoirs pour y mettre les champignons. A moins d'une demi-heure de marche, il y avait un taillis épargné par le feu et où la pluie avait, comme par magie, fait jaillir du sol desséché de l'herbe neuve, des fleurs et presque du jour au lendemain des champignons. Un grand nombre d'arbres étaient de grands chênes plus que centenaires qui se dressaient bien haut au-dessus d'un sol moussu. La cueillette des champignons concentrait toujours le regard sur la courbure d'une feuille, sur l'écorce décolorée d'un arbre, sur un bouquet de fleurs sauvages, sur l'activité industrieuse des scarabées. Les champignons eux-mêmes prenaient l'aspect d'animaux ; camouflés, immobiles comme des lapins, ils attendaient que le chasseur s'éloigne. Ils surgissaient au regard puis semblaient disparaître. C'était du coin de l'œil qu'on les apercevait le mieux, un banal champignon marron par ici, parmi les feuilles d'un troupeau immobile de champignons orange, un autre avec les crêtes fripées d'un petit dinosaure, un autre encore essayant de dissimuler une tête cramoisie. On ne les appelait pas tant par un nom qu'on ne les classait selon qu'ils convenaient le mieux à être confits, salés, séchés au-dessus d'un fourneau, frits, mangés crus, avec du pain, de la crème aigre, un coup de vodka par-dessus — et quelle sorte de vodka, pure, parfumée à l'anis, au carvis, aux noyaux de cerises ? Un homme qui cueille des champignons a toute une année devant lui pour y penser.

Tandis que Pribluda fouinait avec ravissement, Arkadi examinait son front bas, la frange de cheveux bruns qui grisonnaient, son nez russe épaté, ses bajoues parsemées de loupes, son corps de boucher, sa tunique mal coupée par-dessus son baudrier. Les bois étaient plongés dans l'ombre quand Arkadi se rendit compte qu'ils avaient manqué le dîner. « Ça ne fait rien, nous ferons un festin de champignons demain. Tenez, regardez ce que j'ai trouvé. » Il ouvrit son mouchoir pour montrer la collection de champignons qui s'y trouvaient, expliquant en détail à Arkadi comment chacun devait être préparé et à l'occasion de quelles fêtes on devait les servir. « Montrez-moi les vôtres. »

Arkadi ouvrit son mouchoir et laissa tomber sur le sol sa cueillette de la journée : tous des champignons grêles et d'un blanc verdâtre, qui brillaient d'un éclat inquiétant dans l'ombre.

Pribluda fit un saut en arrière. « Ils sont tous vénéneux ! Vous êtes fou ?

— Le docteur vous a dit de me tuer, répliqua Arkadi. Vous ne l'avez pas fait en venant ici, alors le ferez-vous pendant le trajet du retour ? Est-ce que vous attendez la nuit ? Est-ce que ce sera une balle dans la tête ou une aiguille dans le bras ? Pourquoi pas les champignons ?

— Assez !

— Il n'y aura pas de festin demain, major. Je serai mort.

— Il n'avait pas d'ordres. Il a simplement conseillé.

— C'est un officier du KGB ?

— Tout juste un major, comme moi.

— Il vous a donné une serviette.

— Je l'ai enterrée. Ce n'est pas comme ça que je tue un homme.

— Peu importe comment. Une telle suggestion, c'est un ordre. J'ai exigé un ordre écrit. Vous ! Oui, moi, fit Pribluda d'un ton de défi. Vous ne me croyez pas ?

— Alors un ordre écrit arrivera demain et puis vous me tuerez. Qu'est-ce que ça change ?

— J'ai l'impression qu'ils n'étaient pas d'accord sur la décision. Le docteur est trop impétueux. Je veux des instructions écrites précises. Je ne suis pas un tueur. Je suis aussi humain que vous. (D'un coup de pied, Pribluda dispersa les pâles champignons.) C'est vrai. »

Pendant le retour, Pribluda semblait plus désolé qu'Arkadi. Celui-ci respirait à pleins poumons, comme s'il pouvait boire la nuit. Il pensait à son vieil ennemi marchant à ses côtés. Pribluda l'abattrait quand l'ordre écrit arriverait, mais il avait pris un risque en ne le faisant pas au premier mot. C'était une toute petite chose pour un condamné, mais c'était quelque chose pour Pribluda, le genre d'incident qui restait dans vos états de service.

« Vénus, fit Arkadi en désignant une étoile brillante à l'horizon. Vous êtes de la campagne, major, vous devez connaître les étoiles.

— Ce n'est pas le moment de regarder les étoiles.

— Là-bas, fit Arkadi en levant le bras, ce sont les Pléiades. Voilà Cephée, les Poissons au-dessus de lui, le Verseau là-bas. Quelle nuit fantastique. A part le feu, c'est la première nuit où je suis hors de la maison depuis mon arrivée ici. La queue du Bélier est tout là-bas.

— Vous auriez dû être astronome.

— De toute évidence. »

Ils marchèrent un moment en silence, on n'entendait que le bruit de leurs pas, craquant lorsqu'ils traversaient des champs brûlés, bruissant dans l'herbe. La maison apparut, tout illuminée. Arkadi aperçut des hommes qui sortaient en courant avec des torches et des fusils. Il s'écarta de la lumière pour mieux voir la nuit.

— Nous sortons tous de nos orbites, major. Nous sommes tous ensemble. Quelqu'un m'entraîne, je vous entraîne, qui allez-vous entraîner ?

— Il y a quelque chose qu'il faut que je sache, dit Pribluda. Si nous nous étions connus il y a un an, est-ce que vous auriez quand même cherché à m'avoir ?

— Pour les deux hommes que vous avez tués sur les bords de la Kliazma ?

— Oui. » Les yeux de Pribluda fixaient Arkadi.

Arkadi entendit des cris, mais les voix étaient trop lointaines pour qu'il comprît. Son long silence finit par l'embarrasser et il était intolérable pour Pribluda. « Peut-être, dit Pribluda, répondant à sa propre question, peut-être que si nous avions été alors amis je ne l'aurais pas fait. »

Arkadi se tourna vers les pas qui approchaient et le faisceau des torches qui lui balayait le visage. « Tout est possible », dit-il.

Par habitude, un des gardiens envoya Arkadi au sol d'un coup de crosse de fusil.

« Vous avez de nouveaux visiteurs, dit un autre à Pribluda. Il y a eu du changement. »

3

En octobre, un avion emmena Arkadi à Leningrad et on le conduisait jusqu'à ce qui semblait être un énorme musée mais qui était en fait le palais de la fourrure. On l'emmena dans un amphithéâtre où s'alignaient des bureaux entourés par une colonnade blanche. Sur l'estrade, cinq officiers du KGB en uniforme — un général et quatre colonels — siégeaient devant un dais. Le palais sentait la viande morte.

Le général avait un ton ironique. « Alors, on me dit que c'est une histoire d'amour. (Il soupira.) J'aurais préféré un simple récit d'intérêt national.

« Chaque année, Arkadi Vasilevitch, des hommes viennent de tous les pays du monde s'asseoir à ces bureaux et dépenser soixante-dix millions de dollars pour les fourrures soviétiques. L'Union soviétique est la première exportatrice de fourrures du monde. Nous l'avons toujours été. Ce n'est pas à cause de nos visons, qui sont inférieurs à ceux des Américains, ni des lynx, qui sont trop rares, ni des karakuls qui, après tout, ne sont que des peaux de mouton ; c'est pour la zibeline soviétique. Au poids de l'or, la zibeline est plus précieuse. Comment pensez-vous que le gouvernement soviétique réagisse à l'idée de perdre son monopole de la zibeline ?

— Osborne n'a que six zibelines, dit Arkadi.

— Je suis stupéfait. Je suis stupéfait depuis des mois du peu que vous savez. Comment tant d'hommes — le procureur de la ville de Moscou, l'Allemand Unmann, les officiers de la sécurité d'État et de la milice — ont-ils pu mourir, grâce à vous, et que vous en sachiez si peu ? (Le général tira pensivement sur un cil.) Six zibelines ? Avec l'aide du délégué adjoint du ministère du Commerce Mendel. Nous avons déterminé qu'avec la collusion de son défunt père, le vice-ministre du Commerce, l'Américain Osborne a fait sortir sept autres zibelines voilà environ cinq ans. C'étaient des zibelines ordinaires venant d'élevages collectivistes autour de Moscou. Les Mendel pensaient qu'Osborne ne pourrait pas élever des animaux de haute qualité. Le jeune Mendel n'aurait jamais osé aider l'Américain à acquérir des Bargouzines. C'est ce qu'il a dit, et je l'ai cru.

— Où est Ievguéni Mendel maintenant ?

— Il s'est suicidé. C'était un homme faible. Mais la question est qu'Osborne avait, voilà cinq ans, sept zibelines de qualité ordinaire. Nous estimons sans exagération une augmentation moyenne de cinquante pour cent par an, ce qui lui donne aujourd'hui une cinquantaine de zibelines. Son association avec le Sibérien Kostia Borodine lui en a procuré six autres. Des zibelines mâles de Bargouzine. D'après la même estimation, dans cinq ans Osborne aura plus de deux cents zibelines de grande qualité, plus de deux mille dans dix ans. Je pense qu'alors nous pourrons oublier le monopole historique soviétique sur la zibeline. Citoyen Renko, pourquoi croyez-vous que vous êtes encore en vie ?

— Est-ce que Irina Asanova est encore en vie ? demanda Arkadi.

— Oui. »

La compréhension se fit jour dans l'esprit d'Arkadi. Il n'allait pas retourner dans la maison à la campagne et on n'allait pas le tuer.

« Alors vous pouvez nous utiliser, dit-il.

— Oui. Maintenant, nous avons besoin de vous.

— Où est-elle ?

— Vous aimez voyager ? demanda le général avec douceur, comme s'il infligeait une souffrance. Avez-vous jamais eu envie de voir l'Amérique ? »

NEW YORK

1

La première image de l'Amérique, ce furent les lumières d'un pétrolier qui passait, les feux de nuit des chalutiers.

Wesley était grand, jeune et commençait à se déplumer ; il avait les traits lisses comme s'il avait été roulé comme un galet, avec une vague expression qui ne voulait rien exprimer d'aimable. Il portait un costume trois pièces en tissu bleu. Des odeurs de citron vert et de menthe émanaient de la bouche de Wesley, de ses joues et de ses aisselles. Pendant tout le vol, il n'avait cessé de croiser les jambes et de fumer sa pipe en répondant par des grognements aux questions d'Arkadi. Il y avait chez Wesley quelque chose de maladroit et d'aseptisé.

Les deux hommes avaient toute une section de l'appareil pour eux seuls. La plupart des autres passagers étaient des « artistes méritoires », des musiciens en tournée qui discutaient à propos des montres et des parfums qu'ils avaient déjà achetés à l'escale d'Orly. On n'avait pas laissé Arkadi descendre de l'avion.

« Vous comprenez le mot “responsabilité” ? » demanda Wesley en anglais.

Les passagers se massèrent d'un côté de l'avion tandis qu'ils approchaient de terres cultivées, des lignes à peine perceptibles entre les champs d'obscurité.

« Ça veut dire que vous allez m'aider ? demanda Arkadi.

— Ça veut dire que c'est une opération du FBI. Ça veut dire, continua Wesley avec vigueur, comme s'il était en train de vendre quelque chose à Arkadi, que nous sommes responsables de vous.

— Vous êtes responsables envers qui ? »

Une excitation enfantine emplit l'avion lorsqu'il survola la première communauté américaine. Ça semblait être une communauté de voitures. Des voitures emplissaient les rues et se blottissaient contre des maisons qui semblaient trop grandes pour des gens.

« Content que vous m'ayez posé cette question, fit Wesley en tapotant sa pipe contre le cendrier de son accoudoir. L'extradition est un problème compliqué, surtout entre les États-Unis et l'Union soviétique. Nous n'avons pas besoin de plus de complications que nous n'en avons déjà. Vous comprenez “complications” ? »

Une descente plus marquée donna l'illusion d'une vitesse croissante. Une grande autoroute apparut — piste infinie de signaux colorés — puis disparut dans un labyrinthe routier. Il semblait impossible qu'il pût y avoir autant de routes goudronnées. Où pouvaient-elles mener ? Combien de voitures pouvait-il y avoir ? On avait l'impression que la population tout entière, en bas, était sur les routes, à déménager ou à évacuer une région.

« En Union soviétique, une complication c'est tout ce qu'on ne veut pas, dit Arkadi.

— Exactement ! »

Les réseaux de lumière se fondirent en centres commerciaux, en grandes rues, en chantiers navals. SOLDES DE THANKSGIVING, proclamait une affiche. L'avion descendit encore plus bas au-dessus d'une zone résidentielle. Les terrains de sport éclairés, à l'herbe étincelante, apparurent. Le bleu des cours était comme autant de piscines vides. Le premier Américain qu'on put distinguer se tenait dans l'encadrement de sa porte, la tête levée.

« Laissez-moi vous parler d'une complication que nous n'allons pas avoir, dit Wesley. Vous n'allez pas passer à l'Ouest. Si c'était une opération du KGB, alors vous pourriez le faire. Vous pourriez venir nous trouver et nous serions heureux de vous donner asile. N'importe qui d'autre à bord de cet avion, par exemple, peut passer à l'Ouest.

— Et si eux ne veulent pas et que moi j'en aie envie ?

— Eh bien, eux le peuvent et vous pas », dit Wesley.

Arkadi perçut le frémissement de la trappe qui s'ouvrait pour libérer les roues. Il chercha une trace d'humour dans le sourire de Wesley. « Vous plaisantez, suggéra-t-il.

— J'espère bien que non, fit Wesley. C'est la loi. Avant qu'aucun transfuge soit autorisé à rester aux États-Unis, son cas est examiné par le Bureau. Nous avons déjà pris une décision dans votre cas, et nous avons décidé que vous ne pouviez pas rester. »

Arkadi pensa qu'il avait peut-être un problème de langage. « Je n'ai pas encore essayé de passer à l'Ouest.

— Alors, dit Wesley, le Bureau sera enchanté d'être responsable de vous, jusqu'au moment où vous essaierez de passer à l'Ouest. »

Arkadi examina l'agent. C'était une espèce d'homme qu'il n'avait encore jamais rencontrée. Le visage était assez humain — les sourcils, les paupières et les lèvres remuaient quand il le fallait — mais Arkadi soupçonnait qu'à l'intérieur du crâne, le cortex du cerveau était recouvert d'un réseau uniforme de spirales.

« Vous pouvez passer à l'Ouest, mais vous seriez obligé de vous adresser à nous, dit Wesley. N'importe qui que vous irez trouver vous remettra à nous. Bien sûr, nous vous renverrons droit en Union soviétique. Alors que vous êtes entre nos mains, ça ne rime vraiment pas à grand-chose de vouloir passer à l'Ouest, n'est-ce pas ? »

L'appareil passa au-dessus de mornes rangées de maisons baignées dans l'horreur d'un éclairage public. Les rues se déroulaient et l'avion prenait un long virage au-dessus d'une baie, puis un îlot de lumière s'éleva dans le ciel. Comme un jaillissement d'étoiles, mille tours lumineuses émergèrent de l'eau, arrachant aux passagers un murmure de soulagement et d'admiration.

« Alors, reprit Arkadi, vous ne m'aiderez pas.

— Mais si, absolument, dans toute la mesure du possible », répondit Wesley.

Les balises de la piste défilèrent devant les hublots. L'appareil toucha le sol et le pilote inversa les réacteurs.

Le temps que l'avion roule jusqu'à l'aérogare de la Pan Am, le couloir était plein de musiciens, d'instruments de musique, de paquets de cadeaux et de colis de vivres. Les Russes préparaient maintenant leur expression de comme-la-technologie-américaine-est-assommante, et bien que chacun dût passer auprès d'Arkadi et de Wesley, personne ne les regardait ; personne ne voulait être contaminé alors qu'ils étaient si près, à quelques pas seulement d'une remarquable passerelle en forme de tube qui reliait directement l'appareil à l'aérogare. Au lieu de cela, ils s'observaient tous.

Quand tous les autres passagers furent descendus, les membres du personnel de service envahirent l'appareil par une porte située à l'arrière et Wesley entraîna Arkadi par l'échelle de service jusqu'à la piste sous les moteurs arrière de l'Ilyouchine. Les réacteurs bourdonnaient encore et la lumière rouge de l'arrière clignotait toujours. Est-ce que l'appareil repartait tout de suite pour Moscou ? se demanda Arkadi. Wesley lui tapa sur l'épaule en désignant une voiture qui manœuvrait sur la piste dans leur direction.

Ils ne passèrent pas par les douanes américaines. La voiture les emmena directement à une sortie puis s'engagea sur une autoroute.

« Nous avons un arrangement avec vos gens, fit Wesley en se calant confortablement dans l'ombre de la banquette arrière avec Arkadi.

— Mes gens ?

— Le KGB.

— Je ne suis pas du KGB

— Le KGB aussi dit que vous n'êtes pas un de leurs agents. C'est ce que nous nous attendions à vous entendre dire. »

Il y avait des voitures abandonnées sur le bas-côté. Pas abandonnées récemment : on aurait dit des épaves de guerres anciennes. Sur le côté de l'une d'elles on avait écrit « Libérez Porto Rico ». Les voitures qui circulaient sur la route étaient d'une centaine de marques et de couleurs différentes. Les conducteurs étaient de toutes les couleurs aussi. Devant eux, c'était le même stupéfiant horizon qu'il avait vu de l'avion.

« Quel est l'arrangement que vous avez avec le KGB ? demanda Arkadi.

— L'arrangement est que ce sera une opération du Bureau aussi longtemps que vous ne pourrez pas vous adresser au Bureau comme transfuge, dit Wesley. Et comme vous ne pouvez vous adresser qu'à nous, vous ne pouvez vous adresser à personne.

— Je comprends. Et vous pensez que je suis avec le KGB parce qu'ils disent le contraire.

— Que diraient-ils d'autre ?

— Mais si vous croyiez que je ne suis pas du KGB, ça changerait tout ?

— Absolument ! Alors ce que le KGB dit serait vrai.

— Qu'est-ce qu'ils disent ?

— Ils disent que vous avez été reconnu coupable de meurtre.

— Il n'y a pas eu de procès.

— Ils n'ont pas dit qu'il y en avait eu. Vous avez tué quelqu'un ? demanda Wesley.

— Oui.

— Là, vous voyez. C'est contraire aux lois sur l'immigration aux États-Unis de laisser entrer un criminel. Les lois sont très strictes à moins que vous ne soyez un étranger en situation illégale. Mais nous ne pourrions guère laisser entrer quelqu'un qui se présente au Bureau en annonçant qu'il est un meurtrier. »

Dans l'ombre, Wesley dodelinait de la tête d'un air affable, tout en attendant d'autres questions, mais Arkadi restait silencieux. La voiture s'enfonça dans un tunnel qui menait à Manhattan. Des policiers surveillaient la circulation derrière des cabines aux vitres sales à la lueur verdâtre du tunnel. Puis la voiture déboucha de l'autre côté dans des rues qui étaient plus étroites que ne s'y attendait Arkadi et tellement plus bas que la brume lumineuse de l'horizon qu'on y éprouvait une déconcertante impression d'être sous l'eau. Des lampadaires déversaient une lumière blafarde.

« Je voulais juste que vous sachiez exactement où vous en étiez, dit enfin Wesley. Vous n'êtes pas ici légalement. Vous ne l'êtes pas illégalement non plus, parce que alors vous auriez une solution. Vous n'êtes simplement pas ici du tout, et il n'y a aucune façon pour vous de prouver le contraire. Je sais que c'est dément, mais la loi, c'est comme ça. Et c'est ce que vos gens voulaient. Si vous avez des plaintes à formuler, vous devrez vous adresser au KGB.

— Est-ce que je vais voir le KGB ?

— Pas si je peux l'empêcher. »

La voiture s'arrêta au coin de la 29e Rue et de Madison devant les portes vitrées d'un hôtel. Les imitations de torchères à gaz flanquaient une marquise sur laquelle on pouvait lire *Le Barcelone*. Wesley remit à Arkadi une clé attachée à une plaque en plastique portant le nom de l'hôtel, mais il la retint un moment lorsque Arkadi la prit.

« Le numéro de sa chambre à elle est sur la clé. (Wesley la lâcha.) Vous avez de la chance. »

Arkadi éprouva un étrange vertige en descendant de voiture. Wesley ne le suivit pas. Arkadi poussa les portes vitrées. Le hall de l'hôtel avait une moquette marron, des colonnes en marbre rose, des lustres en cuivre avec des ampoules en forme de bougies. Un homme avec des poches sombres sous les yeux se leva d'un fauteuil pour agiter un journal à l'intention de Wesley sur le trottoir, puis jeta un coup d'œil à Arkadi et se rassit. Arkadi monta seul dans un ascenseur automatique où le mot « connard » était gravé sur la porte.

La chambre 518 était au bout du couloir du cinquième étage. La porte du 513 s'entrouvrit imperceptiblement au passage d'Arkadi et, comme celui-ci se retournait, furieux, la porte se referma. Il alla jusqu'au 518, ouvrit le verrou et entra.

Elle était assise sur le lit dans l'obscurité. Il ne savait pas quel genre de robe elle avait, russe ou américaine. Elle était pieds nus. « Je les ai décidés à t'envoyer, dit Irina. J'ai coopéré au début parce qu'ils m'avaient dit qu'ils allaient te tuer. J'ai fini par décider que rester là-bas pour toi, c'était pratiquement être mort. J'ai même refusé de quitter la chambre tant qu'ils ne t'auraient pas fait venir… »

Elle leva la tête vers lui, montrant les larmes qui brillaient dans ses yeux. En fin de compte, c'est tout ce que nous avons à nous offrir l'un l'autre, songea Arkadi. Il effleura ses lèvres et elle dit son nom contre sa main. Puis il aperçut le téléphone sur une table de chevet. Iamskoï les écoutait, pensa-t-il sans réfléchir… Wesley, se reprit-il. Il arracha du mur le cordon du téléphone.

« Tu ne leur as jamais dit, murmura-t-elle lorsqu'il revint, tu ne leur as jamais dit qui avait vraiment tué Iamskoï. »

Son visage avait changé, elle était plus mince, ce qui faisait paraître ses yeux plus grands. Était-elle même plus belle ?

« Comment ont-ils jamais pu croire que tu étais l'un d'eux ? » demanda-t-elle.

Ici, les sols étaient plus doux, les lits plus durs. Elle bascula sur le côté, l'emportant en elle. « Et te voilà. » Elle l'embrassa.

« Nous voilà. » Arkadi sentit une force démente s'amasser en lui.

« Presque libres, chuchota-t-elle.

— Vivants. » Il éclata de rire.

[illegible] par écrit, [illegible]
[illegible]
[illegible]

[illegible] les [illegible]
[illegible]

[illegible] plus grande [illegible]

[illegible]

[illegible] des [illegible] dans le [illegible] sous les [illegible] Arkadi avait [illegible] vu dans le [illegible] au sujet [illegible] se curant les [illegible] d'allumettes.

[illegible]

2

Wesley et les trois autres agents du FBI apportèrent dans la chambre d'hôtel un sac en papier contenant un petit déjeuner composé de café et de beignets. Arkadi en prit une tasse. Irina se changeait dans la salle de bains.

« Il paraît que le chargé de liaison avec la police de New York est un certain lieutenant Kirwill », fit Ray. Petit homme soigné, d'origine mexicaine, Ray était le seul agent à ne pas mettre ses pieds sur la table basse. « Un problème ?

— Pas de problème, dit Wesley. Juste des relations personnelles.

— Un déséquilibré, d'après ce que j'ai entendu », dit George. George était l'homme avec les poches sous les yeux qu'Arkadi avait aperçu dans le hall la veille au soir. Parfois, les autres l'appelaient « le Grec ». Il se curait les dents avec une pochette d'allumettes.

L'anglais que parlait Wesley semblait être une forme nouvelle de latin, un langage à double sens, limpide jusqu'à la transparence et se prêtant à des interprétations infinies.

« Il faut comprendre l'histoire du radicalisme socialiste à New York, aussi bien que la fascinante tradition des Irlando-Américains dans la police. Ou bien ne rien comprendre du tout, dit Wesley, parce que tout ce qui compte, c'est que Kirwill veut sauver la Brigade rouge.

— Qu'est-ce que la Brigade rouge ? interrogea Arkadi.

Il y eut un moment de gêne jusqu'à ce que Wesley répondît avec grâce :

« La police de New York a une Brigade rouge. On change le nom environ tous les dix ans : Bureau radical, Relations publiques, Sécurité publique. Actuellement, on appelle ça Enquête de Sécurité, mais c'est toujours la Brigade rouge. Le lieutenant Kirwill a le département russe de la Brigade rouge. Et c'est vous le rouge.

— Qu'est-ce que vous êtes ? demanda Arkadi aux agents. Qu'est-ce qui vous a fait nous amener en Amérique ? Combien de temps allons-nous rester ici ? »

Al rompit le silence en changeant de sujet. Doyen des agents, il avait la peau criblée de taches de son comme la corolle d'un lys, et des manières de vieil oncle. « Il y a eu une sale histoire à propos de son frère et Kirwill s'est fait vider de la Brigade. Maintenant, son frère est mort à Moscou et Kirwill a réintégré la Brigade.

— Kirwill va essayer d'effectuer son retour à nos dépens, dit Wesley. Nous avons d'excellentes relations avec la police, mais ils nous poignarderont dans le dos si on leur en laisse l'occasion — tout comme nous en ferions autant.

— Il y a dix ans, la Brigade rouge, c'était l'élite des inspecteurs. (Al épousseta sur son estomac du sucre tombé d'un beignet.) Ils enquêtaient sur tout le monde. Vous vous rappelez les juifs qui avaient tiré sur la mission soviétique ? La Brigade rouge les a arrêtés. Les Hispaniques qui voulaient faire sauter la statue de la Liberté ? La Brigade les a infiltrés.

— Ils avaient beaucoup de réussite, reconnut Wesley. La Brigade était là quand Malcolm X a été assassiné. Le garde du corps de Malcolm était un agent de la Brigade.

— Qu'est-ce qui est arrivé à la Brigade rouge ? demanda Ray.

— Watergate, répondit Wesley.

— Merde, eux aussi », murmura George.

Il y eut un silencieux moment de compassion et Al expliqua : « Au cours des audiences de l'affaire du

Watergate, on a découvert que l'assistant spécial de Nixon pour la Sécurité, un type responsable de l'engagement d'autres gars pour de sales boulots, était un certain John Caulfield. Caulfield était de la Brigade rouge. Il servait de garde du corps à Nixon quand celui-ci habitait New York avant de devenir président. Quand Caulfield est arrivé à la Maison-Blanche, il a fait venir un autre vieux copain de la Brigade rouge, un nommé Tony Ulasewicz.

— Le gros type qui espionnait Muskie ? demanda George.

— Pour la Maison, dit Wesley.

— Ah ! c'était un agent, dit George. Il avait toujours un distributeur de monnaie à la ceinture pour les téléphones publics ? Mais oui !

— Bref, dit Al, Watergate a été la fin des jours de gloire de la Brigade rouge. Après ça, le climat politique a changé.

— Le climat politique, ça vous fout dedans à chaque coup, dit George.

— Est-ce que nous sommes prisonniers ? Est-ce que vous avez peur de nous ? demanda Arkadi.

— Qu'est-ce que fait la Brigade rouge maintenant ? fit Ray pour meubler le silence.

— Ils traquent les étrangers en situation illégale, fit Wesley en regardant Arkadi. Des Haïtiens, des Jamaïcains, ce qu'ils peuvent trouver.

— Des Haïtiens et des Jamaïcains ? C'est pitoyable, dit George.

— Quand on considère ce qu'était la Brigade, soupira Wesley. Quand on songe qu'ils avaient des millions de noms sur fiches, qu'ils avaient leur propre quartier général sur Park Avenue, qu'ils suivaient un entraînement secret avec la CIA.

— La CIA ? demanda George. Ça, c'est illégal. »

Nicky et Rurik, les deux hommes de la mission soviétique, insistèrent pour voir Arkadi. Ils ne ressemblaient à aucun agent du KGB qu'il avait vu. Ils avaient de beaux costumes, de meilleure qualité que ceux des hommes du FBI qui les accueillirent, d'excellentes manières, s'exprimaient bien, avec la décontraction des Américains. Ils étaient plus américains que les Américains. Seule une certaine épaisseur du tour de taille, toute une enfance de patates, les trahissait.

« Je vais parler en anglais, dit Nicky en allumant une cigarette pour Arkadi, pour que tout soit bien clair. Parce que c'est la détente en action. Nos deux pays ont uni leurs efforts, par l'intermédiaire des agences appropriées, pour livrer à la justice un odieux meurtrier. Ce maniaque sera livré à la justice, et vous pouvez nous aider.

— Pourquoi l'avez-vous amenée ici ? » demanda Arkadi en russe.

Irina ne pouvait pas les entendre.

— En anglais, s'il vous plaît », fit Rurik. Il était plus grand que Nicky et ses cheveux roux étaient coiffés à l'américaine. Les agents du FBI l'appelaient “Rick”. « Elle a été amenée à la demande de nos amis du Bureau ici présents. Ils ont beaucoup de questions à poser. Il faut que vous compreniez : les Américains n'ont pas l'habitude des histoires de communistes corrompus et de bandits sibériens. L'extradition est une affaire délicate.

— Surtout l'extradition d'un homme riche et qui a des relations ? »

Nicky regarda Wesley. « N'est-ce pas, Wes ?

— Je crois qu'il a presque autant d'amis ici qu'il en avait là-bas, fit Wesley, déclenchant un gros rire de tous les agents, soviétiques et américains.

— Supposons que vous soyez heureux, dit Rurik à Arkadi. Nos collègues vous traitent bien ? Vous avez une charmante chambre qui donne sur une avenue élégante. De votre fenêtre, on aperçoit le sommet de l'Empire State Building. Parfait. Alors supposons que vous allez rendre la fille heureuse. Plus calme, plus facile à manier ? Ce devrait être un travail agréable.

— Vous avez beaucoup de chance d'avoir cette seconde chance, dit Nicky. Ça va tout changer dans la manière dont vous serez accueilli à votre retour. Au bout de deux jours, vous pourrez récupérer votre appartement, retrouver un poste… peut-être même quelque chose au Comité central. Vous avez beaucoup de chance.

— Qu'est-ce que je fais en échange de ça ? demanda Arkadi.

— Ce que j'ai dit, répondit Rurik. La rendre heureuse.

— Et cesser de poser des questions, enchaîna Wesley.

— Oui, renchérit Rurik, et cessez de poser des questions.

— Laissez-nous vous rappeler, fit Nicky, que vous n'êtes plus inspecteur principal. Vous êtes un criminel soviétique qui n'est vivant que grâce à notre bonté et que nous sommes vos seuls amis.

— Où est Kirwill ? », demanda Arkadi

La conversation s'interrompit car Irina sortait de la salle de bains, vêtue d'une jupe de gabardine noire et d'un corsage en soie s'ouvrant sur un collier d'ambre. Ses cheveux bruns étaient relevés d'un côté par une barrette en or et elle portait un bracelet d'or. Arkadi éprouva deux chocs : d'abord qu'Irina fût aussi richement vêtue, ensuite qu'une tenue aussi somptueuse parût faite pour elle. Puis il remarqua que la marque qu'elle avait sur la joue droite, cette petite veine bleue de souffrance, avait disparu, recouverte par le maquillage. Elle était parfaite.

« Bon, allons-y. » Wesley se leva, tous les hommes prirent leurs manteaux et leurs chapeaux sur le lit où ils les avaient jetés. Al prit dans la penderie un manteau de fourrure noire et aida Irina à le passer. C'était un manteau de zibeline, observa Arkadi.

« Ne t'inquiète pas, souffla Irina à Arkadi tandis qu'on l'entraînait dehors.

— On va envoyer quelqu'un arranger ça, fit George en désignant le téléphone. N'y touchez pas. Ça appartient à l'hôtel.

— La propriété privée, fit Nick en passant son bras sous celui de Wesley tandis qu'ils sortaient, voilà ce que j'aime dans un pays libre. »

Resté seul, Arkadi inspecta la chambre, qui était comme un rêve où tout était un peu décalé. Ses pieds s'enfonçaient dans la moquette. La tête du lit était capitonnée. La table basse avait un plateau en matière plastique imitant le bois qui cédait sous les doigts.

Ray revint et répara le téléphone. Quand Ray fut reparti, Arkadi s'aperçut que le téléphone ne pouvait servir qu'à recevoir des appels. Il trouva un autre microphone dans le plafonnier de la salle de bains. La télévision était posée sur un support vissé au sol pour qu'on ne puisse pas la voler. La porte donnant dans le couloir était fermée à clé de l'extérieur.

La porte s'ouvrit toute grande et l'agent du FBI qu'on appelait George entra à reculons, poussé par une main. « Cet homme est sous protection fédérale, protesta George.

— Je représente la Liaison de la Police, il faut que je m'assure que vous ne vous êtes pas trompés de Russe. » La silhouette de Kirwill emplissait l'encadrement de la porte.

« Bonjour, dit Arkadi de l'autre bout de la chambre.

— Lieutenant, reprit George, c'est une opération du Bureau.

— On est à New York ici, trou du cul. » Il écarta George. Kirwill était habillé exactement de la même façon que la première fois où Arkadi l'avait vu à l'hôtel Métropole, sauf que cette fois son imperméable était noir au lieu d'être marron. Le même chapeau à bord court était renversé en arrière au-dessus du large front ridé et des cheveux gris. La cravate était desserrée : de plus près, Arkadi vit des taches sur l'imperméable. Kirwill avait le visage congestionné par l'alcool et l'excitation. Il claqua l'une contre l'autre ses grandes mains d'un air satisfait, l'air rayonnant tandis que ses yeux bleus parcouraient la pièce. A côté des hommes du FBI, il était dépenaillé et avait l'air d'un fou. Il adressa à Arkadi un sourire plein de malice. « Eh bien, mon salaud, c'est bien vous.

— Oui. »

Kirwill arborait une expression comique où l'amusement se mêlait à la consternation. « Reconnaissez-le, Renko, vous avez tout foutu en l'air. Vous n'aviez qu'à me dire que c'était Osborne. Je me serais occupé de lui à Moscou. Un accident… personne n'en aurait rien su. Il serait mort, je serais content et vous seriez encore inspecteur principal.

— Je le reconnais. »

George parlait dans le téléphone de la chambre sans avoir composé de numéro.

« Ils sont persuadés que vous êtes un homme très dangereux, fit Kirwill en désignant George du pouce. Vous avez abattu votre patron. Vous avez poignardé Unmann. Ils sont persuadés aussi que c'est vous qui avez tué le type sur le lac. Ils s'imaginent que vous êtes un dangereux maniaque. Faites attention, ils ont la détente facile.

— Mais je suis gardé par le FBI.

— C'est d'eux que je parle. C'est un peu comme faire partie du Rotary, seulement eux vous tuent.

— Le Rotary ?

— Laissez tomber. (Kirwill n'arrêtait pas, il arpentait la chambre dans tous les sens.) Seigneur, regardez où ils vous ont installé. C'est un nid de putains. Regardez les brûlures de cigarettes sur la moquette auprès du lit. Tâtez-moi ces fleurs sur le papier peint. Je crois qu'ils vous adressent un message, Renko.

— Vous avez dit que vous faisiez la liaison ? fit Arkadi, passant au russe. Vous avez ce que vous demandiez, vous contrôlez la situation.

— Je fais la liaison pour qu'ils puissent m'avoir à l'œil, fit Kirwill, restant à l'anglais. Voyez-vous, vous n'avez jamais donné le nom d'Osborne, mais vous avez donné mon nom à tout le monde. Vous m'avez bien baisé. Vous me baisez, reprit-il calmement. Elle vous baise. Qui, à votre avis, la baise ?

— Comment ça ?

— Vous me décevez un peu, poursuivit Kirwill. Je ne pensais pas que vous marcheriez, ou même que vous viendriez ici.

— Que je marcherais ? Mais cette extradition…

— Extradition ? C'est ce qu'ils vous ont raconté ? » fit Kirwill en pouffant, l'air ahuri.

Trois agents du FBI qu'Arkadi n'avait pas encore vus arrivèrent en trombe et, avec l'aide de George, ils eurent le courage de pousser Kirwill dans le couloir. La policier était trop occupé à essuyer ses yeux remplis de larmes de rire pour résister.

Arkadi essaya de nouveau la porte. Elle était toujours fermée à clé et cette fois, dans le couloir, deux voix lui dirent de laisser la poignée tranquille.

Il se mit à arpenter la pièce. Du coin gauche un pas jusqu'à la salle de bains, un pas de la salle de bains jusqu'au lit et la table de nuit, un pas de la table vers le coin droit, deux pas jusqu'à deux fenêtres à un seul carreau qui donnaient sur la 29e Rue, trois pas des fenêtres jusqu'à la petite table avec le téléphone, un demi-pas jusqu'au coin suivant, un pas jusqu'à la porte du couloir, un pas de la porte jusqu'au divan, deux pas de l'autre bout du divan jusqu'au coin gauche, un demi-pas jusqu'à la porte de la penderie, un demi-pas de la porte jusqu'à la commode et un autre pas de la commode pour revenir au coin gauche. Dans la chambre, il y avait deux chaises de bois, la table basse en plastique imitation bois, le poste de télévision, une corbeille à papier et un seau à glace fendu. La salle de bains comprenait des toilettes, un lavabo et une baignoire sabot avec douche qui donnait à penser que quelqu'un de très petit pouvait s'y étirer confortablement. Tous les appareils étaient roses. La moquette était vert olive. Un papier bleu pastel était parsemé de fleurs au duvet rose. La commode et les chaises étaient peintes de couleur crème et marquées de brûlures de cigarettes. Le dessus de lit était mauve.

Arkadi ne savait pas ce qu'il avait attendu de Kirwill. Il croyait qu'à Moscou ils étaient parvenus à quelque chose qui ressemblait à de la compréhension, et pourtant ici ils paraissaient être ennemis de nouveau. Et même ainsi, Kirwill avait une réalité que Wesley n'avait pas. Arkadi avait le sentiment qu'à tout moment la chambre d'hôtel allait s'affaisser et s'effondrer comme un décor de théâtre. Il était furieux contre Kirwill et aurait voulu qu'il revienne.

Il arpentait la chambre d'un pas plus nerveux que jamais. Il n'y avait que deux robes dans la penderie, même pas une paire de chaussures de rechange. Un corsage était imprégné du parfum d'Irina. Il s'enfouit le visage dedans.

La lumière du jour était un peu jaune.

Sur la droite, aussi loin que pouvait porter son regard, il y avait Madison Avenue jusqu'à un panneau qui annonçait L'HEURE HEUREUSE. Juste en face de l'hôtel se trouvait un magasin qui vendait des ombrelles en papier fabriquées en Chine. Au-dessus de la boutique, treize étages de bureaux. Sur la gauche, il aperçut l'herbe usée et les pierres sépia d'un cimetière. Des feuilles mortes s'amassaient dans les rues comme de la suie.

Des secrétaires tapaient à la machine et des hommes en manches de chemise et en cravate parlaient au téléphone derrière les fenêtres des bureaux d'en face. Dans ces bureaux, il y avait des plantes vertes et des tableaux. Dans le couloir, un chariot métallique était utilisé pour servir le café. Deux Noirs repeignaient le bureau juste en face d'Arkadi. Il y avait sur leurs fenêtres quelque chose qui ressemblait à un poste de radio portatif de la taille d'une valise.

Autour de ses doigts posés sur la vitre se formait une auréole de condensation.

Je suis ici.

« Vous aimez les émissions de jeux ? fit Al en allumant la télévision lorsqu'il apporta un sandwich à Arkadi.

— Je n'aime pas particulièrement les jeux.

— Pourtant celui-ci est formidable », dit Al.

Tout d'abord, Arkadi ne comprit pas l'émission. Il n'y avait pas de jeux ; tout ce que les concurrents avaient à faire, c'était deviner certains prix : grille-pain, cuisinière, vacances, maison. Tout — la connaissance, les capacités physiques, la chance — tout était éliminé sauf l'avidité. La simplicité du concept présidant à ce jeu était stupéfiante.

« Vous êtes un vrai membre du Parti, n'est-ce pas ? » fit Al.

Les ombres dehors ne se déplaçaient que quand ses yeux regardaient ailleurs. Alors, elles passaient d'un côté d'une fenêtre à une autre ou se massaient sur un autre immeuble. Qui savait où elles iraient ensuite ?

A la tombée du jour, Irina revint, lançant des paquets sur le lit et riant. L'angoisse d'Arkadi se dissipa. Elle redonnait vie à la chambre ; la pièce semblait même de nouveau séduisante. Les mots les plus banals émanaient des morts.

« Tu m'as manqué, Arkacha. »

Elle avait apporté des portions de spaghetti avec de la viande hachée, des moules, des sauces blanches. Le soleil se couchait tandis qu'ils dévoraient ces aliments exotiques avec des fourchettes en plastique. L'idée lui vint que pour la première fois de sa vie il se trouvait dans un immeuble où ne flottait pas, si légère fût-elle, une odeur de chou.

Elle ouvrit les paquets et étala fièrement la garde-robe qu'elle lui avait achetée. Comme ses robes accrochées dans la penderie, ces vêtements étaient de couleur, de coupe et d'une qualité de fabrication inconnues pour Arkadi. Il y avait des pantalons, des chemises, des chaussettes et des cravates, une veste de sport, un pyjama, un manteau et un chapeau. Ils examinèrent les coutures, les doublures, les étiquettes françaises. Irina releva ses cheveux en chignon et, le visage grave, se livra pour lui à une véritable présentation de mode.

« C'est censé être moi ? demanda Arkadi.

— Non, non. Un Arkadi américain », déclara-t-elle,

déambulant avec un déhanchement insouciant, le chapeau rabattu sur un œil.

Pendant qu'elle faisait le mannequin pour le pyjama, Arkadi éteignit la lumière. « Je t'aime, dit-il.

— Nous allons être heureux. »

Arkadi déboutonna la veste de pyjama, l'entrouvrit et couvrit de baisers ses seins, son cou et sa bouche. Le chapeau tomba et roula sous la table. Irina se débarrassa toute seule du pantalon de pyjama. Arkadi la pénétra debout comme il l'avait fait la toute première fois chez lui, de la même façon, mais plus lentement, plus profondément, plus doucement.

La nuit lessivait toutes les couleurs criardes des murs.

Au lit, il réapprit le corps d'Irina. Les femmes qu'il avait vu marcher dans la rue en bas avaient un air étriqué. Irina était plus grande, plus sensuelle, plus animale. Elle n'avait plus les côtes aussi péniblement apparentes qu'à Moscou ; elle avait les ongles plus longs et peints. Pourtant, de la douceur de ses lèvres jusqu'au creux de son cou, jusqu'aux bouts sombres et pointus de ses seins, de la plaine de son ventre jusqu'au petit monticule de boucles humides, elle lui semblait la même. Ses dents mordaient de la même façon ; les mêmes gouttes de transpiration perlaient à ses tempes.

« Dans ma cellule, j'imaginais tes mains, dit-elle en lui prenant la main, là, et là. Je les sentais sans les voir. Ça me donnait l'impression d'être vivante. Je suis tombée amoureuse de toi parce que tu m'as donné l'impression d'être vivante et que tu n'étais même pas là. Au début ils m'ont raconté que tu leur avais tout dit. Tu étais un inspecteur, il le fallait bien. Mais plus je pensais à toi, plus je savais que tu ne leur dirais rien. Ils m'ont demandé si tu n'étais pas fou. J'ai dit que tu étais l'homme le plus sain d'esprit que j'aie jamais rencontré. Ils m'ont demandé si tu étais un criminel. J'ai répondu que tu étais le plus honnête homme que j'aie jamais connu. Ils ont fini par te détester plus qu'ils ne me détestaient. Et moi, je t'aimais plus.

— Je suis un criminel, fit Arkadi en s'étendant sur elle. J'étais un criminel là-bas et je suis un prisonnier ici.

— Doucement. » Elle le guida.

Elle avait rapporté un tout petit poste à transistors qui emplissait la chambre d'une musique à percussion insistante. Cartons et vêtements étaient répandus sur le sol. Sur la table, les fourchettes en plastique gisaient dans les plats en carton.

« Je t'en prie, dit Irina, ne me demande pas depuis combien de temps je suis ici ni exactement ce qui se passe. Tout se déroule à des niveaux différents, nouveaux, que nous n'avons jamais connus. Ne pose pas de questions. Nous sommes ici. Tout ce que j'aie jamais voulu, c'est être ici. Et je t'ai, ici, avec moi. Je t'aime, Arkacha. Tu ne dois pas poser de questions.

— Ils vont nous renvoyer. Ils ont dit dans deux ou trois jours. »

Elle l'étreignit, l'embrassa et murmura avec ardeur dans son oreille : « Tout sera fini dans un jour ou deux, mais ils ne nous renverront jamais. Jamais ! »

Du bout des doigts elle suivait les contours de son visage. « Tu pourrais être hâlé, porter des favoris, un foulard et un chapeau de cow-boy. Nous voyagerons. Tout le monde a une voiture, tu vas voir. Je devrais avoir un cheval si je suis un cow-boy.

— Tu peux avoir un cheval ici. J'ai vu des cow-boys à New York.

— Je veux aller dans l'Ouest. Je veux parcourir la plaine et être un bandit comme Kostia Borodine. Je veux apprendre les trucs des Indiens.

— Ou bien on pourrait aller en Californie, à Hollywood. On pourrait avoir un bungalow au bord de la mer, une pelouse, un oranger. Je serais ravie de ne jamais revoir la neige de ma vie. Je pourrais vivre en costume de bain.

— Ou sans rien du tout. » Il lui caressa la jambe, puis

posa la tête contre sa cuisse pendant que de ses doigts elle lui caressait la poitrine. Ils devaient parler de choses imaginaires à cause du microphone. Il ne pouvait pas lui demander pourquoi elle était si sûre de ne pas rentrer. Elle le suppliait de ne rien lui demander d'autre. D'ailleurs, quand il s'agissait de l'Amérique, tout ce qu'ils pouvaient imaginer, c'était du rêve. Il sentit les doigts d'Irina qui suivaient la cicatrice qui lui barrait le ventre. « J'attacherai mon cheval à l'oranger derrière le bungalow », dit-il.

« En fait, dit Irina, en allumant une cigarette à celle d'Arkadi, ce n'est pas Osborne qui a essayé de me faire tuer à Moscou.

— Quoi ?

— C'étaient le procureur Iamskoï et Unmann l'Allemand. Ils étaient dans le coup tous les deux ; Osborne n'était au courant de rien.

— Osborne a essayé de te tuer deux fois. Tu étais là, j'étais là, tu te souviens ? (Arkadi était soudain furieux.) Qui t'a dit qu'Osborne n'avait rien à voir là-dedans ?

— Wesley.

— Wesley est un menteur. (Il le répéta en anglais.) Wesley est un menteur !

— Chut, il est tard. » Irina posa un doigt sur les lèvres d'Arkadi. Elle changea de sujet ; elle était patiente, et malgré la réflexion qu'il venait de faire, était contente d'elle.

Mais Arkadi était troublé. « Pourquoi as-tu maquillé la marque que tu avais sur la joue ? demanda-t-il.

— J'ai décidé ça comme ça. Ils ont du maquillage en Amérique.

— Il y a aussi du maquillage en Union soviétique, et là-bas tu ne la cachais pas.

— Là-bas, fit-elle en haussant les épaules, ça ne changeait pas grand-chose.

— Pourquoi est-ce que ça change quelque chose ici ?

— Est-ce que ce n'est pas évident ? fit Irina, en se mettant en colère à son tour. C'est une marque soviétique. Je ne voudrais pas couvrir une marque soviétique avec du maquillage soviétique, mais je le ferai avec du maquillage américain. Je veux me débarrasser de tout ce qui est soviétique. Si je pouvais trouver un docteur pour m'ouvrir le cerveau tout de suite et en retirer tout ce qui est soviétique, tous les souvenirs que j'ai, je le ferais.

— Alors pourquoi voulais-tu que je vienne ici ?

— Je t'aime et tu m'aimes. »

Elle tremblait si fort qu'elle ne pouvait pas parler. Il enroula le drap et la couverture autour d'elle et la serra contre lui. Il n'aurait pas dû s'énerver avec elle, se dit-il. Ce qu'elle faisait, c'était pour eux deux. Elle lui avait sauvé la vie et l'avait fait venir avec elle aux États-Unis ; à quel prix pour elle-même, il n'en n'avait pas idée, et il n'avait pas le droit de discuter. Comme tout le monde ne cessait de le lui rappeler, il n'était plus inspecteur principal, mais seulement un criminel. Ils étaient tous deux des criminels, et la seule chose qui les maintenait en vie, c'était de le savoir l'un l'autre. Il trouva sa cigarette là où elle avait roulé sur la moquette en faisant un nouveau trou et l'approcha de ses lèvres pour qu'elle pût fumer. Maintenant, ils aimaient bien le bon tabac de Virginie. Comme c'était étonnant la précision d'un amoureux : de pouvoir faire allusion à cette marque cachée et si facilement la blesser.

« Simplement, ne me raconte pas qu'Osborne n'a pas essayé de te faire tuer, dit-il.

— Les choses sont si différentes ici. (Elle se remit à trembler.) Je ne peux répondre à aucune question. Je t'en prie, ne me pose pas de questions. »

Assis dans le lit, ils regardaient la télévision en couleur. Sur l'écran, un personnage aux airs de professeur était en train de lire un livre sur une table de jardin auprès d'une piscine. Des buissons jaillit un jeune homme avec un pistolet à eau.

« Mon Dieu, tu m'as fait peur ! » Le lecteur faillit presque basculer avec son fauteuil et son livre tomba dans la piscine. Il le montra du doigt et dit : « Je suis assez nerveux comme ça, et voilà que tu me joues un tour stupide. Heureusement que ce n'était qu'un livre de poche. »

« C'est du Tchekhov ? fit Arkadi en riant. C'est la même scène que tu étais en train de tourner à la Mosfilm quand nous nous sommes rencontrés.

— Non. »

L'homme au pistolet à eau était suivi de filles en costumes de bain, d'un homme traînant un parachute et d'un orchestre de danse.

« Non, reconnut Arkadi, ça n'est pas du Tchekhov.

— C'est bon. »

Il crut qu'il plaisantait, mais Irina était fascinée par l'écran. Il devinait qu'elle ne suivait pas l'intrigue qui se développait ; ça n'était pas nécessaire, l'écran fournissait la dose nécessaire de hurlements de rires approbateurs. Elle était, il le voyait, captivée par le bleu électrique de la piscine, par le vert vif d'un avocatier, le violet d'un bougainvillée au détour d'une allée, la mosaïque défilant d'une autoroute à toute allure. Elle avait trouvé, d'une façon dont il ne serait jamais capable, ce qui était important sur l'écran. Son éclat débordait et emplissait la chambre. Lorsqu'une femme sanglotait, Irina imaginait sa robe, ses bagues, ses cheveux, des coussins douillets sur les meubles en osier, une terrasse bordée de séquoias et le soleil qui se couchait sur le Pacifique.

Elle tourna la tête et vit la consternation d'Arkadi. « Je sais que tu penses que ca n'est pas réel, Arkacha. Tu as tort… ici c'est réel.

— Mais non.

— Mais si, et j'en ai envie. »

Arkadi céda. « Alors il faut que tu l'aies. » Il posa la tête sur ses cuisses et ferma les yeux tandis que la télévision continuait à émettre des murmures et des rires.

Il s'aperçut qu'Irina avait un nouveau parfum. Il y avait peu de parfums en Russie et ils avaient des odeurs solides et prosaïques. Le parfum favori de Zoya, c'était « Nuits de Moscou ». Une vraie locomotive dans le monde des parfums. « Nuits de Moscou » s'appelait Svetlana en l'honneur de la fille préférée de Staline jusqu'au jour où elle avait filé avec un Indien basané. « Nuits de Moscou » était un parfum réhabilité.

« Tu peux me pardonner d'en avoir envie, Arkacha ? »

Il perçut l'angoisse dans sa voix. « J'en ai envie aussi, pour toi. »

Irina éteignit la télévision et Arkadi laissa le store de la fenêtre remonter comme une explosion. De l'autre côté de la rue le bâtiment de bureaux était un quadrillage de fenêtres sombres et vides.

Il rit pour faire plaisir à Irina et alluma le poste de radio qu'elle avait acheté. Une samba. Elle reprit courage et ils dansèrent sur la moquette grise, escortés par leurs ombres sur les murs gris. Il la prit dans ses bras et la fit tournoyer. Son œil aveugle et son bon œil, tous deux s'étaient agrandis de plaisir en même temps. Un œil avait perdu la vue, mais l'âme était toujours là, même si la marque avait disparu.

Quand elle était sur lui, ses cheveux dissimulaient leurs deux visages, c'était un couvre-pieds qui oscillait lorsqu'il se levait. Quand elle était dessous, elle était un bateau qui les emportait tous les deux.

« Nous sommes des bannis et des naufragés, dit Arkadi. Aucun pays ne nous laissera débarquer.

— Nous sommes dans notre pays à nous, dit Irina.

— Avec nos jungles, fit Arkadi en désignant le papier à fleurs. La musique indigène, ajouta-t-il en désignant la radio et les microphones cachés et des espions. »

3

L'araignée brune tomba dans une flaque de soleil et devint blanche.

Irina était sortie de bonne heure avec Wesley et Nicky.

Le fiI blanc de l'araignée pendait dans le vide.

« Comment vous autres Russes pouvez-vous fumer avant même le petit déjeuner ? » avait demandé Wesley.

L'araignée avait tissé sa toile dans un coin du plafond. Arkadi ne l'avait même pas remarquée jusqu'au moment où elle s'était mise à briller dans l'éclairage oblique du soleil ce matin-là. Les araignées, bien sûr, devaient être des adoratrices du soleil.

« Je t'aime », avait dit Irina en russe.

L'araignée allait et venait le long de ses fils, ses pattes de devant s'affairant sur ceci et sur cela. Personne ne leur rend hommage : ce sont de telles perfectionnistes.

Ce qui avait amené Arkadi à dire à son tour « je t'aime » en russe.

Quelle différence y avait-il entre une araignée russe et une araignée américaine ?

« Allons-y, on a une journée chargée », avait dit Nicky en ouvrant la porte.

Est-ce qu'elles tissaient leurs toiles dans la même direction ? Se brossaient-elles les dents de la même façon ?

Ce qui avait fait peur à Arkadi.

Est-ce qu'elles communiquaient ?

Les trottoirs étaient encombrés de gens bien habillés. Le soleil leur baignait le dos et comptait les secondes jusqu'au moment où ils allaient travailler.

Depuis combien de temps Irina était-elle à New York ? se demanda Arkadi. Pourquoi avait-elle si peu de toilettes dans la penderie ?

Il devait neiger à Moscou. S'ils avaient un soleil comme ça, ils seraient sur le quai, torse nu, à flemmarder comme des phoques.

En face, les peintres étaient de nouveau au travail. Les employés de l'étage au-dessus décrochaient un téléphone, ne disaient pas plus d'un mot ou deux et raccrochaient. A Moscou, dans un bureau, un téléphone était un instrument de commérages que l'État avait eu l'attention de fournir ; il ne servait pratiquement jamais pour le travail, mais les lignes étaient toujours occupées.

Il alluma la télévision pour masquer le bruit pendant qu'il travaillait sur la serrure avec une épingle à cheveux. C'était une serrure de bonne qualité.

Pourquoi des peintres travaillaient-ils avec les fenêtres fermées ?

Dans le jardin de l'église, des vieux en vêtements sales partageaient une bouteille avec des gestes lents.

La télévision montrait surtout des détergents, des déodorants et de l'aspirine. Entre les publicités, il y avait de brèves interviews et des sketches.

Lorsque Al apporta un sandwich au jambon et au fromage accompagné de café, Arkadi lui demanda quels auteurs américains il aimait : Jack London ou Mark Twain ? Al haussa les épaules. John Steinbeck ou John Breed ? Nathaniel Hawthorne ou Ray Bradbury ? « Eh bien, ce sont tous ceux que je connais », dit Arkadi et Al s'en alla.

Les bureaux se vidaient pour le déjeuner. Partout où le soleil baignait le trottoir, quelqu'un s'arrêtait et mangeait quelque chose tiré d'un sac en papier. Les emballages flottaient à cinq ou dix étages de hauteur entre les immeubles. Arkadi releva la fenêtre et se pencha au dehors. L'air était froid et sentait la fumée de cigare, les gaz d'échappement et la friture.

Il vit la même femme en manteau de fausse fourrure noir et blanc successivement entrer dans l'hôtel et en sortir avec trois hommes différents. Les voitures étaient énormes, cabossées et étincelantes. Le bruit atteignait un niveau intense, comme s'il y avait des choses qu'on tirait, qu'on soulevait et qu'on martelait, à croire qu'à deux pas de là on était en train de démolir la ville et de fabriquer instantanément et sans aucun soin des voitures.

Les couleurs des voitures étaient ridicules, comme si on avait laissé un enfant les colorier.

Comment classer les hommes dans le jardin de l'église ? Des parasites sociaux ? Une « troïka » d'ivrognes ? Qu'est-ce qu'ils buvaient ici ? London avait écrit sur l'exploitation de l'Alaska, Twain sur l'esclavage, Steinbeck sur la dislocation de l'économie, Hawthorne sur l'hystérie religieuse, Bradbury sur le colonialisme interplanétaire et Breed sur la Russie soviétique. Ma foi, songea Arkadi, c'est tout ce que je sais.

Les gens portaient tant de sacs de papier. Non seulement ces gens avaient de l'argent, mais ils avaient des choses à acheter.

Il prit une douche et s'habilla avec ses vêtements neufs. Ils lui allaient à la perfection. Au toucher, ils étaient d'une qualité incroyable et firent aussitôt paraître affreuses les chaussures qu'il portait. Nicky et Rurik, se rappela-t-il, avaient des montres Rolex.

Dans la commode il y avait une bible. Beaucoup plus surprenant était l'annuaire du téléphone. Arkadi arracha les adresses des organisations juives et ukrainiennes, plia les feuilles et les fourra dans ses chaussettes.

Des policiers noirs en uniforme marron dirigeaient la circulation. Des policiers blancs en uniforme noir arboraient des pistolets.

Irina avait caché les criminels Kostia Borodine et Valeria Davidova. Elle était compromise dans des crimes d'État : contrebande et sabotage industriel. Elle savait que le procureur de la ville de Moscou était un officier du KGB. Qu'est-ce qui l'attendait en Union soviétique ?

Les taxis étaient jaunes. Les oiseaux étaient gris.

Rurik arriva avec, en cadeau, des échantillons de bouteilles de vodka, « des bouteilles de compagnies aériennes », comme il les appelait.

« Nous avons une nouvelle théorie. Mais, fit-il en levant les mains, avant que je vous la dise, je tiens que vous sachiez que je ne suis pas insensible. Je suis ukrainien comme vous, je suis un romantique, moi aussi. Laissez-moi vous avouer autre chose. Ces cheveux roux que j'ai, c'est juif. Ma grand-mère était convertie ; elle était toute rouquine. Je peux donc m'identifier à toutes sortes de gens. Mais on a l'impression, dans certains milieux, que cette affaire de zibelines fait partie de l'universelle conspiration sioniste.

— Osborne n'est pas juif. De quoi parlez-vous ?

— Mais Valeria Davidova était la fille d'un rabbin, dit Rurik. James Kirwill était lié ici avec des terroristes sionistes qui ont tiré sur des employés innocents de la mission soviétique. Le commerce de détail de la fourrure et les industries du vêtement aux États-Unis sont essentiellement des monopoles sionistes, et ce sont eux en dernier ressort qui profiteront de l'introduction des zibelines. Vous voyez comment tout ça se tient ?

— Je ne suis pas juif, Irina n'est pas juive.

— Pensez-y », dit Rurik.

Al ramassa les échantillons de bouteilles.

« Je ne suis pas du KGB », dit Arkadi.

Al était gêné de se trouver dans une situation embarrassante. « Peut-être que oui, peut-être que non.

— Je vous dis que non.

— Est-ce que ca change quelque chose ? »

Le soir arriva, les bureaux se vidèrent et Irina ne rentrait pas. Il y avait un service du soir à l'église. Les prostituées n'arrêtaient pas d'amener des hommes dans l'hôtel. Arkadi considérait les femmes et leurs affaires comme la dernière marée de la vie de la rue montant jusqu'à lui. Au bout d'une heure, les ombres devinrent des espaces impénétrables entre les lampadaires. Dans la rue, des silhouettes apparaissaient comme des animaux nocturnes. Les têtes se retournaient en entendant le hululement d'opéra d'une sirène.

Pourquoi Kirwill avait-il éclaté de rire ?

Arkadi était habitué à voir différents agents. Il ne trouvait pas bizarre que le nouveau portât un costume sombre, une cravate et une casquette à visière, et fut soulagé qu'on l'autorisât enfin à sortir de la chambre d'hôtel. Personne ne les arrêta. Ils prirent l'ascenseur, traversèrent le hall et se dirigèrent à l'ouest par la 29e Rue et traversèrent la IVe Avenue jusqu'à une limousine sombre. Ce fut seulement quand Arkadi se retrouva tout seul à l'arrière de la voiture qu'il se rendit compte que l'autre était un chauffeur. L'intérieur de la limousine était capitonné de gris colombe, le chauffeur et le passager étaient séparés par un panneau vitré.

L'Avenue Of The Americas était une voie sombre et abandonnée, à part les vitrines illuminées, la vie de luxe des mannequins, tout cela aussi étrange que lui avait semblé toute la ville lors de ce premier voyage hors de l'hôtel. Sur la VIIe Avenue, ils prirent au sud pendant quelques blocs, puis la limousine s'engagea dans une petite rue et vint s'arrêter devant un quai de chargement pour camions. Le chauffeur fit descendre Arkadi de voiture, le conduisit jusqu'à un ascenseur sans porte et pressa un bouton du pouce. L'ascenseur monta au quatrième étage où ils débouchèrent dans un couloir brillamment éclairé balayé par des caméras de télévision miniatures disposées dans les coins en face. La porte au bout du couloir s'ouvrit avec un déclic.

« Vous y allez seul », annonça le chauffeur.

Arkadi entra dans un long atelier mal éclairé. Des tables de triage occupaient toute la longueur de la pièce et des râteliers de ce qui, au premier abord, semblait être des vêtements ou des chiffons devinrent, à mesure que ses yeux s'habituaient, une masse de fourrure. Il y avait peut-être une centaine de râteliers, la plupart chargés de peaux minces et sombres — zibelines ou visons — ainsi que de tas de dépouilles plus grandes et aplaties — du lynx ou du loup — d'après ce qu'il pouvait voir. Il flottait dans l'atelier une odeur âcre de tanin et au-dessus de chaque table blanche il y avait une rampe fluorescente. Au beau milieu de la salle l'une d'elles s'alluma et John Osborne déploya une peau sur la table.

« Savez-vous que les Nord-Coréens vendent de la fourrure ? demanda-t-il à Arkadi. Des peaux de chats et des peaux de chiens. C'est stupéfiant ce que les gens sont prêts à acheter. »

Arkadi descendit la travée jusqu'à la table.

« Tenez, cette peau seule vaut environ mille dollars, dit Osborne. De la zibeline de Bargouzine, mais vous l'avez probablement deviné ; vous avez dû devenir une sorte d'expert en zibelines. Approchez-vous, on distingue un soupçon de gel sur le poil. » Il brossa la fourrure à contrepoil, puis prit un petit automatique et le braqua sur Arkadi. « C'est assez près. Ça va faire un superbe manteau long, il faudra peut-être en tout une soixantaine de peaux. (Il brossa de nouveau la fourrure avec le pistolet.) Je pense que quelqu'un paiera ce manteau cent cinquante mille dollars. Et pourtant quelle différence cela fait-il entre acheter des peaux de chats et des peaux de chiens ?

— Vous devez le savoir mieux que moi. » Arkadi s'était arrêté à une table d'Osborne.

« Alors croyez-moi sur parole, fit Osborne, dont le visage était dissimulé dans l'ombre de la lampe, car ce bâtiment et les deux blocs qui l'entourent constituent le plus grand marché de fourrures du monde. Alors je vais vous dire, il n'y a pas plus de comparaison entre ça — il caressa la peau brillante — et une peau de chat qu'il n'y en a entre Irina et une femme ordinaire, ou entre vous et un Russe ordinaire. » (Il inclina la lampe et Arkadi dut lever la main pour ne pas être aveuglé.) Vous êtes parfait, inspecteur... parfait avec un costume convenable. Je suis sincèrement heureux de vous voir en vie.

— Vous êtes sincèrement surpris de me voir en vie.

— Ça aussi, je le reconnais. (Osborne laissa retomber

la lampe.) Vous m'avez dit un jour que vous pourriez vous cacher de moi, que vous pourriez vous dissimuler sur la Moskva et que je viendrais vous chercher. Je ne vous ai pas cru, mais vous aviez raison. »

Osborne laissa le pistolet sur la table pour allumer une cigarette. Arkadi avait oublié le teint sombre presque arabe, l'élégante minceur et les cheveux d'argent. Et, bien sûr, les touches d'or de l'étui à cigarettes, du briquet, de la chevalière, du bracelet-montre et des boutons de manchettes, les reflets ambrés au fond des yeux, le sourire éblouissant. « Vous êtes un meurtrier, dit Arkadi. Pourquoi les Américains vous laisseraient-ils me rencontrer ?

— Parce que les Russes m'ont laissé vous rencontrer.

— Pourquoi le ferions-nous ?

— Ouvrez les yeux, fit Osborne. Que voyez-vous ?

— Des fourrures.

— Pas simplement des fourrures. Du vison bleu, du vison blanc, du vison ordinaire, du renard bleu, du renard argenté, du renard rouge, de l'hermine, du lynx, des caraculs. Et des zibelines de Bargouzine. Il y a dans cette salle pour plus de deux millions de dollars de fourrures, et il y en a cinquante autres comme ça sur la VIIe Avenue. Il ne s'agit pas de meurtres ; il s'agit de zibelines et il s'est toujours agi de cela. Je ne voulais pas tuer le petit Kirwill, Kostia ni Valeria. Après le coup de main qu'ils m'avaient donné, j'aurais été tout à fait heureux s'ils avaient pu continuer à mener une vie tranquille n'importe où dans le monde. Mais qu'est-ce que vous auriez fait ? Le petit Kirwill insistait sur la publicité ; il avait l'obsession de raconter son histoire au monde dès qu'il aurait fait son retour triomphal à New York. Peut-être n'aurait-il pas parlé des zibelines à sa première conférence de presse, mais à la dixième il l'aurait sûrement fait. Et moi j'étais là à lutter contre le plus vieux monopole du monde, j'y avais mis des années d'efforts et de risques ; fallait-il que je me rende vulnérable à la mégalomanie croissante d'un fanatique religieux ? Quel homme sain d'esprit aurait fait cela ? J'avoue que ça ne m'ennuyait pas non plus de me débarrasser de Kostia.

Vous comprenez, il m'aurait extorqué de l'argent dès l'instant où il serait arrivé ici. Valeria, pourtant, je la regrette.

— Vous avez hésité ?

— Oui, fit Osborne, satisfait. C'est vrai que j'ai hésité avant de l'abattre, vous avez raison. Je m'aperçois que ces aveux me donnent de l'appétit. Allons manger quelque chose. »

Ils prirent l'ascenseur et trouvèrent la limousine qui les attendait en bas. La voiture les emmena tout au nord de l'Avenue of the Americas. Bien plus que Moscou ne l'aurait été à cette heure, New York était éveillée ; Arkadi le sentait au serpentement de la circulation. Audessus de la 48e Rue, l'avenue était flanquée de hautes tours de verre abritant des bureaux, ce qui n'était pas sans rappeler la Perspective Kalinine.

A la 56e Rue, la voiture s'arrêta et Osborne entraîna Arkadi dans un restaurant où ils furent conduits jusqu'à une banquette de velours rouge par un maître d'hôtel qui accueillit Osborne en l'appelant par son nom. Il y avait des lys fraîchement coupés sur chaque table et d'énormes arrangements floraux dans des niches, des toiles d'impressionnistes français aux murs, des lustres de cristal au plafond, des nappes roses et un chef de rang obséquieux. Les autres convives étaient des hommes plus âgés en costumes à rayures et des jeunes femmes aux coiffures laquées. Arkadi s'attendait à moitié à voir Wesley, ou la police, faire irruption dans le restaurant pour arrêter Osborne. Osborne demanda à Arkadi s'il voulait boire quelque chose ; il refusa et Osborne commanda un Corton-Charlemagne 76. Arkadi avait-il faim ? Il mentit et répondit non ; Osborne se commanda de l'esturgeon grillé avec une sauce à l'aneth et des pommes frites. Rien que l'argenterie sur la table était éblouissante. Je devrais lui plonger le couteau dans le cœur, songea Arkadi. « Des immigrés russes déferlent sur New York, vous savez, expliqua Osborne. Ils racontent qu'ils partent pour Israël, mais à Rome ils tournent à droite et viennent ici. J'en aide quelques-uns, autant que cela m'est utile ; après tout, certains d'entre eux s'y connaissent très bien en fourrures. Mais il y en a d'autres pour qui je ne peux rien faire. Je parle de ceux qui étaient serveurs en Russie. Connaissez-vous personne qui pourrait engager un serveur russe ? »

Le vin avait une couleur dorée. « Vous êtes sûr que vous n'en voulez pas ? En tout cas, il y a ici plus qu'assez d'immigrés. C'est très triste, pour la plupart d'entre eux. Les membres correspondants de l'Académie des Sciences soviétique balaient des préaux d'écoles ou se battent entre eux pour des menus travaux de traduction. Ils habitent Queens et à New Jersey, ils ont de petites maisons et de grosses voitures qu'ils ne peuvent pas se permettre. Bien sûr, on ne peut pas critiquer : ils font du mieux qu'ils peuvent. Tout le monde ne peut pas être Soljenitsyne. Je me plais à penser que j'ai fait quelque chose pour promouvoir la culture russe dans ce pays. J'ai patronné pas mal d'échanges culturels, vous savez. Où serait le ballet américain sans les danseurs russes ?

— Et les danseurs que vous avez dénoncés au KGB ? demanda Arkadi.

— Si je ne l'avais pas fait, les amis des danseurs s'en seraient chargés. C'est ce qu'il y a de fascinant à propos de l'Union soviétique. Tous les gens sont indicateurs depuis le jardin d'enfants. Tout le monde a les mains sales. On appelle ça “vigilance”. J'adore. D'ailleurs, c'était le prix. Si je voulais promouvoir la bonne volonté et la compréhension en amenant les artistes soviétiques aux États-Unis, le ministère de la Culture voulait que je les informe sur qui j'amenais. J'ai bien dû dénoncer quelques candidats transfuges, mais en général, je me suis simplement efforcé d'éliminer autant de mauvais danseurs que possible. Je suis très exigeant. J'ai sans doute eu un effet bénéfique sur la danse soviétique.

— Vous n'avez pas les mains sales, vous avez les mains ensanglantées.

— Je vous en prie, nous sommes à table.

— Alors dites-moi comment il se fait que le FBI américain vous laisse, vous, un meurtrier, un homme qui est un informateur du KGB, circuler dans cette ville et venir déjeuner ici.

— Oh ! inspecteur, j'ai un énorme respect pour votre intelligence. Réfléchissez-y juste une seconde. Je sais que vous comprendrez. »

Les conversations des voisins flottaient entre les nappes et les fleurs coupées, dans le discret tintement d'un chariot à pâtisseries.

Osborne attendait avec confiance qu'Arkadi comprît. La compréhension se fit enfin, faiblement d'abord, puis plus précise, et Arkadi fut frappé par la profonde logique, par la symétrie palpable de la situation, comme le serait un œil de cerf si un lion caché dans l'ombre s'avançait en plein soleil. Quand il parla, tout ce qui lui restait d'espoir disparut.

« Vous êtes un indicateur du FBI, dit Arkadi formulant la pensée qui s'épanouissait dans son esprit. Vous avez été indicateur pour le KGB et pour le FBI.

— Je savais que vous, en tout cas, comprendriez, fit Osborne avec un chaleureux sourire. Est-ce que je n'aurais pas été idiot de servir d'indicateur au KGB sans en faire autant pour le Bureau ? Ne soyez pas déçu ; ça ne rend quand même pas l'Amérique aussi mauvaise que la Russie. C'est tout simplement la façon dont le Bureau opère. En général, le Bureau s'appuie sur des criminels ; mais je ne suis guère mêlé à ce genre d'opérations. J'ai simplement transmis des bavardages. Je savais que ces bavardages seraient appréciés par le Bureau parce que les mêmes bavardages étaient très appréciés à Moscou. Le Bureau en était même encore plus avide. Hoover avait si peur de faire des erreurs qu'il avait pratiquement cessé, au cours des dix dernières années de sa vie, de surveiller les Russes. Le KGB avait un homme aux archives centrales du Bureau, et Hoover n'a pas osé purger le département parce qu'il avait peur de voir la nouvelle se répandre. J'ai toujours tenu à ne travailler qu'avec la branche de New York du Bureau. Comme pour n'importe quelle autre firme, les meilleurs éléments sont à New York, et ils sont bourgeois d'une façon si touchante, si heureux de me fréquenter. Et pourquoi pas ? Je n'étais pas un "soldat" de la mafia. Je ne demandais pas d'argent. En fait, ils savaient toujours qu'ils pouvaient compter sur moi pour leur donner un coup de main quand ils avaient personnellement des ennuis financiers. Je leur faisais des prix extraordinairement bas pour offrir des manteaux pour leurs femmes. »

Arkadi se rappela le manteau de lynx de Iamskoï et le bonnet de zibeline qu'Osborne lui avait proposé.

« Je suis aussi patriote qu'un autre, dit Osborne, en saluant de la tête les gens de la table derrière Arkadi. Ou plutôt, comme l'autre se trouve être président du conseil d'une compagnie de céréales qui vient d'installer une distillerie bidon à Osaka qui acheminera son grain vers les ports du Pacifique de l'Union soviétique, je suis même *plus* patriote que l'autre. »

On déposa devant Osborne un plat d'esturgeon grillé, et à côté un plat de pommes de terres frites effilées comme des allumettes. Arkadi mourait de faim.

« Vous êtes sûr que vous n'avez pas envie de partager ça avec moi ? demanda Osborne. C'est absolument délicieux. Un peu de vin au moins ! Non ! C'est curieux, poursuivit-il tout en mangeant, quand des émigrés russes arrivaient en Amérique, ils ouvraient un restaurant. Ils servaient une merveilleuse cuisine : du strogonoff, du poulet à la Kiev, pachkha, des blinis et du caviar, de l'esturgeon en gelée. Il est vrai que c'était il y a cinquante ans. Les nouveaux émigrés ne savent absolument pas faire la cuisine : ils ne savent même pas ce que c'est que la bonne chère. Le communisme a effacé la cuisine russe. Ça, c'est un de leurs grands crimes. »

Osborne prit du café et une tarte. Les desserts étaient décorés de sucre caramélisé et de toques de crème fouettée. « Vous ne voulez pas un petit rien ? Votre ancien procureur, Andréï Iamskoï, aurait englouti le chariot entier.

— C'était un homme avide, dit Arkadi.

— Exactement. C'est lui qui a tout arrangé, vous savez. Cela faisait des années que je le payais pour une chose ou une autre : les présentations, de petites indiscrétions, ça durait depuis la guerre. Il savait que je ne reviendrais pas en Union soviétique et il a décidé de frapper un grand coup pour empocher un bon paquet ;

c'est pourquoi il vous a conduit à moi à l'établissement de bains. Chaque fois que je croyais être débarrassé de vous, il vous asticotait un peu plus. Non pas d'ailleurs que vous eussiez besoin de beaucoup d'encouragement. Il disait que vous étiez un enquêteur obsédé et il avait raison. C'était un homme brillant, Iamskoï, mais avide, comme vous le disiez. »

Ils quittèrent le restaurant et remontèrent l'avenue, la limousine d'Osborne les suivant dans la rue, tout comme une autre limousine les avait escortés un jour sur le quai de la Moskova. Au bout de quelques blocs, ils arrivèrent à un groupe de deux statues équestres qui se dressaient à l'entrée d'un parc. Central Park, se dit Arkadi. Ils y pénétrèrent, la limousine toujours derrière eux, quelques flocons de neige flottant dans le faisceau de phares. Allaient-ils le tuer dans le parc ? se demanda Arkadi. Non, ç'aurait été plus facile de faire ça dans l'atelier d'Osborne. Une voiture à cheval peinte de couleurs vives passa entre-temps devant un vieux réverbère. Arkadi se mit à fumer pour calmer sa faim.

« Une sale habitude russe, dit Osborne, en allumant une de ses cigarettes. Ça causera notre perte. Savez-vous pourquoi il vous détestait ?

— Qui ça ?

— Iamskoï.

— Le procureur ? Pourquoi me détestait-il ?

— Il y avait une histoire d'appel devant la Cour suprême lorsqu'il a eu sa photo dans la *Pravda*.

— L'appel Viskov, dit Arkadi.

— C'est ça. Ça a brisé sa carrière. Le KGB n'avait pas nommé un de ses généraux comme procureur de la ville de Moscou pour le voir se mettre à proclamer les droits des condamnés. Après tout, le KGB est comme n'importe quelle autre bureaucratie, et un homme puissant, surtout une étoile qui monte, a des ennemis puissants. Vous leur avez fourni exactement l'arme dont ils avaient besoin. Iamskoï calomniait la justice soviétique, disaient-ils, ou bien il lançait pour lui-même une campagne du culte de la personnalité, ou alors il souffrait de troubles mentaux. Il allait y avoir tout un battage là-dessus. Cet appel l'a brisé et c'est vous qui l'avez forcé à cela. »

C'est à Central Park, songea Arkadi, qu'un ancien inspecteur principal apprend pourquoi le défunt procureur de la ville de Moscou le détestait. Pourtant, ce que disait Osborne paraissait vrai. Il se rappelait la conversation aux bains avec Iamskoï, le secrétaire du procureur général, l'académicien et le juge de la Cour suprême. Les allusions à propos de la campagne qui se préparait contre le vronskisme visaient Iamskoï et non pas Arkadi !

Il entendit de la musique rock et, à travers les branches, ses yeux aperçurent les lumières colorées d'une piste de patinage à quelque distance. Il apercevait les mouvements sur la glace.

« Vous devriez voir le parc sous la neige, dit Osborne.

— Il neige en ce moment.

— J'adore la neige », confia Osborne.

Les flocons se dispersaient autour des lampadaires et dans le faisceau des phares. Une silhouette en bronze salua Arkadi du haut d'un piédestal. « Je vais vous dire pourquoi j'adore la neige, dit Osborne. Je n'ai jamais dit cela à personne. Je l'adore parce qu'elle dissimule les morts.

— Vous parlez du parc Gorki.

— Oh ! non. Je parle de Leningrad. J'étais un jeune homme idéaliste quand je suis venu pour la première fois en Union soviétique. Mais oui, comme le jeune Kirwill, peut-être pire. Personne n'avait travaillé plus dur pour la réussite de l'accord Prêt-Bail. J'étais l'Américain sur les lieux, il fallait que je suive le rythme des Russes, je devais même en faire plus, avec quatre heures de sommeil par nuit, à moitié mourant de faim pendant des mois, ne me rasant et ne changeant de vêtements que quand je devais aller à Moscou, au Kremlin, pour supplier un secrétaire de Staline, un ivrogne avec de la graisse sur le menton, de m'autoriser à ajouter des vivres et des médicaments au camion qui tentait d'aller jusqu'à Leningrad. Bien sûr, le siège de Leningrad a été une grande bataille, un des tournants de l'histoire humaine, et l'armée d'un massacreur repoussant l'armée d'un autre massacreur. Mon rôle, le rôle des Américains, était de faire durer le carnage aussi longtemps que possible. D'ailleurs, nous y avons réussi. Six cent mille habitants de Leningrad sont morts, mais la ville n'est pas tombée. C'était une guerre qui se passait de maison à maison ; on perdait une rue le matin pour la reprendre le soir. Ou bien on la reprenait un an plus tard et on retrouvait tous les morts de l'année précédente. On apprenait à apprécier une couche de neige épaisse. Quand la fusillade s'arrêtait, ils se parlaient par haut-parleurs. Les haut-parleurs russes disaient aux soldats allemands d'abattre leurs officiers ; le haut-parleur allemand conseillait aux Russes d'abattre leurs enfants. « Mieux vaut les tuer que de les faire mourir de faim. Rendez-vous, remettez votre fusil et nous vous donnerons un poulet », disaient les Allemands. Ou bien : « Andréï Untel, vos deux filles ont été dévorées par vos voisins soviétiques. » C'était une insulte pour moi parce que j'étais responsable de l'acheminement des vivres dans la ville. Quand on a fait prisonniers quelques officiers de la Wehrmacht, Mendel et moi avons apporté du chocolat et du champagne et nous les avons emmenés en pique-nique. Nous pensions les relâcher plus tard pour qu'ils regagnent les lignes allemandes en rapportant des histoires sur la façon dont nous étions bien nourris dans la ville. Les Allemands nous ont éclaté de rire au nez. Ils avaient mille histoires à propos des cadavres qu'ils découvraient en se frayant un chemin dans la ville à coups de canon. Ils riaient surtout de moi. Ils étaient curieux de voir l'Américain qui alimentait les Russes. Est-ce que je croyais sérieusement, demandaient-ils, que c'étaient les quelques rations que nous parachutions ou que nous faisions parvenir sur des traîneaux qui maintenaient en vie un million de personnes ? Ils éclataient de rire. Est-ce que je ne pouvais pas trouver quelque chose de mieux ? Est-ce que je n'avais déjà pas la réponse ? disaient-ils. Je me suis aperçu que oui et alors j'ai tué les officiers allemands. Mais j'avais la réponse. »

Ils sortirent du parc sur la IVe Avenue, la ligne de démarcation entre le public et les riches. Des lustres étincelaient derrière les fenêtres ; des portiers attendaient sous des auvents. La limousine s'engagea dans une rue latérale pour attendre pendant qu'Osborne entraînait Arkadi dans l'immeuble le plus proche. Un liftier en uniforme les emmena au quinzième étage où il n'y avait qu'une seule porte. Osborne ouvrit le verrou et fit signe à Arkadi d'entrer.

Assez de lumière pénétrait par les fenêtres pour permettre à Arkadi de constater qu'ils étaient dans l'entrée d'un vaste appartement. Osborne abaissa un commutateur et rien ne se passa. « Mes électriciens étaient ici aujourd'hui, dit-il. Je suppose qu'ils n'ont pas fini. » Arkadi entra dans une pièce contenant une longue table de salle à manger et seulement deux chaises puis, traversant un office muni de placards vides et ouverts, accéda à un cabinet de travail avec un téléviseur encore dans son carton et des fils électriques qui sortaient du mur. Il compta huit pièces, toutes pratiquement vides à l'exception d'un tapis ou d'un fauteuil, signe que d'autres meubles allaient venir. Il y avait aussi un parfum familier.

Osborne l'entraîna dans le salon où de grandes fenêtres encadraient le parc en bas, bien plus beau vu d'en haut. Il aperçut le noir profond des lacs et des étangs et l'ovale blanc de la piste de patinage. Autour du parc se dressait une palissade d'immeubles résidentiels et d'hôtels surmontés d'une voûte de nuages.

« Qu'est-ce que vous en pensez ? demanda Osborne.

— Un peu vide.

— Bah ! à New York, le plus important, c'est la vue. (Osborne prit une autre cigarette dans son étui.) J'ai vendu mon salon de Paris. Je devais placer de l'argent quelque part, et un second appartement ici n'est pas un mauvais investissement. Pour être franc, tout simplement l'Europe n'est pas sûre pour moi. Ça a été la partie la plus difficile de la négociation : les garanties de sécurité physique.

— Quelles négociations ?

— Pour les zibelines. Heureusement, j'ai volé quelque chose qui constitue une bonne monnaie d'échange.

— Où sont les zibelines ?

— Les élevages de fourrures américains sont surtout concentrés autour des Grands Lacs. Mais peut-être que je leur ai menti ; peut-être que j'ai les zibelines au Canada. Le Canada est le second pays du monde au point de vue de la superficie ; il leur faudrait un moment pour le fouiller. Ou peut-être que je les ai dans le Maryland ou en Pennsylvanie ; peut-être un peu d'élevage par là. Leur problème est qu'au printemps toutes mes nouvelles femelles seront pleines, toutes engrossées par mes Bargouzine, et qu'il y aura donc autant de nouvelles zibelines à entrer en ligne de compte. C'est pourquoi les Russes doivent négocier maintenant.

— Pourquoi me le dire ? »

Osborne vint le rejoindre près de la fenêtre. « Je peux vous sauver, dit-il. Je peux vous sauver, Irina et vous.

— Vous avez essayé de la tuer.

— C'étaient Iamskoï et Unmann.

— Vous avez essayé de la faire tuer deux fois, reprit Arkadi. J'étais là.

— Vous avez été un héros, inspecteur. Personne ne peut vous retirer cela. Après tout, c'est moi qui vous ai envoyé à l'université pour sauver Irina.

— Vous m'y avez envoyé pour me faire tuer.

— Et nous l'avons sauvée, vous et moi.

— Vous avez tué trois de ses amis au parc Gorki.

— Vous avez tué trois de mes amis », répliqua Osborne.

Arkadi eut un frisson, comme si on venait d'ouvrir les fenêtres. Osborne n'était pas sain d'esprit, ce n'était pas non plus un être humain. Si l'argent pouvait se développer en os et en chair, cela donnerait Osborne. Avec le même costume de cachemire ; les cheveux d'argent avec la même raie, le même masque mince avec son expression de supériorité amusée. Ils étaient très haut au-dessus de la rue. L'appartement était désert. Il pourrait tuer Osborne, il n'en doutait pas. Il n'avait pas à écouter un mot de plus.

Comme si Osborne avait perçu les pensées d'Arkadi, il dégaina son pistolet une fois de plus. « Nous devons nous pardonner mutuellement. La corruption fait partie intégrante de nous, elle est dans notre cœur même. Elle était innée chez Iamskoï, révolution russe ou pas. Elle était innée chez vous aussi bien que chez moi. Mais vous n'avez pas vu tout l'appartement... ».

Arkadi marchant le premier, ils prirent le couloir jusqu'à une pièce dans laquelle ils n'étaient pas encore rentrés et dont les fenêtres donnaient aussi sur le parc. Il y avait une commode et un miroir, un fauteuil et une table de nuit et un grand lit défait. Ici, on sentait beaucoup plus fort le parfum qu'il avait reconnu en pénétrant dans l'appartement.

« Ouvrez le second tiroir de la commode », dit Osborne.

Arkadi obéit. Bien rangés à l'intérieur, il y avait du linge et des chaussettes d'homme tout neufs. « Alors, dit-il, quelqu'un va s'installer. (Osborne désigna les portes coulissantes d'une penderie.) Ouvrez la porte de droite. » Arkadi la fit glisser. Pendus à une tringle, se trouvaient une douzaine de vestes et de pantalons neufs. Malgré le peu d'éclairage, il vit que c'étaient des répliques de la veste et du pantalon qu'il portait. « Pas la peine d'en acheter d'autres », dit Osborne. Arkadi fit coulisser l'autre porte. La penderie était pleine de toilettes, des robes, des peignoirs de bain plus deux manteaux de fourrure, et le plancher était parsemé de chaussures de femme et de bottes.

« C'est vous qui vous y installez, dit Osborne, vous et Irina. Vous serez mon employé et je vous paierai bien... mieux que bien. L'appartement est à mon nom mais la première année d'hypothèque et les charges sont déjà payées. N'importe quel New-Yorkais serait heureux de faire l'échange avec vous. Vous allez avoir une vie nouvelle. »

Cette conversation était démente, songea Arkadi ; elle avait pris une tournure extraordinairement déplacée.

« Vous voulez qu'Irina vive ? demanda Osborne. C'est ça, le marché. Les zibelines en échange d'Irina et de vous. Irina parce que je la veux et vous parce qu'elle ne viendra pas sans vous.

— Je ne vais pas partager Irina avec vous.

— Vous partagez déjà Irina avec moi, répliqua Osborne. Vous la partagiez avec moi à Moscou, et vous l'avez partagée avec moi depuis votre arrivée ici. J'étais dans son lit ce matin-là à Moscou quand vous lui avez parlé du palier de son appartement. Elle a couché avec vous la nuit dernière et fait l'amour avec moi cet après-midi.

— Ici ? fit Arkadi en contemplant les draps froissés, lumineux dans leur désordre.

— Vous ne me croyez pas, dit Osborne. Allons, vous êtes un trop bon policier pour être aussi surpris. Comment aurais-je jamais rencontré James Kirwill sans Irina ? Ou Valeria, ou Kostia ? Et ne vous a-t-il pas paru étrange que Iamskoï et moi ne vous ayons pas trouvé tous les deux quand vous la cachiez dans votre appartement ? Nous n'avons pas eu à chercher : c'est elle qui m'a appelé de chez vous. Comment avez-vous pensé que je l'avais trouvée quand vous avez fait votre petite excursion jusqu'à la frontière finlandaise ? C'est elle qui s'est adressée à moi. Vous ne vous êtes pas posé ces questions-là ? Parce que vous aviez déjà les réponses. Je vous ai fait mes aveux... maintenant c'est votre tour. Mais vous n'aimez pas ça. Au terme d'une enquête, vous voulez seulement trouver un monstre et les morts qui vont avec. Dieu vous garde de vous découvrir. Mais vous allez apprendre à vivre avec vous-même, je vous le promets. Les Russes vont simplement flanquer Irina et vous sur leur quota de juifs : ils font ça pour un tas de gus dont ils veulent se débarrasser. »

Osborne posa le pistolet sur la table de nuit. « Je ne voulais pas de vous, mais Irina, elle, ne voulait pas rester sans vous. C'était exaspérant. Tout ce qu'elle a jamais voulu c'était être ici, et puis elle m'a menacé de rentrer. Maintenant, je suis ravi que vous soyez en Amérique ; tout est bien ainsi. (Il ouvrit la table de nuit et prit une bouteille de Storichnaïa et deux verres.) Je trouve la situation séduisante. Y a-t-il deux hommes qui puissent se connaître aussi bien qu'un meurtrier et le policier qui enquête sur son affaire ? C'est votre devoir que de définir le crime ; vous donnez ainsi une définition au criminel. Je prends forme dans votre imagination avant même que nous nous soyons rencontrés, et tandis que je vous fuis, vous m'obsédez en retour. Nous avons toujours été complices dans le crime. »

Il emplit les verres de vodka jusqu'au bord, si bien que l'alcool se gonflait à déborder et il en tendit un à Arkadi.

« Et peut-il y avoir un meurtrier et un policier plus proches l'un de l'autre que deux hommes qui partagent la même femme ? Nous sommes complices aussi dans la passion. (Osborne leva son verre.) A Irina.

— Pourquoi avez-vous tué ces gens dans le parc Gorki ?

— Vous savez pourquoi ; vous avez éclairci l'énigme, fit Osborne, son verre toujours levé.

— Je sais *comment vous* l'avez fait, mais pourquoi ?

— Pour les zibelines, vous le savez bien.

— Pourquoi vouliez-vous ces zibelines ?

— Pour gagner de l'argent. Vous le savez bien.

— Vous en avez déjà tant.

— Pour en avoir plus.

— Simplement plus ? demanda Arkadi. (Il vida son verre sur le tapis de la chambre, traçant une spirale de vodka.) Alors vous n'êtes pas un homme d'une grande passion, monsieur Osborne ; vous n'êtes qu'un homme d'affaires homicide. Vous êtes idiot, monsieur Osborne. Irina se vend à vous et se donne à moi. Nous allons vivre ici à vos dépens en vous riant au nez. Et qui sait quand nous disparaîtrons ? Alors vous n'aurez plus de zibelines, plus d'Irina, plus rien.

— Alors vous acceptez mon offre de vous aider, dit Osborne. Aujourd'hui c'est mercredi. Vendredi, les Soviétiques et moi ferons l'échange : vous et Irina pour les zibelines. Vous allez me permettre de vous sauver ?

— Oui », dit Arkadi.

Quel choix avait-il ? Seul Osborne pouvait sauver Irina. Une fois qu'ils seraient en sûreté, ils pourraient s'enfuir. Si Osborne essayait de les arrêter, Arkadi le tuerait.

« Alors je bois à votre santé, dit Osborne. Il m'a fallu un an à Leningrad pour découvrir ce que des humains sont prêts à faire pour survivre. Cela ne fait que deux jours que vous êtes ici et vous êtes déjà un homme différent. Encore deux jours et vous serez un Américain. (Il but son verre d'un trait.) J'attends avec impatience les années qui viennent, dit-il. Ce sera bon d'avoir un ami. »

Seul dans l'ascenseur, Arkadi ployait sous le poids de la vérité. Irina était une putain. Elle avait couché avec Osborne et avec Dieu sait qui d'autre pour gagner son billet pour New York. En ouvrant les jambes comme si c'étaient des ailes. Elle avait menti à Arkadi — elle lui avait menti à coups d'accusations et de baisers — elle l'avait traité d'idiot et puis elle en avait fait un idiot. Ce qui était pire, c'était qu'il le savait. Il le savait depuis le début, il le savait d'instant en instant, il le savait d'autant plus qu'il l'aimait davantage. Maintenant ils étaient tous deux des putains. Lui dans ses vêtements neufs, qui n'était plus inspecteur principal, qui n'était plus criminel — alors quoi ? Les trois corps du parc Gorki. « Et après ? » avait demandé Osborne. Et Pacha ? Il était atterré par toutes les duperies qu'il avait commises. La première dans l'enquête pour pouvoir obliger Pribluda à la reprendre. La seconde de façon à pouvoir avoir Irina, et la dernière de façon qu'Osborne pût l'avoir.

La porte de l'ascenseur s'ouvrit et il traversa le hall. Je suis le complice d'Osborne, se répondit-il. A peine avait-il mis le pied sur le trottoir que la limousine s'arrêtait devant lui. Il monta sans rien voir et la voiture partit vers le sud, vers l'hôtel.

Pourtant il l'aimait encore. Il allait tourner le dos aux cadavres du parc Gorki. Elle avait fait la putain pour payer son passage en Amérique, et il allait faire la putain pour l'aider à y rester. L'hôtel Barcelona avait été bien choisi pour un pareil couple. Il laissa sa tête aller contre la banquette. Les flocons de neige tremblaient sur les ombres qui défilaient par la vitre. Pas de questions, avait-elle supplié, alors il n'avait pas posé de questions et il avait fait le vide dans son esprit. Combien de penderies de vêtements possédait-elle ? Depuis combien de temps était-elle à New York ?

Ses pensées revinrent en arrière. Il n'avait jamais craqué, il n'avait jamais parlé. Mais le KGB, le FBI et tous les autres savaient pour Irina et pour Osborne. Qui avait pu les renseigner sinon Irina ? Et en remontant plus loin : depuis combien d'années couchait-elle avec Osborne ? Non, il n'avait pas dû y avoir d'autres hommes. Osborne était trop fier pour cela.

Sur Broadway, ils passèrent devant les affiches alléchantes des cinémas. Les salles spécialisées dans le porno exhibaient de grandes silhouettes en carton, corps enlacés. « L'amour sur scène ! » disait une pancarte. Sur le seuil d'une porte, on voyait une Noire avec une perruque blonde, une blonde avec une perruque rouge et un jeune homme en chapeau de cow-boy. Sur Times Square il y avait à chaque coin un couple de policiers nerveux. Les panonceaux explosaient de couleurs et de fumée. La neige tombait comme des cendres sur la foule. Un homme qui faisait du jogging se frayait un chemin au milieu des prostituées.

Et pourtant Irina l'aimait. Elle retournerait en Russie ou resterait en Amérique, selon ce qu'il ferait. Il se souvint d'elle à la Mosfilm, avec son blouson afghan et sa botte décousue. Elle avait donc couché avec Osborne à Moscou, mais en refusant tout cadeau. Même l'argent, et elle avait faim la moitié du temps. Le seul présent qu'elle voulait bien accepter, c'était l'Amérique. Qu'est-ce qu'il lui avait donné, lui, Arkadi : un foulard avec des œufs de Pâques ? Seul Osborne pouvait lui offrir l'Amérique, seul Osborne pouvait lui donner la vérité. Osborne avait le pouvoir des dons.

L'Amérique, la Russie, l'Amérique. L'Amérique était la plus belle de toutes les illusions. Elle défiait toute attente. Même ici, avec ses lumières, assez proche pour lui mettre des dollars dans les mains elle demeurait une illusion. Il ne serait pas venu s'il avait été au courant pour Irina et Osborne, se dit-il. Mais il avait toujours été au courant pour Irina et Osborne, se répondit-il. Et c'était lui qui parlait d'illusions ?

Elle rentrerait si Arkadi le voulait ; même Osborne était d'accord.

Comment se comportaient Irina et Osborne au lit ?

Irina, Osborne, Osborne, Irina. Il les imaginait au lit, tous les deux se tordant comme des serpents ; tous les trois.

Il sortit de sa rêverie lorsque la limousine s'arrêta le long du trottoir. Il remarqua qu'ils étaient bien au sud de la 29e Rue. Les deux portières arrière s'ouvrirent brusquement ; de chaque côté un jeune Noir se pencha dans la voiture, braquant d'une main un revolver sur la tête d'Arkadi et brandissant de l'autre une plaque de police. Le panneau vitré entre la banquette arrière et le chauffeur coulissa pour révéler Kirwill au volant.

« Qu'est-il arrivé au chauffeur ? demanda Arkadi.

— Un méchant homme l'a frappé à la tête et lui a volé sa voiture. (Kirwill sourit.) Bienvenue à New York. »

Kirwill engloutissait des sandwiches au rôti de bœuf chaud et prenait des petits coups de whisky qu'il faisait passer avec de la bière. Les deux inspecteurs noirs, Billy et Rodney, buvaient du coca au rhum dans la niche opposée. Arkadi était assis en face de Kirwill, son verre vide. Il n'était pas dans le bar, il avait l'esprit ailleurs, ses yeux voyaient toujours les draps ouverts sur le lit de l'appartement. Il était assis avec Kirwill comme un homme pourrait s'asseoir, indifférent, devant un feu.

« Osborne pourrait dire : “Je les ai tués”, expliqua Kirwill. Il pourrait aussi dire : “Je les ai abattus dans le parc Gorki à 3 heures de l'après-midi le 1er février. Je l'ai fait et j'en suis heureux.” Il ne serait pas extradé. Avec un bon avocat américain, l'affaire traînerait cinq ans. Il faut vingt ans pour faire sortir d'ici un criminel de guerre nazi. Disons cinq ans pour le premier procès, encore cinq ans pour aller en appel. Pour finir, il pourrait encore faire appel auprès d'une cour fédérale et se payer un vice de forme. Gagnant ou perdant, ça fait quinze ans. Les zibelines, ça baise. Ça ne baise pas comme des visons, mais ça baise et en quinze ans le monopole russe de la zibeline sera de l'histoire ancienne. Ça représente cinquante millions de dollars en commerce extérieur. Donc pas question d'extradition. Les deux autres solutions consistent à tuer Osborne et voler les zibelines pour les rapporter en Russie, ou bien négocier. Le Bureau protège Osborne, et les Russes ne savent pas où sont les zibelines, alors ils négocieront. Il faut rendre justice à ce type. Osborne pissait sur le KGB, il leur pissait dessus et puis les faisait chanter. Un vrai héros américain. Qu'êtes-vous donc : un connard de Russe subversif ? Mais je vais vous aider, Renko. »

Kirwill et ses deux inspecteurs noirs avaient l'air de voleurs exotiques, rien assurément qui rappelât la milice de Moscou, la limousine volée n'était qu'à quelques blocs.

« Vous auriez dû m'aider à Moscou, dit Arkadi. J'aurais pu arrêter Osborne à ce moment. Maintenant, vous ne pouvez plus m'aider.

— Je peux vous sauver.

— Me sauver ? (L'humour réveilla Arkadi. Hier il aurait même pu croire Kirwill.) Vous ne pouvez pas me sauver sans les zibelines. Vous les avez ?

— Non.

— Vous voulez me sauver, mais vous ne pouvez pas. Ce n'est pas très encourageant.

— Laissez la fille… Laissez le KGB lui mettre ça sur le dos. »

Arkadi se frotta les yeux. Lui en Amérique et Irina en Russie ? Quelle absurde conclusion ce serait.

« Non.

— C'est bien ce que je pensais.

— Eh bien, merci de votre aimable attention, dit Arkadi en se levant. Vous devriez peut-être me raccompagner à l'hôtel maintenant.

— Attendez une seconde, fit Kirwill en l'obligeant à se rasseoir. Prenez un verre en souvenir du bon vieux temps. » Il emplit le verre à liqueur d'Arkadi, fouilla dans ses poches et en tira des sacs de cacahuètes qu'il répandit sur la table. Billy et Rodney observaient Arkadi avec une vive curiosité, comme s'il allait peut-être se mettre à boire avec son nez. Ils étaient grands, d'un noir de jais et portaient des chemises de couleurs vives et des colliers. « Si le Bureau peut vous prêter à un meurtrier reconnu, il peut bien vous prêter cinq minutes à la police de New York », dit Kirwill.

Arkadi haussa les épaules et but le whisky d'une gorgée. Pourquoi le verre est-il si petit ? demanda-t-il.

— C'est une forme de torture inventée par les prêtres, dit Kirwill. (Il regarda les autres inspecteurs.) Eh ! qu'on ait au moins une coupe pour les cacahuètes. Tu ne peux pas te remuer le cul ? » Comme Billy se dirigeait vers le bar, Kirwill se retourna vers Arkadi et dit : « Il est merveilleux, ce bougnoule.

— Bougnoule ? demanda Arkadi.

— Bougnoule, négro, moricaud, bamboula. Dis donc, Rodney, fit Kirwill en voyant l'autre détective secouer la tête en riant, si jamais il devient américain, ce gars, il va falloir qu'il développe son vocabulaire.

— Pourquoi n'aimez-vous pas le FBI ? » interrogea Arkadi.

L'espèce de force démente qu'était Kirwill pivota légèrement. Son sourire se crispa. « Oh ! pour un tas de raisons. Professionnelle, parce que le FBI ne mène pas d'enquêtes, il paye des indicateurs. Peu importe le genre d'affaires — espions, droits civiques, mafia — tout ce qu'ils connaissent ce sont les indicateurs. La plupart des Américains n'aiment pas beaucoup jouer les indics, alors le Bureau se spécialise : leurs indicateurs sont des cas pathologiques et des tueurs à gages. Chaque fois que le Bureau touche au monde réel, on se retrouve tout d'un coup avec tous ces monstres qui savent tuer les gens avec une corde à piano. Mettons qu'il y en ait un qui se fasse prendre et qu'il soit prêt à donner ses copains. Il raconte aux gens du Bureau ce qu'ils ont envie d'entendre et invente ce qu'il ne sait pas. Vous voyez, c'est la différence essentielle. Un flic descend dans la rue et recueille les informations lui-même. Il est prêt à se salir les mains parce que son ambition, dans la vie, c'est d'être inspecteur. Mais un agent du Bureau est en fait un homme de loi ou un comptable ; il veut travailler dans un bureau, être habillé, peut-être faire de la politique. Ces salauds-là vous achètent un numéro comme ça tous les jours.

— Tous les indicateurs ne sont pas comme ça », murmura Arkadi. Il revit Micha planté dans l'église, but une autre gorgée et chassa cette image.

« Quand leurs mecs ont fini de témoigner, reprit Kirwill, ils les envoient au vert et leur donnent une nouvelle identité. Si le type tue encore une fois, le Bureau le déplace encore. Il y a des psychopathes qui ont changé comme ca d'identité quatre ou cinq fois… ils bénéficient d'une totale immunité. Je ne peux pas les arrêter ; ils sont mieux graciés que Nixon. Voilà ce qui arrive quand on ne fait pas le travail soi-même, quand on utilise ces mecs-là. »

L'inspecteur revint du bar avec une coupe de plastique en imitation bois. Kirwill y déposa les cacahuètes. « Pendant que tu y es, Billy, dit-il, pourquoi ne téléphones-tu pas à la taule pour voir s'ils ont relâché notre ami le Raton ?

— Mee-rde ! fit Billy, mais il se dirigea vers la cabine téléphonique.

— Qu'est-ce que c'est que “mee-rde” ? demanda Arkadi.

— Deux portions de merde, fit Rodney.

— Osborne prétend qu'il est indicateur pour le FBI, reprit Arkadi.

— Oui, je sais. (Kirwill leva les yeux comme pour regarder la lune.) On imagine très bien le jour où John Osborne est arrivé au bureau. Ils se sont sans doute levés si vite qu'ils s'en sont marché sur la queue. Quelqu'un comme lui — un type qui est allé au Kremlin, qui est allé à la Maison-Blanche, qui fréquente dans la haute — qui n'accepte pas un centime, pourrait acheter et vendre n'importe quel type du Bureau. Il fraye avec toutes sortes de gauchistes par-ci et de rouges par-là. C'est l'indic de rêve.

— Pourquoi ne s'est-il pas adressé à la CIA ?

— Parce qu'il est malin. La CIA a des milliers de sources d'informations sur la Russie, une centaine d'agents qui font des allées et venues entre la Russie et l'Amérique. La FBI a été forcé de fermer son bureau de Moscou. Tout ce qu'il avait, c'était Osborne.

— Tout ce qu'il pouvait leur donner, c'étaient des potins

— C'est tout ce qu'il leur fallait. Ils voulaient juste pouvoir aller s'asseoir sur les genoux d'un membre du Congrès en approchant de son oreille leurs lèvres brûlantes et chuchoter qu'ils avaient appris de source bien informée que Brejnev avait la vérole. Tout comme ils ont raconté des salades sur les Kennedy et Luther King. C'est ce que les membres du Congrès sont prêts à payer ; c'est à ça que servent les budgets fédéraux. Seulement, maintenant, le Bureau doit payer ; Osborne présente sa facture. Il veut que le Bureau le protège, et il n'a pas l'intention de changer de nom ni de se cacher. Il tient le Bureau par ses délicates petites couilles et il a tout juste commencé à serrer. »

Arkadi avait terminé les cacahuètes pendant que Kirwill parlait. Il se servit un autre verre. « Mais il a volé des zibelines et il doit les rendre.

— Vraiment ? Est-ce que l'Union soviétique les rendrait si le KGB les volait ? C'est un héros.

— C'est un assassin.

— C'est vous qui le dites.

— Je ne suis pas du KGB.

— C'est moi qui le dis. Dans ce monde bizarre, nous sommes des types à part.

— Ils ne l'ont pas relâché, annonça Billy en revenant du téléphone. Ils veulent maintenant le garder pour ivresse et troubles de l'ordre public. On va l'inculper dans une heure. »

Pour Arkadi, la voix de Billy évoquait le son d'un saxophone. « Vos deux hommes, dit-il en examinant Billy et Rodney, ce ne sont pas eux qui peignent un bureau dans l'immeuble en face de mon hôtel ?

— Vous voyez, dit Kirwill, s'adressant à ses hommes, je vous disais qu'il était bon. »

Lorsqu'ils sortirent du bar, Billy et Rodney partirent dans une décapotable rouge. Kirwill et Arkadi s'engagèrent, par une série de rues plus ou moins tortueuses, dans une partie de la ville que Kirwill appelait le Village. Il y avait juste assez de neige pour faire bien ressortir les lampadaires et donner meilleur goût à l'air de la nuit. Dans Barrow Street, ils s'arrêtèrent devant un immeuble en brique de trois étages avec des marches de marbre et des plantes grimpantes qui se logeaient entre des maisons voisines presque identiques. Arkadi devina sans qu'on le lui dît que c'était la maison de Kirwill.

« En été, cette glycine se déchaîne, c'est un véritable enfer violet, dit Kirwill. Le grand Jim et Edna avaient un Russe qui habitait ici avec nous et qui ne parlait pas trop bien l'anglais. Quand ses amis venaient le voir, il leur disait de chercher une maison couverte de “piscine”. Ce n'était pas si loin. »

La maison avait l'air un peu suspendue dans l'obscurité.

« Nous avons eu un tas de Russes. La babouchka qui s'occupait de moi me récitait des comptines avec les cinq petits cochons que représentaient mes doigts de pied. Elle disait : “Ce petit Rockefeller est allé au marché, ce petit Mellon est resté à la maison, ce petit Stanford a mangé du rôti…”

« Le Bureau avait deux types assis dans une voiture en bas, jour et nuit. Le téléphone était sur table d'écoute, ils avaient collé des micros dans tous les murs mitoyens avec les autres maisons, ils interrogeaient tous ceux qui se présentaient à la porte. Les anarchistes fabriquaient des bombes sur le toit. Dans toute la maison il y avait une sorte de suspense qu'on ne trouve pas chez beaucoup de gens. Jimmy s'est installé plus tard au dernier étage. Plus Près de Toi Mon Dieu. Il a installé un autel, avec des crucifix et des icônes. La bombe de Jimmy, c'était le Christ. Le grand Jim et Edna ont explosé, Jim a explosé et moi j'en suis réduit à un seul Russe.

— Et vous habitez toujours ici ?

— Dans cette foutue maison hantée. Ce pays, d'ailleurs, n'est qu'une maison hantée. Venez, il y a quelqu'un qu'on doit aller chercher. »

Kirwill avait une vieille voiture bleue, entretenue avec soin. Il prit Varik Street en direction du sud, saluant nonchalamment au passage une voiture de police. Arkadi pensa tout d'un coup que Wesley devait maintenant savoir qu'il avait disparu et qu'une certaine panique devait régner au Barcelona. Avait-on donné l'alerte aux voitures de police ? Allait-on soupçonner Kirwill.

« Même si Osborne est un indicateur important, je ne comprends pas pourquoi le FBI le laisserait me voir, dit Arkadi. Quoi qu'on dise, il est toujours un criminel et eux représentent un organisme de justice.

— Les autres villes suivent le Code. Il n'y a pas de Code à New York. Si un diplomate heurte votre voiture, abat votre chien, viole votre femme, il rentre tranquillement chez lui. Il y a une petite armée israélienne, une petite armée palestinienne, les Cubains de Castro, les Cubains du Bureau... tout ce que nous pouvons faire, c'est jouer les femmes de chambre et réparer les dégâts. »

En roulant de nuit à travers une ville étrangère, son imagination compensait ce qu'il ne voyait pas. Dans les ténèbres, Arkadi plaçait les cheminées des ateliers Likhatchev, les murs du Manej, les petites rues donnant sur Novokouznetskaïa.

« Toutefois, dit Kirwill, le Bureau joue ce coup-ci de façon différente. Ils ont des appartements sûrs au Waldorf, pourquoi vous coller au Barcelona ? C'est une bonne chose parce que je peux vous coller sur le dos Billy et Rodney. Mais c'est bizarre parce que ça donne à penser que Wesley ne veut aucune trace, pas même au Bureau, de votre passage ici. Qu'est-ce que vous a dit Osborne ? A-t-il parlé d'une négociation ?

— Nous avons juste bavardé », dit Arkadi.

Le mensonge vint sans hésitation, comme s'il émanait d'un autre jeu de nerfs contrôlant une autre bouche à la faconde plus grande.

« Si je le connais bien, il a parlé de lui-même et de la fille. Il est le genre de type qui adore faire mal. Laissez-le-moi ! »

Les bâtiments publics du bas de Manhattan étaient une collection d'architectures romaine, coloniale et moderne, baignée dans la nuit à l'exception d'un seul gigantesque immeuble, éclairé par les projecteurs, qui occupait tout un pâté de maisons et qui parut familier à Arkadi. C'était un immeuble dans le style gothique stalinien sans les décorations orientales de Staline, une pierre tombale plus effilée, sans étoile rouge dominant ces lumières. Kirwill se gara devant.

« Qu'est-ce que c'est ? demanda Arkadi. Qu'est-ce qui peut être ouvert à cette heure ?

— Ce sont les Tombes, dit Kirwill. Le tribunal de nuit est ouvert actuellement. »

Poussant des portes de bronze, ils pénétrèrent dans un hall encombré de mendiants portant des meurtrissures violacées, des vestes aux poches et aux revers déchirés, et qui avaient l'air méfiant et sournois de chiens qui viennent de recevoir un coup de pied. Il y avait aussi des mendiants à Moscou, mais on ne les voyait que dans les gares ou lorsqu'ils étaient chassés par une campagne de la milice. Ici tout le hall leur appartenait. Des ordures s'empilaient presque jusqu'au niveau du comptoir de renseignements. Un long mur du hall était couvert de feuilles annonçant les horaires d'audiences ; sur l'autre côté s'alignaient des téléphones gris. De grosses lampes pendaient très haut du plafond. Deux hommes plus âgés, en manteau minable et un porte-documents à la main, lorgnaient Arkadi.

« Des avocats, expliqua Kirwill. Ils s'imaginent que vous êtes peut-être un client.

— Ils devraient mieux connaître leurs clients.

— Ils ne les connaissent que lorsqu'ils franchissent ces portes.

— Pourquoi ne les rencontrent-ils pas dans leur cabinet !

— Mais c'est ici leur cabinet. »

Kirwill le guida à travers la foule et lui fit franchir une double porte de bronze pour arriver dans ce qu'Arkadi reconnut aussitôt : une salle d'audience. Il était près de minuit ; comment un tribunal pouvait-il siéger à pareille heure ?

Un unique juge en robe était assis à un grand bureau derrière un panneau de bois sur lequel étaient sculptés les mots « En Dieu Nous Nous Remettons » et un drapeau américain sous une housse en plastique. Un sténographe et un greffier étaient installés à des bureaux un peu plus bas, et un homme assis à une table triait les actes d'accusation entassés dans une chemise bleue. Les avocats circulaient entre la table et le juge ou se dirigeaient vers le banc où attendaient les délinquants. Ces derniers étaient des deux sexes, de tout âge et surtout noirs ; tous les avocats étaient jeunes, blancs et de sexe masculin. Un cordon de velours séparait du reste de la salle une rangée d'hommes en jeans et blousons de cuir. Ils arboraient leurs ceinturons et écussons de la police et une expression d'ennui sans fin, les uns avec les yeux à demi fermés et les autres totalement clos. Les familles des accusés étaient installées dans les derniers rangs parmi les mendiants venus sommeiller. C'était là le sommeil de la ville ; il prenait naissance dans cette salle et se répandait là, épuisement plus fort que toute atteinte, et qui dépassait même l'attitude figée du cynisme. Juge, accusés, amis, tous les visages avaient quelque chose de relâché. Une jeune femme café au lait portant un bébé en esquimau était assise paisiblement auprès d'Arkadi. Les yeux du bébé reflétaient les carrés brillants des plafonniers. Les rideaux des fenêtres étaient tirés. De temps en temps, un garde s'agitait pour chasser un ronfleur ; à part cela, la salle était pratiquement silencieuse car lorsqu'un accusé et le policier qui l'avait arrêté étaient appelés à se présenter devant l'estrade, les avocats s'adressaient au juge sur un ton trop étouffé pour porter loin. Le juge fixait alors un prix. Parfois c'était mille dollars, d'autre fois, dix mille. Le juge écoutait, sans jamais lever les yeux, regardant tour à tour un avocat après l'autre. Ils *marchandent*, comprit soudain Arkadi. Une affaire pouvait prendre cinq minutes ou seulement une avant qu'un prix fût fixé. A Moscou, il avait vu des affaires d'ivrognerie réglées aussi rondement, mais il s'agissait là d'inculpations pour vols et agressions. Dès qu'on appelait le délinquant suivant, le précédent repassait le cordon de velours, c'était tout juste s'il ne se donnait pas un coup de peigne et s'en allait, suivi de l'homme qui l'avait arrêté.

« Qu'est-ce qu'une "caution" ? demanda Arkadi.

— C'est ce qu'on paie pour sortir de prison, répondit Kirwill. Vous pouvez considérer ça comme un dépôt, un prêt ou un impôt.

— Et c'est ça, la justice ?

— Non, mais c'est la loi. Tiens, ils n'ont pas encore amené le Raton… c'est bon. »

Quelques inspecteurs allèrent jusqu'au fond de la salle pour saluer respectueusement Kirwill. C'étaient de grands gaillards mal rasés, le muscle et la graisse enfouis dans des chemises à carreaux et maintenus par des ceintures avec l'écusson de la police… aucun rapport avec les élégants agents du FBI. L'un d'eux désignait l'accusé suivant qui s'avançait d'un pas lent vers le juge en disant : « Ce connard a matraqué une dame dans le parc de Battery et il s'est fait piquer par la brigade de la voie publique. Ils ont cru qu'elle avait été violée, alors ils ont remis l'affaire aux filles de la brigade des viols ; puis ils ont cru qu'elle allait mourir, ce qui fait qu'ils nous l'ont refilée à la Criminelle. Mais elle n'est pas morte, et elle n'avait pas été violée, alors on l'a rendue à la Voie publique — seulement ils ne sont plus de service, les papiers sont Dieu sait où dans ce bordel et si le dossier n'est pas ici dans une minute, il ressort les mains dans les poches. » C'est un psycho, dit le second inspecteur. Il a déjà été condamné pour meurtre alors qu'il était mineur, pour avoir foutu le feu à sa mère. Il faut protéger tous ceux qui lui rappellent sa vieille ? — A quoi bon ? demanda le premier inspecteur. A quoi ça rime, toutes ces conneries ? » Arkadi haussa les épaules, il n'en savait rien. Kirwill haussa les épaules aussi. Il acceptait l'hommage des autres inspecteurs, il était leur intelligence, leurs larges épaules, leurs yeux bleus délavés par l'alcool. « Ça ne rime à rien, dit-il, c'est vrai. »

Kirwill entraîna Arkadi dehors et ils se retrouvèrent dans les couloirs. « Où allons-nous maintenant ? demanda Arkadi.

— On va faire sortir le Raton de taule. Vous avez quelque chose de mieux à faire ? »

Kirwill sonna à une porte d'acier. Des yeux le dévisagèrent par une fente et la porte s'ouvrit sur la taule de Manhattan. C'est là que se trouvaient les cellules de détention du tribunal. Vus sous un certain angle, les barreaux verts semblaient être des murs pleins dont dépassaient des mains. Continuant leur chemin, ils arrivèrent devant des rangées de cellules au carrelage jaune où une douzaine d'hommes au moins attendaient de comparaître devant le tribunal, aussi dociles que des mécaniques, n'ayant pour tout mouvement que leurs yeux qui suivaient au passage Arkadi et Kirwill. Celui-ci s'arrêta devant une cellule occupée par un homme blanc bizarrement vêtu de gants de laine aux doigts coupés, de bottes boueuses, d'un manteau aux poches nombreuses et d'une casquette de laine tirée sur ses cheveux crasseux. Son visage avait l'aspect congestionné et mal lavé que donnent l'abus de l'alcool et des séjours prolongés dans le froid ; il essayait de maîtriser le tremblement de sa jambe gauche. Devant la cellule se trouvaient un inspecteur moustachu et un jeune homme au visage pincé portant un costume et une cravate.

« On est prêt à rentrer, Raton ? demanda Kirwill à l'homme qui se trouvait dans la cellule.

— Vous n'emmenez M. Ratke, nulle part, lieutenant, dit l'homme à la cravate.

— C'est un assistant du procureur, il va grandir et deviendra avocat de la défense aux honoraires exorbitants, expliqua Kirwill à Arkadi. Et ça, c'est un inspecteur très penaud. »

A vrai dire, l'inspecteur semblait avoir envie de se blottir derrière ses moustaches pour se cacher.

« M. Ratke doit comparaître dans quelques minutes, dit l'assistant du procureur.

— Ivresse sur la voie publique, fit Kirwill en riant. C'est un ivrogne, à quoi vous attendiez-vous ?

— Nous aimerions obtenir quelques renseignements de M. Ratke. »

Le procureur avait le courage nerveux d'un roquet. « J'aimerais attirer l'attention du lieutenant sur le fait qu'il y a eu récemment un vol important à la Compagnie de la Baie d'Hudson, délit dont les auteurs sont toujours inconnus. Nous avons quelques raisons de croire que M. Ratke tentait de vendre des marchandises provenant de ce vol.

— Et la preuve ? demanda Kirwill. Vous ne pouvez pas le retenir.

— Je n'ai rien volé ! cria le Raton.

— En tout cas, il est retenu pour ivresse sur la voie publique, dit l'assistant du procureur. Lieutenant Kirwill, j'ai entendu parler de vous mais je suis prêt à vous affronter dans cette affaire.

— Vous l'avez arrêté pour ivresse ? dit Kirwill en lisant son nom sur la plaque de l'inspecteur. Casey, c'est ça ? Est-ce que je ne connaissais pas votre père ? Il y avait un inspecteur de ce nom-là…

— Le Raton était déjà embarqué et ils avaient besoin de quelqu'un pour lui coller une accusation sur le dos… fit Casey en évitant le regard de Kirwill.

— Je pourrais comprendre qu'un flic en uniforme fasse ça, mais vous ? demanda Kirwill. Un problème d'argent ? Vous avez besoin d'heures supplémentaires ? Qu'est-ce que c'est ? Une histoire de pension alimentaire ?

— L'inspecteur Casey me rend un service, dit l'assistant procureur.

— En souvenir de votre père, je vais vous prêter de l'argent, dit Kirwill. N'importe quoi pour empêcher ce garçon d'Irlandais de faire le lèche-cul. Je serais navré que ce genre d'histoire se répande.

— Lieutenant Kirwill, il est inutile d'insister, dit le jeune procureur. L'inspecteur a accepté d'être l'officier de police qui présentera l'accusation. Je ne sais pas quel est votre intérêt dans cette affaire, mais il n'est pas question que nous relâchions M. Ratke. D'ailleurs, nous devrions incessamment nous présenter devant le tribunal et…

— Et puis merde, fit Casey avec un geste las et il s'éloigna.

— Où allez-vous ? lança le procureur.

— Je suis parti, fit l'inspecteur sans se retourner.

— Attendez ! » Le procureur courut derrière lui et

essaya de s'interposer entre Casey et la porte, mais l'inspecteur refusait toute discussion.

— « Je n'ai pas envie de travailler avec tous ces types qui me les brisent », dit-il en claquant la porte derrière lui.

Le procureur revint vers eux.

« Vous perdez quand même, lieutenant. Même si nous ne pouvons présenter aucun chef d'accusation, M. Ratke n'est pas en état de rentrer chez lui tout seul et personne ne s'est présenté pour le réclamer.

— Moi, je le réclame.

— Pourquoi ? Lieutenant, pourquoi faites-vous tout cela ? Vous interrompez le cours de l'affaire, vous intimidez un collègue policier, vous vous mettez à dos le bureau du Procureur général… Tout cela pour un ivrogne. Si un officier de police peut faire cela, à quoi ça sert d'avoir un tribunal ?

— A rien, justement. »

Kirwill et Arkadi réussirent à faire franchir au Raton tout le trajet jusqu'au hall d'entrée avant qu'il ne se mette à hurler, dans une crise de delirium tremens. Les mendiants installés dans le hall sursautèrent, comme des somnambules qu'on réveille. Kirwill plaqua une main sur la bouche du Raton et Arkadi le porta. Le Raton était le premier Américain qu'il rencontrait puant vraiment.

Ils le poussèrent dans la voiture et, à Mulberry Street, Kirwill entra dans une épicerie et en ressortit avec une bouteille de whisky, une de porto et d'autres sacs de cacahuètes.« C'est interdit par la loi d'acheter de l'alcool dans une épicerie, dit Kirwill. C'est pour ça qu'il a si bon goût. » Le Raton vida le porto et ne tarda pas à s'endormir sur la banquette arrière.

« Pourquoi ? demanda Arkadi. Pourquoi nous sommes-nous donné tout ce mal pour récupérer un ivrogne ? Wesley et le FBI doivent me rechercher — peut-être aussi le KGB. Vous allez avoir un tas d'ennuis. Alors pourquoi ?

— Pourquoi pas ? »

Les cacahuètes lui laissèrent dans la bouche un goût salé et la chaleur du whisky se répandait dans les membres d'Arkadi. Il s'aperçut que Kirwill était extrêmement content de lui. Pour la première fois il commença à percevoir un certain humour dans la situation. « En fait, vous voulez dire que ça ne sert à rien ? demanda-t-il.

— Ce n'est ni le lieu ni le moment. Laissez-moi vous faire visiter un peu.

— Et si on nous trouve avant que vous ne me rameniez ?

— Renko, vous n'avez rien à perdre, et Dieu sait que moi non plus. On va raccompagner le Raton chez lui. »

Arkadi regarda la silhouette encroûtée de crasse endormie sur la banquette arrière. Il avait dîné avec Osborne, avait eu un aperçu de la justice américaine et ne voulait pas se retrouver tout de suite devant Irina. « Pourquoi pas ?

— Eh bien, voilà. »

Des flocons de neige et des caractères chinois dansaient au-dessus de Canal Street.

« Ce que je ne suis pas arrivé à comprendre dès le début, dit Kirwill, c'est comment vous êtes devenu flic.

— Vous voulez dire enquêteur.

— Flic.

— Comme vous voudrez. »

Arkadi se rendait compte qu'on venait de lui faire là un compliment un peu bizarre, peut-être même des excuses. « Un jour, quand j'étais enfant, j'ai vu une affaire, une de ces affaires qui aurait pu être un meurtre ou un suicide. » Il s'arrêta, surpris lui-même de ce qu'il venait de dire, parce qu'il n'en avait pas l'intention. Un policier est entraîné à répondre par cœur à cette question précise en évoquant ses aînés qui l'ont guidé dans la profession, en parlant de chapardeurs et de vandales arrêtés et en invoquant aussi leur souci de protéger la Révolution. Mais ce soir, sa tête était pleine de démons.

« C'était juste après la guerre, et il y avait de grandes réputations en jeu, dit Arkadi. Je n'avais jamais entendu autant de gens lancer des vérités. Parce que la victime elle-même était une vérité absolument incontestable, il n'y avait aucun moyen de la remettre sur ses pieds, d'autant plus que les policiers avaient tout pouvoir pour s'accommoder de la réalité des faits. »

Ils passèrent devant de mystérieuses vitrines où se lisaient des mots comme Joyeria, Chevaliers de Colomb, Coiffeur.

« Je ne m'exprime pas bien, dit Arkadi

— Essayez.

— Disons qu'un artiste méritant demande un soir à sa femme de descendre de voiture pour enlever des morceaux de verre sur la route puis qu'il l'écrase. Une fille, des Jeunesses communistes, qui doit se marier bientôt, borde bien dans leurs lits ses grands-parents, ferme avec soin les fenêtres et ouvre le gaz avant de partir pour une soirée. Un paysan qui trime dur, un agronome respecté, tue un de ses flirts venu de Moscou. Tout cela, c'est pire que des crimes, ce sont des choses qui ne sont pas censées arriver. *C'est la vérité.* C'est la vérité à propos d'une nouvelle espèce de Russes. Un homme qui peut se permettre d'avoir une maîtresse et une voiture, une jeune fille qui est obligée de venir habiter dans une pièce avec deux vieillards. Un paysan qui sait qu'il ne quittera jamais un village à une centaine de kilomètres du reste du monde. Nous ne disons pas cela dans nos rapports, mais nous sommes censés le savoir. C'est pourquoi nous avons une autorisation orale pour nous arranger de la vérité. Bien sûr, nous jouons avec les statistiques.

— Vous voulez dire que le nombre des meurtres semble être moins grand ? demanda Kirwill.

— Bien sûr. »

Kirwill lui passa la bouteille et s'essuya la bouche du revers de la main. « A quoi ça rime ? demanda-t-il. Nous, on adore ça. En Amérique, la principale cause de décès pour les jeunes gens, c'est le meurtre. Le corps a à peine touché le sol qu'il est déjà une vedette de la télévision ; ici, tout le monde a l'occasion d'être une vedette. Nous avons eu des guerres, mieux que des guerres : des maniaques, des violeurs, des pédales, des flics, des massacres à la tronçonneuse. Mettez le pied dehors et vous vous faites buter, restez chez vous et regardez la télévision. C'est d'une forme d'art que nous parlons. C'est plus grand que

Detroit, mieux que le sexe, l'art naïf et l'industrie réunis, c'est ce que la Renaissance a été pour l'Italie, les baguettes pour les Chinetoques, *Hamlet* sans les tirades : on parle de poursuites en voiture, Arkadi, mon ami. Des gars qui dans la bagarre se font tuer pour de vrai. Des cascadeurs qui se cassent la gueule. Qu'est-ce que ça peut vous foutre quand vous pouvez voir un meurtre au ralenti, sans parler des effets spéciaux, avec un verre dans une main et un téton dans l'autre ? C'est mieux que les vrais flics. Tous les vrais flics sont à Hollywood, le reste d'entre nous, ce sont des frimeurs. »

Le Holland Tunnel les fit passer sous l'Hudson. Arkadi savait qu'il devrait être inquiet parce que, maintenant, Wesley était certainement persuadé qu'il était en train de passer à l'Ouest ; pourtant, il éprouvait une étrange exaltation, comme s'il se surprenait à parler une langue qu'on ne lui aurait jamais apprise.

« Nos meurtres soviétiques sont secrets, dit-il. En matière de publicité, on a du retard. Même nos accidents sont secrets, officiellement et officieusement. En général, nos meurtriers ne se vantent que quand ils sont pris. Nos témoins mentent. Je pense parfois que nos témoins ont plus peur de l'inspecteur que les meurtriers. » De l'autre rive du fleuve, du côté de New Jersey, il regardait Manhattan. Tout au bout d'un million de lumières, deux tours blanches se dressaient dans la nuit. Il n'aurait pas été surpris de voir deux lunes les surmonter. « J'ai cru un moment que j'avais envie d'être astronome, et puis j'ai décidé que l'astronomie c'était assommant. Les étoiles ne nous intéressent que parce qu'elles sont loin. Vous savez ce qui nous intéresserait vraiment ? Un meurtre sur une autre planète. »

Des panneaux indiquaient l'autoroute de New Jersey, le boulevard J. F. Kennedy, Bayonne.

Arkadi avait la gorge sèche et il but une longue rasade. « Vous savez, il n'y a pas beaucoup de panneaux indicateurs sur les routes en Russie. (Il se mit à rire.) Si vous ne savez pas où mène une route, c'est que vous ne devriez pas l'emprunter.

— Ici on vit de panneaux indicateurs. On consomme des cartes routières. On ne sait jamais où on est. »

Il n'y avait plus de whisky. Arkadi reposa avec précaution la bouteille vide sur le plancher de la voiture. « Vous aviez une babouchka ! dit-il brusquement, comme si Kirwill venait d'en parler.

— Elle s'appelait Nina, dit Kirwill. Elle n'est jamais devenue américaine, jamais de sa vie. Elle n'aimait qu'une chose en Amérique.

— Quoi donc ?

— John Garfield.

— Je ne le connais pas.

— Pas du tout comme vous, beaucoup plus prolétarien.

— C'est un compliment ?

— Ça a été un grand amoureux. Jusqu'à sa mort.

— Comment était votre frère ? »

Kirwill roula un moment avant de répondre. Arkadi aimait bien la façon dont les traits blancs sur la route semblaient sauter dans le faisceau des phares.

« Doux. Puceau. C'était dur d'avoir les parents qu'il avait, encore plus dur de les avoir morts. Les prêtres se sont régalés avec lui, ils lui ont collé le Saint Graal dans la main et fourré un passeport pour le paradis dans le cul. Je démolissais son autel chaque fois que je rentrais à la maison. Je le forçais à lire Mark Twain et Voltaire. C'était comme jeter des pierres à saint Sébastien. Mais le poursuivre jusqu'en Russie, comment peut-on se pardonner ça ? »

Bayonne n'était qu'un immense terrain plein de réservoirs de pétrole et de conduites de distilleries argentées et brillamment illuminées, un campement lunaire.

« Jimmy et moi, on allait pêcher dans l'Allagash, au fond du Maine. Là-haut, c'est un pays de futaies et de scieries, il n'y a qu'une route pour aller et revenir. Formidable pour la pêche : brochets, perches, truites. Vous n'avez jamais pêché d'un canoë ? On allait là même en hiver. Je prenais le Break Packard du grand Jim et je le chaussais de pneus larges. Avec cette bagnole, on flottait sur la neige. Vous n'avez jamais entendu parler de la pêche sur glace ? On faisait un trou dans la glace et on remontait les lignes.

— Ça se fait en Sibérie.

— Il suffit de boire assez pour ne pas avoir froid. On est bloqué par la neige ? Pas de problème. Dans la cabane on avait des conserves, une cheminée, un poêle à bois et tout le bois qu'on pouvait débiter. Il y avait du cerf, de l'élan, un garde-chasse tous les deux mille mètres carrés. Personne d'autre que des bûcherons et des Canadiens français, et on parlait un meilleur anglais qu'eux. »

Un pont leur fit franchir une rivière appelée le Kill Van Kull. En bas, un pétrolier glissait vers la mer, son passage trahi par un unique œil rouge qui ne clignotait pas.

« Staten Island, annonça Kirwill. Nous voilà rentrés à New York.

— Ça n'est pas Manhattan ?

— Non, ça n'est absolument pas Manhattan. C'est si près, et pourtant si loin. »

Ils passèrent devant des rangées de maisons. Un saint de plâtre bénissait une pelouse.

« Est-ce que Jimmy aurait pu faire sortir ces gens, Arkadi ? Dites-moi la vérité. »

Arkadi se rappelait les corps sous la neige dans le parc, tous alignés, aucun n'ayant fait un pas pour fuir, et la cabane, avec les draps sur les couchettes où Jimmy Kirwill lisait la Bible pendant que Kostia sautait Valeria. « Bien sûr, dit-il en mentant. Il était assez brave pour ça. Pourquoi pas ?

— Vous avez raison », dit Kirwill au bout d'un moment.

Un pont les ramena à New Jersey, franchissant une étroite voie d'eau que les panneaux indicateurs appelaient l'Arthur Kill. Au bord de l'eau s'alignaient des entrepôts, des voies ferrées et les flammes d'autres raffineries. Arkadi avait perdu son sens de l'orientation, mais comme la lune était sur sa gauche, il se dit qu'ils devaient se diriger vers le sud. Avait-on donné l'alerte pour lui à New York ? Recherchait-on Kirwill aussi ? Que pensait Irina ?

« Jusqu'où allons-nous ?

— Nous sommes presque arrivés, dit Kirwill.

— Votre ami le Raton habite ici ? Je ne vois pas de maison.

— Ce ne sont que des marécages, dit Kirwill. Autrefois il y avait par ici des hérons, des orfraies, des hiboux. Il y a des années, on y pêchait beaucoup de praires et de grenouilles. La nuit, elles coassaient à vous rendre fou.

— Vous veniez souvent ici ?

— J'amenais un bateau. Je venais avec un de nos anarchistes. Il adorait les moteurs hors-bord. Il adorait aussi les roseaux. Bien entendu, nous passions le plus clair de notre temps bloqués là. Pour moi, c'était une excursion très russe. »

Ils se trouvaient maintenant sur une voie d'accès qui desservait les usines. A la lueur des phares, les marais montraient toutes les nuances visqueuses d'une palette de verts, de jaunes, de rouges.

« Vous êtes inquiet, je le sens, dit Kirwill. Ne vous en faites pas. Je m'occuperai d'Osborne. »

Et alors qu'arrivera-t-il à Irina et à moi ? Ce fut la première pensée d'Arkadi. Tu vois comme c'est grotesque d'être sauvé par Osborne ! Tu espères qu'il va vivre.

« Tournez ici. » Le Raton se redressa, se réveillant sur la banquette arrière.

Kirwill s'engagea sur une route goudronnée qui descendait vers le Kill.

« Ça va plus loin que vous et Osborne, dit Arkadi.

— Vous parlez du Bureau ? Ils peuvent protéger Osborne partout ailleurs, mais pas à New York.

— Non, je ne parle pas du Bureau.

— Le KGB ? Ils veulent sa tête aussi.

— Arrêtez ! » dit le Raton.

Ils descendirent de la voiture. D'un côté, les marais s'étendaient jusqu'aux faibles lumières qui se déplaçaient sur une autoroute ; de l'autre ils descendaient jusqu'aux chantiers navals. Ils suivirent le Raton sur un sentier où leurs chaussures s'enfonçaient dans la terre comme dans une éponge.

« Je vais vous montrer, fit le Raton en se retournant. Je ne suis pas un voleur. »

Dans les chantiers, les embarcations étaient dressées contre des étais. Les chiens de garde aboyaient sous une lampe, et d'autres faisaient chorus d'un autre chantier où des madriers se dressaient en pyramides gorgées de créosote. Sur le Kill, une péniche à ordures faisait son trajet nocturne. Plus loin, sur Staten Island, on apercevait quelques lumières, une fenêtre, un réservoir d'emmagasinage bleu blotti contre les arbres et, le long de l'eau, ce qui semblait être des maisons, des bateaux, des camions et des grues entassés les uns sur les autres.

Arkadi parvint avant Kirwill à la relative sécurité de planches enfoncées dans la boue. Des flocons de neige étincelaient sur les laîches et les joncs. Raton les précéda à grandes enjambées jusqu'à une cabane en papier goudronné d'où sortait un tuyau de poêle. Arkadi, en approchant, marcha sur de petits os qui sortaient de la boue comme des dents. Raton ouvrit la porte de la cabane, alluma une lampe à essence et l'invita à entrer.

Arkadi hésita. Pour la première fois depuis qu'il était en Amérique, il n'était pas entouré de lumières. Il n'y avait que la lueur de l'autoroute, d'autres lumières au loin bloquées par Staten Island et au-dessus de sa tête, le demi-dôme familier d'obscurité et l'étincellement de la neige qui tombait en tourbillon. Il sentait le vide se déverser en lui.

« Pourquoi sommes-nous venus ici ? demanda-t-il à Kirwill. Qu'est-ce que vous voulez de moi ?

— Je veux vous sauver, dit Kirwill. Écoutez, le Barcelona est plein de prostituées ; le Bureau n'arrive pas à garder trace de qui entre et sort. D'ici à demain soir j'installerai Billy et Rodney dans la chambre au-dessus de vous. Ils attendront qu'il fasse bien sombre et puis laisseront tomber une échelle devant votre fenêtre. La fille et vous porterez quelque chose qui ne soit pas voyant et vous frapperez au plafond quand vous serez prêts. Ils vous feront passer par l'ascenseur de service et sortir par le sous-sol. Une opération toute simple : on monte et on sort, la Brigade rouge l'a déjà fait.

— La Brigade quoi ?

— La Brigade rouge. Ils vous ont parlé de nous.

— Comment savez-vous qu'ils m'ont parlé de la Brigade rouge ? » Arkadi attendit la réponse, puis la donna : « Vous avez un micro dans notre chambre. C'est ça que font vos inspecteurs Billy et Rodney de l'autre côté de la rue ; la radio qu'on voit par leur fenêtre, c'est le récepteur.

— Tout le monde a un émetteur dans votre chambre.

— Mais ils ne me considèrent pas comme un ami. En tant qu'ami, dites-moi, est-ce que chacun fait des gorges chaudes sur chaque mot ? Est-il possible d'avoir une écoute antiseptique ? Pardonnez-moi d'être aussi stupide, mais il faut que je vous demande maintenant ce que vous faisiez dans l'appartement où Osborne m'a emmené. Pourquoi, là-bas, l'électricité était-elle coupée ? Dites-moi si je me trompe, mais vous étiez en train d'installer d'autres micros dans tout cet appartement : un dans chaque pièce, hein ? Ah ! lieutenant, vous avez bien travaillé. Vous n'avez pas oublié la chambre à coucher, n'est-ce pas ?

— On vous monte un coup, Arkadi. Le Bureau et le KGB ensemble. Il n'y a aucune trace de votre présence dans ce pays : j'ai vérifié. Pas dans ce pays. Pas au Barcelona, nulle part. Tout ce que je fais, c'est pour votre protection.

— Menteur ! Vous avez cassé la jambe de votre propre frère pour le protéger. Vous savez tout sur Osborne, Irina et moi.

— Mais je peux vous sauver. Je peux vous faire partir tous les deux, et Wesley ne saura même pas que vous êtes partis avant le matin. Il y aura une voiture qui vous attendra à quelques blocs de l'hôtel, avec de l'argent, de nouveaux papiers, des cartes. En neuf heures vous pouvez être dans le Maine. J'ai toujours ce chalet. J'y ai amassé des provisions pour vous et j'ai remplacé la Packard par une jeep. Il y a des skis et des fusils. Si les choses se gâtent, vous pouvez filer au Canada... Ça n'est pas très loin.

— C'est une plaisanterie insensée que vous faites, parce que vous ne pouvez pas nous aider.

— Mais si. Vous comprenez, de cette façon Jimmy gagne quand même. Il réussit malgré tout à faire sortir deux Russes. Sinon, toute sa vie et sa mort auront été un gâchis. Comme ça, la vie de Jimmy prend un sens.

— Ça ne mène à rien, il est mort.

— Pourquoi discutons-nous ? Allons, laissez-moi faire ça pour vous. Nous sommes amis.

— Non, nous ne le sommes pas. Ramenez-moi à l'hôtel.

— Attendez, fit Kirwill en prenant le bras d'Arkadi.

— Je m'en vais, fit Arkadi en se dégageant et en repartant vers la voiture.

— Vous ferez ce que je vous dis », fit Kirwill en le saisissant de nouveau par le bras.

Arkadi le frappa. Le coin de la bouche de Kirwill se fendit et se mit à saigner, comme par surprise autant que sous la force du coup. Kirwill tenait toujours Arkadi par l'autre bras.

« Lâchez-moi, maintenant, prévint Arkadi.

— Non, il faut que je vous... »

Arkadi frappa de nouveau et le sang vint barbouiller les lèvres de Kirwill. Arkadi s'attendait à une exhibition de talents professionnels du lieutenant : des mains puissantes qui broyaient les côtes et frappaient au cœur, le coup de pied qui bloquait un genou, la fureur légendaire. Mais il avait appris quelque chose depuis le parc Gorki et il estimait que le combat serait un peu plus égal cette fois-ci. Une lutte à mort avait quelque chose de fascinant, et c'était là où Kirwill pouvait l'aider. C'était là où il excellait.

« Défendez-vous, réclama Arkadi. C'est comme ça que nous avons commencé, rappelez-vous.

— Non, dit Kirwill, mais il ne lâchait pas prise.

— Défendez-vous. » Il fit tomber Kirwill à genoux.

« Je vous en prie », demanda Kirwill.

C'était un personnage nouveau et grotesque : Kirwill dans la boue en train de supplier.

« Lâchez-moi ! » cria Arkadi. (Il laissa retomber ses

bras.) Lâchez-moi, je vous dis. Il n'y aura pas de fuite vers un chalet de conte de fées. Vous le savez. Vous savez que nous pourrions nous cacher dix ans et que le KGB nous retrouverait et nous tuerait s'il n'avait pas les zibelines. Ils ne nous laisseront jamais repartir sans les zibelines. Ils nous livreront à Osborne pour avoir les zibelines. Alors ne me racontez pas d'histoires... Vous ne pouvez sauver personne.

— Regardez donc », dit Kirwill.

Arkadi regarda la cabane. Le Raton attendait toujours à la porte, trop effrayé pour s'enfuir.

« Regardez à l'intérieur », fit Kirwill.

Arkadi sentait la sueur ruisseler sur sa poitrine. Il avait le visage gelé. A chaque pas qu'il faisait, le sol lui aspirait les pieds.

Le Raton leva sa lampe. Arkadi se pencha pour passer par la porte basse et repoussa un rouleau de papier tue-mouches qui pendait. Les murs et le toit de la cabane étaient faits de planches et de feuilles de plastique, l'isolation étant assurée par des journaux, et des chiffons. Quelques planches faisaient office de parquet. Un tapis et des couvertures s'entassaient dans un coin. Au milieu, sur un poêle ventru, une casserole et des haricots congelés. Dans la petite construction sans fenêtre, l'odeur de viande en décomposition était accablante.

« Je ne l'ai pas volé, fit le Raton en reculant, terrifié par Arkadi. Vous comprenez l'anglais ? Je tends des pièges. Voilà ce que je fais. »

Des boîtes de graisse et de suif s'alignaient sur un rayonnage improvisé avec une caisse d'oranges. Il y avait une étagère avec des médicaments : de la digitaline, de la nitroglycérine, des ampoules de nitrite d'anyl, du contact, de l'aspirine.

« Le rat musqué, c'est de la bonne nourriture, de la nourriture naturelle. C'est juste le nom qui fait reculer les gens. La fourrure est de première. Les gens sont de tels idiots ! La plupart des manteaux qu'ils portent, c'est du rat musqué. J'apporte dix, vingt peaux par semaine en ville. Ça me suffit, je n'ai pas besoin de voler et je n'ai pas volé. »

Le Raton trébucha contre le poêle et la casserole de haricots tomba sur un carton plein d'ustensiles métalliques, et de rouleaux de papier. Il recula en trébuchant au milieu des caisses, jusqu'à une carte postale de John Glenn épinglée au papier goudronné. Il y avait des pots de vaseline, du café soluble, une solution d'acide cyanique. Des bottes de pêcheur et un filet.

« C'est moi qui l'ai pris, dans mon piège. Je n'ai jamais rien vu de pareil. Ce n'était pas du vison, c'était autre chose. Et c'est pour ça que je l'ai porté en ville, pour trouver ce que c'était. »

Au fond, derrière des sacs de plastique, il y avait des boîtes de conserve, du pain en tranches et des boîtes de lait, du linge plein de taches séchait sur une corde. Une veste de treillis suspendue à un crochet, un calendrier de la City Bank et encore des torsades de papier tue-mouches incrustées d'insectes. Et puis toute une corde à linge avec des peaux de rats musqués, des peaux luisantes qui pendaient au bout de queues plates et nues, la tête et les petites pattes palmées encore présentes.

« Au marché, l'homme m'a dit que ça n'était même pas américain. Alors peut-être que c'est à vous, après tout. Tout ce que je dis, c'est que je ne l'ai pas pris, je ne l'ai pas volé. Je vais vous montrer où, juste du côté de l'eau. Je suis un homme heureux, je n'ai pas besoin d'ennuis. »

Le Raton prit la veste de treillis au crochet.

« Si c'est à vous, c'est à vous. »

Au crochet était fixée une peau beaucoup plus longue et plus étroite que celle des rats musqués, la fourrure ayant cette touche de « givre » caractéristique au bout des poils, la queue fournie et bien ronde, la peau raide et tannée avec soin, mais une patte avait été presque rongée quand, dans son désespoir, l'animal avait tenté d'échapper au piège. Une zibeline.

« Je vais vous conduire là-bas, dit le Raton à Kirwill qui était planté sur le seuil. Nous irons dès qu'il fera jour. A l'aube, on y va tous les deux. (Il se mit à rire et ses yeux allèrent d'Arkadi à Kirwill, prêts à les mettre dans la confidence.) J'ai un secret. Vous savez où j'ai trouvé cette fourrure ? Il y en a plein d'autres. »

Wesley pressa le bouton d'arrêt d'urgence et l'ascenseur s'immobilisa entre le quatrième et le cinquième étage du Barcelona. Dans la cabine, il y avait Arkadi, Wesley George et Ray. Il était 3 heures du matin.

« Ça fait plus d'une heure que l'alerte a été donnée, dit Wesley. Le lieutenant Kirwill est complètement fou : attaquer un conducteur pour prendre sa voiture. Qui savait quel danger vous couriez ? Et puis je me suis rendu compte qu'il n'y avait pas de quoi s'inquiéter : vous n'essayeriez rien tant que nous aurions Mlle Asanova. Aussi longtemps que nous l'avons, nous vous avons. Alors nous avons attendu et vous voilà. Où étiez-vous ? (Il fit repartir l'ascenseur.) Je vous le promets, ça n'a aucune importance. »

George et Ray poussèrent Arkadi dans le couloir du cinquième étage jusqu'au moment où il se dégagea d'une secousse et se retourna vers eux ; ils tournèrent alors la tête vers Wesley qui attendait près de l'ascenseur. « Doucement », dit Wesley.

Arkadi fit tout seul le reste du trajet. Al attendait dans la chambre. Arkadi le jeta dehors et bloqua la porte avec une chaise.

Irina était assise dans le lit, aux aguets, épuisée et effrayée. Jamais il ne l'avait vue aussi terrifiée. Il remarqua la façon dont les draps venaient clapoter contre la chemise de nuit de soie verte qu'elle portait, la façon dont ses longs cheveux tombaient sur ses épaules. Ses bras étaient érotiques dans leur nudité, ses yeux grands ouverts. La pâle marque bleue sur sa joue n'était pas cachée par le maquillage, comme un accent de sincérité. Elle n'osait pas parler ; c'était à peine si elle osait respirer. Un idiot ne devait pas être si terrifiant, songea Arkadi. Il s'assit sur le lit auprès d'elle et essaya d'empêcher ses mains de trembler.

« Tu as couché avec Osborne à Moscou, tu couches avec lui ici. Il m'a montré le lit. Je veux que tu me racontes ça. Tu comptais bien m'en parler un jour, n'est-ce pas ?

— Arkacha, murmura-t-elle si doucement que c'était à peine s'il pouvait entendre ce qu'elle avait dit.

— Un seul homme ne te suffit pas ? demanda Arkadi. Ou bien Osborne te fait quelque chose que moi je ne te fais pas ? Quelque chose de spécial, une position particulière ? En arrière, en avant ? Renseigne-moi, je t'en prie. Ou alors il possède un magnétisme sexuel auquel tu ne peux pas résister ? Et tu es attirée par un homme qui a les mains couvertes de sang ? Regarde, j'ai les mains pleines de sang maintenant. Pas du sang de *tes* amis, hélas, seulement du sang de *mon ami.* »

Il brandit devant elle ses mains ensanglantées. « Non, fit-il, devinant sa réaction, ça n'est pas satisfaisant, pas assez stimulant. Mais Osborne a essayé de te tuer ; c'est peut-être ça la différence. Voilà ! Pourquoi une femme coucherait-elle avec un meurtrier à moins qu'elle n'ait envie d'avoir mal ? (Il glissa ses doigts dans les cheveux d'Irina, les tordit et la força à lever la tête.) Mieux, comme ça ?

— Tu me fais mal, murmura Irina.

— Tu n'as pas l'air d'aimer ça, fit-il en lui lâchant les cheveux. Alors ça n'est pas ça. Peut-être que c'est l'argent qui t'excite ? Il paraît que ça excite tant de gens. Osborne m'a félicité pour notre nouvel appartement. Quels gens riches nous allons être dans un appartement comme ça, si pleins de cadeaux et de vêtements. Et c'est toi qui les as gagnés, Irina. Tu as payé avec la vie de tes propres amis. Pas étonnant que tu croules sous les cadeaux. (Il palpa l'encolure de sa chemise de nuit.) Ça aussi, c'est un cadeau ? » Il la déchira, saisit le tissu à pleines mains et lui dénuda les seins. Au-dessus de son sein gauche, il vit son pouls que la terreur faisait battre, le même pouls qu'il sentait lorsqu'ils faisaient l'amour. Il passa légèrement une main sur son ventre : son oreiller, l'oreiller d'Osborne.

« Tu es une putain, Irina.

— Je t'ai dit que je ferais n'importe quoi pour venir ici.

— Maintenant je suis ici et maintenant je suis aussi une putain », dit Arkadi.

Le contact de sa peau le rendit tout à la fois furieux et faible. Il s'obligea à se lever et à détourner les yeux ; là-dessus, comme si ce simple mouvement avait fait déborder une tasse trop pleine, il s'aperçut que les larmes ruisselaient de ses yeux sur son visage. J'ai envie de la tuer ou de pleurer, se dit-il. Les larmes brûlantes et salées coulaient dans sa bouche.

« Je t'ai dit que je ferais n'importe quoi pour venir ici, répéta Irina derrière lui. Et tu ne voulais pas me croire, mais je te l'ai dit. Je ne savais pas pour Valeria et les autres. J'avais peur, mais je ne savais pas. Quand est-ce que j'aurais pu te parler d'Osborne ? Après que j'ai commencé à t'aimer, après que nous avons été dans ton appartement ? Pardonne-moi, Arkacha, de ne pas t'avoir dit que j'étais une putain après avoir commencé à t'aimer.

— Tu as couché avec lui en Russie.

— Une fois. Pour qu'il me fasse sortir. Tu venais de surgir pour la première fois et j'avais peur que tu ne viennes m'arrêter. »

Arkadi leva la main. Elle retomba de son propre poids.

« Tu as couché avec lui ici.

— Une fois. Pour qu'il t'emmène avec moi.

— Pourquoi ? Tu allais être libre, avoir ton appartement, des toilettes… pourquoi me demander ?

— En Russie, ils allaient te tuer.

— Peut-être. Mais ils ne m'avaient pas encore tué.

— Parce que je t'aime.

— Tu aurais dû me laisser là-bas ! J'étais mieux en Russie.

— Pas moi », dit Irina.

Il n'avait jamais cru possible qu'il y eût tant de larmes en lui. Il se rappela le couteau d'Unmann planté dans son ventre : la seule autre fois où quelque chose avait coulé de lui aussi fort. La douleur n'était pas si différente.

« Moi, je n'étais pas mieux avec toi là-bas. » Lorsque

Irina se redressa, la chemise de nuit déchirée retomba autour d'elle.

Est-ce qu'ils écoutaient ? se demanda Arkadi, avec toutes ces oreilles miniaturisées dans le lit, le canapé, l'armoire à pharmacie. A la fenêtre, le store pendait comme une vulgaire paupière. Il le releva d'un geste sec et éteignit les lumières.

« Si tu retournes là-bas, je partirai avec toi », dit Irina dans le noir.

Ses larmes étaient des torrents de rage brûlants comme du sang. Aveugle, il voyait dans son esprit les Vikov dans leur cafétéria près de la gare Paveletski, le vieil homme portant une assiette de pâte de caviar et souriant avec ses dents d'acier, sa femme muette rayonnante. Il les voyait par millions avec leurs dents d'acier.

« Ils te tueraient, c'est certain, dit-il.

— Ce que tu feras, je le ferais. »

Il tomba à genoux près du lit. « Tu n'avais pas besoin de te vendre pour moi.

— Qu'est-ce que j'avais d'autre à vendre ? demanda Irina. Ce n'est pas comme si je m'étais vendue pour une paire de bottes. Je me suis vendue pour m'évader, pour revivre. Je n'ai pas honte, Arkacha. J'aurais honte de moi si je ne l'avais pas fait. Jamais je ne dirai que je regrette de l'avoir fait.

— Mais avec Osborne...

— Je t'en parlerai. Je ne me sentais pas souillée après, comme il paraît que se sentent les jeunes femmes. Je me sentais brûlée, comme si on m'avait retiré une couche de peau. »

Elle lui attira la tête entre ses seins. Les bras d'Arkadi l'entourèrent. Ses vêtements étaient lourds et trempés, et il s'en dépouilla, comme si c'étaient des souvenirs.

Au moins ce lit était-il à eux, songea-t-il. Ils n'avaient peut-être rien d'autre sur terre que cela mais ce lit, de toute justice, leur appartenait. Avec sa chemise de nuit déchirée, son manteau jeté là et son dais d'obscurité.

Sans savoir pourquoi, ils s'aimèrent plus fort. Ils étaient épuisés, morts, et voilà qu'ils revivaient dans ce lit de putain, sous cette nuit étrangère.

Arkadi sentait le profond sommeil d'Irina contre son flanc.

Au matin le Raton emmènerait Kirwill voir les zibelines.

« C'est sur l'Arthur Kill, avait dit Kirwill sur le chemin du retour, et je vais vous dire, c'est bien plus fûté de les fourrer là qu'à mille kilomètres. D'abord, tout le monde suppose automatiquement qu'il les a emmenées dans une région de visons. Deuxièmement, il les a ici sous son contrôle ; il n'a pas à dépendre de quelqu'un qui répond à un lointain coup de téléphone. Troisièmement, il y a peut-être cent mille kilomètres carrés autour des grands lacs, mais beaucoup d'éleveurs de visons sont aussi là-bas. C'est une gigantesque coopérative d'éleveurs de visons ; vous saviez ça ? Les zibelines ont besoin de viande fraîche. Les grosses coopératives savent dans quelle partie de leur bois est dirigé ce genre de nourriture. Mais New York, c'est la capitale de la viande fraîche ; impossible de savoir où va quoi et à l'ouest de Staten Island, ce n'est que bois et marécages, deux ou trois raffineries, quelques gens du pays qui s'occupent de leurs oignons et pas de flics. Le seul ennui qui puisse arriver, c'est un trou dans une cage, une zibeline qui s'échappe et quelqu'un qui l'attrape et essaie de la vendre ; là-dessus un fourreur de Manhattan appelle les flics et moi j'en entends parler. C'est la seule chose qui puisse mal tourner. Le destin est bon pour vous, Arkadi. Maintenant, le vent souffle de votre côté. »

Dans l'après-midi, Billy et Rodney s'installeraient dans la chambre d'hôtel au-dessus. Une fois la nuit tombée, tout ce qu'Arkadi et Irina auraient à faire ce serait de grimper à une échelle qu'on laisserait tomber devant leur fenêtre. Il suffirait de choisir un moment où personne ne passait dans la rue et de frapper au plafond. Personne ne les verrait des bureaux d'en face déserts. Ensuite ils prendraient l'ascenseur de service du sixième étage jusqu'au sous-sol et sortiraient par la porte de derrière où les attendait une voiture. Il y aurait des clés, de l'argent et, dans la boîte à gants, des cartes portant des indications précises. Une fois qu'ils seraient en route, Kirwill contacterait le KGB et offrirait à Nicky et Rurik le même genre d'échange qu'Osborne : les zibelines contre Irina et Arkadi ; que pourraient faire Rurik et Nicky ? Les prisonniers étaient déjà partis. Dès que le FBI découvrirait leur évasion, l'ancien accord tomberait à l'eau et Osborne ferait de nouveau disparaître les zibelines, vous savez où. On en revenait toujours aux zibelines. Le KGB négocierait rapidement avec Kirwill et se précipiterait à Staten Island.

Il alluma une cigarette, en masquant de sa main l'allumette des yeux d'Irina.

Irina ne savait pas. Comment pouvait-il lui décrire des plans d'évasion alors qu'ils étaient entourés de microphones ? D'ailleurs, elle vivait dans l'attente de l'échange préparé par Osborne, une attente qui apparaissait comme le jour du fond d'un puits noir. Il n'y avait aucune raison de l'effrayer avant que le nouveau plan n'entrât en action ; alors il pourrait juste lui faire signe de le suivre. Elle n'aurait pas eu le temps de comprendre qu'ils seraient déjà dans la voiture.

Tout dépendait d'un ivrogne. Peut-être le Raton avait-il trouvé la peau de zibeline et inventé toute l'histoire. Ou bien il allait avoir une autre crise de delirium tremens et serait incapable de mener Kirwill aux zibelines. Osborne devait bien savoir qu'une zibeline avait disparu ; avait-il déjà déménagé les autres ? Alors Irina et lui ne pourraient pas s'en aller. Peut-être le FBI surveillait-il sans cesse les fenêtres de leur chambre. Arkadi n'avait jamais conduit de voiture américaine ; qui savait comment ça marchait ? Ils allaient peut-être se perdre. Les cartes, du moins en Union soviétique, étaient délibérément inexactes. Peut-être Irina et lui étaient-ils si manifestement russes que tout le monde les reconnaîtrait comme étant les fugitifs. Et puis il était un homme qui ne connaissait rien dans un pays étranger.

Au moins il n'avait plus à croire Osborne. Comme le disait Irina, on croit ce qu'on doit croire. Elle ne cachait pas son jeu : tout ce qu'elle voulait d'Osborne, c'était l'Amérique. Un inspecteur en exigeait plus d'un meurtrier, une ascension jusqu'à un sombre spectacle, un paysage de draps, le contact avec l'âme du mal. Ce qu'Arkadi demandait, Osborne pouvait le fournir.

Au plafond, la fumée se répandait comme la pensée dans un nuage.

Russe — inspecteur — tueur — Américain. Personne ne connaissait Osborne aussi bien que lui, pas même Irina et Kirwill. Arkadi savait qu'Osborne avait dépensé une fortune pour amener secrètement ces zibelines d'Union soviétique. Il ne voudrait jamais les rendre. Il serait un héros américain s'il les gardait. Le seul crime d'Osborne, c'était le parc Gorki, et la seule personne qui pouvait établir le lien entre lui et le triple meurtre, c'était Irina. Il avait essayé de la tuer à Moscou. Rien n'était changé, sauf que maintenant il devait tuer Arkadi aussi. Osborne enverrait Nicky et Rurik dans la mauvaise direction et tuerait Arkadi et Irina dès l'instant où ils ne seraient plus sous la garde du FBI. C'était la seule chose dont Arkadi fût sûr. Mais Osborne aurait un jour de retard.

Dans son sommeil, le visage d'Irina se pressait contre sa poitrine. Comme si elle lui insufflait de la vie, se dit Arkadi. Il écrasa sa cigarette.

S'endormant, il imagina ce que ce serait dans le chalet de Kirwill. Y avait-il de la toundra dans le Maine ? Il faudrait avoir des manteaux et du thé — autant de thé qu'ils pourraient en acheter. Et des cigarettes. Qu'est-ce que voulait dire Kirwill en déclarant : « Comme la Sibérie avec des boîtes de bière » ? Peu importe. Arkadi se prenait à sourire à cette perspective. Il n'aimait pas beaucoup chasser, mais il adorait la pêche et il n'avait jamais fait de canoë. Que feraient-ils d'autre ? Il demanderait à Irina de lui raconter sa vie depuis le début, sans rien omettre. Quand elle en aurait assez, il lui parlerait de lui. Leur vie, ce serait deux histoires. Combien de temps ils devraient rester là-bas, il n'en avait aucune idée. Osborne voudrait les trouver, mais il serait assez occupé à fuir Kirwill : ils pourraient attendre. Ils auraient des livres. Des auteurs américains. S'il avait un générateur ils pourraient avoir de la lumière, une radio, un tourne-disque. Des graines pour le jardin : des bettes, des patates, des radis. Il croyait entendre la musique tout en plantant : Prokofiev, des blues New Orleans. Quand le temps serait chaud, ils pourraient aller se baigner et en août il y aurait des champignons.

Il rêva qu'il était sur la rive de la Kliazma au crépuscule. Au loin, des lanternes japonaises menaient par un long escalier jusqu'à un appontement et à des baquets de bois débordant de pivoines. Un radeau monté sur des bidons de jus d'orange invitait à la baignade.

Tout le monde avait quitté l'appontement pour remonter sur la rive : les invités, les musiciens, les aides de camp. Son père et quelques-uns de ses amis étaient sur une barque qui tournait en rond au milieu de la rivière. Son père prenait un couteau et se jetait à l'eau.

Bien que l'eau fût d'un noir opaque, Arkadi apercevait distinctement sa mère parce qu'elle avait la plus belle robe blanche. Elle semblait suspendue dans son plongeon, les pieds chaussés de bas juste sous la surface de l'eau, son corps à la verticale, un bras tendu vers le fond de la rivière. Lorsqu'ils la remontèrent, il vit que son poignet avait été tailladé par les efforts de son père, mais il avait fini par renoncer et par laisser la corde nouée à son poignet. C'était la première fois qu'Arkadi voyait quelqu'un mort. Sa mère était jeune — son père aussi, bien qu'il fût déjà un général célèbre. Péniblement, comme toujours dans ses rêves, il analysait le crime. Au début il croyait que c'était son père qui l'avait tuée. Elle dansait et riait, plus gaie qu'il ne l'avait vue depuis des semaines, tout étourdie lorsqu'elle s'en était allée toute seule. Mais elle était robuste et c'était la meilleure nageuse de tout le groupe, une vraie sirène. Il n'y avait aucun signe montrant que quelqu'un l'avait entraînée dans l'eau ; le canot n'avait pas été utilisé, elle ne portait pas de meurtrissures. Il en vint peu à peu à comprendre : le baquet de bois plein de pierres et le bout de corde qui se dressait, son extrémité nouée en nœud coulant qui attendait d'être saisi ; cette corde, personne d'autre qu'elle ne l'avait placée au fond de la rivière. Chaque jour de l'été elle avait ajouté une autre pierre dans le baquet, pour être plus sûre de son poids. Le moment était venu — au milieu des amusements de la soirée — elle s'en était allée les yeux brillants, s'était coulée dans le flot de la rivière, avait nagé jusqu'à sa corde et avait plongé.

Enfant, il ignorait tout des purges chez les ingénieurs, dans l'armée, parmi les poètes, dans le Parti, rien non plus du suicide de la propre femme de Staline, mais même un enfant sentait la crainte antique du temps, quand les lanternes devenaient des farfadets. Les oncles les plus bienveillants devenaient des traîtres, des femmes pleuraient sans raison. Telle photographie était amputée avec des ciseaux, telle autre brûlée. Il était difficile d'admettre qu'elle avait suivi tous ceux qui avaient disparu parce qu'elle-même n'avait pas disparu ; elle était là dans l'eau, tous pouvaient la voir. C'était pourquoi son père avait fait des efforts si désespérés pour faire disparaître la preuve de cette corde et changer sa mort en accident ou bien — comme Staline l'avait fait avec sa propre femme — ou bien en meurtre. Dans l'eau sombre elle semblait encore le point d'exclamation de son accusation, s'évadant tout en nageant, du moins dans les rêves.

4

Quand Arkadi s'éveilla, la neige soufflait à l'horizontale derrière les vitres et on aurait dit que la chambre tournait comme une toupie. Wesley, George et Ray étaient plantés auprès du lit. Ils avaient tous de gros manteaux. La chaise qui bloquait la porte était par terre. Ray avait une valise à la main et George un pistolet. Irina s'éveilla et tira le drap pour se couvrir.

« Qu'est-ce que vous voulez ? demanda Arkadi.

— Habillez-vous, dit Wesley. On part.

— Où va-t-on ?

— C'est pour aujourd'hui, dit Wesley.

— L'échange d'Osborne doit se faire demain, protesta Arkadi.

— Ça a été avancé. C'est maintenant, dit Wesley.

— Mais ce ne devait être que demain, répéta Arkadi,

— Ça a été changé.

— Arkacha, quelle importance ? dit Irina en se redressant, tenant toujours le drap. Comme ça nous pourrons être libres aujourd'hui.

— Vous êtes libres dès maintenant. Vous n'avez qu'à faire ce que je dis, reprit Wesley.

— Vous nous conduisez chez Osborne ? demanda Arkadi.

— Ce n'est pas ce que vous voulez ?

— Sortez du lit, dit George.

— Laissez-nous seuls, nous allons nous habiller, répondit Arkadi

— Non, dit Wesley, nous devons nous assurer que vous ne cachez rien.

— Elle ne va pas sortir du lit devant vous, s'emporta Arkadi.

— Je vous abats si elle ne le fait pas, dit George en braquant le pistolet sur Arkadi.

— Ne fais rien. » Irina retint Arkadi par la main alors qu'il commençait à bouger.

« C'est à titre de précaution, reprit Wesley.

— J'ai votre nouvelle garde-robe ici. » Ray ouvrit la valise sur le lit. Il y avait tout un assortiment de vêtements pour chacun d'eux.

« C'est de quelle taille les couilles d'un agent de KGB ? » demanda George à Arkadi.

Irina sortit du lit, nue, gardant les yeux fixés sur Arkadi. Elle s'avança devant la fenêtre et fit lentement un tour complet, les bras écartés du corps.

« Je ne suis pas du KGB, reprit Arkadi.

— Je crois que ça va pour les tailles, dit Ray à Irina.

— Camarade Renko ? » Wesley fit signe à Arkadi de sortir du lit.

Arkadi se leva, les yeux sur Irina. Ce qu'il avait de graisse, il l'avait perdu avec les médecins ; la vie à la campagne avec Pribluda y avait ajouté du muscle. George braqua un pistolet à canon court au milieu de la cicatrice qui commençait aux côtes d'Arkadi pour disparaître dans sa toison pubienne.

« Vous allez m'abattre maintenant pour en être débarrassé ? demanda Arkadi.

— Ça nous empêche tous de nous inquiéter à l'idée que vous dissimuleriez quelque chose dans vos vêtements ou vos chaussures, dit Wesley. Ça facilite les choses pour tout le monde. »

Irina s'habilla, sans plus se soucier des Américains que si Arkadi et elle étaient seuls.

« Personnellement, j'ai les chocottes », confia Wesley à Arkadi.

Il y avait des sous-vêtements, un soutien-gorge, un corsage, un pantalon, un chandail, des chaussettes, des chaussures et un parka pour Irina ; un caleçon, une chemise et un pantalon, un chandail, des chaussettes, des chaussures et un parka pour Arkadi.

« Notre première neige en Amérique », dit Irina.

Tout était à la bonne taille, comme l'avait annoncé Ray. Quand Arkadi chercha sa montre, Wesley lui en donna une neuve.

« Il est exactement 6 h 45, fit Wesley en passant la montre au poignet d'Arkadi. Il est temps de partir.

— J'aimerais me brosser les cheveux, dit Irina.

— Je vous en prie, fit Ray en lui tendant son peigne.

— Où allons-nous ? demanda Arkadi.

— Vous y serez bientôt et vous verrez », répondit Wesley.

Kirwill avait-il déjà trouvé les zibelines ? se demanda Arkadi. Comment pouvait-il trouver quoi que ce soit dans cette neige ?

« Je voudrais laisser un message pour le lieutenant Kirwill, dit-il.

— Parfait, donnez-le-moi, proposa Wesley.

— Je veux dire : l'appeler et lui parler.

— Oh ! j'ai vraiment l'impression que ça risquerait de tout foutre en l'air, surtout compte tenu de l'année dernière, dit Wesley. Vous n'avez pas envie de tout bousiller.

— Qu'est-ce que ça peut faire, Arkacha ? demanda Irina. Nous sommes libres.

— La petite dame a tout à fait raison », dit George en rengainant son pistolet pour le prouver.

Ray aida Arkadi à enfiler le parka.

« Il n'y a pas de gants, fit-il en tâtant dans les poches. Vous avez oublié les gants. »

Sur le moment, les agents furent déconcertés.

« Nous pourrons acheter les gants après, dit Wesley.

— Après quoi ? demanda Arkadi.

— Il est vraiment temps de partir », dit Wesley.

Les petits flocons de la nuit précédente étaient maintenant épais et humides. A Moscou il y aurait eu des bataillons de femmes en train de balayer la neige. On installa Arkadi et Irina au fond d'une limousine à deux portes avec George. Wesley était devant avec Ray qui conduisait.

La tempête provoquait une grande confusion : les chasse-neige montés sur des camions à ordures devant un défilé de projecteurs, des policiers agitant des bâtons orange, des lampadaires réduits à de demi-silhouettes. La circulation était ralentie à un pénible crissement de pneus ; les piétons étaient tous bossus. Dans la voiture les vitres s'embuèrent ; ils étouffaient dans leurs gros manteaux. Arkadi devrait enjamber Wesley pour atteindre une portière, George et son pistolet étaient de l'autre côté d'Irina.

« Cigarette ? » fit Wesley en ouvrant un paquet et en l'offrant à Arkadi. Il y avait sur son visage une petite rougeur d'excitation virginale.

« Je croyais que vous ne fumiez pas, fit Arkadi.

— Jamais. C'est pour vous, dit Wesley.

— Non, merci.

— Si vous ne les prenez pas, elles sont fichues », fit Wesley, l'air désemparé.

George, furieux, prit les cigarettes.

Ils roulèrent sur le West Side sous une route surélevée qui les abritait en partie de la neige. Des silhouettes de navires se dressaient soudain entre les hangars.

« Où êtes-vous allé avec Kirwill hier soir ? demanda Wesley.

— C'est pour ça que nous partons aujourd'hui au lieu de demain ? répliqua Arkadi.

— Kirwill est un homme si dangereux que je suis surpris de vous trouver encore en vie, dit Wesley, et il répéta à Irina : Je suis surpris qu'il soit encore en vie. »

Irina serrait la main d'Arkadi. De temps en temps, de la neige déferlait par de grandes ouvertures dans la route au-dessus, et elle se penchait contre lui comme s'ils étaient dans un traîneau.

Sous le parka neuf d'Arkadi, sa chemise neuve lui semblait raide comme les pantoufles qu'on passe aux morts. Les cigarettes, c'était ce qu'offraient les bourreaux, songea-t-il ; les gants, c'était ce qu'ils oubliaient.

Devrait-il le dire à Irina ? se demanda-t-il. Il se rappela

ce qu'elle lui avait raconté sur le père de Kostia, le salaud qui traquait les évadés en Sibérie, comment ce chasseur d'hommes se faisait passer pour un trappeur ordinaire, se liait d'amitié avec un évadé, partageait avec lui un repas chaud et une bouteille de vodka et, pendant que le fugitif sommeillait, la tête pleine de rêves, lui tranchait la gorge en toute humanité. Irina, Arkadi s'en souvenait, avait approuvé. Mieux valait mourir avec l'illusion de la liberté, estimait-elle, qu'avec rien du tout. Que pouvait-il y avoir de plus cruel que de vous retirer même cet espoir ?

Et s'il se trompait ? Si Osborne allait vraiment échanger ses zibelines contre Irina et Arkadi ? Un moment il parvint même à s'en convaincre.

C'est Osborne qui les abattrait, décida Arkadi. Ce serait net et franc, les agents étaient des types nets et francs. Arkadi et Irina seraient des cambrioleurs ? Des agents de l'ennemi ? Des maîtres chanteurs ? Peu importait. Osborne était expert dans ce genre de travail. Auprès de lui, Wesley n'était qu'un brasseur de papiers.

La route aérienne disparut derrière eux, le ciel s'ouvrit, déversant la neige laiteuse et Irina, tout excitée, resserra son étreinte sur la main d'Arkadi. Elle était si belle qu'il en éprouva un orgueil stupide.

Peut-être quelque chose allait-il arriver ; peut-être le trajet en voiture allait-il durer toujours. Puis il pensa à l'émetteur de Kirwill dans la chambre d'hôtel. Peut-être Billy et Rodney avaient-ils tout entendu et étaient-ils dans la voiture, derrière. L'idée lui vint que Kirwill et le Raton projetaient de traverser le Kill dans un petit bateau. Ils n'auraient pas pu le faire par ce temps. Si Kirwill avait renoncé, peut-être était-il avec Billy et Rodney.

« Pourquoi souris-tu ? demanda Irina.

— Je m'aperçois que je souffre d'une maladie incurable, dit Arkadi.

— Ça paraît intéressant, dit Wesley, qu'est-ce que c'est ?

— L'espoir.

— C'est bien ce que je pensais », reprit Wesley.

La voiture s'arrêta et Ray acheta un ticket à un guichet devant un bâtiment vert portant l'inscription MINISTÈRE DE LA MARINE ET DE L'AVIATION. Arkadi apercevait à travers le front de l'immeuble l'eau noire du port. Ils étaient parvenus au bout de Manhattan. D'un côté il y avait la vieille gare d'embarquement du lac, ses gracieuses colonnes de fonte soulignées par la neige. Une voiture s'arrêta derrière eux, conduite par une femme qui déploya un journal devant son visage. De l'autre main elle tenait une tasse de café et une cigarette.

« Qu'est-ce que vous allez faire s'ils interrompent le trafic des bacs ? demanda Arkadi.

— S'il y a un ouragan, il y aura seulement des problèmes d'amarrage. La neige n'arrête jamais le bac, dit Ray. Nous sommes juste à l'heure. »

Plus tôt et plus vite qu'Arkadi ne s'y attendait, un bac vint s'accoler au bâtiment. Des portes s'ouvrirent, des apparatchiks et des ouvriers apparurent, cramponnant leurs parapluies contre la tempête et essayant de se frayer un chemin dans la neige tout en évitant les voitures qui sortaient de la cale. Ensuite, les voitures qui attendaient embarquèrent. Celle de Wesley était la première au milieu de trois rangées, s'étalant sur toute la longueur du ferry jusqu'à l'extrémité opposée. Les piétons montaient à bord par des rampes surélevées. Le bac était toujours collé au quai ; le remous provoqué par les moteurs lançait des vagues contre les pilotis du quai d'embarquement. Le bateau s'emplissait rapidement. La plupart des conducteurs prenaient l'escalier qui montait au bar. Après deux coups de cloche, un homme d'équipage en caban souleva un cylindre du pont et le laissa retomber pour débloquer le gouvernail. Les moteurs d'arrivée s'arrêtèrent et les moteurs de départ se mirent en marche. Le ferry quitta l'appontement et s'éloigna vers le large.

La visibilité, estima Arkadi, devait être d'un kilomètre. Le bac avançait dans un voile de silence qui étouffait le bruit de ses propres moteurs. Ils étaient entourés par une neige qui semblait se replier dans l'eau. Le bac devait avoir un radar, pas de risque de collision. Une grosse vague, peut-être venant du sillage, monta de l'eau, le ferry eut à peine un soupir en la traversant. Où était Kirwill ? Arkadi se le rappelait traversant en courant la Moskova gelée.

Ray ouvrit une vitre et respira profondément. « Des huîtres, dit-il.

— Quoi ? demanda George.

— Il y a une odeur d'huîtres, on dirait.

— Tu as faim ou tu bandes ? demanda George puis il jeta un coup d'œil à Irina. Moi, en ce qui me concerne, je sais. »

L'intérieur du ferry était peint dans un ton orange clair. Il avait une ancre noire, une haussière, des tas de gros sel et des tuyaux qui passaient entre les voitures, des casiers avec les gilets de sauvetage au-dessus et des canots en haut des escaliers. On pouvait lire en caractères rouges : AVIS AUX CONDUCTEURS DE VÉHICULE : COUPEZ LE MOTEUR, SERREZ LES FREINS, ÉTEIGNEZ LES LUMIÈRES, NE KLAXONNEZ PAS, NE FUMEZ PAS. RÈGLEMENT DES GARDE-COTES DES ÉTATS-UNIS. Tout ce qui aurait pu empêcher la voiture de rouler directement vers la proue du bateau, c'était un câble. Il y avait une porte coulissante qu'un enfant aurait pu ouvrir.

« Ça vous ennuie si nous descendons ? demanda Arkadi à Wesley.

— Pourquoi voudriez-vous sortir dans le froid ?

— Pour la vue. »

Wesley pencha de côté son front, lisse comme un galet. « C'est une vue magnifique. J'adore surtout la vue des jours comme aujourd'hui, c'est à peine si on voit quelque chose. C'est d'autant plus beau, mais je suis fataliste. Il y a des gens qui ne sont pas nés pour voir le soleil tous les jours. Je suis aussi un pessimiste. Savez-vous que le pont de ce bac est un des endroits de New York le plus souvent choisi par les suicidés ? C'est vrai. Vous risqueriez aussi de glisser accidentellement sous cette porte. Vous voyez comme le pont est humide ? Et vous faire aspirer par l'hélice et geler dans l'eau. Non, tant que je suis responsable, c'est la sécurité d'abord.

— Alors je vais fumer », dit Arkadi.

C'était une neige russe, dense comme du coton. A un moment, la tempête était une entité séparée, comme un anneau autour du bateau ; à l'instant suivant, elle se fragmentait en rafales séparées tourbillonnant comme des toupies sur l'eau noire. Le câble à la proue était recouvert d'une couche d'écume gelée.

Valeria, Kostia le bandit, James Kirwill ne savaient pas ce qui les attendait au parc Gorki. Eux au moins avaient patiné vers la mort en toute innocence. S'il parlait à Irina, que pouvaient-ils faire tous les deux ? Maîtriser trois agents armés ? Provoquer un incident ? Qui remarquerait deux passagers sur cinq dans une voiture en pleine tempête de neige au milieu de la rade de New York ? Irina le croirait-elle s'il le lui disait ? Est-ce que Valeria, Kostia et James Kirwill l'auraient cru lorsqu'ils patinaient là-bas ?

La tempête s'éloigna vers l'est. Ils passèrent devant un colosse vert-de-gris sur un piédestal de pierre, brandissant une torche, la tête coiffée d'une couronne de rayons, une image qui, même à Arkadi, semblait étonnamment familière. Puis la tempête se referma sur eux et la statue disparut.

« Tu l'as vue ? demanda Irina.

— Juste un instant, dit Arkadi.

— Ne bougez pas. » Wesley sortit de la voiture et disparut dans l'escalier.

La surface de la baie avait l'ample mouvement d'une respiration profonde. Des fourgons de chemin de fer traversaient sur une péniche poussée par un remorqueur ; des mouettes s'envolaient au milieu des déchets qui flottaient.

Arkadi remarqua que Ray concentrait avec inquiétude son attention sur un rétroviseur. Il regardait quelqu'un. Quelqu'un les avait donc suivis. Arkadi posa un baiser sur la joue d'Irina et jeta un coup d'œil à la file des voitures derrière eux. Tout au bout du ferry, il aperçut deux silhouettes. Une bourrasque de neige les masqua et, quand Arkadi regarda de nouveau, ils n'étaient plus là.

L'un d'eux était Wesley, et l'autre l'agent du KGB aux cheveux roux, Rurik.

La neige s'abattait par rafales, l'eau noire défilait et une bouée rouge dansait sur les vagues en faisant sonner la cloche. Une petite ville sur les contreforts d'une île émergeait de la tempête quand Wesley revint.

« C'est là, dit-il à Irina en montant dans la voiture.

— Où sommes-nous ? demanda-t-elle.

— Cette île s'appelle Saint-George, répondit Wesley.

— C'est Staten Island, dit Arkadi.

— Oui, parfaitement, confirma Wesley. Et, malgré ce que les gens disent, ça fait partie de la ville de New York. »

Arkadi comprit que pour Irina les hangars misérables et les toits couverts de neige auraient aussi pu être une île tropicale parsemée de palmiers et d'orchidées. De la crème fouettée posée sur la mer. Elle arrivait au terme d'un merveilleux voyage.

De l'eau surgit devant eux sur la rampe d'accès, et les hommes d'équipage amarrèrent l'avant. Quand le câble retomba, les portes s'écartèrent et les voitures commencèrent à sortir.

Saint-George était pratiquement un village russe. Les rues n'étaient plus que des ornières creusées dans la neige et la circulation à peu près arrêtée. Les voitures étaient vieilles et rouillées, les gens encapuchonnés et chaussés de bottes. Les maisons étaient petites, avec de vraies cheminées et de la vraie fumée. Il y avait une statue qui semblait porter des épaulettes de neige. Mais dans les magasins il y avait de la viande fraîche, de la volaille et du poisson.

Un boulevard dégagé au chasse-neige menait du centre au faubourg plus moderne : des maisons préfabriquées séparées l'une de l'autre par des clôtures. Une église avait l'air d'un vaisseau spatial en train de décoller ; une banque ressemblait à une station-service.

Ils atteignirent la grand-route qu'Arkadi avait utilisée la veille au soir. Il y avait très peu de circulation. A trois voitures derrière eux, Arkadi reconnut Nicky et Rurik. Il ne voyait pas les inspecteurs de Kirwill.

Dans un mouvement un peu asynchrone, les balais d'essuie-glace enlevaient les flocons. Était-ce la neige qui tombait ou la voiture qui s'élevait ? Arkadi sentait le froid à travers la carrosserie de la voiture, il percevait chaque tour de roues, le résidu de whisky dans son estomac, la sueur sous ses bras, la sueur sur les paumes de George, le sang bien rouge qui circulait dans les veines de chaque homme de la voiture et leur souffle qui déplaçait les nuages de fumée.

Ray tourna avant le pont qui franchissait l'Arthur Kill. Une seule voiture suivait. Ils se frayèrent un chemin sur une route étroite qui longeait le Kill, en passant devant des réservoirs à gaz, des lignes à haute tension et en traversant un marais de joncs argentés.

Arkadi avait le sentiment que sa vie se simplifiait, que ses moitiés se rejoignaient. Des éléments extérieurs comme Billy et Rodney n'existaient plus. Le long du chemin, les panneaux étaient rédigés dans une langue étrangère, mais de toute façon, c'était la seule route.

Arkadi comprenait. Osborne les tuerait, Irina et lui, pendant que le KGB était lancé sur une fausse piste à mille kilomètres des zibelines. Cependant, Nicky et Rurik suivaient tout droit le bon chemin. Mieux qu'il ne comprenait, Arkadi revoyait les choses. Les agents doubles, on pouvait doublement se passer d'eux. Rien n'était pire qu'un homme qui rendait trop de services aux deux camps et qui réclamait trop en retour. Quel choix restait-il à Wesley ? Osborne refusait de se cacher ; le Bureau devrait non seulement le protéger, mais toute une industrie de zibelines en plein développement. Comprenant enfin la situation, Arkadi en remarquait la symétrie. Si certainement il existait deux yeux et deux mains, il y avait un équilibre entre deux armées énergiques dont chacune avait un cœur qui était le miroir de l'autre. Osborne les tuerait, Irina et lui, puis Wesley, George, Nicky et Rurik tueraient Osborne.

Ils passèrent devant un enclos où un cheval noir, debout dans la neige, les regardait passer.

Les doigts d'Irina se nouaient à ceux d'Arkadi. Bien qu'elle eût serré fort l'étreinte de ses doigts autour de son poignet, Arkadi se souvenait que sa mère avait la main ouverte, comme si elle cherchait à atteindre l'eau plus vite.

Des camions rouillaient, leur peinture pelant par plaques orange, dans la neige, devant une grange.

Même le tueur le plus dément — Osborne — n'était qu'un individu, imprévisible et en fin de compte vulnérable. La politique, comme la neige, réduisait le monde aux éléments essentiels. Là, dans un champ, il y avait une machine agricole, un alignement de lames incurvées qui traçaient un grillage.

Maintenant c'était le salut onctueux des arbres lourds de neige. La seconde voiture avait pris du retard. Arkadi la sentait toutefois à une goutte de sueur dans son dos.

Y avait-il un réconfort, se demanda-t-il, à voir les contours de l'existence ?

Sa sueur était froide comme la neige.

Ray franchit une porte qui ouvrait sur un chantier de récupération. On aurait dit qu'une mer de neige avait bondi du Kill, apportant avec elle tout ce qui était en fer. Des navires entiers, des coques éventrées, des locomotives gisaient là, apportés par une marée blanche. Des bus s'entassaient sur des camions, des wagons des chemins de fer new-yorkais se dressaient à la verticale, des ancres reposaient sur des caravanes. Partout des panneaux sur lesquels on lisait : ENTRÉE INTERDITE et ATTENTION AUX CHIENS. Il y avait un bureau où étaient accrochées des plaques de police, mais personne ne sortit pour les arrêter. Arkadi remarqua qu'ils suivaient des traces de pneus qui semblaient assez récentes : trois ou quatre heures ; Ray conduisait comme si, sans elles, il allait se perdre. La voiture suivait un cours incertain entre des atolls de fourgons, de contrepoids, de grues, autour de monticules où la neige recouvrait les détails bizarres des turbines et des hélices, passait devant des amoncellements de chaînes et de ferrailles. Les traces s'éloignaient du chantier pour traverser un bois de sycomores et de tilleuls, puis débouchaient dans un champ jonché de grues sur lesquelles poussait de la vigne vierge.

Entre les arbres, comme s'ils étaient tombés là du ciel, d'autres cars et voitures abandonnés.

Dressée sur un front de neige, la clôture métallique parut jaillir devant eux. Elle était surmontée d'une triple rangée de barbelés et, à moins de vingt mètres à l'intérieur du périmètre, tous les arbres de haute taille avaient été élagués de toutes leurs branches. Arkadi était persuadé que la clôture avait des fondations de béton. Comme il y avait des isolateurs sur les poteaux, elle était donc électrique. Son regard fut attiré par un petit oiseau brun qui sautillait de la clôture à un isolateur et de nouveau sur la clôture. Le courant était coupé. Sur un téléphone abrité par un capot métallique se trouvait un panneau : CHENIL DE CHIENS D'ATTAQUE, POUR LES LIVRAISONS, UTILISER LE TÉLÉPHONE, ATTENTION AUX CHIENS. La porte de la clôture était grande ouverte, les invitant à entrer.

La route semblait délibérément sinuer parmi les arbres. A un virage, les traces qu'ils suivaient se dédoublaient. Avant eux, une voiture avait continué par la route ; l'autre avait tourné, s'ouvrant son propre chemin à travers les broussailles.

Kirwill attendait au virage suivant. Il les dévisageait, un bras appuyé sur un grand arbre, un orme. Ray arrêta la voiture à un mètre de lui. Kirwill ne bougeait pas, ses yeux fixés sur la voiture. La neige s'était déposée en couche épaisse sur ses épaules, son chapeau et sur le poignet de sa main levée. A ses pieds, deux grands chiens gris étaient étendus morts dans la neige. Arkadi observa que ce qui dépassait comme un paquet du manteau ouvert de Kirwill, c'étaient ses entrailles, à demi arrachées et couvertes de neige. La neige masquait les deux trous roses sur sa poitrine. Il avait le visage absolument blanc. Arkadi vit alors les cordes passées autour de sa taille et de son poignet qui l'attachaient à l'arbre. Lorsqu'ils descendirent de voiture, ils virent du sang répandu partout. Les chiens ressemblaient à des Huskies de Sibérie, mais ils étaient plus efflanqués, avec les pattes plus longues ; ils ressemblaient plutôt à des loups. Un des chiens avait la tête écrasée. Les yeux de Kirwill étaient plus pâles que jamais, et il avait une expression très lasse, comme s'il avait été condamné à porter toute sa vie un arbre sur son dos.

« Mon Dieu ! fit Ray. Ça n'était pas prévu.

— Ne le touche pas », le prévint George.

Non sans mal, Arkadi ferma les yeux de Kirwill, reboutonna son manteau et posa un baiser sur sa joue glacée.

« Ne le touchez pas, je vous en prie », fit Wesley.

Arkadi recula. Irina était presque aussi pâle que Kirwill, la marque sur sa joue sombre bien nette. Finissait-elle par comprendre ? se demanda Arkadi. Revoyait-elle Kostia en Kirwill ? Savait-elle qui serait Valeria ? Se rendait-elle compte enfin comme ils s'étaient peu éloignés du parc Gorki ?

Osborne sortit des arbres derrière eux, un fusil à la main, un troisième chien gris à son côté. Le chien avait les yeux soulignés de noir, le collier et le museau maculés de sang séché.

« Il a tué mes chiens, déclara-t-il à Arkadi, en braquant d'une main le fusil sur Kirwill. C'est pour ça que je l'ai étripé, parce qu'il avait tué mes chiens. »

Il s'adressait à Arkadi comme s'il n'y avait personne d'autre. Il était en tenue de chasse, avec bottes lacées, chapeau de feutre vert et gants de pécari. Son arme était un fusil de chasse à un coup avec un œilleton et une belle crosse en bois veiné. Un grand couteau sans gaine était fixé à sa ceinture. Arkadi remarqua que la neige ne tombait plus ; pas un flocon ne descendait, pas même des branches surchargées. La scène avait une clarté de porcelaine.

« Eh bien, dit Wesley, voici vos amis. »

Osborne, pourtant, examinait toujours le mort.

« Vous deviez empêcher Kirwill de me joindre, dit-il à Wesley. Vous deviez me protéger. Sans les chiens, il m'aurait tué.

— Mais ça n'a pas été le cas, répondit Wesley, et maintenant vous en voilà débarrassé.

— Pas grâce à vous, répliqua Osborne.

— L'essentiel, dit Wesley, c'est que nous avons amené vos amis. Ils sont tout à vous.

— Ils ont amené le KGB aussi », dit Arkadi.

Wesley, George et Ray, qui commençaient déjà à s'éloigner d'Arkadi et d'Irina, s'arrêtèrent.

« Je vous comprends d'essayer, dit Wesley à Arkadi. (Il regarda Osborne.) Vous aviez raison et j'avais tort. Le Russe est malin, mais il est désespéré et il ment.

— Pourquoi dis-tu ça, Arkacha ? demanda Irina. Tu vas tout gâcher. »

Non, se dit Arkadi, elle ne comprend toujours pas.

« Pourquoi dites-vous ça ? demanda Osborne à Arkadi.

— Wesley en a retrouvé un sur le ferry. Il est descendu de la voiture pour lui parler, répondit Arkadi.

— Nous étions en plein blizzard, fit Wesley d'un ton raisonnable. C'est à peine si on pouvait voir en dehors de la voiture, alors vous pensez, une rencontre clandestine !

— Vous avez reconnu quelqu'un ? demanda Osborne à Arkadi.

— C'était difficile à voir, reconnut Arkadi.

— Pourquoi lui poser la question vous-même ? fit Wesley.

— Mais je reconnais un officier du KGB antisémite et aux cheveux roux quand j'en vois un, fit Arkadi, même dans une tempête de neige.

— Je suis désolé, fit Wesley à Arkadi, mais personne ne peut vous croire. »

Arkadi n'accordait aucune attention à Wesley ; Osborne non plus. Ils auraient aussi bien pu être seuls. Existait-il deux hommes qui méritaient plus d'être seuls qu'un meurtrier et l'homme qui a enquêté sur lui ? Des hommes qui s'approchaient l'un de l'autre de part et d'autre du cadavre — et aussi de part et d'autre d'un lit. Il y avait entre eux une double intimité que même Irina ne pouvait pas partager. Qui d'autre pouvait sentir le poids profond de la neige dont le ciel était gorgé et presque entendre dans l'air les accents de Tchaïkovski ? Arkadi laissait Osborne le regarder fixement. Pesez mes mots, pensait Arkadi, reniflez-les, mâchez-les. Je vous sens en moi qui évoluez comme les pattes d'un loup sur de la neige. Essayez la haine maintenant ; elle est logée derrière le cœur. La fatalité est toujours dans le ventre. C'est ce qui manquait à Kirwill. Pas à moi. Est-ce que vous savez maintenant ?

Wesley considérait les deux hommes et, au dernier moment, fit un signe à Ray.

Sans paraître viser, Osborne fit feu de son fusil. La tête de Wesley bascula en arrière, la moitié de son front lisse disparut ; il se retrouva à genoux, puis à plat ventre. Tandis que Ray essayait de dégager un revolver d'un baudrier sous son blouson, Osborne éjecta une douille, introduisit une nouvelle cartouche dans la culasse et fit feu de nouveau. Ray tomba assis, regardant sa main ensanglantée. Il la leva d'un geste lent et regarda le trou qui lui transperçait le milieu de la poitrine, puis s'effondra sur le côté. Le chien d'Osborne attaqua George. Le chien était entre ciel et terre quand George l'abattit et il était mort avant de retomber. Osborne avait l'épaule qui saignait. Arkadi comprit qu'on avait tiré une autre balle de beaucoup plus loin. George roula derrière un arbre.

Arkadi entraîna Irina dans la neige et Osborne disparut parmi les arbres.

Ils restèrent le nez dans la neige jusqu'au moment où ils entendirent George et puis d'autres bruits de pas. Des exclamations s'échangeaient en anglais, certaines avec un accent russe. Il reconnut la voix de Rurik et celle de Nicky. Arkadi rampa jusqu'à Ray et parvint à dégager son revolver. Les clés de voiture tombèrent aussi sur le sol.

« On peut prendre la voiture, fit Irina. Nous pouvons nous enfuir. »

Il lui mit les clés dans la main et garda le pistolet. « Toi, va-t'en », dit-il.

Il se précipita en courant dans les bois en direction de celle que les autres avaient prise. Il découvrit le cran de sûreté du revolver sur le côté gauche et le bougea. Dans la neige, les traces étaient faciles à suivre : celles de George, celles d'Osborne et deux autres venant de directions opposées. Il les entendit juste devant lui, qui criaient et cassaient des branches. Il y eut le claquement d'un fusil suivi du tir rapide de pistolets.

Le combat s'éloignait. Lorsque Arkadi reprit sa prudente progression, il découvrit Nicky sur le dos, dans la neige, mort, les jambes tordues comme s'il avait tournoyé sur place en tombant. Un peu plus loin il s'aperçut que les traces d'Osborne faisaient demi-tour, lorsqu'il était revenu sur ses pas en embuscade.

La fusillade cessa et ce fut le silence. Arkadi passait d'arbre en arbre. Son souffle lui semblait terriblement bruyant. De temps en temps le vent balayait la neige des branches et elle tombait sur le sol avec un bruit sourd qui le faisait sursauter. Il entendit d'autres bruits, il crut tout d'abord que c'étaient des oiseaux, des voix aiguës, des gens agités, tout cela allant et venant au gré du vent. Les bois s'arrêtaient sur une seconde clôture intérieure avec des chicanes en toile. Au beau milieu de la clôture, empêtrée dans la toile et les isolateurs, se trouvait la voiture de Kirwill. Le conducteur avait été pris au piège. La vitre arrière se cristallisait autour d'un trou et sur la banquette avant le Raton était assis tout droit. Il était mort ; le sang qui avait ruisselé de son bonnet de laine déchiré avait séché en longues traînées.

Arkadi parvint à une autre porte. Elle était ouverte et il vit des traces de pneus presque comblées par la neige et des traces toutes récentes d'hommes qui couraient. A l'intérieur se trouvaient les zibelines d'Osborne.

L'enclos était rectangulaire, environ cent mètres sur soixante, et la disposition était simple. A l'extrémité la plus proche se trouvait un réduit rond en tôle ondulée pour les ordures et un appentis pour les chiens ; trois chaînes pendaient à un anneau. Les traces de pneu menaient à l'extrémité opposée, où la limousine d'Osborne était garée devant une casemate bétonnée à un seul étage. La casemate semblait assez longue pour abriter un réfrigérateur, un secteur pour la préparation des aliments et un secteur pour la mise en quarantaine. Les traces de pas menaient aux bâtiments de zibelines, les généraux du palais de la fourrure avaient sous-estimé les dégâts : Arkadi compta dix bâtiments surélevés, chacun d'eux long de vingt mètres, avec un toit en bois et qui abritait deux rangées de cages séparées par une allée centrale. Il y avait quatre cages par rangée, ce qui voulait dire environ quatre-vingts zibelines au total : quatre-vingts zibelines à New York. Il ne distinguait pas bien les bêtes : elles étaient excitées et remuaient trop. Il ne voyait pas davantage Osborne, George ni Rurik, et pourtant il y avait peu d'endroits où se cacher : rien que les bidons de plastique au fond de chaque bâtiment et des tranchées d'écoulement en béton pour chaque rangée de cage. Le revolver américain était bizarre avec son canon court ; de toute évidence il n'était pas fait pour le tir d'élite, et d'ailleurs Arkadi était bien mauvais tireur. Il ne serait jamais capable de frapper personne depuis la casemate ou l'appentis. Il se précipita vers le bâtiment le plus proche.

Il entendit d'abord la détonation puis il sentit la balle. Ce devrait être le contraire, pensa-t-il. Il trébucha, mais resta sur ses pieds. Ça n'est pas facile de loger une balle dans la poitrine d'un homme plié en deux, songea-t-il ; évidemment, une balle de fusil aurait fait l'affaire. Lorsqu'il plongea sous le bâtiment, la douleur se déploya en une ligne qui suivait ses côtes.

Au-dessus de lui, les zibelines poussaient des cris furieux. Elles grimpaient au treillage métallique, se frottaient, bondissaient, sans jamais rester tranquilles. Elles ressemblaient à des chats, puis à des belettes, leurs oreilles couvertes de fourrure se dressant affolées, la queue hérissée par la colère, et se déplaçant si vite qu'elles n'étaient que des silhouettes noires dans les cages. C'était la vie qu'il y avait en elles qui était stupéfiante. C'étaient des animaux sauvages, pas apprivoisés du tout, furieusement vivants, sifflant et essayant de l'atteindre à travers le grillage. Allongé sur le dos, Arkadi regarda la rangée des bâtiments et vit deux paires distinctes de jambes humaines. Un visage, la tête en bas, aux yeux sombres et moroses, vint rejoindre une des paires de jambes, puis un revolver vint rejoindre le visage. C'était George. Il fit feu et une giclée d'excréments d'animaux explosa sur Arkadi, provenant de la tranchée d'écoulement. Arkadi voulut riposter mais il était encore trop loin. Il roula jusqu'au bâtiment suivant, se rapprochant de

George et il visait de nouveau lorsqu'il y eut un coup de fusil. Arkadi vit les jambes de George se reculer, sa tête toujours pendante, son revolver accroché à un doigt. De l'autre main, George semblait essayer de se tenir le dos. Ses jambes avançaient d'un pas de plus en plus raide et il avait la tête encore plus basse lorsqu'il recula sur un bidon de plastique au fond du bâtiment. Le bidon se renversa, répandant sur la neige un potage rosâtre de têtes de poisson et de viande de cheval. George s'écroula dedans.

« Arkadi Vasilevitch », dit Rurik.

Rurik sortit du bâtiment où s'abritait Arkadi et se planta au-dessus de lui, un automatique Makarov à la main. Maintenant, se dit Arkadi, nous allons traquer Osborne ensemble, mais Rurik savait mieux juger ses ennemis et était entraîné à ne pas hésiter. Avec la compassion ironique de l'ultime arbitre, l'officier du KGB leva son arme et visa Arkadi à deux mains. Avant qu'il ait pu tirer, son cuir chevelu glissa du crâne, des parcelles grises collées à ses cheveux roux, et Rurik tomba, à genoux puis le visage en avant dans la neige. Cette fois le bruit du coup de fusil vint après.

Derrière lui, Arkadi regarda le long des bâtiments et vit les jambes d'Osborne à au moins six abris de là. C'était l'emplacement idéal. Osborne pouvait regarder à travers toute une ligne de bâtiments et sélectionner ses cibles. Il pouvait le faire encore plus facilement pour une cible cachée sous les bâtiments, se dit Arkadi. Il se laissa rouler encore sous un bâtiment pour se rapprocher d'Osborne et se releva.

Arkadi approcha encore, passant devant George étalé dans la flaque de pâtée pour les zibelines. Au bâtiment suivant, quand Osborne apparut et épaula son fusil, Arkadi plongea dans la travée entre les cages. Certaines des zibelines allèrent se blottir au fond de leur réduit, d'autres suivirent Arkadi, bondissant d'un bout à l'autre de leur enclos, sautant contre le grillage. Chaque cage, remarqua-t-il, avait son graphique, son guichet par où passer la nourriture, et son cadenas. Aussi longtemps que lui et les zibelines continuaient à se déplacer, il avait une chance. Il pouvait approcher, il avait cinq ou six balles dans son revolver contre un fusil à un coup. Tout en courant il passait la main contre les cages, pour exciter les zibelines. Il sentait le viseur du fusil qui s'efforçait de l'ajuster dans sa mire sans toucher les animaux.

En deux enjambées, Arkadi parcourut la distance qui séparait les bâtiments et sauta dans la travée suivante, criant après les zibelines tout en frappant les cages. Leurs queues traînaient derrière elles tandis qu'elles bondissaient des murs au plafond et au plancher, crachant de rage et certaines urinant dans leur furie. Sa main saignait, les zibelines l'avaient mordue à travers le grillage. Puis il se retrouva sur le plancher de la travée, touché, une balle à travers la cuisse. Pas méchant, la balle avait juste traversé la chair : il se releva. Il remarqua qu'il était passé devant une cage vide où Osborne avait pris le risque de tirer, mais le projectile avait dû être dévié, sinon il serait mort. Il y avait des planches neuves au toit du bâtiment et le treillage était fraîchement repeint ; dans la travée se trouvaient des pinces et une boîte à outils : ce devait être la cage d'où la zibeline s'était enfuie. Il aperçut Osborne qui courait pour le rattraper au moment où il sortait au bout du bâtiment. Arkadi voulait plonger sous les cages dans la tranchée d'écoulement et tirer le premier. Mais il trébucha, perdant le contrôle de sa jambe sous le choc.

Puis il entendit Irina crier. Elle était à la porte de l'enclos et l'appelait par son nom. Elle ne pouvait pas le voir. Osborne lui cria de rester où elle était.

« Inspecteur, lança Osborne, sortez ! Vous pouvez garder votre pistolet et je vous laisserai partir tous les deux. Sortez, ou je l'abats.

— Cours ! cria Arkadi à Irina.

— Je vous laisserai partir tous les deux, Irina, dit Osborne. Vous n'avez qu'à sauter dans la voiture et filer. L'inspecteur est blessé et a besoin de soins.

— Je ne partirai pas sans toi ! cria Irina à Arkadi.

— Vous pouvez partir ensemble, Arkadi, dit Osborne. Vous avez ma parole. Mais sortez maintenant, tout de suite, ou bien je la descends maintenant. »

Arkadi était revenu à la cage vide. Il ramassa la pince et en introduisit l'étroite branche dans le crochet du cadenas de la cage voisine. A l'intérieur, les zibelines l'observaient, immobiles. Arkadi pesa de tout son poids et le crochet se rompit. A l'instant où la porte de la cage s'ouvrait, la zibeline sauta sur la poitrine d'Arkadi, bondit dans la travée et se précipita dehors. Il n'avait jamais rien vu se déplacer aussi vite sur la neige. La zibeline fonçait sur ses petites pattes au poil épais, sa queue fouettant la neige derrière elle. Arkadi inséra la branche de la pince dans le cadenas suivant et pressa de nouveau.

« Non ! » cria Osborne.

Arkadi saisit la zibeline au moment où elle sortait de la cage et la serra contre lui tandis qu'elle le griffait pour s'enfuir. Osborne était planté au bout de la travée, épaulant son fusil. Arkadi lui lança la zibeline. Osborne fit un pas de côté, épaula de nouveau et fit feu. Arkadi se laissa tomber sur le plancher tandis que sa jambe se dérobait sous lui et tira. Les deux premières balles touchèrent Osborne au ventre. Il s'efforçait d'introduire une nouvelle cartouche dans la culasse. Les deux balles suivantes d'Arkadi le touchèrent au cœur. La cinquième lui entra dans la gorge au moment où il s'effondrait. La sixième balle passa dans le vide.

Arkadi se traîna dehors. Osborne était sur le dos, il n'avait pas l'air aussi abîmé qu'un homme devrait l'être avec tant de balles dans le corps. Il tenait toujours son fusil. Bizarrement, Arkadi le voyait pas tout à fait mort, pas même dans sa tenue de chasse, mais dans un costume plus raffiné avec des touches de suprême élégance. Arkadi s'assit auprès de lui. Osborne avait les yeux fermés, comme s'il avait eu le temps de se composer le visage. Arkadi sentit la chaleur quitter le corps et le refroidissement qui commençait déjà. D'un geste las, il arracha la ceinture d'Osborne et la serra autour de sa jambe. Puis il s'aperçut qu'Irina était debout devant eux. Elle les dévisageait. Le visage d'Osborne, après tout, arborait-il une expression qui aurait pu faire croire qu'il avait gagné ?

« Il m'a dit un jour qu'il adorait la neige, dit Arkadi. C'est peut-être vrai.

— Où va-t-on maintenant ?

— Tu t'en vas.

— Je suis revenue pour toi, dit Irina. Nous pouvons nous enfuir, nous pouvons rester en Amérique.

— Je n'ai pas envie de rester, fit Arkadi en levant les yeux. Je n'ai jamais eu envie de rester. Je suis venu seulement parce que je savais que sans cela Osborne te tuerait.

— Alors nous allons rentrer tous les deux au pays.

— Tu y es déjà. Tu es américaine maintenant, Irina. Tu es tout ce que tu as toujours eu envie d'être. (Il sourit.) Tu n'es plus russe. Tu as toujours été différente et je sais maintenant ce qu'était la différence.

— Tu changeras, toi aussi.

— Je suis russe, fit-il en se frappant la poitrine. Plus je reste ici, plus je me sens russe.

— Mais non, fit-elle en secouant la tête avec rage.

— Regarde-moi. (Arkadi parvint à se mettre debout. Il avait une jambe engourdie.) Ne pleure pas. Vois ce que je suis : Arkadi Renko, ancien membre du Parti et ex-inspecteur principal. Si tu m'aimes, dis-moi sincèrement comment je pourrais être américain. Dis-moi ! cria-t-il. Dis-moi, reprit-il doucement, avoue-le, est-ce que tu ne vois pas un Russe ?

— Nous avons fait tout ce chemin. Je ne veux pas te laisser repartir seul, Arkacha…

— Tu ne comprends pas, fit-il en prenant le visage d'Irina entre ses mains. Je ne suis pas aussi brave que tu l'es. Pas assez brave pour rester. Je t'en prie, laisse-moi repartir. Tu seras ce que tu es déjà, et je resterai ce que je suis. Je t'aimerai toujours. (Il l'embrassa passionnément.) Allons, file.

— Mais les zibelines…

— Laisse-les-moi. Pars la première. (Il la poussa.) Ça ne devrait pas être si dur pour le retour. Ne va pas au Bureau, va trouver la police ou le Département d'État, tout sauf le FBI.

— Je t'aime, fit-elle en essayant de se cramponner à sa main.

— Est-ce qu'il faut que je te jette des pierres ? » demanda-t-il.

Irina le lâcha. « Alors je m'en vais, dit-elle.

— Bonne chance.

— Bonne chance, Arkacha. »

Elle cessa de pleurer, repoussa la mèche qui lui tombait sur les yeux, regarda autour d'elle et prit une profonde inspiration. « Pour une telle neige, j'aurais dû avoir des bottes de feutre, tu sais, dit-elle.

— Je sais.

— Je suis une bonne conductrice. La lumière semble être meilleure.

— Oui. »

Elle fit une douzaine de pas. « Est-ce que j'aurai jamais de tes nouvelles ? »

Elle le regardait, les yeux hagards et humides.

« Certainement, les messages passent, n'est-ce pas ? Les temps changent. »

A la porte elle s'arrêta encore. « Comment est-ce que je peux te laisser ?

— C'est *moi* qui te laisse. »

Irina franchit la porte. Arkadi trouva l'étui à cigarettes dans une poche d'Osborne, en alluma une et écouta les branches tambouriner dans le vent jusqu'au moment où il entendit au loin une voiture démarrer. Les zibelines l'entendirent aussi : elles avaient l'ouïe fine.

Ainsi donc, réfléchit Arkadi, il y avait eu trois marchés. D'abord celui d'Osborne, puis celui de Kirwill puis, maintenant, le sien. Il allait rentrer en Union soviétique pour que le KGB laisse Irina rester en Amérique. Il baissa les yeux vers Osborne. Excusez-moi, songea-t-il, qu'est-ce que j'ai d'autre à échanger que moi ? Les zibelines, bien sûr. Il allait falloir se débarrasser d'elles aussi.

Il prit le fusil des mains d'Osborne et retourna en clopinant jusqu'aux bâtiments. Combien de balles avait-il ? se demanda-t-il. Le jour devenait clair et pur. Les zibelines s'étaient calmées ; leurs yeux se pressaient contre le grillage.

« Je m'excuse, dit tout haut Arkadi. Je ne sais pas ce que les Américains vont faire de vous. Il a été prouvé qu'on ne peut faire confiance à personne. » Elles se pressaient contre le grillage en l'observant, leurs robes noires comme du charbon, leurs yeux attentifs fixés sur lui.

« On m'a choisi comme bourreau, dit Arkadi. Et ils auront la vérité de ma bouche, mes frères ; il n'y a pas d'hommes qui veuillent accepter des mensonges, des contes de fées et des histoires à dormir debout. Désolé. »

Il entendait leur cœur battre, comme le sien.

« Alors… »

Arkadi laissa tomber le fusil et prit la pince. Maladroitement, sur une seule jambe, il força un cadenas. La zibeline sauta dehors et une seconde plus tard elle était à la clôture. Le style d'Arkadi s'améliorait : juste une poussée et une traction à chaque cage. Les cigarettes étaient une bonne aspirine. Il frémissait à chaque porte de cage qui s'ouvrait, lorsque les zibelines sauvages bondissaient et fonçaient vers la neige : du noir sur du blanc, du noir sur du blanc, du noir sur du blanc, et puis plus rien.

Je remercie Anthony Astrachan, le Dr Michael Baden, Anthony Bouza, Knox Burger, William Caunitz, Nancy Forbes, le Dr Paul Kagansky, Anatol Milstein, John Romano, Kitty Sprague et Richard Woodley pour leur aide généreuse et leurs encouragements pendant l'écriture de ce livre.
Je suis spécialement redevable à Alex Levin, Yuri et Ala Gendler et Anatoly Davydov : sans eux, le parc Gorki aurait été un endroit désert.

POCKET THRILLERS

Bataille Thierry
Bruno Jean
Empreinte du serpent (l')

Collins Larry
Aigles noirs (les)

Crichton Michael
Extrême urgence
Homme terminal (l')
Jurassic Park
Soleil levant
Variété andromède (la)

Cruz Smith Martin
Parc Gorki

Demille Nelson
Déshonneur d'Ann Campbell (le)

Durand Loup
Daddy
Jaguar (le)

Grisham John
Affaire Pélican (l')
Firme (la)

Hamsher August
Tueurs-nés

Hartov Steven
Fièvre du Ramadan (la)

Jaham Marie-Reine de
Libanais (le)

King Charles
Mama's boy

Lapierre & Collins
Le cinquième cavalier

Levin Ira
Sliver

Ludlum Robert
Duel des gémeaux (le)
Manuscrit Chancellor (le)
Route d'Omaha (la)

Mitchell K.
Blown away

Osborne Richard
Basic Instinct

Soussan André
Octobre II

Tine Robert
Bodyguard

Van Lustbader Eric
Ninja (le)

Weaver Michael
Obsessions mortelles

OUVRAGES DE LA COLLECTION « NOIR »

WILLIAM BAYER
Hors champ
Voir Jérusalem et mourir
Punis-moi par des baisers

ROBERT BLOCH
Autopsie d'un kidnapping
L'incendiaire
La nuit de l'éventreur
Un serpent au paradis

JAMES M. CAIN
La femme jalouse
La femme du magicien

RAYMOND CHANDLER
Nouvelles (2 tomes)

ROBIN COOK
Mutation

FRÉDÉRIC DARD
Le bourreau pleure
C'est toi le venin
Cette mort dont tu parlais
Délivrez-nous du mal
La dynamite est bonne à boire
Une gueule comme la mienne
L'homme de l'avenue
Le maître de plaisir
Mausolée pour une garce
Le monte-charge
La pelouse
Rendez-vous chez un lâche
Les salauds vont en enfer
Les scélérats
Une seconde de toute beauté
Le tueur triste

MILDRED DAVIS
La chambre du haut
La voix au téléphone

LOREN D. EASTLEMAN
Le pro

ARTHUR CONAN DOYLE
Les aventures de Sherlock Holmes
Le chien des Baskerville
La vallée de la peur

ELISABETH GEORGE
Enquête dans le brouillard

JAMES GRADY
Le feu du rasoir

SUE GRAFTON
" A " comme alibi
" B " comme brûlée
" C " comme cadavre
" D " comme dérapage

MARTHA GRIMES
L'énigme de Rackmoor

PATRICIA HIGHSMITH
L'art du suspense
Toutes à tuer

WILLIAM IRISH
Concerto pour l'étrangleur
Une étude en noir
Lady Fantôme
Nouvelles (2 tomes)
Une peur noire
Rendez-vous en noir

WILLIAM KATZ
Violations de domicile

DICK LOCHTE
Temps de chien

ED MCBAIN
Downtown
Escamotage
Poison
Quatre petits monstres

DAVID M. PIERCE
La neige étend son manteau bla
Rentre tes blancs moutons
Le petit oiseau va sortir
Sous le soleil de Mexico

JACK RICHTIE
L'île du tigre

LAURENCE SANDERS
L'homme au divan noir

GEORGES SIMENON
L'affaire Saint-Fiacre
L'amie de Madame Maigret
L'âne rouge
Les anneaux de Bicêtre
Au bout du rouleau
Au rendez-vous des Terre-Neuvas
Les autres
Betty
La boule noire
La chambre bleue
Le charretier de la providence
Le chat
Chez les Flamands
Le chien jaune
Les complices
Le coup de lune
Un crime en Hollande
Crime impuni
La danseuse du Gai-Moulin
Le destin de Malou
L'écluse n° 1
En cas de malheur
Les fantômes du chapelier
Les fiançailles de Monsieur Hire
Le fond de la bouteille
Le fou de Bergerac
La fuite de Monsieur Monde
Les gens d'en face
La guinguette à deux sous
Le haut mal
L'homme au petit chien
L'homme de Londres
Liberty Bar
Maigret
Maigret au Picratt's
Maigret et la grande perche
Maigret et le corps sans tête
La maison du canal
Marie qui louche
Monsieur Gallet décédé
La mort d'Auguste
La mort de Belle
La nuit du carrefour
L'ombre chinoise
Le passager clandestin
Le passager du Polarlys
Le petit saint
Le pendu de Saint-Phollien
Pietr-le-Letton
Le port des brumes
La porte
Le président
Le relais d'Alsace
La rue aux trois poussins
Strip-tease
Tante Jeanne
Les témoins
La tête d'un homme
Le train
Un nouveau dans la ville
Une confidence de Maigret
Une vie comme neuve
Le veuf
La vieille

DOROTHY UHNAK
Victimes

ANDREW VACHSS
Blue Belle

JACK VANCE
Charmants voisins
Lily street
Méchante fille
Un plat qui se mange froid

HELEN ZAHAVI
Dirty week-end

LE LIVRE NOIR DU CRIME
Délits de cuite
Histoires de cinglés
Histoires de crimes passionnels
Histoires de femmes fatales
Histoires de fines mouches
Histoires de machinations
Histoires de paumés
Mômes, sweet mômes
Place d'Italie
Sacrés privés
Le Salon du Livre

COLLECTION « TERREUR »
CHEZ POCKET

Iain Banks
Le seigneur des guêpes

Clive Barker
Secret Show
Le royaume des devins

William P. Blatty
L'Exorciste : la suite

Robert Bloch
L'écharpe
Lori
Psychose
Psychose 2
Psychose 13
Contes de terreur

J. R. Bonansinga
Black Mariah

Randall Boyll
Froid devant
Monssstre
Territoires du crépuscule

Marion Zimner Bradley
Sara

Ramsey Campbell
Envoûtement
La secte sans nom
Soleil de minuit

Cathy Cash Spellman
Dans les griffes du diable

Matthew J. Costello
Cauchemars d'une nuit d'été
La chose des profondeurs
Né de l'ombre

Martin Cruz-Smith
Le vol noir

Thomas Disch
Le caducée maléfique

Katherine Dunn
Un amour de monstres

Jeanne Faivre d'Arcier
Rouge flamenco

John Farris
L'ange des ténèbres
Le fils de la nuit éternelle

Raymond Feist
Faërie

Chris Fowler
Le diable aux trousses

Ray Garton
Crucifax
Extase sangiante

Christopher Golden
Des saints et des ombres

Anthologie
L'année de la terreur

Linda C. Gray
Médium

William Hallahan
Les renaissances de Joseph Tully

Barbara Hambly
Le sang d'immortalité

Thomas Harris
Dragon rouge
Le silence des agneaux

James Herbert
Dis-moi qui tu hantes
Fluke
Fog
La lance
Les rats
Le repaire des rats
L'empire des rats
Le survivant
Sanctuaire
Sépulcre

Shirley Jackson
Maison hantée
La loterie
Le cadran solaire

Graham Joyce
L'enfer du rêve

Stephen King
La part des ténèbres
Salem

Andrew Klavan
Il y aura toujours quelqu'un derrière vous
L'heure des fauves

Dean R. Koontz
Le masque de l'oubli
Miroirs de sang
La mort à la traîne
La nuit des cafards
La nuit du forain
La peste grise
Une porte sur l'hiver
La voix des ténèbres
Les yeux des ténèbres
La maison interdite
Fièvre de glace
Lune froide

Steven Laws
Train fantôme

Tanith Lee
La danse des ombres
Le festin des ténèbres

Charles de Lint
Mulengro
Symphonie macabre
Les murmures de la nuit

Bentley Little
Le postier

Charles McLean
Le guetteur

Robert Marasco
Votre vénérée chérie

Graham Masterton
Démences
Le démon des morts
Le djinn
Le jour « J » du jugement
Manitou
Le miroir de Satan
La nuit des salamandres
Le portrait du mal
Les puits de l'enfer
Rituels de chair
Transe de mort
La vengeance de Manitou
Le trône de Satan
Apparition
La maison de chair
Les guerriers de la nuit

Robert McCammon
L'heure du loup
La malédiction de Bethany
Scorpion
Le mystère du lac

Michael McDowell
Les brumes de Babylone
Cauchemars de sable

Andrew Neiderman
L'avocat du diable

Garfield Reeves-Stevens
Contrat sur un vampire
La danse du scalpel

Anne Rice
Chronique des vampires
1. Entretien avec un vampire
2. Lestat le vampire
3. La reine des damnés
4. Le voleur de corps

La momie
Le lien maléfique

Anne Rivers Siddons
La maison d'à côté

Fred Saberhagen
Un vieil ami de la famille
Le dossier Holmes-Dracula
Dracula tapes

John Saul
Cassie
Hantises
Créature

Peter Straub
Ghost Story
Julia
Koko
Mystery
Sans portes, ni fenêtres

Michael Talbot
La tourbière du diable

Bernard Taylor
Le jeu du jugement

Sheri S. Tepper
Ossements

Thomas Tessier
L'antre du cauchemar

Thomas Tryon
L'autre
La fête du maïs

Jack Vance
Méchant garçon

Lawrence Watt-Evans
La horde du cauchemar

Chet Williamson
La forêt maudite

Paul F. Wilson
La forteresse noire
Liens de sang
Mort clinique

Bari Wood
Amy girl

Bari Wood/Jack Geasland
Faux-semblants

T. M. Wright
L'antichambre
Manhattan Ghost Story
L'autre pays

XXX
***Michèle Slung* présente :**
22 histoires de sexe et d'horreur

***Douglas E. Winter* présente :**
13 histoires diaboliques